Э Л Джеймс

Трилогия
«Пятьдесят оттенков»

Пятьдесят оттенков
серого

На пятьдесят оттенков
темнее

Пятьдесят оттенков
свободы

Пятьдесят оттенков серого

Э Л Джеймс

ЭКСМО

МОСКВА
2015

УДК 82(1-87)
ББК 84(7Сое)
   Д 40

E L James

FIFTY SHADES OF GREY

Школа перевода
В. Баканова

Джеймс, Э Л.

Д 40   Пятьдесят оттенков серого / ЭЛ Джеймс ; [пер. с англ.
Т. Китаиной, М. Клеветенко, И. Метлицкой]. — Москва : Эксмо, 2015. — 480 с. — (Эрика Джеймс. Миро-
вое признание).

ISBN 978-5-699-79189-7

«Пятьдесят оттенков серого» — первая часть трилогии Э Л Джеймс,
которая сделала автора знаменитой и побила все рекорды продаж:
15 миллионов экземпляров за три месяца. По мнению Лисс Штерн,
основательницы DivaMoms.com, «эти книги способны разжечь огонь
любви между супругами с большим стажем. Прочитав их, вы вновь по-
чувствуете себя сексуальной».

УДК 82(1-87)
ББК 84(7Сое)

ISBN 978-5-699-79189-7

Найллу, господину моей вселенной

БЛАГОДАРНОСТИ

Я в долгу перед многими людьми за их помощь и поддержку.

Спасибо моему мужу Найллу за то, что он относился к моему увлечению снисходительно, заботился о доме и сделал первую редакторскую правку.

Спасибо моему боссу Лайзе за то, что она терпела меня весь последний год, пока длилось это помешательство.

С.С.Л. — ничего, кроме спасибо.

Спасибо первым читателям за помощь и поддержку.

С.Р. — спасибо за полезные советы в самом начале.

Сью — спасибо, что выбрала меня.

Аманда и все издательство «Райтерс Кофе Шоп» — спасибо, что сделали на меня ставку.

Глава 1

Я с отвращением смотрю на свое отражение в зеркале. Ну почему у меня такие волосы — они торчат во все стороны! И почему Кэтрин Кавана угораздило заболеть, а я мучайся!.. Теперь вместо того, чтобы готовиться к выпускным экзаменам, до которых осталось чуть меньше недели, я пытаюсь кое-как пригладить непослушные локоны. «Нельзя ложиться спать с мокрой головой, нельзя ложиться спать с мокрой головой», — повторив эту мантру несколько раз, я снова пытаюсь привести свои лохмы в порядок и в изнеможении закатываю глаза. Из зеркала на меня смотрит бледная девушка с темно-русыми волосами и голубыми глазами, которые слишком велики для ее лица. Единственный вариант — стянуть все в конский хвост на затылке: так хоть вид будет приличный.

Кейт — моя соседка по комнате. И как раз в тот день, когда у нее запланировано интервью для студенческой газеты с каким-то промышленным магнатом, о котором я никогда в жизни не слышала, она свалилась с гриппом. Поэтому ехать придется мне. А у меня на носу экзамены, недописанное сочинение, и сегодня вечером я должна была работать, но вместо этого поеду за сто шестьдесят пять миль, в центр Сиэтла, чтобы встретиться с генеральным директором холдинга «Грей энтерпрайзес». Таинственный мистер Грей, выдающийся предприниматель и крупный спонсор нашего университета, человек, чье время исключительно ценно — гораздо ценней, чем мое, — согласился дать Кейт интервью. Невероятная удача, сказала она. Черт бы побрал ее общественную деятельность!

Кейт обосновалась на диване в гостиной.

— Ана, не сердись! Я девять месяцев уговаривала его дать интервью. И еще полгода буду просить о переносе. К тому времени мы обе окончим университет. Как редактор, я не могу упустить такой шанс. Ну пожалуйста!

Кейт упрашивает меня хриплым, простуженным голосом. Как у нее это получается? Даже больная она прекрасна, как эльф: золотисто-рыжие волосы лежат волосок к волоску, а зеленые глаза, покрасневшие и слезящиеся, все равно сияют.

— Конечно, я съезжу, Кейт. Иди ложись. Тебе купить найквил? Или тайленол?

— Найквил, пожалуйста. Не забудь взять мои вопросы и портативный диктофон. Тебе надо просто нажать на запись. Я потом расшифрую.

— Я ведь ничего про него не знаю, — бормочу я, стараясь подавить приступ паники.

— У тебя есть готовые вопросы — это уже полдела. Иди, а то опоздаешь. Ехать далеко.

— Ладно, иду. Ложись в постель. Я сварила тебе суп, разогрей попозже.

Я смотрю на нее с нежностью. «Только ради тебя, Кейт».

— Хорошо. Удачи. Спасибо, Ана, ты, как всегда, моя спасительница.

Я криво улыбаюсь и, взяв сумку, выхожу на улицу, к машине. Просто не верится, что я позволила себя уговорить. Впрочем, Кейт уболтает кого угодно. Из нее получится отличная журналистка. Для этого у нее есть все данные: ясный ум, воля, напор, умение убеждать. А кроме того, она просто красавица и моя самая-самая любимая подруга.

Рано утром я выезжаю из Ванкувера, штат Вашингтон, на трассу I-5. Машин на дорогах пока еще немного, а в Сиэтле мне надо быть только в два. К счастью, Кейт одолжила мне свой спортивный «Мерседес SLK». Вряд ли Ванда — мой старенький «Фольксваген-жук» — смогла бы одолеть это расстояние за такое короткое время. На «мерсе» ехать приятно: я выжимаю газ до отказа, и мили пролетают одна за другой.

Я еду в штаб-квартиру глобальной империи мистера Грея. Это громадное двадцатиэтажное офисное здание

из причудливо изогнутого стекла и металла — утилитар-
ная фантазия архитектора. Над стеклянными входными
дверьми сдержанная надпись стальными буквами — «Грей
Хаус». Без четверти два — слава богу, не опоздала! — я вхожу в огромный, откровенно устрашающий холл, отделан-
ный белым песчаником.

Из-за стола мне приветливо улыбается привлекательная
ухоженная блондинка. На ней потрясающий серый пиджак
с белой блузкой. Выглядит она безукоризненно.

— У меня назначена встреча с мистером Греем. Анастейша Стил вместо Кэтрин Кавана.

— Одну минуту, мисс Стил. — Блондинка слегка выгибает бровь.

Я стою перед ней страшно смущенная и жалею, что не
одолжила у Кейт пиджак и заявилась сюда в синей курточ-
ке. Я надела свою единственную юбку, коричневые сапоги
до колена и голубой джемпер. По моим меркам, это очень
элегантно. Заправляю за ухо выбившийся локон и делаю
вид, будто мне совсем не страшно.

— Мисс Кавана назначена встреча. Пожалуйста, распи-
шитесь здесь, мисс Стил. Последний лифт с правой стороны, двадцатый этаж.

Блондинка любезно улыбается, глядя, как я расписываюсь: похоже, ей смешно.

Она протягивает пропуск, на котором крупными буквами стоит «Посетитель». Я не могу сдержать глупой ух-
мылки. Ну конечно, у меня на лбу написано, что я просто
посетитель. Таким тут не место. «И в этом нет ничего нового», — вздыхаю я про себя. Поблагодарив, иду к лифтам
мимо двух охранников, одетых в черные, отлично пошитые
костюмы. Они выглядят гораздо элегантней, чем я.

Лифт с убийственной скоростью возносит меня на двадцатый этаж. Двери автоматически распахиваются, и я оказываюсь в другом большом холле — снова стекло, сталь и
белый песчаник. Передо мной еще один стол и очередная
блондинка в деловом черном костюме и белой блузке, которая, увидев меня, встает.

— Мисс Стил, не могли бы вы подождать здесь? — Она
указывает на ряд кресел, обтянутых белой кожей.

За кожаными креслами — огороженный стеклянной
стеной просторный зал для переговоров с длинным столом

темного дерева и по меньшей мере двадцатью такими же стульями по бокам. За ними окно во всю стену, из которого открывается панорама Сиэтла до самого залива. Вид потрясающий, и я на мгновение замираю, очарованная. Здорово!

Присев на кресло, достаю из сумки вопросы и еще раз их просматриваю, мысленно проклиная Кейт за то, что она не дала мне хотя бы краткой биографии мистера Грея. Я ведь ничего не знаю о человеке, у которого собираюсь брать интервью. Ему с равным успехом может быть и тридцать, и девяносто. Неизвестность жутко раздражает, и от волнения я начинаю ерзать на кресле. Никогда не любила брать интервью с глазу на глаз. Куда лучше анонимность пресс-конференций, на которых можно тихонько посидеть на заднем ряду. Если совсем честно, то мне больше по душе свернуться калачиком в кресле и углубиться в чтение классического британского романа, а не сидеть, изнемогая от волнения, в огромных прозрачных залах.

Я мысленно закатываю глаза. Соберись, Стил. Судя по стерильной чистоте и современности здания, мистеру Грею должно быть немного за сорок: подтянутый, загорелый и светловолосый — под стать своим сотрудникам.

Еще одна элегантная, безупречно одетая блондинка выходит из большой двери справа. Интересно, они тут все такие? Прямо как в Степфорде. Глубоко вздохнув, я встаю.

— Мисс Стил? — спрашивает последняя блондинка.

— Да, — хриплю я и прочищаю горло. — Да. — Теперь получилось немного уверенней.

— Мистер Грей сейчас освободится. Вы позволите вашу куртку?

— Да, пожалуйста. — Я высвобождаюсь из жакета.

— Вам предложили напитки?

— Э-э… нет.

Ой, кажется, я подставила блондинку номер один?

Блондинка номер два хмурится и строго смотрит на молодую женщину за столом.

— Что вы предпочитаете: чай, кофе, воду? — снова поворачивается она ко мне.

— Стакан воды, пожалуйста, — бормочу я.

— Оливия, будьте добры, принесите мисс Стил стакан воды. — В ее голосе слышен металл.

Оливия срывается с места и стремглав исчезает за дверью в противоположном конце фойе.

— Прошу прощения, мисс Стил. Оливия — наш новый сотрудник. Прошу вас, посидите немного. Мистер Грей примет вас через пять минут.

Оливия возвращается со стаканом ледяной воды.

— Прошу вас, мисс Стил.

— Спасибо.

Блондинка номер два, звонко цокая каблуками, марширует к большому столу, садится, и они обе погружаются в работу.

Наверное, мистер Грей берет на работу одних только блондинок. Я рассеянно размышляю, не противоречит ли это закону, и тут дверь кабинета открывается. Оттуда выходит высокий, элегантно одетый чернокожий мужчина с короткими дредами. Да, с одеждой я определенно промахнулась.

Он поворачивается и бросает через плечо:

— Гольф на этой неделе, Грей.

Ответа я не слышу. Он поворачивается, видит меня и улыбается, чуть сощуривая темные глаза. Оливия вскакивает и вызывает лифт. Похоже, она здорово в этом деле натренировалась. И нервничает даже больше, чем я.

— Всего вам доброго, дамы, — произносит мужчина и скрывается за раздвижной дверью.

— Мистер Грей готов вас принять, мисс Стил, заходите, — произносит блондинка номер два.

Я встаю и чувствую, что ноги у меня подгибаются. Стараясь справиться с нервами, хватаю сумку и, оставив стакан с водой прямо на кресле, направляюсь к приоткрытой двери.

— Можете не стучать — просто заходите, — мило улыбается она.

Я открываю дверь, заглядываю внутрь и, споткнувшись о собственную ногу, падаю головой вперед.

Черт, ну нельзя же быть такой неуклюжей! Я стою на четвереньках в дверях кабинета мистера Грея, и чьи-то добрые руки помогают мне подняться. Дурацкая ситуация. Я боюсь поднять глаза. Черт! Да он совсем молодой.

— Мисс Кавана. — Едва я поднимаюсь на ноги, он протягивает мне руку с длинными пальцами. — Кристиан Грей. Вы не ушиблись? Присаживайтесь.

Молодой, высокий и очень симпатичный. В великолепном сером костюме и белой рубашке с черным галстуком. У него непослушные темно-медные волосы и проницательные серые глаза, которые внимательно меня разглядывают. Проходит какое-то время, прежде чем я вновь обретаю дар речи.

— Нет, так получилось… — бормочу я.

Если ему больше тридцати, то я — испанский летчик. Бессознательно я протягиваю ему руку. Когда наши пальцы соприкасаются, по моему телу пробегает странная, пьянящая дрожь. Я в смущении отдергиваю руку. Наверное, электрический разряд. Мои ресницы хлопают в такт биению сердца.

— Мисс Кавана заболела, я приехала вместо нее. Надеюсь, вы не возражаете, мистер Грей.

— А вы кто?

В голосе слышна теплота. По-видимому, ситуация его забавляет, хотя трудно судить по невозмутимому выражению лица. Возможно, он заинтересован, но, главным образом, вежлив.

— Анастейша Стил. Я изучаю английскую литературу вместе с Кейт, э-э… Кэтрин… э-э… мисс Кавана.

— Понятно, — говорит он просто. Кажется, на его лице проскальзывает улыбка, но я не уверена.

— Присаживайтесь. — Он делает жест в сторону углового дивана, обтянутого белой кожей.

Его кабинет слишком велик для одного человека. Напротив огромных, во всю стену, окон стоит невероятных размеров стол черного дерева, вокруг которого легко разместятся шесть человек. В таком же стиле журнальный столик рядом с диваном. Все остальное: потолок, пол и стены — белого цвета, за исключением висящей рядом с дверью мозаики из тридцати шести маленьких картин, составляющих один большой квадрат. Привычные, повседневные предметы выписаны на них так тщательно, что кажется, будто перед тобой фотографии. Все вместе смотрится потрясающе — аж дух захватывает.

— Местная художница. Троутон, — поясняет Грей, проследив мой взгляд.

— Здорово. Удивительное в обыденном, — бормочу я, смущаясь и от его замечания, и от картин.

Он склоняет голову набок и внимательно на меня смотрит.

— Совершенно с вами согласен, мисс Стил, — произносит Грей негромко, и я почему-то краснею.

Если не считать картин, его кабинет — холодный, чистый и абсолютно стерильный. Интересно, это и есть отражение внутреннего мира Адониса, грациозно опустившегося в одно из белых кожаных кресел напротив меня? Я встряхиваю головой, стараясь отогнать ненужные мысли, и достаю из сумки вопросы, которыми снабдила меня Кейт. Затем пытаюсь подготовить к работе портативный диктофон. У меня ничего не получается, я два раза роняю его на журнальный столик. Мистер Грей молчит и — надеюсь — терпеливо ждет, а я все больше волнуюсь и нервничаю. Когда же я наконец набираюсь смелости поднять на него глаза, одна рука у него расслабленно лежит на колене, а второй он обхватил подбородок, приложив длинный указательный палец к губам. По-моему, он пытается подавить улыбку.

— Прошу прощения. — Уф, наконец-то получилось. — Я еще с ним не освоилась.

— Не торопитесь, мисс Стил, — произносит Грей.

— Вы не против, если я запишу ваши ответы?

— После того, как вы с таким трудом справились с диктофоном? Вы еще спрашиваете?

К моим щекам приливает краска. Я моргаю, не зная, что сказать. Он, по-видимому, пожалев меня, смягчается:

— Нет, не против.

— Кейт, то есть мисс Кавана, говорила вам о целях интервью?

— Да, оно для студенческой газеты, поскольку я буду вручать дипломы на выпускной церемонии.

Ого! Для меня это новость, и я сразу представляю себе, как кто-то немногим старше меня, пусть даже суперуспешный, будет вручать мне диплом. Я хмурюсь, стараясь сосредоточить ускользающее внимание на более близкой задаче.

— Хорошо. — Я сглатываю слюну. — У меня к вам несколько вопросов.

Снова закладываю за ухо непослушный локон.

— Я не удивлен, — невозмутимо произносит он. Да этот мистер Грей просто смеется надо мной! Щеки у меня горят, я стараюсь сесть прямо и расправить плечи, чтобы казаться

выше и уверенней. С видом настоящего профессионала жму
на кнопку.

— Вы очень молоды и тем не менее уже владеете собственной империей. Чему вы обязаны своим успехом?

Он сочувственно улыбается, но выглядит немного разо-
чарованным.

— Бизнес — это люди, мисс Стил, и я очень хорошо умею
в них разбираться. Я знаю, что их интересует, чему они ра-
дуются, что их вдохновляет и как их стимулировать. У меня
работают превосходные специалисты, и я хорошо им плачу. — Он замолкает и внимательно смотрит на меня. — По
моему убеждению, для того, чтобы добиться успеха в ка-
ком-нибудь деле, надо овладеть им досконально, изучить
его изнутри до малейших подробностей. Я очень много для
этого работаю. Решения, которые я принимаю, основаны
на фактах и логике. У меня природный дар распознавать
стоящие идеи и хороших сотрудников. Результат всегда зависит от людей.

— Может быть, вам просто везло? — Этого вопроса у
Кейт нет, но он так заносчив!

Я вижу, как в его глазах вспыхивает удивление.

— Я не полагаюсь на случай или на везение, мисс Стил.
Чем больше я работаю, тем больше мне везет. Все дело в
том, чтобы набрать в свою команду правильных людей
и направить их энергию в нужное русло. Кажется, Харви
Файрстоун говорил, что «величайшая задача, стоящая перед лидером, — это рост и развитие людей».

— А вы, похоже, диктатор. — Слова вырываются у меня
прежде, чем я успеваю сдержаться.

— Да, я стараюсь все держать под контролем, мисс Стил.

В словах мистера Грея нет ни капли шутки. Я гляжу
на него, он невозмутимо смотрит мне прямо в глаза. Мое
сердце начинает биться чаще, я снова краснею.

Почему я так смущаюсь? Может, из-за того, что он невероятно хорош собой? Или из-за блеска в его глазах? Или
из-за того, как он касается указательным пальцем верхней
губы? Лучше бы он так не делал.

— Кроме того, безграничной властью обладает лишь тот,
кто в глубине души уверен, что рожден управлять другими, — тихим голосом продолжает Грей.

— Вы чувствуете в себе безграничную власть?

«Ну точно диктатор!»

— Я даю работу сорока тысячам человек, мисс Стил, и потому чувствую определенную ответственность — называйте это властью, если хотите. Если я вдруг сочту, что меня больше не интересует телекоммуникационный бизнес и решу его продать, то через месяц или около того двадцати тысячам человек будет нечем выплачивать кредиты за дом.

У меня отваливается челюсть. Потрясающая бесчеловечность.

— Разве вы не должны отчитываться перед советом?

— Я владелец компании. И ни перед кем не отчитываюсь.

Он кривит бровь, глядя на меня. Я снова краснею. Ну конечно, я должна была это знать, если бы готовилась к интервью. Но каков наглец!.. Пробую зайти с другой стороны.

— А чем вы интересуетесь кроме работы?

— У меня разнообразные интересы, мисс Стил. — Тень улыбки касается его губ. — Очень разнообразные.

Не знаю почему, но меня смущает и волнует пристальный взгляд. В глазах Грея мне чудится какая-то порочность.

— Но если вы так много работаете, как вы расслабляетесь?

— Расслабляюсь? — Он улыбается, обнажая ровные белые зубы. У меня перехватывает дыхание. Нельзя быть таким красивым. — Ну, для того чтобы, как вы выразились, расслабиться, я хожу под парусом, летаю на самолете и занимаюсь различными видами физической активности. Я очень богат, мисс Стил, и поэтому у меня дорогие и серьезные увлечения.

Чтобы сменить тему, я быстро просматриваю вопросы, которые дала мне Кейт.

— Вы инвестируете в производство. Зачем?

Почему мне так неловко в его присутствии?

— Мне нравится созидать. Нравится узнавать, как устроены вещи, почему они работают, из чего сделаны. И особенно я люблю корабли. Что еще тут можно сказать?

— Получается, что вы прислушиваетесь к голосу сердца, а не к фактам и логике.

Он усмехается и смотрит на меня оценивающе.

— Возможно. Хотя некоторые говорят, что у меня нет сердца.

— Почему?

— Потому что хорошо меня знают. — Его губы изгибаются в кривой улыбке.

— Вы легко сходитесь с людьми?

Я пожалела об этом вопросе сразу же, как только его задала. В списке Кейт его не было.

— Я очень замкнутый человек, мисс Стил. И многим готов пожертвовать, чтобы защитить свою личную жизнь. Поэтому редко даю интервью, — заканчивает он.

— А почему вы согласились на этот раз?

— Потому что я оказываю финансовую поддержку университету, и к тому же от мисс Кавана не так-то легко отделаться. Она просто мертвой хваткой вцепилась в мой отдел по связям с общественностью, а я уважаю такое упорство.

Да уж, упорства Кейт не занимать. Именно поэтому, вместо того чтобы готовиться к экзаменам, я сижу здесь и ерзаю от смущения под пронизывающим взглядом Грея.

— Вы также вкладываете деньги в сельскохозяйственные технологии. Почему вас интересует этот вопрос?

— Деньги нельзя есть, мисс Стил, а каждый шестой житель нашей планеты голодает.

— То есть вы делаете это из филантропии? Вас волнует проблема нехватки продовольствия?

Грей уклончиво пожимает плечами.

— Это хороший бизнес, — говорит он, как мне кажется, не совсем искренне.

Я не вижу тут никаких возможностей для извлечения прибыли, одну только благотворительность. Немного недоумевая, задаю следующий вопрос:

— У вас есть своя философия? И если да, то в чем она заключается?

— Своей философии как таковой у меня нет. Ну разве что руководящий принцип — из Карнеги: «Тот, кто способен полностью владеть своим рассудком, овладеет всем, что принадлежит ему по праву». Я человек целеустремленный и самодостаточный. Мне нравится все держать под контролем: и себя и тех, кто меня окружает.

— Так значит, вам нравится владеть?

«Тиран!»

— Я хочу заслужить обладание, но в целом — да, нравится.

— Вы суперпотребитель?

— Точно.

Он улыбается, хотя глаза остаются серьезными. Это расходится с его словами о том, что он хочет накормить голодных. У меня неприятное чувство, будто мы говорим о чем-то другом, только я совершенно не понимаю, о чем. Я сглатываю. В комнате становится жарко, а может, меня просто бросило в жар. Поскорее бы закончилось интервью. Ведь у Кейт уже достаточно материала?.. Я смотрю на следующий вопрос.

— Вы приемный ребенок. Как это на вас повлияло?

Ой, какая бестактность! Я смотрю на Грея, надеясь, что он не обиделся. Он хмурит брови.

— У меня нет возможности это узнать.

Мне становится интересно.

— Сколько вам было лет, когда вас усыновили?

— Эти данные можно почерпнуть из общедоступных источников, мисс Стил.

Суров. Я снова краснею. Черт! Конечно, если бы я готовилась к интервью, то знала бы его биографию. Быстро перехожу к следующему пункту.

— У вас нет семьи, поскольку вы много работаете.

— Это не вопрос. — Он краток.

— Прошу прощения. — В его присутствии я чувствую себя нашкодившим ребенком. — Вам пришлось пожертвовать семьей ради работы?

— У меня есть семья. Брат, сестра и любящие родители. Никакой другой семьи мне не надо.

— Вы гей, мистер Грей?

Он резко вздыхает, и я в ужасе съеживаюсь. Зачем я читаю все подряд? Как теперь объяснишь, что вопросы не мои? Ох уж эта Кейт! Нашла что спрашивать!

— Нет, Анастейша, я не гей.

Брови удивленно подняты, в глазах холодный блеск. Похоже, ему неприятно.

— Прошу прощения. Тут так написано.

В первый раз за все время он назвал меня по имени. Сердце у меня забилось, а щеки опять покраснели. Я снова пытаюсь заложить за ухо непослушную прядь.

Он склоняет голову набок.

— Вы не сами писали вопросы?

Кровь отливает у меня от лица. Только не это.

— Э… нет. Кейт, то есть мисс Кавана, дала мне список.

— Вы с ней вместе работаете в студенческой газете?

Черт! Я не имею никакого отношения к студенческой газете. Это ее общественная работа, а не моя. Мое лицо пылает.

— Нет, она моя соседка по комнате.

Грей в раздумье трет подбородок, его серые глаза оценивающе смотрят на меня.

— Вы сами вызвались на это интервью? — спрашивает он ровным голосом.

Постойте, кто тут кого интервьюирует? Но под его прожигающим насквозь взглядом я вынуждена отвечать правду.

— Меня попросили. Она заболела, — почти шепчу я.

— Тогда понятно.

В дверь стучат, и входит блондинка номер два.

— Прошу прощения, мистер Грей, через две минуты у вас следующий посетитель.

— Мы еще не закончили, Андреа. Пожалуйста, отмените встречу.

Андреа в нерешительности глядит на него, похоже, не зная, что предпринять. Он медленно поворачивается в ее сторону и поднимает бровь. Она заливается краской. О господи, не одна я такая.

— Хорошо, мистер Грей, — бормочет она и выходит.

Он хмурится и снова переносит внимание на меня.

— Так на чем мы остановились, мисс Стил?

О, мы вернулись к «мисс Стил».

— Мне неловко отрывать вас от дел.

— Я хочу узнать о вас побольше. По-моему, это справедливо.

В его серых глазах горит любопытство. Вот влипла! Что ему надо? Он кладет руки на подлокотники и сплетает пальцы под подбородком. Его рот меня ужасно… отвлекает. Я сглатываю.

— Ничего интересного, — говорю я, снова краснея.

— Чем вы намерены заниматься после университета?

Я пожимаю плечами, смущенная его вниманием. «Переберусь вместе с Кейт в Сиэтл, найду квартиру, устроюсь на работу», — так далеко я не загадывала.

— Еще не решила, мистер Грей. Сначала мне нужно сдать выпускные экзамены.

К которым я должна сейчас готовиться — а не сидеть в роскошном стерильном офисе, изнывая под вашим проницательным взглядом.

— У нас отличные программы стажировки для выпускников, — произносит Грей негромко, и у меня глаза лезут на лоб. Он предлагает мне работу?

— Хорошо, буду иметь в виду, — бормочу я, совершенно сбитая с толку. — Хотя, по-моему, я вам не гожусь.

Черт. Лучше бы я промолчала.

— Почему вы так думаете?

Он вопросительно склоняет голову на сторону, тень улыбки мелькает на губах.

— Это же очевидно.

Я неуклюжая, растрепанная и не блондинка.

— Мне — нет.

Взгляд его становится пристальным, он вовсе не шутит, и у меня внезапно сводит мышцы где-то в глубине живота. Я отвожу глаза и упираюсь взглядом в свои сплетенные пальцы. Что вообще происходит? Мне пора идти. Я тянусь за диктофоном.

— Если позволите, я вам все тут покажу, — предлагает он.

— Мне бы не хотелось отрывать вас от дел, мистер Грей, а кроме того, у меня впереди очень долгая дорога.

— Вы хотите сегодня вернуться в Ванкувер, в университет? — Он удивлен и даже встревожен. Мельком смотрит в окно, за которым начинает накрапывать дождь. — Езжайте осторожнее, — говорит он строго. Ему-то какое дело? — Вы все взяли, что хотели?

— Да, сэр, — отвечаю я, заталкивая диктофон в сумку. — Благодарю вас за интервью, мистер Грей.

— Было очень приятно с вами познакомиться. — Неизменно вежлив.

Я встаю. Грей тоже встает и протягивает мне руку.

— До скорой встречи, мисс Стил.

Это похоже на вызов или на угрозу. Трудно разобрать. Я хмурюсь. Зачем нам встречаться? Когда я пожимаю его руку, то снова чувствую между нами этот странный электрический ток. Наверное, я переволновалась.

— Всего доброго, мистер Грей.

С плавной грацией атлета он подходит к двери и распахивает ее передо мной.

— Давайте я помогу вам выбраться отсюда, мисс Стил. — Грей чуть улыбается. Очевидно, намекает на мое совсем не изящное появление в его кабинете.

— Вы очень предусмотрительны, мистер Грей, — огрызаюсь я, и его улыбка становится шире. «Рада, что позабавила вас, мистер Грей», — мысленно шиплю я и от негодования выхожу в фойе. К моему удивлению, он выходит вместе со мной. Андреа и Оливия поднимают головы, они тоже удивлены.

— У вас было пальто? — спрашивает Грей.

— Да.

Оливия вскакивает и приносит мою куртку, но не успевает подать мне — ее забирает Грей. Он помогает мне одеться, я, смущаясь, влезаю в куртку. На мгновение Грей кладет руки мне на плечи. У меня перехватывает дыхание. Если он и замечает мою реакцию, то ничем это не выдает. Его длинный указательный палец нажимает на кнопку вызова лифта, и мы стоим и ждем: я — изнывая от неловкости, он — совершенно невозмутимо. Наконец двери подъехавшего лифта открывают путь к спасению. Мне необходимо как можно скорее выбраться отсюда. Обернувшись, я вижу, что Грей стоит рядом с лифтом, опершись рукой о стену. Он очень, очень красив. Меня это смущает. Не сводя с меня пронзительного взгляда серых глаз, он произносит:

— Анастейша.

— Кристиан, — отвечаю я.

К счастью, дверь закрывается.

Глава 2

Сердце колотится. Лифт приезжает на первый этаж, и я выскакиваю из него сразу же, как только раскрываются двери, спотыкаюсь на ходу, но, к счастью, удерживаюсь на ногах. Не хватало еще растянуться прямо здесь — на безупречно чистом каменном полу. Я пулей вылетаю из широких стеклянных дверей и окунаюсь в бодрящий сырой воздух Сиэтла. Подняв лицо, ловлю холодные капли освежающего дождя и стараюсь дышать глубоко, чтобы вернуть утраченное душевное равновесие.

Ни один мужчина не производил на меня такого впечатления, как Кристиан Грей. Что в нем особенного? Внешность? Обаяние? Богатство? Власть? Все равно непонятно, что на меня нашло. Хорошо хоть все позади. Я вздыхаю с облегчением, прислонившись к стальной колонне, изо всех сил стараюсь собраться с мыслями. Трясу головой. Господи, да что же это такое! Наконец сердце успокаивается, и я снова могу нормально дышать. Теперь можно идти к машине.

Выехав из города, снова и снова прокручиваю в памяти интервью. Вот ведь неуклюжая дура! Похоже, я все напридумывала, а теперь переживаю. Допустим, он очень красивый, спокойный, властный, уверенный в себе. И в то же время — холодный, высокомерный и деспотичный, несмотря на безупречные манеры. Однако можно посмотреть и с другой стороны. Невольный холодок бежит у меня по спине. Да, высокомерный, но у него для этого есть все основания — такой молодой, а уже очень многого добился. Он не любит дураков, а кто их любит? Я снова злюсь на Кейт — ничего не сказала мне о его биографии.

По пути к I-5 мне не дает покоя вопрос: что заставляет человека стремиться к успеху? Некоторые ответы Грея похожи на головоломку — как будто в них есть какой-то скрытый смысл. А уж вопросы! Как можно спрашивать про усыновление? И не гей ли он? Я содрогаюсь. Неужели я произнесла это вслух? Ох, ну ничего себе! Теперь буду мучиться неловкостью... Черт бы побрал Кэтрин Кавана!

Я смотрю на спидометр: скорость меньше, чем обычно. И я знаю, это из-за двух проницательных серых глаз и строгого голоса, приказывающего ехать аккуратно. Я встряхиваю головой и понимаю, что Грей ведет себя так, словно он в два раза старше своих лет.

«Забудь о нем, Ана», — одергиваю я себя. Интересное вышло приключение, но не стоит на нем зацикливаться. Все уже закончилось. Я никогда его больше не увижу. От этой мысли настроение сразу же улучшается. Я включаю

MP3-плеер, делаю звук погромче, откидываюсь на спинку сиденья и под пульсирующий грохот выжимаю педаль газа. На подъезде к I-5 я замечаю, что еду быстро — так, как хочется мне.

Мы живем в Ванкувере, штат Вашингтон, в небольшом таунхаусном поселке недалеко от университетского кампуса. Мне повезло: родители Кейт купили ей здесь квартиру, и она берет с меня за жилье совсем смешные деньги. Ее квартира была нашим домом последние четыре года. Подъезжая к дверям, я понимаю, что Кейт от меня не отстанет, пока не получит подробный отчет. Ладно, у нее есть запись. Надеюсь, мне не придется распространяться ни о чем, кроме самого интервью.

— Ана! Ты вернулась! — Кейт сидит в гостиной, обложенная книгами. Она явно готовилась к экзаменам, хотя на ней по-прежнему розовая фланелевая пижама с симпатичными маленькими кроликами. Кейт надевает ее, только когда ей плохо: после расставания с очередным бойфрендом, во время болезни или в периоды дурного настроения. Она вскакивает мне навстречу и крепко обнимает.

— Я уже начала волноваться. Думала, ты вернешься раньше.

— Если учесть, что интервью затянулось, я еще довольно быстро.

— Ана, спасибо огромное! Я у тебя в долгу по гроб жизни. Расскажи, как все прошло? Как он тебе?

Ну вот! Пошли расспросы!

Попробуй на это ответь. Ну что я могу сказать?

— Хорошо, что все закончилось и мне больше не надо с ним встречаться. Если честно, я его побаиваюсь. — Я пожимаю плечами. — Он очень настойчивый, даже наглый. К тому же совсем молодой.

Кейт смотрит на меня невинным взглядом. Я хмурюсь.

— Не делай вид, что ты не знала! Почему ты не дала мне его биографию? Он выставил меня идиоткой: я абсолютно ничего не знала о человеке, у которого беру интервью.

Кейт зажимает себе рот ладонью.

— О черт! Ана, прости, я не подумала.

Я злюсь.

— Грей держится вежливо, строго и немного официально — как будто он сильно старше своих лет. Ни за что не скажешь, что ему меньше тридцати. А вообще, сколько ему лет?

— Двадцать семь. Черт, Ана, извини. Я должна была тебе про него рассказать, но я просто впала в панику. Давай диктофон, я расшифрую запись.

— Выглядишь уже лучше. Ты ела суп? — спрашиваю я, чтобы сменить тему.

— Да, очень вкусно, как всегда. Сразу полегчало. — Она благодарно улыбается.

Я смотрю на часы.

— Мне надо бежать. Я еще успеваю в «Клейтонс».

— Ана, ты же устала.

— Ерунда. Пока.

Я работаю в «Клейтонсе» с тех пор, как поступила в Вашингтонский университет. Это самый большой в Портленде несетевой магазин, торгующий инструментами и строительными материалами. За это время я стала немного разбираться в том, что мы здесь продаем, но на самом деле мастерить я совершенно не умею. В нашей семье всякими ремонтными делами занимается папа. Вот посидеть с книжечкой в кресле у камина — это по моей части. Я рада, что успела на свою смену, — смогу сосредоточиться на чем-то помимо Кристиана Грея. У нас много посетителей: начинается летний сезон, и все взялись за ремонт. Миссис Клейтон мне очень обрадовалась.

— Ана! Я уж думала, ты сегодня не придешь!

— Я освободилась пораньше. Так что могу поработать пару часов.

— Вот и замечательно.

Она посылает меня на склад пополнить наши запасы, и вскоре я с головой ухожу в работу.

Вернувшись домой, я застаю Кейт сидящей в наушниках за ноутбуком. Нос у нее по-прежнему красный, но она с сумасшедшей скоростью стучит по клавишам. Сил совсем не осталось: долгая дорога, изнурительное интервью и тяжелая смена в «Клейтонсе» вымотали меня окончательно.

Я валюсь на кушетку, размышляя о недописанном сочинении и о том, как наверстать время, потраченное на… *него*.

— Отличный материал, Ана. Ты просто молодчина. Но я не понимаю, почему ты отказалась, когда он предложил показать тебе свои владения. Он явно не хотел тебя отпускать.

Кейт кидает на меня короткий вопросительный взгляд.

Я краснею, и мое сердце начинает отчаянно биться. Вовсе он не из-за этого. Просто ему хотелось показать, что он здесь господин и повелитель. Я чувствую, что кусаю губу — надеюсь, Кейт не заметила. Похоже, она полностью поглощена расшифровкой.

— Теперь понятно, что ты имела в виду под «официальным тоном». А ты что-нибудь записывала?

— Нет, не записывала.

— Ну и ладно. Тут хватит на статью. Эх, жалко, что у нас нет фотографа. Красивый сукин сын, правда?

Я краснею.

— Да, ничего, — отвечаю я как можно более безразличным тоном. Кажется, у меня получается.

— Да ладно, перестань, Ана, неужели он не произвел на тебя впечатления? — Кейт поднимает идеальную бровь.

Чтоб тебе!.. Я пускаю в ход лесть — это всегда хорошо работает.

— Ты бы из него выжала гораздо больше.

— Сильно сомневаюсь. Он практически предложил тебе работу! С учетом того, что интервью на тебя свалилось в последнюю минуту, ты справилась просто на отлично.

Она задумчиво смотрит на меня, и я спешно отступаю на кухню.

— Так что ты о нем думаешь?

Вот пристала! Как будто больше поговорить не о чем.

— Он необычайно целеустремленный, собранный, высокомерный — даже страшно становится, но притом очень харизматичный. В нем есть свое очарование, тут не поспоришь, — честно отвечаю я, надеясь, что тема закрыта.

— Ты очарована мужчиной? Это что-то новенькое, — фыркает Кейт.

Я начинаю резать сэндвичи, чтобы она не видела моего лица.

— Зачем ты спрашивала, не гей ли он? Кстати, был самый глупый вопрос из всех. Я просто обмерла, да и он явно не обрадовался.

Я морщусь от одного воспоминания.

— В светской хронике нет ни слова о его подружках.

— Ужасно неловко получилось. Да и все интервью… Хорошо, что я больше никогда его не увижу.

— Да ладно, я тебе не верю. Судя по всему, ты ему приглянулась.

Я ему приглянулась? Глупости какие!

— Хочешь сэндвич?

— Да, спасибо.

К моему большому облегчению, мы больше не возвращаемся к разговору о Кристиане Грее. После ужина я сажусь за обеденный стол рядом с Кейт и, пока она работает над статьей, пишу сочинение по «Тесс из рода д'Эрбервиллей». Черт, она родилась не в то время и не в том месте. Когда я заканчиваю, на часах уже полночь, Кейт давно ушла спать. Я бреду к себе в комнату, усталая, но довольная, что так много сделала за понедельник.

Свернувшись калачиком на белой железной кровати, закутавшись в мамино лоскутное одеяло, я закрываю глаза и моментально засыпаю. Мне снятся темные холлы, холодные белые полы и серые глаза.

Оставшаяся неделя полностью посвящена зубрежке и работе. Кейт тоже занята: ей надо сделать последний номер студенческого журнала (потом она передаст его новому редактору) и, конечно, готовиться к экзаменам. К среде она уже почти поправилась, и мне больше не надо любоваться кроликами на ее фланелевой пижамке. Я звоню маме в Джорджию, узнать, как у нее дела, и чтобы она пожелала мне удачи на выпускных экзаменах. Она рассказывает мне о своей новой затее — производстве свечей. У мамы постоянно возникают новые бизнес-идеи. На самом деле ей скучно и хочется чем-то себя занять, но она не может подолгу думать о чем-нибудь одном. На следующей неделе опять будет что-то новое. Меня это беспокоит. Хочется верить, что она не заложила дом, чтобы найти деньги на предприятие.

Надеюсь, Боб — относительно новый, но намного старше ее по возрасту муж — присматривает за ней в мое отсутствие. Он гораздо практичнее, чем муж номер три.

— А как твои дела, Ана?

Всего лишь мгновение я молчу, и она сразу настораживается.

— Все в порядке, мам.

— Ана? У тебя кто-то появился?

Ну ничего себе! Как она догадалась? В ее голосе явно чувствуется волнение.

— Нет, мам, никого. Я тебе первой скажу, если появится.

— Ана, тебе надо почаще бывать на людях. Я за тебя беспокоюсь.

— Мам, со мной все в порядке. А как там Боб?

Отвлечение — самая выгодная тактика, это давно известно.

Ближе к вечеру я звоню Рэю — моему отчиму, маминому мужу номер два, человеку, которого считаю своим отцом и чью фамилию ношу. Мы разговариваем недолго. На самом деле это даже не разговор: он кряхтит в ответ на мои расспросы. Рэй не очень-то разговорчив. Но он все еще жив, все еще смотрит по телевизору футбол, ходит в боулинг и на рыбалку, а в остальное время занимается изготовлением мебели. Рэй — искусный столяр. Это благодаря ему я умею отличить шпатель от ножовки.

В пятницу мы с Кейт обсуждаем, куда бы нам отправиться сегодня вечером — мы хотим отдохнуть от занятий, работы и студенческой газеты, — когда раздается звонок в дверь. На пороге стоит мой старый приятель Хосе с бутылкой шампанского в руках.

— Хосе! Как я рада тебя видеть! — Я на мгновение обнимаю его. — Заходи!

Хосе — первый человек, с которым я познакомилась, когда только приехала в Вашингтонский университет и чувствовала себя одинокой и потерянной. Мы сразу распознали друг в друге родственную душу. У нас не только одинаковое чувство юмора; как выяснилось, Рэй и Хосе-старший служили в армии в одном подразделении. В результате наши отцы тоже стали друзьями. Хосе изучает инженерное дело. В своей семье он первый, кто поступил в колледж. Хосе очень способный парень, но его настоящая страсть — фотография. Он умеет видеть хорошие кадры.

— У меня для тебя новость. — Он усмехается, темные глаза лучатся.

— Ты хочешь сказать, что тебя еще не вышибли из университета? — поддразниваю я, и он притворно хмурится.

— В следующем месяце в Портлендской галерее пройдет выставка моих фотографий.

— Потрясающе! Поздравляю! — На радостях я снова его обнимаю.

Кейт тоже сияет.

— Так держать, Хосе! Я обязательно напишу об этом в газете. Ах, как же я люблю в самую последнюю минуту, в пятницу вечером, вносить редакторскую правку! — смеется она.

— Это надо отпраздновать. Я приглашаю тебя на открытие. — Хосе пристально смотрит на меня. Я краснею. — Вас обеих, конечно, — добавляет он, смущенно оглядываясь на Кейт.

Мы с Хосе хорошие друзья, хотя я догадываюсь, что ему хотелось бы большего. Он милый и остроумный, но для меня он как брат. Кэтрин часто смеется надо мной, говоря, что у меня просто отсутствует ген, отвечающий за потребность в бойфренде, а на самом деле мне просто не встретился такой человек, который… ну, который бы мне понравился. Хотя где-то в глубине души я мечтаю о дрожащих коленях, сердце, выпрыгивающем из груди, головокружении и бессонных ночах.

Иногда я думаю: может, со мной что-то не так? Может, я слишком много времени проводила в обществе романтических героинь и теперь у меня завышенные ожидания? Увы, никто и никогда не вызывал у меня подобных чувств.

«До недавнего времени», — шепчет едва слышный назойливый голос из подсознания. НЕТ! Я стараюсь подавить воспоминания. Не буду, не буду о нем думать! И еще это ужасное интервью! «Вы гей, мистер Грей?» — я кривлюсь от воспоминания. Да, после нашей встречи он снится мне чуть ли не каждую ночь... Впрочем, так я просто стараюсь избавиться от назойливых мыслей, верно?

Я смотрю, как Хосе открывает бутылку шампанского. Он высок ростом, футболка и джинсы облегают широкие плечи и крепкие мускулы, у него смуглая кожа, темные волосы и жгучие черные глаза. Да, Хосе классный парень, но, думаю, он давно уже понял, что мы с ним просто друзья. Пробка вылетает с громким хлопком, Хосе смотрит на меня и улыбается.

Суббота в магазине — просто кошмар. Нас осаждают толпы умельцев, желающих подремонтировать свои дома. Мистер и миссис Клейтон, Джон и Патрик — еще двое студентов — и я — все сбиваемся с ног. Ближе к обеденному перерыву наступает затишье, и, пока я сижу за прилавком рядом с кассой, медленно поедая бейгл, миссис Клейтон просит меня проверить заказы. Надо сверить каталожные номера товаров, которые нам нужны, и тех, которые мы заказали; по мере того как я проверяю их соответствие, мой взгляд скользит от бланка заказа к экрану компьютера и обратно. Потом я почему-то поднимаю голову... и вижу серые самоуверенные глаза Кристиана Грея, который стоит по ту сторону прилавка и пристально меня рассматривает.

Сердце замирает.

— Мисс Стил, какой приятный сюрприз. — Он и не думает отводить взгляд.

Вот черт! Как он здесь оказался, да еще в таком походном виде: взъерошенные волосы, свитер грубой вязки, джинсы и туристические ботинки? Челюсть у меня отваливается, и в голове не остается ни одной мысли.

— Мистер Грей, — шепчу я, потому что на большее не способна.

На его губах мелькает тень улыбки, а глаза сияют от смеха, как будто он наслаждается какой-то, одному ему понятной шуткой.

— Я тут случайно оказался поблизости и решил сделать кое-какие покупки. Рад снова видеть вас, мисс Стил.

Его голос теплый и низкий, как растопленный черный шоколад... или что-то в этом роде.

Я встряхиваю головой, чтобы собраться с мыслями. Сердце выстукивает бешеный ритм, от пристального взгляда серых глаз я почему-то краснею как маков цвет. В его присутствии у меня сразу отнимается язык. Мне казалось, что он просто симпатичный. Но это не так. Кристиан Грей просто потрясающе, умопомрачительно красив. И он стоит здесь, в магазине строительных товаров «Клейтонс». Ну и дела. Наконец ко мне возвращается способность думать.

— Ана, меня зовут Ана, — бормочу я. — Что вам показать, мистер Грей?

Он снова улыбается так, словно ему известен какой-то большой секрет. Глубоко вздохнув, я напускаю на себя вид прожженного профессионала — «я-уже-сто-лет-работаю-в-этом-магазине». У меня получится.

— Для начала покажите мне кабельные стяжки, — произносит он. Взгляд серых глаз невозмутим, но задумчив.

Кабельные стяжки?

— У нас есть стяжки различной длины. Показать вам? — отвечаю я тихим прерывающимся голосом и приказываю себе: «Соберись, Стил».

Красивые брови мистера Грея немного хмурятся.

— Да, пожалуйста, мисс Стил, — отвечает он.

Я выхожу из-за прилавка и стараюсь держаться как ни в чем не бывало, но на самом деле сейчас у меня в голове только одна мысль: лишь бы не упасть. Ноги внезапно превратились в желе. Как хорошо, что я сегодня надела свои лучшие джинсы.

— Это в электротоварах, в восьмом ряду. — Мой голос звучит чуть радостней, чем следует. Я смотрю на него и сразу же об этом жалею. Черт, какой же он красивый.

— Только после вас, — произносит Грей, сделав мне пригласительный жест рукою с безупречным маникюром.

Мне трудно дышать: сердце бьется у самого горла и вот-вот выскочит изо рта. Я иду по проходу в секцию электрооборудования. Как он оказался в Портленде? И что ему надо в «Клейтонсе»? Крошечный, незагруженный уголок моего сознания — вероятно, расположенный в основании продолговатого мозга — подсказывает: «Он здесь из-за тебя». Нет, ерунда, не может такого быть! Зачем я могла понадобиться этому красивому, богатому человеку с изысканными манерами? Мысль кажется мне нелепой, и я выкидываю ее из головы.

— Вы приехали в Портленд по делам? — спрашиваю я, и мой голос срывается на визг, как будто мне прищемило дверью палец.

«Черт! Ана! Постарайся успокоиться!» — внушаю я себе.

— Заехал на экспериментальную ферму Вашингтонского университета, расположенную в Ванкувере. Я финансирую кое-какие исследования в области севооборота и почвоведения, — ответил он равнодушно.

Видишь? А вовсе не для того, чтобы найти тебя, смеется надо мной мое подсознание, громко, гордо и недовольно. Я выкидываю из головы дурацкие непрошеные мысли.

— Это часть вашего всемирного продовольственного плана?

— Что-то вроде того, — признается Грей, и его губы изгибаются в полуулыбке.

Он изучает имеющийся у нас выбор кабельных стяжек. Что он намерен с ними делать? Он не похож на домашнего умельца. Его пальцы скользят по выложенным на полке упаковкам, и по какой-то необъяснимой причине я не могу на это смотреть. Грей наклоняется и выбирает пакет.

— Вот эти подойдут, — говорит он с заговорщической улыбкой.

— Что-нибудь еще?

— Да, мне нужна изолента.

— Вы делаете ремонт? — Слова вылетают у меня прежде, чем я успеваю подумать. Конечно, он может нанять рабочих, да и наверняка у него есть специальный отдел.

— Нет, это не для ремонта, — отвечает он и хмыкает, и я с ужасом понимаю, что он смеется надо мной.

Что во мне смешного? Я не так одета?

— Сюда, пожалуйста, — в смущении бормочу я. — Изолента в товарах для ремонта.

Грей идет за мной следом.

— А вы давно здесь работаете?

Почему я так нервничаю в его присутствии? Я чувствую себя четырнадцатилетней девочкой — неловкой и чужой. Равнение прямо, Стил!

— Четыре года.

Мы пришли, и, чтобы отвлечься, я наклоняюсь и достаю два мотка изоленты из тех, что у нас есть.

— Я возьму вот эту, — мягко произносит Грей, указывая на более широкую, которую я ему протягиваю. Наши пальцы на мгновение соприкасаются, и снова я ощущаю разряд электрического тока, словно дотронулась до оголенного провода. Я чувствую, как импульс проходит по моему телу и исчезает где-то в глубине живота, и непроизвольно задерживаю дыхание в отчаянной попытке вернуть себе душевное равновесие.

— Что-нибудь еще? — интересуюсь я внезапно охрипшим голосом.

Его глаза слегка расширяются.

— Наверное, веревку, — произносит он хрипло, прямо как я.

— Сюда, пожалуйста. — Я наклоняю голову, чтобы скрыть смущение, и иду вдоль прохода. — Какую именно веревку? У нас есть синтетические и из натуральных волокон… бечевка… шнур…

Я замолкаю под взглядом его потемневших глаз. Черт!

— Отрежьте мне, пожалуйста, пять ярдов из естественных волокон.

Трясущимися пальцами я отмеряю по линейке пять ярдов, чувствуя на себе прожигающий взгляд. Я не смею поднять глаза. Господи, ну почему я так трясусь? Достав из заднего кармана джинсов канцелярский нож, я отрезаю веревку и аккуратно ее сматываю прежде, чем завязать скользящим узлом. Каким-то чудом ухитряюсь при этом не оттяпать себе палец.

— Вы были в скаутском лагере? — спрашивает он, и его лепные чувственные губы изгибаются от удивления. «Не смотри на его рот!» — приказываю я себе.

— Нет, военно-полевые игры — это не мое, мистер Грей.

Он поднимает бровь.

— А что же вам нравится, Анастейша? — В мягком голосе вновь слышна затаенная усмешка.

Я поднимаю на него глаза, не в силах произнести ни слова. «Постарайся держать себя в руках, Ана», — буквально умоляет мое измученное подсознание.

— Книги, — шепчу я, но моя душа так и рвется сказать ему: «Вы! Мне нравитесь вы!» Я сразу же отбрасываю подобные мысли, в ужасе от того, что позволила своему внутреннему «я» зайти слишком далеко.

— А какие книги? — Он наклоняет голову набок.

Ему-то какая разница?

— Ну, обычные. Классика. Британская литература в основном.

Грей трет подбородок длинным указательным пальцем, как бы обдумывая мой ответ. Скорее всего, ему просто скучно, и он пытается это скрыть.

— Вам нужно что-нибудь еще? — Надо сменить тему: пальцы, касающиеся лица, меня ужасно отвлекают.

— Даже не знаю. А вы что посоветуете?

«Ну как я могу посоветовать? Я ведь понятия не имею, чем вы занимаетесь», — едва не срывается с моих губ, но вслух я интересуюсь:

— Вы собрались что-то мастерить? — Я краснею, и глаза мои почему-то сами опускаются на его облегающие джинсы. — Купите рабочий комбинезон, — продолжаю я, понимая, что уже не могу контролировать слова.

Он поднимет бровь: очевидно, я опять его насмешила.

— Чтобы не испачкать одежду. — Я делаю неопределенный жест в сторону его джинсов.

— Ее всегда можно снять, — ухмыляется Грей.

— Хм. — Я чувствую, что мои щеки снова заливаются краской. Наверное, я сейчас цвета коммунистического манифеста. «Хватит болтать. Прекрати болтать немедленно», — приказывает подсознание.

— Возьму-ка я парочку комбинезонов. А то, не дай бог, одежду испорчу, — говорит он без всякого выражения.

Я представляю себе Кристиана Грей без джинсов и тут же стараюсь избавиться от этого видения.

— Что-нибудь еще? — пищу я, протягивая ему парочку синих комбинезонов.

Он не обращает внимания на мой вопрос.

— Как продвигается ваша статья?

Наконец-то нормальный вопрос, без всяких намеков и экивоков… вопрос, на который я могу ответить. Я хватаюсь за него крепко обеими руками, как за спасательный плот, и честно отвечаю:

— Статью пишу не я, а Кэтрин. Мисс Кавана. Моя соседка по комнате, начинающая журналистка. Она — редактор студенческого журнала и страшно переживала, что не смогла приехать сама, чтобы взять у вас интервью. — Я ужасно рада, что наконец-то можно передохнуть от его двусмысленных замечаний. — Статья получилась отличная, только Кейт расстраивается, что у нее нет ваших фотографий.

Грей поднимает бровь.

— А какого рода фотографии ей нужны?

Неожиданный ответ. Я качаю головой, потому что не знаю.

— Ну хорошо, я пока здесь. Может, завтра... — Он умолкает.

— Вы согласны на фотосессию? — Я опять взвизгиваю. Кейт будет на седьмом небе от счастья, если я сумею это провернуть. «И ты сможешь снова увидеть его завтра», — тихонько нашептывает темный уголок моего подсознания. Я отбрасываю эту глупую, несуразную мысль.

— Кейт ужасно обрадуется... Если, конечно, мы найдем фотографа. — Я так довольна, что расплываюсь до ушей.

Грей открывает рот, словно ему не хватает воздуха, и хлопает ресницами. Какое-то мгновение он выглядит потерянным. Земля сдвигается с оси, и тектонические плиты смещаются со своих мест.

О боже! Кажется, Кристиан Грей обескуражен.

— Сообщите мне насчет завтра. — Он достает из заднего кармана бумажник и протягивает мне визитку. — Вот моя карточка. Это номер мобильного. Позвоните завтра утром до десяти.

— Хорошо. — Я улыбаюсь в ответ. Кейт будет в восторге.

— Ана!

На другом конце прохода материализуется Пол — младший брат мистера Клейтона. Я слышала, что он вернулся из Принстона, но не ожидала сегодня его увидеть.

Мы с Полом всегда были приятелями, и сейчас, когда предо мной стоит богатый, могущественный, невероятно привлекательный Кристиан Грей, привыкший все держать под контролем, очень хочется поговорить с нормальным человеком. Пол застает меня врасплох и крепко обнимает.

— Ана, привет, рад тебя видеть! — в восторге кричит он.

— Привет, Пол! Как поживаешь? Приехал на день рождения к брату?

— Ага. Ты выглядишь просто потрясающе, Ана, — ухмыляется он, разглядывая меня на расстоянии вытянутой руки. Затем он разжимает объятия, но оставляет свою руку на моем плече. Я в смущении переминаюсь с ноги на ногу. Пол — хороший парень, только немного бесцеремонный.

Когда я снова перевожу взгляд на Кристиана Грея, он смотрит на нас, как ястреб: серые глаза прикрыты и задумчивы, губы плотно сжаты. Передо мной уже не внимательный покупатель, а кто-то другой — холодный и далекий.

— Пол, я занимаюсь с клиентом. Ты должен с ним познакомиться, — говорю я, стараясь растопить враждебность в глазах Грея. Тащу Пола к нему, и они окидывают друг друга оценивающими взглядами. Атмосфера просто ледяная.

— Пол, это Кристиан Грей. Мистер Грей, это Пол Клейтон, брат хозяина магазина.

Сама не знаю почему, я чувствую необходимость в дальнейших объяснениях.

— Мы знакомы давно, с тех пор, как я здесь работаю, но видимся не часто. Пол изучает менеджмент в Принстонском университете, — лепечу я. «Замолчи, хватит!»

— Мистер Клейтон. — Кристиан протягивает руку, по выражению его лица нельзя ничего понять.

— Мистер Грей. — Пол отвечает на рукопожатие. — Постойте, тот самый Кристиан Грей? Глава холдинга «Грей энтерпрайзес»? — За долю секунды неприязнь на лице Пола сменяется благоговейным трепетом. Грей вежливо улыбается, но глаза остаются холодными. — Здорово! Могу я вам чем-нибудь помочь?

— Анастейша уже со всем справилась. Она была очень внимательна. — Внешне он совершенно невозмутим, но его слова… Как будто он имеет в виду нечто совершенно другое. Я совершенно сбита с толку.

— Отлично, — откликается Пол. — Еще увидимся, Ана.

— Конечно, Пол. — Я смотрю, как он исчезает за дверью подсобки. — Что-нибудь еще, мистер Грей?

— Нет, это все. — Он говорит отрывисто и холодно. Черт! Я чем-то его обидела? Глубоко вздохнув, я поворачиваюсь и иду к кассе. Что с ним такое?

Я пробиваю веревку, комбинезоны, изоленту и кабельные стяжки.

— Все вместе — сорок три доллара. — Лучше бы я на него не смотрела. Он глядит на меня пристально, серые глаза внимательны и туманны. Мне сразу становится не по себе.

— Пакет вам нужен? — спрашиваю я, беря у него кредитку.

— Да, Анастейша. — Его язык ласкает мое имя, и сердце у меня снова начинает колотиться. Чуть дыша, я складываю покупки в пластиковый пакет.

— Вы позвоните мне, если я буду вам нужен для фотографии? — Он снова заговорил деловым тоном.

Я киваю, в очередной раз лишившись дара речи, и протягиваю ему кредитную карточку.

— Хорошо. Возможно, до завтра. — Он поворачивается, чтобы уйти, а затем останавливается. — Да, еще... Знаете, Анастейша, я рад, что мисс Кавана не смогла приехать на интервью.

Он улыбается и широким шагом целеустремленно идет к выходу, оставив бурлить во мне массу обезумевших женских гормонов. Я несколько минут смотрела на закрытую дверь, из которой он только что вышел, прежде чем вновь вернулась на нашу планету.

Ладно, надо признать — он мне нравится. Притворяться дальше бессмысленно. Я никогда раньше не испытывала подобных чувств. Он очень, очень хорош собой. Но это безнадежно, я знаю и вздыхаю с одновременно горестным и сладостным сожалением. То, что он пришел сюда, — простое совпадение. Впрочем, никто не запрещает мне восхищаться им издалека, ведь правда? Мне это ничем не грозит. И если я найду фотографа, то завтра смогу увидеть предмет своего обожания. Я кусаю губу в предвкушении и глупо улыбаюсь, как школьница. Надо позвонить Кейт и организовать фотосессию.

Глава 3

Кейт в экстазе.

— А что ему понадобилось в «Клейтонсе»?

Ее любопытство просачивается сквозь телефон. Я стою в подсобке, стараясь говорить как ни в чем не бывало.

— Случайно оказался поблизости.

— Уж больно много совпадений, Ана. Не искал ли он тебя? — задумчиво говорит она.

От этой мысли сердце екает, однако радость моя длится недолго. Как ни грустно, надо признать: Грей приезжал по делам.

— Он посетил экспериментальную ферму Вашингтонского университета. Финансирует какие-то исследования, — бормочу я.

— Да, он выделил им грант в два с половиной миллиона долларов.

Ого!

— Откуда ты знаешь?

— Ана, я журналистка, я собирала о нем сведения. Это моя работа — знать такие вещи.

— Ладно, Карла Бернстайн[1], успокойся. Так тебе нужны эти фотографии?

— Разумеется. Вопрос в том, кто их будет делать и где?

— Мы можем спросить его. Он сейчас здесь.

— А ты можешь с ним связаться?

— У меня есть номер его мобильного.

Кейт шумно вздыхает.

— Самый богатый, недоступный, самый таинственный холостяк в штате Вашингтон запросто дал тебе номер своего мобильного.

— Ну да.

— Ана! Ты ему нравишься. Тут и думать не о чем, — произносит она убежденно.

— Кейт, с его стороны это простая любезность.

Еще не договорив, я понимаю, что это неправда. Любезность совсем не в характере Кристиана Грея. Он вежлив, не более того. И маленький тихий голосок шепчет: возможно, Кейт права. От этой мысли у меня мурашки бегут по коже. Но ведь сказал же он: «Я рад, что Кейт не смогла приехать на интервью». В тихом восторге я обхватываю себя руками и начинаю раскачиваться из стороны в сторону, лелея мысль о том, что и впрямь, хоть ненадолго, ему понравилась. Кейт возвращает меня к реальности.

— Но у нас нет фотографа. Леви как раз на эти выходные уехал домой, в Айдахо-Фоллз. Вот он расстроится, когда

---

[1] Карл Бернстайн — американский журналист, широко известный в США и Западной Европе своей работой по Уотергейтскому делу.

узнает, что упустил шанс снять одного из ведущих американских промышленников!

— Хм... Может, попросить Хосе?

— Это мысль! Попроси его, он для тебя все на свете сделает. Потом позвонишь Грею и узнаешь, где ему удобнее. — Кейт ужасно бесцеремонна насчет Хосе.

— Думаю, ты должна сама ему позвонить.

— Кому, Хосе? — издевается Кейт.

— Нет, Грею.

— Ана, это у тебя с ним роман.

— Роман? — Мой голос взлетает на несколько октав. — Да я с ним едва знакома.

— Ну, ты по крайней мере с ним разговаривала, — отвечает Кейт с досадой. — И похоже, он хочет познакомиться с тобой поближе. Ана, просто позвони ему, и все, — в приказном тоне говорит она и вешает трубку. У нее иногда прорезаются командирские замашки. Я хмурюсь, глядя на телефон, и показываю ему язык.

Не успеваю я отправить сообщение Хосе, как в подсобку заходит Пол. Ему нужна наждачная бумага.

— Ана, у нас там полно посетителей, — желчно замечает он.

— Прошу прощения. — Я поворачиваюсь, чтобы идти.

— А где ты познакомилась с Кристианом Греем? — нарочито небрежно спрашивает Пол.

— Брала у него интервью для нашей студенческой газеты, когда Кейт заболела.

Я пожимаю плечами, стараясь, чтобы мои слова прозвучали естественно, но мне это удается не лучше, чем Полу.

— Кристиан Грей в «Клейтонсе». Ну, дела! — Он удивленно фыркает и трясет головой. — Ну, да ладно. Хочешь, сходим куда-нибудь сегодня вечером?

Каждый раз, когда Пол приезжает домой, он приглашает меня на свидание, и я всегда отказываюсь. Это уже стало традицией. Пол выглядит как типичный американский парень с обложки, но он совсем не похож на литературного героя, как ни старайся представить его в этом качестве. А Грей? — спрашивает меня мое подсознание, как бы подняв бровь. Я быстренько его затыкаю.

— Разве вы не будете сегодня отмечать день рождения твоего брата?

— Это завтра.

— Как-нибудь в другой раз, Пол. У меня на следующей неделе выпускные экзамены, мне надо заниматься.

— Ана, когда-нибудь ты ответишь мне «да»! — Он улыбается, и я спасаюсь бегством в торговый зал.

— Ана, я снимаю интерьеры, а не портреты, — стонет Хосе.

— Хосе, ну пожалуйста. — Сжимая телефон, я меряю шагами гостиную нашей квартиры и смотрю в окно на меркнущий вечерний свет.

— Дай мне телефон.

Кейт выхватывает у меня мобильный, откидывая за плечо шелковистые золотые волосы.

— Послушай, Хосе Родригес, если ты хочешь, чтобы наша газета сделала репортаж с открытия твоей выставки, ты должен быть завтра на съемках, усек? — Кейт умеет добиваться своего. — Хорошо. Ана тебе еще позвонит и скажет, когда и где. До завтра. — Она захлопывает телефон. — С этим улажено. Осталось только договориться о времени и месте. Звони ему. — Она протягивает мне мобильный. У меня скручивает живот. — Звони прямо сейчас.

Я бросаю на нее сердитый взгляд и лезу в задний карман за визиткой. Глубоко вздохнув, трясущимися пальцами набираю номер.

Он отвечает на второй звонок. Его голос сдержан, спокоен и холоден.

— Грей.

— Э... мистер Грей? Это Анастейша Стил. — Я не узнаю собственного голоса. Следует короткая пауза. Это просто невыносимо. В душе я вся трепещу.

— Мисс Стил. Рад вас слышать. — Тон изменился. Похоже, он удивлен; в голосе слышно тепло... и даже ласка. Дыхание прерывается, я краснею. Внезапно я осознаю, что Кэтрин Кавана смотрит на меня, открыв рот, и убегаю на кухню, чтобы скрыться от ее проницательных глаз.

— Я звоню по поводу фотосессии для статьи. — «Дыши, Ана, дыши». Мои легкие судорожно втягивают воздух. — Завтра, если вас устроит. Когда вам удобно, сэр?

Я почти вижу улыбку сфинкса.

— Я остановился в отеле «Хитман», в Портленде. Ну, скажем, завтра утром в половине десятого?

— Хорошо, мы приедем. — Я вне себя от восторга — как маленькая девочка, а не взрослая женщина, которая по закону штата Вашингтон имеет право голосовать и покупать алкоголь.

— Жду с нетерпением, мисс Стил. — Я представляю опасный блеск в его серых глазах. Как ему удается вложить в пять коротких слов столько мучительного соблазна? Я отключаюсь. Кейт уже на кухне и смотрит на меня с сосредоточенным выражением на лице.

— Анастейша Роуз Стил. Он тебе нравится! Никогда раньше не видела, чтобы ты так на кого-то реагировала. Ты вся красная.

— Да ладно, Кейт, я постоянно краснею. У меня такая привычка. Не делай далеко идущих выводов, — огрызаюсь я. — Просто в его присутствии я чувствую себя ужасно неловко, вот и все.

— «Хитман», это меня успокаивает, — бормочет Кейт. — Надо будет позвонить менеджеру и договориться о месте для съемки.

— Я приготовлю ужин, а потом мне надо заниматься. — Не в силах скрыть раздражения, я открываю буфет, чтобы приготовить ужин.

Ночью я плохо сплю, все время ворочаюсь с боку на бок. Мне снятся туманные серые глаза, комбинезоны, длинные ноги, тонкие пальцы и темные, неизученные места. Два раза за ночь я просыпаюсь оттого, что сердце колотится, готовое выпрыгнуть из груди. Хороша же я буду назавтра после бессонной ночи! Я взбиваю подушку и пытаюсь наконец улечься.

Отель «Хитман» уютно разместился в самом сердце Портленда. Это величественное здание коричневого камня было построено как раз накануне краха конца 1920-х. Хосе, Тревис и я едем в моем «жуке», а Кейт — в своем «SLK», поскольку в мою машину мы все не влезли. Тревис — друг и помощник Хосе, он будет ставить свет. Кейт ухитрилась договориться с «Хитманом», чтобы нам бесплатно выделили комнату для съемки в обмен на упоминание в журнале. Когда она объясняет на ресепшен, что мы приехали фотографировать известного предпринимателя Кристиана Грея, нам сразу же предоставляют номер люкс. Обычного размера люкс, поскольку самый большой номер, очевидно, занимает мистер Грей. Администратор показывает нам апартаменты — он очень молод и почему-то страшно волнуется. Скорее всего, на него произвела сильное впечатление красота Кейт и ее властные манеры, потому что он послушен ей, как глина рукам скульптора. Комнаты элегантны, сдержанны и богато обставлены.

Времени — девять. У нас в запасе еще полчаса. Кейт разворачивается на полную мощность.

— Хосе, думаю, надо снять его на фоне стены, ты согласен? — Она не дожидается ответа. — Тревис, убери стулья. Ана, позвони, пожалуйста, горничной, чтобы принесли напитки. И скажи Грею, что мы уже здесь.

Раскомандовалась тут. Я закатываю глаза, но делаю, что приказано.

Через полчаса Кристиан Грей входит в наш номер.

Ух ты! На нем белая рубашка с распахнутым воротом и серые фланелевые брюки, сидящие на бедрах. Непослушные волосы еще влажные после душа. Я смотрю на него, и во рту у меня все пересыхает. Он жутко сексуальный. За Греем в номер заходит какой-то мужчина лет тридцати пяти, заросший щетиной и коротко стриженный, в строгом темном костюме и галстуке, и молча становится в углу. Его карие глаза невозмутимо следят за нами.

— Рад вас видеть, мисс Стил. — Грей протягивает руку, и я жму ее, быстро моргая. Ох... какой он... обалдеть. Прикасаясь к его руке, я чувствую, как по телу пробегает приятный ток, смущаюсь и краснею. Наверное, мое неровное дыхание слышно всем вокруг.

— Мистер Грей, это Кэтрин Кавана, — бормочу я, сделав жест рукой в сторону Кейт, которая выходит вперед, глядя ему прямо в глаза.

— Настойчивая мисс Кавана. Как вы себя чувствуете? — Он приветливо улыбается. — Надеюсь, вам уже лучше? Анастейша сказала, что на прошлой неделе вы болели?

— Все в порядке, спасибо, мистер Грей. — Она, не моргнув глазом, пожимает его руку.

Кейт училась в лучшей частной школе штата Вашингтон. У нее богатые родители, и она выросла уверенной в себе и своем месте в мире. Я ею восхищаюсь.

— Спасибо, что нашли для нас время. — Она вежливо улыбается.

— Не стоит благодарности, — отвечает он и вновь одаривает меня взглядом серых глаз. Я опять заливаюсь краской. Черт!

— Хосе Родригес, наш фотограф, — говорю я, улыбаясь. Хосе нежно улыбается мне в ответ. Когда он переводит взгляд на Грея, его глаза становятся холодными. — Мистер Грей, — кивает он.

— Мистер Родригес. — Выражение лица Грея тоже меняется, когда он оценивает Хосе. — Где вы хотите меня сфотографировать? — Голос звучит немного угрожающе. Но Кейт не может уступить Хосе главную роль.

— Мистер Грей, вы не могли бы сесть вот здесь? Осторожнее, не споткнитесь о провод. А потом мы сделаем несколько снимков стоя. — Она указывает ему на кресло у стены.

Тревис включает свет, на мгновение ослепляя Грея, и бормочет извинения. Затем мы с Тревисом стоим и смотрим, как Хосе щелкает камерой. Он делает несколько снимков с рук, прося Грея повернуться туда, потом сюда, поднять ладонь, а потом снова опустить. Потом Хосе ставит камеру на штатив и делает еще несколько фотографий, а Грей все это время, примерно двадцать минут, сидит и терпеливо позирует. Моя мечта сбылась — я могу любоваться им с близкого расстояния. Дважды наши глаза встречаются, и я с трудом отрываюсь от его туманного взгляда.

— Сидя достаточно, — снова вмешивается Кейт. — Теперь стоя, если вы не против, мистер Грей.

Он встает, и Тревис бросается убирать стул. Хосе снова щелкает затвором своего «Никона».

— Думаю, достаточно, — провозглашает он через пять минут.

— Замечательно, — говорит Кейт. — Еще раз спасибо, мистер Грей.

Она жмет его руку, а за ней Хосе.

— Буду ждать вашей статьи, мисс Кавана, — бормочет Грей и уже в дверях, повернувшись ко мне, произносит: — Вы меня не проводите, мисс Стил?

— Конечно, — отвечаю я, совершенно обескураженная. Бросаю тревожный взгляд на Кейт, та пожимает плечами. Хосе у нее за спиной мрачно хмурится.

— Всего вам доброго, — произносит Грей, открывая дверь и пропуская меня вперед.

Вот те раз!.. В чем дело? Что ему от меня нужно? Я замираю в коридоре, переминаясь с ноги на ногу, и жду Грея, который выходит из комнаты в сопровождении мистера Короткая Стрижка в строгом костюме.

— Я позвоню тебе, Тейлор, — бросает он Короткой Стрижке. Тейлор уходит по коридору, и Грей обращает свой прожигающий взгляд на меня. О господи! Я что-нибудь сделала не так? — Не хотите выпить со мной кофе?

Сердце стучит у меня в горле. Свидание? Кристиан Грей пригласил меня на свидание? Он спросил, не хочешь ли ты кофе. «Наверное, ему кажется, что ты еще не проснулась», — посмеивается надо мной мое подсознание.

— Мне надо развезти всех по домам, — бормочу я извиняющимся тоном, скручивая руки.

— Тейлор, — кричит он, и я подпрыгиваю от неожиданности. Тейлор, который уже успел отойти, снова идет к нам.

— Они живут в университетском городке? — спрашивает Грей негромко.

Я киваю, не в силах открыть рот.

— Их отвезет Тейлор, мой шофер. У нас тут большой внедорожник, туда влезет и снаряжение.

— Да, мистер Грей? — спрашивает Тейлор как ни в чем не бывало.

— Не могли бы вы отвезти фотографа, его ассистента и мисс Кавана домой?

— Конечно, сэр.

— Ну вот. А теперь вы выпьете со мной кофе? — Грей улыбается, как будто заключил сделку.

Я хмурюсь.

— Э-э... Мистер Грей, вообще-то... Послушайте, Тейлору не обязательно их отвозить. — Я бросаю быстрый взгляд на Грея, который стоически сохраняет невозмутимое выражение лица. — Если вы подождете, мы с Кейт поменяемся машинами.

Грей расплывается в сияющей, беспечной улыбке во весь рот. О, боже... и открывает передо мной дверь номера. Я обегаю его, чтобы войти, и застаю Кейт оживленно обсуждающей что-то с Хосе.

— Ана, ты ему определенно нравишься, — говорит она без всякого вступления. Хосе неодобрительно смотрит на меня. — Но я ему не доверяю, — добавляет она.

Я поднимаю руку в надежде, что она меня выслушает.

— Кейт, ты не могла бы поменяться со мной машинами и взять «жук»?

— Зачем?

— Кристиан Грей пригласил меня выпить кофе.

У нее открывается рот. Какой чудесный момент: Кейт лишилась дара речи!.. Она хватает меня за локоть и тащит из гостиной в спальню.

— Ана, с ним явно что-то не так. Грей выглядит потрясающе, я согласна, но он опасный тип. Особенно для таких, как ты.

— Что значит таких, как я?

— Ты понимаешь, не прикидывайся. Для невинных девушек вроде тебя, — говорит она немного раздраженно.

Я краснею.

— Кейт, мы просто выпьем кофе. На следующей неделе у меня экзамены, надо заниматься, поэтому я не буду сидеть с ним долго.

Кейт поджимает губы, словно обдумывая мое предложение. Наконец она достает из кармана ключи и отдает мне. Я взамен отдаю ей свои.

— Я буду ждать. Не задерживайся, а то мне придется выслать спасательную команду.

— Спасибо. — Я обнимаю ее.

Кристиан Грей ждет, прислонившись к стене, похожий на манекенщика из глянцевого мужского журнала.

— Все, я готова пить кофе, — бормочу я, краснея, как свекла.

Грей ухмыляется.

— Только после вас, мисс Стил.

Он жестом показывает, чтобы я проходила вперед. Я иду по коридору на трясущихся ногах; голова кружится, сердце выбивает тревожный неровный ритм. Я иду пить кофе с Кристианом Греем… и я ненавижу кофе.

По широкому коридору мы вместе идем к лифтам. Что я ему скажу? Мой мозг сковывает ужасное предчувствие. О чем мы будем говорить? Какие у нас могут быть общие темы для разговора?

Мягкий теплый голос отрывает меня от размышлений:

— А вы давно знаете Кэтрин Кавана?

О, легкий вопрос для начала.

— С первого курса. Она моя близкая подруга.

— Хм, — произносит Грей неопределенно. Что у него на уме?

Он нажимает кнопку вызова лифта, и почти сразу же раздается звонок. Двери открываются, и мы видим парочку, застывшую в страстном объятии. От неожиданности они отскакивают друг от друга и виновато отводят глаза. Мы с Греем заходим в лифт.

Я стараюсь сохранить невозмутимое выражение лица, поэтому смотрю в пол и чувствую, как щеки наливаются румянцем. Кошусь на Грея из-под ресниц: вроде бы он улыбается самыми уголками губ, но трудно сказать наверняка. Парень с девушкой тоже не говорят ни слова, и в неловком молчании мы доезжаем до первого этажа. В лифте нет даже музыки, чтобы разрядить обстановку.

Двери открываются, и, к моему удивлению, Грей берет меня за руку, сжав ее своими длинными прохладными пальцами. Я чувствую, как по телу пробегает разряд тока, и без того быстрое биение сердца еще сильнее ускоряется. Он выводит меня из лифта, и мы слышим сдавленные смешки парочки, вышедшей вслед за нами. Грей ухмыляется.

— Что это такое с лифтами? — бормочет он.

Мы проходим через просторный, оживленный холл к выходу, но Грей не идет через вращающуюся дверь. Интересно, это потому, что он не хочет выпускать мою руку?

На улице теплый воскресный майский день. Светит солнце, и почти нет машин. Грей поворачивает направо и шагает по направлению к перекрестку, где мы останавливаемся и ждем, когда загорится зеленый. Он так и не отпустил мою руку. Я иду по улице, и Кристиан Грей держит меня за руку. Никто еще не держал меня за руку. По всему моему телу бегут мурашки, голова кружится. Я стараюсь стереть с лица дурацкую ухмылку от уха до уха. Появляется зеленый человечек, и мы переходим на другую сторону.

Так мы идем четыре квартала и наконец достигаем «Портланд-кофе-хаус», где Грей отпускает мою руку, чтобы распахнуть дверь. Я захожу внутрь.

— Выбирайте пока столик, я схожу за кофе. Вам что принести? — спрашивает он как всегда вежливо.

— Я буду чай... «Английский завтрак», пакетик сразу вынуть.

Грей поднимает брови.

— А кофе?

— Я его не люблю.

Он улыбается.

— Хорошо, чай, пакетик сразу вынуть. Сладкий?

На мгновение ошарашенно замолкаю, сочтя это ласковым обращением. Но подсознание, поджав губы, возвращает меня к реальности. Идиотка, он спрашивает, сахар класть или нет?

— Нет, без сахара. — Я смотрю вниз на свои сведенные пальцы.

— А есть что-нибудь будете?

— Нет, спасибо, ничего. — Я качаю головой, и он идет к прилавку.

Пока Грей стоит в очереди, я исподтишка наблюдаю за ним сквозь опущенные ресницы. Я могу смотреть на него целыми днями. Он высок, широк в плечах и строен, а как эти брюки обхватывают бедра... О, господи! Несколько раз он проводит длинными, изящными пальцами по уже высохшим, но по-прежнему непослушным волосам. Хм... Я бы сама с удовольствием провела по ним рукой. Эта мысль застает меня врасплох, и щеки вновь наливаются румянцем. Я кусаю губу и смотрю вниз, на руки.

— Хотите, я угадаю, о чем вы думаете? — Грей стоит рядом со столиком и смотрит прямо на меня.

Я заливаюсь краской. О том, что будет, если провести рукой по вашим волосам. Мне интересно, мягкие ли они на ощупь... Я отрицательно качаю головой. Грей ставит поднос на небольшой, круглый столик, фанерованный березой. Он протягивает мне чашку с блюдцем, маленький чайник и тарелочку, на которой лежит одинокий пакетик чая с этикеткой Twinings English Breakfast — мой любимый. Сам он пьет кофе с чудесным изображением листочка на молочной пенке. Интересно, как это делается? — раздумываю я от нечего делать. Он взял себе черничный маффин. Отставив поднос в сторону, Грей садится напротив меня и скрещивает длинные ноги. Движения его легки и свободны, он полностью владеет своим телом. Я ему завидую. Особенно если учесть, что я — неуклюжая, с плохой координацией движений. Мне трудно добраться из пункта А в пункт Б и не упасть по дороге.

— Так о чем же вы думаете? — настаивает он.

— Это мой любимый чай. — Голос звучит тихо и глухо. Я не могу поверить, что сижу напротив Кристиана Грея в кофейне в Портленде. Он хмурится — чувствует, что я что-то недоговариваю. Я окунаю пакетик в чашку и почти сразу вынимаю его чайной ложечкой и кладу на тарелку. Грей вопросительно смотрит на меня, склонив голову набок.

— Я люблю слабый чай без молока, — бормочу я, как бы оправдываясь.

— Понимаю. Он ваш парень?

Ну и ну… С чего бы это?

— Кто?

— Фотограф. Хосе Родригес.

От удивления я нервно смеюсь.

— Нет, Хосе мой старый друг и больше ничего. Почему вы решили, что он мой парень?

— По тому, как он улыбался вам, а вы — ему. — Грей глядит мне прямо в глаза. Я чувствую себя ужасно неловко и пытаюсь отвести взгляд, но вместо этого смотрю на него как зачарованная.

— Он почти что член семьи, — шепчу я.

Грей слегка кивает, по-видимому, удовлетворенный ответом. Его длинные пальцы ловко снимают бумагу от маффина.

— Не хотите кусочек? — спрашивает он и снова чуть заметно улыбается.

— Нет, спасибо. — Я хмурюсь и опять перевожу взгляд на свои руки.

— А тот, которого я видел вчера в магазине?

— Пол мне просто друг. Я вам вчера сказала. — Разговор получается какой-то дурацкий. — Почему вы спрашиваете?

— Похоже, вы нервничаете в мужском обществе.

Черт, почему я должна с ним это обсуждать? «Я нервничаю только в вашем обществе, мистер Грей», — мысленно парирую я.

— Я вас боюсь. — Я краснею до ушей, но мысленно похлопываю себя по спине за откровенность и снова смотрю на свои руки.

— Вы должны меня бояться, — кивает он. — Мне нравится ваша прямота. Пожалуйста, не опускайте глаза, я хочу видеть ваше лицо.

Ох. Я смотрю на него, и Грей ободряюще, хотя и криво мне улыбается.

— Мне кажется, я начинаю догадываться, о чем вы думаете. Вы одна сплошная тайна, мисс Стил.

Кто я? Сплошная тайна?

— Во мне нет ничего таинственного.

— По-моему, вы очень хорошо владеете собой.

Неужели? Потрясающе… Как у меня так получилось? Удивительно. Я владею собой? Ни разу.

— Ну, если не считать того, что вы часто краснеете. Хотел бы я знать почему. — Грей закидывает в рот маленький кусочек маффина и медленно жует, не сводя с меня взгляда. И, словно по сигналу, я краснею. Черт!

— Вы всегда так бесцеремонны?

— Я не думал, что это так называется. Я вас обидел? — Он, по-видимому, удивлен.

— Нет, — честно отвечаю я.

— Хорошо.

— Но вы очень властный человек, — наношу я ответный удар.

Грей поднимает брови и вроде бы немного краснеет.

— Я привык, чтобы мне подчинялись, Анастейша, — произносит он. — Во всем.

— Не сомневаюсь. Почему вы не предложили мне обращаться к вам по имени? — Я сама удивляюсь своему нахальству. Почему разговор стал таким серьезным? Я никак этого не ждала. С чего вдруг я так на него накинулась? Похоже, он старается держать меня на расстоянии.

— По имени меня зовут только члены семьи и самые близкие друзья. Мне так нравится.

Ого. И все же он не сказал: «Зовите меня Кристиан». И он действительно диктатор, этим все объясняется. В глубине души я начинаю думать, что лучше бы Кейт сама взяла у него интервью. Сошлись бы два диктатора. К тому же она почти блондинка — ну, золотисто-рыжая, — как женщины в его офисе. Мне не нравится мысль о Кристиане и Кейт. Я отпиваю глоток чая, и Грей кладет в рот еще кусочек маффина.

— Вы единственный ребенок?

Ну вот, опять меняет тему.

— Да.

— Расскажите мне о своих родителях.

Нашел о чем спрашивать. Это ужасно скучно.

— Моя мать живет в Джорджии со своим новым мужем Бобом. Отчим — в Монтесано.

— А отец?

— Отец умер, когда я была совсем маленькой.

— Извините.

— Я его совсем не помню.

— А потом ваша мать вышла замуж во второй раз?

Я фыркаю.

— Можно сказать и так.

Грей хмурится.

— Вы не любите рассказывать о себе? — говорит он сухо, потирая подбородок как бы в глубокой задумчивости.

— Вы тоже.

— Вы уже брали у меня интервью и, помнится, задавали довольно интимные вопросы. — Он ухмыляется.

Ну конечно. Вопрос насчет «гея». Я готова провалиться сквозь землю. В будущем, полагаю, мне придется пройти курс интенсивной психотерапии, чтобы не испытывать мучительного стыда при воспоминании об этом моменте. Я начинаю что-то бормотать про свою мать только для того, чтобы избавиться от неприятных мыслей.

— Мама у меня чудесная. Она неизлечимый романтик. Нынешний брак у нее четвертый.

Кристиан удивленно поднимает брови.

— Я по ней скучаю, — продолжаю я. — Сейчас у нее есть Боб. Надеюсь, он присмотрит за ней и загладит последствия ее легкомысленных начинаний, когда они потерпят крах. — При мысли о маме я улыбаюсь. Мы с ней давно не виделись. Кристиан внимательно глядит на меня, изредка отхлебывая кофе. Мне лучше не смотреть на его рот. Эти губы меня волнуют.

— А с отчимом у вас хорошие отношения?

— Конечно, я с ним выросла. Он для меня единственный отец.

— И что он за человек?

— Рэй?.. Молчун.

— И все? — удивленно спрашивает мой собеседник.

Я пожимаю плечами. А что он хотел? Историю моей жизни?

— Молчун, как и его падчерица, — подначивает Грей.

— Он любит футбол — особенно европейский, — боулинг и рыбалку. А еще он делает мебель. Бывший военный. — Я вздыхаю.

— Вы живете с ним?

— Да. Моя мама встретила мужа номер три, когда мне было пятнадцать. Я осталась с Рэем.

Грей хмурится, как будто пытается понять.

— Муж номер три жил в Техасе. Мой дом в Монтесано. А кроме того... моя мама только что вышла замуж. — Я замолкаю. Мама никогда не говорит о муже номер три. Зачем Грей завел этот разговор? Его это не касается. Я тоже могу так себя вести.

— Расскажите мне о своих родителях, — прошу я.

Он пожимает плечами.

— Мой отец — адвокат, а мама — детский врач. Они живут в Сиэтле.

А-а... у него богатые родители. Я представила себе успешную пару, которая усыновляет троих детей, и один из них вырастает красавцем, который запросто покоряет вершины мирового бизнеса. Как ему это удалось? Родители должны им гордиться.

— А что делают ваши брат с сестрой?

— Элиот занимается строительством, а сестренка сейчас в Париже, изучает кулинарию под руководством какого-то знаменитого французского шефа. — Его глаза туманятся от раздражения. Он явно не хочет говорить о себе или своей семье.

— Я слышала, что Париж чудесный город, — бормочу я. Интересно, почему он избегает разговоров о своей семье? Потому что его усыновили?

— Да, очень красивый. Вы там были? — спрашивает он, сразу же успокаиваясь.

— Я никогда не была за границей. — Вот мы и вернулись к банальностям. Что он скрывает?

— А хотели бы поехать?

— В Париж? — изумляюсь я. Еще бы! Кто бы отказался! — Конечно, хотела бы, — честно признаюсь я. — Но мне больше хочется в Англию.

Грей склоняет голову набок и проводит указательным пальцем по верхней губе. О боже.

— Почему?

Я быстро моргаю. Соберись, Стил.

— Это родина Шекспира, Остен, сестер Бронте, Томаса Гарди. Я бы хотела посмотреть на те места, где были написаны эти чудесные книги.

Разговоры о литературе напоминают мне, что надо заниматься. Я смотрю на часы.

— Мне пора. Я должна готовиться.

— К экзаменам?

— Да, уже скоро — во вторник.

— А где машина мисс Кавана?

— На парковке у отеля.

— Я вас провожу.

— Спасибо за чай, мистер Грей.

Он улыбается своей странной, таинственной улыбкой.

— Не за что, Анастейша. Мне было очень приятно. Идемте, — командует он и протягивает мне руку. Я беру ее, сбитая с толку, и выхожу следом за ним на улицу.

Мы бредем обратно к отелю и по взаимному согласию не произносим ни слова. Внешне Грей спокоен и собран. Я отчаянно пытаюсь оценить, как прошло наше утреннее свидание за чашкой кофе. У меня такое чувство, словно я побывала на собеседовании, только непонятно, на какую должность.

— Вы всегда носите джинсы? — ни с того ни с сего спрашивает Грей.

— Почти.

Он кивает. Мы снова на перекрестке со светофором. Я лихорадочно прокручиваю в мозгу события сегодняшнего утра. Какой странный вопрос… Сейчас мы расстанемся. Вот и все. У меня был шанс, и я его упустила. Возможно, у него кто-то есть.

— А у вас есть девушка? — выпаливаю я. О господи, неужели я произнесла это вслух?

Его губы кривятся в полуулыбке.

— Нет, Анастейша, девушки у меня нет и быть не может, — говорит он негромко.

Ого... Что он хочет этим сказать? Он не гей? Или все-таки гей? Может, он сказал неправду на интервью?.. В первый момент я жду продолжения, однако Грей молчит. Все, надо идти. Мне нужно все обдумать. Я должна от него уйти. Я делаю шаг вперед, спотыкаюсь и чуть не падаю головой вперед на дорогу.

— Черт, Ана! — Грей так сильно дергает меня за руку, что я падаю назад ровно за секунду до того, как мимо проносится велосипедист, движущийся против потока машин на улице с односторонним движением.

Все происходит в одно мгновение — я падаю, и вот я уже в его объятиях, и он прижимает меня к груди. Я вдыхаю его чистый, живой аромат. От него пахнет свежевыстиранной льняной рубашкой и дорогим гелем для душа. О боже... Голова идет кругом. Я глубоко вздыхаю.

— Не ушиблась? — шепчет Грей. Он прижимает меня к себе, обхватив одной рукой за плечи. Пальцы другой его руки скользят по моему лицу, мягко ощупывая. Он касается большим пальцем моей верхней губы, и я чувствую, что у него остановилось дыхание. Грей смотрит мне прямо в глаза, и я выдерживаю его тревожный, прожигающий насквозь взгляд. Это длится целую вечность, но в конце концов я перестаю замечать что-либо, кроме его прекрасного рта. Боже мой! В двадцать один год я в первый раз по-настоящему захотела, чтобы меня поцеловали. Я хочу чувствовать его губы на своих губах.

Глава 4

«Поцелуй же меня!» — мысленно умоляю я, не в силах пошевелиться. Я парализована странным, незнакомым желанием. Завороженная, гляжу на красиво очерченный рот Кристиана Грея, а он смотрит на меня сверху вниз. Его глаза прикрыты, взгляд потемнел. Он дышит с трудом, а я вообще почти не дышу. Я в твоих руках. Пожалуйста, поцелуй меня. Он закрывает глаза, глубоко вздыхает и слегка качает головой, как бы в ответ на мой немой вопрос. Когда он снова открывает глаза, в них читается стальная решимость.

— Анастейша, держись от меня подальше. Я не тот, кто тебе нужен, — шепчет Грей.

Что? С чего вдруг? Ведь это мне решать, а не ему. Я хмурюсь, не в силах поверить.

— Дыши, Анастейша, дыши. Я сейчас поставлю тебя на ноги и отпущу, — говорит он негромко и слегка отодвигает меня от себя.

Всплеск адреналина, вызванный моим чудесным спасением или близостью Кристиана Грея, проходит, я чувствую себя слабой и взвинченной. «Нет!» — кричит моя душа, когда он отстраняет меня, лишая опоры. Он держит меня на расстоянии вытянутой руки и внимательно следит за моей реакцией. В голове лишь одна мысль: я дала ему понять, что жду поцелуя, а он не стал меня целовать. Я ему не нужна. У меня был шанс, когда он позвал меня пить кофе, а я все испортила.

— Ясно, — выдыхаю я, обретя голос, и, изнемогая от унижения, бормочу: — Спасибо.

Как я могла так ошибиться в оценке ситуации? Мне надо как можно скорее с ним расстаться.

— За что? — хмурится он, не убирая рук.

— За то, что спасли меня, — шепчу я.

— Этот идиот ехал против движения. Хорошо, что здесь был я. Страшно подумать, чем это могло кончиться. Может, вам лучше пойти со мной в отель? Посидите, придете в себя.

Он отпускает меня, и я стою перед ним, чувствуя себя последней дурой.

Встряхнувшись, выкидываю из головы пустые мысли. Надо ехать. Все мои смутные, невысказанные надежды разбиты. Я ему не нужна. «О чем ты только думала? Что Кристиан Грей клюнет на такую, как ты?» — дразнит меня подсознание. На мое счастье, появляется зеленый человечек. Я быстро перехожу на другую сторону дороги, чувствуя, что Грей идет следом за мной. Перед отелем я поворачиваюсь к нему, не в силах поднять глаз.

— Спасибо за чай и за то, что согласились на фотосессию, — бормочу я.

— Анастейша, я...— Он замолкает, и боль в его голосе требует моего внимания, поэтому я против воли смотрю на него. Серые глаза грустны. Грей выглядит расстроенным, на лице застыло тоскливое выражение, от былого самоконтроля не осталось и следа.

— Да, Кристиан?

Я раздраженно щелкаю пальцами, когда он не произносит ни слова в ответ. Мне хочется поскорей уехать. Надо собрать по кусочкам израненную гордость и постараться вернуть утраченное душевное равновесие.

— Удачи на экзаменах, — выдавливает он наконец.

Что? И из-за этого у него такой несчастный вид? К чему такое прощание? Хотел пожелать мне удачи на экзаменах?

— Спасибо. — Я не могу скрыть сарказма. — Всего доброго, мистер Грей.

Я разворачиваюсь на каблуках, как ни странно, не спотыкаюсь и, не оглядываясь, ухожу по переулку в сторону подземного гаража.

В холодном полумраке бетонного гаража, освещенного тусклым светом люминесцентных ламп, я прислоняюсь к стене и обхватываю голову руками. О чем я думала? Глаза полны непрошеных слез. Почему я плачу? Я опускаюсь на землю, злясь на себя за такую абсурдную реакцию, обхватываю руками колени и стараюсь сжаться в крошечный комочек. Может, если я сама стану меньше, бессмысленная боль тоже уменьшится. Уткнув голову в колени, я плачу, не сдерживая слез. Плачу от потери чего-то, чего у меня не было. Как глупо. Глупо горевать о том, чего не было, — о несбывшихся надеждах, разбитых мечтах, обманутых ожиданиях.

Мне никогда не приходилось сталкиваться с отказом. Ну... если не считать того, что меня никогда не брали играть в баскетбол или в волейбол. Но это понятно. Бежать и одновременно ударять мячом о пол или передавать его кому-нибудь у меня плохо получается. На спортплощадке я обуза для любой команды.

В романтическом плане я ничего не хотела. Я привыкла, что я слишком бледная, неухоженная, худая, неуклюжая — список моих недостатков можно продолжать бесконечно. Поэтому я всегда отшивала возможных поклонников. Вот хоть того парня в группе по химии. Они все были мне неинтересны, за исключением одного лишь Кристиана, черт бы его побрал, Грея. Наверное, мне следовало быть добрее к таким, как Пол Клейтон и Хосе Родригес, хотя я уверена, никто из них не плакал втихомолку в подземном гараже. Может, мне просто нужно выплакаться.

«Прекрати, немедленно прекрати! — словно кричит на меня мое подсознание, уперев руки в боки и топая от негодования ногой. — Садись в машину, езжай домой и садись заниматься. Забудь о нем… Немедленно! И хватит уже распускать нюни».

Я делаю глубокий вдох и поднимаюсь на ноги. Соберись, Стил. Я иду к машине, вытирая на ходу слезы. Хватит думать о нем. Надо извлечь уроки на будущее и сосредоточиться на подготовке к экзаменам.

Кейт сидит с ноутбуком за обеденным столом. При виде меня радостная улыбка сходит с ее лица.

— Ана, в чем дело?

Ну вот… Только ее расспросов мне сейчас и не хватает. Я трясу головой — совсем как она, когда хочет, чтобы от нее отстали, — но Кейт остается слепа и глуха.

— Ты плакала. — Как будто и так не видно. — Что этот подонок с тобой сделал? — рычит она, и лицо у нее просто страшное.

— Ничего, Кейт. — В том-то все и дело. От этой мысли я криво улыбаюсь.

— Тогда почему ты плакала? Ты никогда не плачешь. — Кейт встает, обнимает меня за плечи, ее зеленые глаза полны тревоги. Надо что-то сказать, чтобы она оставила меня в покое.

— Меня чуть не сбил велосипедист. — Это первое, что приходит мне в голову, но Кейт сразу же забывает про Грея.

— О господи, Ана! Ты ушиблась? — Она отодвигает меня от себя и начинает осматривать.

— Нет, Кристиан меня спас, — шепчу я. — Я испугалась.

— Еще бы! А как кофе? Ты же его не любишь?

— Я пила чай. Мы мило поболтали, даже не о чем рассказывать. Не знаю, зачем он меня пригласил.

— Ты ему нравишься, Ана. — Кейт опускает руки.

— Уже не нравлюсь. Мы больше не увидимся. — Я умудрилась произнести это ровным тоном.

— Да?

Черт! Она заинтригована. Я иду в кухню, чтобы Кейт не видела моего лица.

— Такие, как я, ему не пара, — говорю я так сухо, как только могу.

— В каком смысле?

— Да ладно, как будто сама не знаешь. — Я поворачиваюсь и вижу, что Кейт стоит в дверях.

— Нет, не знаю.

— Кейт, он… — Я пожимаю плечами.

— Ана, ну сколько можно тебе говорить? Ты совсем как ребенок! — перебивает она. Вот, опять за свое.

— Кейт, оставь, прошу. Мне надо заниматься, — обрываю я.

Она хмурится.

— Хочешь посмотреть статью? Я дописала. А Хосе сделал потрясающие снимки.

Хочу ли я еще раз посмотреть на великолепного Кристиана, держись-от-меня-подальше, Грея?

— Конечно, хочу. — Каким-то чудом я ухитряюсь изобразить на лице улыбку и иду к столу. Грей оценивающе смотрит на меня с черно-белой фотографии на экране ноутбука. Похоже, я его не устраиваю.

Притворившись, будто читаю, я встречаю пристальный взгляд его серых глаз и пытаюсь догадаться, почему же он не тот, кто мне нужен — как он сам мне сказал. И тут вдруг объяснение становится совершенно очевидным. Он невероятно красив. Мы два разных полюса, существа из разных миров. Я как Икар, который поднялся слишком близко к солнцу, а в итоге упал и разбился. В словах Грея есть смысл. Он мне не подходит. Именно это он и имел в виду, и теперь мне легче принять его отказ… почти.

— Отлично, Кейт, — удается произнести мне. — Пойду заниматься.

Пока не буду о нем думать, уговариваю я себя и, открыв тетрадь, принимаюсь за чтение.

Только в постели, стараясь уснуть, я позволяю себе вернуться мыслями в мое странное утро. Вспоминаю его слова: «Девушки у меня нет и быть не может» — и злюсь на себя, что не восприняла это к сведению до того, как оказалась в его объятиях. Он ведь предупредил, что девушка ему не нужна.

Переворачиваюсь на другой бок. В голову лезут разные мысли: может, он хранит невинность? Я закрываю глаза и начинаю погружаться в дрему. Может, он бережет себя. «Но не для тебя», — в последний раз насмехается надо мной мое сонное подсознание, перед тем как вырваться на волю в снах.

Мне снятся серые глаза, кофейные листочки на молочной пене, и я снова бегу по темным комнатам, озаряемым жуткими вспышками молний, и не знаю, от кого я бегу или к кому…

Я кладу ручку. Все. Сдан последний экзамен. По лицу расплывается улыбка Чеширского кота. Наверное, я улыбаюсь в первый раз за всю неделю. Сегодня пятница, и на этот день у нас намечена грандиозная вечеринка. Возможно, я даже напьюсь. Впервые за всю свою жизнь.

Я оглядываюсь через зал на Кейт; за пять минут до конца она еще что-то яростно пишет. Все, учеба закончена. Больше никогда мне не придется сидеть на экзамене. Мысленно я исполняю грациозные перевороты «колесом» через голову… Впрочем, это единственный способ, которым я умею ходить «колесом». Кейт кончает писать и откладывает ручку. Она встречается со мной взглядом, и на лице ее я вижу все ту же улыбку Чеширского кота.

Мы возвращаемся домой на ее «Мерседесе», и у нас нет никакого желания обсуждать только что закончившийся экзамен. Кейт больше волнует, что она наденет сегодня вечером в бар, а я роюсь в сумочке в поисках ключей.

— Ана, тут тебе посылка. — Кейт стоит на ступеньках перед входной дверью, держа в руках коробку, завернутую в коричневую бумагу. Странно, я в последнее время ничего с «Амазона» не заказывала. Кейт отдает мне посылку и берет ключи, чтобы открыть входную дверь. Посылка адресована мисс Анастейше Стил. На ней нет ни обратного адреса, ни имени отправителя. Наверное, от мамы или от Рэя.

— От родителей…

— Открывай скорей! — Кейт в приподнятом настроении направляется в кухню за бутылкой шампанского, припасенной для этого дня.

Я открываю посылку и вижу обтянутую кожей коробку, в которой лежат три одинаковых, новых с виду книги в старом матерчатом переплете и кусочек плотного белого картона. На одной стороне каллиграфическим почерком выведено:

Почему ты не сказала, что мне надо опасаться мужчин?
Почему не предостерегла меня?
Богатые дамы знают, чего им остерегаться, потому что читают
романы, в которых говорится о таких проделках...[1]

Я узнаю цитату из «Тэсс». Удивительное совпадение: на экзамене я три часа подряд писала эссе о романах Томаса Гарди. А может, и не совпадение... может, это сделано нарочно. Я внимательно осматриваю книги: три тома «Тэсс из рода д'Эрбервиллей». На титульном листе старинным шрифтом напечатано:

Лондон. Джек Р. Осгуд, Макилвейн и К⁰, 1891

Вот это да! Самое первое издание. Наверное, оно стоит безумных денег, и я сразу понимаю, кто его прислал.

Кейт стоит у меня за спиной и смотрит на книги. Потом берет карточку.

— Первое издание, — шепчу я.

— Невероятно! — Кейт смотрит на меня широко раскрытыми от удивления глазами. — Грей?

Я киваю.

— Больше некому.

— А что за карточка?

— Понятия не имею. Думаю, это предупреждение — он намекает, чтобы я держалась от него подальше. Даже не знаю почему. Можно подумать, я ему проходу не даю.

— Если хочешь, считай, конечно, это предупреждением, Ана, дело твое, но он явно к тебе неравнодушен.

Всю последнюю неделю я не позволяла себе мыслей о Кристиане Грее. Ну, хорошо... по ночам мне по-прежнему снятся серые глаза, и понадобится целая вечность, чтобы стереть память об обнимающих меня руках, чтобы забыть

---

[1] Перевод А. Кривцовой.

его чудесный запах. Но зачем он мне это прислал? Ведь я ему не пара?

— Я нашла первое издание «Тэсс», выставленное на продажу в Нью-Йорке. За него просят четырнадцать тысяч долларов. Но твое в гораздо лучшем состоянии. Полагаю, оно стоит намного дороже. — Кейт уже посовещалась со своим добрым другом — Гуглом.

— Цитата — слова Тэсс, которые она говорит, обращаясь к матери, после того как Алек д'Эрбервилль так чудовищно с ней обошелся.

— Я помню, — задумчиво отвечает Кейт. — Но что он хочет этим сказать?

— Не знаю и знать не хочу. Я все равно не могу принять такой подарок. Придется отослать ему обратно с такой же невразумительной цитатой откуда-нибудь из середины.

— Где Энжел Клер говорит «отвали от меня»? — спрашивает Кейт с совершенно невозмутимым выражением.

— Да, вот именно. — Я хихикаю. Кейт умеет поддержать в трудную минуту.

Складываю книги обратно в коробку и оставляю их на обеденном столе. Кейт протягивает мне бокал с шампанским.

— За окончание экзаменов и нашу новую жизнь в Сиэтле, — улыбается она.

— За окончание экзаменов, нашу новую жизнь в Сиэтле и отличные отметки.

Мы чокаемся бокалами и пьем.

В баре шум и неразбериха, он под завязку набит будущими выпускниками. Сегодня они намерены напиться в хлам. К нам присоединяется Хосе. Ему осталось учиться еще год, но он тоже не прочь повеселиться и, чтобы вдохнуть в нас дух обретенной свободы, покупает на всю компанию кувшин маргариты. Приканчивая четвертый бокал, я понимаю, что пить столько маргариты, да еще после шампанского, — не самая лучшая идея.

— Так что теперь, Ана? — Хосе пытается перекричать шум.

— Мы с Кейт переберемся в Сиэтл. Родители купили ей там квартиру.

— Бог мой, живут же люди. Но ты ведь приедешь на мою выставку?

— Конечно, Хосе, как я могу пропустить такое! — Я улыбаюсь, он обнимает меня за талию и подтягивает поближе к себе.

— Мне очень важно, чтобы ты пришла, Ана, — шепчет он мне на ухо. — Еще маргариту?

— Хосе Луис Родригес, ты пытаешься меня напоить? Похоже, у тебя получается, — хихикаю я. — Лучше выпью пива. Пойду схожу за кувшином.

— Еще выпивки, Ана! — кричит Кейт.

Кейт может пить как лошадь, и ничего ей не делается. Одной рукой она обнимает Леви — студента с нашего курса и по совместительству фотографа студенческой газеты. Он уже бросил фотографировать повальное пьянство, которое его окружает, и теперь не сводит глаз с Кейт. На ней крохотный топ на бретельках, обтягивающие джинсы и туфли на высоких каблуках. Волосы убраны в высокий пучок, лишь несколько локонов мягко обрамляют лицо — Кейт, как всегда, выглядит потрясающе. А я... Вообще-то я предпочитаю кеды и футболки, но сегодня на мне мои самые лучшие джинсы. Высвобождаюсь из объятий Хосе и встаю из-за стола. Ого! Голова идет кругом. Приходится схватиться за спинку стула. Нельзя пить столько коктейлей с текилой.

Подойдя к бару, я решаю, что надо зайти в туалет, пока еще ноги держат. Очень разумно, Ана. Я проталкиваюсь сквозь толпу. Конечно же, там очередь, зато в коридоре тихо и прохладно. Чтобы было не так скучно стоять, достаю из кармана мобильник. Так... Кому я звонила в последний раз. Хосе? А это что за номер? Я такого не знаю. Ах, да! Грей. Я хихикаю. Наверное, уже поздно, и мой звонок его разбудит. Но надо же узнать, зачем он послал мне эти книги, да еще с такой загадочной припиской. Если он хочет, чтобы я держалась подальше, пусть сам оставит меня в покое.

С трудом сдерживая пьяную ухмылку, нажимаю на клавишу «вызов». Грей отвечает почти сразу — на втором гудке.

— Анастейша? — Не ожидал, что я ему позвоню. Ну, если честно, я сама не ожидала. Потом до моего затуманенного мозга наконец доходит... Откуда он знает, что это я?

— Зачем вы прислали мне книги? — запинающимся языком произношу я.

— Анастейша, что с тобой? Ты какая-то странная. — Он явно обеспокоен.

— Это не я странная, а вы!

Вот какая я смелая, особенно после четырех маргарит!

— Анастейша, ты пила?

— А вам-то что?

— Просто интересно. Где ты?

— В баре.

— В каком? — Похоже, он сердится.

— В баре в Портленде.

— Как ты доберешься до дома?

— Как-нибудь. — Разговор получился не таким, как я рассчитывала.

— В каком ты баре?

— Зачем вы прислали мне книги, Кристиан?

— Анастейша, где ты? Скажи сейчас же. — И тон такой безапелляционный, самый настоящий тиран. Я представила себе Грея в костюме кинорежиссера эпохи немого кино: одетого в узкие бриджи для верховой езды, с рупором в одной руке и со стеком — в другой. От выразительной картины я фыркаю от смеха.

— Вы обо мне беспокоитесь? — хихикаю я.

— Так помоги мне, твою мать! Где ты сейчас?

Кристиан Грей ругается! Я снова хихикаю.

— В Портленде... От Сиэтла далеко.

— Где в Портленде?

— Спокойной ночи, Кристиан.

— Ана!

Я отсоединяюсь. Ха! Но он все равно не сказал мне про книги. Обидно. Миссия не выполнена. Я совсем пьяная — пока стою в очереди, голова все время кружится. Но я ведь хотела напиться. Мне это удалось. Хотя, наверное, повторять не стоит. Все, подходит моя очередь. Плакат на двери кабинки восхваляет преимущества безопасного секса. Неужели я только что позвонила Кристиану Грею? Ну ничего себе!.. Мой телефон звонит, и я чуть не подпрыгиваю от неожиданности.

— Алло, — робко мычу я в телефон. Я не ждала звонка.

— Я сейчас за тобой приеду, — заявляет он и вешает трубку. Только Кристиан Грей умеет говорить так спокойно и так пугающе одновременно.

Черт! Я натягиваю джинсы. Сердце колотится. Приедет за мной? Вот еще! Меня сейчас стошнит… нет… Все хорошо. Постой. Он просто морочит мне голову. Я же не сказала ему, где я. А сам он меня не найдет. Да и к тому времени, когда он доберется сюда из Сиэтла, вечеринка закончится и мы разойдемся. Я мою руки и смотрю на свое отражение в зеркале. Щеки горят, взгляд немного расфокусированный. Хм… текила.

Я целую вечность жду у стойки, пока принесут кувшин с пивом, и возвращаюсь к нашему столу.

— Где ты пропадала? — отчитывает меня Кейт.

— Стояла в очереди в туалет.

Между Хосе и Леви разгорелся жаркий спор по поводу местной бейсбольной команды. Хосе останавливается посредине яростной тирады, чтобы налить нам всем пива, и я делаю большой глоток.

— Кейт, я хочу выйти, подышать свежим воздухом.

— Быстро тебя развезло!

— Я на пять минут, не больше.

Снова проталкиваюсь сквозь толпу. Меня начинает подташнивать, голова предательски кружится, и я нетвердо стою на ногах. Даже хуже, чем обычно.

От глотка прохладного вечернего воздуха ко мне приходит понимание того, как же сильно я напилась. Все вокруг двоится, как в старых диснеевских мультиках про Тома и Джерри. Боюсь, меня сейчас стошнит. Зачем же я так напилась?

— Ана. — Хосе вышел следом за мной. — Тебе плохо?

— По-моему, я слишком много выпила. — Я слабо улыбаюсь.

— Я тоже, — шепчет он, не сводя с меня пристального взгляда темных глаз. — Хочешь, обопрись на меня. — Он подходит поближе и обнимает меня за плечи.

— Спасибо, Хосе, не надо. Я справлюсь.

Я пытаюсь оттолкнуть его, но у меня не осталось сил.

— Ана, прошу тебя, — шепчет он и прижимает меня к себе.

— Хосе, что ты делаешь?

— Ана, ты давно мне нравишься. — Одной рукой он обхватывает меня за талию, а второй держит за подбородок,
откидывая мою голову назад. О господи... он собирается
меня поцеловать.

— Нет, Хосе, перестань! Нет! — Я отталкиваю его, но он
как стена из железных мускулов, я не могу его сдвинуть. Его
рука в моих волосах, он не дает мне отвернуться.

— Ана, пожалуйста, — шепчет Хосе, почти касаясь моих
губ. Его дыхание влажно и пахнет слишком сладко — мар-
гаритой и пивом. Он нежно целует меня в щеку чуть выше
уголка рта. Я испугана, пьяна и беспомощна, мне трудно
дышать.

— Хосе, не надо, — умоляю я.

«Я не хочу. Я отношусь к тебе как к другу, и меня сейчас
вырвет», — кричит мое подсознание.

— Мне кажется, дама сказала «нет», — доносится из
темноты спокойный голос. О господи! Кристиан Грей. Как
он здесь оказался?

Хосе отпускает меня.

— Грей, — коротко произносит он.

Я тревожно оглядываюсь на Грея. Он сердито смотрит
на Хосе, глаза его мечут молнии. Черт! Я больше не в силах
удерживать в себе алкоголь. Желудок подкатывает к горлу, я сгибаюсь пополам, и меня картинно тошнит прямо на
землю.

— Бог мой, Ана! — Хосе в отвращении отпрыгивает назад.

Грей убирает мои волосы с линии огня и, взяв под руку,
мягко ведет к невысокой кирпичной цветочнице на краю
парковки. С глубокой благодарностью я замечаю, что там
относительно темно.

— Если захочешь еще раз вырвать, то лучше здесь. Я тебя
подержу.

Одной рукой он придерживает меня за плечи, а второй
собирает мои волосы в импровизированный конский хвост,
чтобы они не падали на лицо. Я неловко пытаюсь его оттолкнуть, но меня снова тошнит... а потом еще раз. О господи... Сколько это будет продолжаться? Даже теперь, когда
мой желудок полностью опустел и наружу больше ничего не
выходит, тело сотрясают ужасные спазмы. Я молча даю себе

клятву никогда больше не брать в рот спиртного. Словами этих мучений не передать. Наконец все заканчивается.

Совершенно измученная, я с трудом держусь ослабевшими руками за кирпичную стену цветочницы. Грей отпускает меня и дает носовой платок. Ну в чьем еще кармане может быть чистый льняной платок с монограммой? КТГ. Интересно, где такие покупают? Вытирая рот, я вяло размышляю о том, что означает буква Т. Невозможно поднять глаза и посмотреть на Грея. Как стыдно. Лучше бы меня проглотили азалии, которые растут в контейнере, или я провалилась сквозь землю.

Хосе по-прежнему стоит у входа в бар и следит за нами. Простонав, я закрываю лицо руками. Это один из худших моментов моей жизни. Я пытаюсь вспомнить самый худший, и мне в голову приходит только отказ Кристиана. Наконец я набираюсь храбрости и украдкой бросаю на него быстрый взгляд. Грей смотрит на меня сверху вниз, и по его лицу ничего нельзя понять. Обернувшись, я вижу смущенного Хосе. Похоже, в присутствии Грея ему явно не по себе. Как я на него сердита! У меня для моего так называемого друга есть пара отборных слов, которые я никогда не решусь произнести в присутствии видного предпринимателя Кристиана Грея. Ну неужели я могу теперь сойти за настоящую леди, когда он только что видел, как меня выворачивало прямо на землю?!

— Я... э-э... буду ждать вас в баре, — бормочет Хосе. Мы оба не обращаем на него внимания, и он исчезает за дверью. Я остаюсь один на один с Греем. Только этого не хватало. Что я ему скажу? Надо попросить прощения за телефонный звонок.

— Извините, — лепечу я, уставившись в платок, который отчаянно тереблю руками. «Какой мягкий».

— За что ты просишь прощения, Анастейша?

— В основном за то, что позвонила пьяная. Ну и много еще за что, — почти шепчу я, чувствуя, что краснею. «Можно я сейчас умру, ну пожалуйста!» — молю я неизвестно кого.

— Со всеми бывает, — говорит он сухо. — Надо знать свои возможности. Нет, я всей душой за то, чтобы раздвигать границы, но это уже чересчур. И часто с тобой такое случается?

Голова кружится от избытка алкоголя и раздражения. Ему-то какое дело? Я его сюда не звала. Он ведет себя со мной, как взрослый с провинившимся ребенком. Мне хочется сказать, что если захочу, то буду теперь напиваться каждый вечер, и его это не касается, однако сейчас, после того как меня тошнило прямо у него на глазах, лучше промолчать. Почему он не уходит?

— Нет, — отвечаю я покаянно. — Такое со мной в первый раз, и сейчас у меня нет желания повторять эксперимент.

Никак не пойму, зачем он здесь… В ушах рождается шум. Грей замечает, что я вот-вот упаду, поднимает меня на руки, прижимая к груди, как ребенка.

— Успокойся, я отвезу тебя домой, — тихо говорит он.

— Надо предупредить Кейт. — «Господи спаси, я снова в его объятиях».

— Мой брат ей скажет.

— Кто?

— Мой брат Элиот сейчас разговаривает с мисс Кавана.

— Э?.. — Ничего не понимаю.

— Он был вместе со мной, когда ты позвонила.

— В Сиэтле? — Я совершенно сбита с толку.

— Нет, я живу в «Хитмане».

«До сих пор? Почему?» — недоумеваю я.

— Как вы меня нашли?

— По твоему мобильному. Я отследил его, Анастейша.

Такое возможно? Это легально? «Он тебя преследует», — шепчет мне подсознание сквозь облако текилы, по-прежнему затуманивающее разум, но, поскольку это Грей, я не против.

— У тебя была с собой сумка или куртка?

— Э-э… вообще-то да. И то, и другое. Кристиан, пожалуйста, мне нужно предупредить Кейт. Она будет волноваться.

Его губы сжимаются в тонкую линию.

— Ну, если нужно…

Он ставит меня на землю и, взяв за руку, ведет обратно в бар. Я обессилена, запугана, по-прежнему пьяна и как-то невероятно взволнована. Он сжимает мою руку — какое странное переплетение чувств!

Внутри шумно и многолюдно. Играет музыка, и на танцполе собралась большая толпа. За нашим столом Кейт не видать, да и Хосе куда-то делся. Леви сидит в одиночестве, всеми покинутый и несчастный.

— А где Кейт? — Я стараюсь перекричать шум. Голова у меня начинает пульсировать в такт тяжелым басам.

— Танцует, — кричит в ответ Леви; он страшно зол и подозрительно оглядывает Кристиана. Я с трудом натягиваю свою черную куртку и надеваю через голову длинный ремень от сумочки. Я готова идти сразу же, как только найду Кейт.

— Она на танцполе. — Я чуть трогаю его рукой и наклоняюсь к уху; кончик моего носа касается его волос, я вдыхаю их чистый, свежий запах. О боже! Запретные, незнакомые чувства, которые я пыталась отрицать, поднимаются из глубин и доводят до исступления мое измученное тело. Я краснею, и где-то глубоко, глубоко внутри мои мышцы сладостно сжимаются.

Грей косится на меня, снова берет за руку и ведет к барной стойке. Его обслуживают немедленно: мистер Грей не привык ждать. Неужели ему все достается так легко?

— Выпей, — командует он, протягивая мне очень большой стакан воды со льдом.

Цветные огни, вспыхивающие в такт музыке, отбрасывают странные блики и тени по всему бару. Мой спутник попеременно становится зеленым, голубым, белым и демонически красным. Он внимательно смотрит на меня. Я делаю робкий глоток.

— Допивай!

Все-таки он самый настоящий деспот. Грей, явно расстроенный, ерошит рукой непослушные волосы. У него-то какие проблемы? Ну, если не считать глупую пьяную девицу, которая звонит ему среди ночи. Он тут же решает, что ее надо спасать и, между прочим, оказывается прав. А потом ему приходится смотреть, как ее выворачивает наизнанку... «Ох, Ана, сколько можно мусолить одно и то же?» — сердито одергивает мое подсознание. Мне представляется, что оно строго смотрит на меня поверх очков.

Мир под ногами чуть покачивается, и Грей кладет руку мне на плечо, чтобы поддержать. Я послушно допиваю воду; от выпитого меня снова начинает подташнивать. Грей забирает стакан и ставит его на стойку бара. Сквозь пелену я замечаю, что он одет в просторную белую льняную рубашку, облегающие джинсы, черные кеды-конверсы и темный пиджак в полоску. Ворот рубашки расстегнут, видны волосы на груди. Моему помутненному сознанию он кажется очень привлекательным.

Грей снова берет меня за руку. Ой, мама!.. Он тащит меня на танцпол. Черт! Я не танцую. Он чувствует, что я упираюсь, и под цветными лучами я вижу его довольную, немного злорадную улыбку. Грей протягивает мне руку и резко дергает: я оказываюсь в его руках, и он снова начинает двигаться, увлекая меня за собой. Ого! Он здорово танцует, и, к своему удивлению, я следую за ним шаг в шаг. Наверное, потому, что я пьяная. Грей крепко прижимает меня к себе. Иначе я упала бы в обморок у его ног. В каком-то уголке мозга вдруг всплывает любимое предупреждение мамы: «Никогда не доверяй мужчинам, которые хорошо танцуют».

Мы движемся через толпу к другому концу площадки и вот уже оказываемся рядом с Кейт и Элиотом — братом Кристиана. Музыка, громкая и разнузданная, грохочет у меня в голове. Я задыхаюсь. Кейт явно в ударе, танцует как сумасшедшая. С ней такое редко бывает: лишь тогда, когда ей кто-то очень нравится. Действительно нравится. И значит, завтра за завтраком нас будет трое. Кейт!

Кристиан наклоняется и что-то шепчет на ухо Элиоту. Элиот — высокий, широкоплечий, с волнистыми светлыми волосами и коварным блеском в глазах. В пульсирующем свете прожекторов я не могу разобрать их цвета. Элиот усмехается и обнимает Кейт. Она, похоже, счастлива… Кейт! Даже в моем состоянии я просто в шоке. Она ведь только что с ним познакомилась!.. Кейт кивает каким-то его словам, улыбается и машет мне рукой. Кристиан в мгновение ока уводит нас с танцпола.

Но мы с ней и словом не перемолвились. Ясно, к чему все идет. Им срочно нужна лекция о безопасном сексе. Надеюсь, она видела плакат на двери туалета. Мысли бурлят в голове, пытаясь прорваться сквозь пьяный туман. Здесь слишком жарко, слишком громко и слишком много огней. Голова идет кругом… кажется, пол сейчас поднимется прямо к лицу. Последнее, что я слышу перед тем, как упасть без сознания на руки Кристиана Грея, это его ругательство:

— Твою мать!

Глава 5

Тихо. Шторы задернуты. В кровати тепло и удобно. М-да... я открываю глаза и в первый момент безмятежно наслаждаюсь обстановкой. Интересно, где я? Позади меня изголовье кровати в форме восходящего солнца. Что-то смутно знакомое. Большая просторная комната роскошно обставлена в коричневых, бежевых и золотых тонах. Я вроде уже видела нечто подобное. Вот только где? Мой сонный ум пытается разобраться в зрительных образах недавнего прошлого. И вдруг до меня доходит: я в отеле «Хитман»... в люксе. Мы с Кейт были в похожем. Только этот больше. Черт! Я в номере у Кристиана Грея. Как я сюда попала?

Постепенно возвращаются обрывочные воспоминания о предыдущем вечере. Я напилась, позвонила Грею, меня тошнило. Потом Хосе, а потом опять Кристиан. Какой ужас! Я внутренне сжимаюсь. Я не помню, как сюда попала. На мне футболка, лифчик и трусики. Носков нет. Джинсов тоже. Черт!

На столике рядом с кроватью — стакан апельсинового сока и две таблетки. Адвил. Кристиан и об этом позаботился! Я сажусь на кровати и глотаю таблетки. Вообще-то я чувствую себя совсем неплохо, прямо скажем, гораздо лучше, чем заслуживаю. Апельсиновый сок просто божественный! Утоляет жажду и освежает. Ничто так не помогает от сухости во рту, как свежевыжатый апельсиновый сок.

Раздается стук в дверь. Сердце подскакивает к горлу, и я не могу произнести ни слова. Грей все равно открывает дверь и заходит в комнату.

Ничего себе! Он только что с тренировки. На нем свободные серые трикотажные штаны и потемневшая от пота фуфайка. Мысль о потном Кристиане Грее меня странно волнует. Я глубоко вздыхаю и смеживаю веки, словно мне два годика и, если я закрою глаза, меня никто не найдет.

— Доброе утро, Анастейша. Как ты себя чувствуешь?

Ну, все.

— Лучше, чем заслуживаю, — бормочу я.

Кристиан ставит большую спортивную сумку на кресло и берется за концы полотенца, которое висит у него на шее.

Он смотрит на меня, серые глаза непроницаемы, и, как обычно, я совершенно не представляю, о чем он думает. Он очень хорошо умеет прятать свои мысли и чувства.

— Как я сюда попала? — Мой голос тих и смиренен.

Грей подходит и садится на край кровати. Он так близко, что я могу к нему прикоснуться, чувствую его запах. О господи… запах тела и геля для душа — пьянящий коктейль, гораздо сильней, чем маргарита, теперь я это знаю на собственном опыте.

— Когда ты потеряла сознание, я не стал рисковать кожаной обивкой салона и отвозить тебя домой. Пришлось оставить тебя здесь, — отвечает он равнодушно.

— Кто укладывал меня в постель?

— Я. — Его лицо непроницаемо.

— Меня снова тошнило?

— Нет.

— Раздевал меня тоже ты? — Я почти шепчу.

— Тоже я. — Он выгибает бровь, а я отчаянно краснею.

— Мы не… — еле-еле выговариваю я, помертвев от ужаса. Закончить фразу у меня не получается, и я замолкаю, уставившись на свои руки.

— Анастейша, ты была в коматозном состоянии. Некрофилия — это не мое. Я предпочитаю, чтобы женщина была жива и реагировала, — поясняет он сухо.

— Мне очень стыдно.

Его губы немного приподнимаются в кривой усмешке.

— Да, весело провели время. Вечер надолго запомнится. Мне тоже…

Но он смеется надо мной, негодяй! Он сам приехал, его никто не просил, а в результате меня назначили главным злодеем.

— Нечестно использовать всякие шпионские технологии, которые вы там у себя разрабатываете, чтобы следить за девушкой, — огрызаюсь я.

Кристиан смотрит на меня удивленно и, кажется, обиженно.

— Во-первых, отследить мобильный телефон можно по Интернету. Во-вторых, моя компания не занимается производством аппаратуры для слежки и скрытого наблюдения, и в-третьих, если бы я за тобой не приехал, ты бы проснулась в постели фотографа, а насколько я помню, ты была не в восторге от такого ухажера, — произносит он язвительно.

Ухажера!.. Кристиан Грей сердится, его серые глаза оскорбленно сверкают.

— Да ты просто рыцарь из средневековой хроники, — ехидно замечаю я.

Он немного оттаивает. Выражение лица смягчается, и на красиво очерченных губах мелькает тень улыбки.

— Нет, Анастейша, совсем не похож. Разве что на темного рыцаря. — Кристиан насмешливо улыбается. — Ты вчера ела? — строго спрашивает он.

Я мотаю головой. Какое еще преступление я совершила? Хотя его губы сжимаются, лицо остается бесстрастным.

— Обязательно надо есть. А ты пила на голодный желудок, и потому тебе было так плохо. Если честно, Анастейша, это самое первое правило, когда пьешь.

Он ерошит волосы рукой, а значит, все еще сердится.

— Ты и дальше будешь читать мне мораль?

— А это так называется?

— По-моему, да.

— Ты еще легко отделалась.

— В каком смысле?

— Если бы ты была моей, тебе бы еще неделю было больно сидеть, после того что ты вчера устроила. Пила на голодный желудок, напилась пьяная, чуть не влипла в историю... — Грей закрывает глаза, на его красивом лице ясно проявляется отвращение, и он слегка содрогается. Затем открывает глаза и строго смотрит на меня. — Страшно подумать, что могло с тобой случиться.

Ему-то какое дело? Если бы я была его... но я не его. Хотя, возможно, в глубине души я не против. Эта мысль пробивается сквозь негодование, вызванное его высокомерием. Я краснею: мое своенравное подсознание танцует радостный танец хула-хула при одной мысли, что я могла бы быть его.

— Ничего бы со мной не случилось. Я была с Кейт.

— А как насчет фотографа? — фыркает он.

Гм... Хосе-младший. Придется сказать ему пару ласковых.

— Хосе просто занесло. — Я пожимаю плечами.

— Думаю, кто-то должен научить этого фотографа хорошим манерам, чтобы его больше не заносило.

— Какой ты строгий, — фыркаю я.

— Ах, Анастейша, ты даже не представляешь. — Глаза Кристиана сужаются, и на лицо ложится озорная ухмылка.

Улыбка Грея действует на меня совершенно обезоруживающе. Только что я злилась — и вот уже не могу отвести взгляда от его лица. Ох!.. За эту улыбку можно все простить. Наверное, потому, что он так редко улыбается. Я даже забыла, о чем мы говорили.

— Я иду в душ. Или ты первая? — Он наклоняет голову набок, по-прежнему улыбаясь. Мое сердце колотится, мозг перестал посылать импульсы нейронам, отвечающим за дыхание. Улыбка Грея становится шире, он проводит большим пальцем мне по щеке и нижней губе.

— Дыши, Анастейша, — шепчет Грей и встает. — Через пятнадцать минут подадут завтрак. Ты, наверное, голодная. — Он идет в ванную и закрывает дверь.

Я наконец-то могу выдохнуть. Почему он так дьявольски красив? Мне хочется встать и войти к нему в душ. Никогда раньше я не испытывала ничего подобного. Гормоны бушуют. Я все еще чувствую на щеке и верхней губе прикосновение его руки. По телу разливается ощущение тягостного, болезненного дискомфорта. Что со мной? Хмм… Вожделение. Вот как, оказывается, это бывает.

Я снова ложусь на пуховые подушки. «Если бы ты была моей». О господи… Чего бы я только не отдала, чтобы быть его! Кристиан Грей — единственный мужчина, который заставляет мое сердце ускоренно биться, а кровь — бежать по жилам. Хоть мне и не все в нем нравится: он очень замкнутый и противоречивый. Он то отталкивает меня, то присылает книги за четырнадцать тысяч долларов, да еще потом преследует, как будто я какая-нибудь знаменитость, а он — настырный поклонник. И при всем при том я провела ночь в его номере и чувствую себя в полной безопасности. Под его защитой. Он примчался спасать меня от выдуманной им самим опасности. Нет, он не темный, а самый настоящий белый рыцарь в сверкающих доспехах, классический романтический герой — сэр Гавейн или Ланселот.

Я вылезаю из постели и отчаянно пытаюсь отыскать свои джинсы. Грей выходит из душа мокрый, блестящий от воды и по-прежнему небритый. На нем ничего нет, кроме обернутого вокруг талии полотенца. И конечно, я стою с голыми ногами и изнываю от смущения. Он удивлен, что я уже встала.

— Твои джинсы я отдал в стирку. — В его взгляде серый обсидиан. — Ты их забрызгала, когда тебя тошнило.

— Ох. — Я становлюсь пунцовой. Почему он каждый раз застает меня врасплох?

— Я попросил Тейлора купить тебе пару джинсов и какие-нибудь туфли. Они в сумке на кресле.

Чистая одежда. Какой неожиданный бонус.

— Э… Пойду приму душ, — бормочу я. — Спасибо.

Что еще тут можно сказать? Схватив сумку, я опрометью заскакиваю в душ, подальше от волнующей близости обнаженного Кристиана Грея. «Давид» Микеланджело — ничто по сравнению с ним.

В ванной жарко и влажно — еще не успело проветриться. Скорее сбросить одежду и встать под очищающие струи воды. Лицо омывает благодатный поток. Я хочу Кристиана Грея. Очень, очень сильно. Это просто констатация факта. Впервые в жизни я хочу лечь в постель с мужчиной. Хочу чувствовать прикосновения его рук и губ.

Он сказал, что предпочитает восприимчивых женщин. Следовательно, он не хранит невинность. Но он даже не пробовал ко мне подкатить, как Пол или Хосе. Не понимаю. На прошлой неделе он не стал меня целовать. Я его не привлекаю? Тогда зачем он привез меня сюда? «Ты всю ночь провела в его постели, Ана, и он к тебе пальцем не прикоснулся. Делай выводы», — мое подсознание снова поднимает свою уродливую, злобную голову. Я не обращаю на него внимания.

Вода теплая и умиротворяющая. Бесконечно стояла бы под душем в этой ванной. Жидкое мыло пахнет Кристианом. Обалденный запах! Я растираю его по телу, представляя, что это он — он своими длинными пальцами наносит чудесно пахнущее мыло мне на грудь, на живот и между ног. О господи. Сердце снова колотится, это так… так приятно.

— Завтрак готов. — Грей стучит в дверь, и от этого звука я вздрагиваю.

— Иду. — Реальность вырывает меня из мира эротических грез.

Выбравшись из кабинки, я беру два полотенца: одно заматываю на голове в стиле Кармен Миранды и торопливо вытираюсь другим, не обращая внимания на то, как приятны эти прикосновения моей сверхчувствительной коже.

Заглядываю в сумку с джинсами. Тейлор купил не только джинсы и новые конверсы, но еще и бледно-голубую блузку, носки и белье. О господи. Чистый лифчик и трусики!.. Называть их простыми, скучными словами было бы несправедливо. Это изысканные вещицы каких-то модных европейских фирм. Бледно-голубые кружева и украшения. Ух ты! Белье меня восхищает и одновременно немного пугает. Более того, размер в точности мой. Хотя, конечно, Грей мог его узнать. Я краснею, представив, как мужчина с короткой стрижкой покупает мне трусики в дорогом магазине. Интересно, какие еще у него рабочие обязанности.

Я быстренько одеваюсь. Все сидит превосходно. Осталось только привести голову в порядок, и я яростно тру мокрые волосы полотенцем. Как обычно, они не желают лежать ровно, и приходится собрать их в хвост. Надо будет посмотреть, в сумочке была резинка. Делаю глубокий вдох: все, я готова встретиться с мистером Занудой.

К моему облегчению, спальня пуста. Я оглядываюсь в поисках сумочки, но ее нигде нет. Глубоко вдохнув, выхожу в гостиную. Она просто огромная. В зоне для отдыха — роскошный плюшевый диван, заваленный подушками, мягкие кушетки и элегантный журнальный столик с кучей книг в глянцевых обложках; в рабочей зоне — «мак» последней модели; на стене — огромный плазменный экран. Кристиан сидит за обеденным столом на другом конце комнаты и читает газету. Все помещение размером с теннисный корт (сама я не играю в теннис, но несколько раз видела, как играла Кейт). Кейт!

— Черт, Кейт! — вскрикиваю я.

Кристиан внимательно смотрит на меня.

— Я послал сообщение Элиоту, — говорит он немного насмешливо. — Она знает, что ты здесь и пока еще жива.

Ох, только этого не хватало. Я помню ее страстный танец вчера вечером и ее фирменные движения, которыми она пыталась соблазнить брата Кристиана. Что она обо мне подумает? Я никогда еще не ночевала вне дома. Значит, она до сих пор с Элиотом. С ней такое случалось только дважды, и оба раза я потом целую неделю вынуждена была любоваться ее ужасной розовой пижамкой. Кейт решит, что я тоже нашла себе приключение на одну ночь.

Кристиан окидывает меня повелительным взглядом. На нем белая льняная сорочка, воротник и манжеты расстегнуты.

— Садись, — командует он, указывая на место за столом.

Я иду через всю комнату и, как было приказано, сажусь напротив него. Стол уставлен едой.

— Я не знал, что ты захочешь, поэтому взял на всякий случай несколько разных блюд из утреннего меню, — говорит он с кривой, чуть извиняющейся улыбкой.

— Какое расточительство, — бормочу я, удивляясь его выбору, хоть мне ужасно хочется есть.

— Да уж. — Тон у него немного виноватый.

Я выбираю блинчики с кленовым сиропом и яичницу с беконом. Кристиан пытается скрыть улыбку и возвращается к своему омлету из яичных белков. Еда необычайно вкусная.

— Чаю?

— Да, пожалуйста.

Он передает мне небольшой чайник с кипятком и пакетик «Английского завтрака» на блюдечке. Обалдеть, он помнит, какой чай мне нравится.

— У тебя мокрые волосы.

— Я не нашла фен, — смущенно бормочу я. Честно говоря, я и не искала.

Кристиан поджимает губы.

— Спасибо за чистую одежду.

— Не за что. Этот цвет тебе к лицу.

Я краснею и утыкаюсь взглядом в свои руки.

— Знаешь, тебе бы следовало научиться принимать комплименты, — произносит он осуждающе.

— Я хочу отдать тебе деньги за одежду.

Он смотрит на меня, как будто я его глубоко обидела. Я спешу добавить:

— Ты уже подарил мне книги, которые я, между прочим, не могу от тебя принять. Хотя бы за одежду позволь мне заплатить самой. — Я неуверенно улыбаюсь.

— Анастейша, поверь, я могу себе позволить…

— Не в этом дело. С какой стати ты будешь дарить мне подарки?

— Потому что мне это ничего не стоит. — Его глаза сверкают сердитым блеском.

— Это еще не повод, — отвечаю я тихо. Он выгибает бровь, моргает, и я вдруг понимаю, что мы говорим о чем-то другом, но я не знаю, о чем именно. Я сразу вспоминаю…

— Зачем ты прислал мне эти книги, Кристиан? — спрашиваю я тихо.

Он откладывает нож и вилку и внимательно смотрит на меня. В его глазах светится какое-то непонятное чувство.

— Когда тебя едва не сбил велосипедист, я держал тебя, и ты смотрела на меня, словно говоря: «Поцелуй же меня, Кристиан». — Грей пожимает плечами. — Я почувствовал, что должен извиниться и как-то тебя подбодрить. — Он ерошит волосы рукой. — Анастейша, я не герой-любовник. Я не завожу романов. И вкусы у меня очень своеобразные. Лучше бы тебе держаться от меня подальше. — Он закрывает глаза, как бы признавая себя побежденным. — Но в тебе есть нечто такое, что заставляет меня возвращаться снова и снова. Думаю, ты сама это поняла.

Есть уже совсем не хочется.

— Зачем же бороться с собой? — шепчу я.

Широко раскрыв глаза, он судорожно вздыхает.

— Ты не знаешь, о чем говоришь.

— Ну так просвети меня.

Мы сидим, глядя друг другу в глаза, никто не прикасается к еде.

— Ты дал обет безбрачия? — выпаливаю я.

В его серых глазах загораются смешинки.

— Нет, Анастейша, такого обета я не давал. — Кристиан Грей замолкает, чтобы я усвоила информацию, и я краснею до ушей. Неужели я только что произнесла такое вслух! Нет, действительно лучше жевать, чем говорить.

— Какие у тебя планы на ближайшие дни? — спрашивает он спокойно.

— Сегодня после обеда я работаю. А сколько сейчас времени? — внезапно пугаюсь я.

— Чуть больше десяти, ты еще сто раз успеешь. А как насчет завтра?

Он сидит напротив меня, поставив локти на стол и опершись подбородком на сплетенные длинные пальцы.

— Мы с Кейт хотели упаковать вещи. На следующие выходные у нас назначен переезд в Сиэтл. И всю эту неделю я работаю в «Клейтонсе».

— Ты уже знаешь, где вы будете жить в Сиэтле?

— Да.

— Где?

— Не помню адреса. Где-то в районе Пайк-маркет.

— Недалеко от меня. — Его губы изгибаются в полуулыбке. — А где ты собираешься работать в Сиэтле?

Зачем он все это спрашивает? Кристиан Грей умеет устраивать допрос с пристрастием еще почище, чем Кэтрин Кавана.

— Я подала документы сразу в несколько мест. Сейчас жду ответов.

— В мою компанию ты пойти не захотела?

Я опускаю глаза. Конечно же, нет.

— Вообще-то, нет.

— А что тебя не устраивает в моей компании?

— В твоей компании или в «Грей энтерпрайзес»? — хмыкаю я.

— Вы надо мной смеетесь, мисс Стил? — Он наклоняет голову набок. Кажется, разговор его забавляет, однако трудно сказать наверняка. Я опускаю взгляд в тарелку с неоконченным завтраком. У меня нет сил смотреть ему в глаза, когда он говорит таким тоном.

— Я бы хотел укусить эту губу, — мрачно произносит Кристиан.

О господи. Сама не замечая, я машинально кусаю нижнюю губу. Челюсть у меня отваливается, я одновременно пытаюсь сглотнуть и втянуть воздух. Это самая сексуальная фраза, которую я когда-либо слышала. Сердце колотится в бешеном темпе, я задыхаюсь. Черт, я вся дрожу от возбуждения, хоть он ко мне даже не прикоснулся. Подняв глаза, я встречаю его насупленный взгляд.

— Ну так что же тебя удерживает? — с вызовом спрашиваю я.

— Я даже близко не подойду к тебе, Анастейша, пока не получу на это твоего письменного согласия. — На его губах блуждает тень улыбки.

— В каком смысле?

— В прямом. — Он вздыхает и кивает мне, довольный, но в то же время немного сердитый. — Я тебе все покажу, Анастейша. Во сколько ты сегодня кончаешь работу?

— Около восьми.

— Мы можем поехать в Сиэтл и поужинать у меня дома. Там я объясню тебе, как обстоят дела. Предпочитаешь сегодня или в следующую субботу? Выбирай.

— Почему ты не можешь сказать мне прямо сейчас? — нетерпеливо спрашиваю я.

— Потому что я наслаждаюсь завтраком в твоем обществе. Узнав всю правду, ты, вероятно, больше не захочешь меня видеть.

Черт побери! Что он имеет в виду? Он продает детей в рабство в какие-нибудь забытые богом уголки? Он — часть подпольного преступного синдиката? Тогда понятно, откуда у него столько денег. Он глубоко религиозен? Он импотент? Конечно, нет, это он может доказать мне прямо сейчас. О господи, я краснею. Так можно гадать до бесконечности. Чем раньше я узнаю тайну Кристиана Грея, тем лучше. Если окажется, что, узнав его секрет, я больше не захочу с ним общаться, то, честно говоря, это только к лучшему. «Не надо себя обманывать, — ехидно замечает мое подсознание, — дело должно быть совсем уж плохо, чтобы ты все бросила и сбежала».

— Сегодня.

Он поднимает бровь.

— Ты, как Ева, торопишься вкусить с древа познания.

— Вы надо мной смеетесь, мистер Грей? — мило интересуюсь я. Надутый осел.

Он прищуривается, берет свой «блэкбери» и нажимает кнопку.

— Тейлор, мне понадобится Чарли Танго[1].

---

[1] «Чарли» и «танго» — обозначения букв «С» и «Т» в фонетическом алфавите Международной организации гражданской авиации.

Чарли Танго? Кто это?

— Из Портленда примерно в двадцать тридцать... Нет, пусть ждет в Эскала... Всю ночь.

«Всю ночь!»

— Да. Завтра утром по звонку. Я полечу из Портленда в Сиэтл.

«Полечу?»

— Запасной пилот с двадцати двух тридцати.

Он кладет телефон. Ни «спасибо», ни «пожалуйста».

— Люди всегда тебя слушаются?

— Да, как правило, если не хотят потерять работу.

— А если они у тебя не работают?

— У меня есть способы убеждать, Анастейша. Доедай свой завтрак. Я отвезу тебя домой, а в восемь, когда ты закончишь работу, заеду за тобой в «Клейтонс». Мы полетим в Сиэтл.

Я быстро моргаю.

— Полетим?

— Да, на моем вертолете.

Потрясающе. Это мое второе свидание с таинственным Кристианом Греем. Начиналось все с кофе, а теперь дело дошло до вертолетных прогулок. Ничего себе!

— А на машине доехать нельзя?

— Нет.

— Почему?

Он ухмыляется.

— Потому что я так хочу. Доедай.

Как теперь есть? Я лечу с Кристианом Греем в Сиэтл на вертолете. И он хочет укусить мою губу.

— Ешь, — говорит он уже строже. — Анастейша, я терпеть не могу выкидывать еду. Доедай.

— Я не могу столько съесть, — оправдываюсь я.

— Доедай то, что у тебя на тарелке. Если бы ты вчера нормально поела, тебя бы сейчас здесь не было, и мне бы не пришлось так быстро раскрывать свои карты. — Он плотно сжимает губы. Похоже, сердится.

Я хмурюсь и возвращаюсь к остывшим блинчикам и яичнице. «Я слишком взволнована, чтобы есть, Кристиан! Как ты не понимаешь?» — я не решаюсь произнести это вслух, особенно когда он такой мрачный. Ну совсем как маленький. Даже забавно.

— Что тут смешного? — спрашивает он.

Я трясу головой, не решаясь ответить, и не поднимаю глаз от тарелки. Проглотив последний кусочек блинчика, бросаю взгляд на Кристиана Грея. Он задумчиво меня рассматривает.

— Умница. Теперь я отвезу тебя домой, только сначала высуши волосы. Не хочу, чтобы ты заболела.

В его словах мне чудится какое-то смутное обещание. Что он хочет этим сказать? Я встаю из-за стола. Может, нужно было сначала спросить разрешения? Нет, лучше не создавать опасного прецедента. Я направляюсь обратно в спальню и замираю на полдороге от внезапно пришедшей мне в голову мысли.

— А где ты спал? — Я поворачиваюсь к Кристиану Грею, все еще сидящему за обеденным столом. В гостиной не видно никаких простыней и одеял.

— В своей постели, — отвечает он с непроницаемым выражением.

— Вот как.

— Да, совершенно новые для меня ощущения. — Он улыбается.

— Ты имеешь в виду не секс?

Ну вот, я сказала это слово. И покраснела, разумеется.

— Нет. — Грей качает головой и хмурится, словно вспоминая что-то неприятное. — Спать с кем-то в одной постели.

Он берет газету и принимается за чтение.

Ох, хотела бы я знать, что все это значит. Он никогда ни с кем не спал? Он девственник? Вряд ли. Я гляжу на него с недоверием. Он самый таинственный персонаж из всех, кого я знаю. И тут до меня доходит, что я спала с Кристианом Греем. Ах, я бы все на свете отдала, только бы быть в сознании и смотреть на него спящего. Видеть его беззащитным. Мне почему-то трудно это представить. Ладно, вроде бы сегодня вечером все должно проясниться.

В спальне я заглядываю в комод и нахожу там фен. Используя пальцы вместо щетки, как могу, сушу волосы. Закончив, иду в ванную, чтобы почистить зубы и вижу там щетку Кристиана. Я буду воображать, что это он. Хм... Оглядываясь через плечо, как преступница, я ощупываю щетинки. Мокрые. Значит, он ею уже пользовался. Я хватаю щетку, выдавливаю пасту и быстро-быстро чищу зубы. Чувствую себя ужасно испорченной. Это так приятно.

Я сгребаю в кучу вчерашнюю футболку, лифчик и трусики и кидаю их в пакет из магазина, в котором Тейлор принес чистые вещи, а потом иду в гостиную на поиски сумки и жакета. Какая радость! В сумке нашлась резинка. Кристиан смотрит, как я собираю волосы в конский хвост на затылке. По его лицу невозможно понять, о чем он думает. Он разговаривает с кем-то по телефону.

— Им надо два?.. И во сколько это обойдется?.. Хорошо, а как насчет мер безопасности? Они пойдут через Суэц?.. Разгрузка в Порт-Судане?.. Когда они прибудут в Дарфур?.. Хорошо, так и сделаем. Держите меня в курсе. — Он дает отбой. — Готова?

Я киваю. Интересно, о чем был разговор.

— После вас, мисс Стил, — говорит Грей, придерживая передо мной дверь. Как он небрежно элегантен!

Я медлю чуть дольше, чем следует, упиваясь его видом. Я спала с ним этой ночью, и после всех вчерашних событий (текилы и последствий) он все еще не испытывает ко мне отвращения. Более того, зовет меня с собой в Сиэтл. Почему именно я? Мне этого не понять. Я иду к двери, вспоминая его слова — «в тебе есть нечто такое». Что ж, наши чувства полностью взаимны, мистер Грей, и я хочу выяснить, в чем загвоздка.

Мы молча идем по коридору. В ожидании лифта я подсматриваю за Кристианом сквозь ресницы, а он краем глаза поглядывает на меня. Я улыбаюсь, его губы кривятся.

Лифт приезжает, мы заходим внутрь. Вдруг, по какой-то необъяснимой причине, возможно из-за нашей близости в замкнутом пространстве, атмосфера между нами меняется, заряжаясь опьяняющим предчувствием. Мое дыхание учащается, сердце бьется сильнее. Он чуть поворачивается ко мне, его глаза темнее графита. Я кусаю губу.

— К черту бумаги, — рычит Грей. Он набрасывается на меня и прижимает к стене лифта. Прежде чем я успеваю опомниться, он словно тисками сжимает рукой мои запястья и поднимает их мне над головой, при этом бедрами прижимая меня к стене. О-о! Другой рукой он тянет вниз мой «конский хвост» так, чтобы лицо обратилось к нему. Его губы касаются моих. Мне почти больно. Я испускаю стон в его раскрытый рот; воспользовавшись этим, он проникает языком в образовавшееся отверстие и начинает уверенно изучать мой рот. Меня никто так не целовал. Немного нерешительно, я тянусь языком ему навстречу, и мы сливаемся в медленном эротическом танце прикосновений и ласк, чувственности и страсти. Теперь он крепко держит меня за подбородок. Мои руки пригвождены к стене, голова запрокинута, его бедра не дают мне пошевелиться. Я чувствую животом его эрекцию. О господи… Он хочет меня! Кристиан Грей, прекрасный, как греческий бог, хочет меня, и я хочу его… прямо здесь, в лифте.

— Ты. Такая. Сладкая. — Он произносит каждое слово отдельно.

Лифт останавливается, двери открываются, и Кристиан в мгновение ока отскакивает прочь. Входят трое мужчин в деловых костюмах и, глядя на нас, ухмыляются. Сердце колотится, словно я только что бежала в гору. Я хочу сесть и обхватить колени… но это слишком очевидно.

Украдкой я смотрю на него. Кристиан Грей выглядит абсолютно спокойным, как будто он только что разгадывал кроссворд в газете. Ужасная несправедливость. Неужели ему все равно, что я тут стою рядом с ним? Он смотрит на меня искоса и глубоко вздыхает. О, ему совсем не все равно! И моя маленькая внутренняя богиня, плавно покачивая бедрами, танцует победную самбу.

Бизнесмены выходят на втором. Остается проехать один этаж.

— Ты почистила зубы, — говорит Грей, глядя на меня.

— Твоей зубной щеткой.

Его губы кривит чуть заметная улыбка.

— Ах, Анастейша Стил, что мне с тобой делать?

Двери открываются, он берет меня за руку и ведет за собой.

— Что за странное свойство лифтов? — задумчиво произносит на ходу Кристиан, обращаясь скорее к себе, чем ко мне. Я машинально стараюсь не отстать от него; думать я сейчас не способна. Мои мозги остались размазанными ровным слоем по стенам и полу лифта номер три в отеле «Хитман».

Глава 6

Кристиан открывает дверь пассажирского сиденья черного внедорожника «Ауди», и я забираюсь внутрь. Он ни словом не обмолвился о вспышке страсти, которая случилась в лифте. Можно ли это упоминать? Или притвориться, будто ничего не произошло? Мне уже самой не верится, что это было на самом деле — мой первый настоящий поцелуй. Чем дальше, тем больше он похож на миф — легенду Артуровского цикла или затонувшую Атлантиду. Ничего не было и быть не могло. Наверное, мне померещилось. Я трогаю свои распухшие от поцелуя губы. Нет, никаких фантазий. Я уже совсем не та, что раньше. Я безумно хочу этого мужчину, и он хочет меня.

Кристиан, как обычно, держится вежливо и слегка отстраненно.

Как это понимать?

Он заводит двигатель, выезжает со своего места на парковке и включает МР3-плеер. Салон машины заполняет сладчайшая, волшебная мелодия — поют два женских голоса. Здорово... мои чувства в беспорядке, и музыка действует в два раза сильнее. От восторга по спине бегут мурашки. Кристиан поворачивает на Парк-авеню. Он ведет машину со спокойной, ленивой уверенностью.

— Что за музыка?

— Цветочный дуэт из «Лакме» Делиба. Тебе нравится?

— Восхитительно.

— Да, классно. — Кристиан глядит на меня и ухмыляется. На какое-то мгновение он становится молодым, беззаботным, офигенно красивым — таким, каким должен быть человек в его возрасте. Может, это и есть ключ к его душе? Музыка? Замерев, я сижу и слушаю дразнящие и манящие ангельские голоса.

— А можно поставить еще раз?

— Конечно.

Кристиан нажимает на кнопку, и мой слух снова ласкает дивная музыка, и я отдаюсь ее нежной, томительной власти.

— Ты любишь классическую музыку? — спрашиваю, надеясь узнать побольше о его личных пристрастиях.

— У меня очень эклектичный вкус, Анастейша. Мне многое нравится, начиная с Томаса Таллиса и кончая «Кингз оф Леон». Все зависит от настроения. А ты?

— То же самое. Только я не знаю, кто такой Томас Таллис.

— Я тебе когда-нибудь сыграю. Это английский композитор шестнадцатого века. Духовная музыка эпохи Тюдоров. — Кристиан улыбается. — Похоже на эзотерику, я понимаю, но вообще-то завораживает.

Он нажимает на кнопку, и начинается песня «Кингз оф Леон». Эту я знаю. «Секс в огне». Очень подходящая. Музыку прерывает звонок мобильного телефона, доносящийся из динамиков стереосистемы. Кристиан нажимает кнопку на руле.

— Грей, — отрывисто произносит он. Какой он все-таки бесцеремонный.

— Мистер Грей, это Уэлч. У меня есть информация, которую вы запрашивали. — Из динамиков доносится скрежещущий механический голос.

— Хорошо, скиньте ее мне по электронной почте. Хотите что-нибудь добавить?

— Нет, сэр.

Грей нажимает на кнопку — звонок закончен, снова играет музыка. Ни «спасибо», ни «до свидания». Какое счастье, что я не восприняла всерьез его предложение пойти к нему работать. Я содрогаюсь при одной только мысли. Он слишком требователен и холоден со своими служащими.

Музыка снова прерывается из-за телефонного звонка.

— Грей.

— Договор о неразглашении выслан вам на почту, мистер Грей. — Женский голос.

— Хорошо. Это все, Андреа.

— Доброго дня, сэр.

Кристин разрывает связь, нажав кнопку на руле. Не успевает заиграть музыка, как телефон звонит снова. Боже мой, неужели у него все время эти бесконечные телефонные звонки?

— Грей, — бросает он.

— Привет, Кристиан. Ну как? Ты с ней переспал?

— Привет, Элиот. Телефон на громкой связи, и я в машине не один. — Кристиан вздыхает.

— А кто с тобой?

— Анастейша Стил.

— Привет, Ана!

«Ана!»

— Доброе утро, Элиот!

— Много о вас наслышан, — понизив голос, произносит он.

— Не верьте ни одному слову из того, что говорит Кейт. Элиот смеется.

— Я подброшу Анастейшу до дома. — Кристиан подчеркнуто называет меня полным именем. — Тебя забрать?

— Да, конечно.

— Тогда до встречи.

Снова играет музыка.

— Почему ты зовешь меня Анастейша?

— Потому что это твое имя.

— Я предпочитаю «Ана».

— До сих пор? — бормочет он.

Мы уже почти у моего дома. Как быстро доехали!

— Анастейша, — медленно произносит Грей. Я бросаю на него сердитый взгляд, но он не обращает внимания. — Того, что случилось в лифте, больше не повторится. Теперь все пойдет по плану.

У нашей квартиры я вспоминаю, что он не спросил меня, где я живу. Ах, да... Он же присылал мне книги и, следовательно, знает мой адрес. Для человека, который умеет отслеживать мобильные телефоны и владеет собственным вертолетом, выяснить адрес не проблема.

Почему он не хочет поцеловать меня еще раз? Обидно и непонятно. Грей с непринужденной грацией выходит из машины и идет открыть мне дверь. Безупречный джентльмен, за исключением редких, драгоценных мгновений в лифтах. Я краснею, вспоминая соприкосновение наших губ, и вдруг осознаю, что не могла к нему прикоснуться. Мне хотелось запустить пальцы в эти роскошные, непослушные волосы, но я была не в силах пошевелить рукой. Задним числом я расстраиваюсь.

— Мне понравилось в лифте, — тихо говорю я, выходя из машины. Потом, не обращая внимания на слабый судорожный вдох, направляюсь прямиком к входной двери.

Кейт и Элиот сидят за обеденным столом. Книжек за четырнадцать тысяч долларов нигде не видно. Ну и хорошо.

У меня на них свои планы. По лицу Кейт блуждает странная улыбка, она выглядит так, будто еще не пришла в себя после бурной ночи.

— Привет, Ана! — Кейт вскакивает и обнимает меня, а потом отстраняет на расстояние вытянутых рук, чтобы получше разглядеть. Нахмурившись, поворачивается к Грею. — Доброе утро, Кристиан, — произносит она, и в ее тоне слышится чуть заметная враждебность.

— Мисс Кавана, — произносит он сугубо официально.

— Кристиан, ее зовут Кейт, — вмешивается Элиот.

— Кейт. — Грей вежливо кивает и сердито смотрит на Элиота, который усмехается и встает, чтобы обнять нас обоих.

— Привет, Ана. — Его голубые глаза сияют улыбкой, и он мне нравится с первого взгляда. Он совсем не похож на Кристиана... впрочем, они ведь приемные дети.

— Привет, Элиот. — Я тоже улыбаюсь и кусаю губу.

— Элиот, нам пора, — с напором произносит Кристиан.

— Иду.

Он поворачивается к Кейт, обнимает и долго целует ее. Ну вот... нашли место. Я стою, смущенно потупившись, а Кристиан внимательно меня разглядывает. Я сердито щурюсь. Почему он не может меня поцеловать? Элиот не отрывается от Кейт, запрокинув ее в страстном поцелуе так, что она волосами касается пола.

— Пока, детка.

Кейт просто тает. Я никогда раньше не видела ее такой: на ум приходят слова «милая» и «покладистая». Покладистая Кейт! Вот это да! Элиот, должно быть, хорош. Кристиан закатывает глаза и смотрит на меня с непроницаемым выражением, хотя, похоже, ему весело. Он заправляет мне за ухо локон выбившихся из конского хвоста волос, и от его прикосновения у меня перехватывает дыхание. Я чуть заметно наклоняю голову навстречу его руке. Взгляд Кристиана теплеет, он проводит большим пальцем по моей верхней губе. Кровь вскипает у меня в жилах. И почти сразу все заканчивается — Грей убирает руку.

— Пока, детка, — тихо произносит он, и я не могу сдержать улыбки — это так на него не похоже. Понимаю ведь, что это насмешка, и все же где-то в глубине души растрогана ласковым обращением. — Я приеду за тобой в восемь.

Грей поворачивается, открывает дверь и выходит. Элиот идет следом за ним к машине, однако, прежде чем сесть, посылает Кейт воздушный поцелуй. Я чувствую укол ревности.

— Ну, у вас с ним было? — спрашивает Кейт, глядя, как они садятся в машину и отъезжают. В ее голосе явственно слышно жгучее любопытство.

— Нет, — сердито огрызаюсь я в надежде, что это положит конец расспросам. Мы возвращаемся в квартиру. — Но у тебя-то точно было? — Я не могу скрыть зависти. Кейт легко может заполучить любого мужчину. Она красивая, сексуальная, остроумная, бойкая… в отличие от меня. Но ее ответная улыбка заразительна.

— Я встречаюсь с ним сегодня вечером. — Она прижимает руки к груди и прыгает от восторга, как ребенок. Кейт не в силах скрыть своей радости и волнения, и я за нее рада. Счастливая Кейт… интересно.

— Кристиан пригласил меня к себе в Сиэтл сегодня вечером.

— Сиэтл?

— Да.

— Может, там?..

— Надеюсь.

— Так он тебе нравится?

— Да.

— Настолько нравится, что ты готова?..

— Да.

Кейт поднимает бровь.

— Ого! Ана Стил наконец-то влюбилась, и ее избранник — Кристиан Грей, красавчик и мультимиллиардер.

— Ага. Все из-за денег, — отвечаю я, и у нас обеих случается приступ хохота.

— У тебя новая блузка? — спрашивает Кейт, и мне приходится рассказать ей обо всех малопривлекательных подробностях прошлой ночи.

— Он хоть поцеловал тебя? — спрашивает она, заваривая кофе.

Я краснею.

— Один раз.

— Один раз! — смеется она.

Я смущенно киваю.

— Он очень сдержанный.

Кейт хмурится.

— Странно.

— Да не то слово! — бормочу я.

— Значит, сегодня вечером ты должна быть просто неотразима, — произносит она с нажимом.

Ну вот… похоже, процедура будет долгой, болезненной и унизительной.

— Мне пора на работу.

— Успеем.

Кейт берет меня за руку и тащит в свою комнату.

День в «Клейтонсе» тянется бесконечно, хотя покупателей много. Сейчас лето, поэтому я работаю еще два дополнительных часа после закрытия магазина — расставляю товары по полкам. Занятие чисто механическое, оно дает время подумать.

Под бдительным и, прямо скажем, бесцеремонным руководством Кейт мои ноги и подмышки идеально выбриты, брови выщипаны, и я вся чем-то намазана. Не очень-то приятно, но Кейт заверила меня, что в наше время мужчины ждут от женщин именно этого. Интересно, чего еще он от меня ждет? Мне пришлось убеждать Кейт, что я сама его хочу. Она почему-то не доверяет Грею. Возможно, из-за того, что он держится так строго и официально. Я пообещала дать знать, как только приеду в Сиэтл. Про вертолет я ей говорить не стала, она бы ударилась в панику.

Еще надо разобраться с Хосе. Он послал мне три сообщения и семь раз звонил, но я не брала трубку. Еще он два раза звонил домой и разговаривал с Кейт. Она так и не сказала ему, где я. Хосе, конечно, догадается, что она меня прикрывает. Просто так Кейт не станет скрытничать. Пусть помучается. Я все еще на него сердита.

Кристиан упоминал какие-то бумажные формальности, и я не знаю, шутил он или говорил всерьез. Гадай вот теперь. Мне трудно совладать с нервами. Сегодня ночью!.. Готова ли я? Моя внутренняя богиня сердито топает маленькими ножками. Она уже давно к этому готова, а с Кристианом Греем она готова на все, но я по-прежнему не понимаю, что он нашел во мне — серой мышке Анастейше Стил.

Грей, разумеется, пунктуален, и когда я выхожу из «Клейтонса», меня ждет черный «Ауди». Кристиан выходит, чтобы открыть пассажирскую дверь, и приветливо улыбается.

— Здравствуйте, мисс Стил, — говорит он.

— Добрый вечер, мистер Грей. — Я вежливо киваю и забираюсь на заднее сиденье. За рулем — Тейлор. — Здравствуйте, Тейлор.

— Добрый вечер, мисс Стил.

Кристиан садится с другой стороны, берет меня за руку, и его пожатие отзывается томительным чувством во всем теле.

— Как работа? — спрашивает он.

— Долго не заканчивалась, — отвечаю я хриплым от желания голосом.

— Да, у меня сегодня тоже был длинный день. — Тон совершенно серьезен.

— А что ты делал?

— Мы с Элиотом гуляли пешком.

Его большой палец легко поглаживает костяшки моих пальцев, сердце дает перебой, дыхание учащается. Как ему это удается? Он лишь слегка прикоснулся к моей руке, а гормоны уже устраивают свистопляску.

Поездка длится недолго, и я не сразу понимаю, что мы приехали. Интересно, где тут может быть вертолет. Повсюду городская застройка, а даже я знаю, что вертолету нужно место, чтобы взлететь. Тейлор останавливается, выходит и открывает дверь с моей стороны. В мгновение ока Кристиан снова оказывается рядом и берет меня за руку.

— Готова? — спрашивает он. Я киваю и хочу добавить «на все», но от волнения не могу произнести ни слова.

— Тейлор.

Вежливым кивком он отпускает водителя. Мы входим в здание и направляемся прямо к лифтам. Лифт! Я снова вспоминаю наш утренний поцелуй. Целый день он не шел у меня из головы. Я стояла за прилавком в «Клейтонсе», а мысли мои были далеко. Миссис Клейтон пришлось дважды окликнуть меня, чтобы вернуть с небес на землю. Сказать, что сегодня я была рассеянна, — ничего не сказать. Кристиан смотрит на меня сверху вниз, и на его губах появляется легкая улыбка. Ха! Он думает о том же, что и я.

— Тут всего три этажа. — В его серых глазах мерцают
искорки смеха. Он явно читает мои мысли. Кошмар.

В лифте я стараюсь ничем не выдать своих чувств. Но вот
мы остаемся вдвоем, и вновь между нами возникает странная сила притяжения. Я закрываю глаза в тщетной попытке
овладеть собой. Он крепче сжимает мою руку. Всего пять
секунд, и мы оказываемся на крыше здания. На площадке
стоит вертолет с голубой надписью «Грей энтерпрайзес» и
эмблемой компании. Нецелевое использование собствен-
ности компании, так и запишем.

Грей ведет меня в небольшой кабинет, где за столом сидит какой-то пожилой дядечка.

— Ваш полетный лист, мистер Грей. Машина проверена,
сэр. Можете лететь.

— Спасибо, Джо.

Кристиан приветливо улыбается.

Ого! Кто-то заслуживает его вежливости… наверное,
это не сотрудник компании. Я смотрю на старика с почти-
тельным трепетом.

— Идем, — говорит Кристиан, и мы направляемся в
сторону вертолета. Вблизи он оказывается гораздо больше,
чем мне показалось вначале. Я ожидала, что он размером
со спортивный автомобиль на двоих, а там по меньшей мере
семь кресел. Кристиан открывает дверь и указывает мне на
место рядом с пилотом.

— Садись и ничего не трогай, — говорит он, залезая в
вертолет следом за мной.

Дверь с шумом захлопывается. Хорошо еще, что со всех
сторон площадки светят прожектора, иначе в маленькой
кабине было бы ничего не видно. Я усаживаюсь на предна-
значенное для меня сиденье, и Кристиан наклоняется, чтобы закрепить на мне ремни. Это система с четырьмя точками крепления, застегивающаяся одной центральной пряж-
кой. Кристиан подтягивает верхние лямки. Он так близко,
что наклонись я чуть вперед — уткнусь носом ему в волосы.
От него чудесно пахнет свежестью и чистотой, но я намерт-
во прикреплена к креслу и не могу пошевелиться. Кристиан
глядит на меня и улыбается какой-то одному ему понятной
шутке. Он так соблазнительно близко. Я задерживаю дыхание, пока он подтягивает верхние ремни.

— Ну, все, теперь ты не убежишь, — шепчет Кристиан, и его глаза обжигают. — Дыши, Анастейша, дыши. — Он ласково касается моей щеки, проводит длинным пальцем по подбородку и приподнимает его вверх. А потом, чуть наклонившись, запечатлевает у меня на губах краткий, целомудренный поцелуй, от которого у меня сводит все внутренности. — Мне нравятся ремни.

Что?

Кристиан садится рядом, пристегивается и начинает долгую процедуру предполетной проверки, уверенно ориентируясь в невообразимом скоплении циферблатов и индикаторов. Огоньки начинают подмигивать, и вся приборная панель озаряется светом.

— Надень наушники.

Я послушно выполняю приказание, и в это время лопасти начинают раскручиваться. Мне кажется, я вот-вот оглохну. Кристиан тоже надевает наушники, не переставая щелкать переключателями.

— Проверяю работу всех систем, — раздается в наушниках его голос.

Я улыбаюсь.

— Ты точно знаешь, что делаешь?

— Я уже четыре года как квалифицированный пилот, Анастейша. Со мной ты в безопасности. — Он хищно ухмыляется. — Ну, по крайней мере в воздухе, — добавляет он и подмигивает. Подмигивает... Кристиан!

— Готова?

Я киваю с широко раскрытыми от страха глазами.

— Хорошо. Вызываю диспетчерскую. Портленд, это Чарли Танго Гольф — Гольф-Отель, к взлету готов. Подтвердите прием.

— Чарли Танго Гольф, взлет разрешаю. Поднимитесь на тысячу четыреста, далее следуйте курсом ноль один ноль.

— Вас понял, диспетчерская. Взлетаю. Конец связи. Поехали, — добавляет Кристиан, обращаясь ко мне, и вертолет плавно поднимается в небо.

Портленд исчезает под нами, и мы устремляемся в воздушное пространство США, хотя мой желудок твердо намерен остаться в Орегоне. Вот это да! Яркие огни уменьшаются и уменьшаются, пока не превращаются в маленьких светлячков где-то далеко внизу. Будто смотришь на мир из аквариума. Мы поднимаемся все выше, и вот уже совсем ничего не видно. Вокруг темно, хоть глаз выколи, нет даже луны, чтобы осветить наш путь. Как он понимает, куда мы летим?

— Что, страшно? — раздается у меня в ушах голос Кристиана.

— Откуда ты знаешь, что мы летим правильно?

— Вот смотри. — Он тычет длинным указательным пальцем в один из приборов. Электронный компас. — Это «Еврокоптер» ЕС 135 — одна из самых безопасных машин в своем классе. Он оснащен специальным оборудованием для полетов в ночное время.

Кристиан смотрит на меня и улыбается.

— На крыше моего дома есть вертолетная площадка. Мы летим туда.

Разумеется, он живет в доме с вертолетной площадкой. Мы с ним словно с разных планет. Свет от панели озаряет его лицо. Кристиан сосредоточен и внимательно следит за показаниями приборов. Глядя из-под опущенных ресниц, я упиваюсь его чертами. Красивый профиль. Прямой нос, массивная челюсть... Я бы хотела провести по ней языком. Он не побрился, и поэтому перспектива вдвойне соблазнительна. Чувствовать его щетину под моими пальцами, языком, на коже...

— Когда летишь ночью, ничего не видно. Приходится ориентироваться по приборам, — вторгается в мои эротические фантазии его голос.

— А как долго нам лететь? — произношу я на одном дыхании. Я вовсе не думала о сексе, нет, нет и еще раз нет.

— Меньше часа, ветер попутный.

Ого! Меньше чем за час до Сиэтла... Неплохая скорость, понятно теперь, почему мы летим.

Меньше чем через час все откроется. Бабочки так и летают у меня в животе. Интересно, что он мне готовит?

— Как ты себя чувствуешь, Анастейша?

— Нормально. — Я отвечаю коротко и отрывисто.

По-моему, он улыбается, но в темноте не видно. Кристиан снова щелкает тумблером.

— Портленд, это Чарли Танго, иду на тысяче четыреста, прием. — Он обменивается информацией с диспетчерской. Прямо как настоящий пилот. Мне кажется, мы покидаем

зону контроля Портленда и входим в воздушное пространство Сиэтла. — Вас понял, конец связи.

— Смотри. — Кристиан указывает на маленький огонек
далеко впереди. — Это Сиэтл.

— Ты всегда так производишь впечатление на женщин?
Берешь их полетать с собой на вертолете? — Мне действительно интересно.

— Я никогда не брал с собой девушек, Анастейша. Это
тоже в первый раз. — Его голос тих и серьезен.

Ох! Как неожиданно. Тоже в первый раз? А что еще?
Спать вместе?

— А я произвел на тебя впечатление?

— Я просто трепещу, Кристиан.

Он улыбается.

— Трепещешь?

Я киваю.

— Ты такой… профессионал.

— Спасибо, мисс Стил, — отвечает Кристиан вежливо.
Мне кажется, он польщен, но я не уверена.

Какое-то время мы летим молча. Яркая точка Сиэтла
становится все больше.

— Сиэтл-Такома вызывает Чарли Танго Гольф. Следуйте установленным курсом к Эскала. Подтвердите. Прием.

— Говорит Чарли Танго. Вас понял, Сиэтл-Такома. Конец связи.

— Тебе это явно нравится, — замечаю я.

— Что именно? — В полусвете циферблатов я замечаю
его вопросительный взгляд.

— Летать.

— Управление вертолетом требует самообладания и со-
средоточенности. Конечно, мне это нравится. Хотя я больше люблю планеры.

— Планеры?

— Да. Планеры и вертолеты — я летаю на том и на другом.

— Ого.

Дорогие увлечения. Я помню, он говорил мне это на интервью. А я люблю читать и изредка хожу в кино. В авиации
я не разбираюсь.

— Чарли Танго, можете заходить, конец связи, — прерывает мои мысли бесплотный голос диспетчера. Кристиан
отвечает уверенно и спокойно.

Сиэтл приближается. Мы уже на окраине города. Зрелище совершенно потрясающе. Сиэтл ночью, с высоты…

— Впечатляет, правда? — произносит Кристиан.

Я одобрительно киваю. Город кажется нереальным…
Я вижу его словно на большом экране, как в любимом
фильме Хосе «Бегущий по лезвию». Я вспоминаю Хосе и
его неудачную попытку поцеловать меня. Наверное, это
чересчур жестоко, все же надо было ему позвонить. Ладно… Подождет до завтра.

— Через пару минут мы будем на месте, — небрежно роняет Кристиан, и внезапно кровь начинает стучать у меня
в висках, сердце ускоряется, и адреналин течет по жилам.
Он разговаривает с диспетчером, но я уже не вслушиваюсь.
О господи… Я вот-вот потеряю сознание. Моя судьба в его
руках.

Впереди показался небоскреб с вертолетной площадкой
на крыше. На ней белыми буквами написано слово «Эскала». Она все ближе и ближе, больше и больше… как и мое
волнение. Надеюсь, я не обману его ожидания. Он решит,
что я его недостойна. Надо было слушаться Кейт и взять у
нее какое-нибудь из ее платьев, но мне нравятся мои черные джинсы. Сверху на мне мятного цвета блузка и черный пиджак из гардероба Кейт. Вид вполне приличный. «Я
справлюсь. Я справлюсь», — повторяю я как мантру, вцепившись в край сиденья.

Вертолет зависает, и Кристиан сажает его на площадку
на крыше. Мое сердце выпрыгивает из груди. Я сама не понимаю, что со мной: нервное ожидание, облегчение от того,
что мы добрались целыми и невредимыми, или боязнь не-
удачи. Он выключает мотор: лопасти постепенно замед-
ляются, шум стихает, и вот уже не слышно ничего, кроме
моего прерывистого дыхания. Кристиан снимает наушники
с себя и с меня.

— Все, приехали, — говорит он негромко.

Половина его лица освещена ярким светом прожектора, другая половина — в глубокой тени. Темный рыцарь
и белый рыцарь — подходящая метафора для Кристиана.
Я чувствую, что он напряжен. Его челюсти сведены, глаза
прикрыты. Он отстегивает сначала свои ремни, потом мои.
Его лицо совсем рядом.

— Ты не должна делать того, что тебе не хочется. Ты понимаешь? — Кристиан говорит серьезно, даже отчаянно, серые глаза не выдают никаких чувств.

— Я никогда не стану делать что-то против своей воли. — Я не совсем уверена в правдивости своих слов, потому что ради мужчины, который сейчас сидит рядом со мной, я готова на все. Но это сработало. Он поверил.

Окинув меня внимательным взглядом, Кристиан, грациозно, несмотря на свой высокий рост, подходит к двери, распахивает ее и, спрыгнув на землю, протягивает руку, чтобы я могла спуститься на площадку. Снаружи очень ветрено, и мне не по себе при мысли, что я стою на высоте тридцатого этажа и вокруг нет никакого барьера. Мой спутник обнимает меня за талию и крепко прижимает к себе.

— Идем, — командует Кристиан, перекрикивая шум ветра. Мы подходим к лифту, он набирает на панели код, и дверь открывается. Внутри тепло, стены сделаны из зеркального стекла. Всюду, куда ни посмотри, бесконечные отражения Кристиана, и самое приятное, что в зеркалах он бесконечно обнимает меня. Кристиан нажимает другую кнопку, двери закрываются, и лифт идет вниз.

Через пару секунд мы попадаем в абсолютно белое фойе, посередине которого стоит большой круглый стол черного дерева, а на нем — ваза с огромными белыми цветами. Все стены увешаны картинами. Кристиан открывает двойные двери, и белая тема продолжается по всей длине коридора до великолепной двухсветной залы. Гостиная. Огромная — это еще мягко сказано. Дальняя стена стеклянная и выходит на балкон.

Справа — диван в форме подковы, на котором легко разместятся десять человек. Перед ним современный камин из нержавеющей стали — а может, и платиновый, кто его знает. Огонь уже зажжен и ярко пылает. Справа, рядом с входом, — кухонная зона. Она вся белая, за исключением столешниц темного дерева и барной стойки человек на шесть.

Рядом с кухней, перед стеклянной стеной, — обеденный стол, вокруг которого расставлено шестнадцать стульев. А в углу комнаты сияющий черный рояль. Понятно... он еще на фортепиано играет. По стенам развешены картины всевозможных форм и размеров. Вообще-то квартира больше похожа на галерею, чем на дом.

— Снимешь пиджак? — спрашивает Кристиан.

Я мотаю головой. Мне все еще холодно после ветра на крыше.

— Пить будешь?

Я бросаю на него взгляд из-под опущенных ресниц. После той ночи? Он шутит? Мне приходит в голову мысль попросить маргариту — но не хватает наглости.

— Я буду белое вино. Выпьешь со мной?

— Да, пожалуйста.

— Пюйи-фюме тебя устроит?

— Я плохо разбираюсь в винах, Кристиан, выбирай на свое усмотрение. — Я говорю тихо и неуверенно. Сердце колотится. Мне хочется сбежать. Это настоящее богатство. В духе Билла Гейтса. Что я здесь делаю? «А то ты не знаешь!» — фыркает мое подсознание. Конечно, знаю: я хочу оказаться в постели Кристиана Грея.

— Держи. — Он протягивает мне бокал с вином. Даже хрустальные бокалы говорят о богатстве — тяжелые, современного дизайна.

Я делаю глоток: вино легкое, свежее и изысканное.

— Ты молчишь и даже краснеть перестала. В самом деле, Анастейша, я никогда раньше не видел тебя такой бледной, — тихо говорит Кристиан. — Есть хочешь?

Я качаю головой. Хочу, но не есть.

— У тебя очень большая квартира.

— Большая?

— Большая.

— Да, большая, — соглашается он, и его глаза лучатся.

— Ты играешь? — Я указываю подбородком на рояль.

— Да.

— Хорошо?

— Да.

— Ну конечно. А есть на свете что-то такое, чего ты не умеешь?

— Да... но немного. — Кристиан отпивает вино из бокала, не сводя с меня глаз. Я чувствую на себе его взгляд, когда осматриваю комнату. Впрочем, комнатой это не назовешь. Не комната, а жизненное кредо.

— Присядешь?

Я киваю; он берет меня за руки и отводит к белой кушет-ке. Внезапно мне приходит в голову, что я чувствую себя, словно Тесс Дарбифилд, когда она смотрит на новый дом мерзавца Алека д'Эрбервилля. Эта мысль заставляет меня улыбнуться.

— Что смешного? — Кристиан садится рядом, опирается локтем на подушку и поворачивается ко мне лицом.

— Почему ты выбрал для меня именно «Тэсс из рода д'Эрбервиллей»? — спрашиваю я.

Он, похоже, удивлен вопросом.

— Ты говорила, что тебе нравится Томас Гарди.

— И это все? — Я не могу скрыть своего разочарования. Кристиан поджимает губы.

— Мне показалось, что он подходит к случаю. Я могу боготворить тебя издалека, как Энжел Клэр, или совершенно унизить, как Алек д'Эрбервилль. — Серые глаза блестят опасно и недобро.

— Если у меня только две возможности, то я предпочту унижение, — шепчу я. Мое подсознание смотрит на меня в ужасе.

Кристиан судорожно вздыхает.

— Анастейша, прекрати кусать губу, пожалуйста. Это ужасно отвлекает. Ты не понимаешь, что говоришь.

— Поэтому-то я здесь.

— Согласен. Подожди минутку, хорошо? — Он скрыва-ется в широком дверном проеме в дальнем конце комнаты и через пару минут возвращается, держа в руках какой-то документ. — Договор о неразглашении. — Кристиан пожи-мает плечами и, протягивая мне бумаги, тактично притво-ряется слегка смущенным. — На этом настаивает мой ад-вокат. — Я совершенно сбита с толку. — Если ты выбираешь второй вариант — унижение, то должна поставить подпись.

— А если я не захочу ничего подписывать?

— Тогда вариант Энжела Клера.

— И что означает этот договор?

— Что ты обязуешься никому о нас не рассказывать. Ни о чем, никому.

Я смотрю на него недоверчиво. Похоже, дело совсем плохо. Но меня уже разбирает любопытство.

— Хорошо, я подпишу.

Кристиан протягивает мне ручку.

— Ты даже не хочешь прочесть?

— Нет.

Он хмурится.

— Анастейша, ничего нельзя подписывать, не читая!

— Кристиан, пойми, я и так не собираюсь рассказывать о нас никому. Даже Кейт. Но если это так важно для тебя, для твоего адвоката... которому ты, по-видимому, все рассказываешь, то ладно, я подпишу.

Он смотрит на меня сверху вниз и мрачно кивает.

— Справедливо, мисс Стил, ничего не скажешь.

Я размашисто подписываю обе копии и передаю одну ему. Сложив вторую, кладу ее в сумочку и делаю большой глоток вина. Я кажусь гораздо храбрее, чем есть на самом деле.

— Значит, сегодня вечером ты займешься со мной любовью, Кристиан?

Черт возьми! Неужели я это сказала? В первый момент у него от изумления открывается рот, но он быстро приходит в себя.

— Нет, Анастейша, не значит. Во-первых, я не занимаюсь любовью. Я трахаюсь... жестко. Во-вторых, мы еще не покончили с бумагами, и, в-третьих, ты не знаешь, что тебя ждет. У тебя есть возможность передумать. Идем, я покажу тебе комнату для игр.

Я потрясена. Трахаюсь! Черт возьми, это заводит. Но зачем нам смотреть комнату для игр? Загадка.

— Ты хочешь показать мне свою игровую приставку?

Кристиан громко смеется.

— Нет, Анастейша, не угадала. Идем. — Он встает и протягивает мне руку. Я иду с ним обратно по коридору. Слева от двойных дверей, через которые мы вошли, — другая дверь, ведущая на лестницу. Мы поднимаемся на второй этаж и поворачиваем направо. Достав из кармана ключ, Кристиан отпирает еще одну дверь и делает глубокий вдох.

— Ты можешь уйти в любой момент. Вертолет стоит наготове и отвезет тебя, куда ты пожелаешь. Можешь остаться на ночь и уйти утром. Решать тебе.

— Открой же эту чертову дверь, Кристиан.

Он распахивает дверь и отступает, чтобы пропустить меня внутрь. Я глубоко вздыхаю и делаю шаг вперед...

Я словно перенеслась во времени в шестнадцатый век, в эпоху испанской Инквизиции.

Ни фига себе!

Глава 7

Первое, что я замечаю, — это запах. Пахнет кожей и полиролью со слабым цитрусовым ароматом. Свет мягкий, приглушенный. Источника не видно, рассеянное сияние исходит откуда-то из-под потолочного карниза. Выкрашенные в темно-бордовый цвет стены и потолок зрительно уменьшают достаточно просторную комнату, пол сделан из старого дерева, покрытого лаком. Прямо напротив двери к стене крест-накрест прибиты две широкие планки из полированного красного дерева с ремнями для фиксации. Под потолком подвешена большая железная решетка, площадью не меньше восьми квадратных футов, с нее свисают веревки, цепи и блестящие наручники. Рядом с дверью из стены торчат два длинных резных шеста, похожие на балясины лестницы, только длиннее. На них болтается удивительное множество всяких лопаток, кнутов, стеков и каких-то странных орудий из перьев.

С другой стороны стоит огромный комод красного дерева: ящики узкие, как в старых музейных шкафах. Интересно, что в них может быть? Но действительно ли я хочу это знать? В дальнем углу — скамья, обтянутая темно-красной кожей, и рядом с ней прибитая к стене деревянная стойка, похожая на подставку для бильярдных киев; если присмотреться, на ней стоят трости различной длины и толщины. В противоположном углу — стол из полированного дерева с резными ножками и две такие же табуретки.

Однако большую часть комнаты занимает кровать. Она крупнее обычной двуспальной, с четырьмя резными колоннами в стиле рококо по углам и плоской крышей балдахина. Похоже на девятнадцатый век. Под пологом видны еще какие-то блестящие цепи и наручники. На кровати нет постельных принадлежностей — только матрас, обтянутый красной кожей, и красные шелковые подушки, сваленные грудой на одном конце.

У изножья кровати, на расстоянии нескольких футов, большой темно-бордовый диван, просто поставленный посередине комнаты, лицом к кровати. Как странно... Ставить диван лицом к кровати. И тут мне приходит в голову, что на самом деле диван — самая заурядная вещь из всей мебели в комнате, и я улыбаюсь этой мысли. Подняв голову, я вижу, что к потолку в случайном порядке прикреплены карабины. Остается только гадать, зачем они нужны. Как ни странно, все это резное дерево, темные стены, приглушенный свет и темно-бордовая кожа придают комнате спокойный и романтичный вид... Наверное, это и есть романтика по версии Кристиана Грея.

Как я и ожидала, он внимательно следит за мной, но по его виду ничего нельзя понять. Я обхожу комнату, и он идет следом за мной. Меня заинтересовала эта штука с перьями, и я нерешительно прикасаюсь к ней рукой. Она сделана из мягкой кожи и похожа на плетку-девятихвостку, только толще. На конце каждого хвоста прикреплена маленькая пластмассовая бусинка.

— Это называется флоггер, — тихо звучит голос Кристиана.

Флоггер... гм-м. По-моему, я в шоке. Мое подсознание в ужасе сбежало, или валяется в нокауте, или перевернулось кверху килем и затонуло. Я оцепенела. Я могу видеть и воспринимать, но не в силах высказать, что чувствую. Да и что можно сказать в ситуации, когда обнаруживаешь, что потенциальный любовник — абсолютно чокнутый садист или мазохист? Страшно... да. Это самое сильное чувство. Однако, как ни странно, я боюсь не его, думаю, он меня и пальцем не тронет без моего согласия. В голове крутится множество вопросов. Почему? Как? Когда? Как часто? Проходя мимо кровати, я провожу пальцем по искусной деревянной резьбе одной из колонн. Это просто произведение искусства.

— Скажи что-нибудь, — приказывает Кристиан обманчиво спокойно.

— Ты делаешь это с людьми или они делают это с тобой?

Его рот кривится, то ли от смеха, то ли от облегчения.

— С людьми? — Он медлит пару секунд, обдумывая ответ. — Я делаю это с женщинами, которые сами того хотят.

Как-то непонятно.

— Если у тебя есть добровольцы, зачем ты привел сюда меня?

— Я очень хочу делать это с тобой.

— Ой. — Я ловлю ртом воздух. Почему?

Я бреду в дальний конец комнаты и задумчиво провожу рукой по высокой, достающей мне до талии кожаной скамье. Ему нравится мучить женщин. От этой мысли мне становится тошно.

— Ты садист?

— Я — Доминант. — Его взгляд прожигает меня насквозь.

— Что это значит? — спрашиваю я тихо.

— Это значит, что ты добровольно признаешь мою власть над собой. Во всем.

Я стараюсь осмыслить услышанное.

— Почему я должна это делать?

— Чтобы доставить мне удовольствие, — шепчет он, наклоняя голову набок, и я вижу тень улыбки.

Доставить ему удовольствие! Ишь чего захотел! У меня отваливается челюсть. Доставить удовольствие Кристиану Грею. И вдруг я понимаю, что именно этого и хочу. Я хочу, чтобы он, черт возьми, был от меня в восторге. Какое открытие!

— Иными словами, я хочу, чтобы ты хотела доставить мне удовольствие, — говорит он мягко. Его голос действует на меня гипнотически.

— Каким образом? — Во рту пересохло. Хорошо, про «удовольствие» я понимаю, но какое это имеет отношение к пыточной комнате времен королевы Елизаветы? И надо ли мне знать ответ?

— У меня есть правила, и я хочу, чтобы ты их выполняла — для твоей пользы и для моего удовольствия. Если я буду тобой доволен, ты получишь награду. А если нет — накажу тебя, и ты запомнишь, — шепчет он.

Я оглядываюсь на подставку для тростей.

— А это что? — Я обвожу рукой вокруг себя.

— Стимулирующие средства. Награда и наказание.

— Значит, тебе приятно навязывать мне свою волю?

— Ты должна доверять мне и подчиняться добровольно. Чем ты послушнее, тем больше удовольствия я получаю — все очень просто.

— Хорошо, а что с этого буду иметь я?

Он пожимает плечами с почти виноватым видом.

— Меня.

О господи. Кристиан проводит рукой по волосам.

— По твоей реакции ничего не поймешь, Анастейша, — произносит он сердито. — Давай пойдем вниз, чтобы я собрался с мыслями. Здесь я не могу смотреть на тебя спокойно.

Он протягивает мне руку, но теперь я не решаюсь ее взять.

Кейт сказала, что он опасен, и была совершенно права. Как она догадалась? Он опасен для моей жизни, потому что я собираюсь сказать «да». Но часть меня этого не хочет. Часть меня хочет с криком бежать от этой комнаты и того, что она представляет. Я в полной растерянности.

— Я не причиню тебе вреда, Анастейша. — Его серые глаза умоляют, и я понимаю, что Кристиан говорит правду. Я протягиваю руку, и он ведет меня из комнаты.

— Давай я покажу тебе кое-что еще. — Вместо того чтобы вернуться вниз, Кристиан, выйдя из игровой комнаты, как он ее называет, поворачивает направо и идет по коридору. Мы проходим несколько дверей и наконец достигаем последней. За ней оказывается спальня с большой двуспальной кроватью посередине, где нет ни одного цветового пятна. Все: стены, мебель, постель — абсолютно белое. Обстановка холодная и стерильная, но за стеклянной стеной открывается потрясающая панорама Сиэтла.

— Твоя комната. Ты можешь украсить ее по своему вкусу.

— Моя комната? Ты хочешь, чтобы я сюда переселилась? — Я не могу скрыть ужаса.

— Не на все время. Скажем, с вечера пятницы до воскресенья. Мы можем это обсудить. Если ты захочешь, конечно, — добавляет он неуверенно.

— Я буду спать здесь?

— Да.

— Одна?

ПЯТЬДЕСЯТ ОТТЕНКОВ СЕРОГО

— Да. Я же говорил тебе, что всегда сплю один. Ну, если не считать того случая, когда ты напилась до бесчувствия. — Похоже, он мне выговаривает.

Я поджимаю губы. Просто не укладывается в голове: добрый, заботливый Кристиан, который спас меня, совершенно беспомощную, и мягко поддерживал, когда меня рвало в азалии, оказался чудовищем, любителем цепей и хлыстов.

— А ты где спишь?

— Моя комната внизу. Пойдем, ты, наверное, проголодалась.

— Что-то у меня аппетит пропал, — отвечаю я раздраженно.

— Ты должна поесть, Анастейша, — втолковывает он мне и, взяв за руку, ведет прочь.

Снова оказавшись в огромной зале, я изнываю от тревоги и тоски, словно стою на краю обрыва, и мне надо решить: прыгнуть вниз или нет.

— Я понимаю, что подталкиваю тебя на темный путь, Анастейша. Хорошенько подумай. Может, ты хочешь что-то спросить? — говорит он и, отпустив мою руку, уходит на кухню.

Хочу. Но с чего начать?

— Ты подписала договор о неразглашении, поэтому спрашивай все что угодно, я отвечу.

Я стою у бара и смотрю, как Кристиан достает из холодильника тарелки с разными сырами и две крупных грозди зеленого и красного винограда. Он ставит тарелки на стол и принимается резать французский багет.

— Сядь.

Он указывает на одну из барных табуреток, и я подчиняюсь его команде. Если я соглашусь, придется к этому привыкать. И вдруг я понимаю, что Кристиан вел себя так с первой минуты нашего знакомства.

— Ты говорил о каких-то бумагах?

— Да.

— Что за бумаги?

— Кроме договора о неразглашении, существует контракт, в котором говорится, что мы будем делать, а что нет. Я должен знать твои пределы допустимого, а ты — мои. Все будет по взаимному согласию.

— А если я не соглашусь?

— Ну, что поделать, — говорит он осторожно.

— Но у нас не будет отношений? — спрашиваю я.

— Нет.

— Почему?

— Потому что это единственные отношения, которые меня интересуют.

— Почему?

Он пожимает плечами.

— Так я устроен.

— А почему ты стал таким?

— Почему люди такие, а не иные? На это трудно ответить. Почему кто-то любит сыр, а кто-то нет? Ты любишь сыр? Миссис Джонс, моя домработница, оставила на ужин…

Кристиан достает из буфета большие белые тарелки и ставит одну передо мной.

Мы говорим о сыре… Бред.

— И какие правила я должна выполнять?

— Они у меня записаны. Обсудим, когда поедим.

Еда. Я не смогу проглотить ни кусочка.

— Я в самом деле не голодная.

— Все равно поешь, — говорит Кристиан. Теперь понятно, откуда у него эта диктаторская манера. — Налить тебе еще вина?

— Да, пожалуйста.

Он наполняет мой бокал и садится рядом со мной. Я торопливо отпиваю глоток.

— А закуску?

Я беру маленькую кисточку винограда.

— И давно это у тебя?

— Да.

— А легко ли найти женщин, которые согласны?..

Кристиан кривит бровь.

— Ты не поверишь, — отвечает он сухо.

— Тогда почему я? Я правда не понимаю.

— Анастейша, повторяю, в тебе что-то есть. Я не могу просто оставить тебя в покое. — Он иронически улыбается. — Я лечу к тебе, как мотылек на пламя. — Его голос мрачнеет. — Я очень хочу тебя, особенно сейчас, когда ты снова кусаешь губу. — Кристиан глубоко вздыхает и сглатывает.

У меня внутри что-то переворачивается — он хочет меня… несколько странно, правда, но все равно: этот красивый, необыкновенный, безнравственный мужчина хочет меня.

— По-моему, все наоборот, — ворчу я. Это я мотылек, а он — пламя. И это я обожгусь.

— Ешь!

— Нет. Я еще пока ничего не подписывала и буду делать что хочу, если ты не возражаешь.

Его глаза смягчаются, на губах появляется улыбка.

— Как угодно, мисс Стил.

— И сколько было этих женщин? — Я ляпнула, не подумав, но мне очень интересно.

— Пятнадцать.

О… не так много, как я ожидала.

— И долго это тянулось?

— С некоторыми — долго.

— Кто-нибудь серьезно пострадал?

— Да.

Ох, ну ни фига себе!

— Сильно?

— Нет.

— Ты будешь делать мне больно?

— Что ты имеешь в виду?

— Физически. Ты будешь меня бить?

— Я буду наказывать тебя, когда потребуется, и это болезненно.

Я чувствую, что вот-вот упаду в обморок. Делаю еще глоток вина в надежде, что алкоголь прибавит мне храбрости.

— А тебя когда-нибудь били?

— Да.

Ого… Прежде чем я успеваю расспросить его поподробнее, он прерывает ход моих мыслей.

— Пойдем в кабинет. Я тебе кое-что покажу.

Я-то думала, что меня ждет ночь неземной страсти, а вместо этого мы обсуждаем какие-то соглашения.

Я иду за ним в кабинет — просторную комнату с еще одним окном от пола до потолка. Кристиан садится за стол, указывает мне на кожаное кресло перед собой и протягивает листок бумаги.

— Это правила. Их можно менять. Они входят в контракт, который мы заключим. Прочти их, и давай обсудим.

ПРАВИЛА

Повиновение:

Сабмиссив незамедлительно и безоговорочно подчиняется всем приказам Доминанта. Сабмиссив соглашается на любые действия сексуального характера, приемлемые Доминантом и доставляющие ему удовольствие, кроме тех, что обозначены как недопустимые (Приложение 2), и с воодушевлением в них участвует.

Сон:

Сабмиссив должен спать минимум восемь часов в сутки, когда не проводит время с Доминантом.

Еда:

В целях сохранения здоровья и хорошего самочувствия Сабмиссив должен питаться регулярно и согласно перечню рекомендованных продуктов (Приложение 4). Запрещается перекусывать между приемами пищи чем-либо, кроме фруктов.

Одежда:

Во время срока действия настоящего Контракта Сабмиссив обязуется носить только ту одежду, что одобрена Доминантом. Доминант предоставляет Сабмиссиву определенную сумму денег, которую она обязуется потратить на одежду. Доминант вправе присутствовать при покупке одежды. В период действия Контракта Сабмиссив соглашается носить украшения и аксессуары, выбранные Доминантом, в любое указанное им время.

Физические упражнения:

Четыре раза в неделю Доминант предоставляет Сабмиссиву персонального тренера для часовых тренировок, время которых тренер и Сабмиссив определяют по взаимному согласию. Тренер отчитывается перед Доминантом об успехах Сабмиссива.

Личная гигиена/Красота:

Сабмиссив обязуется всегда содержать тело в чистоте и регулярно проводить эпиляцию бритвой и/или воском. Сабмиссив посещает салон красоты по выбору Доминанта в назначенное им время и проходит процедуры, которые он сочтет необходимыми. Все расходы несет Доминант.

Личная безопасность:

Сабмиссив обязуется не злоупотреблять спиртными напитками, не курить, не принимать наркотики и не подвергать себя неоправданному риску.

Личные качества:

Сабмиссив обязуется не вступать в сексуальные отношения ни с кем, кроме Доминанта. Сабмиссив ведет себя скромно и уважительно, сознавая, что ее поведение оказывает непосредственное влияние на Доминанта. Сабмиссив несет ответственность за свои проступки, злоупотребления и нарушения дисциплины, совершенные в отсутствие Доминанта.

За нарушением любого из этих правил следует наказание, характер которого определяется Доминантом.

Ну ни фига себе.

— «Недопустимые действия»? — спрашиваю.

— Да. Что ты не будешь делать, что я не буду делать, нам надо заранее договориться.

— Брать деньги за одежду... как-то неправильно. — Я не могу избавиться от слова «проститутка», которое вертится у меня в голове.

— Я хочу тратить на тебя деньги, давай я буду покупать тебе кое-какие вещи. Мне может потребоваться, чтобы ты сопровождала меня на кое-какие мероприятия, и надо, чтобы ты была хорошо одета. Твоя зарплата, когда ты найдешь работу, не позволит тебе покупать ту одежду, в которой я хочу тебя видеть.

— Но я должна буду носить ее, только когда я с тобой?

— Да, только со мной.

— Хорошо.

Буду считать, что это форма.

— Зачем заниматься спортом четыре раза в неделю?

— Анастейша, я хочу, чтобы ты была гибкой, сильной и выносливой. Поверь, тебе надо тренироваться.

— Но не четыре же раза в неделю? Может, хотя бы три?

— Четыре.

— Я думала, мы договариваемся.

Он поджимает губы.

— Ладно, мисс Стил. Еще одно справедливое замечание. Три раза в неделю по часу и один раз — полчаса?

— Три дня, три часа. Очевидно, когда я буду у тебя, физическая нагрузка мне обеспечена.

Он злорадно улыбается, и, по-моему, в его глазах я читаю облегчение.

— Да, правда. Ладно, договорились. Ты точно не хочешь пойти на практику в мою компанию? Ты хороший переговорщик.

— Нет. Мне кажется, это плохая мысль. — Я просматриваю правила. Эпиляция воском? Где? Всего тела? Бр-р!

— Теперь — какие действия недопустимы. Это для меня. — Он протягивает мне еще один листок.

Недопустимые действия:

Действия, включающие игру с огнем.

Действия, включающие мочеиспускание или дефекацию.

Действия с использованием иголок, ножей, включающие порезы, проколы, а также кровь.

Действия с использованием гинекологических медицинских инструментов.

Действия с участием детей или животных.

Действия, которые могут оставить на коже неизгладимые следы.

Игры с дыханием.

Действия, подразумевающие контакт тела с электрическим током (как прямым, так и переменным) или огнем.

Фу! Он не решился произнести такое вслух. Конечно, это разумно и, честно говоря, необходимо… Ведь в здравом уме никто на такое не пойдет. Но меня начинает подташнивать.

— Ты хочешь что-нибудь добавить? — спрашивает Кристиан мягко.

Черт! Даже не знаю. Я совершенно растеряна.

— Есть что-то, чего бы ты делать не хотела?

— Не знаю.

— Что значит «не знаю»?

Я ерзаю от смущения и кусаю губу.

— Я никогда ничего такого не делала.

— Ну, когда ты занималась сексом, было ли что-то такое, что тебе не нравилось?

Впервые за долгое время я краснею.

— Говори прямо, Анастейша. Мы должны быть честными друг с другом, иначе ничего не получится.

Я молча смотрю на свои сплетенные пальцы.

— Скажи мне! — командует он.

— Ну… Я никогда не занималась сексом, поэтому я не знаю. — Мой голос звучит тихо-тихо.

Кристиан в ужасе смотрит на меня, раскрыв рот.

— Никогда? — шепчет он.

Я качаю головой.

— Ты… девственница? — с трудом произносит он.

Я киваю и снова краснею. Кристиан закрывает глаза и, как мне кажется, считает до десяти. Когда он снова их открывает, его взгляд мечет громы и молнии.

— Какого черта ты не сказала мне раньше?!

Глава 8

Кристиан запускает в волосы обе руки и меряет шагами кабинет — он взбешен, а не просто рассержен. Его обычное стальное самообладание, похоже, дало трещину.

— Я не понимаю, почему ты мне не сказала, — выговаривает он мне.

— Да как-то речи об этом не заходило. А у меня нет привычки рассказывать всем и каждому подробности своей личной жизни. Мы ведь почти незнакомы. — Я разглядываю свои руки. Почему я чувствую себя виноватой? Почему он так взбесился? Я кидаю на него осторожный взгляд.

— Ну, теперь тебе известно обо мне гораздо больше, — огрызается он, и его губы сжимаются в тонкую линию. — Я знал, что ты неопытна, но девственница!.. — Он произносит это как ругательство. — Черт, Ана, и я тебе все показывал... — Он испускает стон. — Господи, прости меня. А ты когда-нибудь целовалась, если не считать того раза со мной?

— Конечно, целовалась. — Я стараюсь казаться оскорбленной. Ну... пару раз.

— И милый молодой человек не вскружил тебе голову? Не понимаю! Тебе двадцать один год. Почти двадцать два. Ты красавица. — Он опять ерошит волосы.

«Красавица». Я вспыхиваю от удовольствия. Кристиан Грей считает меня красивой. Снова утыкаюсь взглядом в сплетенные пальцы рук, чтобы скрыть глупую ухмылку. Наверное, у него близорукость, — поднимает сомнамбулическую голову мое подсознание. Где оно было, когда я так в нем нуждалась?

— И ты на полном серьезе обсуждаешь, что я собираюсь делать, когда у тебя совершенно нет опыта? — Он хмурится. — Ты не хотела секса? Объясни мне, пожалуйста.

Я пожимаю плечами.

— Ну, не знаю, как-то ни с кем до этого не доходило. — Только с тобой. А ты оказался чудовищем. — Почему ты сердишься на меня? — почти шепотом спрашиваю я.

— Я сержусь не на тебя, я сержусь на себя. Я-то думал... — Кристиан вздыхает. Он проницательно смотрит на меня, затем качает головой. — Ты хочешь уйти?

— Нет, если ты не хочешь, чтобы я ушла, — отвечаю я. О нет... Я не хочу уходить...

— Конечно, нет. Мне приятно, что ты со мной. — Он хмурится и смотрит на часы. — Уже поздно... Ты снова кусаешь губу, — говорит Кристиан хрипло и смотрит на меня оценивающе.

— Прости.

— Не извиняйся. Просто я тоже хочу укусить ее. Сильно.

Я ловлю ртом воздух... Зачем он говорит такое, если не хочет, чтобы я заводилась?

— Иди ко мне, — произносит он.

— Что?

— Мы исправим ситуацию, прямо сейчас.

— В каком смысле? Какую ситуацию?

— Твою. Ана, я хочу заняться с тобой любовью.

— О!

Пол уходит у меня из-под ног. Я замираю.

— Если ты не против, конечно. Не хочу искушать судьбу.

— Ты же не занимаешься любовью? Ты ведь только трахаешься. Жестко.

Во рту вдруг пересохло. Я судорожно пытаюсь сглотнуть.

Он хитро ухмыляется, и у меня внутри все сладко замирает.

— Я могу сделать исключение — или сочетать то и другое, посмотрим. Я действительно хочу заняться с тобой любовью. Здесь, в моей постели. Пожалуйста. Надеюсь, потом мы заключим договор, но сейчас тебе надо хотя бы понимать, на что ты соглашаешься. Мы начнем твое обучение сегодня — с основ. Это не значит, что у нас сразу начнутся сюси-пуси, секс — лишь средство достижения цели, однако я этого хочу, и ты, надеюсь, тоже. — Его серые глаза смотрят на меня в упор.

Я краснею… о боже… мечты сбываются.

— Но я не делала ничего из того, что там требуешь в своих правилах. — Мой голос звучит тихо, неуверенно.

— Забудь о правилах. Забудь обо всех этих деталях. Я хочу тебя. Я хочу тебя с того самого момента, как ты свалилась ко мне в офис, и я чувствую, что ты хочешь меня. В противном случае ты бы не сидела здесь и не обсуждала наказания и недопустимые действия. Пожалуйста, Ана, будь со мной этой ночью.

Кристиан протягивает мне руки, серые глаза пылают, и я вкладываю свои ладони в его. Он привлекает меня к себе, и я всем телом чувствую его прикосновение: все происходит слишком быстро. Проведя пальцами по моему затылку, он обматывает мой конский хвост вокруг своего запястья и мягко тянет вниз: я поднимаю лицо ему навстречу, и он смотрит на меня сверху вниз.

— Ты смелая девушка, — шепчет он. — Я тобою восхищаюсь.

Его слова, как зажигательный снаряд: я вся пылаю. Он наклоняется и нежно целует меня в губы, а потом принимается осторожно посасывать мою нижнюю губу.

— Я хочу укусить эту губу, — бормочет он и осторожно сжимает ее зубами. Я издаю протяжный стон и вижу улыбку Кристиана.

— Займемся любовью? — спрашивает он.

— Да, — шепчу я, потому что для этого я и пришла.

Его лицо озаряется улыбкой, он отпускает меня и, взяв за руку, ведет через всю квартиру.

Спальня огромна. Из доходящих до самого потолка окон открывается вид на ночные огни Сиэтла. Стены выкрашены белой краской, а мебель — светло-голубая. Огромная, ультрасовременная кровать из серого, как топляк, дерева, с четырьмя столбиками, но без балдахина. На стене потрясающей красоты морской пейзаж.

Я дрожу как лист. Наступил решающий момент. Сейчас это будет у меня в первый раз, и не с кем-нибудь, а с Кристианом Греем. Я часто дышу и не могу отвести от него глаз. Он снимает часы и кладет их на комод. Потом пиджак. Теперь на нем льняная белая рубашка и джинсы. Он красив так, что сердце останавливается. Темно-медные волосы спутаны, рубашка свободно свисает, серые глаза смотрят смело и пылко. Он скидывает «конверсы», потом по одному стягивает носки. Кристиан Грей босиком... ох... в этом есть что-то такое... Обернувшись, он вопросительно смотрит на меня.

— Ты ведь не пьешь противозачаточные?

«Что? Черт».

— Так я и думал.

Кристиан открывает верхний ящик комода и достает упаковку презервативов.

— Ты готова? Хочешь, опустим жалюзи?

— Мне все равно, — шепчу я. — Ты же ни с кем не спишь в одной постели?

— А кто сказал, что мы собираемся спать? — шепчет он.

— А-а.

«Ах, вот как».

Он медленно идет ко мне. Уверенный, сексуальный, глаза сверкают, и мое сердце начинает колотиться. Кровь стучит в висках. Желание, густое и горячее, разливается по животу. Кристиан стоит передо мной, глядя мне прямо в глаза. Невероятно красивый.

— Давай снимем твой пиджачок, ладно? — говорит он и, взявшись за отвороты, мягко стаскивает с меня жакет и кладет его на стул. — Знаешь ли ты, как сильно я тебя хочу, Ана Стил?

У меня перехватывает дыхание. Я не в силах отвести от него глаз. Он нежно проводит пальцами по моей щеке, вниз к подбородку.

— А знаешь ли ты, что я сейчас с тобой буду делать? — добавляет он, гладя меня по подбородку.

Где-то внутри, в темной глубине, мои мышцы сжимаются от сладостного томления. Чувство такое приятное, что хочется закрыть глаза, но я словно загипнотизирована пылающим взглядом. Кристиан наклоняется ко мне, и его губы, уверенные и неторопливые, сливаются с моими. Он медленно расстегивает пуговицы у меня на блузке, покрывая легкими поцелуями мои щеки, подбородок и уголки рта. Блузка падает на пол. Он отступает и внимательно смотрит на меня. Я остаюсь в бледно-голубом кружевном лифчике, который сидит на мне идеально.

— Ана, какая у тебя кожа! Белая и без единого изъяна. Я хочу покрыть поцелуями каждый дюйм.

Я краснею. О боже… Почему он говорит, что не может заниматься любовью? Я сделаю все, что он захочет.

Кристиан высвобождает мои волосы из резинки и глубоко вздыхает, когда они волной падают мне на плечи.

— Люблю брюнеток, — шепчет Кристиан и запускает обе руки мне в волосы, обхватывая мою голову с двух сторон. Он жадно целует меня, его язык и губы сплетаются с моими. Я не могу сдержать стона, мой язык неуверенно тянется ему навстречу. Он обхватывает меня руками и привлекает к себе. Одна рука остается у меня в волосах, а другая опускается у меня по спине до талии, а потом ниже — на попу и мягко ее сжимает. Кристиан удерживает меня на уровне своих бедер, и я чувствую его эрекцию, которую он мягко толкает в меня.

У меня снова вырывается стон. Я с трудом сдерживаю чувства, в крови бушуют гормоны. Я просто изнемогаю от желания. Сжав его руку, я чувствую бицепс, удивительно сильный… мускулистый. Неуверенно я провожу рукой по его лицу, касаюсь волос. Боже. Они такие мягкие, непокорные. Я нежно тяну за них, и он стонет. Кристиан отпускает меня и мягко подталкивает к кровати, пока я не чувствую ее у себя под коленями. Я жду, что он опрокинет меня навзничь, но нет — он опускается передо мной на колени, сжимает руками мои бедра и проводит языком вокруг моего пупка, а затем, нежно покусывая, продвигается к выступу тазовой кости, а потом, через весь живот, — к другой стороне.

Я уже не сдерживаю стонов.

Как неожиданно видеть его перед собой на коленях, чувствовать на себе прикосновения его губ. Я по-прежнему держусь руками за его волосы, пытаясь успокоить сбившееся дыхание. Кристиан смотрит на меня снизу вверх из-под невероятно длинных ресниц: взгляд темно-серых глаз прожигает меня насквозь. Он расстегивает пуговицу у меня на джинсах и медленно тянет вниз молнию. Потом, не отводя взгляда, опускает руку сзади под пояс. Не спеша высвобождает меня из джинсов. Я не могу отвести от него взгляда. Он останавливается и облизывает губы, а потом, не прерывая зрительного контакта, подается вперед и утыкается носом мне между ног. Я чувствую его. Там.

— Как ты хорошо пахнешь, — шепчет он и опускает ресницы. На лице его выражение чистого блаженства, и я практически бьюсь в конвульсиях от наслаждения. Кристиан сдергивает с постели покрывало, а затем легонько подталкивает меня, и я падаю на матрас.

По-прежнему стоя на коленях, он берет мою ногу, расшнуровывает «конверс» и скидывает его вместе с носком. Тяжело дыша, я приподнимаюсь на локте, чтобы видеть, что он делает. Он поднимает мою ногу за пятку и проводит ногтем большого пальца по подъему. Мне почти больно, но я чувствую, как его прикосновение отзывается эхом у меня в паху. Не отрывая от меня взгляда, он проводит по моему подъему языком, а потом зубами. О-о! Как я могу чувствовать это *там?* В изнеможении я падаю на спину и слышу его довольный смешок.

— Ах, Ана, что я сейчас с тобой сделаю, — шепчет Кристиан. Он стаскивает с меня второй кед и носок, а затем и джинсы. Теперь я лежу в его постели только в трусиках и в лифчике, а он смотрит на меня сверху вниз.

— Ты очень красива, Ана Стил. И сейчас я в тебя войду.

Боже мой. Эти его слова. Как они заводят. Сил нет терпеть.

— Покажи мне, как ты кончаешь.

Что? Я не понимаю.

— Не стесняйся, Ана, покажи мне, — шепчет он.

Я отрицательно качаю головой.

— Ты о чем? — Мне трудно узнать свой хриплый, исполненный желания голос.

— Как ты доводишь себя до оргазма? Я хочу это увидеть.

— Я сама... никогда... — бормочу я.

Кристиан изумленно поднимает брови, серые глаза темнеют, он недоверчиво качает головой.

— Ладно, посмотрим, что с этим можно сделать. — В его голосе слышна мягкая, волнующая и невероятно чувственная угроза. Он расстегивает джинсы и медленно стаскивает их, не сводя глаз с моего лица. Наклонившись, берет меня за лодыжки и, быстро разведя их в стороны, ложится между моих ног. Он нависает надо мной. Я извиваюсь от нетерпения.

— Лежи смирно, — приказывает Кристиан, а затем наклоняется и целует внутреннюю сторону моего бедра и выше, а потом еще выше, целует меня через кружево трусиков.

О-о... я не могу не ерзать. У меня не получается. Я вся извиваюсь под ним.

— Придется нам что-нибудь придумать, чтобы ты лежала смирно, детка. — Он целует меня в живот, щекочет языком пупок. Потом поднимается выше, покрывая меня поцелуями. Моя кожа горит. Я краснею, меня бросает то в жар, то в холод, я отчаянно хватаюсь руками за простыню. Кристиан ложится рядом, и его рука движется от моих бедер к талии и потом к груди. Он смотрит прямо на меня, мягко обхватывает мою грудь.

— Ты вся умещаешься в моей руке, Анастейша...

Он опускает указательный палец в чашку бюстгальтера и плавным движением отодвигает ее вниз, освобождая мою грудь, но косточки и кружево толкают ее вверх. Кристиан проделывает то же самое с другой грудью. Мои соски набухают и твердеют под его неотрывным взглядом. Я связана своим собственным бюстгальтером.

— Очень красиво, — довольно произносит он, и мои соски твердеют еще больше. Он дует очень нежно на один из них и одновременно берется рукой за другой и вытягивает его. Я чувствую сладкий спазм внизу живота. У меня там все мокро.

— Ну пожалуйста, — умоляю я, еще крепче вцепляясь руками в простыню. Его губы смыкаются вокруг другого соска и тянут его. Я уже не в силах терпеть.

— Посмотрим, сможешь ли ты так кончить, — шепчет Кристиан, продолжая эту медленную, чувственную пытку. Соски сладостно горят под его искусными пальцами и губами, каждый нерв моего тела поет и трепещет в агонии упоения.

— О... пожалуйста, — умоляю я. Голова у меня закинута назад, рот открыт в стоне, ноги цепенеют. Что со мною происходит?

— Пора, детка, — шепчет он. Его зубы сжимаются на одном моем соске, а большой и указательный пальцы сильно тянут за другой. Я рассыпаюсь в его руках на тысячи кусков, мое тело пронзает судорога восторга. Он зажимает мне рот поцелуем, его язык вбирает мои крики.

О боже. Это было чудесно. Теперь я знаю, из-за чего весь сыр-бор. Кристиан с довольной улыбкой смотрит на меня, и в моем ответном взгляде лишь благодарность и восхищение.

— Ты очень чутко реагируешь. Тебе надо научиться сдерживаться, и я уже предвкушаю, как мы будем тебя тренировать. — Он снова целует меня.

Мое дыхание все еще неровно, я только прихожу в себя после оргазма. Рука Кристиана спускается мне на талию, на бедра, а затем скользит между ног... Господи. Его палец отодвигает тонкое кружево и медленно, кругами проникает... туда. Он на мгновение закрывает глаза, его дыхание учащается.

— Ты вся мокрая. Боже, как я тебя хочу. — Кристиан заталкивает в меня палец, и я вскрикиваю, потому что это повторяется снова и снова. Его ладонь касается моего клитора, и я снова не могу сдержать восклицания. Его палец движется во мне все сильнее и сильнее. Я стону.

Внезапно Кристиан садится, стаскивает с меня трусики и бросает их на пол. Он спускает боксерские трусы, высвобождая внушительных размеров член. Ого... Взяв со столика серебряную обертку он раздвигает мне ноги, а затем становится между ними на колени и надевает презерватив. Ох... Неужели?.. Как?..

— Не бойся, — говорит Кристиан, глядя мне прямо в глаза. — Ты тоже расширишься.

Он наклоняется ко мне и двумя руками поднимает мою голову так, чтобы я смотрела ему прямо в глаза. Его челюсти сведены, глаза горят. Только сейчас я замечаю, что он все еще в рубашке.

— Ты правда этого хочешь?

— Да, умоляю.

— Согни ноги в коленях, — велит он, и я торопливо повинуюсь. — Сейчас я вас трахну, мисс Стил. — При этих словах головка его члена почти утыкается мне в промежность. — Трахну жестко, — шепчет он и входит в меня.

— А-а! — кричу я от щемящей боли где-то внутри — Кристиан лишил меня девственности. Он замирает, его глаза сияют торжеством, рот слегка приоткрыт.

— У тебя там так тесно... Не больно?

Я отрицательно мотаю головой, мои глаза широко раскрыты, руки сжимают его предплечья. Я чувствую его в себе. Он неподвижен и ждет, чтобы я привыкла к новым ощущениям.

— Сейчас я буду двигаться, детка, — предупреждает Кристиан.

Ох.

С утонченной медлительностью он отодвигается назад, а потом снова входит в меня — со всей силы. Я опять вскрикиваю, и он замирает.

— Еще?

— Да, — выдыхаю я.

Я не сдерживаю стоны. Мое тело принимает его в себя... О-о, как приятно.

— Хочешь еще?

— Да! — умоляю я.

На этот раз Кристиан не останавливается. Он опирается на локти, и теперь я чувствую на себе вес его тела. Сначала он движется медленно, свободно выходя и входя в меня. По мере того, как я привыкаю чувствовать его внутри себя, мои бедра начинают неуверенно двигаться ему навстречу. Он движется все быстрее и быстрее в беспощадном, неослабевающем ритме, и я подхватываю это движение. Кристиан сжимает мою голову руками и жадно целует, прикусывая нижнюю губу. Он чуть смещается, и теперь я чувствую, как где-то глубоко во мне нарастает уже знакомое чувство. Я вся деревенею, трепещу, обливаюсь потом... О господи... Я и не знала, что так бывает... Даже не представляла, что может быть так хорошо. Мысли разбегаются... остаются лишь ощущения... только он... только я... о, пожалуйста...

— Кончай, Ана, — шепчет он почти беззвучно.

От его слов я обмякаю, достигнув высшей точки блаженства, и распадаюсь на тысячу частей. Сразу вслед за этим он проникает еще глубже и, со стоном выдохнув мое имя, замирает, кончая в меня.

Я все еще не могу отдышаться, сердце колотится от счастья, в мыслях полный разброд. Здорово... Это было потрясающе. Я открываю глаза: Кристиан по-прежнему упирается лбом в мой лоб, его глаза закрыты, дыхание неровное. Он открывает глаза и встречается со мной взглядом. И только потом медленно выходит из меня.

— Ох. — Я вздрагиваю от незнакомых ощущений.

— Я сделал тебе больно? — Протянув руку, Кристиан заправляет мне за ухо выбившуюся прядь волос.

Я не могу сдержаться и широко улыбаюсь.

— И *ты* спрашиваешь, не сделал ли мне больно?

— А, ирония... — Он саркастически улыбается. — Серьезно, как ты себя чувствуешь?

Кристиан смотрит на меня испытующе, даже жадно.

Я вытягиваюсь рядом с ним, чувствуя, что мои кости превратились в желе. Я полностью расслаблена и не могу стереть с лица улыбки. Теперь понятно, вокруг чего столько шума. Два оргазма... распадаешься на куски, как будто в барабане стиральной машины прокрутили, обалдеть. Я даже не знала, что мое тело способно высвобождаться, как тугая пружина, с таким восторгом, с таким неописуемым блаженством.

— Ты мне не ответила и снова кусаешь губу. — Кристиан хмурится. Я хулигански ухмыляюсь. Он восхитителен — волосы спутаны, серые глаза сужены и серьезны, а на лице мрачно-сосредоточенное выражение.

— Хочу еще раз, — шепчу я.

На его лице мелькает выражение облегчения, а потом створки снова закрываются, и он смотрит на меня, полузакрыв глаза.

— Да что вы говорите, мисс Стил? — шепчет Кристиан насмешливо, нежно целуя меня в уголок рта. — А ты, оказывается, требовательная штучка. Переворачивайся на животик.

Я бросаю на него быстрый взгляд и поворачиваюсь. Он расстегивает мой лифчик и проводит рукой по спине.

— Какая у тебя красивая кожа...

Одна нога у него закинута между моими, он лежит на боку, чуть опираясь мне на спину. Я чувствую, как вдавливаются в меня пуговицы его рубашки, когда он наклоняется, чтобы отвести волосы у меня с лица и поцеловать мое голое плечо.

— Почему ты в рубашке? — спрашиваю я.

Кристиан замирает. Немного помедлив, он сбрасывает рубашку и снова ложится на меня. Я чувствую тепло его кожи. О-ох... Райское наслаждение. Волосы у него на груди чуть щекочут мне спину.

— Ты хочешь, чтобы я трахнул тебя еще раз? — шепчет он мне в ухо и начинает покрывать легкими поцелуями мою шею и щеку.

Его рука опускается мне на талию, скользит по бедру и вниз по ноге к колену. Кристиан подталкивает мое колено повыше, и дыхание мое ускоряется. ...о господи, что он собирается делать? Он лежит у меня между ног, прижимаясь к спине, и теперь его рука поднимается вверх. Он медленно и нежно трепет меня по попе, а затем его пальцы проскальзывают мне между ног.

— Я возьму тебя сзади, Анастейша. — Кристиан собирает в кулак мои волосы и мягко тянет, удерживая меня на месте. Я не могу пошевелить головой — связанная и беспомощная.

— Ты моя, — шепчет он. — Только моя. Не забывай. — Его голос дурманит, слова кружат голову. Я чувствую на бедре его нарастающую эрекцию.

Длинные пальцы Кристиана медленными вращательными движениями мягко ласкают мой клитор. Я чувствую на щеке его дыхание и мягкое прикосновение губ.

— Ты пахнешь божественно. — Кристиан утыкается носом мне за ухо. Его рука по-прежнему движется по кругу, и рефлекторно я начинаю двигать в такт бедрами. Томительное блаженство течет по жилам, как адреналин.

— Не дергайся, — произносит он мягко, но строго, и медленно вводит в меня большой палец, ритмично нажимая на переднюю стенку влагалища. Эффект совершенно сногсшибательный — вся внутренняя энергия собирается в этой маленькой точке моего тела. Я стону.

— Нравится? — спрашивает он, чуть прикусывая зубами мочку моего уха. Его палец не останавливается.

Закрываю глаза и стараюсь дышать ровно, вбирая беспорядочные ощущения, которые высвобождают во мне эти пальцы, огонь, пожирающий мое тело. Я слышу свой стон.

— Ты снова мокрая, и так быстро. Очень податливая. Мне это нравится, — шепчет Кристиан.

Я хочу напрячь ноги, но не могу пошевелиться. Он крепко держит меня, не замедляя ровного, мучительного ритма. Это совершенно потрясающе. После очередного моего стона Кристиан внезапно останавливается.

— Открой рот, — командует он и сует большой палец мне в рот. Я широко распахиваю глаза.

— Теперь ты знаешь свой вкус, — шепчет он мне в ухо. — Соси, детка.

Его палец прижимает мой язык, и я закрываю рот и отчаянно сосу. Вкус соленый, со слабым металлическим оттенком крови. Черт возьми. Так нельзя, но это ужасно эротично.

— Я хочу трахнуть тебя в рот, Анастейша, и скоро я так и сделаю.

«Трахнет меня в рот!..» Я кусаю его за палец. Кристиан вскрикивает и больно тянет меня за волосы.

— Какая капризная девочка, — шепчет он и тянется к столику за упаковкой из фольги. — Лежи тихо, не двигайся.

Пока он разрывает фольгу, я тяжело дышу, и кровь стучит у меня в висках. Предвкушение опьяняет. Кристиан ложится на меня и вновь берется за волосы, чтобы я не могла пошевелить головой.

— На этот раз все будет очень-очень медленно, Анастейша.

И он медленно входит в меня. Медленно, медленно, пока не помещается во мне целиком. Безжалостно, неумолимо. Я громко стону. На этот раз я ощущаю его глубже, приятнее. Он нарочно отступает назад, немного медлит и входит до конца. Это повторяется снова и снова. Дразнящий, медленный ритм и краткие мгновения, когда он полностью во мне, доводят меня до исступления.

— Так приятно тебя чувствовать, — говорит Кристиан, и у меня внутри все начинает трепетать. Он снова отступает и ждет. — Нет, детка, не сейчас, — шепчет он. Когда дрожь стихает, он начинает все снова.

— Пожалуйста… — умоляю я. Я не знаю, смогу ли это выдержать. Мое тело так напряжено и так жаждет разрядки.

— Я хочу, чтобы тебе было больно, детка, — бормочет он и все длит и длит эту неспешную, сладостную пытку, вперед, назад. — Я хочу, чтобы завтра каждое твое движение напоминало тебе, что ты была со мной. Ты моя.

Я испускаю стон.

— Прошу тебя, Кристиан.

— Чего ты хочешь, Анастейша? Скажи мне.

Я снова стону. Он снова отступает и, медленно поведя бедрами, входит в меня.

— Скажи мне, — просит он.

— Тебя, ну, пожалуйста.

Он самую чуточку увеличивает ритм, и его дыхание сбивается. Я начинаю ускоряться, Кристиан подхватывает.

— Ты. Такая. Сладкая, — произносит он между толчками. — Я. Так. Тебя. Хочу.

Я могу только стонать.

— Ты. Моя. Кончай, детка, — рычит он.

В его словах моя погибель, они сталкивают меня в пропасть. Мое тело содрогается в конвульсиях, и я кончаю, громко выкрикнув его имя в подушку. Еще два быстрых толчка, и Кристиан замирает, изливаясь в меня. Потом опускается мне на спину, уткнувшись лицом в мои волосы.

— Черт. Ана, — выдыхает он, сразу же выходит из меня и откатывается на другой край кровати. Совершенно измученная, я подтягиваю колени к груди и проваливаюсь в усталый сон.

Когда я просыпаюсь, за окном еще совсем темно. Я не представляю, как долго длился мой сон. Вытянувшись под одеялом, чувствую приятную боль. Кристиана нигде нет. Я сажусь, глядя на панораму города передо мной. Почти все окна погашены, на востоке чуть брезжит рассвет. Доносятся звуки музыки. В серебристых переливах нот слышна грустная, нежная жалоба. Бах, как мне кажется, но я не уверена.

Заворачиваюсь в одеяло и иду по коридору в гостиную. Кристиан сидит за фортепьяно, полностью погруженный в музыку. Лицо его печально, под стать мелодии. Играет он великолепно, как профессиональный музыкант. Прислонившись к стене у входа, я в восторге слушаю. Кристиан сидит без рубашки, освещенный светом единственного торшера, стоящего рядом с роялем. Во мраке дома он пребывает в своем, отгороженном от остального мира круге света, неприкасаемый… одинокий.

Я тихо подхожу к нему, завороженная возвышенной, бередящей душу мелодией, и как загипнотизированная смотрю на длинные ловкие пальцы, мягко касающиеся клавиш, пальцы, которые так искусно возбуждали и ласкали мое тело. При этой мысли я краснею и плотнее свожу ноги. Он поднимает голову: бездонные серые глаза ясны, выражение лица не разобрать.

— Прости, — шепчу я. — Я не хотела тебе мешать.

Кристиан хмурится.

— Это я должен просить прощения, — говорит он и, закончив играть, кладет руки на колени.

Теперь я замечаю, что на нем пижамные штаны. Он ерошит рукой волосы и встает. Штаны свисают с его бедер так, что… ах. У меня пересыхает во рту. Кристиан небрежной походкой обходит фортепиано и идет ко мне. Широкие плечи, узкие бедра… видно, как перекатываются мускулы у него на животе. Он потрясающий.

— Ты должна быть в кровати.

— Какая красивая пьеса. Бах?

— Переложение Баха, но вообще-то это концерт для гобоя Алессандро Марчелло.

— Восхитительно, только очень грустно.

Его губы чуть изгибаются в улыбке.

— Спать, — приказывает он. — Завтра ты будешь чувствовать себя разбитой.

— Я проснулась, а тебя нет.

— Мне трудно уснуть, я привык спать один.

Я не могу понять его настроения. Похоже, Кристиан немного расстроен, но в темноте трудно определить. Может, это все из-за музыки. Он мягко обнимает меня и ведет обратно в спальню.

— И давно ты играешь? У тебя здорово получается.

— С шести лет.

— А-а.

Кристиан — шестилетний мальчик… я представляю себе красивого рыжеволосого мальчугана с серыми глазами, который любит невероятно грустную музыку, и сердце мое тает.

— Как ты себя чувствуешь? — спрашивает Кристиан, когда мы возвращаемся в комнату. Он включает светильник.

— Нормально.

Мы оба одновременно смотрим на кровать. На простынях кровь — свидетельство моей девственности. Я смущенно краснею и плотнее заворачиваюсь в одеяло.

— У миссис Джонс будет пища для размышлений, — произносит Кристиан, стоя рядом со мной. Он приподнимает рукой мой подбородок и внимательно смотрит мне в лицо. Я вдруг понимаю, что никогда не видела его без рубашки. Инстинктивно я протягиваю руку, чтобы коснуться волос на его груди — он тут же отступает на шаг.

— Ложись спать, — строго велит Кристиан. — Я приду и лягу рядом с тобой.

Я опускаю руку и хмурюсь. Мне никогда еще не удавалось прикоснуться к его голому торсу. Он открывает комод, достает футболку и быстро ее натягивает.

— Спать, — снова приказывает он.

Я залезаю обратно в кровать, стараясь не думать о крови. Кристиан ложится рядом, за спиной, и обнимает. Он целует мои волосы и вздыхает.

— Спи, милая Анастейша, — шепчет он, и я закрываю глаза, но от музыки и от его слов меня охватывает грусть. У Кристиана Грея есть печальная сторона души.

Глава 9

Меня будит солнечный свет, наполнивший комнату. Я потягиваюсь и открываю глаза. Чудесное майское утро. Сиэтл у моих ног. Ух! Вид просто потрясающий. Рядом со мной крепко спит Кристиан Грей. Вид просто потрясающий. Во сне его красивое лицо выглядит немного моложе. Пухлые губы полуоткрыты, блестящие чистые волосы в восхитительном беспорядке. Такая красота — это просто преступление. Тут мне вспоминается красная комната наверху... наверное, это действительно противозаконно. Я качаю головой — мне есть о чем подумать. Хочется коснуться его рукой. Он как маленький ребенок, такой милый, когда спит. Мне не надо думать о том, что он говорит, что я говорю, какие у него планы, в особенности на меня.

Я могу смотреть на него весь день, но природа зовет в ванную. Выскользнув из кровати, я нахожу на полу белую рубашку Кристиана и натягиваю на себя. Я захожу в дверь, думая, что это ванная, но оказываюсь в гардеробной, размером с мою спальню. Вдоль стен тянутся полки и ряды вешалок с дорогими костюмами, рубашками и галстуками. Зачем человеку столько одежды? Я фыркаю от негодования. Хотя, наверное, у Кейт шмоток не меньше. О господи, Кейт! Как я могла о ней забыть! Я ведь должна была послать ей сообщение вчера вечером. Черт! У меня будут неприятности. Интересно, как у нее с Элиотом?

Пробую другую дверь. Это ванная, и она больше моей комнаты. Зачем одному человеку так много места? Две раковины. Забавно. Если Кристиан всегда ночует в одиночестве, то одной из них никогда не пользовались.

Я смотрю на себя в огромное зеркало на стене. Я изменилась? По-моему, что да. Если честно, мне немного больно и мои мышцы... такое чувство, что я никогда в жизни не занималась физическими упражнениями. «Ты никогда в жизни не занималась физическими упражнениями», — подает голос проснувшееся подсознание. Оно смотрит на меня, поджав губы, и сердито топает ногой. Ты только что переспала с мужчиной, отдала ему свою девственность, а он тебя даже не любит. У него на твой счет очень странные планы, он хочет превратить тебя в сексуальную рабыню.

ТЫ СОШЛА С УМА?

Я морщусь, глядя в зеркало. Надо ж было влюбиться в мужчину, который безумно красив, богат как Крез и у которого для меня припасена Красная комната боли. Ужас! Я сбита с толку и совершенно запуталась в своих чувствах. Волосы опять торчат во все стороны. Прическа называется «после секса» и мне не очень идет. Я пытаюсь пальцами привести волосы в порядок, однако вскоре сдаюсь.

Есть хочется ужасно. Выхожу обратно в спальню. Спящий красавец еще спит, и я оставляю его в постели и иду на кухню.

Черт побери!.. Кейт. Моя сумочка осталась в кабинете Кристиана. Сбегав туда, я достаю свой мобильный. Три сообщения.

Как ты Ана
Где ты Ана
Ана позвони

Я набираю номер, но Кейт не отвечает. Посылаю ей подхалимское сообщение, что я жива и не пала жертвой Синей Бороды, в том смысле, о котором она беспокоилась. А может, пала? Трудно сказать. Я пытаюсь разобраться в своих чувствах к Кристиану Грею, но эта задача невыполнима. Приходится признать поражение. Мне надо побыть одной и спокойно все обдумать.

В сумке нахожу сразу две резинки для волос и заплетаю волосы в две косички. Ура! Чем больше я похожа на маленькую девочку, тем меньше опасность со стороны Синей Бороды. Я достаю из сумки айпод и вставляю в уши наушники. Обожаю готовить под музыку. Засовываю плеер в нагрудный карман его рубашки и начинаю танцевать.

Есть хочется просто ужас.

Кухня производит на меня ошеломляющее впечатление, вся сверкающая и современная. На дверцах нет ручек, и я не сразу соображаю, как их открыть. Приготовлю-ка я Кристиану завтрак. Он недавно ел омлет... хм, да только вчера, в «Хитмане». Черт, сколько всего с тех пор случилось! Заглядываю в холодильник: там полно яиц, и я решаю сделать блинчики с беконом. Танцуя по кухне, начинаю замешивать тесто.

Хорошо, когда есть чем заняться. Можно думать о своем, но не слишком серьезно. Музыка, звучащая в ушах, тоже помогает отвлечься. Я пришла сюда, чтобы провести ночь в постели Кристиана Грея, и мне это удалось, хотя спать в своей постели он никому не разрешает. Я улыбаюсь: задача выполнена. Круто. Да, очень, очень круто, и я переношусь мыслями во вчерашнюю ночь. Его слова, его тело, то, как он занимается любовью... Я закрываю глаза, и мышцы где-то в глубине живота сладостно сжимаются. Мое подсознание сердито смотрит на меня... «Трахается, а не занимается любовью», — кричит оно, как гарпия. Я не обращаю на него внимания, однако в глубине души признаю: в чем-то оно право. Лучше об этом не думать и сосредоточиться на готовке.

Здесь все устроено по последнему слову техники. Кажется, я уже к этому привыкла. Мне надо положить куда-нибудь блинчики, чтобы они не остыли, и приниматься за бекон. В наушниках Эми Стадт поет о чудаках, непохожих на остальных людей. Это про меня, потому что я всегда была белой вороной и нигде не чувствовала себя своей... А теперь я получила непристойное предложение от самого странного человека на свете. Почему он такой? От природы или по воспитанию? Я никогда ни с чем подобным не сталкивалась.

Ставлю бекон под гриль и, пока он жарится, начинаю взбивать яйца. Когда я оборачиваюсь, Кристиан сидит на одном из барных табуретов, оперев голову на руки. На нем все та же футболка. Прическа «после секса» ему очень к лицу. И небритая щетина тоже. Похоже, он немного удивлен и сбит с толку. Я замираю, краснею и стягиваю с головы наушники, при виде него у меня слабеют колени.

— Доброе утро, мисс Стил. Я вижу, вы бодрая с утра.

— Я хорошо спала, — выпаливаю я.

— С чего бы это? — Он замолкает и хмурится. — Я тоже хорошо спал после того, как вернулся в кровать.

— Ты голодный?

— Очень, — отвечает Кристиан и пристально на меня смотрит. Я не уверена, что он говорит о еде.

— Блинчики и яичница с беконом?

— Было бы неплохо.

— Не знаю, где у тебя подставки под тарелки... — Я пожимаю плечами, изо всех сил стараясь скрыть волнение.

— Я сам достану. Готовь. Хочешь, включу какую-нибудь музыку, чтобы ты могла под нее... хм... танцевать?

Я упорно смотрю на свои пальцы, зная, что лицо у меня становится цвета свеклы.

— Ну, пожалуйста, не останавливайся из-за меня. Это очень забавно. — В его голосе слышна насмешка.

Я поджимаю губы. Забавно?.. Мое подсознание сгибается пополам от смеха. Ничего не остается, кроме как дальше взбивать яйца. Наверное, чуть интенсивнее, чем следует. Вдруг Кристиан оказывается рядом со мной, и легонько дергает за косичку.

— Мне нравится, — шепчет он. — Но это тебя не спасет.

Понятно... Синяя Борода...

— Тебе омлет или глазунью?

— Омлет — хорошенько взбитый.

Я отворачиваюсь, стараясь скрыть улыбку. На него трудно сердиться. Особенно когда он в таком несвойственном для себя игривом расположении духа, как сейчас. Кристиан открывает ящик и достает две грифельно-серых подставки. Я выливаю яичную смесь на сковородку, достаю бекон, переворачиваю и опять убираю под гриль.

Когда я вновь оборачиваюсь, на столе стоит апельсиновый сок, а Кристиан варит кофе.

— Ты будешь чай?

— Да, если у тебя есть.

Я нахожу парочку тарелок, ставлю их на мармит. Кристиан заглядывает в буфет и достает оттуда упаковку чая «Английский завтрак». Я поджимаю губы.

— Похоже, ты все предвидел заранее?

— Неужели? По-моему, мы еще ничего не решили, мисс Стил.

Что он хочет этим сказать? Наши переговоры? Наши э-э... отношения... что бы под этим ни подразумевалось? Да, загадка. Я раскладываю еду на подогретые тарелки и ставлю их на стол, а потом залезаю в холодильник в поисках кленового сиропа.

Подняв глаза, я вижу, что Кристиан ждет, пока я сяду.

— Мисс Стил... — Он подставляет мне одну из табуреток.

— Благодарю вас, мистер Грей. — Я чопорно киваю. Забираясь на табуретку, я немного морщусь.

— Сильно болит? — спрашивает он, усаживаясь за стол. Его серые глаза непроницаемы.

Я вспыхиваю. К чему такие интимные вопросы?

— Честно говоря, мне не с чем сравнивать. Ты хочешь мне посочувствовать? — спрашиваю я сладчайшим голосом.

— Нет, я только хотел узнать, можем ли мы продолжить твое обучение.

— О-о! — Я ошеломленно смотрю на него. У меня перехватывает дыхание, все внутри сжимается в тугой узел. О-о... как приятно. Я сдерживаю стон.

— Ешь, Анастейша.

Хм, не знаю, чего и хотеть... Еще секса? Да, пожалуйста!

— Кстати, вкусно, — улыбается Кристиан.

Я кладу в рот кусочек омлета, но вкуса не чувствую. «Продолжить обучение!» «Я хочу трахнуть тебя в рот!» Это тоже входит в программу?

— И прекрати кусать губу, меня это отвлекает. А поскольку я знаю, что под моей рубашкой ты вся голая, это отвлекает меня еще больше.

Я опускаю пакетик в маленький чайник с кипятком. Мои мысли в смятении.

— Какого рода обучение ты имеешь в виду? — с притворным безразличием спрашиваю я, но мой слишком высокий голос выдает меня с головой.

— Ну, поскольку тебе там больно, ты можешь начать осваивать оральные навыки.

Я давлюсь чаем, широко раскрыв глаза. Кристиан мягко хлопает меня по спине и передает апельсиновый сок. Что у него на уме?

— Это если ты хочешь остаться, — добавляет он.

Выражение его лица совершенно непроницаемо. Это ужасно раздражает.

— Я бы осталась на сегодня, если ты не против. А завтра мне на работу.

— Во сколько тебе надо быть в Клейтонсе?

— В девять.

— Я привезу тебя к девяти на работу.

Я хмурюсь. Он хочет, чтобы я осталась еще на одну ночь?

— Мне нужно домой — здесь не во что переодеться.

— Мы можем что-нибудь тебе купить.

У меня нет свободных денег, чтобы тратить их на шмотки. Кристиан протягивает руку и, взяв меня за подбородок, оттягивает его, чтобы освободить губу. Я даже не чувствовала, что кусаю ее.

— В чем дело?

— Я должна быть дома сегодня вечером.

— Ладно, сегодня вечером, — неохотно соглашается он. — Теперь ешь свой завтрак.

Мои мысли и чувства в беспорядке. Аппетит куда-то пропал.

— Ешь, Анастейша.

— Я больше не хочу, — шепчу я.

— Доешь, пожалуйста.

— Откуда у тебя такое отношение к еде? — выпаливаю я. Брови Кристиана сходятся.

— Я же говорил. Терпеть не могу, когда выбрасывают пищу. Ешь, — приказывает он. Его глаза потемнели от боли.

Ну ничего себе! Что с ним такое? Я беру вилку и начинаю медленно есть. В будущем надо будет класть себе поменьше, если он так нервничает. По мере того как я доканчиваю омлет, выражение его лица смягчается. Я вижу, что он подчищает тарелку. Кристиан ждет, пока я не доем, а затем забирает у меня тарелку.

— Ты готовила — я убираю со стола.

— Очень демократично.

— Да. — Он хмурится. — Нехарактерно для меня. Когда я закончу, мы примем ванну.

— Как скажешь.

Ну вот… я бы предпочла душ. Мобильный звонит, прерывая мои грезы. Это Кейт.

— Привет. — Я выхожу на балкон, подальше от Кристиана Грея.

— Ана, почему ты вчера не послала мне сообщение? — Она сердится.

— Извини, так получилось.

— Ты жива?

— Да, все в порядке.

— У вас с ним было? — Она изнывает от любопытства. Я закатываю глаза, услышав нетерпеливое ожидание в ее голосе.

— Кейт, я не могу долго разговаривать.

— Было... Я сама знаю.

Как она поняла? Или она хитрит? Я не могу говорить, потому что подписала это чертово соглашение.

— Кейт, прошу тебя.

— Как это было? Ты цела?

— Я же сказала — цела.

— Он был ласков?

— Кейт, пожалуйста... — Я не могу скрыть волнение.

— Ана, не скрытничай. Я ждала этого почти четыре года.

— Увидимся вечером. — Я даю отбой.

Да, непростая будет задачка. Кейт ужасно настойчива. Она захочет все узнать в подробностях, а я не смогу рассказать ей, потому что подписала... Как это называется? Договор о неразглашении. Кейт выйдет из себя и будет права. Мне нужен план.

Я возвращаюсь и смотрю, как Кристиан грациозно перемещается по кухне.

— Скажи, а этот договор о неразглашении, он к чему относится? — спрашиваю я осторожно.

— А в чем дело? — Кристиан выкидывает пакетик от чая и смотрит на меня.

— Ну, у меня есть пара вопросов про секс, — я смотрю на свои пальцы. — Я бы хотела задать их Кейт.

— Спроси у меня.

— Кристиан, при всем уважении... На вопрос о сексе ты можешь дать только тенденциозный, противоестественный, извращенный ответ. А мне нужно непредвзятое мнение. Вопросы чисто технические. Я не буду упоминать Красную комнату боли.

Он поднимает брови.

— Красную комнату боли? Это комната наслаждений, Анастейша. И кроме того, твоя подруга спит с моим братом. Лучше бы ты ей ничего не рассказывала.

— А твоя семья знает о твоих... э-э... склонностях?

— Нет. Их это не касается.

Кристиан медленно подходит и встает прямо передо мной.

— Что ты хотела узнать? — Он нежно проводит пальцем мне по щеке и отклоняет мою голову назад, чтобы смотреть прямо в глаза. Я чувствую себя ужасно неловко: соврать не получится.

— Ничего существенного, — шепчу я.

— Ну, можно начать с того, было ли тебе хорошо прошлой ночью? — В его глазах я вижу жгучее любопытство. Ему важно знать. Ну и ну.

— Очень, — тихо говорю я.

— Мне тоже, — признается Кристиан. — У меня никогда раньше не было ванильного секса. Надо сказать, у него есть свои преимущества. Или, может, это из-за тебя. — Он проводит пальцем по моей верхней губе.

Я глубоко вдыхаю. «Ванильный секс»?

— Пойдем, примем ванну. — Кристиан наклоняется и целует меня. Мое сердце подскакивает, и желание набухает в глубине… в самом низу.

Ванна сделана из белого камня, глубокая, овальной формы. Кристиан наполняет ее из крана на стене и подливает в воду какого-то дорогого средства для ванн. Оно пенится под струей воды и сладостно пахнет жасмином. Он стоит и смотрит на меня потемневшими глазами, а потом стягивает футболку и бросает ее на пол.

— Мисс Стил… — Кристиан протягивает мне руку.

Я в нерешительности стою в дверях, широко раскрыв глаза, а потом делаю шаг вперед, не в силах отвести от него восхищенного взгляда. Кристиан невероятно сексапильный. Мое подсознание валяется в обмороке где-то в дальнем углу. Я беру его за руку, и он делает мне знак, чтобы я встала в ванну, хотя на мне все еще его рубашка. Я послушно выполняю приказание. Придется к этому привыкать, если я намерена согласиться с его ужасным предложением. Если!.. Вода соблазнительно горяча.

— Повернись ко мне, — командует он негромко.

Я делаю, что мне сказано. Кристиан внимательно смотрит на меня.

— Губа у тебя действительно вкусная, готов подтвердить, и все-таки перестань ее кусать, — произносит он сквозь сжатые зубы. — Когда ты так делаешь, мне хочется тебя трахнуть, а у тебя еще там не зажило, понятно?

От неожиданности я делаю глубокий вдох.

— Ну вот, — поддразнивает он. — Ты все понимаешь.

Я отчаянно киваю. Не пойму, что на него так действует.

— Отлично.

Он вынимает из кармана рубашки мой айпод и кладет его на край раковины.

— Вода и айпод — не самое лучшее сочетание. — Наклонившись, Кристиан берется за кромки моей белой рубашки, через голову стаскивает ее с меня и бросает на пол. Потом отступает и смотрит на результат. Я стою перед ним абсолютно голая, краснею и не могу поднять глаза от своих рук, сцепленных на уровне живота. Мне ужасно хочется поскорее нырнуть в горячую воду и пену, но я понимаю: ему это не понравится.

— Эй, — окликает меня Кристиан, склонив голову набок. — Анастейша, ты просто красавица, высший класс. Тебе нечего стесняться.

Он приподнимает мою голову за подбородок и смотрит мне в глаза. В его взгляде я чувствую тепло и желание. О боже. Он так близко. Я могу до него дотронуться.

— Садись. — Кристиан обрывает мои спутанные мысли, и я погружаюсь в теплую, ласковую воду. Ой... щиплется. Это неожиданно, но пахнет восхитительно, и жжение быстро проходит. Я ложусь на спину, закрываю глаза и расслабляюсь в умиротворяющем тепле. Когда я снова открываю их, Кристиан смотрит на меня сверху вниз.

— Так и будешь там стоять? — нахально, как мне кажется, спрашиваю я, но мой голос звучит хрипло.

— Сейчас приду, подвинься, — приказывает он.

Кристиан стягивает пижамные штаны и залезает в ванну позади меня, усаживается и подтягивает меня к себе. Он кладет свои длинные ноги поверх моих, сгибает их в коленях, отчего его лодыжки оказываются на одном уровне с моими, и разводит мне ноги в стороны. От удивления я ахаю. Он утыкается носом мне в волосы и глубоко вздыхает.

— Как ты хорошо пахнешь, Анастейша.

Дрожь пробегает по всему моему телу. Я лежу голая в ванне с Кристианом Греем. И он тоже голый. Если бы вчера, когда я проснулась в его номере, кто-нибудь сказал мне, что так будет, я бы ни за что не поверила.

Он берет с полочки гель для душа и выливает немного себе на ладонь, а потом намыливает руки, покрывая их мягкой густой пеной, и начинает легонько тереть мою шею и плечи, массируя их своими сильными длинными пальцами. Я стону от удовольствия.

— Нравится? — Я слышу его улыбку.

— Угу.

Мягкими движениями он спускается к моим подмышкам. Как хорошо, что Кейт заставила меня побриться. Его руки скользят по грудям, и я глубоко вздыхаю, когда длинные пальцы обхватывают их и начинают мять без малейших признаков жалости. Тело инстинктивно выгибается, подталкивая груди к его рукам. Соски болезненны, очень болезненны после того, что он с ними сделал вчерашней ночью. Но его руки не задерживаются и спускаются ниже, к животу. Я дышу все чаще, сердце начинает колотиться. Сзади я чувствую его набирающую силу эрекцию. Приятно осознавать, что мое тело действует на него так возбуждающе. «Ха… тело, а не ты», — фыркает подсознание. Я отбрасываю непрошеные мысли.

Кристиан тянется за махровой тряпочкой, а я, изнемогая от желания, тяжело дышу рядом с ним, опираясь руками на его твердые мускулистые бедра. Выдавив немножко мыла на тряпочку, он наклоняется и намыливает меня между ног. Я задерживаю дыхание. Длинные пальцы умело находят чувствительные точки через материю, я таю от блаженства, и мои бедра начинают двигаться в своем собственном ритме. Сознание туманится, я запрокидываю голову, и из моего открытого рта доносится стон. Напряжение внутри меня медленно, неумолимо нарастает… о боже.

— Вот так, детка, — шепчет Кристиан мне на ухо, очень нежно прикусывая зубами мочку. — Вот так.

Он прижимает мои ноги к стенкам ванной, не давая мне пошевелиться. В таком положении ему доступны самые интимные части моего тела.

— Пожалуйста... — молю я. Тело деревенеет, я стараюсь выпрямить ноги, но не могу. Я в сексуальном рабстве у этого человека, и он не дает мне пошевелиться.

— Думаю, ты уже чистая, — шепчет Кристиан и останавливается.

«Что? Нет! Нет!» — протестует подсознание.

— Почему ты остановился? — бормочу я.

— У меня на тебя другие планы, Анастейша.

Что... о боже... но... я же была... так нечестно.

— Повернись. Теперь помой меня.

О! Повернувшись к нему, я в ужасе обнаруживаю, что рукой он сжимает возбужденный член. У меня падает челюсть.

— Хочу, чтобы ты поближе познакомилась с самой дорогой и лелеемой частью моего тела. Я к нему очень привязан.

Какой большой! Член поднимается над уровнем воды, плещущейся у бедер. На лице Кристиана злорадная усмешка. Он наслаждается моим изумленным видом. И тут я понимаю, что пялюсь на него, разинув рот. И это было во мне! Как такое возможно? Он хочет, чтобы я прикоснулась. Хм... ладно, хорошо.

Я беру гель для душа и, как Кристиан, намыливаю руки, чтобы они покрылись густой пеной, при этом не отводя взгляда от его лица. Мой рот чуть приоткрыт... я нарочно кусаю нижнюю губу, а затем провожу по ней языком, по тому месту, где были мои зубы. Его глаза сосредоточены и серьезны, они расширяются, когда мой язык касается верхней губы. Я обхватываю член рукой, повторяя движения Кристиана. Он на мгновение закрывает глаза. Ого... на ощупь член гораздо тверже, чем я думала. Я сдавливаю, и Кристиан накрывает мою руку своей.

— Так приятно, — шепчет он и, крепко обхватив мои пальцы, начинает двигать мою руку вверх и вниз. Его дыхание становится неровным, а когда он снова смотрит на меня, в его взгляде я вижу расплавленный свинец. — Умница, девочка.

Он отпускает мою руку, предоставив мне справляться одной, и вновь закрывает глаза. Он чуть подается бедрами вперед, и рефлекторно я сжимаю его сильнее. Кристиан издает низкий стон, идущий откуда-то из глубины. Трахнуть меня в рот... хм-м. Я вспоминаю, как он вчера засунул мне в рот большой палец и приказал сосать изо всех сил. Я наклоняюсь вперед, пока его глаза все еще закрыты, обхватываю член губами и начинаю осторожно сосать, проводя языком по головке.

— О-о... Ана... — Глаза Кристиана распахиваются, и я начинаю сосать сильнее.

Хм-м... он одновременно мягкий и твердый, словно сталь, обернутая в бархат, и неожиданно вкусный — солоноватый и гладкий.

— О господи, — стонет Кристиан, снова закрывая глаза.

Опустившись вниз, я заглатываю его глубже. Ха! Моя внутренняя богиня ликует. Я это сделаю. Я буду трахаться с ним ртом. Я провожу языком по головке, и Кристиан опять выгибает бедра. Теперь его глаза открыты, исполненные желанием, зубы сжаты. Я чувствую, как его бедра напрягаются подо мной. Он наклоняется, хватает мои косички и начинает двигаться по-настоящему.

— О-о... детка... как хорошо...

Я сосу все сильнее, лаская языком головку его впечатляющего члена. Кристиан тяжело дышит и стонет.

— Как глубоко ты можешь?

Хм-м... Я продвигаю член глубже, так что он касается задней стенки гортани, а затем снова вперед и начинаю вращать языком вокруг головки. Это мой леденец. Я сосу все сильнее и сильнее, заглатывая все глубже и глубже, все быстрее и быстрее вращая языком. Хм-м... Никогда не думала, что это так заводит — доставлять ему удовольствие и смотреть, как он изнывает от страсти. Моя внутренняя богиня, чувственно изгибаясь, танцует сальсу.

— Анастейша, я сейчас кончу тебе в рот. — В прерывистом голосе явно слышится предостережение. — Если ты этого не хочешь, остановись прямо сейчас.

Он снова выгибает бедра, в широко раскрытых глазах Кристиана настороженность и вожделение — он хочет меня. Хочет мой рот... о, боже.

Черт. Его руки вцепились в мои волосы. У меня все получится. Я заглатываю член еще глубже и в момент величайшего доверия обнажаю зубы. Это его добивает. Он вскрикивает и застывает, и я чувствую, как по горлу стекает теплая, солоноватая жидкость. Я быстро глотаю. Бр-р...

Не самое приятное чувство. Но когда я вижу, как Кристиан тает от блаженства, мне уже все равно. Я сажусь напротив и с довольной, торжествующей улыбкой смотрю на него. Он еще не может отдышаться.

— У тебя нет глоточного рефлекса? Господи, Ана... Это было здорово, правда... Я не ожидал. — Он хмурится. — Ты не перестаешь меня удивлять.

Я улыбаюсь и нарочно кусаю губу. Кристиан задумчиво смотрит на меня.

— Ты делала это раньше?

— Нет. — Я не могу сдержать гордости.

— Хорошо, — говорит он самодовольно и, как мне кажется, с облегчением. — Еще один первый раз, мисс Стил. — Кристиан бросает на меня оценивающий взгляд. — За оральный секс тебе можно поставить отлично. Пойдем в постель, я должен тебе оргазм.

Оргазм! Еще один!

Он быстро выбирается из ванны, и я в первый раз вижу божественно сложенного Адониса, то бишь Кристиана Грея. Моя внутренняя богиня перестала танцевать и тоже разглядывает его, пуская слюни. Эрекция немного спала, но по-прежнему очень внушительная... бывает же такое. Он оборачивает вокруг талии маленькое полотенце, прикрывающее лишь самое существенное, и протягивает мне то, что побольше, белое и пушистое. Вылезая из ванны, я опираюсь на протянутую руку. Кристиан заворачивает меня в мягкую ткань, обнимает и крепко целует, проникая в рот языком. Мне хочется высвободить руки и обнять его... прикоснуться к нему... но я не в силах. Поцелуй заставляет меня забыть обо всем на свете. Кристиан бережно держит мою голову, его язык осторожно исследует мой рот, и я понимаю, что он выражает благодарность. Возможно, за мой первый минет? Неужели?

Кристиан отступает. По-прежнему нежно сжимая руками мою голову, пристально смотрит мне в глаза с потерянным видом.

— Скажи «да», — пылко шепчет он.

Я хмурюсь, не понимая.

— Ты о чем?

— Скажи «да» нашему договору. Будь моей. Прошу тебя, Ана, — умоляюще шепчет он и снова целует меня нежно, страстно, а потом отпускает и долго смотрит мне в лицо. Потом, взяв за руку, ведет меня обратно в спальню, и я, внезапно ослабев, покорно бреду за ним. Удивительно. Он в самом деле этого хочет.

В спальне Кристиан внимательно смотрит на меня сверху вниз.

— Ты мне доверяешь? — внезапно спрашивает он. Я киваю в ужасе от понимания, что я действительно ему верю. Что он собирается со мной сделать? По моему телу пробегает нервная дрожь.

— Это хорошо, — произносит Кристиан и ласково касается пальцем моей верхней губы. Потом уходит в гардеробную и возвращается, держа в руках серебристо-серый шелковый галстук.

— Протяни руки вперед, — приказывает он, снимая с меня полотенце и бросая его на пол.

Я делаю, как он сказал, и Кристиан связывает мне руки галстуком, крепко затянув узлы. Его глаза возбужденно сверкают. Мне не освободиться. Наверное, он научился этому в бойскаутском лагере. Что теперь? Мой пульс ускоряется, сердце отбивает бешеный ритм.

— С ними ты выглядишь маленькой девочкой, — тихо говорит он и надвигается на меня. Инстинктивно я отступаю к кровати. Кристиан сбрасывает полотенце, но я не могу отвести глаз от его лица, искаженного страстью.

— О, Анастейша, что мне с тобой сделать? — шепчет он, опуская меня на кровать и поднимая мои руки над головой. — Не вздумай опускать руки. Тебе понятно? — Он прожигает меня глазами, и от такого напора я лишаюсь дара речи. Ни за что в жизни не стану ему противоречить.

— Ответь мне, — велит Кристиан почти вкрадчиво.

— Я не должна опускать руки, — шепчу я.

— Умница. — Он демонстративно медленно облизывает губы, и я зачарованно слежу за тем, как его язык скользит по верхней губе. Кристиан смотрит мне прямо в глаза, оценивает. Затем наклоняется и запечатлевает у меня на губах быстрый, целомудренный поцелуй.

— Сейчас я буду целовать вас, мисс Стил, — говорит он нежно и, обхватив меня рукой за подбородок, приподнимает его вверх, открывая горло. Его губы медленно спускаются вниз, покусывая, посасывая и целуя. После ванны моя кожа стала сверхчувствительной. Разгоряченная кровь скапливается внизу живота, между ног, прямо *там*. Я испускаю стон.

Мне хочется к нему прикоснуться. Я довольно неловко поднимаю связанные руки и касаюсь его волос. Кристиан перестает меня целовать и сердито качает головой, а потом берет мои руки и снова кладет их мне за голову.

— Не шевели руками, а то нам придется начинать все с начала, — мягко выговаривает он.

У меня нет сил бороться с соблазном.

— Я хочу к тебе прикоснуться, — выдавливаю я хрипло, уже почти не владея собой.

— Я знаю, — шепчет он. — Держи руки над головой. — Похоже, это приказ.

Кристиан снова берется за мой подбородок и начинает целовать мое горло, как раньше. Жалко. Его руки ласкают мою грудь, а губы медленно спускаются к ложбинке у основания шеи. Он трется об эту ямку кончиком носа, а потом его губы начинают очень медленно спускаться вниз. Каждой груди достается поцелуй и нежный укус, а обоим соскам — ласковое посасывание. Боже. Мои бедра сами по себе начинают раскачиваться и двигаться в такт движениям его рта. Я изо всех сил стараюсь не забыть про руки.

— Не дергайся. — Я чувствую на своей коже тепло его дыхания. Дойдя до пупка, Кристиан опускает туда язык, а затем легко покусывает мой живот зубами. Я изгибаюсь дугой на кровати. — Хм-м. Какая вы сладкая, мисс Стил.

Он проводит кончиком носа по линии между животом и лобком, нежно дразня языком. А потом, вдруг резко опустившись на колени у моих ног, резким движением разводит их в сторону.

Обалдеть. Он берет мою левую ногу, сгибает ее в колене и подносит ступню ко рту. Внимательно следя за моей реакцией, нежно целует каждый мой пальчик, мягко кусает их за подушечки. Дойдя до мизинца, кусает сильнее, и я вскрикиваю. Это слишком эротично. Никаких сил не хватает. Я закрываю глаза и стараюсь впитать свои ощущения. Кристиан целует щиколотку, затем поднимается по икре к колену и останавливается чуть выше. Потом повторяет то же самое с правой ногой, приводя меня в полное исступление.

— Ну пожалуйста, — умоляю я.

Кристиан кусает мой мизинец, и отголоски чувствуются глубоко в животе.

— Все в порядке, мисс Стил, — дразнится он.

На этот раз Кристиан не останавливается выше колена, а поднимается по бедру, целуя, касаясь языком, и, оказавшись между ног, очень нежно проводит носом вверх и вниз по самым сокровенным местам моего тела. Я извиваюсь... о боже.

Кристиан останавливается и ждет, пока я успокоюсь. Я перестаю метаться и поднимаю голову, чтобы взглянуть на него. Мое сердце колотится, выпрыгивая из груди.

— А знаете ли вы, мисс Стил, как опьяняюще вы пахнете? — шепчет он и, не сводя с меня глаз, тянется носом к моему лобку и втягивает ноздрями воздух.

Я краснею всем телом, чувствуя, что близка к потере сознания, и закрываю глаза. Я не могу смотреть, как он это делает.

Кристиан легонько дует по всей длине промежности. О господи...

— Мне нравится твоя шерстка. — Он мягко тянет за волосы на лобке. — Думаю, мы ее оставим.

— Ну пожалуйста, — умоляю я.

— Хм-м, попроси получше, Анастейша.

Я стону.

— Услуга за услугу — не мой принцип, мисс Стил, — шепчет Кристиан, мягко обдувая меня снизу и сверху. — Но вы доставили мне удовольствие, и вам полагается награда.

В его голосе слышится насмешка. Он начинает медленно обводить языком клитор, придерживая руками мои ноги.

— А-а-а! — От прикосновений языка мое тело изгибается и бьется в конвульсиях.

Он крутит языком все быстрее и быстрее, не ослабляя пытку. Я утрачиваю все чувства, кроме тех, что исходят из маленькой точки у меня на лобке. Мои ноги напрягаются, и в этот момент Кристиан засовывает палец мне во влагалище. Я слышу его хриплый стон:

— О-о, детка. У тебя тут мокро — ты ждешь меня.

Он раз за разом проводит пальцем по кругу, растягивая меня, проникая в меня, его язык повторяет круговые движения... Это уже слишком. Тело требует разрядки, я не могу больше сдерживаться. Я кончаю. Оргазм накатывает, лишая способности мыслить, снова и снова скручивая все внутри. Бог мой. Я кричу, мир затуманивается и исчезает из виду, становится нематериальным.

Сквозь свое прерывистое дыхание я слышу треск разрываемой фольги. Очень медленно Кристиан входит в меня и начинает двигаться. О-о... боже. Это больно и приятно, нежно и грубо одновременно.

— Не больно? — шепчет он.

— Нет. Хорошо, — отвечаю я.

И он начинает двигаться во мне быстрыми, сильными толчками, снова и снова, неумолимо, безжалостно, пока я опять не оказываюсь на грани.

— Кончай, детка, — хрипло говорит Кристиан прямо над моим ухом, и я распадаюсь на тысячи кусков вокруг него. — Вот и славно.

Еще одно сильное движение, и он замирает, достигнув высшей точки.

Кристиан наваливается на меня сверху, своим весом прижимая меня к матрасу. Я опускаю связанные руки ему на шею, изо всех сил стараясь обхватить его покрепче. Я понимаю, что ради этого мужчины готова на все. Я принадлежу ему телом и душой. Он открыл мне мир, которого я и представить не могла. И он хочет вести меня дальше, гораздо дальше. О-о... что же мне делать?

Кристиан опирается на локоть и пристально смотрит на меня своими серыми глазами.

— Видишь, как нам хорошо вместе. А если ты будешь моя, все будет еще лучше. Верь мне, Анастейша, я открою тебе такие края, о существовании которых ты даже не догадывалась.

В его словах ответ на мои мысли. Я все еще в прострации после того, что между нами было, и смотрю на него, плохо понимая смысл слов.

Внезапно из холла доносятся голоса. Я не сразу понимаю, что происходит.

— Если он все еще в постели, значит, он заболел. Кристиан никогда не спит до полудня.

— Миссис Грей, прошу вас.

— Тейлор. В чем дело? Я хочу увидеть своего сына.

— Миссис Грей, он не один.

— Что значит «не один»?

— Это значит, с кем-то.

— А-а...

Даже я слышу недоверие в женском голосе.

Кристиан быстро моргает и смотрит на меня, расширив глаза в притворном ужасе.

— Черт! Это моя мама.

Глава 10

Он быстро выходит из меня, садится на постели и бросает использованный презерватив в мусорную корзину.

— Вставай, нам надо одеться. Если, конечно, ты хочешь познакомиться с моей мамой. — Кристиан ухмыляется, быстро встает с постели и натягивает джинсы прямо без белья! Я пытаюсь сесть, но я по-прежнему связана.

— Я не могу пошевелиться.

Его улыбка становится шире, он наклоняется и развязывает галстук. Рисунок ткани четко отпечатался у меня на запястьях. Очень сексуально. Кристиан доволен, в его глазах танцует веселый огонек. Он быстро целует меня в лоб и широко улыбается.

— Это тоже в первый раз, — признается он. Я совершенно не представляю, о чем он. — У меня тут нет чистого белья.

Внезапно на меня накатывает волна паники, и, если учесть последние события, паника просто жуткая. Его мама! Боже мой! Мне нечего надеть, она практически застала нас на месте преступления.

— Лучше я останусь здесь.

— Нет, ни в коем случае. — Кристиан настроен решительно. — Можешь надеть что-то из моего.

Он натягивает белую футболку и проводит рукой по всклокоченным волосам. Несмотря на волнение, я тут же забываю, о чем думала. Я когда-нибудь привыкну к тому, как он выглядит? Его красота ошеломляет.

— Анастейша, ты и в мешке будешь хорошо смотреться. Не нервничай. Я хочу познакомить тебя с мамой. Одевайся быстрее. Я пока пойду и успокою ее. — Кристиан поджимает губы. — Жду тебя там через пять минут. Если тебя не будет, я приду и вытащу тебя в любом виде. Мои футболки — в комоде, рубашки — в шкафу. Не стесняйся.

Он окидывает меня оценивающим взглядом и выходит из комнаты.

Черт возьми. Его мама. Я на такое не подписывалась. Хотя, возможно, знакомство с ней поможет положить на место очередной кусочек пазла: ведь я хочу понять, почему Кристиан таков, каков он есть... Да, мне очень нужно ее увидеть. Я поднимаю с пола блузку и с радостью обнаруживаю, что она почти совсем не помялась за ночь. Голубой лифчик валяется под кроватью. Однако без чистых трусов жизнь невыносима. Я роюсь в комоде и обнаруживаю стопку белья. Натянув на себя серые трикотажные боксеры «Кельвин Кляйн», я влезаю в джинсы и «конверсы».

Схватив жакет, мчусь в ванную и вижу свои сияющие глаза, порозовевшее лицо... и волосы! Бог мой! Нельзя же выйти с двумя косичками. Я обшариваю ванну в поисках щетки, но находится только расческа. Ладно, сойдет. Как всегда, у меня остается лишь один вариант — конский хвост. И одежда на мне, конечно, ужасная. Может, и правда стоит воспользоваться предложением Кристиана насчет шмоток. Мое подсознание надувает губы и произносит слово на букву «б», но я не обращаю на него внимания. Теперь пиджак. Какое счастье: рукава прикрывают следы от галстука. Я бросаю последний оценивающий взгляд в зеркало... Нормально. Теперь можно идти в гостиную.

— А вот и она. — Кристиан встает с кушетки. На его лице я читаю нежность и восхищение.

Светловолосая женщина рядом с ним сияет улыбкой в тысячу мегаватт. Она тоже поднимается на ноги. На ней безупречное трикотажное платье цвета верблюжьей шерсти и туфли в тон. Ухоженная и элегантная; мне немного стыдно, что я в таком виде.

— Мама, это Анастейша Стил. Анастейша, это Грейс Тревельян-Грей.

Доктор Тревельян-Грей протягивает мне руку. Т... означало Тревельян?

— Очень приятно познакомиться, — вежливо говорит она. Мне кажется, в ее голосе звучит удивление и отчасти облегчение. Взгляд карих глаз лучится теплом. Я пожимаю ее руку и не могу не улыбаться в ответ.

— Доктор Тревельян-Грей, — вежливо говорю я.

— Зовите меня Грейс, — улыбается она, и Кристиан хмурится. — Для всех я доктор Тревельян, а миссис Грей — это моя свекровь. — Она подмигивает. — А как вы познакомились?

Она смотрит на Кристиана, не в силах скрыть любопытства.

— Анастейша пришла ко мне брать интервью для студенческой газеты, потому что на этой неделе я должен вручать их курсу дипломы.

Черт возьми! Я совсем про это забыла.

— Так у вас скоро выпускная церемония? — спрашивает Грейс.

— Да.

И тут у меня звонит телефон. Наверняка Кейт.

— Прошу прощения.

Я иду на кухню и беру телефон, даже не посмотрев на номер.

— Привет, Кейт.

— Господи! Ана! — Черт возьми, Хосе. Он, похоже, в отчаянии. — Где ты? Мне надо тебя увидеть, чтобы извиниться за пятницу. Почему ты не отвечаешь на мои звонки?

— Послушай, Хосе, мне сейчас неудобно разговаривать. — Я встревоженно оглядываюсь на Кристиана, который внимательно за мной следит, не прерывая разговора с матерью.

— Где ты? Кейт мне ничего толком не сказала, — хнычет Хосе.

— В Сиэтле.

— А что ты там делаешь? Ты с ним?

— Я перезвоню тебе позже. Сейчас мне неудобно разговаривать. — Я даю отбой и как ни в чем не бывало возвращаюсь к Кристиану и его матери. Грейс выговаривает сыну:

— ...Элиот звонил и сказал, что ты здесь... Я не видела тебя уже две недели, дорогой.

— Он уже вернулся? — интересуется Кристиан, пристально глядя на меня. Его лицо непроницаемо.

— Я думала, мы вместе пообедаем, но вижу, у тебя другие планы. Тогда не буду мешать.

Она забирает свое длинное пальто кремового цвета, поворачивается к нему и подставляет щеку. Кристиан нежно ее целует. Она к нему не прикасается.

— Я должен отвезти Анастейшу обратно в Портленд.

— Конечно, дорогой. Анастейша, было очень приятно познакомиться. Надеюсь, мы еще увидимся.

Она протягивает мне руку, и ее глаза лучатся.

Непонятно откуда появляется Тейлор.

— Миссис Грей? — спрашивает он.

— Спасибо, Тейлор.

Он вместе с ней выходит из комнаты и провожает ее через двойные двери фойе. Тейлор был здесь все это время? Как долго? И где?

Кристиан сердито смотрит на меня.

— Это фотограф звонил?

Черт.

— Да.

— Что ему нужно?

— Просто хотел извиниться… за пятницу.

Кристиан прищуривается.

— Понятно.

Снова появляется Тейлор.

— Мистер Грей, в Дарфуре возникли проблемы с доставкой.

Кристиан коротко кивает.

— Чарли Танго сейчас в Сиэтле, в Боинг-Филде?

— Да, сэр. — Тейлор кивает мне. — Доброе утро, мисс Стил.

В ответ я нерешительно улыбаюсь. Он разворачивается и выходит из комнаты.

— Тейлор здесь живет?

— Да.

Тон Кристиана становится резким. В чем дело?

Он идет на кухню, берет «блэкберри» и, как я понимаю, просматривает почту. Его губы плотно сжаты. Потом он набирает чей-то номер.

— Рос, в чем дело?

Я стою посередине огромной комнаты, не зная, куда себя деть. Мне страшно неловко и неуютно.

— Я не могу рисковать экипажем. Нет, отмените... Сбросим с воздуха... Договорились.

Кристиан отключает телефон. Быстро взглянув на меня холодными глазами, уходит в кабинет и возвращается через минуту.

— Это контракт. Прочти, и в следующие выходные мы обсудим условия. Думаю, тебе надо изучить вопрос, чтобы ты знала, что тебя ожидает. — Он на секунду замолкает. — Если ты согласишься, конечно, на что я очень надеюсь.

— Изучить вопрос?

— Ты не поверишь, сколько всего на эту тему можно найти в Интернете, — ухмыляется он.

В Интернете! У меня нет компьютера, Кейт иногда пускает меня за свой ноутбук, но не могу же я использовать компьютер в Клейтонсе для таких «вопросов»?

— В чем дело? — спрашивает Кристиан, чуть склонив голову набок.

— У меня нет компьютера.

Он протягивает мне конверт из плотной бумаги.

— Думаю, я смогу... э-э, одолжить тебе компьютер. Бери вещи, я отвезу тебя обратно в Портленд. Пообедаем где-нибудь по дороге. Мне надо одеться.

— Я пока позвоню. — Мне хочется услышать голос Кейт.

Кристиан хмурится.

— Фотографу? — Его челюсти сжимаются, во взгляде — ярость. Я изумленно хлопаю ресницами. — Я не люблю делиться, мисс Стил. Запомните. — Окинув меня ледяным взглядом, он уходит обратно в спальню.

Черт возьми. Я только хотела позвонить Кейт!.. Куда делся благородный, спокойный, улыбающийся человек, с которым я занималась любовью всего полчаса назад?

— Готова? — спрашивает Кристиан, стоя в дверях.

Я неуверенно киваю. Он снова холоден, сдержан и вежлив, публике предлагают любоваться его обычной маской. В руках у него кожаная сумка. Зачем она ему? Может, он собирается остаться в Портленде? И тут я вспоминаю про выпускную церемонию. Ах, да... он будет там в четверг. В черном кожаном пиджаке Кристиан похож не на миллиардера, а на парня из бедного района, эксцентричную рок-звезду или топ-модель. Я внутренне вздыхаю: мне бы хоть десятую часть его самообладания. Он так спокоен и

уверен в себе. Тут я хмурюсь, вспоминая его вспышку насчет Хосе... Ну, по крайней мере, внешне.

Тейлор держится на заднем плане.

— Жду завтра, — говорит Кристиан Тейлору, и тот кивает.

— Да, сэр. Какую машину вы берете, сэр?

Кристиан бросает быстрый взгляд на меня.

— «R8».

— Счастливого пути, мистер Грей. Всего доброго, мисс
Стил. — Тейлор смотрит приветливо, однако в глубине его
глаз я вижу жалость.

Он, конечно же, считает меня новой жертвой сомни-
тельных сексуальных пристрастий мистера Грея. Рано.
Пока речь только о необычном сексе, хотя, возможно,
в этом нет ничего особенного. От этой мысли я хмурюсь.
Мне не с чем сравнивать, и я не могу спросить Кейт. Придется просить разрешения у Кристиана. Надо же мне с кем-
то поговорить, а как я могу обсуждать это с ним, если сейчас он нежен и ласков, а буквально в следующую секунду
холоден и враждебен.

Тейлор, провожая нас, придерживает дверь. Кристиан
вызывает лифт.

— В чем дело, Анастейша?

Откуда он знает, что у меня на уме? Он протягивает
руку и берет меня за подбородок.

— Прекрати кусать губу, или я трахну тебя прямо
в лифте.

Я вспыхиваю, но на его губах мне чудится улыбка.

— Кристиан, у меня проблема.

— Да? — Он весь внимание.

Лифт приезжает. Мы входим, и Кристиан нажимает на
кнопку с буквой G.

— Ну, в общем... — Я краснею. Как это сказать? — Мне
надо поговорить с Кейт. У меня очень много вопросов про
секс. Если ты всего этого хочешь, то как мне узнать... —
Я замолкаю, стараясь подобрать слова. — Это выходит за
рамки моего понимания.

Он закатывает глаза.

— Ладно, поговори с ней, если нужно. Только возьми с
нее слово, чтобы она ничего не говорила Элиоту.

Что за намеки! Кейт не такая.

— Она ему ни словом не обмолвится, и я тоже не буду пересказывать тебе, что узнаю у нее про Элиота, — добавляю я быстро.

— Разница в том, что меня не интересует его сексуальная жизнь, — с кривой улыбкой произносит Кристиан. — Элиот — любопытный гаденыш... Она, скорее всего, возьмет меня за яйца, если узнает, что я тебе предлагал, — добавляет он очень тихо. Похоже, эта фраза не предназначалась для моих ушей.

— Договорились, — с готовностью соглашаюсь я. Мысль о Кейт, держащей Кристиана за яйца, мне не очень нравится.

Кристиан кривит губы и качает головой.

— Чем быстрее ты станешь моим сабмиссивом, тем лучше. Тогда с этим будет покончено, — бурчит он.

— Покончено с чем?

— С твоим открытым неповиновением. — Он приподнимает мой подбородок и запечатлевает на моих губах быстрый, легкий поцелуй. Потом берет меня за руку и ведет в подземный гараж.

«Открытое неповиновение...»

За лифтом я вижу знакомый внедорожник «Ауди», но на клик брелока отзывается шикарный спортивный автомобиль, из тех, что изображают с голой длинноногой блондинкой на капоте.

— Красивая машина, — ехидно замечаю я.

Кристиан поднимает голову и ухмыляется.

— Я знаю. — На мгновение я снова вижу молодого и беззаботного человека. У меня теплеет на душе. Вот они — игрушки больших мальчиков. Я закатываю глаза, но не могу сдержать улыбку.

Кристиан открывает дверь, и я залезаю на сиденье. Ух, как низко... Он с непринужденной грацией обходит машину и, несмотря на свой рост, изящно устраивается на соседнем сиденье. Как у него так получается?

— А что это за машина?

— «Ауди R8 спайдер». Погода хорошая, мы можем опустить верх. Там должна быть бейсболка. Даже две. — Он указывает на бардачок. — И темные очки, если тебе надо.

У нас за спиной рычит мотор. Кристиан кладет сумку на свободное место за сиденьями, нажимает на кнопку, и крыша медленно открывается. Щелкает переключатель, и нас окружает голос Брюса Спрингстина.

— Люблю Брюса, — улыбается Кристиан. Машина трогается с места, въезжает вверх по крутому пандусу и замирает, ожидая, пока откроется шлагбаум.

И вот мы уже едем по залитому солнцем Сиэтлу. Я достаю из бардачка бейсбольные кепки. На них эмблема «Маринерс». Кристиан любит бейсбол? Я передаю ему кепку, и он надевает ее на голову. Я протаскиваю хвост через отверстие и надвигаю козырек пониже.

Когда мы едем по улице, на нас пялятся люди. Сначала мне кажется, что это из-за него... потом у меня мелькает параноидальная мысль, что все смотрят на меня, потому что знают, чем я занималась в последние двенадцать часов, но наконец я догадываюсь, что это из-за машины. Кристиан, похоже, задумался о чем-то своем.

Скоро мы уже несемся по I-5 на юг, и в ушах свистит ветер. Брюс поет, что сгорает от желания. Актуально. Я краснею, вслушиваясь в слова. Кристиан надел «Рей-Бен», поэтому я не вижу, о чем он думает. Его рот слегка изгибается, он тянется к моему колену и легко сжимает его рукой. Я задерживаю дыхание.

— Ты голодна?

Да, но этот голод едой не утолишь.

— Не особенно.

Он поджимает губы.

— Надо есть, Анастейша. Я знаю отличный ресторан, рядом с Олимпией. Мы туда зайдем.

Он снова сжимает мое колено, а потом возвращает руку на руль и давит на газ. Меня прижимает к спинке сиденья. Да, машинка умеет ездить.

Ресторан маленький и уютный — деревянное шале посреди леса. Интерьер выдержан в деревенском стиле: простые стулья и столы, накрытые клетчатыми скатертями, полевые цветы в маленьких вазочках. «Дикая кухня» — гласит объявление на двери.

— Давно я тут не был. У нас нет выбора — они готовят то, что им удастся поймать или собрать. — Кристиан поднимает брови в притворном ужасе, и я не могу удержаться от смеха. Официантка спрашивает, что мы будем пить. При виде Кристиана она краснеет, опускает глаза, пряча их под длинной светлой челкой. Он ей нравится! Я не одна такая!

— Два бокала «Пино Гриджио», — распоряжается Кристиан.

Я в негодовании поджимаю губы.

— В чем дело?

— Я хотела диетическую колу.

Его серые глаза сужаются.

— Здесь подают вполне приличное «Пино Гриджио», оно будет сочетаться с любым блюдом, — терпеливо объясняет он.

— Что бы мы ни заказали?

— Да. — Кристиан улыбается ослепительной улыбкой, наклонив голову набок, и у меня все внутри переворачивается. Я не могу не улыбнуться в ответ.

— Ты понравилась моей матери, — сухо говорит он.

— Правда? — Я краснею от удовольствия.

— Ага. Она считала, что я гей.

Я раскрываю рот от удивления и вспоминаю тот вопрос на интервью. Ужас.

— А почему она так решила? — шепотом спрашиваю я.

— Она никогда не видела меня с девушкой.

— Ни с одной из пятнадцати?

Кристиан улыбается.

— Ты запомнила. Нет, ни с одной из пятнадцати.

— Ох.

— Знаешь, Анастейша, в эти выходные я тоже многое делал в первый раз, — говорит он ровным голосом.

— Что именно?

— До вчерашнего дня я всегда спал один, никогда не занимался сексом в своей постели, никогда не катал девушек на вертолете, никогда не представлял их своей матери. — Его глаза горят таким огнем, что у меня перехватывает дыхание.

Нам приносят вино, я немедленно отпиваю глоток. Кристиан открывает мне душу или просто фиксирует происходящее?

— Лично мне все понравилось, — смущенно бормочу я.

Он сужает глаза.

— Прекрати кусать губу, — рычит он и добавляет: —
Мне тоже.

— А что такое ванильный секс? — спрашиваю я, чтобы
как-то отвлечься от его жаркого взгляда.

Кристиан смеется.

— Это просто секс, Анастейша. Никаких игрушек, никаких других развлечений. — Он пожимает плечами.

Официантка приносит суп. Мы оба смотрим на него в
недоумении.

— Суп из крапивы, — сообщает она, прежде чем развер-
нуться и снова скрыться на кухне. Наверное, ей неприятно,
что Кристиан не обращает на нее внимания.

Я неуверенно пробую. Очень вкусно. Мы с Кристианом
с облегчением смотрим друг на друга. Я хихикаю.

— Какой чудесный звук, — говорит он вполголоса.

— А почему ты не занимался ванильным сексом раньше? Ты всегда занимался… э-э, а как это называется? —
спрашиваю я, заинтригованная.

— Типа того, — отвечает Кристиан осторожно. На его
лице отражаются следы внутренней борьбы. Приняв решение, он поднимает на меня глаза. — Подруга моей матери
соблазнила меня, когда мне было пятнадцать.

— А-а.

Черт возьми, так рано!

— Дама с очень специфическими вкусами. Я шесть лет
был ее сабмиссивом. — Он пожимает плечами.

— Ох. — От такого признания я замираю, как громом
пораженная.

— Поэтому я знаю, что это такое. — Кристиан проницательно смотрит на меня.

Я таращусь на него, не в силах произнести ни слова.
Даже мое подсознание молчит.

— У меня ни разу не было всего того, что обычно пред-
шествует сексу.

Любопытство просыпается вовремя.

— Так значит, ты ни с кем не встречался, когда учился в
колледже?

— Нет. — Он отрицательно качает головой.

Официантка прерывает нас на минуту, чтобы забрать
наши тарелки.

— Почему? — спрашиваю я, когда она уходит.

Кристиан насмешливо улыбается.

— Ты действительно хочешь знать?

— Конечно.

— Потому что не хотел. Мне никто не был нужен, кроме нее.

Да, уж! Лучше бы мне этого не знать… но я все равно спрашиваю:

— Подруга твоей матери… сколько же ей было лет?

Он хмыкает.

— Достаточно, чтобы быть осмотрительной.

— Вы с ней по-прежнему видитесь?

— Да.

— И ты по-прежнему… э-э?.. — Я краснею.

— Нет. — Он качает головой и снисходительно улыбается. — Она просто хороший друг.

— А твоя мать знает?

Он смотрит на меня как на дурочку.

— Разумеется, нет.

Официантка возвращается с олениной, но аппетит у меня пропал. Какое открытие. Кристиан в роли сабмиссива. Ничего себе. Я отпиваю еще немного «Пино Гриджио».

Господи, столько всего надо обдумать. Я должна переварить это в одиночестве, когда меня не отвлекает его присутствие. Мне казалось, что он настоящий альфа-самец, во всем, а теперь… Он испытал это на себе.

— Субмиссивом… все время? — Я в полном замешательстве.

— Вообще-то все, хотя мы не обязательно были вместе. Это было… трудно. Ведь я еще учился в школе, а потом в колледже. Ешь, Анастейша.

— Я правда не хочу.

Я потрясена его рассказом.

Кристиан мрачнеет.

— Ешь, — говорит он тихо, слишком тихо.

Я смотрю на него. Этот человек подвергся сексуальному насилию в подростковом возрасте…

— Не торопи меня, — отвечаю я мягко.

Кристиан моргает.

— Хорошо, — соглашается он.

Если я подпишу контракт, он так и будет мной командовать. Я хмурюсь. Мне это надо? Взяв нож и вилку, я с опаской приступаю к оленине. Действительно вкусно.

— Наши… э-э… отношения будут строиться таким образом? — шепчу я. — Ты будешь мне приказывать? — Я не могу заставить себя посмотреть ему в глаза.

— Да.

— Понятно.

— Более того, ты будешь хотеть, чтобы я это делал, — добавляет он низким голосом.

Честно говоря, сильно сомневаюсь. Я отрезаю еще один кусочек оленины и подношу ко рту.

— На это трудно решиться, — говорю я и кладу кусочек в рот.

— Согласен. — Кристиан на мгновение закрывает глаза. Когда он снова их открывает, они мрачно-сосредоточенны. — Анастейша, ты должна прислушаться к внутреннему голосу. Изучи Интернет, почитай контракт. Я с радостью объясню тебе все, что смогу. Я пробуду в Портленде до пятницы. Если захочешь поговорить раньше, позвони мне, мы поужинаем. Скажем, в среду? Я очень хочу, чтобы все получилось. Если честно, я в жизни ничего так не хотел.

Я вижу по глазам, что Кристиан говорит искренне, что он в самом деле хочет этого всей душой. Но тут, должно быть, что-то не так. Почему я? Почему не одна из пятнадцати? Может, дело просто в числе?

— А почему ты расстался с пятнадцатью другими? — спрашиваю я.

Он поднимает брови, потом сдается и качает головой.

— По-разному, но все сводилось к… — Кристиан замолкает, подыскивая правильное слово. — Несовместимости.

— И ты думаешь, что я окажусь совместимой?

— Да.

— А ты с ними больше не видишься?

— Нет. Я по своей природе моногамен.

Ого… вот это новость.

— Понятно.

— Покопайся в Интернете, Анастейша.

Я кладу нож и вилку. У меня совсем пропал аппетит.

— Это все? Ты больше ничего не будешь?

Он явно злится, но молчит. Я вздыхаю с явным облегчением. Мой живот переваривает новую информацию, а голова чуть кружится от вина. Я смотрю, как Кристиан поглощает все, что лежит у него на тарелке. Ест как лошадь! Сколько же надо заниматься спортом, чтобы поддерживать такую форму? И тут я внезапно вспоминаю, как свисают с его бедер пижамные штаны. Эта картина совершенно сбивает меня с мысли. Я смущенно ерзаю на стуле. Кристиан смотрит на меня, и я краснею.

— Дорого бы я дал, чтобы узнать, о чем ты сейчас думаешь, — произносит он, и я краснею еще больше.

Кристиан улыбается хулиганской улыбкой.

— Впрочем, я, кажется, догадываюсь, — поддразнивает он.

— Хорошо, что ты не можешь читать мои мысли.

— Твои мысли — нет, не могу, но язык твоего тела я со вчерашнего дня изучил неплохо.

Тон игривый… Как у него так быстро меняется настроение? Мне трудно за ним успеть.

Кристиан знаком подзывает официантку и просит принести счет. Расплатившись, встает и протягивает мне руку.

— Идем.

Взяв мою руку в свою, он ведет меня обратно к машине. Совершенно неожиданно наше соприкосновение такое нормальное, такое близкое. Я никак не могу примирить этот обычный, нежный жест с тем, что он намерен делать в той комнате… В Красной комнате боли.

По дороге от Олимпии до Ванкувера мы оба молчим, занятые своими мыслями. К дому подъезжаем около пяти. В окнах горит свет — Кейт уже вернулась. Собирает вещи, надо думать, если только она одна, без Элиота. Кристиан выключает мотор; пришло время расставаться.

— Зайдешь? — спрашиваю я. Мне не хочется его отпускать.

— Нет, у меня много работы, — отвечает он с непроницаемым лицом.

Я скручиваю пальцы, не поднимая взгляда. Вдруг на меня накатывают эмоции: он уезжает!.. Кристиан берет мою руку и, прижав ее к губам, нежно целует тыльную сторону ладони, в старомодном, милом жесте. Сердце у меня подкатывает к горлу.

— Спасибо за выходные, Анастейша. Это было… прекрасно. В среду? Я заберу тебя с работы?

— До среды, — шепчу я.

Кристиан снова целует мою руку и опускает ее на колено. Потом выходит, открывает мне пассажирскую дверь. Почему я вдруг чувствую себя покинутой и одинокой? В горле стоит комок. Главное — не подавать виду. С улыбкой я выбираюсь из машины и иду по дорожке к дому, зная, что сейчас мне предстоит непростая встреча с Кейт. На полдороге поворачиваюсь и смотрю на Кристиана. Выше голову, Стил, подбадриваю я себя.

— Между прочим, на мне твои трусы. — Я улыбаюсь и вытаскиваю резинку от боксеров так, чтобы ему было видно. У Кристиана отваливается челюсть. Вот это реакция! Настроение у меня сразу улучшается, и я гордо дефилирую к дому, с трудом сдерживаясь, чтобы не запрыгать на одной ножке. Ура! Моя внутренняя богиня в восторге.

Кейт в гостиной, раскладывает книги по коробкам.

— Ты вернулась!.. А где Кристиан? Ну как ты? — В ее голосе слышны тревога и волнение, она торопливо подходит ко мне, обнимает за плечи и заглядывает в глаза. Я не успеваю даже поздороваться.

Черт… Кейт настойчива и проницательна, а у меня в сумке лежит юридический документ, согласно которому я обязуюсь хранить тайну. Не самое лучшее сочетание.

— Так как все прошло? Я думаю о тебе с тех пор, как ушел Элиот. — На ее лице появляется озорная улыбка.

Кейт — вся тревога и любопытство, но я вдруг смущаюсь и краснею. Это очень личное. Я видела и знаю то, что Кристиан вынужден прятать. Однако придется что-то рассказывать, ведь Кейт так просто не отстанет.

— Было хорошо. Очень хорошо, мне кажется, — говорю я тихо, стараясь скрыть предательски счастливую улыбку.

— Тебе так кажется?

— Ну, мне не с чем сравнивать, — я виновато пожимаю плечами.

— Он довел тебя до оргазма?

Ну вот. Нельзя же так, прямо в лоб, спрашивать. Я заливаюсь краской.

— Да!

Кейт тащит меня к кушетке, и мы садимся. Она берет мои руки в свои.

— Здорово. — Подруга смотрит на меня недоверчиво. — Оргазм с первого раза. Кристиан малый не промах.

Ах, Кейт, если бы ты только знала!

— Мой первый раз был ужасен, — продолжает она, состроив смешную рожицу.

— Правда? — Мне сразу становится интересно. Раньше она об этом не распространялась.

— Да. Стив Пэтон. Еще в школе. Редкостный придурок. — Кейт пожимает плечами. — Он был груб, я была не готова. Мы оба напились в стельку. Сама понимаешь, типичная подростковая история. Насмотрелись порнухи. Я несколько месяцев потом в себя приходила, прежде чем решила попробовать еще раз. И, конечно, не с ним, уродом... Я была слишком молода. Ты правильно не торопилась.

— Кейт, какой ужас!

Подруга загрустила.

— Первый оргазм у меня случился вообще через год, а ты говоришь, что с первого раза?..

Я стыдливо киваю. Моя внутренняя богиня отрешенно сидит в позе лотоса, и лишь на губах у нее хитрая, довольная улыбка.

— Я рада, что ты лишилась невинности с опытным человеком. — Кейт подмигивает. — А когда ты встречаешься с ним снова?

— В среду. Он пригласил меня на ужин.

— Он тебе все еще нравится?

— Да, но я не уверена насчет будущего.

— Почему?

— С ним все очень сложно. Он живет в совсем другом мире.

Отличное объяснение. А главное, правдоподобное. Гораздо лучше, чем то, что у него для меня припасена Красная комната боли и он хочет сделать меня своей сексуальной рабыней.

— Элиот сказал, что Кристиан никогда не встречался с девушками.

— Правда? — Мой голос подскакивает на несколько октав.

Не умеешь ты притворяться, Стил! Мое подсознание сердито смотрит на меня и грозит длинным костлявым пальцем, а потом превращается в весы правосудия, как бы напоминая, что он привлечет меня к суду, если я разболтаю его секреты. Ха... И что он со мной сделает? Заставит выплатить штраф? Не забыть бы спросить в поисковике про «штрафы за нарушение договора о конфиденциальности», когда буду «изучать вопрос». Похоже на домашнее задание. Возможно, за это еще и отметки будут ставить... Я краснею, вспоминая утреннее приключение в ванне.

— В чем дело, Ана?

— Да вспомнила кое-что.

— Ты изменилась, — восхищенно говорит Кейт.

— Ага. И чувствую себя по-другому. Мне больно, — признаюсь я.

— Больно?

— Немного. — Я краснею.

— Мне тоже. Мужчины! — восклицает подруга с притворным отвращением. — Они такие свиньи!

Мы обе смеемся.

— Тебе больно? — удивляюсь я.

— Да... немного перестарались.

Я хихикаю.

— Расскажи мне про такого старательного Элиота, — прошу я, когда перестаю смеяться. Наконец-то можно расслабиться. В первый раз с тех пор, как я позвонила Кристиану из туалета, с чего все началось. Прежде я восхищалась мистером Греем издалека. Счастливые беззаботные дни.

Кейт краснеет. Вот это да... Кэтрин Агнес Кавана поменялась местами с Анастейшей Роуз Стил. Смотрит на меня доверчиво-простодушно. Я никогда не видела, чтобы она так реагировала на мужчин. Моя челюсть падает до пола. Где моя Кейт? Что вы с ней сделали?

— Ах, Ана, — захлебывается подруга. — Он такой... Необыкновенный. И когда мы... ох... просто чудесно. — Она даже не может связать слова в предложение.

— Ты хочешь сказать, что он тебе нравится.

Кейт кивает, улыбаясь как сомнамбула.

— В субботу мы встречаемся. Он обещал помочь нам с переездом. — Подруга сжимает руки, спрыгивает с дивана и плавно перелетает к окну. Переезд. Черт. Я совсем забыла, хотя вокруг меня полно коробок.

— Очень мило с его стороны, — говорю я признательно. Познакомлюсь с ним поближе. Надеюсь, он поможет разобраться в своем странном, внушающем страх брате. — Так чем ты вчера занималась?

Кейт наклоняет голову и поднимает брови, делая вид, что изумляется моей глупости.

— Да тем же самым, что и ты, только мы сначала поужинали. — Она ухмыляется. — С тобой действительно все хорошо? Ты выглядишь немного… обалдевшей.

— Так оно и есть. Кристиан не дает расслабляться.

— Могу себе представить. Но он с тобой хорошо обращался?

— Да, — уверяю я ее. — Слушай, есть хочется ужасно. Давай я что-нибудь приготовлю?

Кейт кивает и берет еще две книги, чтобы положить в коробку.

— А что ты собираешься делать с книгами за четырнадцать тысяч долларов?

— Вернуть ему.

— В самом деле?

— Это слишком дорогой подарок, я не могу его принять, особенно сейчас. — Я улыбаюсь Кейт, и она кивает.

— Понимаю. Тут тебе пришла пара писем, и Хосе звонил раз в час. Он, похоже, в отчаянии.

— Я позвоню ему. — Не стоит рассказывать Кейт про Хосе — она его в порошок сотрет. Я беру со стола письма. — Ого! Меня приглашают на интервью! Через неделю в Сиэтле.

— В какое издательство?

— В оба!

— Я же говорила, что люди с университетским образованием везде нужны.

Кейт, конечно, уже устроилась стажером в «Сиэтл таймс». Ее отец знаком с кем-то, кто знает кого-то еще.

— А что думает Элиот о твоем отъезде? — спрашиваю я.

Кейт заходит на кухню. В первый раз за вечер она выглядит опечаленной.

— Он все понимает. С одной стороны, мне не хочется уезжать, но так соблазнительно поваляться на солнышке пару недель. И мама очень настаивает, она думает, что это наш последний семейный отдых перед тем, как Итан и я пойдем работать.

Я никогда не была за границей. Кейт с родителями и своим братом Итаном улетает на Барбадос на целых две недели. В новой квартире мне придется обустраиваться без Кейт. Это так странно. Итан окончил университет в прошлом году и год путешествовал по миру. Интересно, увижусь ли я с ним до их отъезда. Он очень славный парень.

Звонит телефон, вырывая меня из раздумий.

— Это Хосе.

Я вздыхаю. Никуда не денешься, надо с ним поговорить.

— Привет.

— Ана, ты вернулась! — Хосе явно рад.

— Разумеется. — Мой голос сочится сарказмом, я закатываю глаза.

Он на пару секунд замолкает.

— Мы можем увидеться? Я хочу извиниться за пятницу. Я был пьян... а ты... Ана, пожалуйста, прости меня.

— Конечно же, я тебя прощаю. Только больше так не делай. Ты знаешь, я отношусь к тебе как к другу.

Он тяжело, печально вздыхает.

— Знаю. Просто я надеялся, что, если я тебя поцелую, все изменится.

— Хосе, я тебя люблю, ты для меня очень много значишь. Ты мне как брат, которого у меня никогда не было.

— Так ты теперь с ним? — В его тоне я слышу презрение.

— Я сама по себе.

— Но ты провела с ним ночь.

— Какая разница?

— Из-за денег?

— Хосе! Как ты смеешь! — уже почти ору я, пораженная его наглостью.

— Ана... — Он скулит и извиняется. Но мне сейчас не до его пустяковой ревности. Я знаю, ему обидно, однако чаша моего терпения переполнена.

— Давай выпьем кофе или еще что-нибудь завтра. Я тебе позвоню, — говорю я примирительно.

Он мой друг, я к нему очень привязана. Но прямо сейчас у меня нет сил с ним общаться.

— До завтра. Ты позвонишь? — Надежда в его голосе трогает мое сердце.

— Да... до свидания, Хосе.

Я вешаю трубку, не дождавшись ответа.

— Из-за чего он так волнуется? — строго спрашивает Кейт, уперев руки в боки.

Лучше выложить все начистоту. Она настроена решительно.

— Он подкатывал ко мне в прошлую пятницу.

— Хосе? А потом Кристиан Грей? Ана, твои феромоны работают с двойной нагрузкой!.. Но на что этот болван рассчитывал?

Подруга возмущенно качает головой и возвращается к коробкам.

Через сорок пять минут мы прерываемся ради фирменного блюда этого заведения — моей лазаньи. Кейт открывает бутылку вина. Мы сидим среди коробок, запивая еду дешевым красным вином, и смотрим по телику какую-то муть. Желанный отдых после сорока восьми часов настоящего безумия. Впервые за это время я могу спокойно, без понуканий поесть. Интересно, что у него за проблемы с едой?.. Кейт убирает со стола, я заканчиваю упаковывать гостиную. Остается только диван, телевизор и обеденный стол. Что еще нам может понадобиться? Надо упаковать только кухню и постельные принадлежности, а впереди еще почти целая неделя. Отличный результат!

Телефон снова звонит. Элиот. Кейт подмигивает и убегает в спальню, как четырнадцатилетняя девчонка. Вообще-то ей надо писать речь на выпускной, но Элиот, похоже, важнее. Что такого особенного в мужчинах из семьи Грей? Почему они так неотразимы? Я отпиваю еще немного вина.

Сидя перед телевизором, я прыгаю по каналам, но в душе прекрасно понимаю, что просто тяну время. Контракт прожигает в моей сумке зияющую дыру. Хватит ли у меня сил прочесть его сегодня?

Я обхватываю голову руками. Хосе и Кристиан — оба от меня чего-то хотят. С Хосе я легко справлюсь. Но Кристиан... Кристиан требует совсем иного подхода и понимания. Какая-то часть меня хочет убежать и спрятаться. Как же быть? Перед глазами встает его пристальный серый взгляд, и при этой мысли все мое тело напрягается. Я тяжело вздыхаю. Кристиан сейчас далеко, а я уже завожусь. Но ведь дело не только в сексе? Я вспоминаю, как он добродушно подшучивал надо мной за завтраком, с каким восторгом управлял вертолетом, как среди ночи играл на фортепиано проникновенную, но невыразимо печальную мелодию.

С ним все очень непросто. И теперь я отчасти понимаю почему. Подросток, лишенный юности, подвергшийся сексуальному насилию со стороны гнусной миссис Робинсон…[1] Неудивительно, что он старше своих лет. Мое сердце наполняется жалостью, когда я представляю, что ему пришлось вынести. Я по своей наивности не знаю, что именно, однако, наверное, узнаю, заглянув в Интернет. Другой вопрос, хочу ли я этого? Надо ли мне погружаться в этот мир?

Не встреть я Кристиана, так бы и пребывала в блаженном неведении. Я снова вспоминаю вчерашнюю ночь и сегодняшнее утро… и невероятный, чувственный секс, который у нас с ним был. Хочу ли я от всего этого отказаться? «Нет!» — кричит мое подсознание… и моя внутренняя богиня задумчиво кивает в знак согласия.

Кейт возвращается в гостиную, улыбаясь до ушей. Похоже, влюбилась… Я смотрю на нее с изумлением. Она никогда раньше так себя не вела.

— Ана, я пошла спать. Глаза слипаются.

— Да, я тоже иду.

Она обнимает меня.

— Я рада, что ты вернулась целая и невредимая. В Кристиане есть нечто пугающее, — добавляет подруга извиняющимся тоном.

Я отвечаю ей успокаивающей улыбкой, а сама в это время думаю… *Откуда она знает?* Из Кейт получится потрясающий журналист: интуиция ее никогда не подводит.

Забрав сумку, я вяло бреду в спальню. Я устала от плотских утех и от стоящей передо мной трудной дилеммы. Сев на кровать, я осторожно достаю из сумки конверт из оберточной бумаги и кручу его в руках. Хочу ли я узнать степень испорченности Кристиана? Мне страшно. Я делаю глубокий вдох и с бьющимся сердцем вскрываю конверт.

---

[1] М и с с и с Р о б и н с о н — персонаж фильма «Выпускник» (The Graduate), замужняя дама средних лет, которая соблазнила выпускника университета. С тех пор ее имя стало нарицательным, им называют взрослую соблазнительницу.

Глава 11

В конверте несколько листов бумаги. С колотящимся сердцем достаю их, сажусь на кровать и читаю:

КОНТРАКТ

Заключен _____2011 года («Дата вступления в силу»)

МЕЖДУ мистером Кристианом Греем, проживающим по адресу: WA 98889, Сиэтл, Эскала, д. 301, и именуемым в дальнейшем «Доминант», и мисс Анастейшей Стил, проживающей по адресу: WA 98888, Ванкувер, Хэвен Хейтс, Грин-стрит, д. 7, 1114 SW, и именуемой в дальнейшем «Сабмиссив».

СТОРОНЫ ДОГОВОРИЛИСЬ О НИЖЕСЛЕДУЮЩЕМ:

1. Ниже приводятся условия контракта, обязательного как для Доминанта, так и для Сабмиссива.

ОСНОВНЫЕ УСЛОВИЯ:

2. Основной целью данного контракта является предоставление Сабмиссиву возможности изучить свою чувственность и пределы допустимого с должным уважением и вниманием к ее потребностям, а также душевному и физическому состоянию.

3. Доминант и Сабмиссив соглашаются и подтверждают, что все действия, происходящие в рамках настоящего Контракта, будут согласованными, конфиденциальными и соответствующими оговоренным ограничениям и правилам безопасности, предусмотренным данным Контрактом.

4. Доминант и Сабмиссив гарантируют, что никто из них не страдает венерическими, инфекционными или угрожающими жизни заболеваниями, в том числе ВИЧ, герпесом и гепатитом. Если во время Срока действия Контракта (см. ниже) или в любой добавленный к нему период у кого-то из Сторон будет диагностировано подобное заболевание, либо Сторона узнает о его наличии, то он или она обязуются немедленно поставить в известность другую Сторону, но обязательно до любого физического контакта между Сторонами.

5. Соблюдение вышеуказанных гарантий, соглашений и обязательств (а также любых дополнительных ограничений и правил безопасности, установленных согласно пункту 3) является непременным условием настоящего Контракта. Любое нарушение ведет к немедленному расторжению Контракта, и каждая из Сторон соглашается нести полную ответственность перед другой Стороной за последствия, вызванные нарушением Контракта.

6. Все, что содержит данный Контракт, должно быть прочитано и истолковано в свете основной цели и главных условий, обозначенных выше в пунктах 2—5.

ОБЯЗАННОСТИ СТОРОН

7. Доминант обязуется нести ответственность за хорошее состояние и самочувствие Сабмиссива, а также надлежащим образом ее обучать, наставлять и наказывать. Доминант определяет характер обучения, наставлений и наказания, а также время и место, где они будут проводиться, что, в свою очередь, попадает под действие условий, ограничений и правил безопасности, установленных настоящим Контрактом или оговоренных дополнительно согласно пункту 3.

8. Если Доминант нарушит условия, ограничения и правила безопасности, установленные Контрактом или оговоренные дополнительно согласно пункту 3 выше, Сабмиссив имеет право немедленно расторгнуть Контракт и прекратить служение Доминанту без предупреждения.

9. При условии соблюдения названных ограничений и пунктов 2—5 настоящего Контракта Сабмиссив обязуется служить Доминанту и во всем ему подчиняться. В силу условий, ограничений и правил безопасности, установленных настоящим Контрактом или оговоренных дополнительно согласно пункту 3, она обязуется без вопросов и сомнений доставлять Доминанту то удовольствие, которое он потребует, а также безоговорочно соглашается на обучение, наставление или наказание в любой форме, определяемой Доминантом.

ВСТУПЛЕНИЕ В СИЛУ И СРОК ДЕЙСТВИЯ

10. Настоящий Контракт между Доминантом и Сабмиссивом вступает в силу с числа, определенного как «Дата

вступления в силу». Доминант и Сабмиссив ознакомлены с содержанием Контракта и обязуются выполнять все его условия без исключения.

11. Настоящий Контракт считается действительным в течение трех календарных месяцев со дня вступления в силу («Срок действия Контракта»). По истечении срока действия Контракта Стороны решают, насколько настоящий Контракт и предпринятые согласно ему действия были удовлетворительными для обеих Сторон и отвечали их потребностям. Любая из Сторон может предложить увеличить срок действия Контракта с учетом корректировки его условий или договоренностей, которые были достигнуты в рамках настоящего Контракта. Если соглашение об увеличении срока действия не достигнуто, Контракт считается расторгнутым, и Стороны получают право жить независимо друг от друга.

ДОСТУПНОСТЬ

12. Сабмиссив предоставляет себя в пользование Доминанту каждую неделю, начиная с вечера пятницы и до второй половины воскресенья в течение всего срока действия Контракта в часы, указанные Доминантом («Отведенный период»). Решение о проведении дополнительных сессий принимается Сторонами на основании взаимного соглашения.

13. Доминант имеет право отказаться от услуг Сабмиссива в любое время и по любой причине. Сабмиссив может просить об освобождении от выполнения обязанностей в любое время, и решение об удовлетворении этой просьбы принимается Доминантом по его усмотрению, за исключением случаев, оговоренных выше в пунктах 2—5 и 8 настоящего Контракта.

ОПРЕДЕЛЕНИЕ МЕСТОНАХОЖДЕНИЯ

14. Сабмиссив предоставляет себя в пользование в отведенный период и во время дополнительных сессий на территории, определяемой Доминантом. Доминант гарантирует возмещение всех дорожных расходов Сабмиссива.

ТРЕБОВАНИЯ К ДЕЙСТВИЯМ СТОРОН

15. Обсудив и согласовав нижеследующие требования, Стороны обязуются соблюдать их в течение всего срока действия Контракта. Обе Стороны соглашаются, что могут возникнуть определенные вопросы, не предусмотренные настоящим Контрактом, и что некоторые его положения могут быть пересмотрены. В случае возникновения подобных обстоятельств дополнительные статьи вносятся в виде поправок к настоящему Контракту. Любые дополнительные пункты или поправки обсуждаются, документируются и подписываются Сторонами и попадают под действие основных условий настоящего Контракта, изложенных выше в пунктах 2—5.

ДОМИНАНТ

15.1. Здоровье и безопасность Сабмиссива являются приоритетными для Доминанта при любых обстоятельствах. Доминант не имеет права принуждать Сабмиссива к действиям, перечисленным в Приложении 2 к настоящему Контракту, или другим действиям, которые любая из Сторон сочтет небезопасными. Доминант обязуется не предпринимать никаких действий, которые могут причинить существенный вред здоровью или угрожать жизни Сабмиссива, а также следить за тем, чтобы она не предпринимала подобных действий самостоятельно. Все остальные подпункты пункта 15 должны рассматриваться с учетом этой оговорки и в свете основных положений, оговоренных выше в пунктах 2—5 настоящего Контракта.

15.2. Доминант принимает Сабмиссива в полное владение, чтобы подчинять, контролировать и обучать ее в течение всего срока действия Контракта. Доминант может использовать тело Сабмиссива для сексуальных или других действий по своему усмотрению в Отведенный период или во время дополнительных сессий.

15.3. Доминант обязуется обеспечить Сабмиссиву необходимую тренировку и воспитание, чтобы научить ее служить Доминанту надлежащим образом.

15.4. Доминант обязуется сохранять стабильную и безопасную обстановку, в которой Сабмиссив сможет осуществлять служение Доминанту.

15.5. Доминант имеет право наказывать Сабмиссива для того, чтобы она полностью осознала свое подчиненное положение, а также с целью предотвращения нежелательного поведения. Доминант может шлепать Сабмиссива, сечь ее плетью/розгами или подвергать другому физическому воздействию по своему выбору в качестве наказания, для собственного удовольствия или по другой причине, которую он не обязан указывать.

15.6. Во время обучения или наказания Доминант обязуется не производить никаких действий, которые могут оставить на теле Сабмиссива постоянные следы или привести к повреждениям, требующим медицинского вмешательства.

15.7. Во время обучения или наказания Доминант следит за тем, чтобы само наказание и средства для его осуществления были безопасными, не использовались для нанесения серьезных повреждений и не превышали пределы, обозначенные настоящим Контрактом.

15.8. Если Сабмиссив получит травму или заболеет, Доминант должен заботиться о ее здоровье и безопасности, поддерживать и в случае необходимости обеспечить надлежащую медицинскую помощь.

15.9. В целях обеспечения безопасности Доминант обязуется следить за своим здоровьем и в случае необходимости обращаться за медицинской помощью.

15.10. Доминант не имеет права передавать Сабмиссива во временное пользование другому Доминанту.

15.11. Доминант может связывать Сабмиссива, надевать на нее наручники или ограничивать ее подвижность другим способом в отведенный период или во время дополнительных сессий по любым причинам и на продолжительный срок при условии, что это не угрожает здоровью или безопасности Сабмиссива.

15.12. Доминант обязуется следить за тем, чтобы все средства, используемые для обучения и наказания, содержались в чистоте и хорошем гигиеническом состоянии, а также отвечали правилам техники безопасности.

САБМИССИВ

15.13. Сабмиссив признает Доминанта своим господином и соглашается с тем, что она является собственностью Доминанта, с которой он вправе обращаться по своему усмотрению на протяжении всего срока действия настоящего Контракта, особенно в отведенный период или во время дополнительных сессий.

15.14. Сабмиссив обязуется подчиняться правилам («Правила»), перечисленным в Приложении 1 к настоящему Контракту.

15.15. Сабмиссив служит Доминанту любым угодным для него способом, а также всегда старается доставить удовольствие Доминанту.

15.16. Сабмиссив должна принимать надлежащие меры по сохранению своего здоровья и в случае необходимости обращаться за медицинской помощью, а также в обязательном порядке сообщать Доминанту о проблемах со здоровьем, если таковые возникнут.

15.17. С целью предотвращения беременности Сабмиссив соглашается на оральную контрацепцию и гарантирует, что будет принимать противозачаточные средства согласно предписанию и в назначенное время.

15.18. Сабмиссив обязуется безоговорочно принимать любое наказание, которое Доминант сочтет нужным, а также всегда помнить о своем статусе по отношению к Доминанту.

15.19. Сабмиссив не должна ласкать себя или заниматься сексуальным самоудовлетворением без разрешения Доминанта.

15.20. Сабмиссив без споров и колебаний соглашается на любые сексуальные действия, предложенные Доминантом.

15.21. Сабмиссив обязуется без вопросов и возражений принимать шлепки по ягодицам рукой и шлепалкой, порку плетью, розгами и тростью или любое другое наказание, назначенное Доминантом.

15.22. Сабмиссив не должна смотреть в глаза Доминанта без его разрешения. В присутствии Доминанта Сабмиссив должна опускать взгляд и держаться скромно и почтительно.

15.23. Сабмиссив обязуется вести себя уважительно по отношению к Доминанту и называть его «господин», «мистер Грей» или так, как скажет Доминант.

15.24. Сабмиссиву не разрешается прикасаться к Доминанту без его разрешения.

ДЕЙСТВИЯ

16. Сабмиссив не должна принимать участие в сексуальных или любых других действиях, которые обе Стороны считают опасными, или в действиях, перечисленных в Приложении 2.

17. Доминант и Сабмиссив обсудили виды деятельности, перечисленные в Приложении 3, и письменно согласились в них участвовать.

СТОП-СЛОВА

18. Доминант и Сабмиссив осознают, что некоторые требования Доминанта могут причинить ущерб физическому, умственному, психическому или эмоциональному состоянию Сабмиссива, если она согласится их выполнить. В подобной ситуации Сабмиссив имеет право использовать стоп-слова («Стоп-слова»). В зависимости от тяжести предъявляемых требований применяются два стоп-слова.

19. Стоп-слово «желтый» используется для того, чтобы привлечь внимание Доминанта к тому, что Сабмиссив близка к пределу терпения.

20. Стоп-слово «красный» используется, когда Сабмиссив больше не может выполнять требования Доминанта. В этом случае Доминант сразу и полностью прекращает свои действия.

ЗАКЛЮЧЕНИЕ

21. Мы, нижеподписавшиеся, внимательно прочитали и поняли все положения настоящего Контракта. Мы добровольно принимаем условия Контракта, что и подтверждаем своими подписями ниже.

_____

Доминант: Кристиан Грей

_____

Сабмиссив: Анастейша Стил

ДАТА:

Приложение 1

ПРАВИЛА

Повиновение:

Сабмиссив незамедлительно и безоговорочно подчиняется всем приказам Доминанта. Сабмиссив соглашается на любые действия сексуального характера, приемлемые для Доминанта и доставляющие ему удовольствие, кроме тех, что обозначены как недопустимые (Приложение 2), и с воодушевлением в них участвует.

Сон:

Сабмиссив должен спать минимум восемь часов в сутки, когда не проводит время с Доминантом.

Еда:

В целях сохранения здоровья и хорошего самочувствия она должна питаться регулярно и согласно перечню рекомендованных продуктов (Приложение 4). Запрещается перекусывать между приемами пищи чем-либо, кроме фруктов.

Одежда:

Во время Срока действия настоящего Контракта Сабмиссив обязуется носить только ту одежду, что одобрена Доминантом. Доминант предоставляет Сабмиссиву определенную сумму денег, которую она обязуется потратить на одежду. Иногда Доминант может присутствовать при покупке одежды. В период действия Контракта Сабмиссив соглашается носить украшения и аксессуары, выбранные Доминантом, в его присутствии, а также в любое указанное им время.

Физические упражнения:

Четыре раза в неделю Доминант предоставляет Сабмиссиву персонального тренера для часовых тренировок, время которых тренер и Сабмиссив определяют по взаимному согласию. Тренер докладывает Доминанту об успехах Сабмиссива.

Личная гигиена/Красота:

Сабмиссив обязуется всегда содержать тело в чистоте и регулярно проводить эпиляцию бритвой и/или воском. Сабмиссив посещает салон красоты по выбору Доминанта в назначенное им время и проходит процедуры, которые он сочтет необходимыми. Все расходы несет Доминант.

Личная безопасность:

Сабмиссив обязуется не злоупотреблять спиртными напитками, не курить, не принимать наркотики и не подвергать себя неоправданному риску.

Личные качества:

Сабмиссиву запрещается вступать в сексуальные контакты с кем-либо, кроме Доминанта. Сабмиссив обязуется при любых обстоятельствах вести себя скромно и почтительно. Она должна осознавать, что ее поведение напрямую отражается на Доминанте. Сабмиссив несет ответственность за все свои проступки, злоупотребления и нарушения дисциплины, совершенные в отсутствие Доминанта.

Нарушение вышеперечисленных требований влечет за собой немедленное наказание, характер которого определяется Доминантом.

Приложение 2

НЕДОПУСТИМЫЕ ДЕЙСТВИЯ:

Действия, включающие игру с огнем.

Действия, включающие мочеиспускание или дефекацию.

Действия с использованием иголок, ножей, включающие порезы, проколы, а также кровь.

Действия с использованием гинекологических медицинских инструментов.

Действия с участием детей или животных.

Действия, которые могут оставить на коже неизгладимые следы.

Игры с дыханием.

Действия, включающие прямой контакт тела с электрическим током или огнем.

Приложение 3

ПРЕДЕЛЫ ДОПУСТИМОГО

Подлежат обсуждению и определяются по обоюдному согласию Сторон:

Какие из нижеперечисленных сексуальных действий являются допустимыми для Сабмиссива?
- Мастурбация
- Феллацио
- Куннилингус
- Вагинальный секс
- Вагинальный фистинг
- Анальный секс
- Анальный фистинг

Приемлемо ли для Сабмиссива глотание спермы?

Допустимо ли использование сексуальных игрушек?
- Вибраторов
- Фаллоимитаторов

- Анальных пробок
- Других

Какие виды связывания и ограничений приемлемы для Сабмиссива?

- Руки впереди
- Руки за спиной
- Лодыжки
- Колени
- Локти
- Запястья с лодыжками
- Фиксация при помощи распорок
- Привязывание к мебели
- Завязывание глаз
- Использование кляпа
- Связывание веревкой
- Связывание скотчем
- Фиксация при помощи кожаных наручников
- Подвешивание
- Использование металлических наручников и цепей

Как Сабмиссив воспринимает причиненную ей боль? Оценка по пятибалльной шкале, где единице соответствует «очень нравится», а пятерке — «очень не нравится». 1-2-3-4-5

Какова интенсивность боли, которую хочет получать Сабмиссив? Оценка по пятибалльной шкале, где единице соответствует «никакая», а пятерке — «сильная». 1-2-3-4-5

Какие из нижеперечисленных видов боли/наказания приемлемы для Сабмиссива?

- Шлепанье ладонью
- Удары шлепалкой
- Порка плетью
- Порка розгами
- Укусы
- Зажимы для сосков
- Генитальные зажимы
- Лед
- Горячий воск
- Другие виды/способы причинения боли.

Твою ж мать!.. Тяжело сглатываю — во рту пересохло — и перечитываю контракт.

Голова гудит. Как вообще можно на такое согласиться? И все это, по-видимому, для моего же блага: «Изучить мою чувственность, пределы допустимого... безопасность...» Ага, как же! Я саркастически усмехаюсь. «Выполнять приказания и во всем повиноваться»... Во всем! Трясу головой, не веря своим глазам. Впрочем, разве во время бракосочетания не звучит то же слово — «повиноваться»? Ужас! Неужели пары до сих пор его произносят? Всего три месяца, не потому ли у него было так много женщин? Быстро надоедают? Или не выдерживают больше трех месяцев? «Все выходные»? Нет, это слишком. Я не смогу встречаться с Кейт или с кем я там подружусь на новой работе — если, конечно, я ее найду. Пожалуй, нужно оставить один уикенд в месяц для себя. Скажем, когда у меня будут месячные, по-моему, вполне... практично. Он мой хозяин! Будет обращаться со мной, как ему заблагорассудится! Вот дерьмо.

Я содрогаюсь от мысли, что меня будут сечь розгами или плетью. Шлепать еще куда ни шло, хотя, наверное, это унизительно. А как насчет связывания? Ну, он связывал мне руки. И это было... очень возбуждающе, да. В общем, связывание, похоже, не так уж и плохо. Он не будет одалживать меня другому доминанту... само собой, не будет! Совершенно неприемлемо.

Мне нельзя смотреть ему в глаза. Что за странное требование? Как же я узнаю, о чем он думает? Впрочем, кого обманываю, Кристиана не поймешь, но мне нравится смотреть ему в глаза. У него очень красивые глаза — чарующие, умные, глубокие и темные, темные от секретов доминанта и господина. Я вспоминаю обжигающий, затуманенный взгляд и смущенно ерзаю, стиснув бедра.

Трогать его тоже нельзя. Ну, здесь-то удивляться нечему. А еще дурацкие правила... Нет, я так не смогу. Обхватываю голову руками. Подобные отношения не для меня. Нужно немного поспать: чувствую себя совсем разбитой. Плотские забавы, в которые меня вовлекли за последние сутки, честно говоря, довольно утомительны. А уж что касается душевного состояния... Да, есть над чем подумать.

Просто вынос мозга, как сказал бы Хосе. Может, утром я не буду воспринимать все как глупую шутку.

Я вскакиваю на ноги и быстро переодеваюсь. Эх, позаимствовать бы у Кейт розовую фланелевую пижаму. Хочу оказаться в чем-то мягком и успокаивающем. В футболке и шортах для сна иду в ванную и чищу зубы.

Гляжусь в зеркало. «Даже не думай об этом всерьез…» В кои-то веки голос подсознания звучит не ехидно, а здраво и разумно. Моя внутренняя богиня подпрыгивает и хлопает в ладоши, как пятилетний ребенок. «Ну пожалуйста, давай попробуем, иначе нас ждет одинокая старость в компании нескольких кошек да твоих классических романов».

Подумать только, единственный мужчина, который когда-либо мне нравился, идет в комплекте с чертовым контрактом, плетью и целой кучей эмоциональных проблем! Ладно, по крайней мере, на этих выходных я добилась своего. Внутренняя богиня перестает прыгать и лучезарно улыбается. «О да!» — шепчет она, самодовольно кивая. Вспомнив о его руках и губах на моем теле, о его члене во мне, я краснею. Закрываю глаза и чувствую глубоко внутри знакомую сладкую судорогу. Я хочу, чтобы это повторялось снова и снова… Может, его устроит, если я соглашусь только на секс? Подозреваю, что нет.

Неужели у меня склонность к подчинению? Наверное, я произвожу такое впечатление, вот он и повелся, когда я брала у него интервью. Я довольно застенчива, но ведь не «саба»? Я позволяю Кейт собой командовать — это одно и то же? Еще и пределы допустимого, вот черт! У меня голова идет кругом, утешает лишь то, что они подлежат обсуждению.

Бреду к себе в комнату. Столько пищи для размышлений! Надо подумать обо всем утром, на свежую голову. Кладу оскорбительный документ в сумку. Завтра… завтра будет видно. Залезаю в постель, выключаю свет и лежу, уставившись в потолок. Лучше бы мы вообще не встречались… Моя внутренняя богиня укоризненно качает головой. Мы обе знаем, что это неправда. Никогда еще я не чувствовала себя такой живой, как сейчас.

Закрываю глаза и проваливаюсь в тяжелый сон. Мне снятся кровати с четырьмя колоннами, наручники и пристальный взгляд серых глаз.

На следующее утро меня будит Кейт.

— Ана, тебя не дозовешься. Дрыхнешь как убитая!

Я с трудом открываю глаза. Подруга, похоже, давно встала и уже вернулась с пробежки. Смотрю на будильник. Восемь утра. Ох, ни фига себе, я проспала целых девять часов!

— Что случилось? — бормочу я.

— Тебе принесли посылку, нужно расписаться.

— Чего?

— Ну давай же! Она огромная! Интересно, что там?

Кейт нетерпеливо перепрыгивает с ноги на ногу и убегает. Я выбираюсь из кровати и хватаю халат, который висит на двери. Симпатичный молодой человек с собранными в хвост волосами стоит в нашей гостиной и держит большую коробку. Я невнятно здороваюсь.

— Пойду заварю тебе чаю, — сообщает Кейт и исчезает на кухне.

— Мисс Стил?

И я сразу понимаю, от кого посылка.

— Да, — отвечаю я с опаской.

— Я вам кое-что привез, но должен установить и показать, как это работает.

— Что? Так рано?

— Я только выполняю приказ, мэм.

Он улыбается милой, но профессиональной улыбкой, в которой явно читается: «Меня не так-то просто сбить с толку».

Неужели он назвал меня «мэм»? Я что, за одну ночь постарела лет на десять? А все контракт!.. С отвращением поджимаю губы.

— Хорошо, что это?

— «МакБук Про».

— Кто бы сомневался! — Я закатываю глаза.

— Последняя разработка «Эппл». В магазинах их еще нет, мэм.

И почему меня это не удивляет? Тяжело вздыхаю.

— Поставьте его вон туда, на обеденный стол.

Плетусь на кухню, к Кейт.

— Что там? — с любопытством спрашивает она, бодрая и веселая.

— Ноутбук от Кристиана.

— С какой стати он прислал тебе ноутбук? Ты всегда можешь пользоваться моим компьютером.

Только не для того, что на уме у Кристиана.

— О, на время. Хочет, чтобы я его опробовала.

Довольно неправдоподобное объяснение, но Кейт одобрительно кивает. Боже, я перехитрила Кэтрин Кавана! Впервые. Она вручает мне чашку с чаем.

«Мак» изящный, серебристый и довольно красивый. У него очень большой экран. Кристиан Грей любит размах — я вспоминаю его гостиную, да и всю квартиру, если на то пошло.

— Новейшая операционная система с полным комплектом программ, плюс жесткий диск объемом полтора терабайта, в общем, места у вас будет предостаточно, тридцать два гигабайта оперативной памяти, — как вы собираетесь его использовать?

— Э-э... для переписки по электронной почте.

— И все? — ошеломленно выдавливает парень, подняв брови. Похоже, ему нехорошо.

— Ну, может, еще для поиска информации в Интернете. — Я, словно оправдываясь, пожимаю плечами.

Он вздыхает.

— Здесь беспроводной сетевой вай-фай адаптер, и я настроил ваш аккаунт. Этот малыш готов к работе практически в любой точке планеты.

Он с вожделением смотрит на ноутбук.

— Что еще за аккаунт?

— Ваш новый электронный адрес.

У меня есть электронный адрес?

Компьютерщик показывает значок на экране и что-то объясняет, но для меня его слова вроде «белого шума». Понятия не имею, о чем он говорит, да, честно говоря, мне и неинтересно. Пусть только скажет, как включать и выключать эту штуковину, а с остальным как-нибудь разберемся. В конце концов, я уже четыре года пользуюсь компьютером Кейт.

При виде «Мака» подруга восхищенно присвистывает.

— Это технология нового поколения, — говорит она и поднимает брови. — Большинству женщин достаются цветы... или драгоценности.

Звучит двусмысленно, и она явно пытается подавить улыбку.

Я бросаю на нее хмурый взгляд, но не могу сохранить серьезный вид. Мы обе хихикаем как ненормальные, а компьютерщик ошеломленно глазеет на нас. Он заканчивает работу и просит меня расписаться в накладной.

Пока Кейт его выпроваживает, я сажусь с чашкой чая, открываю электронную почту, а там уже ждет е-мейл от Кристиана. Сердце подпрыгивает к горлу. Е-мейл от Кристиана Грея, мне! Взволнованно открываю письмо.

От: Кристиан Грей
Тема: Ваш новый компьютер
Дата: 22.05.2011, 23:15
Кому: Анастейша Стил

Уважаемая мисс Стил!

Надеюсь, Вы хорошо спали. Полагаю, Вы используете этот ноутбук по назначению, как было оговорено.

С нетерпением жду ужина в среду. До того времени буду рад ответить на любые вопросы по электронной почте, если таковые возникнут.

Кристиан Грей,
Генеральный директор холдинга
«Грей энтерпрайзес»

Я нажимаю на «Ответить».

От: Анастейша Стил
Тема: Ваш новый компьютер (предоставленный на время)
Дата: 23.05.2011, 08:20
Кому: Кристиан Грей

Как ни странно, я спала отлично, спасибо... господин. Насколько я понимаю, этот компьютер мне одолжили, следовательно, он не мой.

Ана

Ответ приходит почти сразу.

От: Кристиан Грей
Тема: Ваш новый компьютер (предоставленный на время)
Дата: 23.05.2011, 08:22
Кому: Анастейша Стил

Компьютер Вам одолжили. На неопределенный срок, мисс Стил.

Судя по Вашему тону, вы ознакомились с документами, которые я Вам передал.

Уже есть вопросы?

Кристиан Грей,
Генеральный директор холдинга «Грей энтерпрайзес»

Не могу сдержать улыбку.

От: Анастейша Стил
Тема: Пытливые умы
Дата: 23.05.2011, 08:25
Кому: Кристиан Грей

У меня много вопросов, но они неуместны для электронной почты, и кому-то из нас нужно зарабатывать себе на жизнь.

Мне не нужен компьютер на неопределенный срок.

До встречи и хорошего дня. Господин.

Ана

Он тут же отвечает, и я вновь улыбаюсь.

От: Кристиан Грей
Тема: Ваш новый компьютер (снова предоставленный на время)
Дата: 23.05.2011, 08:26
Кому: Анастейша Стил

Пока, детка.

PS: Я тоже зарабатываю себе на жизнь.

Кристиан Грей,
Генеральный директор холдинга «Грей энтерпрайзес»

Закрываю ноутбук и сияю как дурочка. Разве можно устоять перед игривым Кристианом? Похоже, я уже опаздываю на работу. Ладно, осталась всего неделя, возможно, мистер и миссис Клейтон дадут мне поблажку. Бегу в душ, по-прежнему улыбаясь во весь рот. Он прислал мне сообщение! Чувствую себя маленьким беспечным ребенком. Даже тревога из-за контракта куда-то пропадает. Мою голову и размышляю, о чем бы спросить Кристиана по электронной почте. Наверняка нужно все подробно обсудить. А вдруг кто-нибудь взломает почтовый ящик? От одной этой мысли я краснею. Наспех одеваюсь, торопливо прощаюсь с Кейт и бегу отрабатывать последнюю неделю.

Хосе звонит в одиннадцать.

— Эй, так мы идем пить кофе?

Он говорит как прежний Хосе. Мой добрый друг Хосе, а не… как там его назвал Кристиан? Ухажер. Фу.

— Конечно. Я на работе. Можешь подъехать сюда, скажем, к двенадцати?

— Отлично, увидимся.

Он кладет трубку, а я возвращаюсь к малярным кистям и мыслям о Кристиане и его контракте.

В пунктуальности Хосе не откажешь. Он вприпрыжку заходит в магазин, напоминая шаловливого темноглазого щенка.

— Ана! — Он широко улыбается своей ослепительной латиноамериканской улыбкой, и я больше на него не сержусь.

— Привет, Хосе! — Я обнимаю его. — Ужасно хочу есть. Сейчас только скажу миссис Клейтон, что ухожу на обед.

Мы идем в кофейню неподалеку, и я беру Хосе под руку. Я так признательна за его… нормальность. Это снова тот человек, которого я знаю и понимаю.

— Эй, Ана, — говорит он вполголоса, — ты и вправду меня простила?

— Ты же знаешь, Хосе, я не могу на тебя долго дуться.

Он ухмыляется.

Не могу дождаться, когда вернусь домой. Хочется написать Кристиану, и еще, возможно, я смогу поискать информацию. Кейт куда-то ушла, так что я спокойно включаю новый ноутбук и открываю почту. Само собой, там е-мейл от Кристиана, в папке «Входящие». От восторга я чуть не падаю со стула.

От: Кристиан Грей
Тема: Работа ради хлеба насущного
Дата: 23.05.2011, 17:24
Кому: Анастейша Стил

Надеюсь, у Вас на работе был удачный день.

Кристиан Грей,
Генеральный директор холдинга «Грей энтерпрайзес»

Я отправляю ответ.

От: Анастейша Стил
Тема: Работа ради хлеба насущного
Дата: 23.05.2011, 17:48
Кому: Кристиан Грей

Господин... Рабочий день прошел великолепно.
Спасибо.

Ана

От: Кристиан Грей
Тема: Выполняйте задание!
Дата: 23.05.2011, 17:50
Кому: Анастейша Стил

Рад, что Вы хорошо провели время.

Пока Вы пишете е-мейлы, исследование простаивает.

Кристиан Грей,
Генеральный директор холдинга «Грей энтерпрайзес»

От: Анастейша Стил
Тема: Помехи
Дата: 23.05.2011, 17:53
Кому: Кристиан Грей

Мистер Грей, прекратите посылать мне е-мейлы, и я смогу взяться за работу.

Я хотела бы получить еще одну высшую оценку.

Ана

Обхватываю себя руками.

От: Кристиан Грей
Тема: Какая нетерпеливая!
Дата: 23.05.2011, 17:55
Кому: Анастейша Стил

Мисс Стил,

это Вы прекратите писать мне и выполняйте задание.

Я бы хотел поставить еще одну высшую оценку. Первая была весьма заслуженной. ;)

Кристиан Грей,
Генеральный директор холдинга «Грей энтерпрайзес»

Кристиан Грей только что прислал мне смайлик! Вот это да! Открываю Гугл.

От: Анастейша Стил
Тема: Поиск в Интернете
Дата: 23.05.2011, 17:59
Кому: Кристиан Грей

Мистер Грей, что, по-вашему, я должна забить в поисковик?

Ана

От: Кристиан Грей
Тема: Поиск в Интернете
Дата: 23.05.2011, 18.01
Кому: Анастейша Стил

Мисс Стил,

Всегда начинайте с «Википедии».

И больше никаких е-мейлов, только если возникнут вопросы. Ясно?

Кристиан Грей,
Генеральный директор холдинга «Грей энтерпрайзес»

От: Анастейша Стил
Тема: Помыкание!
Дата: 23.05.2011, 18:04
Кому: Кристиан Грей

Слушаюсь... Господин.

Вы такой властный.

Ана

От: Кристиан Грей
Тема: Руководство
Дата: 23.05.2011, 18:06
Кому: Анастейша Стил

Анастейша, ты даже не представляешь, насколько.

Ну разве только догадываешься.

Кристиан Грей,
Генеральный директор холдинга «Грей энтерпрайзес»

Я ищу в «Википедии» слово «сабмиссив».

Через полчаса меня слегка подташнивает, и, честно говоря, я потрясена до глубины души. Неужели я действительно хочу забивать голову *этим*? Господи, значит, вот чем он занимается в своей Красной комнате боли? Пялюсь в экран, и часть меня, значительная и очень влажная — та, о существовании которой я узнала только недавно, — сильно возбуждается. Ох, кое-что из того, что я узнала, действительно ЗАВОДИТ. Но мое ли это? Черт... а я бы так смогла? Мне надо побыть одной. Надо подумать.

Глава 12

Впервые в жизни добровольно отправляюсь на пробежку. Отыскиваю жуткие, ненадеванные кроссовки, тренировочные штаны и футболку. Заплетаю волосы в косички, краснея от воспоминаний, и включаю айпод. Не могу сидеть перед чудом современных технологий и смотреть на откровенные изображения или читать что-нибудь не менее возмутительное. Мне нужно срочно потратить лишнюю, изнуряющую энергию. Если честно, у меня возникает желание побежать в отель и просто потребовать секса у любителя командовать. Но дотуда пять миль, а я не уверена, что пробегу хотя бы милю, к тому же он может отказаться, и это будет весьма унизительно.

Выхожу из дома и натыкаюсь на Кейт, которая идет от своей машины. При виде меня подруга едва не роняет покупки. Ана Стил в кроссовках. Машу рукой, не задерживаясь для допроса. В ушах грохочет «Snow Patrol»[1], и я срываюсь в блеклые аквамариновые сумерки.

---

[1] «Snow Patrol» — альтернативная рок-группа с участниками из Северной Ирландии и Шотландии.

Бегу трусцой через парк. Что делать? Я хочу Кристиана, но не на его же условиях? Не знаю. Может, стоит договориться о том, чего хочу я? Разобрать этот смехотворный контракт построчно и сказать, что приемлемо, а что нет. Судя по тому, что я нашла в Интернете, у документа нет юридической силы, и Кристиан наверняка это знает. Полагаю, контракт лишь устанавливает параметры наших отношений. Иллюстрирует, чего мне ждать от Кристиана и чего он хочет от меня — полного подчинения. Но готова ли я? И смогу ли?

Я все задаюсь одним вопросом: почему Кристиан такой? Потому, что его соблазнили в столь юном возрасте? Он по-прежнему для меня загадка.

Останавливаюсь у высокой ели, упираюсь руками в колени и тяжело дышу, жадно втягивая в легкие драгоценный воздух. Ох, как же хорошо, настоящий катарсис. Моя решимость крепнет. Да, нужно сказать, что мне подходит, а что нет. Написать ему, что я думаю, а потом в среду все обсудим. Делаю еще один глубокий очищающий вдох и бегу домой.

Кейт ходила по магазинам, скупала, как может только она, одежду для отдыха на Барбадосе. В основном бикини и подходящие по цвету парео, которые потрясающе на ней смотрятся. Тем не менее по просьбе Кейт я сижу и комментирую, пока она меряет все обновки по очереди. Не так-то много способов сказать: «Кейт, ты выглядишь обалденно!» Фигура у нее на зависть стройная и соблазнительная. Понимаю, что Кейт не нарочно, но на ее фоне я чувствую себя жалкой и потной в старой футболке, тренировочных штанах и кроссовках, и потому тащусь к себе в комнату под предлогом, что нужно упаковать еще несколько коробок. Беру с собой бесплатный образец высоких технологий и устанавливаю на своем столе. Пишу Кристиану.

От: Анастейша Стил
Тема: В шоке
Дата: 23.05.2011, 20:33
Кому: Кристиан Грей

Ладно, я видела достаточно.

Было приятно вас узнать.

Ана

Отправляю е-мейл и обнимаю себя, посмеиваясь над своей шуткой. Сочтет ли Кристиан ее забавной? Ох, черт... возможно, и нет. Нельзя сказать, что Кристиан Грей славится своим чувством юмора. Хотя я по личному опыту знаю, что оно есть. Пожалуй, я зашла слишком далеко. Жду ответа.

Я жду... и еще жду. Смотрю на будильник. Прошло уже десять минут.

Чтобы отвлечься от сосущей под ложечкой тревоги, берусь за то, чем, как я сказала Кейт, буду заниматься: пакую вещи. Начинаю с того, что запихиваю в ящик книги. К девяти часам ответа по-прежнему нет. Возможно, Кристиан куда-то отлучился. Недовольно надувшись, я вставляю в уши наушники-вкладыши от айфона, включаю «Snow Patrol» и сажусь за стол, чтобы перечитать контракт и добавить свои замечания.

Не знаю, почему я поднимаю взгляд, наверное, улавливаю краем глаза легкое движение, но вот он, Кристиан, стоит в дверях моей комнаты и наблюдает за мной. На нем серые фланелевые брюки и белая льняная рубашка; в руке он вертит ключи от машины. Я вытаскиваю наушники и застываю. Твою ж мать!

— Добрый вечер, Анастейша. — Голос Кристиана холоден, на лице непроницаемое выражение.

Меня покидает дар речи. Черт бы побрал Кейт за то, что впустила его и не предупредила! Смутно понимаю, что я до сих пор в пропотевших шмотках и не была в душе после пробежки, в общем, жуть, а Кристиан просто великолепен, брюки соблазнительно свисают на бедрах, мало того, он здесь, у меня в комнате.

— Я решил, что твое послание заслуживает личного ответа.

Открываю и закрываю рот. Вот тебе и шутка! Ни в этой, ни в альтернативной вселенной я не ждала, что он все бросит и приедет сюда.

— Можно сесть? — спрашивает Кристиан, в его глазах пляшут смешинки.

Слава богу... может, он все-таки поймет комизм ситуации?

Я киваю. Дар речи так и не вернулся. Кристиан Грей сидит на моей кровати!

— Мне было любопытно, какая у тебя спальня, — говорит он.

Озираюсь в поисках путей к отступлению, но безуспешно — есть только дверь или окно. У меня в комнате уютно, хотя обставлена она довольно просто — белая плетеная мебель и железная двуспальная кровать с лоскутным стеганым покрывалом бледно-голубого и кремового цвета, которое сшила моя матушка, когда увлекалась рукоделием в деревенском стиле.

— Здесь так тихо и спокойно, — замечает Кристиан вполголоса.

«Только не сейчас, когда ты здесь», — мелькает у меня в голове.

Продолговатый мозг наконец-то вспоминает о своем существовании, и я делаю вдох.

— Как…

Кристиан улыбается.

— Я еще в отеле.

Знаю.

— Может, выпьешь чего-нибудь? — предлагаю я.

Вежливость превыше всего, что тут скажешь.

— Нет, спасибо, Анастейша.

Он слегка склоняет голову набок, на лице обворожительная, чуть кривоватая улыбка.

А я бы не отказалась от выпивки.

— Значит, тебе было приятно меня узнать?

Ну и ну, он что, обиделся? Разглядываю свои пальцы. И как теперь выпутываться? Вряд ли стоит говорить, что я пошутила.

— Я думала, ты ответишь по электронной почте, — чуть слышно бормочу я несчастным голосом.

— Ты нарочно кусаешь нижнюю губу? — мрачно спрашивает Кристиан.

Смотрю на него, хлопая глазами и открыв рот, потом шепчу:

— Я не знала, что кусаю губу.

Сердце бешено колотится. Между нами пробегает восхитительный ток, и пространство вокруг электризуется. Кристиан сидит очень близко от меня, глаза темно-серого цвета, локти на коленях, ноги слегка расставлены. Чуть подавшись вперед, он медленно расплетает одну из моих косичек, пальцами освобождая пряди. Мне не хватает воздуха, и я не могу пошевелиться. Зачарованно гляжу, как он тянется к другой косичке и, сняв резинку, распускает волосы ловкими длинными пальцами.

— Значит, ты решила заняться физкультурой, — произносит Кристиан тихо и певуче, бережно убирая мои волосы за ухо. — С чего бы, Анастейша?

Он осторожно обводит пальцем мое ухо, потом очень нежно и ритмично дергает за мочку. Это так сексуально!

— Мне нужно было подумать...

Я как кролик в свете фар, мотылек у пламени, птица под взглядом змеи... и Кристиан прекрасно знает, как он на меня действует.

— О чем, Анастейша?

— О тебе.

— Что, было приятно меня узнать? Или познать в библейском смысле, ты это имела в виду?

Вот черт! Я краснею.

— Не ожидала, что ты знаком с Библией.

— Я ходил в воскресную школу и многому там научился.

— Что-то не припомню, чтобы в Библии говорилось о зажимах для сосков. Видимо, тебя учили по современному переводу.

Губы Кристиана изгибаются в едва заметной улыбке, и я не могу отвести глаз от его красивого, скульптурно очерченного рта.

— В общем, я подумал, что нужно прийти и напомнить, как было приятно меня узнать.

Ох, ни фига себе! Открыв рот, смотрю на него, пока его пальцы скользят от моего уха к подбородку.

— Что вы на это скажете, мисс Стил?

Взгляд серых глаз пылает присущим Кристиану вызовом. Губы слегка разомкнуты — он ждет, собравшись перед ударом. Я чувствую, как глубоко в животе нарастает желание — острое и горячее, растекающееся по всему телу. Опережаю Кристиана и сама бросаюсь на него. Одно неуловимое движение, и в мгновение ока я оказываюсь на кровати под его телом, а он, прижав мои руки над головой, свободной рукой стискивает мое лицо и губами находит мои губы.

Он требовательно проникает языком в мой рот, овладевая мной, и я наслаждаюсь его силой. Чувствую его всем телом. Он хочет меня, и от этого внутри возникает странное, но восхитительное ощущение. Ему нужна не Кейт в крошечном бикини, не одна из пятнадцати бывших любовниц, не миссис Робинсон, а я. Этот прекрасный мужчина хочет меня. Моя внутренняя богиня сияет так ярко, что могла бы осветить весь Портленд.

Кристиан прерывает поцелуй, я открываю глаза и вижу, что он смотрит на меня.

— Доверяешь мне? — шепчет он.

Я киваю, широко распахнув глаза. Сердце едва не выскакивает из груди, кровь бурлит.

Кристиан достает из кармана брюк серебристо-серый шелковый галстук... тот самый галстук, который оставил следы на моей коже. Движения Кристиана быстры, когда он садится на меня верхом, связывает мои запястья вместе и закрепляет другой конец галстука на перекладине белой железной кровати. Я никуда не сбегу. Я в буквальном смысле привязана к постели и возбуждена до предела.

Кристиан соскальзывает с меня, встает рядом с кроватью и смотрит потемневшими от желания глазами. В торжествующем взгляде сквозит облегчение.

— Вот так-то лучше, — бормочет он, и на его губах играет порочная улыбка.

Он наклоняется и начинает расшнуровывать мои кроссовки. О нет, только не это! Нет! Я же недавно бегала!

— Не надо! — протестую я, отбиваясь ногами.

Кристиан останавливается.

— Если будешь сопротивляться, я свяжу тебе ноги. И не шуми, Анастейша, иначе мне придется заткнуть тебе рот. Тише. Кэтрин, возможно, сейчас за дверью и слушает.

«Заткнет мне рот! Кейт!» — мелькает у меня в мозгу, и я замолкаю.

Он ловко снимает с меня кроссовки и носки, а потом медленно стягивает тренировочные штаны. Я судорожно вспоминаю, какие на мне трусы. Он приподнимает меня и, вытащив из-под моего тела покрывало и одеяло, снова кладет на кровать, только уже на простыни.

— Ну-ну, — произносит Кристиан, медленно облизывая нижнюю губу. — Анастейша, ты опять кусаешь губу. А ты знаешь, как это на меня действует.

Он предостерегающе прикладывает к моему рту свой указательный палец.

О боже! Я лежу, беспомощная, и едва сдерживаюсь, глядя, как грациозно он ходит по комнате. Меня это жутко заводит. Медленно, почти лениво, он снимает туфли и носки, расстегивает брюки и стягивает через голову рубашку.

— Думаю, ты видела слишком много, — хитро усмехается Кристиан.

Он снова садится на меня верхом и задирает мою футболку. Кажется, сейчас он ее снимет, но нет, закатывает футболку до шеи, потом натягивает мне на глаза, оставив открытыми рот и нос. Ткань свернута в несколько раз, и я ничего не вижу.

— Хм, — выдыхает он оценивающе. — Все лучше и лучше. Пойду принесу что-нибудь выпить.

Кристиан наклоняется, целует меня, нежно прижавшись своими губами к моим, и встает с кровати. Доносится тихий скрип двери. Пошел за выпивкой. «Куда? Куда-нибудь неподалеку? В Портленд? В Сиэтл?» Напрягаю слух, улавливаю негромкую речь и понимаю, что Кристиан разговаривает с Кейт. О нет… он же почти раздетый! Что он ей скажет? Слышу негромкий хлопок. А это еще что? Снова скрипит дверь — Кристиан возвращается, слышны его шаги и позвякивание льда в бокале. Какой там напиток? Кристиан закрывает дверь и, судя по шороху, снимает брюки. Они падают на пол, и я понимаю, что на Кристиане ничего нет. Он вновь садится на меня верхом.

— Ты хочешь пить, Анастейша?

— Да, — шепчу я, потому что внезапно у меня пересохло во рту.

Снова слышу звяканье льда — Кристиан ставит стакан, наклоняется и целует меня, вливая восхитительно терпкую жидкость в мой рот. Белое вино. Это так неожиданно и воспламеняет, хотя само вино прохладное, а губы Кристиана холодны.

— Еще?

Я киваю. Вино только вкуснее от того, что оно было у него во рту. Кристиан склоняется надо мной, и я делаю еще один глоток из его губ… О боже.

— Не будем увлекаться, Анастейша, ты слишком восприимчива к алкоголю.

Не могу удержаться и улыбаюсь. Он наклоняется, чтобы влить в мои губы еще один глоток, потом поворачивается и ложится рядом со мной, так что я бедром чувствую его эрекцию. О, как я хочу ощутить его внутри себя!

— Приятно?

Я напрягаюсь, а он снова берет стакан, целует меня и проталкивает вместе с вином в мой рот кусочек льда. Потом медленно и лениво оставляет на моем теле дорожку прохладных поцелуев: вниз по горлу, между грудей и дальше, к животу. Льет холодное вино в мой пупок и роняет туда льдинку. Я чувствую, как она прожигает меня почти насквозь. Ох.

— Лежи тихо, — шепчет Кристиан. — Не шевелись, Анастейша, иначе вся постель будет в вине.

Мои бедра непроизвольно сжимаются.

— О нет, мисс Стил, если вы разольете вино, я вас накажу.

Я издаю стон и тяну галстук-привязь, едва сдерживая желание двинуть бедрами. Нет... пожалуйста.

Кристиан пальцем стягивает вниз сперва одну чашечку бюстгальтера, потом другую, и моя грудь, такая беззащитная, оказывается на виду. Он наклоняется, целует по очереди соски, дергает их прохладными губами. Я борюсь со своим телом, которое выгибается, отзываясь на ласку.

— А это приятно? — спрашивает Кристиан, подув на один сосок.

Снова звяканье, и я чувствую, как Кристиан обводит кусочком льда правый сосок, одновременно сжимая губами левый. У меня вырывается стон, я стараюсь не шевелиться. Какая сладкая, мучительная пытка!

— Если ты прольешь вино, я не разрешу тебе кончить.

— О, пожалуйста... Кристиан... господин... пожалуйста!

Он сводит меня с ума. Я буквально слышу, как он улыбается. Лед в пупке тает, а я вся горю — горю, и остываю, и безумно хочу. Хочу почувствовать Кристиана внутри себя. Сейчас.

Его прохладные пальцы лениво скользят по ставшей вдруг сверхчувствительной коже моего живота. Я невольно выгибаюсь, и уже теплая жидкость выливается из пупка, течет по животу. Движения Кристиана быстры, он слизывает вино языком, целует меня, нежно кусает и посасывает.

— Ай-я-яй, Анастейша, ты пошевелилась. Что мне с тобой сделать?

Я тяжело дышу, сейчас для меня существуют только его прикосновения и голос. Все остальное нереально. Больше ничего не имеет значения и не улавливается моим радаром. Пальцы Кристиана проникают в мои трусики, и меня вознаграждает его громкий вздох.

— О, детка, — шепчет он и проталкивает в меня два пальца.

Я хватаю ртом воздух.

— Ты уже готова для меня, так быстро, — говорит Кристиан, невыносимо медленно двигая пальцы внутрь и наружу, а я прижимаюсь к его руке и поднимаю бедра вверх.

— Какая жадная девочка, — строго произносит он, обводя большим пальцем мой клитор, а потом нажимает.

Мое тело изгибается под его искусными пальцами, я не сдерживаю громкие стоны. Он стаскивает с моей головы футболку, и я вижу его, щурясь от мягкого цвета ночной лампы. Меня изводит желание прикоснуться…

— Хочу тебя потрогать, — выдыхаю я.

— Знаю, — шепчет он и наклоняется, чтобы поцеловать меня. Его пальцы по-прежнему ритмично двигаются внутри моего тела, большой палец описывает круги и нажимает.

Язык Кристиана повторяет движения пальцев, и я поддаюсь. Мышцы ног напрягаются, я прижимаюсь к его руке, но она замирает, удерживая меня на грани, потом опять подводит к самому краю и останавливает, и еще раз… Как же мучительно! «Ну пожалуйста, Кристиан!» — мысленно кричу я.

— Это твое наказание, так близко и так далеко. Приятно тебе?

Поскуливаю от изнеможения, пытаюсь высвободить руки. Я совершенно беспомощна, потерялась в эротической пытке.

— Пожалуйста, — умоляю я, и Кристиан решает наконец сжалиться надо мной.

— Как тебя трахнуть, Анастейша?

О… меня бросает в дрожь. Он вновь останавливается.

— Прошу тебя!

— Чего ты хочешь, Анастейша?

— Тебя… сейчас! — Я уже плачу.

— Как тебя трахнуть — так, или вот так, или, может, вот так? Выбор бесконечен.

Я чувствую на губах его дыхание. Кристиан убирает руку и берет с тумбочки пакетик из фольги. Опускается на колени между моих ног и медленно стягивает с меня трусы. Он надевает презерватив, а я завороженно слежу за каждым его движением.

— А так приятно? — спрашивает Кристиан, поглаживая себя.

— Это была шутка, — выдавливаю я. «Пожалуйста, Кристиан, трахни меня».

Он поднимает брови, его рука скользит вверх-вниз по внушительному члену.

— Шутка?

В тихом голосе чувствуется угроза.

— Да. Ну пожалуйста, Кристиан! — прошу я.

— Тебе сейчас смешно?

— Нет!

Я уже не говорю, а хныкаю. Мое тело превратилось в напряженный комок невыносимого желания. Кристиан смотрит на меня оценивающим взглядом, а потом внезапно хватает и переворачивает на живот. Из-за связанных рук я вынуждена опереться на локти. Кристиан толкает мои колени вперед, я невольно поднимаю зад и получаю увесистый шлепок. В то же мгновение Кристиан стремительно проникает в меня. Я вскрикиваю от боли и неожиданности и кончаю снова и снова, словно распадаясь под ним на мелкие кусочки, пока он продолжает двигаться. Восхитительно. Он не останавливается. У меня уже нет сил, больше не выдержу… он вколачивается в меня все сильнее и сильнее… я снова чувствую возбуждение… не может быть… нет…

— Давай, Анастейша, еще разок! — рычит он сквозь стиснутые зубы.

Как ни удивительно, мое тело отвечает, сжимается в сладкой судороге, и я снова кончаю, выкрикнув его имя. Кристиан наконец взрывается и, достигнув оргазма, молча замирает. Тяжело дыша, он в изнеможении валится на меня.

— А это было приятно? — сжав зубы, спрашивает он.

О боже!

Тяжело дыша, я лежу, обессиленная, и не открываю глаза, когда Кристиан медленно выходит из меня. Он сразу же встает и одевается. Полностью одевшись, возвращается на кровать, осторожно развязывает галстук и стягивает мою футболку. Я сгибаю пальцы, разминаю запястья и улыбаюсь, глядя на отпечатавшиеся узоры. Поправляю лифчик, а Кристиан укрывает меня одеялом. Он самодовольно усмехается.

— Очень приятно, — шепчу я и застенчиво улыбаюсь.

— Опять это слово!

— Тебе не нравится?

— Нет. Оно мне не подходит.

— Ну, не знаю... похоже, оно действует на тебя весьма благотворно.

— Теперь еще и благотворно!.. Мисс Стил, вы и дальше будете ранить мое самолюбие?

— Думаю, что с самолюбием у тебя все в порядке.

Говорю и понимаю, что мои слова звучат неубедительно, — какая-то неясная мысль мелькает у меня в мозгу и исчезает, прежде чем я успеваю ее поймать.

— Ты так считаешь? — мягко спрашивает Кристиан.

Подперев голову рукой, он лежит рядом со мной, полностью одетый, а на мне только бюстгальтер.

— Почему ты не любишь, когда тебя трогают?

— Не люблю, и все. — Он наклоняется ко мне и нежно целует в лоб. — Значит, тот е-мейл был шуткой.

Я сконфуженно улыбаюсь и пожимаю плечами.

— Понятно. Так ты все еще обдумываешь мое предложение?

— Твое непристойное предложение... Да, но у меня есть кое-какие возражения.

Он ухмыляется как будто с облегчением.

— Я бы разочаровался, если бы у тебя их не было.

— Я хотела отправить их по электронной почте, но ты, можно сказать, меня прервал.

— Прерванный половой акт.

— Видишь, я знала, что где-то глубоко внутри у тебя есть чувство юмора, — улыбаюсь я.

— Анастейша, не над всем можно смеяться. Я подумал, что ты категорически отказываешься, — говорит он упавшим голосом.

— Я пока не решила. Ты наденешь на меня ошейник?

Кристиан поднимает брови.

— Похоже, ты действительно изучала предмет. Не знаю, Анастейша. Я никого не заставлял носить ошейник.

Ох. Нужно удивиться? Я ведь почти не знакома с темой...

— А на тебя надевали ошейник? — шепчу я.

— Да.

— Кто? Миссис Робинсон?

— Миссис Робинсон!

Кристиан запрокидывает голову и разражается громким заразительным смехом. Сейчас он выглядит таким юным и беззаботным!

Широко улыбаюсь в ответ.

— Я передам ей, что ты так сказала, она будет в восторге.

— Вы по-прежнему видитесь?

Я потрясена и не могу это скрыть.

— Да. — Кристиан снова серьезен.

Ох... Я вдруг ощущаю острый укол ревности, и меня тревожит глубина моего чувства.

— Понятно. Значит, у тебя есть кто-то, с кем можно обсудить твою альтернативную жизнь, а мне нельзя.

Он хмурится.

— Никогда не думал об этом в подобном ключе. Миссис Робинсон была частью этой жизни. Я же говорил, теперь мы просто хорошие друзья. Если хочешь, я познакомлю тебя с одной из моих бывших нижних, можешь поговорить с ней.

«С кем-кем? Он что, издевается?»

— Теперь ты шутишь, да?

— Нисколько.

— Спасибо, как-нибудь сама разберусь, — говорю я сердито и натягиваю одеяло до подбородка.

Кристиан удивленно смотрит на меня.

— Анастейша, я...

Ему явно не хватает слов. Думаю, впервые в жизни.

— Я не хотел тебя обидеть.

— А я и не обиделась. Я возмущена.

— Чем?

— Я не намерена разговаривать с твоей бывшей подружкой... рабыней... нижней... или как ты там их называешь.

— Анастейша Стил, ты ревнуешь?

Я смущаюсь и краснею.

— Останешься?

— Утром у меня назначена встреча в отеле за завтраком. К тому же, как я тебе говорил, я не остаюсь на ночь с подружками, рабынями, нижними или с кем-либо еще. Пятница и суббота были исключением. Больше ничего подобного не случится. — В его тихом хриплом голосе звучит решимость.

Я поджимаю губы.

— Все, я устала.

— Ты меня выгоняешь?

Кристиан поднимает брови; похоже, он изумлен и слегка испуган.

— Да.

— Что ж, еще одно «впервые». — Он окидывает меня изучающим взглядом. — Значит, ты сейчас не хочешь ничего обсуждать? Я имею в виду контракт.

— Нет, — сурово отрезаю я.

— Как же мне хочется задать тебе хорошую трепку! Тебе бы стало намного лучше, и мне тоже.

— Ты не имеешь права так говорить. Я еще ничего не подписала.

— Но помечтать-то можно? — Кристиан наклоняется, берет меня за подбородок и шепчет, нежно целуя в губы: — В среду?

— В среду, — соглашаюсь я. — Погоди минутку, я тебя провожу.

Сажусь и беру свою футболку, отпихивая Кристиана в сторону. Он неохотно встает с кровати.

— Подай, пожалуйста, мои штаны.

Он поднимает их с пола и вручает мне, безуспешно пытаясь скрыть улыбку.

— Да, госпожа.

Я прищуриваю глаза и сердито смотрю на него, пока натягиваю треники. Волосы у меня растрепаны, и я знаю, что, когда он уйдет, меня ждут Кэтрин Кавана и допрос с пристрастием. Взяв резинку для волос, я открываю дверь и прислушиваюсь. В гостиной Кейт нет. Похоже, она у себя в комнате, разговаривает по телефону. Кристиан следует за мной. Мы идем к выходу, и за это короткое время мои мысли и чувства резко меняются. Я больше не злюсь на Кристиана, а мучительно стесняюсь. Не хочу, чтобы он уходил. Впервые мне жаль, что он не обычный человек, которому нужны нормальные отношения без десятистраничного контракта, плети и карабинов на потолке в комнате для игр.

Открываю входную дверь и смотрю вниз, на свои руки. Я впервые занималась сексом у себя дома, и сам секс был чертовски хорош. Но сейчас я чувствую себя чем-то вроде семяприемника — пустым сосудом, который заполняется по прихоти Кристиана. Мое подсознание качает головой: «Хотела бежать в отель за сексом, вот и получила его экспресс-доставкой». Сложив руки на груди, оно притопывает ногой, и на его лице явно читается: «Ну, и чего ты теперь жалуешься?»

Кристиан останавливается в дверях, берет меня за подбородок и заставляет поднять голову. Наши взгляды встречаются.

— С тобой все в порядке? — ласково спрашивает он, нежно поглаживая мою нижнюю губу большим пальцем.

— Да, — отвечаю я, хотя, честно сказать, не уверена.

Я чувствую, как меняется моя система убеждений. Если я соглашусь на его условия, то буду потом страдать. Он не способен, не хочет и не собирается предлагать мне больше… а я хочу больше. Намного больше. Недавний приступ ревности свидетельствует лишь о том, что мои чувства к нему глубже, чем я для себя решила.

— В среду, — повторяет Кристиан, наклоняется и целует меня.

Что-то происходит, когда наши губы соприкасаются, и, взяв мое лицо в ладони, он целует меня настойчивее и настойчивее. Дыхание Кристиана учащается, он прижимается ко мне, жадно впивается в мой рот. Я кладу ладони на его руки. Так хочется погладить его по волосам, но я сдерживаюсь, знаю, что ему это не понравится.

— Анастейша… что ты со мной делаешь?

— Я могу спросить то же самое, — шепчу я в ответ.

Глубоко вздохнув, Кристиан целует меня в лоб и уходит. Он целеустремленно шагает по дорожке к своему автомобилю и ерошит рукой волосы. Открывая дверцу, смотрит в мою сторону и улыбается своей умопомрачительной улыбкой, от которой у меня захватывает дух. Я слабо улыбаюсь в ответ и вновь чувствую себя Икаром, слишком близко подлетевшим к Солнцу. Кристиан садится в свою спортивную машину, а я закрываю входную дверь. Мне одиноко и хочется плакать, унылая тоска сжимает сердце. Я спешу к себе в комнату, закрываю дверь и прислоняюсь к ней, пытаясь рационализировать свои чувства, но безуспешно. Сползаю на пол, закрываю лицо руками, и слезы сами льются из глаз.

Тихо стучит Кейт.

— Ана? — зовет она шепотом.

Я впускаю ее. Она бросает на меня единственный взгляд и крепко обнимает.

— Что случилось? Что сделал этот мерзкий смазливый ублюдок?

— Ох, Кейт, только то, чего я сама хотела.

Она отводит меня к кровати, и мы садимся.

— У тебя волосы как после ужасного секса.

Несмотря на жгучую тоску, я смеюсь.

— Секс был замечательный, вовсе не ужасный.

Кейт ухмыляется.

— Так-то лучше. Почему ты плачешь? Ты же никогда не плачешь.

Она берет с тумбочки щетку для волос, садится рядом со мной и начинает очень медленно распутывать колтуны.

— Просто я думаю, что наши отношения ни к чему не приведут, — говорю я, рассматривая свои пальцы.

— Ты же сказала, что вы встречаетесь в среду?

— Ну да, мы так и планировали.

— Тогда с какой стати он заявился сегодня?

— Я послала ему е-мейл.

— С просьбой приехать?

— Нет, написала, что не хочу его больше видеть.

— И он сразу примчался? Ана, ты гений.

— Вообще-то я пошутила.

— Ох, вот теперь я совсем ничего не понимаю.

Терпеливо пересказываю ей суть е-мейла, не выдав самого главного.

— Значит, ты думала, что он ответит тебе по электронной почте.

— Да.

— А вместо этого он приехал сам.

— Да.

— Я бы сказала, что он от тебя без ума.

Я хмурюсь. Кристиан — и без ума от меня? Ага, как же. Он просто смотрит на меня как на новую игрушку — удобную игрушку, с которой можно забавляться и проделывать всякие отвратительные штуки. Сердце болезненно сжимается. Смирись, такова реальность.

— Он приехал, чтобы меня трахнуть, только и всего.

— Кто сказал, что романтика умерла? — шепчет Кейт с ужасом.

Я произвела на нее впечатление. Не думала, что это возможно. Смущенно пожимаю плечами.

— Он использовал секс как оружие.

— Трахал тебя, пока полностью не подчинил? — Подруга неодобрительно качает головой.

Я ошеломленно моргаю и чувствую, как мое лицо заливает краска. Ох, Кэтрин Кавана, лауреат Пулитцеровской премии, в самую точку...

— Ана, я не понимаю, ты что, просто занималась с ним любовью?

— Нет, Кейт, мы не занимались любовью, мы трахались — по определению самого Кристиана. Он не признает любовь.

— Я так и знала, что он со странностями. У него боязнь близких отношений.

Я киваю, словно соглашаясь, хотя на душе у меня скребут кошки. Ах, Кейт, жаль, я не могу рассказать все про этого странного мрачного извращенца, чтобы ты велела мне его забыть. Помешала бы наделать глупостей.

— Все это несколько обескураживает, — бормочу я.

Да уж, мягко сказано.

Я не хочу больше говорить о Кристиане и потому спрашиваю об Элиоте. При одном упоминании его имени Кейт словно начинает светиться изнутри и лучезарно улыбается.

— Элиот приедет в субботу утром, поможет погрузить вещи.

Она стискивает щетку для волос. Ого, да Кейт, похоже, влюбилась! Я чувствую знакомый укол легкой зависти. Кейт нашла себе нормального мужчину и выглядит счастливой!

Я обнимаю ее.

— Ах да, забыла тебе сказать. Звонил твой папа, пока ты... э-э-э... была занята. Дело в том, что Боб получил какую-то травму, и они с твоей мамой не смогут приехать на выпускную церемонию. Но твой отец будет здесь в четверг. Он просил тебя перезвонить.

— А мне мама ничего не говорила. Как Боб, с ним все в порядке?

— Да. Позвони ей утром, сейчас уже поздно.

— Спасибо, Кейт. Я успокоилась. Позвоню-ка я завтра и Рэю. А сейчас просто лягу спать.

Она улыбается, хотя складки в уголках глаз выдают тревогу.

Когда Кейт уходит, сажусь и еще раз перечитываю контракт, делая пометки. Закончив, включаю ноутбук. Я готова к обсуждению.

В почте е-мейл от Кристиана.

От: Кристиан Грей
Тема: Сегодняшний вечер
Дата: 23.05.2011, 23:06
Кому: Анастейша Стил

Мисс Стил,
с нетерпением жду замечаний по контракту.

А пока спокойной ночи.

Кристиан Грей,
Генеральный директор холдинга «Грей энтерпрайзес»

От: Анастейша Стил
Тема: Спорные вопросы
Дата: 24.05.2011, 00:02
Кому: Кристиан Грей

Уважаемый мистер Грей!

Вот мой перечень спорных вопросов. С нетерпением жду возможности обсудить их за ужином в среду.

Номера отсылают к пунктам контракта:

2: Не уверена, что изучение МОЕЙ чувственности и допустимых пределов будет проводиться исключительно в МОИХ интересах. Полагаю, что в подобном случае я обошлась бы без десятистраничного контракта. Скорее, в ВАШИХ интересах.

4: Вы прекрасно знаете, что являетесь моим единственным сексуальным партнером. Я не принимаю наркотики, и мне никогда не делали переливание крови. Со мной наверняка все в порядке. А как насчет Вас?

8: Я вправе расторгнуть контракт в любую минуту, если сочту, что Вы не соблюдаете оговоренные ограничения. Хорошо, меня это устраивает.

9: Подчиняться Вам во всем? Безоговорочно принимать наказания? Это нужно обсудить.

11: Испытательный срок — один месяц. Не три.

12: Я не могу встречаться с Вами каждые выходные. У меня есть собственная жизнь... ну, или будет. Предлагаю три из четырех.

15.2: Использование моего тела для сексуальных или других действий по Вашему усмотрению — пожалуйста, уточните значение «или других».

15.5: Весь пункт относительно наказаний. Я не уверена, что хочу, чтобы меня пороли розгами, плетью или подвергали другому физическому воздействию. Считаю, что это будет нарушением пунктов 2—5. И еще — «по другой причине». Это просто жестоко, хотя Вы утверждали, что Вы не садист.

15.10: Можно подумать, я бы согласилась, чтобы меня передали кому-то во временное пользование. Но я рада, что этот пункт есть в Контракте.

15.14: Правила. Обсудим их позже.

15.19: Почему мне запрещено ласкать себя? Я и так этого не делаю, просто интересно, почему?

15.21: Наказание. Пожалуйста, перечитайте пункт 15.5 выше.

15.22: Почему мне нельзя к Вам прикасаться?

Правила:

Сон — я согласна на шесть часов в сутки. Еда — я не буду питаться согласно перечню рекомендованных продуктов. Уберите его, иначе никакого Контракта. Одежда — если я должна носить выбранную Вами одежду только в Вашем присутствии, то тогда ладно. Физические упражнения — мы договорились о трех часах, а в Контракте по-прежнему четыре.

Пределы допустимого:

Может, обсудим все подробно? Никакого фистинга. Что такое «подвешивание»? Генитальные зажимы — Вы, должно быть, шутите.

Сообщите, пожалуйста, о планах на среду. Я работаю до пяти вечера.

Спокойной ночи.

Ана

От: Кристиан Грей
Тема: Сегодняшний вечер
Дата: 24.05.2011, 00:07
Кому: Анастейша Стил

Мисс Стил,

очень длинный перечень. Почему ты до сих пор не спишь?

Кристиан Грей,
Генеральный директор холдинга «Грей энтерпрайзес»

От: Анастейша Стил
Тема: Тружусь по ночам
Дата: 24.05.2011, 00:10
Кому: Кристиан Грей

Господин,

если Вы помните, я как раз занималась этим перечнем, когда меня отвлек от работы и принудил к совокуплению залетный любитель командовать.

Спокойной ночи.

Ана

От: Кристиан Грей
Тема: Немедленно прекратить работу!
Дата: 24.05.2011, 00:12
Кому: Анастейша Стил

АНАСТЕЙША, МАРШ В КРОВАТЬ!

Кристиан Грей,
Генеральный директор холдинга «Грей энтерпрайзес»
и любитель командовать.

Ой, орущие прописные буквы! Выключаю ноутбук. Ну вот как у Кристиана получается припугнуть меня, когда сам он за шесть миль отсюда? Качаю головой. На сердце по-прежнему скребут кошки, я ложусь в постель и сразу же засыпаю глубоким, но беспокойным сном.

Глава 13

Следующим вечером, когда прихожу после работы домой, я звоню маме. День выдался относительно спокойный, и у меня было слишком много времени на раздумья. Я не нахожу себе места, волнуюсь из-за предстоящего выяснения отношений с Любителем Командовать и где-то в глубине души тревожусь, что, возможно, слишком резко отозвалась о контракте. Наверное, Кристиан все отменит.

Мама полна раскаяния, ей страшно жаль, что она не сможет приехать на выпускную церемонию. Боб растянул связки и теперь сильно хромает. Честно говоря, с ним вечно что-то случается, совсем как со мной. Он, конечно, выздоровеет, но сейчас матушка должна за ним ухаживать, пока в буквальном смысле не поставит на ноги.

— Ана, милая, мне очень жаль! — хнычет мама в телефонную трубку.

— Ничего страшного, Рэй обещал приехать.

— Ана, у тебя расстроенный голос. Детка, с тобой все в порядке?

— Да, мама.

Ох, если бы ты знала! Я познакомилась с неприлично богатым молодым человеком, который хочет странных и извращенных отношений, в которых у меня не будет права голоса.

— Ты кого-то встретила?

— Нет, мама.

Сейчас я не намерена разговаривать на эту тему.

— Ладно, милая, буду думать о тебе в четверг. Я люблю тебя... Ты ведь знаешь, детка?

Закрываю глаза, от бесценных маминых слов внутри разливается тепло.

— Я тебя тоже люблю, мамочка. Передай привет Бобу. Надеюсь, он скоро выздоровеет.

— Обязательно, детка. До свидания.

— Пока.

Каким-то образом я забрела вместе с телефоном в свою комнату. Лениво включаю мерзкую технику и захожу в почту. Там письмо от Кристиана, отправленное вчера поздно вечером или сегодня чрезвычайно ранним утром, в зависимости от точки зрения. У меня учащается пульс, и я чувствую, как в ушах стучит кровь. Вот черт! Возможно, он отказывается… да, наверное, он решил отменить ужин. Мне больно об этом думать. Отбрасываю мрачные мысли и открываю е-мейл.

От: Кристиан Грей
Тема: Ваши претензии
Дата: 24.05.2011, 01:27
Кому: Анастейша Стил

Уважаемая мисс Стил,

после детального изучения спорных вопросов я хотел бы обратить Ваше внимание на следующее определение слова «сабмиссив».

submissive [səbˊmɪsɪv] *прил.* — покорный, кроткий, то есть:

1. Послушный, подчиняющийся во всем. *Покорные рабы.*

2. Выражающий покорность, кротость. *Кроткий ответ.*

Происхождение: 1580—1590; submiss + ive

Синонимы: 1. податливый, сговорчивый, уступчивый. 2. Незлобивый, смирный.

Антонимы: 1. непослушный, мятежный, недисциплинированный.

Пожалуйста, учитывайте это во время нашей встречи в среду.

Кристиан Грей,
Генеральный директор холдинга «Грей энтерпрайзес»

На меня сразу накатывает чувство облегчения. По крайней мере, он согласен обсудить спорные вопросы и все еще хочет завтра со мной увидеться. Немного подумав, пишу ответ.

От: Анастейша Стил
Тема: Мои претензии… А как насчет Ваших претензий?
Дата: 24.05.2011, 18:29
Кому: Кристиан Грей

Господин,

пожалуйста, обратите внимание на дату происхождения: 1580—1590. Со всем уважением хотела бы Вам напомнить, что сейчас две тысячи одиннадцатый год. С тех пор много воды утекло.

Разрешите предложить определение, над которым Вам стоит подумать до нашей встречи:

compromise [ˈkɒmprəmaɪz] *сущ.* — компромисс, соглашение сторон, то есть:

1. Соглашение путем взаимной уступки при столкновении каких-нибудь интересов, стремлений.

2. Результат подобного соглашения.

3. Промежуточное звено между разными вещами. *Двухуровневый дом — компромисс между фермерским домом и многоэтажным домом.*

Ана

От: Кристиан Грей
Тема: Что насчет моих претензий?
Дата: 24.05.2011, 18:32
Кому: Анастейша Стил

Дельное замечание, мисс Стил, и, как всегда, вовремя. Я заеду за тобой завтра в семь вечера.

Кристиан Грей,
Генеральный директор холдинга «Грей энтерпрайзес»

От: Анастейша Стил
Тема: 2011 — Женщины умеют водить машину
Дата: 24.05.2011, 18:40
Кому: Кристиан Грей

Господин,

у меня есть машина, и я умею ее водить.

Я бы предпочла встретиться с Вами где-нибудь в другом месте.

Где мы встретимся? В Вашем отеле в семь?

Ана

От: Кристиан Грей
Тема: Упрямые молодые женщины
Дата: 24.05.2011, 18:43
Кому: Анастейша Стил

Уважаемая мисс Стил,

обращаю Ваше внимание на мое письмо от 24 мая 2011 года, отправленное в 01:27, и определение, которое оно содержит.

Ты когда-нибудь научишься выполнять то, что тебе говорят?

Кристиан Грей,
Генеральный директор холдинга «Грей энтерпрайзес»

От: Анастейша Стил
Тема: Несговорчивые мужчины
Дата: 24.05.2011, 18:49
Кому: Кристиан Грей

Мистер Грей,

я хочу приехать на машине.

Пожалуйста.

Ана

От: Кристиан Грей
Тема: Рассерженные мужчины
Дата: 24.05.2011, 18:52
Кому: Анастейша Стил

Отлично.

В моем отеле в семь часов вечера.

Буду ждать в Мраморном баре.

Кристиан Грей,
Генеральный директор холдинга «Грей энтерпрайзес»

Даже по е-мейлу заметно, что он сердится. Неужели он не понимает, что, возможно, мне придется быстро уносить ноги? Не то чтобы мой «жук» отличался быстротой... Как бы то ни было, мне нужно средство эвакуации.

От: Анастейша Стил
Тема: Не такие уж и несговорчивые мужчины
Дата: 24.05.2011, 18:55
Кому: Кристиан Грей

Спасибо.

Ана :-*

От: Кристиан Грей
Тема: Несносные женщины

Дата: 24.05.2011, 18:59
Кому: Анастейша Стил

Пожалуйста.

Кристиан Грей,
Генеральный директор холдинга «Грей энтерпрайзес»

* * *

Звоню Рэю, который как раз собирается смотреть футбольный матч между «Сиэтл Саундерз» и какой-то командой из Солт-Лейк-Сити, и потому наш разговор, к счастью, длится недолго. Рэй приедет в четверг на выпускную церемонию, после которой приглашает меня в ресторан. Чувствую, как на душе теплеет, а к горлу подкатывает комок. Рэй был рядом со мной во время всех маминых романтических взлетов и падений. У нас с ним доверительные отношения, которые я очень ценю. Он — мой отчим, но обращается со мной как с собственной дочерью, и я жду не дождусь его приезда. Мы так давно не виделись! Возможно, я смогу вдохновиться его образом во время завтрашней встречи.

Мы с Кейт укладываем вещи и попутно распиваем бутылку дешевого красного вина. Когда почти все упаковано, я иду спать, чувствуя себя гораздо спокойнее. Физический труд прекрасно отвлекает, к тому же я устала. Хочу как следует выспаться. Устраиваюсь поудобнее и вскоре засыпаю.

Пол вернулся из Принстона, чтобы немного побыть дома перед стажировкой в нью-йоркской финансовой компании. Он ходит за мной по всему магазину, приглашает куда-нибудь с ним пойти. Жутко бесит!

— Пол, в сотый раз повторяю, у меня сегодня свидание.

— Неправда, ты так говоришь, чтобы избавиться от меня. Ты меня избегаешь.

Ага... дошло наконец.

— Я всегда считала, что не стоит встречаться с братом босса.

— В пятницу у тебя последний день, а завтра ты не работаешь.

— В субботу я уже буду в Сиэтле, а ты на днях собираешься в Нью-Йорк. Трудно уехать друг от друга дальше, даже если очень постараться. К тому же у меня сегодня свидание.

— С Хосе?

— Нет.

— Тогда с кем?

Я сердито вздыхаю. Похоже, он от меня не отстанет.

— С Кристианом Греем, — говорю я, не скрывая досады.

Действует! У Пола отвисает челюсть, он ошеломленно пялится на меня. Хм, оказывается, люди немеют только от одного имени Кристиана.

— Ты встречаешься с Кристианом Греем, — произносит Пол, придя в себя. В его голосе слышится недоверие.

— Да.

— Понятно.

Вид у него явно удрученный, даже пришибленный, и мне слегка обидно, что он так удивился. Моя внутренняя богиня тоже негодует. Она показывает ему очень неприличную комбинацию из пальцев.

После этого разговора Пол оставляет меня в покое, и ровно в пять я спешу домой.

Кейт одолжила мне два платья и две пары туфель — на сегодняшний вечер и на завтрашнюю выпускную церемонию. Жаль, что я не увлекаюсь нарядами и почти не уделяю внимания моде, но шмотки просто не мое. «А что же вам нравится, Анастейша?» — тихий голос Кристиана звучит у меня в ушах. Мотаю головой, стараясь обрести самообладание, и решаю надеть сегодня платье-футляр сливового цвета. Оно скромное и выглядит по-деловому — в конце концов, я же буду обсуждать контракт.

Принимаю душ, брею ноги и подмышки, мою голову и добрых полчаса укладываю феном волосы так, чтобы они мягкими волнами спадали на грудь и спину. Втыкаю в прическу гребень, чтобы убрать волосы с одной стороны лица, крашу ресницы тушью, наношу немного блеска на губы. Я редко пользуюсь косметикой — неловко себя чувствую. Ни одна из моих любимых героинь не красилась, в противном случае я наверняка бы умела накладывать макияж. Влезаю в туфли на шпильках, которые по цвету подходят к платью, и к половине седьмого я уже готова.

— Ну как? — спрашиваю я у Кейт.

Та ухмыляется.

— Ана, да ты почистила перышки! — Она одобрительно кивает. — Выглядишь очень сексуально.

— Сексуально? Я хотела, чтобы получилось скромно и по-деловому!

— И это тоже, но в первую очередь сексуально. Тебе идет это платье, и цвет к лицу. А уж как оно облегает тело! — Подруга многозначительно улыбается.

— Кейт! — возмущаюсь я.

— Ана, посмотри правде в глаза. Все отлично сочетается. Оставь себе платье. Кристиан будет смотреть тебе в рот.

Я поджимаю губы. «Ох, Кейт, все наоборот».

— Пожелай мне удачи.

— Тебе нужна удача на свидании? — Она озадаченно хмурит брови.

— Да, Кейт.

— Ну, тогда удачи!

Она обнимает меня, и я выхожу из дома.

Машину приходится вести босиком — Ванду, мою машинку небесно-голубого цвета, проектировали явно не для любительниц высоких каблуков. Ровно без десяти семь я останавливаюсь у отеля «Хитман» и вручаю ключи от машины парковщику. Он неодобрительно смотрит на «жука», но мне все равно. Делаю глубокий вдох, мысленно препоясываю чресла и вхожу в отель.

Кристиан стоит, небрежно облокотившись о стойку бара, и пьет белое вино. Он, как обычно, в белой льняной рубашке, но в черном пиджаке и джинсах, галстук тоже черный. Волосы небрежно взлохмачены. Я вздыхаю. Он великолепно выглядит, кто бы сомневался. Некоторое время стою в дверях и восхищенно разглядываю Кристиана. Он невыразимо прекрасен. Кристиан бросает, как мне кажется, слегка обеспокоенный взгляд на вход и замирает, увидев меня. Моргает пару раз и улыбается медленной, ленивой и сексуальной улыбкой, от которой у меня пропадает дар речи, а внутри все тает. Стараясь не кусать нижнюю губу, вхожу в бар, ни на секунду не забывая, что я, Анастейша Стил, нескладеха, каких мало, сегодня на каблуках. Кристиан грациозно движется мне навстречу.

— Ты потрясающе выглядишь, — шепчет он и коротко целует меня в щеку. — Платье, мисс Стил. Одобряю.

Он берет меня под руку, ведет к отдельной кабинке и машет официанту.

— Что будешь пить?

Когда я проскальзываю в кабинку и сажусь за столик, на моих губах мелькает лукавая улыбка: Кристиан стал спрашивать, что я буду пить!

— То же, что и вы.

Вот так-то! Я могу быть хорошей девочкой и вести себя как следует. Удивленный, он заказывает еще бокал белого вина и садится напротив меня.

— У них здесь отличный винный погреб, — говорит Кристиан и склоняет голову набок.

Положив локти на стол, он сцепляет пальцы у красивого рта, в серых глазах плещутся непонятные мне эмоции. И вот оно… я чувствую знакомую тяжесть глубоко внутри, и меня словно ударяет током. Неловко ерзаю под испытующим взглядом Кристиана, сердце отчаянно колотится. Я должна сохранять спокойствие.

— Волнуешься? — тихо спрашивает он.

— Да.

Кристиан наклоняется ко мне.

— Я тоже, — шепчет он с заговорщическим видом.

Резко поднимаю взгляд. Он. Волнуется. Быть такого не может. Я растерянно моргаю, а он улыбается своей замечательной кривоватой улыбкой. Официант приносит мое вино, тарелочку с разными орешками, и еще одну, с оливками.

— Ну и как мы будем обсуждать? — спрашиваю я. — Рассмотрим по порядку все мои возражения?

— Как всегда, нетерпеливы, мисс Стил.

— Хотите, поинтересуюсь вашим мнением о сегодняшней погоде?

Он улыбается, берет длинными пальцами оливку и отправляет в рот. Мой взгляд задерживается на этом рте, губах, которые я чувствовала на своем теле… везде-везде. Я вспыхиваю.

— Думаю, что погода сегодня особенно хороша, — самодовольно ухмыляется он.

— Вы смеетесь надо мной, мистер Грей?

— Да, мисс Стил.

— Вы знаете, что этот контракт не имеет юридической силы?

— Конечно, мисс Стил.

— А вы собирались мне об этом сказать?

Он хмурится.

— По-твоему, я бы заставил тебя делать то, что тебе не нравится, а потом бы притворился, что имею на тебя законные права?

— Вообще-то… да.

— Похоже, ты обо мне не слишком высокого мнения.

— Ты не ответил на мой вопрос.

— Анастейша, совершенно неважно, легален этот контракт или нет. Он представляет собой соглашение, которое я хотел бы с тобой заключить — что бы я хотел от тебя и чего тебе ждать от меня. Если тебе не нравится, не подписывай. Если подпишешь, а потом решишь, что он тебя не устраивает, там достаточно отговорок, и ты можешь уйти, когда захочешь. Даже если бы он был законным, неужели ты думаешь, что я затаскал бы тебя по судам?

Я делаю большой глоток вина. Мое подсознание стучит меня по плечу. «Ты должна сохранить здравость рассудка, — говорю я себе. — Не пей слишком много».

— Подобные отношения строятся на честности и доверии, — продолжает он. — Если ты мне не доверяешь — тому, что я с тобой делаю, насколько далеко могу зайти, — если ты не можешь быть со мной откровенной, то нам лучше и не начинать.

Как-то слишком быстро мы перешли к делу. Насколько далеко он может со мной зайти. Черт. Что бы это значило?

— Так что все просто, Анастейша. Ты доверяешь мне или нет? — Его глаза лихорадочно горят.

— А с теми… хм… пятнадцатью ты тоже это обсуждал?

— Нет.

— Почему?

— Потому, что все они уже состоялись как нижние. Они знали, что им нужно от наших отношений и примерно чего жду я. Все обсуждение сводилось к установлению пределов допустимого и прочим мелочам.

— Где ты их находишь? В специальном магазине, где продаются сабы?

Он смеется.

— Не совсем.

— Тогда где?

— Ты это хочешь обсудить? Или все-таки вернемся к сути нашего разговора? Вернее, как ты говоришь, спорным вопросам.

Я сглатываю. Доверяю ли я ему? Неужели все сводится только к доверию? И разве оно не должно быть обоюдным? Я вспоминаю, как разозлился Кристиан, когда я позвонила Хосе.

— Ты голодна? — спрашивает Кристиан, отвлекая меня от моих мыслей.

«О нет… только не еда!»

— Нет.

— Ты ела сегодня?

Я смотрю на него. Черт, мой ответ ему не понравится.

— Нет, — шепчу я.

Он сердито прищуривается.

— Ты должна поесть, Анастейша. Мы можем поужинать здесь или у меня в номере. Что предпочитаешь?

— Предпочитаю остаться там, где людно, на нейтральной территории.

Кристиан сардонически усмехается.

— Думаешь, это меня остановит? — тихо спрашивает он, его чувственный голос звучит предостерегающе.

Я распахиваю глаза и снова сглатываю.

— Надеюсь.

— Идем, я заказал отдельный кабинет, так что никакой публики. — Он загадочно улыбается, выходит из кабинки и протягивает мне руку.

— Возьми свое вино, — говорит Кристиан вполголоса.

Опершись на его руку, я выбираюсь из кабинки и встаю рядом с ним. Он отпускает мою ладонь, берет меня под локоть и ведет через бар, а затем по внушительной лестнице на мансардный этаж. К нам подходит молодой человек в ливрее отеля.

— Мистер Грей, сюда, пожалуйста.

Мы следуем за ним через шикарную зону отдыха в уединенный кабинет. Там только один столик. Комната маленькая, но роскошная. Сверкающая люстра, накрахмаленное столовое белье, хрустальные бокалы, серебряные приборы и букет белых роз. Обшитый деревом кабинет словно пропитан старинным изысканным изяществом. Официант отодвигает стул, и я сажусь. Официант кладет мне на колени салфетку. Кристиан усаживается напротив. Я украдкой поглядываю в его сторону.

— Не кусай губу! — шепчет он.

Я хмурюсь. Вот черт! А я даже не замечаю, как это получается.

— Я уже заказал еду. Надеюсь, ты не против.

Если честно, я рада — не уверена, что могу сейчас принимать решения.

— Нет, все в порядке. — Я согласно киваю.

— Отлично, тебя еще можно исправить. Итак, на чем мы остановились?

— На сути нашего разговора.

Отпиваю еще вина. Оно великолепно. Кристиан знает в нем толк. Я вспоминаю последний глоток вина, которым он поил меня в моей постели, и краснею от навязчивых мыслей.

— Да, твои спорные вопросы. — Он роется во внутреннем кармане пиджака и достает листок бумаги. Мое письмо. — Пункт два. Согласен. Это в наших общих интересах. Я изменю формулировку.

Я смущенно моргаю. Вот черт, мы будем обсуждать все пункты по порядку. Наедине с Кристианом я робею и теряюсь. Он такой серьезный! Я подбадриваю себя еще одним глотком вина. Кристиан продолжает:

— Мое сексуальное здоровье. Ну, все мои предыдущие партнерши делали анализ крови, а я каждые полгода проверяюсь на инфекции, о которых ты упоминаешь. Результаты последних тестов отрицательные. Я никогда не принимал наркотики. Вообще-то я категорический противник наркотиков. В своей компании я провожу политику нетерпимости к любым наркотикам и требую, чтобы сотрудники выборочно проверялись на их употребление.

Ничего себе… его стремление все контролировать уже граничит с помешательством. Ошеломленно моргаю.

— Мне никогда не делали переливания крови. Исчерпывающий ответ?

Я безучастно киваю.

— Следующий пункт мы уже обсуждали. Ты можешь прекратить отношения, когда захочешь, Анастейша. Я не буду тебя удерживать. Но если ты уйдешь, то навсегда. Просто чтобы ты знала.

— Хорошо, — тихо говорю я. Если я уйду, то навсегда. От этой мысли почему-то становится больно.

Официант приносит первое блюдо. Ну и как тут есть? Ох, ни фига себе — Кристиан заказал устриц на льду.

— Надеюсь, ты любишь устриц. — У Кристиана мягкий голос.

— Ни разу их не пробовала.

— Неужели? — Он берет устрицу. — Это легко, просто высасываешь содержимое раковины и глотаешь. Думаю, у тебя получится.

Кристиан пристально смотрит на меня, я понимаю, на что он намекает, и заливаюсь багровой краской. Он ухмыляется, сбрызгивает устрицу лимонным соком и отправляет ее в рот.

— М-м-м, изумительно. Вкус моря. — Он улыбается и предлагает: — Давай же, попробуй.

— Значит, жевать не нужно?

— Нет, Анастейша, не нужно.

Его глаза весело блестят, сейчас он выглядит совсем юным.

Я невольно кусаю губу, и выражение его лица сразу меняется. Он строго смотрит на меня. Я беру с блюда первую в своей жизни устрицу. Ладно, вряд ли получится, но попробуем... Поливаю устрицу лимонным соком и осторожно высасываю. Она проскальзывает в горло, и я чувствую вкус морской воды и соли, резкую цитрусовую кислинку, ощущаю мясистую плоть моллюска... О, вкусно! Облизываю губы, Кристиан пристально следит за мной из-под полуприкрытых век.

— Ну как?

— Возьму еще одну, — сухо отвечаю я.

— Хорошая девочка, — произносит он с гордостью.

— Ты ведь специально заказал устриц? Из-за того, что они считаются афродизиаком?

— Вовсе нет, просто в меню они идут первыми. Мне не нужны возбуждающие средства, когда ты рядом. И тебе это известно. Думаю, рядом со мной ты чувствуешь то же самое, — говорит он. — Так на чем мы остановились?

Кристиан смотрит на мое письмо, а я беру еще одну устрицу. Я действую на него, он чувствует то же самое… вот это да!

— Во всем мне подчиняться. Да, я требую полного повиновения. Мне это необходимо. Отнесись к этому как к ролевой игре.

— Но я боюсь, что ты причинишь мне боль.

— Какую?

— Физическую.

И душевную.

— Ты и вправду так думаешь? Что я перейду установленные тобой границы?

— Ты сказал, что одна девушка пострадала.

— Да, очень давно.

— Как это произошло?

— Я подвешивал ее к потолку игровой комнаты. Вообще-то, это один из твоих вопросов. Карабины на потолке именно для подвешивания — игры со связыванием. Одна веревка затянулась слишком туго.

Я поднимаю руку, умоляя его замолчать.

— Пожалуйста, без подробностей. Значит, ты не будешь меня подвешивать?

— Нет, если ты не захочешь. Можешь внести подвешивание в список недопустимых действий.

— Ладно.

— Как насчет повиновения, думаешь, у тебя получится?

Взгляд серых глаз настойчив и требователен. Бегут секунды.

— Постараюсь, — шепчу я.

— Хорошо. — Он улыбается. — Теперь о сроках. Один месяц вместо трех — это слишком мало, особенно если ты хочешь проводить один уикенд в месяц без меня. Думаю, что не смогу обходиться без тебя так долго. А сейчас это просто невыносимо. — Он умолкает.

Он не может обходиться без меня? Я не ослышалась?

— Давай ты будешь проводить без меня один выходной день в месяц? Но тогда я требую одну ночь среди недели.

— Согласна.

— Пожалуйста, давай договоримся на три месяца. Если решишь, что такие отношения тебя не устраивают, можешь уйти, когда пожелаешь.

— Три месяца? — переспрашиваю я, чувствуя, что меня загнали в угол.

Отпиваю еще вина и угощаюсь еще одной устрицей. Наверное, я смогла бы их полюбить.

— Что касается полного владения, то это просто термин, который берет начало в принципе повиновения. Он нужен, чтобы привести тебя к определенному образу мыслей, дать понять, что я за человек. И запомни — как только ты станешь моей сабой, я буду делать с тобой все, что захочу. Тебе придется это принять, и без возражений. Вот поэтому ты должна мне доверять. Я буду трахать тебя, когда захочу, где захочу и как захочу. Я буду тебя наказывать, потому что ты будешь ошибаться и нарушать правила. Я буду учить тебя доставлять мне удовольствие. Знаю, ты раньше с этим не сталкивалась, поэтому мы будем действовать постепенно, и я тебе помогу. Мы создадим разные сценарии. Я хочу, чтобы ты мне доверяла, но понимаю, что вначале должен заслужить твое доверие, и я его заслужу. Теперь о «других действиях по моему усмотрению» — опять же, эта формулировка используется для того, чтобы настроить тебя соответствующим образом, подготовить к любым неожиданностям.

Он говорит горячо и страстно, его слова завораживают. Похоже, это одержимость... Не могу отвести от него глаз. Кристиан действительно хочет этих отношений. Он останавливается и смотрит на меня.

—Ты меня слушаешь? — шепчет он теплым, глубоким, полным соблазна голосом и делает глоток вина, пронизывая меня взглядом.

Официант подходит к двери, и Кристиан легким кивком разрешает ему убрать со стола.

— Еще вина?

— Я за рулем.

— Может, воды?

Я киваю.

— С газом или без?

— С газом, пожалуйста.

Официант уходит.

— Ты сегодня очень молчалива, — шепчет Кристиан.

— А ты сегодня слишком многословен.

Он улыбается.

— А теперь о наказании. Между удовольствием и болью очень тонкая грань, Анастейша. Две стороны одной монеты, они не существуют друг без друга. Я могу показать тебе, какой приятной может быть боль. Сейчас ты мне не веришь, но когда я говорю о доверии, то подразумеваю именно это. Будет больно, но эту боль ты вполне сможешь вынести. И опять же, все дело в доверии. Ты доверяешь мне, Ана?

«Ана!»

— Да, — не задумываясь, отвечаю я. И это правда — я действительно ему доверяю.

— Ну что ж, — говорит он с явным облегчением. — Все остальное уже детали.

— Важные детали.

— Хорошо, давай их обсудим.

У меня голова идет кругом. Эх, надо было взять диктофон Кейт, а потом спокойно послушать. Столько информации к размышлению! Официант приносит основное блюдо: черная треска, спаржа и печеный картофель с голландским соусом. Чувствую, что мне кусок не лезет в горло.

— Надеюсь, ты любишь рыбу, — негромко произносит Кристиан.

Ковыряю вилкой еду и делаю большой глоток воды. Как жаль, что это не вино!

— Давай обсудим правила. Значит, ты категорически против пункта о еде?

— Да.

— А если в нем будет говориться только то, что ты должна принимать пищу по крайней мере три раза в день?

— Все равно.

Ни за что не уступлю. Никто не будет указывать, что мне есть. Как трахаться — да, но есть... ни в коем случае.

Он поджимает губы.

— Я должен знать, что ты не голодна.

Я хмурюсь. Это еще зачем?

— А как насчет доверия?

Какое-то время Кристиан сверлит меня взглядом, потом смягчается.

— Ваша правда, мисс Стил, — тихо говорит он. — Я соглашаюсь насчет еды и сна.

— Почему нельзя смотреть тебе в глаза?

— Так принято между доминантами и сабмиссивами. Ты привыкнешь.

Привыкну ли?

— Почему мне запрещено к тебе прикасаться?

— Потому.

Его губы сжимаются в упрямую линию.

— Это из-за миссис Робинсон?

Кристиан вопросительно смотрит на меня.

— С чего ты взяла? — спрашивает он и тут же догадывается сам. — Думаешь, она меня травмировала?

Я киваю.

— Нет, Анастейша, не в ней дело. Кроме того, она не терпела капризов.

Да, а мне вот приходится... Я обиженно надуваю губы.

— Значит, она здесь ни при чем.

— Да. И я не хочу, чтобы ты трогала себя.

Что? Ах да, пункт о самоудовлетворении.

— Из чистого любопытства — почему?

— Хочу, чтобы ты испытывала наслаждение только от меня.

Ох... Не знаю, что ему ответить. С одной стороны, это то же самое, что «Я хочу укусить эту губу», а с другой — так эгоистично! Я хмурюсь и отправляю в рот кусок рыбы, мысленно подсчитывая свои достижения. Еда, сон, я могу смотреть ему в глаза. Он будет действовать не спеша, и мы еще не рассматривали пределы допустимого. Я не уверена, что смогу обсуждать их за едой.

— Много информации для размышлений, да?

— Да.

— Хочешь, поговорим и о пределах допустимого?

— Только не за ужином.

Он улыбается.

— Брезгуешь?

— Вроде того.

— Ты почти не ела.

— Мне хватит.

— Три устрицы, четыре кусочка рыбы и один стебель спаржи. Ни картофеля, ни орехов, ни оливок, и без еды целый день. А ты утверждаешь, что тебе можно доверять.

Вот черт! Он что, считает, сколько я съела?

— Кристиан, пожалуйста, я не привыкла обсуждать подобные темы.

— Анастейша, ты нужна мне здоровой и крепкой.

— Знаю.

— И я хочу прямо сейчас сорвать с тебя это платье.

Я сглатываю — сорвать с меня платье Кейт. Глубоко внутри чувствую знакомую тяжесть. Мышцы, о которых я теперь знаю, сжимаются от слов Кристиана. Но поддаваться нельзя. Он опять использует против меня свое самое мощное оружие — секс. А то, что в сексе он великолепен, даже мне понятно.

— Не самая удачная мысль, — говорю я вполголоса. — А как же десерт?

— Ты хочешь десерт? — фыркает Кристиан.

— Да.

— Ты сама можешь стать десертом, — предлагает он.

— Боюсь, я недостаточно сладкая.

— Анастейша, ты восхитительно сладкая, уж я-то знаю.

— Кристиан, ты используешь секс как оружие. Это нечестно, — шепчу я, опускаю взгляд на свои руки, а потом смотрю ему прямо в глаза.

Он удивленно поднимает брови, я вижу, что мои слова его озадачили. Он задумчиво поглаживает подбородок.

— А ведь правда, использую. Ты умеешь применять свои знания на практике, Анастейша. Но я все равно тебя хочу. Здесь и сейчас.

Как ему удается соблазнять меня одним только голосом? Я уже тяжело дышу — разгоряченная кровь несется по жилам, нервы на пределе.

— Я бы хотел кое-что попробовать, — выдыхает Кристиан.

Я хмурюсь. Вначале он загрузил меня по полной программе, а теперь еще и это.

— Если бы ты была моей нижней, тебе бы не пришлось об этом думать. Все было бы проще простого. — Он говорит тихо и соблазнительно. — Тебе не нужно было бы принимать решения, и не было бы никаких вопросов: правильно ли я поступаю; произойдет ли это здесь; случится ли это сейчас? Ты бы ни о чем не волновалась, все бы решал я, твой верхний. Уверен, Анастейша, ты тоже меня хочешь.

Хмурюсь еще сильнее. Откуда он знает?

— Я знаю, потому…

Ну ни фига себе, он отвечает на вопрос, который я не задавала вслух. Может, он умеет читать мысли?

— Твое тело тебя выдает. Ты сжала бедра, покраснела, и у тебя изменилось дыхание.

Ох, это уже слишком!

— Откуда тебе известно про бедра?

Мой голос звучит глухо и недоверчиво. Ради всего святого, бедра у меня под столом!

— Я почувствовал, как колыхнулась скатерть, в общем, это догадка, основанная на многолетнем опыте. Я ведь прав?

Краснею и смотрю вниз, на руки. В этой игре обольщения только он знает и понимает правила, и это мне мешает. Я слишком наивна и неопытна. Мой единственный советчик — Кейт, а она не церемонится с мужчинами. Другие источники все выдуманные: Элизабет Беннет наверняка бы возмутилась, Джен Эйр — испугалась, а Тэсс поддалась бы искушению, совсем как я.

— Я не доела рыбу.

— Ты предпочтешь холодную рыбу мне?

Я резко поднимаю голову, чтобы взглянуть на Кристиана; его глаза цвета расплавленного серебра полны острого желания.

— Я думала, тебе нравится, когда я съедаю все, что у меня на тарелке.

— Мисс Стил, сейчас меня это не волнует.

— Кристиан, ты играешь не по правилам.

— Да, как обычно.

Моя внутренняя богиня хмурится. «Давай, ты можешь! — уговаривает она меня. — Обыграй этого бога секса в его же игре». Смогу ли я? Ладно, попробуем. Что нужно делать? Моя неопытность тяжким грузом висит у меня на шее. Взяв стебель спаржи, я смотрю на Кристиана и прикусываю губу. Потом очень медленно беру кончик стебля в рот и начинаю сосать.

Зрачки Кристиана едва заметно расширяются, но я все вижу.

— Анастейша, что ты делаешь?

Откусываю кусочек.

— Ем спаржу.

Кристиан ерзает на стуле.

— Думаю, вы играете со мной, мисс Стил.

Делаю невинное лицо.

— Я просто доедаю ужин, мистер Грей.

В самый неподходящий момент появляется официант, стучит и, не дождавшись разрешения, входит. Он бросает взгляд на Кристиана, который вначале хмурится, затем коротким кивком разрешает убрать тарелки. Появление официанта разрушило чары, и ко мне возвращается ясность мышления. Пора уходить. Наша встреча закончится весьма предсказуемо, если я останусь, а после такого серьезного разговора мне необходимо личное пространство. Мое тело жаждет прикосновений, но разум восстает. Пока я буду думать, нужно держаться от Кристиана подальше. Я еще ничего не решила, а его сексуальная привлекательность и опыт только мешают.

— Хочешь десерт? — спрашивает он, истинный джентльмен, но в его глазах еще плещется пламя.

— Нет, спасибо. Думаю, мне пора. — Я смотрю на свои руки.

— Пора? — Он не в силах скрыть удивление.

— Да.

Официант торопливо исчезает.

Правильное решение. Если я останусь с ним в этой комнате, он меня оттрахает. Решительно поднимаюсь и говорю:

— У нас обоих завтра выпускная церемония.

Кристиан машинально встает, сказываются годы укоренившейся вежливости.

— Я не хочу, чтобы ты уходила.

— Пожалуйста... Я должна.

— Почему?

— Потому, что мне нужно многое обдумать... И лучше это сделать вдали от тебя.

— Я могу тебя удержать, — угрожает Кристиан.

— Конечно, но я этого не хочу.

Он ерошит свои волосы и смотрит на меня изучающим взглядом.

— Знаешь, когда ты ввалилась ко мне в кабинет для интервью, ты была вся такая почтительная и послушная, что я было подумал, что ты прирожденная нижняя. Но, честно говоря, Анастейша, я не уверен, что в твоем восхитительном теле есть сабская жилка.

Кристиан говорит сдавленным голосом и медленно движется ко мне.

— Возможно, ты прав, — выдыхаю я.

— Дай мне шанс проверить, так ли это, — шепчет он, глядя на меня в упор, потом ласково гладит мое лицо, проводит большим пальцем по нижней губе. — Я не могу по-другому, Анастейша. Я такой, какой есть.

— Знаю.

Он наклоняется ко мне, чтобы поцеловать, но замирает, не коснувшись моих губ, ищет жадным взглядом мои глаза, словно спрашивает разрешения. Тянусь к его губам, он целует меня. Я не знаю, поцелую ли его еще когда-нибудь, и потому перестаю думать, мои руки сами тянутся к его волосам, притягивают его ближе. Я открываю рот, языком ласкаю его язык. Чувствую ладонь Кристиана сзади на шее, он углубляет поцелуй, отзываясь на мой порыв. Другая рука Кристиана скользит по моей спине, и, добравшись до ягодиц, останавливается, когда он вжимает меня в свое тело.

— Могу ли я убедить тебя остаться? — шепчет он между поцелуями.

— Нет.

— А провести со мной ночь?

— И не трогать тебя? Нет.

Он стонет.

— Ты невыносима. — Он отстраняется и смотрит на меня. — Почему мне кажется, что ты прощаешься?

— Потому, что я сейчас ухожу.

— Я не это имел в виду, ты же понимаешь.

— Кристиан, мне нужно подумать. Я не уверена, что меня устроят те отношения, которых ты хочешь.

Он закрывает глаза и прижимается лбом к моему лбу, давая нам обоим возможность выровнять дыхание. Спустя мгновение он целует меня, глубоко вдыхает, зарывшись носом в мои волосы, а потом отпускает меня и отходит назад.

— Как пожелаете, мисс Стил, — говорит он с непроницаемым лицом. — Я вас провожу.

Кристиан протягивает мне руку. Я наклоняюсь за сумочкой, а потом кладу руку на его ладонь. Черт возьми, все мог-

ло бы быть вот так. Покорно следую за ним вниз по величественной лестнице в вестибюль отеля и чувствую, что кожу
головы покалывает словно иголками, в висках стучит кровь.
Если я откажусь, это будет последняя наша встреча. Сердце
болезненно сжимается. Неожиданный поворот. Подумать
только, что может сделать с девушкой момент истины.

— У тебя есть парковочный талон?

Выуживаю его из сумочки и вручаю Кристиану, тот отдает талон швейцару. Пока мы стоим и ждем, я украдкой
смотрю на Кристиана.

— Спасибо за ужин, — бормочу я.

— Не стоит благодарности, мисс Стил, — вежливо, но
рассеянно отвечает он, поглощенный своими мыслями.

Смотрю на него, запоминая этот красивый профиль.
Навязчивая мысль о том, что, возможно, мы больше не
увидимся, болезненна и неприятна, и я безуспешно пытаюсь ее отогнать. Неожиданно Кристиан поворачивается и
пристально смотрит на меня.

— В конце недели ты переезжаешь в Сиэтл. Если ты примешь правильное решение, встретимся в воскресенье? —
Его голос звучит нерешительно.

— Посмотрим. Возможно, — шепчу я.

Его лицо на мгновенье светлеет, но тут же снова хмурится.

— Похолодало, у тебя жакет с собой?

— Нет.

Кристиан качает головой и снимает пиджак.

— Возьми. Не хочу, чтобы ты простыла.

Он держит пиджак, а я молча хлопаю глазами, отвожу руки назад и вспоминаю, как он накинул мне на плечи куртку у себя в офисе — наша первая встреча! — и мои
тогдашние ощущения. Ничего не изменилось, честно говоря, сейчас его присутствие действует на меня еще сильнее.
Пиджак теплый, слишком большой для меня и пахнет Кристианом. М-м-м... чудесный запах.

Подгоняют мою машину, и у Кристиана отвисает челюсть.

— И ты на этом ездишь?

Он явно потрясен. Взяв мою руку, он выводит меня из
отеля. Парковщик вылезает из машины и отдает мне ключи,
Кристиан небрежно сует ему чаевые.

— Она хоть исправна? — Он бросает на меня сердитый взгляд.

— Да.

— И доедет до Сиэтла?

— Конечно.

— Благополучно?

— Да! — рявкаю я. — Согласна, она уже старая, но это моя машина, и она в исправном состоянии. Мне ее купил отчим.

— О, Анастейша, мы найдем что-нибудь получше.

— Что ты имеешь в виду? — Внезапно меня осеняет. — Ты не станешь покупать мне машину.

Сжав челюсти, он свирепо смотрит на меня и коротко бросает:

— Посмотрим.

Состроив гримасу, Кристиан открывает водительскую дверь и помогает мне залезть в машину. Я снимаю туфли и опускаю окно. Кристиан не сводит с меня потемневших глаз, на его лице непроницаемое выражение.

— Езжай осторожно, — тихо напутствует он меня.

— До свидания, Кристиан, — говорю я хриплым от сдерживаемых слез голосом.

Ну нет, я не буду плакать. Слабо улыбаюсь и уезжаю прочь.

У меня сжимается сердце, из глаз капают слезы, и я давлюсь всхлипами. Вскоре слезы уже льются ручьем, и я сама не понимаю, почему плачу. Я отстаивала свои позиции. Кристиан все четко объяснил и был предельно ясен. Он хочет меня, но правда в том, что мне нужно больше. Хочу, чтобы он нуждался во мне так же сильно, как я в нем, но в глубине души понимаю, что это невозможно. Я в полной растерянности.

Я даже не знаю, к какой категории его отнести. Если я соглашусь… будет ли он считаться моим парнем? Смогу ли я знакомить его с друзьями? Ходить с ним в бары, кино, боулинг? Честно говоря, вряд ли. Он не позволит к себе прикасаться и спать с ним. Знаю, в прошлом у меня не было ничего подобного, но я хочу, чтобы все это было в будущем. А Кристиан видит будущее совсем по-другому.

Допустим, я скажу «да», а через три месяца Кристиан заявит, что все, хватит, он устал от попыток изменить меня. Каково мне придется? Целых три месяца душевных волнений, и вряд ли мне понравится все, что со мной будут делать. А если потом он решит разорвать наши отношения, как я переживу отказ? Может, лучше отступить прямо сейчас, сохранив остатки самоуважения?

От одной мысли, что я его больше не увижу, становится мучительно больно. И когда он успел так глубоко запасть мне в душу? Это ведь не только из-за секса, да? Я смахиваю слезы. Не хочу анализировать свои чувства к Кристиану — боюсь того, что может открыться. Что мне теперь делать?

Паркуюсь рядом с нашим домом. Свет нигде не горит. Должно быть, Кейт куда-то уехала. Я рада — не хочу, чтобы она снова увидела, как я плачу. Я раздеваюсь, включаю чертов ноутбук и вижу, что мне пришло электронное сообщение от Кристиана.

От: Кристиан Грей
Тема: Сегодняшний вечер
Дата: 25.05.2011, 22:01
Кому: Анастейша Стил

Не понимаю, почему ты убежала. Искренне верю, что дал исчерпывающие ответы на твои вопросы. Знаю, что тут есть над чем подумать, но очень хочу, чтобы ты рассмотрела мое предложение со всей серьезностью. Надеюсь, что у нас получится. Мы будем действовать постепенно.

Доверься мне.

Кристиан Грей,
Генеральный директор холдинга «Грей энтерпрайзес»

От его письма я плачу еще сильнее. Я — не компания, с которой Кристиан хочет объединиться и получить контроль над ее активами. А он, судя по его е-мейлу, относится ко мне именно так. Я не отвечаю. Просто не знаю, что ему написать. Натягиваю пижаму, укутываюсь в его пиджак и залезаю в постель. Я лежу, уставившись в темноту, и вспоминаю, как Кристиан предупреждал, чтобы я его избегала.

«Анастейша, держись от меня подальше. Я не тот мужчина, который тебе нужен».

*«Я не завожу романтических отношений с девуш-
ками».*

«Цветы и сердечки не для меня».

«Я не занимаюсь любовью». «Это все, что я знаю».

Я молча рыдаю в подушку, и вдруг мой мозг цепляется
за последнюю фразу. Я тоже ничего не знаю. Возможно,
вместе мы сумеем проложить новый курс.

Глава 14

Кристиан в одних старых полинялых и рваных джинсах
стоит надо мной, сжимая плетеный кожаный стек. Он смотрит на меня, слегка постукивает стеком по ладони и торжествующе улыбается. Я не могу двигаться. Я лежу, обнажен-
ная, распростертая на большой кровати, руки и ноги крепко
привязаны к столбикам. Кристиан наклоняется и медленно
проводит наконечником стека по моему лбу, носу — пахнет
дорогой, хорошо выделанной кожей — и по приоткрытым
губам, из которых вырывается тяжелое дыхание. Он сует
хлыст мне в рот, и я чувствую его вкус.

— Соси! — приказывает он тихим голосом.

Я смыкаю губы вокруг наконечника и повинуюсь.

— Хватит!

Я тяжело дышу, когда Кристиан вытаскивает стек из
моего рта и ведет им по подбородку и шее к впадине между ключицами. Медленно обводит ее и тащит наконечник
стека по моему телу, между грудей и дальше вниз, к пупку.
Хватаю ртом воздух, извиваюсь, натягивая веревки, которые впиваются в запястья и щиколотки. Кожаный наконечник рисует круг вокруг моего пупка, спускается ниже
и через волосы на лобке пробирается к клитору. Кристиан
взмахивает стеком, резкий удар обжигает мое сладостное
местечко, и я, с криком облегчения, бурно кончаю.

Внезапно я просыпаюсь, мне не хватает воздуха, влаж-
ное от пота тело содрогается в отголосках оргазма. Вот черт!
Я растеряна и смущена. Что сейчас случилось? Я в своей
комнате, одна. Как? Почему? Ошеломленная, сажусь в

постели… ой. Уже утро. Смотрю на часы — восемь часов. Опускаю голову на руки. Не знала, что мне может сниться секс. Наверное, что-то съела. Возможно, устрицы и недавние поиски в Интернете вызвали первый в моей жизни эротический сон. Обалдеть, я понятия не имела, что могу испытывать оргазм, когда сплю.

Бреду на кухню, где уже хлопочет Кейт.

— Ана, все нормально? Ты как-то странно выглядишь. Что это на тебе, пиджак Кристиана?

— Все в порядке.

Черт, надо было посмотреться в зеркало. Избегаю пронзительного взгляда зеленых глаз. Меня еще потряхивает от утреннего происшествия, но я продолжаю:

— Да, это его пиджак.

Кейт хмурится.

— Ты спала?

— Плохо.

Иду ставить чайник. Нужно выпить чаю.

— Как прошел ужин?

Ну вот, начинается.

— Мы ели устриц, а потом черную треску. В общем, морепродукты.

— Фи… терпеть не могу устриц, и я спрашивала не про еду. Как Кристиан? О чем вы разговаривали?

— Он был очень внимателен, — говорю я и замолкаю.

Ну и что сказать Кейт? Что Кристиан — ВИЧ-отрицательный, увлекается ролевыми играми, хочет, чтобы я повиновалась ему во всем, он изувечил какую-то женщину, когда подвешивал ее к потолку спальни, и чуть было не трахнул меня в отдельном кабинете во время ужина? Вряд ли это будет хорошим резюме. Отчаянно пытаюсь вспомнить какую-нибудь деталь, о которой можно было бы поговорить с Кейт.

— Ему не нравится Ванда.

— А кому она нравится, Ана? Тоже мне новость. С чего это вдруг ты стала такой скрытной? Давай, подруга, колись!

— Ох, Кейт, мы столько всего говорили! Знаешь, он такой привередливый в еде… Да, кстати, ему очень понравилось твое платье. — Чайник вскипел, и я завариваю себе чай. — Будешь чай? А хочешь, я послушаю твою сегодняшнюю речь?

— Да, пожалуйста. Я над ней вчера весь вечер работала. Сейчас принесу. И да, чаю я тоже хочу, — говорит Кейт и выбегает из кухни.

Ха, Кэтрин Кавана сбили со следа! Режу бейгл и запихиваю в тостер. Вспоминаю утренний сон и заливаюсь краской. Все было как на самом деле. Что бы это значило?

Я с трудом заснула прошлой ночью. Голова гудела от мыслей. Я совершенно растеряна. Отношения, в которые Кристиан хочет меня втянуть, больше похожи на предложение работы. Определенные часы, должностные обязанности и довольно суровый порядок разрешения трудовых споров. Не так я представляла себе свой первый роман — хотя, конечно, Кристиана не интересует романтика. Если я скажу ему, что мне нужно больше, он может отказаться… и тогда я не получу даже того, что он предлагает. И это меня тревожит, так как я не хочу его потерять. Не уверена, что у меня хватит смелости стать его собой — честно говоря, я боюсь плетей и розог. Я — трусиха и сделаю все, что угодно, чтобы избежать физической боли. Вспоминаю свой сон… Неужели все будет, как в нем? Моя внутренняя богиня подпрыгивает, машет чирлидерскими помпонами и кричит «да».

Возвращается Кейт со своим ноутбуком. Я сосредоточенно ем тосты и терпеливо слушаю речь, которую она подготовила для выпускной церемонии.

Я уже одета и готова к выходу, когда приезжает Рэй. Открываю дверь, и вот он, в плохо подогнанном костюме стоит на крыльце. Меня охватывает волна благодарности и любви к этому незамысловатому человеку, и я бросаюсь ему на шею, хотя обычно не проявляю свои чувства подобным образом. Рэй озадачен и смущен.

— Эй, Ана, я тоже рад тебя видеть! — бормочет он и обнимает меня. Потом отстраняется и, нахмурившись, берет меня за плечи и окидывает внимательным взглядом. — Ребенок, ты в порядке?

— Конечно, па! Неужели девушка не может порадоваться своему старику?

Он улыбается, от чего в уголках его темных глаз появляются морщинки, и идет за мной в гостиную.

— Отлично выглядишь!

— Это платье Кейт. — Я смотрю вниз на серое шифоновое платье с лямкой через шею.

Рэй хмурится.

— А где Кейт?

— Уехала в кампус. Сегодня она выступает с речью, так что должна быть пораньше.

— А нам не пора?

— Пап, у нас еще полчаса. Хочешь чаю? И расскажи мне, чего нового в Монтесано. Как прошла поездка?

Рэй оставляет машину на университетской стоянке, и мы направляемся в спортивный зал, следуя за людским потоком, в котором мелькают многочисленные черные и красные мантии.

— Удачи, Ана. Похоже, ты ужасно волнуешься. Тебе тоже нужно выступать?

Вот черт! Ну почему Рэй выбрал именно этот день, чтобы проявить излишнюю наблюдательность?

— Нет, пап. Просто сегодня такой важный день.

«И я увижу Кристиана», — добавляю я мысленно.

— Да, моя малышка получает диплом. Я горжусь тобой, Ана.

— Э-э... спасибо, Рэй.

Я люблю этого человека.

В спортзале полно народу. Рэй идет к зрительским трибунам, где сидят родственники и друзья, а я ищу свое место. На мне черная мантия и четырехугольная шапочка, и под их защитой я чувствую себя неузнаваемой. На сцене пока никого нет, но я никак не могу успокоиться. Сердце бешено стучит, дыхание поверхностное. Кристиан где-то здесь. Кто знает, может, сейчас Кейт говорит с ним, расспрашивает. Пробираюсь к своему месту среди других студентов, чьи фамилии начинаются с буквы «С». Я сижу во втором ряду, что делает меня еще незаметнее. Оглядываюсь вокруг и высоко на трибуне замечаю Рэя. Машу ему рукой. Он смущенно то ли машет, то ли салютует в ответ. Сажусь и жду.

Зал быстро заполняется, гул возбужденных голосов становится все громче и громче. На ряду передо мной уже нет свободных мест. Две незнакомые девушки с другого факультета садятся на стулья рядом со мной. Они явно подруги и переговариваются через меня.

Ровно в одиннадцать часов из-за сцены выходит ректор в сопровождении трех проректоров, а за ними — старшие преподаватели, все в полном академическом облачении черного и коричневого цветов. Мы встаем, приветствуя педагогический состав аплодисментами. Некоторые преподаватели кивают и машут, другим, похоже, скучно. Профессор Коллинз, мой научный руководитель и самый любимый преподаватель, выглядит как обычно — словно только что встал с кровати. Последними на сцену выходят Кейт и Кристиан. Кристиан в сшитом на заказ сером костюме и с волосами, отливающими медным блеском в ярком свете ламп, выгодно отличается от всех остальных. Серьезный и сосредоточенный, он садится, расстегивает однобортный пиджак, и я замечаю его галстук. Вот черт… это тот самый галстук! Машинально тру запястья. Я не могу отвести от Кристиана глаз — его красота, как всегда, приводит меня в смятенье, — и он надел тот галстук наверняка не без умысла. Чувствую, как губы сжимаются в тонкую линию. Зрители садятся, и аплодисменты стихают.

— Ты только посмотри на него! — восторженно выдыхает одна из моих соседок, обращаясь к подруге.

— Он такой сексуальный!

Я цепенею. Вряд ли они говорят о профессоре Коллинзе.

— Должно быть, это Кристиан Грей.

— Он свободен?

Меня переполняет негодование.

— Не думаю, — бормочу я.

— Ой! — обе девушки удивленно смотрят на меня.

— По-моему, он гей, — выдавливаю я.

— Вот обидно! — вздыхает одна из девушек.

Пока ректор встает и речью открывает церемонию, я наблюдаю, как Кристиан незаметно оглядывает зал. Я вжимаюсь в стул и сутулюсь в попытке стать как можно незаметнее. Безуспешно — секунду спустя взгляд серых глаз встречается с моим. Кристиан невозмутимо смотрит на меня, на его лице застыло непроницаемое выражение. Я неловко ерзаю, загипнотизированная его взглядом, и чувствую, как медленно заливаюсь краской. Невольно вспоминаю утрен-

ний сон, и мышцы в животе сладостно сжимаются. Я резко вдыхаю. На губах Кристиана мелькает легкая улыбка.
На долю секунды он прикрывает глаза, а потом его лицо
принимает прежнее невозмутимое выражение. Мельком
взглянув на ректора, Кристиан смотрит вперед, на эмблему
университета, которая висит над входом. Его взгляд больше
не обращается в мою сторону. Ректор все говорит и говорит,
а Кристиан по-прежнему не смотрит на меня, сидит, уставившись прямо перед собой.

Ну почему он не смотрит на меня? Может, передумал?
Мне становится не по себе. Наверное, мое бегство вчера
вечером стало для него последней каплей. Он устал ждать,
пока я приму решение. Ох, нет, похоже, я все испортила.
Вспоминаю его последний е-мейл. Возможно, он злится
из-за того, что я не ответила.

Внезапно зал взрывается аплодисментами, и слово получает мисс Кэтрин Кавана. Ректор садится, а Кейт откидывает назад прекрасные длинные волосы и кладет перед
собой листки с речью. Она не торопится, ее не смущает тысяча зрителей, которые глядят на нее во все глаза. Закончив
приготовления, Кейт улыбается, смотрит на завороженную
толпу и начинает говорить. Она так уверенна и остроумна,
что мои соседки разражаются смехом при первой же шутке.
«Ох, Кэтрин Кавана, ты знаешь, как привлечь внимание!»
Я горжусь ею, и даже мысли о Кристиане отходят на второй
план. Я уже слышала эту речь, но внимаю каждому слову.
Кейт завладела аудиторией и ведет ее за собой.

Речь посвящена тому, что нас ждет после колледжа. Вот
именно, что? Кристиан смотрит на Кейт, слегка приподняв брови. Думаю, он удивлен. Да, могло случиться так,
что интервью у него брала бы Кейт. И ей он делал бы не-
приличные предложения. Ослепительная Кейт и красавец
Кристиан вместе. Я могла бы восхищаться им издали, как
эти две девушки, что сидят рядом со мной. Наверняка Кейт
не стала бы ему угождать. Как там она назвала его на днях?
Жуткий. От мысли о конфронтации между Кристианом
и Кейт мне становится не по себе. Честно говоря, даже не
знаю, на кого бы я поставила.

Кейт эффектно заканчивает выступление, и зал взрывается одобрительными возгласами и аплодисментами,
все встают. Первая бурная овация Кейт. Я улыбаюсь ей и

что-то кричу, она улыбается в ответ. Молодчина, Кейт! Она садится, зрители тоже, а ректор встает и представляет Кристиана. Вот черт, Кристиан будет выступать с речью! Ректор коротко упоминает о его достижениях: генеральный директор собственной, чрезвычайно успешной компании, человек, который добился успеха собственными силами.

— ...а также главный благотворитель нашего университета. Поприветствуем мистера Кристиана Грея!

Ректор трясет руку Кристиана, в зале звучат вежливые аплодисменты. У меня сердце подступает к горлу. Кристиан подходит к трибуне и окидывает взглядом аудиторию. Как и Кейт, он держится очень уверенно. Мои соседки подаются вперед, они явно восхищены. Думаю, большая часть женской аудитории последовала их примеру, и некоторые из мужчин тоже. Кристиан начинает говорить, его тихий, неторопливый голос завораживает.

— Я искренне польщен и благодарю за честь, оказанную мне сегодня руководством Вашингтонского университета. Я получил редкую возможность рассказать об огромной работе, которую проводит университетская кафедра экологии. Наша промежуточная цель — разработать рентабельные и экологически безопасные способы ведения сельского хозяйства для стран третьего мира, а конечной целью мы видим устранение голода и нищеты во всем мире. Более миллиарда людей, в основном из стран Африки к югу от Сахары, а также Южной Азии и Латинской Америки, живут в крайней нищете. Бедственное положение в сельском хозяйстве стало привычным для этих регионов и является результатом разрушения природного комплекса и социальной среды. Я не понаслышке знаю, что такое голод. Для меня это очень личное...

У меня отвисает челюсть. Что? Кристиан когда-то голодал. Ох, ни фига себе! Что ж, это многое объясняет. Я вспоминаю интервью — он на самом деле хочет накормить весь мир. Я судорожно вспоминаю статью Кейт. Его усыновили в четыре года. Не могу представить, что Грейс морила его голодом, наверное, это случилось еще до усыновления, когда Кристиан был совсем маленьким. Я сглатываю, сердце сжимается от мысли о голодном сероглазом малыше. О, нет. Какую жизнь он вел, пока семейство Грей не нашло его и не усыновило? Меня охватывает чувство возмущения. Бедный, униженный, извращенный филантроп Кристиан — хотя я больше чем уверена, что он не видит себя в таком свете и отверг бы любое проявление жалости или сочувствия. Внезапно зал разражается аплодисментами и встает. Я тоже встаю, хотя пропустила половину выступления мимо ушей. Он занимается благотворительностью, руководит огромной компанией и одновременно преследует меня. Потрясающе. Я вспоминаю обрывки разговора о Дарфуре... Все сходится. Еда.

Кристиан коротко улыбается теплому приему — даже Кейт аплодирует — и садится на место. Он не смотрит в мою сторону, а я ошарашенно пытаюсь осмыслить новую информацию.

Встает один из проректоров, и начинается долгая, утомительная церемония вручения дипломов. Их более четырехсот, и проходит почти целый час, прежде чем я слышу свое имя. В компании двух хихикающих девиц иду к сцене. Кристиан смотрит на меня теплым, но сдержанным взглядом.

— Поздравляю, мисс Стил, — говорит он и пожимает мою руку. Его прикосновение ласковое, но настойчивое. — У вас сломался ноутбук?

Он вручает мне диплом, а я хмурюсь.

— Нет.

— Тогда почему вы не отвечаете на мои е-мейлы?

— Я видела только то письмо, где говорится о передаче контроля над активами.

Кристиан озадаченно смотрит на меня.

— Позже, — бросает он, и я вынуждена уйти со сцены, чтобы не задерживать очередь выпускников.

Церемония продолжается еще час. Похоже, она никогда не закончится. Наконец под громкие аплодисменты ректор выводит на сцену весь преподавательский состав, впереди идут Кристиан и Кейт. Кристиан не смотрит на меня, хотя я очень этого хочу. Моя внутренняя богиня недовольна.

Я стою и жду, пока не разойдется наш ряд зрителей, когда меня окликает Кейт. Она направляется ко мне из-за сцены.

— Кристиан хочет с тобой поговорить! — кричит она.

Мои соседки, которые тоже встали, поворачиваются и изумленно смотрят на меня.

— Он послал меня за тобой, — продолжает Кейт.

Ох…

— Прекрасная речь, Кейт.

— Да, неплохо получилось. — Она сияет. — Так ты идешь? Он может быть весьма настойчивым.

Кейт закатывает глаза, и я улыбаюсь.

— Ты даже не представляешь, насколько… Я не могу надолго оставить Рэя.

Я нахожу взглядом Рэя и поднимаю руку, показывая, что задержусь на пять минут. Он согласно кивает, и я следую за Кейт в коридор за сценой. Кристиан разговаривает с ректором и двумя преподавателями. Заметив меня, он поднимает голову.

— Прошу прощенья, джентльмены, — говорит он и направляется ко мне, одарив Кейт мимолетной улыбкой.

— Спасибо, — благодарит Кристиан и, прежде чем Кейт успевает ответить, берет меня за локоть и затаскивает в какую-то комнатушку, похоже, мужскую раздевалку.

Он осматривается и, удостоверившись, что кроме нас там никого нет, закрывает дверь на замок.

Вот черт, что у него на уме? Я мигаю, когда он поворачивается ко мне.

— Почему ты не ответила на мое письмо? Или на SMS-сообщение?

Он смотрит на меня свирепым взглядом. Я сконфужена и растеряна.

— Я сегодня не заглядывала ни в компьютер, ни в телефон.

Ни хрена себе, неужели он звонил? Я применяю технику отвлечения, которая отлично работает при общении с Кейт.

— Прекрасная речь.

— Спасибо.

— Теперь понятно, почему ты так зациклен на еде.

Кристиан проводит рукой по волосам и, похоже, сердится.

— Анастейша, я не хочу обсуждать это сейчас. — Он со страдальческим видом закрывает глаза. — Я волновался за тебя.

— Почему?

— Потому что ты уехала домой в этой развалюхе, которую называешь машиной.

— Развалюха? Она в отличном состоянии. Хосе регулярно ее осматривает и ремонтирует.

— Хосе? Тот фотограф? — Глаза Кристиана сужаются, лицо принимает ледяное выражение.

Вот дерьмо!

— Да, «Фольксваген» когда-то принадлежал его матери.

— Ага, а еще раньше бабушке и прабабушке. Эта машина небезопасна.

— Я вожу ее больше трех лет. Извини, что заставила волноваться. Почему ты не позвонил?

Господи, как же болезненно он все воспринимает!

Кристиан делает глубокий вдох.

— Анастейша, мне нужен твой ответ. Ожидание сводит меня с ума.

— Кристиан, я… Слушай, я оставила отчима одного.

— Завтра. Я хочу получить ответ завтра.

— Хорошо. Завтра и получишь.

Прищурившись, смотрю на него.

Он отступает назад, не сводя с меня холодного взгляда, его плечи расслабляются.

— Останешься выпить?

— Я не знаю, как Рэй скажет.

— Твой отчим? Я хочу с ним познакомиться.

О, нет… Это еще зачем?

— Не стоит.

Кристиан отпирает дверь, его рот мрачно сжат.

— Ты меня стыдишься?

— Нет! — Теперь моя очередь злиться. — Как, по-твоему, я должна тебя представить? «Это человек, который лишил меня девственности и хочет вступить со мной в БДСМ-отношения?» Ты не надел кроссовки для бега.

Кристиан сердито смотрит на меня, потом его губы кривятся в улыбке. И хотя я безумно на него зла, не могу удержаться и тоже улыбаюсь в ответ.

— К твоему сведению, я очень быстро бегаю. Просто скажи, что я твой друг, Анастейша.

Он открывает дверь, и я выхожу первой. Мысли скачут в разные стороны. Ректор, три проректора, четыре профессора и Кейт изумленно таращатся на меня, когда я торопливо прохожу мимо них. Твою ж мать! Оставив Кристиана с преподавателями, отправляюсь на поиски Рэя.

«Скажи, что я твой друг…» «Ага, друг по койке», — хмуро подсказывает подсознание. Да знаю я, знаю. Гоню неприятную мысль прочь. Ну и как я представлю его Рэю? Зал еще наполовину полон, и Рэй стоит там, где стоял. Он видит меня, машет рукой и спускается вниз.

— Привет, Ана. Мои поздравления. — Он обнимает меня одной рукой.

— Пойдем в шатер, выпьем?

— Конечно. Это твой день. Показывай дорогу.

— Если не хочешь, можно не ходить.

«Ну пожалуйста, откажись…»

— Ана, я просидел два с половиной часа, слушая всякую болтовню. Мне необходимо выпить.

Беру его под руку, и мы вместе с толпой выходим в тепло послеполуденного солнца. Проходим мимо очереди к фотографу.

— Да, чуть было не забыл. — Рэй достает из кармана цифровой фотоаппарат. — Снимок для альбома.

Я закатываю глаза, а он фотографирует меня.

— А теперь я могу снять мантию и шапочку? Чувствую себя дурочкой.

«Ты и выглядишь дурочкой… — Мое подсознание язвительно как никогда. — Значит, ты хочешь представить Рэю мужчину, с которым трахаешься? — Оно сурово смотрит на меня сквозь устрашающего вида очки. — Вот он будет гордиться!» Господи, как же я иногда ненавижу свое подсознание!

Шатер огромен, и под ним полно народу — студенты, родители, учителя и друзья, все весело болтают. Рэй протягивает мне бокал шампанского, вернее, дешевого игристого вина. Оно сладкое и теплое. Я вновь думаю о Кристиане. Ему бы не понравилось…

— Ана! — Я оборачиваюсь и попадаю в объятия Итана Кавана.

Он кружит меня, умудрившись не расплескать мое вино, поразительная ловкость.

— Поздравляю! — Он радостно улыбается, в зеленых глазах прыгают смешинки.

Вот это сюрприз! Его светлые волосы растрепаны и выглядят очень сексуально. Итан такой же красивый, как Кейт. Поразительное семейное сходство.

— О, Итан! Как я рада тебя видеть! Пап, это Итан, брат Кейт. Итан, это мой папа, Рэй Стил.

Они обмениваются рукопожатием, папа окидывает мистера Кавана холодным оценивающим взглядом.

— Когда ты вернулся из Европы? — спрашиваю я.

— Неделю назад, но я хотел сделать сюрприз моей сестренке, — отвечает он заговорщическим тоном.

— Так мило, — улыбаюсь я.

— Кейт — лучшая на курсе, ей доверили прощальную речь. Разве я мог это пропустить?

Он чрезвычайно горд за сестру.

— Она отлично выступила.

— Это точно, — соглашается Рэй.

Итан обнимает меня за талию. Я поднимаю голову и вижу устремленный на меня ледяной взгляд серых глаз Кристиана Грея. Рядом с ним Кейт.

— Привет, Рэй!

Кейт целует Рэя в обе щеки, он смущается и краснеет.

— Вы уже знакомы с парнем Аны? Кристиан Грей.

Твою ж мать! Кейт! Чувствую, как кровь отливает от лица.

— Мистер Стил, очень приятно познакомиться, — тепло и приветливо говорит Кристиан, слова Кейт его совершенно не смутили.

Он протягивает руку, Рэй ее пожимает и, нужно отдать ему должное, ни единым жестом не показывает, что удивлен этой сногсшибательной новостью.

Спасибо тебе большое, Кэтрин Кавана! Я буквально киплю от злости. Думаю, мое подсознание хлопнулось в обморок.

— Здравствуйте, мистер Грей, — бормочет Рэй.

На его лице непроницаемое выражение, только большие карие глаза стали еще больше, и в обращенном ко мне взгляде явно читается: «Ну и когда ты собиралась мне об этом рассказать?» Я закусываю губу.

— А это мой брат, Итан Кавана, — говорит Кейт Кристиану.

Кристиан переводит холодный взгляд на Итана, который по-прежнему обнимает меня за талию.

— Мистер Кавана.

Они пожимают друг другу руки. Кристиан протягивает мне ладонь.

— Ана, детка, — негромко произносит он, и от его ласкового голоса у меня едва не подкашиваются ноги.

С холодной улыбкой Кристиан смотрит, как я освобождаюсь от объятий Итана и подхожу к нему. Кейт ухмыляется. Она прекрасно знает, что делает, вот стерва!

— Итан, мама с папой хотят поговорить.

Кейт утаскивает Итана прочь.

— Так сколько времени вы знакомы? — Рэй переводит невозмутимый взгляд с Кристиана на меня.

Я потеряла дар речи и хочу, чтобы земля разверзлась и поглотила меня. Кристиан обнимает меня одной рукой, ласково проводит большим пальцем по моей обнаженной спине и крепко берет за плечо.

— Примерно пару недель, — спокойно говорит он. — Мы познакомились, когда Ана пришла брать у меня интервью для студенческого журнала.

— Не знал, что ты работаешь в студенческом журнале, Ана, — говорит Рэй с мягким укором, он явно недоволен.

Вот дерьмо!

— Кейт была больна, — выдавливаю я. Мне нечего сказать.

— Хорошо выступили, мистер Грей.

— Спасибо, сэр. Насколько я знаю, вы увлекаетесь рыбалкой?

Рэй поднимает брови, улыбается — вот она, искренняя, открытая, но такая редкая улыбка! — и у них с Кристианом завязывается разговор о рыбалке. Честно говоря, чувствую себя лишней. Кристиан, похоже, совершенно очаровал моего папочку… «Совсем как тебя», — замечает подсознание. Сила Кристиана не знает границ. Извиняюсь и ухожу на поиски Кейт.

Она разговаривает со своими родителями, которые, как всегда, дружелюбны и тепло меня приветствуют. Мы мило беседуем — в основном об их предстоящем отпуске на Барбадосе и о нашем с Кейт переезде.

— Кейт, как ты могла выдать меня Рэю? — спрашиваю
я, когда нас никто не слышит.

— Ты сама бы ему никогда не сказала, и я хочу помочь
Кристиану справиться с боязнью серьезных отношений.

Кейт сладко улыбается. Я хмурюсь. Глупая, это я не хочу
отношений!

— Ана, Кристиан по тебе с ума сходит. Даже не парься
по этому поводу. Смотри, он так и ест тебя глазами.

Поворачиваю голову и вижу, что и Рэй, и Кристиан глядят в нашу сторону.

— Он следит за тобой, как ястреб.

— Надо спасать Рэя или Кристиана, не знаю, правда,
кого. Мы еще вернемся к этому разговору, Кэтрин Кавана!
Бросаю на нее свирепый взгляд и ухожу.

— Ана, я оказала тебе услугу! — кричит она мне вслед.

— Привет. — Я улыбаюсь Рэю и Кристиану.

Похоже, они нашли общий язык. Кристиан смеется над
какой-то шуткой, а мой отец держится на удивление раско-
ванно, учитывая обстановку. Интересно, о чем еще они говорили, кроме рыбы?

— Ана, где здесь туалет?

— За шатром налево.

— Сейчас вернусь. Развлекайтесь, дети.

Рей уходит. Я нервно смотрю на Кристиана. Мы ненадолго замолкаем, пока фотограф снимает нас вместе.

— Спасибо, мистер Грей.

Фотограф поспешно уходит. Я моргаю от яркой
вспышки.

— Значит, моего папу ты тоже очаровал?

— Тоже?

Серые глаза Кристиана горят, и он вопросительно поднимает бровь. Я вспыхиваю. Он гладит меня по щеке.

— Как бы я хотел знать, о чем ты думаешь, Анастейша! — шепчет он мрачно, обхватывает мое лицо ладонями
и слегка приподнимает, чтобы взглянуть мне в глаза.

У меня перехватывает дыхание. Почему он так на меня
действует, даже в этом шатре, где полно людей?

— Сейчас я думаю, что у тебя красивый галстук, — выдыхаю я.

Кристиан довольно хмыкает.

— С недавних пор он стал моим любимым.

Я заливаюсь багрянцем.

— Изумительно выглядишь, Анастейша, тебе очень идет это платье, когда ты в нем, я могу гладить твою спину, касаться твоей прекрасной кожи.

Внезапно мне кажется, что мы здесь одни. Только вдвоем, и мое тело сразу же оживает, каждый нерв словно поет, между нами проскакивает электрический разряд, и меня вновь неудержимо тянет к нему.

— Ты же знаешь, малышка, что все будет хорошо, — шепчет он.

Закрываю глаза и чувствую, будто таю изнутри.

— Но я хочу большего, — шепчу я.

— Большего?

Он озадаченно смотрит на меня сверху вниз, его глаза темнеют. Я киваю и сглатываю. Теперь он знает.

— Большего, — тихо повторяет Кристиан.

Он словно пробует это слово на вкус — короткое, простое слово, но сколько в нем обещаний! Кристиан проводит пальцем по моей нижней губе.

— Ты хочешь цветы и сердечки.

Я снова киваю. Кристиан смотрит на меня, прищурившись, и в его глазах отражается внутренняя борьба.

— Анастейша, — мягко произносит он, — я ничего об этом не знаю.

— Я тоже.

Он слегка улыбается.

— Ты вообще ничего не знаешь.

— А то, что знаешь ты, неправильно.

— Неправильно? Только не для меня.

Кристиан качает головой. Он выглядит таким искренним.

— Попробуй сама, — шепчет он.

В его словах звучит вызов, он дразнит меня, когда склоняет голову набок и улыбается своей кривоватой, ослепительной улыбкой.

Мне не хватает воздуха, я словно Ева в раю, а Кристиан — змей, и я поддаюсь искушению.

— Хорошо, — шепчу я.

— Что?

Все его внимание сосредоточено на мне. Я сглатываю.

— Хорошо, я попробую.

— Так ты согласна? — В его голосе звучит недоверие.

— Да, при условии соблюдения пределов допустимого. Я попробую.—Мой голос едва слышен.

Кристиан закрывает глаза и заключает меня в объятия.

— Господи, Ана, ты непредсказуема. Ты не устаешь меня поражать.

Он отступает назад, и я вдруг понимаю, что Рэй уже вернулся, и гул голосов в шатре становится все громче и громче. Оказывается, мы не одни. Вот черт, я только что согласилась быть его сабой. Кристиан улыбается Рэю, его глаза светятся радостью.

— Ана, может, пообедаем?

— Хорошо.

Я, моргая, смотрю на Рэя и пытаюсь прийти в себя. «Что ты наделала?» — кричит подсознание. Моя внутренняя богиня крутит сальто назад, которое сделало бы честь гимнастке из российской олимпийской сборной.

— Кристиан, присоединишься к нам? — спрашивает Рэй.

Кристиан, надо же! Я смотрю на него умоляющим взглядом — хочу, чтобы он отказался. Мне нужно подумать. Черт возьми, что я наделала?

— Спасибо, мистер Стил, но у меня дела. Рад нашей встрече, сэр.

— И я тоже, — отвечает Рэй. — Позаботься о моей малышке.

— Конечно, мистер Стил, именно это я и собираюсь сделать.

Они пожимают друг другу руки. Меня слегка подташнивает. Рэй понятия не имеет, как Кристиан намерен заботиться обо мне. Кристиан берет мою руку, поднимает к губам и нежно целует мои пальцы, его пылающие глаза смотрят на меня в упор.

— Позже, мисс Стил, — шепчет он обещающим голосом.

Внутри у меня все сжимается при мысли о… Постойте-ка, что значит «позже»?

Рэй берет меня за локоть и ведет к выходу.

— Похоже, приличный молодой человек. И состоятельный. Ты могла бы найти парня куда хуже, Ана. Хотя обидно, что я узнал о нем от Кэтрин, — ворчит он.

Я сконфуженно пожимаю плечами.

— Ладно, парень, который любит и умеет ловить рыбу нахлыстом, меня устраивает.

Ох, ни фига себе — Рэй одобряет Кристиана! Если бы он только знал...

Рэй привозит меня домой уже почти в темноте.

— Позвони маме, — говорит он.

— Обязательно. Спасибо, что приехал, папа.

— Ни за что бы не пропустил твою выпускную церемонию, Ана. Я так тобой горжусь!

Ох, нет! Не могу позволить себе расчувствоваться. У меня комок подкатывает к горлу, и я крепко обнимаю Рэя. Он ошеломленно притягивает меня к себе, и я больше не сдерживаюсь. Мои глаза наполняются слезами.

— Эй, Ана, милая, что с тобой? — ласково бормочет Рэй. — Такой важный день... Хочешь, я зайду в дом и заварю тебе чаю?

Я смеюсь сквозь слезы. По мнению Рэя, чай — проверенное средство на все случаи жизни. Вспоминаю, как мама жаловалась на Рэя, утверждая, что, когда дело доходит до чая и взаимопонимания, Рэй замечательно делает чай, а вот с пониманием дела обстоят гораздо хуже.

— Нет, пап, все в порядке. Так было здорово с тобой повидаться! Я скоро приеду, вот только устроюсь в Сиэтле.

— Удачи на собеседованиях. Сообщи, как они пройдут.

— Конечно, па.

— Я люблю тебя, Ана.

— И я тебя, папа.

Он улыбается, смотрит на меня теплым взглядом карих глаз и садится в автомобиль. Машу ему рукой, и он уезжает в сгущающиеся сумерки, а я бреду в дом.

Первым делом проверяю мобильник. Он разряжен, приходится искать зарядное устройство и ставить телефон заряжаться. Четыре пропущенных звонка, одно голосовое сообщение и две эсэмэски. Три пропущенных звонка от Кристиана... голосовых сообщений нет. Один пропущенный звонок от Хосе и голосовое сообщение от него же, в котором он поздравляет меня с окончанием университета.

Открываю текстовые сообщения.

Ты добралась домой
Позвони мне

Обе эсэмэски от Кристиана. Почему он не позвонил на домашний телефон? Иду в свою комнату и включаю чертов ноутбук.

От: Кристиан Грей
Тема: Сегодняшний вечер
Дата: 25.05.2011, 23:58
Кому: Анастейша Стил

Надеюсь, ты добралась домой в этой так называемой машине.

Сообщи, что у тебя все в порядке.

Кристиан Грей,
Генеральный директор холдинга «Грей энтерпрайзес»

Ох, ну почему моя машина не дает ему покоя? Она три года служила мне верой и правдой, а Хосе всегда был рядом, чтобы помочь с ремонтом. Следующее послание датировано сегодняшним числом.

От: Кристиан Грей
Тема: Пределы допустимого
Дата: 26.05.2011, 17:22
Кому: Анастейша Стил

Что я еще тебе не сказал?

Буду рад обсудить их в любое время.

Сегодня ты была прекрасна.

Кристиан Грей,
Генеральный директор холдинга «Грей энтерпрайзес»

Я хочу его видеть. Отправляю ответ.

От: Анастейша Стил
Тема: Пределы допустимого
Дата: 26.05.2011, 19:23
Кому: Кристиан Грей

Если хочешь, можем обсудить их сегодня. Я приеду.

Ана

От: Кристиан Грей
Тема: Пределы допустимого.
Дата: 26.05.2011, 19:27
Кому: Анастейша Стил

Я сам приеду. Мне действительно не нравится, что ты водишь эту машину.

Скоро буду.

Кристиан Грей,
Генеральный директор холдинга «Грей энтерпрайзес»

Вот черт… Кристиан сейчас приедет. Мне нужно кое-что подготовить к его приезду — первое издание Томаса Гарди до сих пор стоит на полке в гостиной. Я не могу оставить эти книги. Заворачиваю трехтомник в оберточную бумагу и пишу на пакете точную цитату из «Тэсс»:

Я согласна на эти условия, Энджел, потому что тебе лучше знать, какое наказание я заслуживаю. Но только… только сделай так, чтобы оно было мне по силам![1]

Глава 15

— Привет.

Я ужасно стесняюсь, когда открываю дверь. Кристиан в джинсах и кожаной куртке стоит на крыльце.

— Привет, — отвечает он, и лучезарная улыбка озаряет его лицо. Улучив мгновение, любуюсь его красотой. Ох, до чего же он сексуальный в коже!

— Заходи.

— Если позволишь, — говорит он весело. В руках у него бутылка шампанского. — Я подумал, что надо бы отпраздновать окончание университета. Ничто не побьет славное «Боланже».

— Интересный выбор слов, — сухо комментирую я.

Он ухмыляется.

— О, мне нравится твое остроумие, Анастейша.

---

[1] Перевод А. Кривцовой.

— У нас только чайные чашки. Стаканы мы уже упаковали.

— Чашки? Прекрасно.

Иду на кухню. Я сильно волнуюсь, в животе словно бабочки порхают. Такое ощущение, что у меня в гостиной непредсказуемый хищник — леопард или кугуар.

— Блюдца тоже нести?

— Достаточно чашек, — отвечает Кристиан.

Когда я возвращаюсь, он разглядывает коричневый пакет с книгами. Ставлю чашки на стол.

— Это тебе, — говорю я с тревогой.

Вот дерьмо… похоже, назревает конфликт.

— Хм, я догадался. Весьма уместная цитата. — Он рассеянно водит длинным указательным пальцем по надписи. — А я-то думал, что я — д'Эрбервилль, а не Энджел. Похоже, ты решила меня понизить.

Кристиан одаривает меня свирепой улыбкой и продолжает:

— Только тебе могло прийти в голову подобрать подходящую к случаю цитату.

— Это еще и просьба, — шепчу я.

Почему я так волнуюсь? У меня пересохло во рту.

— Просьба? Чтобы я был с тобой не слишком суров?

Я киваю.

— Я купил эти книги для тебя, — тихо произносит Кристиан с бесстрастным выражением лица. — Обещаю, что буду не слишком суров, если ты их примешь.

Судорожно сглатываю.

— Кристиан, я не могу, они слишком дорогие.

— Видишь, вот об этом я говорил, о твоем неповиновении. Я хочу, чтобы ты их взяла, и точка. Все очень просто. Тебе не нужно об этом думать. Как моя саба, ты должна быть благодарна, и все. Ты просто принимаешь мои подарки потому, что мне нравится их дарить.

— Я не была твоей сабой, когда ты купил эти книги, — шепчу я.

— Да… но ты согласилась, Анастейша. — Его взгляд становится настороженным.

Я вздыхаю. Здесь мне не выиграть, значит, переходим к плану «Б».

— Раз они мои, я могу делать с ними все, что хочу?

Кристиан подозрительно смотрит на меня, затем неохотно соглашается.

— Да.

— Тогда я хотела бы пожертвовать их благотворительной организации, что работает в Дарфуре, так как этот район тебе особенно дорог. Пусть выставят эти книги на аукцион.

— Ну, если ты этого хочешь.

Его рот сжимается в жесткую линию. Кристиан явно обижен.

Я вспыхиваю.

— Я еще подумаю, — бормочу я.

Я не хочу огорчать Кристиана и вспоминаю его слова: «Я хочу, чтобы ты хотела мне угодить».

— Не надо думать, Анастейша. По крайней мере, об этом, — говорит Кристиан тихо и серьезно.

Как же мне не думать? «Можешь притвориться, что ты машина, одно из его приобретений», — язвительно замечает мое подсознание. Я игнорирую непрошеный совет. Ох, а нельзя ли вернуться к самому началу? Мы оба испытываем неловкость. Не знаю, что делать, и молча разглядываю свои пальцы. Как спасти положение?

Кристиан ставит шампанское на стол, подходит ближе и, взяв меня за подбородок, поднимает мою голову. Он пристально смотрит на меня, его лицо мрачно.

— Я буду покупать тебе много разных вещей, Анастейша. Привыкай. Я могу себе это позволить. Я очень богатый человек. — Он наклоняется и нежно, почти целомудренно целует меня в губы. — Пожалуйста.

Он отпускает меня.

«Нет!» — шепчет мое подсознание.

— Мне неловко, чувствую себя дешевкой, — бормочу я.

Кристиан запускает руку в свои волосы, похоже, он сердится.

— Не нужно. Ты слишком много думаешь, Анастейша. Не суди себя, основываясь на том, что, возможно, о тебе подумают другие. Не трать свою энергию. Это все из-за того, что у тебя есть сомнения относительно нашей договоренности, что вполне естественно. Ты не знаешь, во что ввязываешься.

Я хмурю брови и пытаюсь осмыслить его слова.

— Эй, ну-ка, прекрати! — тихо приказывает он, вновь берет меня за подбородок и осторожно тянет вниз, чтобы я перестала кусать нижнюю губу. — В тебе нет ничего дешевого, Анастейша, и не смей так думать. Я просто купил тебе старые книги, подумал, что они тебе понравятся. Выпей шампанского.

Его взгляд смягчается и теплеет, и я нерешительно улыбаюсь.

— Так-то лучше, — шепчет Кристиан.

Он берет шампанское, снимает фольгу и проволоку, слегка поворачивает бутылку, а не пробку, и с легким хлопком эффектно открывает вино, не пролив ни капли. Наполняет чашки до половины.

— Оно розовое, — удивляюсь я.

— «Боланже Гранд Анне Розе» тысяча девятьсот девяносто девятого года, превосходный купаж, — говорит Кристиан со вкусом.

— В чашках.

Он ухмыляется.

— Точно. Поздравляю с окончанием университета, Анастейша.

Мы чокаемся чашками, и Кристиан делает глоток, а я не могу отделаться от мысли, что мы пьем за мою капитуляцию.

— Спасибо, — говорю я вполголоса и пробую шампанское.

Оно восхитительно, кто бы сомневался.

— Может, обсудим пределы допустимого? — предлагаю я.

Кристиан улыбается, а я краснею.

— Ты, как всегда, полна энтузиазма.

Он берет меня за руку, ведет к дивану, садится сам и усаживает меня рядом.

— Твой отчим очень неразговорчивый человек.

Ох… значит, пределы допустимого пока обсуждать не будем. Я просто хочу побыстрее с ними разделаться; меня уже измучила тревога.

— Ты его очаровал, он тебе чуть ли не в рот заглядывал.

Я недовольно надуваю губы. Кристиан тихо смеется.

— Только потому, что я умею рыбачить.

— Откуда ты узнал, что он заядлый рыболов?

— Ты сказала, когда мы пили кофе.

— Правда?

Делаю еще глоток. И как это Кристиан умудряется все помнить? Хм, шампанское действительно превосходное.

— Ты пробовал вино на приеме? — спрашиваю я.

Кристиан корчит гримасу.

— Да. Отвратительное пойло.

— Я подумала о тебе, когда его попробовала. Как ты стал таким знатоком вина?

— Я вовсе не знаток, Анастейша. Просто разбираюсь в том, что мне нравится.

Его серые глаза сияют почти серебряным блеском, и я краснею от их взгляда.

— Еще немного? — спрашивает Кристиан, имея в виду шампанское.

— Да, пожалуйста.

Кристиан грациозно встает, берет бутылку и наполняет мою чашку. Он что, хочет меня напоить? Подозрительно смотрю на него.

— Комната выглядит почти пустой, вы уже все упаковали?

— Более или менее.

— Ты завтра работаешь?

— Да, мой последний день в магазине.

— Я бы помог вам с переездом, но я обещал сестре, что встречу ее в аэропорту.

Ой, вот это новость!

— Миа прилетает из Парижа в субботу рано утром. Завтра я уезжаю в Сиэтл, но, как я слышал, Элиот вам поможет.

— Да, Кейт просто в восторге.

Кристиан хмурится.

— Кейт и Элиот, кто бы мог подумать? — бормочет он, по какой-то причине ему это явно не нравится. — А как насчет работы в Сиэтле?

«Когда же мы начнем обсуждать эти пределы? Что у него на уме?» — мелькает у меня в голове, и я отвечаю:

— Мне назначили пару собеседований, хочу устроиться стажером.

— И когда ты собиралась мне это рассказать? — Он поднимает бровь.

— Э-э-э… вот, рассказываю.

Кристиан прищуривает глаза.

— Где будут собеседования?

Не хочу, чтобы он знал, вдруг захочет использовать свое влияние?

— В издательствах.

— Ты хочешь заниматься издательским делом?

Я осторожно киваю.

— Ну? — Он смотрит на меня, терпеливо ожидая дальнейшей информации.

— Что «ну»?

— Не тупи, Анастейша, в каких издательствах? — сердится он.

— Совсем маленьких, — бормочу я.

— Почему ты не хочешь, чтобы я знал?

— Злоупотребление влиянием.

Он хмурится.

— О, теперь ты сам тупишь.

Он смеется.

— Кто, я? Ну и дерзкая же ты! Пей, давай обсудим эти пределы.

Кристиан достает из кармана еще одну копию моего послания и перечень. У него что, эти бумажки всегда при себе? Я вспоминаю, что в его пиджаке, который остался у меня, точно есть пара страниц. Черт, надо бы про них не забыть. Осушаю чашку с шампанским.

Кристиан бросает на меня быстрый взгляд.

— Еще?

— Да, пожалуйста.

Он самодовольно улыбается, берет бутылку и замирает.

— Ты сегодня ела?

О нет, опять он за свое!

— Да, мы с Рэем съели обед из трех блюд.

Я закатываю глаза. Расхрабрилась от шампанского.

Он наклоняется ко мне, берет за подбородок и пристально смотрит в глаза.

— Еще раз так сделаешь, и я живо уложу тебя поперек колен.

Что?!

— Ой! — выдыхаю я и вижу, что его глаза горят от возбуждения.

— Ой! — передразнивает Кристиан. — Все, Анастейша, началось.

Мое сердце бешено колотится, а бабочки, похоже, перелетели из живота в судорожно сжавшееся горло. Почему это так возбуждает?

Кристиан наливает мне шампанского, и я выпиваю почти всю чашку. Немного успокоившись, смотрю на него.

— Я добился твоего внимания, да?

Я киваю.

— Отвечай.

— Да... я вся внимание.

— Отлично. — Он понимающе улыбается. — Значит, сексуальные действия. Мы почти всем уже занимались.

Я пододвигаюсь к нему ближе и смотрю на перечень.

Приложение 3

ПРЕДЕЛЫ ДОПУСТИМОГО

Подлежат обсуждению и определяются по обоюдному согласию Сторон:

Какие из нижеперечисленных сексуальных действий являются допустимыми для Сабмиссива?

- Мастурбация
- Феллацио
- Куннилингус
- Вагинальный секс
- Вагинальный фистинг
- Анальный секс
- Анальный фистинг

— Ты сказала, никакого фистинга. Еще возражения будут? — мягко спрашивает Кристиан.

Я сглатываю.

— Анальный секс мне не нравится.

— Я согласен убрать фистинг, но у меня серьезные планы на твой зад, Анастейша. Но торопиться не будем, тем более с наскоку это не делают. — Он самодовольно ухмыляется. — Твоему заднему проходу потребуется тренировка.

— Тренировка? — переспрашиваю я шепотом.

— О да. Нужно осторожно его подготовить. Поверь, анальный секс может доставлять большое удовольствие. Но если мы попробуем и тебе не понравится, можно обойтись и без него.

Кристиан улыбается мне, а я только хлопаю глазами. Неужели он думает, что мне понравится? Откуда он знает, что это приятно?

— А ты сам пробовал? — шепчу я.

— Да.

Ох, ни фига себе! Хватаю ртом воздух.

— С мужчиной?

— Нет, я никогда не занимался сексом с мужчинами. Это не мое.

— С миссис Робинсон?

— Да.

Вот дерьмо... но как? Кристиан просматривает перечень.

— Глотание спермы... Ну, в этом у тебя высший балл.

Я краснею, а моя внутренняя богиня причмокивает губами и просто светится от гордости.

— Значит, глотание спермы оставляем? — Он смотрит на меня и улыбается.

Я киваю, не в силах посмотреть ему в глаза, и снова осушаю свою чашку.

— Еще больше? — интересуется он.

— Да.

И пока он наполняет мою чашку, я вспоминаю, о чем мы сегодня говорили. Что имеет в виду Кристиан, наш разговор или шампанское? А, может, шампанское и есть то самое «большее»?

— Сексуальные игрушки? — спрашивает Кристиан.

Я пожимаю плечами и смотрю на список.

Допустимо ли использование сексуальных игрушек?
• Вибраторов
• Фаллоимитаторов
• Анальных пробок
• Других

— Анальная пробка? Ее предназначение соответствует названию? — Недовольно морщу нос.

— Да, — улыбается Кристиан. — Это то, что я говорил об анальном сексе. Тренировка.

— А… что подразумевается под «другими»?

— Бусы, яйца… всякое такое.

— Яйца? — Я не на шутку встревожена.

— Не настоящие.

Кристиан громко смеется, качая головой. Поджимаю губы.

— Рада, что повеселила, — говорю я, не скрывая обиды в голосе.

Он замолкает.

— Приношу извинения, мисс Стил, мне искренне жаль, — говорит он с сокрушенным видом, но в его глазах пляшут смешинки. — Какие-нибудь возражения против игрушек?

— Нет, — резко отвечаю я.

— Анастейша, — улещивает меня Кристиан, — мне на самом деле очень жаль. Честно, поверь. Я не хотел смеяться. Мне еще не приходилось вести подобные разговоры в таких подробностях. Ты просто совсем неопытная. Извини.

Взгляд больших серых глаз искренен.

Я немного оттаиваю и делаю еще глоток шампанского.

— Так, теперь связывание.

Я смотрю на перечень, и моя внутренняя богиня подпрыгивает, как ребенок, которому пообещали мороженое.

Какие виды связывания и ограничений приемлемы для Сабмиссива?

- Руки впереди
- Руки за спиной
- Лодыжки
- Колени
- Локти
- Запястья с лодыжками
- Фиксация при помощи распорок
- Привязывание к мебели
- Завязывание глаз
- Использование кляпа
- Связывание веревкой
- Связывание скотчем

- Фиксация при помощи кожаных наручников
- Подвешивание
- Использование металлических наручников и цепей

— Мы уже говорили о подвешивании. Можешь отнести его к недопустимым действиям. Оно занимает много времени, а ты будешь в моем распоряжении совсем недолго. Еще что-нибудь?

— Только не смейся, что такое «распорка»?

— Я обещал не смеяться и дважды извинился. — Кристиан окидывает меня сердитым взглядом. — Не заставляй меня делать это еще раз.

Мне кажется, что от его предупреждения я становлюсь меньше ростом. Он такой властный!

— Распорка — это планка, на которой крепятся наручники и/или оковы для ног. Забавная штуковина.

— Ладно… А как насчет кляпа? Меня бы встревожило, если бы я вдруг не смогла дышать.

— Это *меня* бы встревожило. Не хочу, чтобы ты задохнулась.

— А как с кляпом во рту использовать стоп-слова?

— Прежде всего, надеюсь, что они тебе не понадобятся. Но если у тебя будет заткнут рот, мы можем использовать жесты, — немного помолчав, говорит он.

Я моргаю. Но если я буду связана, тогда как? Мозг постепенно затуманивается… Хм, алкоголь.

— Я нервничаю из-за кляпа.

— Хорошо, возьму на заметку.

Меня вдруг осеняет, и я поднимаю взгляд на Кристиана.

— Тебе нравится связывать своих нижних, чтобы они не могли к тебе прикасаться?

Он смотрит на меня широко распахнутыми глазами.

— Это одна из причин, — тихо признает он.

— И потому ты связал мне руки, да?

— Да.

— Ты не любишь это обсуждать, — произношу я вполголоса.

— Не люблю. Хочешь еще выпить? От спиртного ты храбреешь, а мне нужно знать, как ты относишься к боли.

Ох, черт… самый неприятный раздел. Кристиан наливает мне шампанского, и я делаю глоток.

— Так как ты относишься к боли?

Кристиан выжидающе смотрит на меня, потом мрачно замечает:

— Ты снова кусаешь губу.

Сразу же перестаю, но не знаю, что ему ответить. Краснею и смотрю вниз, на руки.

— Тебя физически наказывали в детстве?

— Нет.

— Значит, тебе не с чем сравнивать.

— Да.

— Это не так плохо, как кажется. Воображение — вот твой злейший враг, — шепчет Кристиан.

— Тебе обязательно нужно причинять кому-нибудь боль?

— Да.

— Почему?

— Тут все взаимосвязано, Анастейша. Я это делаю, и все. Вижу, ты нервничаешь. Давай обсудим виды боли.

Он показывает мне перечень. Мое подсознание с криками убегает и прячется за диваном.

• Шлепанье ладонью
• Удары шлепалкой
• Порка плетью
• Порка розгами
• Укусы
• Зажимы для сосков
• Генитальные зажимы
• Лед
• Горячий воск
• Другие виды/способы причинения боли.

— Так, ты отказалась от генитальных зажимов. Согласен. Вообще-то, самое болезненное наказание — порка розгами.

Я бледнею.

— Будем готовиться к нему постепенно.

— Или совсем уберем, — шепчу я.

— Это часть сделки, детка, но мы не будем торопиться. Анастейша, я не стану доводить тебя до крайности.

— Больше всего меня пугают наказания. — Мой голос едва слышен.

— Хорошо, что ты мне сказала. Давай пока уберем порку розгами. Когда немного привыкнешь, усилим интенсивность. Будем действовать постепенно.

Я сглатываю, Кристиан наклоняется ко мне и целует в губы.

— Пока все было не так уж и плохо, да?

Пожимаю плечами. Такое ощущение, что сердце колотится в горле.

— Слушай, давай поговорим еще кое о чем, а потом в постель.

— Что?

Я часто моргаю и чувствую, как кровь приливает к местам, о существовании которых я до недавнего времени даже не подозревала.

— Ну же, Анастейша, из-за всех этих разговоров я хочу тебя трахнуть прямо сейчас, не дожидаясь следующей недели. Уверен, на тебя они тоже подействовали.

Смущенно ерзаю. Моя внутренняя богиня тяжело дышит.

— Убедилась? Кроме того, я хочу кое-что попробовать.

— Будет больно?

— Нет, и перестань видеть повсюду боль. Это удовольствие. Разве до сих пор тебе было больно?

Я вспыхиваю.

— Нет.

— Вот видишь. Слушай, сегодня днем ты говорила, что хочешь большего.

Внезапно он замолкает, и, похоже, ему слегка не по себе. Вот это да! Что бы это значило?

Он сжимает мою ладонь.

— Мы можем попробовать, в те дни, когда ты не моя нижняя. Не знаю, что у нас получится, не знаю, как отделить одно от другого. Возможно, ничего не выйдет, но я хочу попытаться. Скажем, одну ночь в неделю.

Ох, ни фига себе! У меня отвисает челюсть, мое подсознание ошеломлено. Кристиан Грей согласен на большее! Он хочет попытаться! Мое подсознание выглядывает из-за

дивана, на жестоком хищном личике по-прежнему оше-
ломленное выражение.

— Но у меня одно условие, — осторожно говорит Кристиан.

— Какое? — выдыхаю я.

Я согласна. Все, что попросишь.

— Ты милостиво примешь мой подарок на окончание
университета.

В глубине души я знаю, что это. Меня охватывает страх.

— Пойдем, — командует Кристиан и рывком поднимает
меня на ноги.

Он снимает куртку, набрасывает ее мне на плечи и ведет
меня к двери.

Возле дома стоит красная машина — компактная двух-
дверная «Ауди».

— Это тебе. Поздравляю, — говорит Кристиан, притягивает меня к себе и целует в волосы.

Он купил мне чертов автомобиль, новехонький, судя по
виду. Мало мне было книг! Тупо смотрю на машину и пытаюсь понять, что сейчас чувствую. С одной стороны, я в
смятении, с другой — благодарна Кристиану, ошеломлена
его поступком, но все же основное чувство — злость. Да,
я злюсь, особенно после всего, что я сказала ему про книги... но тогда он уже купил эту машину. Кристиан берет
меня за руку и ведет по дорожке к новому приобретению.

— Анастейша, твой «Фольксваген» уже старый и, прямо
скажем, довольно опасный. Я себе не прощу, если с тобой
что-нибудь случится, когда я так легко могу все уладить.

Он замолкает и пристально смотрит на меня, но у меня
не хватает духу встретиться с ним взглядом. Я молча пялюсь
на шикарную ярко-красную машинку.

— Я сказал о ней твоему отчиму. Он одобрил, — говорит
Кристиан.

Возмущенно поворачиваюсь к нему и окидываю свирепым взглядом.

— Ты рассказал Рэю? Как ты мог!

Слова застревают у меня в горле. Как он посмел? Бедный Рэй. Мне плохо, чувствую себя оскорбленной за своего
отца.

— Анастейша, это подарок. Неужели нельзя просто поблагодарить?

— Слишком дорогой подарок, и ты это знаешь.

— Только не для меня, когда речь идет о моем душевном спокойствии.

Я хмуро смотрю на него, у меня нет слов. Он просто не понимает! У него всегда были деньги. Ну хорошо, не всегда — в детстве не было, думаю я, и моя картина мира меняется. От этих мыслей я остываю и больше не сержусь из-за машины, наоборот, чувствую себя виноватой из-за своего приступа злости. Кристиан действовал из благих побуждений, может, не совсем правильно, но он не хотел меня обидеть.

— Буду рада, если ты одолжишь мне эту машину, как ноутбук.

Кристиан тяжело вздыхает.

— Хорошо, одолжу. На неопределенный срок, — говорит он и настороженно смотрит на меня.

— Никаких неопределенных сроков. На пока. Спасибо.

Он хмурится, но я быстро целую его в щеку и говорю нарочито умильным голосом:

— Спасибо за машину, господин.

Внезапно Кристиан хватает меня и прижимает к себе, держа за спину одной рукой, а другой вцепившись в мои волосы.

— А ты дерзкая женщина, Ана Стил!

Он страстно целует меня, раздвигает языком мои губы, и я понимаю, что пощады не будет.

Моя кровь вскипает, и я возвращаю поцелуй с не меньшей страстью. Я безумно хочу Кристиана — несмотря на машину, книги, пределы допустимого… порку розгами… я хочу его.

— Я едва сдерживаюсь, чтобы не трахнуть тебя прямо сейчас, на капоте этой машины, и показать тебе, что ты моя, и если я хочу купить тебе долбаную машину, я ее куплю, — рычит он. — А теперь отведем тебя в дом и разденем.

Кристиан целует меня грубо и сладко. Похоже, он не на шутку разозлился. Он хватает меня за руку и ведет в дом, прямиком в мою комнату… Мое подсознание снова спряталось за диван и прикрывает голову руками. Кристиан включает ночник и останавливается, глядя на меня.

— Пожалуйста, не сердись на меня, — шепчу я.

Его взгляд ничего не выражает, холодные серые глаза похожи на осколки дымчатого стекла.

— Мне жаль, что так вышло с книгами и машиной, — говорю я и умолкаю.

Кристиан задумчиво молчит.

— Ты пугаешь меня, когда злишься, — выдыхаю я, глядя на него.

Он качает головой и закрывает глаза. Когда он их открывает, выражение его лица чуть смягчается. Он делает глубокий вдох и сглатывает.

— Повернись, — приказывает он. — Я хочу вытащить тебя из этого платья.

Очередной перепад настроения, за ними не угонишься. Я послушно поворачиваюсь, мое сердце отчаянно колотится, неловкость постепенно вытесняется желанием, которое с кровью проносится по всему телу и сворачивается где-то глубоко внутри. Кристиан убирает мои волосы со спины, и они волнами падают с правого плеча на грудь. Он касается моего затылка указательным пальцем и мучительно медленно ведет им вниз вдоль позвоночника. Отполированный ноготь слегка царапает мою спину.

— Мне нравится это платье, — бормочет Кристиан. — Люблю смотреть на твою безупречную кожу.

На середине спины его палец достигает края платья. Кристиан просовывает палец под ткань и притягивает меня к себе так, что я оказываюсь спиной к нему. Чувствую, как он вжимается в мое тело и, наклонившись, нюхает мои волосы.

— Ты так хорошо пахнешь, Анастейша, так сладко!

Он касается носом моего уха, спускается по шее и оставляет цепочку нежных, легких поцелуев на моем плече. У меня учащается дыхание, теперь оно прерывистое, полное надежды. Чувствую пальцы Кристиана на молнии платья. До боли неторопливо они расстегивают ее, пока губы Кристиана движутся к другому плечу, он целует, лижет и слегка посасывает кожу. Мое тело отзывается на искусную ласку, я невольно выгибаюсь.

— Ты. Должна. Научиться. Стоять. Смирно, — шепчет он, отделяя каждое слово поцелуем.

Он расстегивает лямку на шее, платье падает и лужицей растекается у моих ног.

— Вы без бюстгальтера, мисс Стил. Мне это нравится.

Кристиан кладет руки на мою грудь, и соски напрягаются от его прикосновений.

— Подними руки и положи их мне за голову, — сдавленно шепчет он в мою шею.

Я повинуюсь, грудь поднимается и упирается в ладони Кристиана, соски твердеют еще сильнее. Я запускаю пальцы в его мягкие, сексуальные волосы и осторожно тяну. Наклоняю голову вбок, подставляя шею под его поцелуи.

— М-м-м... — шепчет он во впадинку за моим ухом и начинает ласкать пальцами соски, повторяя движения моих рук в его волосах.

Я не могу сдержать стон от острого укола наслаждения внизу живота.

— Может, дать тебе кончить вот так? — шепчет Кристиан.

Я выгибаю спину, вдавливаюсь грудью в его опытные руки.

— Вам нравится, мисс Стил, не так ли?

— М-м-м...

— Скажи мне!

Он продолжает медленную, чувственную пытку, нежно покручивая мои соски.

— Да.

— Что «да»?

— Да... господин.

— Хорошая девочка.

Внезапно Кристиан сильно меня щиплет, и мое тело, прижатое к нему, судорожно корчится.

Я ахаю от острой, утонченной боли, смешанной с наслаждением. Чувствую тело Кристиана. Издав еще один стон, сильнее вцепляюсь в его волосы.

— Думаю, ты еще не готова кончить, — шепчет Кристиан, нежно покусывая мочку моего уха, и перестает ласкать мою грудь. — К тому же я тобой недоволен.

«О нет... что это значит?» — проносится в моем затуманенном желанием мозгу.

— Возможно, я вообще не разрешу тебе кончить.

Он снова начинает ласкать мои соски, его пальцы покручивают, тянут, пощипывают. Я извиваюсь и прижимаюсь к нему задом.

Чувствую, как он усмехается мне в шею, пока его руки движутся вниз, к моим бедрам. Его пальцы проникают в мои трусы сзади, растягивают ткань, а потом он резким движением срывает их и бросает передо мной, чтобы я видела... Ох, ни фига себе. Его руки спускаются еще ниже... и он медленно вводит в меня палец.

— О да, моя сладкая девочка уже готова, — шепчет Кристиан, поворачивает меня к себе, и его дыхание учащается. Он облизывает свой палец. — Вы такая вкусная, мисс Стил.

Он вздыхает и, глядя на меня из-под полуопущенных век, тихо приказывает:

— Раздень меня.

На мне ничего нет, кроме туфель на высоком каблуке, да и те не мои, а Кейт. Я обескуражена. Я еще никогда не раздевала мужчину.

— Давай, ты справишься, — мягко подбадривает Кристиан.

О боже! Я растерянно моргаю. С чего начать? Тянусь к его футболке, но он хватает меня за руки и, хитро улыбаясь, качает головой.

— Нет-нет. Только не футболку, у меня есть кое-какие планы, возможно, тебе нужно будет ко мне прикоснуться.

Что-то новенькое... я могу трогать его через одежду. Он берет мою руку, кладет себе на джинсы, и я чувствую его эрекцию.

— Вот как вы на меня действуете, мисс Стил.

Я хватаю ртом воздух и слегка сжимаю пальцы. Кристиан ухмыляется.

— Хочу быть в тебе. Сними мои джинсы. Ты командуешь.

Ох, ни фига себе... я командую! Изумленно открываю рот.

— Ну и что ты будешь со мной делать? — дразнит меня Кристиан.

Сколько возможностей... Моя внутренняя богиня рычит от восторга, меня переполняют желание, неудовлетворенность и неудержимая отвага, свойственная семейству Стил. Я толкаю Кристиана на кровать, и он со смехом падает. Смотрю на него торжествующим взглядом, моя внутренняя богиня сейчас взорвется от нетерпения. Неловко и торопливо стаскиваю с Кристиана туфли и носки. Его глаза блестят от удовольствия и желания. Какой же он... великолепный... и *мой*. Залезаю на кровать и сажусь на него верхом, чтобы расстегнуть джинсы, запускаю пальцы под пояс, трогаю ... ох... дорожку волос. Кристиан закрывает глаза и выгибается.

— Ты должен научиться лежать смирно, — строго говорю я и тяну за волосы под поясом.

У Кристиана перехватывает дыхание, и он ухмыляется.

— Да, мисс Стил, — шепчет он с горящим взглядом и с трудом продолжает: — В кармане джинсов презерватив.

Медленно исследую карман, не отводя глаз от лица Кристиана. Его рот полуоткрыт. Нащупываю два пакетика из фольги, вытаскиваю и кладу на кровать рядом с Кристианом. Два! Нетерпеливо тянусь к пуговице на его джинсах и расстегиваю неловкими пальцами. Я вне себя от возбуждения.

— Столько энтузиазма, мисс Стил, — шутливо говорит Кристиан.

Я веду язычок молнии вниз и понимаю, что брюки легко не снимутся... хм. Сползаю вниз и тяну. Джинсы чуть сдвигаются. Я хмурю брови. Ну почему это так трудно?

— Я не смогу лежать смирно, если ты и дальше будешь кусать губу, — предупреждает Кристиан, затем выгибает спину, я стаскиваю джинсы и трусы одновременно — вот это да! — и освобождаю его.

Он отшвыривает одежду ногой — весь мой, я могу делать все, что хочу. Как в Рождество.

— Что ты собираешься делать? — выдыхает Кристиан, от шутливого тона ничего не осталось.

Я прикасаюсь к нему, изучая взглядом его лицо. Он открывает рот и глубоко вдыхает. Кожа у него нежная и гладкая, но в то же время упругая — м-м-м, восхитительное сочетание! Наклоняюсь над Кристианом, волосы падают на лицо, и вот его член у меня во рту. Сосу изо всех сил. Кристиан закрывает глаза, его бедра дергаются под моим телом.

— Ох, Ана, полегче...

Чувствую себя могущественной как никогда. Я пробую его на вкус, дразню губами и языком, и это ощущение пьянит. Двигаю головой вверх-вниз, почти заглатывая член, губы плотно сжаты... еще и еще... Тело Кристиана напрягается.

— Все, Ана, хватит. Я пока не хочу кончать.

Сажусь и часто моргаю. Дыхание сбивается, я в полном замешательстве. Постойте, разве не я здесь командую? Похоже, у моей внутренней богини отобрали мороженое.

— Твоя невинность и энтузиазм просто обезоруживают, — с трудом произносит Кристиан. — Ты сверху... вот что нам нужно.

Ох.

— Вот, надень. — Он вручает мне пакетик из фольги.

Черт. Как надеть? Я разрываю пакетик и вытряхиваю липкий эластичный презерватив.

— Зажми пальцами кончик и раскатай его. Там воздух не нужен, — тяжело дыша, советует Кристиан.

Очень медленно, сосредоточившись изо всех сил, делаю, как велено.

— Боже, Анастейша, ты меня убиваешь...

Любуюсь делом своих рук и Кристианом. Он действительно прекрасный представитель человеческой породы, от одного взгляда на него возбуждаешься.

— Сейчас. Я хочу быть внутри тебя, — шепчет он.

Я смотрю на него непонимающим взглядом, и тогда Кристиан резко поднимается, и вот мы уже сидим лицом к лицу.

— Например, так, — выдыхает он, обхватывает рукой мои бедра, приподнимает, одним движением оказывается внизу и очень медленно опускает меня на себя.

Не могу сдержать стон, когда он проникает внутрь, растягивает меня, наполняет изнутри. Какое удивительное, сладостное, восхитительное ощущение полноты! О-о-о... пожалуйста!

— Да, детка, почувствуй меня, всего меня, — стонет Кристиан и на миг закрывает глаза.

И вот его член внутри, глубоко-глубоко, до упора, и Кристиан держит меня, не давая пошевелиться... секунды... минуты... я не знаю. Он смотрит мне в глаза.

— Как глубоко, — говорит он вполголоса, выгибается и двигает бедрами.

Из моего рта рвется стон — о боже! — и чудесное ощущение расходится кругами по животу... по всему телу.

— Еще! — шепчу я.

Кристиан лениво улыбается и выполняет мою просьбу.

Со стоном откидываю голову назад, волосы рассыпаются по спине. Кристиан очень медленно опускается назад на кровать.

— Двигайся, Анастейша, вверх-вниз, как захочешь. Держись за мои руки, — говорит он низким, хриплым и таким сексуальным голосом.

Я хватаюсь за его руки, как утопающий за соломинку. Осторожно приподнимаюсь и опускаюсь... вот это да! Глаза Кристиана горят от предвкушения. Он тоже тяжело дышит и приподнимает бедра, когда я опускаюсь. Мы находим нужный ритм — вверх-вниз, вверх-вниз — движемся в такт... и это... невыносимо... приятно. Между рваными вдохами-выдохами, в этой потрясающей наполненности глубоко внутри... пульсирует и нарастает потрясающее ощущение, я смотрю в глаза Кристиана... и вижу в них восхищение, восхищение мной.

Я трахаю его. Я командую им. Он принадлежит мне, а я — ему. Эта мысль подталкивает меня, мое тело тяжелеет, я больше не могу сдерживаться и сжимаюсь вокруг него в сладкой судороге, выкрикивая что-то несвязное. Он хватает мои бедра, закрывает глаза, откидывает голову, сжав челюсти, и тоже кончает. Я падаю ему на грудь, обессиленная, и оказываюсь между фантазией и реальностью, там, где нет ни запретов, ни пределов допустимого.

Глава 16

Внешний мир медленно вторгается в мои чувства, и, бог мой, вот это вторжение! Я словно плыву, мое расслабленное тело совершенно обессилело и не может пошевелиться. Я лежу на Кристиане, опустив голову ему на грудь. От него божественно пахнет: свежевыстиранным бельем, дорогим гелем для душа и лучшим, самым соблазнительным запахом на свете... им самим. Я не хочу двигаться, хочу вечно вдыхать этот аромат. Зарываюсь носом в футболку Кристиана и жалею о том, что она преграждает доступ к его телу. Постепенно прихожу в себя, протягиваю руку и в первый раз касаюсь его груди. Он такой твердый… сильный. Кристиан резко хватает мою руку, но потом подносит ее к губам и, смягчая свою грубость, нежно целует костяшки пальцев. Перекатывается на живот и смотрит на меня сверху вниз.

— Не надо, — говорит он вполголоса и легко целует меня.

— Почему ты не любишь, когда тебя трогают? — шепчу я, глядя в серые глаза.

— Потому, что испытал пятьдесят оттенков зла, Анастейша.

Ох… его честность обезоруживает. Я моргаю.

— В самом начале жизни мне пришлось очень тяжело. Не хочу грузить тебя подробностями. Просто не хочу.

Кристиан прижимается носом к моему носу, затем садится на кровати.

— Думаю, основы мы уже прошли. Как тебе?

Он выглядит чрезвычайно довольным собой, однако говорит деловым тоном, словно только что поставил очередную галочку в списке. Я все еще не могу отойти от его замечания о тяжелом начале жизни. Это невыносимо, мне отчаянно хочется узнать больше о его детстве, но вряд ли он расскажет. Наклоняю голову набок, подражая ему, и через силу улыбаюсь.

— Вы же не думаете, будто я верю в то, что вы действительно передали мне контроль? А если вы так думаете, то, значит, не учитываете мой уровень интеллекта. — Я хитро улыбаюсь. — Но все равно, спасибо за иллюзию.

— Мисс Стил, вы не просто красивая девушка. У вас уже было шесть оргазмов, и все благодаря мне, — игриво хвастается Кристиан.

Я краснею и моргаю от смущения под его взглядом. Неужели он ведет счет? Кристиан хмурит брови.

— Ты хочешь мне что-то рассказать? — Неожиданно его голос становится строгим.

Я морщусь.

— Мне утром приснился сон.

— Да? — Кристиан свирепо смотрит на меня.

У меня что, неприятности?

— Я кончила во сне.

Закрываю глаза рукой. Он молчит. Осторожно смотрю на него из-под руки. Похоже, он удивлен.

— Во сне?

— Да, и проснулась.

— Не сомневаюсь. Что тебе снилось?

Вот черт.

— Ты.

— И что же я делал?

Я снова закрываю лицо рукой. Словно маленькому ребенку, мне на какой-то миг кажется, что если я его не вижу, то и он меня не видит.

— Анастейша, в последний раз спрашиваю, что тебе снилось?

— У тебя был стек.

Кристиан убирает мою руку.

— Неужели?

— Да, — отвечаю я и густо краснею.

— Значит, ты не безнадежна. У меня есть несколько стеков.

— Из плетеной коричневой кожи?

Он смеется.

— Наверняка найду и такой, — говорит Кристиан, и его серые глаза блестят от удовольствия.

Наклонившись, он коротко целует меня, встает и поднимает свои трусы-боксеры. Ох, нет… уходит. Бросаю быстрый взгляд на часы — всего без двадцати десять. Поспешно вылезаю из кровати, натягиваю тренировочные штаны и майку, затем снова сажусь, скрестив ноги, и смотрю на него. Не хочу, чтобы он уходил. Что мне делать?

— Когда у тебя месячные? — спрашивает Кристиан, прерывая мои мысли.

— Терпеть не могу эти штуковины, — ворчит он, показывая презерватив, потом кладет его на пол и надевает джинсы.

— Ну? — настаивает он, когда я не отвечаю, и выжидающе смотрит на меня, как будто хочет услышать мое мнение о погоде.

Вот дерьмо! Это слишком личная информация.

— На следующей неделе, — бормочу я, разглядывая свои руки.

— Нужно решить вопрос с контрацепцией.

Как же он любит командовать! Тупо пялюсь на него, а он садится на кровать и надевает носки и туфли.

— У тебя есть врач?

Качаю головой. Мы снова вернулись к передаче контроля над активами, очередной поворот на сто восемьдесят градусов.

Кристиан хмурится.

— Я пришлю тебе своего врача. В воскресенье утром, до того как ты приедешь ко мне. Или он может осмотреть тебя у меня дома. Что ты предпочитаешь?

Это называется, он на меня не давит. Еще одна блажь, за которую он платит… хотя, собственно, в своих же интересах.

— У тебя.

Значит, я точно увижу его в воскресенье.

— Хорошо, я сообщу тебе время.

— Ты уходишь?

«Не уходи… Останься со мной, пожалуйста», — хочется мне крикнуть.

— Да.

«Ну почему?» — вопрос готов сорваться с моих губ. Но вместо этого я шепчу:

— Как ты доберешься?

— Тейлор заберет.

— Могу отвезти. У меня теперь замечательная новая машина.

Он смотрит на меня теплым взглядом.

— Вот это совсем другое дело. Но, думаю, ты слишком много выпила.

— Ты нарочно меня подпоил?

— Да.

— Зачем?

— Ты слишком много думаешь, и ты такая же молчаливая, как твой отчим. Тебя можно разговорить только после капельки спиртного, а мне нужно, чтобы ты была со мной честной. Иначе ты замыкаешься, и я понятия не имею, что у тебя на уме. Истина в вине, Анастейша.

— А ты, значит, со мной всегда честен?

— Я стараюсь. — Он настороженно смотрит на меня. — Наши отношения сложатся только в том случае, если мы будем честны друг с другом.

— Я хочу, чтобы ты остался и использовал вот это, — говорю я и показываю ему второй презерватив.

Он улыбается, его глаза весело блестят.

— Анастейша, я сегодня и так слишком далеко зашел. Мне нужно идти. Увидимся в воскресенье. Я подготовлю новый вариант контракта, и мы начнем играть по-настоящему.

— Играть?

Вот дерьмо. Сердце подпрыгивает к горлу.

— Я бы хотел провести с тобой сцену[1], но подожду, пока ты не подпишешь контракт. Тогда я буду знать, что ты готова.

— О, значит, я могу тянуть время, пока не подпишу?

Кристиан смотрит на меня оценивающим взглядом, затем криво улыбается.

— В принципе, да, но я могу не выдержать и сломаться.

— Как?

Моя внутренняя богиня проснулась и внимательно слушает. Кристиан ухмыляется; похоже, он меня дразнит.

— Стану чрезвычайно опасным.

У него заразительная улыбка.

— Как это?

— О, знаешь, всякие там взрывы, автомобильные погони, похищение, лишение свободы.

— Ты меня похитишь?

— О да, — ухмыляется Кристиан.

— И будешь насильно удерживать?

Ух, до чего же возбуждает!

— Конечно. Но тогда речь пойдет уже о полной передаче власти[2].

— А это еще что?

Я тяжело дышу, сердце бешено колотится. Он что, серьезно?

— Буду полностью тебя контролировать двадцать четыре часа в сутки.

---

[1] Сцена — отдельный эпизод, свойственный БДСМ-отношениям. Сцена может меняться в зависимости от пожелания участников БДСМ-сессии (темница, петля). В сценах особенно заметен обмен власти, т.е. доминирующая роль одного из партнеров и подчинение другого.

[2] Полная передача власти (Total Power Exchange, TPE) — полная передача власти Сабмиссивом Доминанту на все время отношений во всех сферах жизни.

У Кристиана блестят глаза, даже со своего места я чувствую его радостное волнение.

Вот черт!

— Короче говоря, у тебя нет выбора, — ехидно замечает он.

— Разумеется.

Я не могу скрыть сарказма в голосе, когда завожу глаза к небу.

— Анастейша Стил, ты только что закатила глаза.

— Нет, — пищу я.

— Да-да. А что я собирался сделать, если ты еще раз закатишь при мне глаза? — Кристиан садится на край кровати и тихо командует: — Иди сюда.

Я бледнею. Боже... он серьезно. Сижу совершенно неподвижно и смотрю на него.

— Я еще не подписала контракт...

— Я всегда держу слово. Сейчас я тебя отшлепаю, а потом оттрахаю быстро и жестко. Похоже, презерватив нам все-таки пригодится.

Он говорит тихо и угрожающе, и это чертовски сексуально. Мои внутренности сжимаются от горячего, жадного, растекающегося по всему телу желания. Кристиан смотрит на меня горящими глазами, ждет. Я неохотно выпрямляю ноги. Может, убежать? Вот оно, наши отношения висят на волоске, здесь и сейчас. Согласиться или отказаться? Но если я откажусь, то все будет кончено. Я точно знаю. «Согласись!» — умоляет внутренняя богиня, а подсознание почти парализовано.

— Я жду, — говорит Кристиан, — а я не люблю ждать.

Ох, ради всего святого! Испуганная и возбужденная, я тяжело дышу. Чувствую, как кровь пульсирует в теле, а ноги становятся ватными. Медленно подползаю к Кристиану.

— Хорошая девочка, — говорит он. — Теперь встань.

Вот дерьмо... неужели нельзя побыстрее покончить с этим? Не знаю, смогу ли удержаться на ногах. Нерешительно встаю. Кристиан протягивает руку, и я кладу презерватив на его ладонь. Внезапно он хватает меня и опрокидывает поперек своих колен. Легко поворачивается, и мой торс оказывается на кровати рядом с ним. Кристиан перекидывает правую ногу через мои бедра и кладет левую руку мне на поясницу так, что я не могу двигаться.

— Положи руки за голову, — приказывает он.

Я немедленно повинуюсь.

— Анастейша, почему я это делаю? — спрашивает Кристиан.

— Потому что я закатила глаза в твоем присутствии, — с трудом выдавливаю я.

— Думаешь, это вежливо?

— Нет.

— Будешь еще так делать?

— Нет.

— Я буду шлепать тебя всякий раз, когда ты закатишь глаза, поняла?

Он очень медленно приспускает мои штаны. Это унизительно, страшно и очень возбуждает. Кристиан устраивает целый спектакль и откровенно наслаждается. У меня вот-вот выскочит сердце, я едва дышу. Черт, наверное, будет больно?

Кристиан кладет руку на мой обнаженный зад, ласкает, нежно гладит ладонью. А потом убирает руку… и сильно шлепает меня по ягодице. Ой! От боли у меня глаза лезут на лоб, я пытаюсь встать, но Кристиан не дает — его рука лежит между моих лопаток. Он ласкает меня там, где только что ударил, его дыхание становится громким и хриплым. Он шлепает меня еще раз, потом еще. Как же больно! Я молчу, только морщусь от боли. Волна адреналина проносится по моему телу, и под его воздействием я извиваюсь, пытаясь увернуться от ударов.

— Лежи смирно, — предупреждает Кристиан, — иначе буду шлепать дольше.

Он гладит меня, а потом следует шлепок. Возникает ритмический рисунок: ласка, поглаживание, резкий удар. Нужно сосредоточиться, чтобы вынести пытку. Мой разум пустеет, когда я пытаюсь привыкнуть к тягостному ощущению. Кристиан не шлепает два раза подряд по одному месту, он распространяет боль.

— А-а-а! — я громко кричу на десятом шлепке — оказывается, я мысленно считала удары.

— Я только разогрелся.

Кристиан вновь шлепает меня, затем нежно гладит. Сочетание обжигающего удара и нежной ласки сводит меня с ума. Шлепает еще раз... невыносимо. Лицо болит — так сильно я его морщу. Снова кричу.

— Никто тебя не услышит, детка.

Удар, потом еще один. В глубине души мне хочется умолять Кристиана прекратить экзекуцию, но я молчу. Ни за что не доставлю ему этого удовольствия. Неумолимый ритм продолжается. Я кричу еще шесть раз. Всего восемнадцать шлепков. Мое тело словно поет от беспощадных побоев.

— Хватит, — хрипло говорит Кристиан. — Отлично, Анастейша. А теперь я тебя трахну.

Он гладит мои ягодицы, и кожа саднит от ласковых прикосновений, которые спускаются все ниже и ниже. Неожиданно он вставляет в меня два пальца, и я ахаю, хватая ртом воздух. Это новое насилие проясняет мой затуманенный мозг.

— Почувствуй меня. Посмотри, как твоему телу нравится то, что я делаю. Ты уже течешь, только для меня, — говорит он, и в его голосе слышится восхищение.

Кристиан то вводит в меня пальцы, то вытаскивает, все быстрее и быстрее.

Я мычу... нет, конечно, нет... вдруг он убирает руку... и я остаюсь со своим желанием.

— В следующий раз я заставлю тебя считать вслух. Где презерватив?

Он нащупывает презерватив, осторожно поднимает меня и укладывает лицом вниз. Слышу шорох расстегиваемой молнии и шелест рвущейся фольги. Кристиан стягивает мои штаны, осторожно ставит меня на колени и ласково гладит по саднящим ягодицам.

— Сейчас я тебя возьму. Можешь кончить, — шепчет он. Что? Как будто у меня есть выбор.

И вот он уже внутри, быстро наполняет меня, и я не могу сдержать громкий стон. Кристиан входит резкими, сильными толчками, его тело задевает мой отшлепанный зад, который нестерпимо болит. Невыносимо острое ощущение — жгучее, стыдное и очень возбуждающее. Другие чувства приглушены или исчезли, я сосредоточена только на том, что делает со мной Кристиан, на знакомом, стремительно нарастающем напряжении в глубине живота. НЕТ... мое тело предает меня и взрывается сокрушительным оргазмом.

— О, Ана! — выкрикивает Кристиан и кончает, крепко схватив меня и не давая пошевелиться, пока он изливается. Потом, тяжело дыша, обессиленно падает рядом, притягивает меня к себе так, что я оказываюсь на нем, и зарывается лицом в мои волосы. — Ох, детка, — выдыхает он, — добро пожаловать в мой мир.

Мы лежим, жадно хватая воздух, и ждем, пока не замедлится дыхание. Кристиан нежно гладит мои волосы. Я вновь на его груди, но сейчас у меня нет сил, чтобы поднять руку и прикоснуться к нему. Вот это да... я до сих пор жива. У меня больше выдержки, чем я думала. Моя внутренняя богиня пребывает в прострации... ну, по крайней мере, ее не слышно. Кристиан глубоко вдыхает, нюхая мои волосы.

— Отлично, детка, — шепчет он с тихой радостью в голосе.

Его слова обволакивают меня, как мягкое, пушистое полотенце из отеля «Хитман», и я радуюсь, что Кристиан доволен. Он тянет за бретельку моей майки.

— Неужели ты спишь в этом?

— Да, — сонно произношу я.

— Такая красавица должна ходить в шелках. Я поведу тебя по магазинам

— Меня вполне устраивает моя одежда, — бормочу я, пытаясь возмутиться.

Он снова целует меня в голову.

— Посмотрим.

Мы лежим еще несколько минут, а может, часов, и я, похоже, дремлю.

— Мне нужно идти. — Кристиан нежно прикасается к моему лбу губами. — Как ты себя чувствуешь?

Какое-то время размышляю над его вопросом. У меня горят ягодицы, но, как ни странно, чувствую я себя прекрасно, правда, сил совсем не осталось. Неожиданное, довольно унизительное осознание. Ничего не понимаю.

— Хорошо, — шепчу я. Не хочу больше ничего говорить.

Кристиан встает.

— Где у вас ванная?

— По коридору налево.

Он поднимает с пола презерватив и выходит. Я с трудом встаю и надеваю треники. От прикосновения ткани кожа на заду слегка саднит. Меня смущает собственная реакция. Вспоминаю слова Кристиана — не помню, правда, когда точно он это сказал, — что после хорошей трепки мне сразу станет лучше. Как такое возможно? Хотя, как ни странно, он прав. Не скажу, что была в восторге от экзекуции, честно говоря, я по-прежнему готова на что угодно, лишь бы избежать боли, но сейчас... Я испытываю странное, однако приятное чувство удовлетворения и безопасности. Ничего не понимаю.

Заходит Кристиан. Мне неловко смотреть ему в глаза, и потому я разглядываю свои руки.

— Я нашел детское масло. Давай я смажу тебе ягодицы. Что?

— Не надо, все нормально.

— Анастейша, — говорит он предупреждающим тоном.

Я хочу было закатить глаза, но вовремя останавливаюсь. Встаю лицом к кровати. Кристиан садится рядом и осторожно снимает с меня треники. В очередной раз. «Вверх-вниз, как трусы у шлюхи», — язвит мое подсознание. Мысленно посылаю его куда подальше. Кристиан выдавливает на ладонь немного детского масла и с бережной нежностью втирает его в мою кожу — надо же, какой универсальный продукт, годится и для смывки макияжа, и в качестве успокаивающего бальзама для отшлепанной задницы.

— Люблю к тебе прикасаться, — шепчет Кристиан, и я вынуждена признать, что мне тоже нравится, когда он меня трогает.

— Вот и все, — говорит он и натягивает на меня штаны. Бросаю взгляд на часы. Половина одиннадцатого.

— Мне пора.

— Я тебя провожу.

По-прежнему не могу смотреть ему в лицо. Он берет меня за руку и ведет к входной двери. К счастью, Кейт еще нет дома. Должно быть, еще ужинает с родителями и Итаном. Я искренне радуюсь, что она не слышала, как меня наказывают.

— Разве тебе не нужно позвонить Тейлору? — спрашиваю я, отводя взгляд.

— Тейлор здесь с девяти часов. Посмотри на меня, — шепчет Кристиан.

Заставляю себя поднять на него глаза и натыкаюсь на изумленный взгляд.

— Ты не плакала, — тихо говорит Кристиан, затем хватает меня в охапку, яростно целует и шепчет в мои губы: — В воскресенье.

В его голосе слышится обещание, смешанное с угрозой. Я смотрю, как он идет по дорожке и садится в большую черную «Ауди». Он не оглядывается. Я закрываю дверь и беспомощно стою в гостиной квартиры, где мне осталось провести всего две ночи. Почти четыре года я жила здесь счастливо... но сейчас, впервые в жизни, мне неуютно и плохо наедине с собой. Может, я слишком далеко ушла от себя настоящей? За моим внешним спокойствием скрывается море слез. Ирония в том, что я даже не могу сесть и как следует выплакаться. Приходится стоять. Уже поздно, но я решаю позвонить маме.

— Милая, как ты? Как прошла выпускная церемония? — радостно говорит она в трубку, и ее голос действует на меня как бальзам.

— Извини, что звоню так поздно, — шепчу я.

Мама замолкает.

— Ана, что случилось? — спрашивает она серьезным тоном.

— Ничего, мамочка, мне просто захотелось тебя услышать.

Какое-то время она молчит.

— Ана, что с тобой? Расскажи мне.

Голос мамы ласковый и успокаивающий, и я знаю, что она искренне за меня волнуется. Из глаз брызгают непрошеные слезы. Я столько плакала за последние несколько дней!

— Ана, прошу тебя, — говорит мама с беспокойством, которое словно отражает мою боль.

— Ах, мама, это все из-за мужчины.

— Что он с тобой сделал?

Ее тревога становится осязаемой.

— Дело не в этом.

Хотя, честно говоря, именно в этом... Вот дерьмо. Не хочу ее расстраивать, просто мне нужно, чтобы кто-то побыл сильным за меня.

— Ана, пожалуйста, ты меня пугаешь.

Делаю глубокий вдох.

— Я вроде как влюбилась, но мы такие разные, что я не уверена, стоит ли нам быть вместе.

— Ох, милая, как бы я хотела быть рядом! Прости, что пропустила выпускную церемонию. Наконец-то ты влюбилась! Девочка моя, с мужчинами очень сложно! Они принадлежат к другому биологическому виду. Ты давно с ним знакома?

Кристиан точно принадлежит к другому виду... он вообще с другой планеты.

— Примерно три недели.

— Всего ничего! Как можно узнать человека за такое короткое время? Не бери в голову, просто не подпускай его к себе до тех пор, пока не поймешь, что он тебя достоин.

Ух ты... я впечатлена, что мама попала в точку, вот только ее совет несколько запоздал. Достоин ли он меня? Интересный подход. Я всегда сомневалась, достойна ли я его.

— Милая, у тебя грустный голос. Приезжай к нам. Я ужасно по тебе скучаю. Боб тоже будет рад тебя видеть. Ты сможешь взглянуть на вещи под другим углом. Тебе просто необходим отдых, ведь ты столько работала.

Соблазнительное предложение! Сбежать в Джорджию к солнцу и коктейлям. К маминому чувству юмора... ее любящим рукам.

— В понедельник у меня два собеседования в Сиэтле.

— О, прекрасные новости.

Дверь открывается, и входит Кейт. Она улыбается, но, увидев, что я плакала, сразу же мрачнеет.

— Мам, мне пора. Я подумаю, может, и приеду. Спасибо.

— Милая, не относись к мужчинам всерьез, ты еще так молода. Живи в свое удовольствие.

— Да, мама. Я тебя люблю.

— И я тебя очень люблю, Ана. Береги себя.

Я кладу трубку и оказываюсь лицом к лицу с Кэтрин Кавана, которая смотрит на меня свирепым взглядом.

— Что, этот неприлично богатый мудак снова тебя обидел?

— Нет... вроде того...э-э-э... да.

— Пошли его подальше. С тех пор, как ты его встретила, ты буквально сама не своя. Никогда тебя такой не видела.

Черно-белый мир Кэтрин Кавана прост и ясен. В нем нет таинственных, расплывчатых и неуловимых оттенков серого. Добро пожаловать в мой мир.

— Садись, давай поговорим, выпьем вина... О, да вы пили шампанское! — Кейт исследует бутылку. — И весьма неплохое.

Я вяло улыбаюсь и с опаской смотрю на диван. «Хм... сидеть».

— Что с тобой?

— Я упала и приземлилась на задницу.

Ей не приходит в голову усомниться в моих словах — у меня чуть ли не самая плохая координация движений во всем штате Вашингтон. Никогда не думала, что буду этому радоваться. Осторожно сажусь, приятно удивившись, что все не так уж плохо, и смотрю на Кейт. Внезапно в памяти всплывает разговор с Кристианом в «Хитмане»: «Если бы ты была моей, тебе бы еще неделю было больно сидеть после того, что ты вчера устроила». Я обратила внимание только на слова «если бы ты была моей», хотя уже тогда звенели тревожные звоночки. Я была слишком растерянной и влюбленной, чтобы их заметить.

Кейт возвращается с бутылкой красного вина и вымытыми чашками.

— Ну, поехали?

Она вручает мне чашку с вином. Вряд ли оно вкуснее «Боланже».

— Ана, если этот придурок боится серьезных отношений, брось его. Хотя, честно говоря, я что-то не понимаю. На приеме после выпускной церемонии он не сводил с тебя глаз, следил за каждым твоим движением. Я бы сказала, что Кристиан от тебя без ума, но, возможно, он демонстрирует свою любовь странным способом.

Без ума? Кристиан? Странным способом? Вот именно.

— Кейт, тут все запутанно. А как ты провела вечер? — спрашиваю я.

Не хочу обсуждать свои отношения с Кристианом, чтобы не сболтнуть лишнего. А Кейт достаточно задать один вопрос, и ее уже не остановишь. Так хорошо сидеть и слушать ее болтовню, очень успокаивает. Последние новости —

Итан, возможно, будет жить с нами после того, как они вернутся из отпуска. Будет забавно, Итан тот еще весельчак. Я хмурюсь. Вряд ли Кристиану это понравится. Хотя… сам виноват. Пусть терпит. Я выпила две чашки вина и решаю пойти спать. Сегодня был долгий день. Кейт обнимает меня и берет телефон, чтобы позвонить Элиоту.

Чищу зубы и проверяю чертов ноутбук. В почте сообщение от Кристиана.

От: Кристиан Грей
Тема: Ты
Дата: 26.05.2011, 23:14
Кому: Анастейша Стил

Дорогая мисс Стил!
Вы просто восхитительны! Самая красивая, понятливая, остроумная и храбрая женщина из всех, кого я только встречал. Примите адвил, и это не просьба. Не садитесь за руль своего «жука». Я узнаю.

Кристиан Грей,
Генеральный директор холдинга «Грей энтерпрайзес»

Подумать только, не садиться за руль моей машины! Печатаю ответ.

От: Анастейша Стил
Тема: Лесть
Дата: 26.05.2011, 23:20
Кому: Кристиан Грей

Лесть никуда не приводит, но, поскольку Вы уже везде были, это спорный вопрос. Мне нужно отвести машину в автомастерскую, чтобы я могла ее продать, так что никакие дурацкие возражения не принимаются. Красное вино всегда предпочтительнее адвила.

Ана

PS: Порка розгами для меня НЕДОПУСТИМОЕ действие.

Нажимаю на «Отправить».

От: Кристиан Грей
Тема: Обескураживающие женщины, которые не умеют принимать комплименты

Дата: 26.05.2011, 23:26
Кому: Анастейша Стил

Дорогая мисс Стил!

Я не льщу. Вам пора спать. Принимаю дополнение к недопустимым действиям.

Не пейте слишком много.

Тейлор избавится от Вашей машины и возьмет за нее хорошую цену.

Кристиан Грей,
Генеральный директор холдинга «Грей энтерпрайзес»

От: Анастейша Стил
Тема: Справится ли Тейлор?
Дата: 26.05.2011, 23:40
Кому: Кристиан Грей

Уважаемый господин Грей!

Удивительно, что Вы готовы рискнуть своим подручным, позволив ему вести мою машину, но не женщиной, которую время от времени трахаете. Сомневаюсь, что Тейлор сможет выручить лучшую цену за упомянутую машину. В прошлом, еще до нашей встречи, я славилась умением торговаться.

Ана

От: Кристиан Грей
Тема: Осторожнее!
Дата: 26.05.2011, 23:44
Кому: Анастейша Стил

Дорогая мисс Стил!

Думаю, что это говорит КРАСНОЕ ВИНО и что у Вас был очень долгий день. Хотя мне очень хочется приехать прямо сейчас и принять меры, чтобы Вы не могли сидеть целую неделю, а не один вечер.

Тейлор — бывший военный и способен водить все, от мотоцикла до танка «Шерман». Ваша машина не представляет для него угрозы.

И, пожалуйста, не называйте себя «женщиной, которую я время от времени трахаю», так как, честно говоря, это меня безумно ЗЛИТ, и Вам не понравится иметь со мной дело, когда я зол.

Кристиан Грей,
Генеральный директор холдинга «Грей энтерпрайзес»

От: Анастейша Стил
Тема: Сам осторожнее!
Дата: 26.05.2011, 23:57
Кому: Кристиан Грей

Уважаемый господин Грей!

Не уверена, что Вы мне вообще нравитесь, особенно сейчас.

Ана

От: Кристиан Грей
Тема: Сам осторожнее!
Дата: 27.05.2011, 00:03
Кому: Анастейша Стил

Почему я тебе не нравлюсь?

Кристиан Грей,
Генеральный директор холдинга «Грей энтерпрайзес»

От: Анастейша Стил
Тема: Сам осторожнее!
Дата: 26.05.2011, 00:09
Кому: Кристиан Грей

Потому, что ты никогда не остаешься со мной.

Вот так, пусть подумает. Захлопываю ноутбук с решимостью, которую на самом деле не чувствую, и ложусь в постель. Выключаю ночник и смотрю в потолок. День выдался долгим, сплошные нервные потрясения. Приятно было провести время с Рэем. Он неплохо выглядит и, как ни странно, одобряет Кристиана. Да, еще Кейт с ее болтливым ртом. Признание Кристиана в том, что он когда-то голодал. Как это, черт возьми? Господи, машина. Я не сказала Кейт о новой машине. И о чем только Кристиан думал?

А еще сегодня он впервые меня ударил. Меня никогда не били. Во что я ввязалась? Возвращение Кейт помогло мне сдержать слезы, но сейчас они медленно катятся из глаз, стекая по вискам в уши. Я влюбилась в эмоционально закрытого человека, и ничего хорошего из этой любви не выйдет — подспудно я это понимаю. По его собственному признанию, он испытал пятьдесят оттенков зла. Как? Почему? Должно быть, это ужасно, и от мысли, что ребенком он подвергался невыносимым страданиям, я плачу еще сильнее. «Будь он более нормальным, то вряд ли бы хотел тебя», — ехидно замечает мое подсознание, и в глубине души я с ним согласна. Зарываюсь лицом в подушку, и словно открываются шлюзы — впервые за много лет я рыдаю и не могу остановиться.

Из темной ночи души меня вырывает крик Кейт.

«Какого хрена ты тут делаешь?»

«Нет, не можешь!»

«Что ты с ней сотворил на этот раз?»

«С тех пор, как вы встретились, она все время плачет!»

«Не смей туда входить!»

Кристиан врывается в мою комнату, бесцеремонно включает верхний свет, и я невольно жмурюсь.

— Господи, Ана! — бормочет Кристиан, выключает свет и бросается ко мне.

— Что ты здесь делаешь? — выдавливаю я между всхлипами.

Вот дерьмо, не могу унять слезы. Кристиан включает ночник, и я снова щурюсь. Входит Кейт и останавливается в дверях.

— Хочешь, я вышвырну этого засранца? — спрашивает она, источая термоядерную враждебность.

Кристиан поднимает брови, он явно удивлен лестным эпитетом и открытой неприязнью Кейт. Я качаю головой, и она возмущенно закатывает глаза. Ох... я бы не стала этого делать перед мистером Г.

— Позови, если я понадоблюсь, — уже спокойнее говорит Кейт и добавляет со злостью: — Смотри у меня, Грей!

Он кивает, Кейт поворачивается и неплотно закрывает дверь.

Кристиан смотрит на меня с мрачным выражением на побледневшем лице. Из внутреннего кармана пиджака в мелкую полоску он достает носовой платок и дает мне. Я вспоминаю, что один его платок у меня уже есть.

— Что случилось? — тихо спрашивает Кристиан.

— Зачем ты приехал? — осведомляюсь я, не ответив на его вопрос.

Слезы чудесным образом высохли, но мое тело сотрясают всхлипы.

— Забота о тебе входит в мои обязанности. Ты сказала, что хочешь, чтобы я остался, и вот я здесь. И в каком виде я тебя нахожу? — Он растерянно щурится. — Уверен, что это моя вина, только не понимаю, в чем именно. Ты плачешь потому, что я тебя ударил?

Собираюсь с силами и сажусь лицом к Кристиану. Ягодицы все еще саднят, и я морщусь.

— Ты приняла адвил?

Я качаю головой. Кристиан сердито прищуривается и выходит из комнаты. Слышу, как он разговаривает с Кейт, но не могу разобрать слов. Через минуту он возвращается с таблетками и чашкой воды.

— Выпей, — мягко приказывает он и садится рядом со мной.

Делаю то, что велено.

— Поговори со мной, — шепчет Кристиан. — Ты сказала, что все в порядке. Я бы никогда тебя не оставил, если бы знал, в каком ты состоянии.

Я разглядываю свои руки. Что я еще не сказала? Я хочу большего. Хочу, чтобы он остался не потому, что я разрыдалась, а потому, что *сам* этого хочет. И я не хочу, чтобы он меня бил. Разве это чрезмерное желание?

— Значит, когда ты сказала, что все хорошо, ты меня обманула?

Я краснею.

— Я на самом деле так думала.

— Анастейша, ты не должна говорить то, что, по твоему мнению, я хочу услышать. Это не слишком честно, — укоряет Кристиан. — Как я могу доверять твоим словам?

Поднимаю взгляд и вижу, что Кристиан хмурится. Он ерошит волосы обеими руками.

— Что ты чувствовала, когда я тебя шлепал и после?

— Мне не понравилось. Я бы предпочла, чтобы ты больше этого не делал.

— Тебе и не должно было понравиться.

— Почему тебе это нравится? — Смотрю на него в упор.

Кристиан удивлен.

— Ты и вправду хочешь знать?

— Поверь, просто умираю от любопытства! — говорю я, не в силах сдержать сарказм.

Кристиан снова прищуривает глаза.

— Осторожнее! — предупреждает он.

Я бледнею.

— Ты опять будешь меня бить? — спрашиваю с вызовом.

— Нет, не сегодня.

Уф... мы с подсознанием облегченно вздыхаем.

— Ну, говори, — настаиваю я.

— Мне нравится ощущение власти, которое я в этот момент испытываю. Я хочу, чтобы ты вела себя определенным образом, в противном случае я буду тебя наказывать, и ты научишься выполнять мои требования. Мне нравится тебя наказывать. Я хотел тебя отшлепать с той самой минуты, как ты спросила, не гей ли я.

Я вспыхиваю. Боже, да после того вопроса я сама себя хотела отшлепать! Значит, во всем виновата Кэтрин Кавана, и если бы она поехала на интервью и задала этот вопрос, то сейчас бы сидела здесь с саднящей задницей. Эта мысль мне не нравится. Странно, да?

— Значит, я не нравлюсь тебе такой, какая есть.

Он озадаченно смотрит на меня.

— Я думаю, ты восхитительна.

— Тогда почему ты хочешь меня изменить?

— Я не хочу. Мне нужно, чтобы ты была вежливой, следовала установленным правилам и не перечила мне. Все просто, — говорит он.

— Но ты хочешь меня наказывать?

— Да.

— Я этого не понимаю.

Он вздыхает и снова ерошит волосы.

— Я так устроен, Анастейша. Мне нужно тебя контролировать. Мне нужно, чтобы ты вела себя подобающе, а если ты не слушаешься, мне нравится смотреть, как твоя прекрасная алебастровая кожа розовеет и горит под моими руками. Я завожусь.

Ничего себе. Наконец-то мы сдвинулись с места.

— Значит, боль, которую ты мне причиняешь, тебя возбуждает?

Кристиан сглатывает.

— Немного, когда я смотрю, способна ли ты ее вынести, но дело не в этом. Меня заводит то, что ты моя, и я могу делать с тобой все, что сочту нужным, — абсолютная власть над кем-то. Здорово заводит, Анастейша. Слушай, я не могу толком объяснить… раньше мне не приходилось этого делать. Я не задумывался о таких подробностях. Меня всегда окружали люди с похожим складом ума. — Он пожимает плечами, словно оправдывается. — Но ты не ответила на мой вопрос — что ты чувствовала после того, как я тебя отшлепал?

— Я была в замешательстве.

— Ты испытывала сексуальное возбуждение, Анастейша. — Кристиан на миг закрывает глаза, а когда открывает, они пылают как угли, подернутые серым пеплом.

Его взгляд вызывает к жизни темную часть меня, которая таится глубоко в животе, — мое либидо, разбуженное им и прирученное, но даже сейчас ненасытное.

— Не смотри так на меня, — шепчет Кристиан.

Я хмурюсь. Господи, а сейчас-то что я сделала?

— У меня нет с собой презервативов, Анастейша, к тому же ты расстроена. Я вовсе не похотливый монстр, как считает твоя соседка. Значит, ты была в замешательстве?

Я смущенно ерзаю под пристальным взглядом.

— Когда ты мне пишешь, у тебя нет проблем с честностью. Твои е-мейлы всегда точно передают, что ты чувствуешь. Почему бы не сказать об этом прямо? Неужели я так тебя пугаю?

Я ковыряю воображаемое пятнышко на мамином кремово-голубом одеяле.

— Ты полностью меня подавляешь. Я чувствую себя Икаром, который подлетел слишком близко к солнцу, — шепчу я.

У Кристиана отвисает челюсть.

— Думаю, ты неправа. Все наоборот.

— Что?

— О, Анастейша, это ты меня околдовала. Разве не очевидно?

Нет, только не для меня. Околдовала… моя внутренняя богиня смотрит, изумленно открыв рот. Даже ей не верится.

— Ты все еще не ответила на мой вопрос. Напиши мне, пожалуйста. А сейчас я очень хочу спать. Можно мне остаться?

— Хочешь остаться? — спрашиваю я с плохо скрываемой надеждой.

— Ты хотела, чтобы я приехал.

— Ты не ответил на мой вопрос.

— Я пришлю тебе е-мейл, — недовольно бормочет Кристиан.

Он встает и вытаскивает из карманов джинсов «блэкберри», ключи, бумажник и мелочь. Господи, сколько хлама у мужчин в карманах!.. Потом снимает часы, туфли, носки и джинсы, вешает пиджак на спинку стула. Обходит кровать и укладывается с другой стороны.

— Ложись! — приказывает он.

Медленно забираюсь под одеяло и, прищурившись, гляжу на Кристиана. Ух ты… он останется. Я словно онемела от восторга. Кристиан приподнимается на локте и смотрит на меня.

— Если собираешься плакать, плачь при мне. Я должен знать.

— Хочешь, чтобы я плакала?

— Не особенно. Мне нужно знать, что ты чувствуешь. Не хочу, чтобы ты ускользнула от меня. Выключи свет. Уже поздно, а нам обоим завтра на работу.

Он здесь… и все так же командует, впрочем, грех жаловаться, ведь он в моей постели. Не пойму, правда, почему. Может, стоит почаще реветь в его присутствии? Выключаю ночник.

— Повернись на бок спиной ко мне, — шепчет Кристиан в темноте.

Я закатываю глаза в полной уверенности, что он не увидит, но делаю, как велено. Кристиан осторожно пододвигается ко мне, обнимает и притягивает к груди.

— Спи, детка, — шепчет Кристиан, и я чувствую, как он с глубоким вздохом утыкается носом в мои волосы.

Вот это да. Кристиан Грей спит со мной, и, обретя покой в его объятиях, я засыпаю глубоким сном.

Глава 17

Пламя свечи обжигает. Оно пляшет и мерцает под порывами теплого ветра, и этот ветер не спасает от жара. Хрупкие прозрачные крылышки машут вверх-вниз, роняя мелкие чешуйки в круг света. Пытаюсь удержаться, но безуспешно. Все вокруг становится невыносимо ярким, и я подлетаю слишком близко к солнцу, ослепленная его лучами. Плавлюсь от жара, меня измучили усилия удержаться в воздухе. Так жарко… Нестерпимый жар душит меня, и я просыпаюсь.

Открываю глаза и понимаю, что буквально окутана Кристианом Греем. Его тело обвилось вокруг моего как победный флаг. Кристиан крепко спит, прижав меня к себе и положив голову мне на грудь, нога перекинута через мои ноги. Он очень тяжелый, и я задыхаюсь от жара его тела. Только спустя какое-то время осознаю, что это действительно он, лежит в моей постели, а за окном уже светло. Он провел со мной всю ночь.

Моя правая рука вытянута, не иначе как в поисках прохлады, и пока я свыкаюсь с тем, что Кристиан все еще со мной, мне приходит в голову, что я могу его потрогать. Он спит. Осторожно поднимаю руку и веду кончиками пальцев вниз по его спине. Кристиан сдавленно стонет, ворочается. Он утыкается носом в мою грудь, делает глубокий вдох и просыпается. Сонные серые глаза щурятся из-под взъерошенных волос.

— Доброе утро, — бормочет Кристиан и хмурится. — Господи, даже во сне меня тянет к тебе.

Он медленно осматривается, снимает ногу с моего тела. Я чувствую, как в мое бедро упирается эрегированный член, и широко распахиваю глаза. Заметив мое удивление, Кристиан лениво и сексуально улыбается.

— Хм… заманчивая перспектива, но, думаю, лучше подождать до воскресенья.

Он утыкается носом в мое ухо.

Я краснею и чувствую, как пылает его тело, в этом жаре словно семь оттенков багрянца.

— Какой ты горячий, — шепчу я.

— Ты тоже весьма неплоха, — отвечает Кристиан с двусмысленной улыбкой и прижимается ко мне.

Я краснею еще сильнее. Я не это имела в виду! Кристиан приподнимается на локте и весело смотрит на меня, а потом, к моему удивлению, нежно целует в губы.

— Хорошо спала?

Я киваю, не сводя с него глаз, и понимаю, что спала превосходно, только последние полчаса было жарковато.

— И я тоже. — Кристиан хмурится. — Да, просто великолепно. — Он удивленно и немного смущенно поднимает брови. — Который час?

Я бросаю взгляд на будильник.

— Полвосьмого.

— Полвосьмого? Вот черт!

Он соскакивает с кровати и натягивает джинсы. Я сажусь. Теперь моя очередь смотреть на него с веселым любопытством. Кристиан Грей опаздывает и волнуется. Никогда такого не видела. Запоздало осознаю, что зад больше не болит.

— Ты на меня плохо влияешь. У меня встреча. Нужно бежать — в восемь часов я должен быть в Портленде. Ты что, злорадствуешь?

— Ага.

Кристиан ухмыляется.

— Я опаздываю. Я никогда раньше не опаздывал. Еще одно «впервые», мисс Стил.

Он надевает пиджак, затем наклоняется ко мне и берет обеими руками за голову.

— В воскресенье.

В голосе Кристиана слышится невысказанное обещание. Все внутри меня словно разворачивается, а потом сжимается в восхитительном предвкушении. Потрясающее чувство!

Вот черт, если бы только мой разум поспевал за моим телом! Кристиан наспех целует меня, сгребает с тумбочки свое барахло и берет туфли, не надевая их.

— Не садись за руль «жука». Приедет Тейлор и сам им займется. Я говорил серьезно. Увидимся у меня в воскресенье. Время сообщу в е-мейле.

Он стремительно исчезает.

Вот это да, Кристиан Грей провел со мной ночь, и я чувствую себя отдохнувшей. И секса не было, мы только обнимались. Он сказал, что всегда спит один, — а со мной спал три раза. Ухмыляюсь и неторопливо встаю с кровати. Сегодня я смотрю на жизнь с куда большим оптимизмом, чем последние несколько дней. Иду на кухню, так как мне просто необходимо выпить чаю.

После завтрака принимаю душ и быстро одеваюсь для последнего дня в «Клейтонсе». Конец целой эпохи — прощание с мистером и миссис Клейтон, Вашингтонским университетом, Ванкувером, квартирой и моим «жуком». Бросаю взгляд на чертов ноутбук. Всего без восьми восемь. У меня еще есть время.

От: Анастейша Стил
Тема: Нападение с нанесением побоев: последствия
Дата: 27.05.2011, 08:05
Кому: Кристиан Грей

Уважаемый мистер Грей!

Вы хотели знать, почему я была в замешательстве после того, как Вы меня — какой эвфемизм употребить? — отшлепали, наказали, избили, оскорбили действием. Что ж, в процессе всего вопиющего действия я чувствовала себя униженной, опозоренной и подвергшейся насилию. К моему стыду, Вы правы, я испытывала сексуальное возбуждение, чего совершенно не ожидала. Как Вам известно, для меня в новинку все, что связано с сексом. Жаль, что я недостаточно опытна и ко многому не готова. Я была в шоке от того, что возбудилась.

Но по-настоящему меня встревожили мои ощущения после экзекуции. Их трудно описать. Я была счастлива потому, что Вы были довольны. Чувствовала облегчение из-за того, что наказание оказалось не таким болезненным, как я ожидала. А когда Вы меня обняли, я почувствовала себя удовлетворенной. Но мне неловко и даже стыдно из-за своих ощущений. Они не укладываются в мою картину мира, и потому я в замешательстве. Я ответила на Ваш вопрос?

Надеюсь, что мир слияния и поглощения компаний, как всегда, увлекателен... и что Вы не слишком опоздали.

Спасибо, что остался со мной.

Ана

От: Кристиан Грей
Тема: Освободи свой разум
Дата: 27.05.2011, 08:24
Кому: Анастейша Стил

Интересный... правда, несколько драматизирующий ситуацию заголовок, мисс Стил.

Отвечаю по пунктам:

Я буду тебя шлепать, и этим все сказано.

Значит, ты чувствовала себя униженной, опозоренной, подвергшейся насилию и оскорбленной? Весьма в духе Тэсс Дарбейфилд. Если я не ошибаюсь, ты сама выбрала унижение. Ты на самом деле так чувствуешь или считаешь, что должна чувствовать? Это не одно и то же. Если ты действительно испытываешь подобные чувства, может, попытаешься их принять, смириться с ними? Для меня? Сабы так и поступают.

Я благодарен за твою неопытность. Я дорожу ею и только сейчас начинаю понимать, что это такое. Проще говоря, она означает, что ты моя во всех отношениях.

Да, ты была возбуждена, и это, в свою очередь, возбуждало меня, так что все в порядке.

Слово «доволен» даже близко не отражает моего чувства. Скорее, это была исступленная радость.

Шлепки в наказание гораздо больнее чувственного шлепанья, так что хуже уже не будет, конечно, если ты не совершишь серьезный проступок. Придется использовать какое-нибудь приспособление — в этот раз у меня разболелась рука. Но мне понравилось.

Я тоже ощутил себя удовлетворенным, ты даже не представляешь, насколько.

Не трать попусту силы на чувство вины, греховности и так далее. Мы с тобой взрослые люди, и все, что мы делаем за закрытыми дверями, наше личное дело. Тебе нужно освободить свой разум и слушать свое тело.

Деловой мир далеко не так увлекателен, как Вы, мисс Стил.

Кристиан Грей,
Генеральный директор холдинга
«Грей энтерпрайзес»

Вот это да… «моя во всех отношениях». У меня учащается дыхание.

От: Анастейша Стил
Тема: Взрослые люди
Дата: 27.05.2011, 08:26
Кому: Кристиан Грей

Разве ты сейчас не на встрече?

Я очень рада, что у тебя разболелась рука.

Если бы я слушала свое тело, то уже была бы на Аляске.

Ана

PS: Я подумаю над тем, чтобы принять эти чувства.

От: Кристиан Грей
Тема: Ты не вызвала полицейских
Дата: 27.05.2011, 08:35
Кому: Анастейша Стил

Мисс Стил,

Если Вам так интересно, то я действительно сейчас на встрече и обсуждаю состояние рынка фьючерсов.

Между прочим, ты стояла рядом со мной и прекрасно знала, что я собираюсь сделать. Ты не попросила меня остановиться и не использовала стоп-слово. Ты — взрослый человек, и у тебя есть выбор.

Честно говоря, с нетерпением жду следующего раза, когда моя ладонь будет ныть от боли.

Похоже, ты слушаешь не ту часть тела. На Аляске очень холодно и некуда бежать. Я бы тебя нашел. Я могу отслеживать твой мобильник, помнишь?

Иди на работу.

Кристиан Грей,
Генеральный директор холдинга «Грей энтерпрайзес»

Хмуро пялюсь в экран. Конечно, Кристиан прав. Это мой выбор. Хм. Неужели он серьезно о том, что найдет меня, если я вдруг решу на время сбежать? На миг вспоминаю мамино приглашение. Пишу ответ.

От: Анастейша Стил
Тема: Преследователь
Дата: 27.05.2011, 08:36
Кому: Кристиан Грей

Обращались ли Вы к психотерапевту по поводу своих преследовательских наклонностей?

Ана

От: Кристиан Грей
Тема: Преследователь? Я?
Дата: 27.05.2011, 08:38
Кому: Анастейша Стил

Я плачу целое состояние именитому доктору Флинну, который работает с моими преследовательскими и прочими наклонностями.

Иди на работу.

Кристиан Грей,
Генеральный директор холдинга «Грей энтерпрайзес»

От: Анастейша Стил
Тема: Дорогие шарлатаны
Дата: 27.05.2011, 08:40
Кому: Кристиан Грей

Позвольте смиренно предложить Вам обратиться к другому специалисту.

Не уверена, что помощь доктора Флинна эффективна.

Ана

От: Кристиан Грей
Тема: Другой специалист
Дата: 27.05.2011, 08:43
Кому: Анастейша Стил

Хотя это совершенно тебя не касается, смиренно или нет, доктор Флинн и есть другой специалист.

Тебе придется превышать скорость на своей новой машине и подвергать себя неоправданному риску. Думаю, это против правил.

БЫСТРО НА РАБОТУ!

Кристиан Грей,
Генеральный директор холдинга «Грей энтерпрайзес»

От: Анастейша Стил
Тема: ОРУЩИЕ ПРОПИСНЫЕ БУКВЫ
Дата: 27.05.2011, 08:47
Кому: Кристиан Грей

Вообще-то, касается — именно я стала объектом Вашего преследования.

Я пока еще ничего не подписывала. Так что к черту правила-шмавила.

Работа начинается только в 9:30.

Ана

От: Кристиан Грей
Тема: Описательная лингвистика
Дата: 27.05.2011, 08:49

Кому: Анастейша Стил

Шмавила? В толковом словаре нет такого слова.

Кристиан Грей,
Генеральный директор холдинга «Грей энтерпрайзес»

От: Анастейша Стил
Тема: Описательная лингвистика
Дата: 27.05.2011, 08:52
Кому: Кристиан Грей

Есть, между «любителем командовать» и «преследователем».

Описательная лингвистика относится к недопустимым для меня действиям.

И перестань, пожалуйста, мне надоедать.

Хочу поехать на работу на своей новой машине.

Ана

От: Кристиан Грей
Тема: Дерзкие, но забавные молодые женщины
Дата: 27.05.2011, 08:56
Кому: Анастейша Стил

У меня чешется ладонь.

Езжайте осторожнее, мисс Стил.

Кристиан Грей,
Генеральный директор холдинга «Грей энтерпрайзес»

Вести «Ауди» одно удовольствие. Она с гидроусилителем руля. У Ванды, моей старой машинки, нет никаких усилителей. Так или иначе, ее вождение было моей ежедневной тренировкой, которой больше не будет. Ой, забыла, согласно правилам Кристиана, мне придется иметь дело с личным тренером. Хмурюсь. Терпеть не могу физические упражнения.

По дороге на работу пытаюсь проанализировать нашу переписку по электронной почте. Иногда Кристиан бывает снисходительным сукиным сыном. Внезапно вспоминаю Грейс, и мне становится стыдно. Хотя, конечно, она не родная мать. Хм, оказывается, есть целый мир неизвестной мне боли. Что ж, тогда определение «снисходительный сукин сын» подходит как нельзя лучше. Да, я взрослый человек, спасибо, Кристиан Грей, что напомнил. И это мой выбор. Проблема в том, что я хочу самого Кристиана, без его... багажа, а сейчас его багажом можно заполнить «Боинг-747». Может, мне стоит смириться с этим? Как его сабе? Я сказала, что попытаюсь. Весьма трудновыполнимое требование.

Заезжаю на парковку «Клейтонс». Вхожу и не верю, что это мой последний день. К счастью, в магазине полно покупателей, и время летит быстро. Во время обеда мистер Клейтон вызывает меня со склада. Подхожу и вижу, что рядом с мистером Клейтоном стоит курьер-мотоциклист.

— Мисс Стил? — спрашивает он.

Я вопросительно смотрю на мистера Клейтона, который пожимает плечами, он озадачен не меньше моего. У меня падает сердце. Что Кристиан прислал на этот раз? Расписываюсь за маленькую посылку и смотрю, что в ней. «Блэкберри». Сердце падает еще глубже. Включаю устройство.

От: Кристиан Грей
Тема: «Блэкберри» ВЗАЙМЫ
Дата: 27.05.2011, 11:15
Кому: Анастейша Стил

Мне нужно, чтобы ты все время была на связи. Так как честнее всего ты общаешься через сообщения, я решил, что тебе необходим «блэкберри».

Кристиан Грей,
Генеральный директор холдинга «Грей энтерпрайзес»

От: Анастейша Стил
Тема: Оголтелое потребительство
Дата: 27.05.2011, 13:22
Кому: Кристиан Грей

Думаю, Вам нужно срочно увидеться с доктором Флинном. Ваши преследовательские наклонности вырвались из-под контроля.

Я работаю. Напишу, когда вернусь домой.

Спасибо за очередную техническую новинку. Я не ошиблась, когда назвала Вас суперпотребителем.

Почему ты это делаешь?

Ана

От: Кристиан Грей
Тема: Поразительная проницательность для такой молодой особы
Дата: 27.05.2011, 13:24
Кому: Анастейша Стил

Как всегда, в точку, мисс Стил.

Доктор Флинн в отпуске.

Я делаю это потому, что могу.

Кристиан Грей,
Генеральный директор холдинга «Грей энтерпрайзес»

Кладу мерзкую штуковину в задний карман. Я ее уже ненавижу. Трудно устоять перед соблазном написать Кристиану, но мне нужно работать. «Блэкберри» жужжит у меня на заднице. «Тут тебе и место», — с иронией думаю я и, собрав всю силу воли, не отвечаю.

В четыре часа мистер и миссис Клейтон собирают всех сотрудников магазина и после душещипательной речи вручают мне чек на триста долларов. В эту минуту все события последних трех недель — экзамены, выпускная церемония, пылкие миллионеры-извращенцы, потеря девственности, допустимые и недопустимые действия, игровые комнаты без игровых приставок, полеты на вертолете — вкупе с завтрашним переездом вдруг наваливаются на меня, и я чувствую, как к горлу подступают слезы. Как ни странно, мне удается удержать себя в руках. Мое подсознание бдит. Крепко обнимаю Клейтонов. Они были добрыми и щедрыми работодателями, и я буду по ним скучать.

Кейт вылезает из машины, когда я приезжаю домой.

— Что это? — спрашивает она обвиняющим тоном, показывая на «Ауди».

Не могу сдержать ехидную усмешку.

— Машина.

Кейт сердито щурится, и на какой-то миг мне кажется, что она тоже хочет уложить меня поперек колен.

— Подарок на окончание университета, — говорю я, стараясь сохранить невозмутимость.

Да, мне каждый день дарят дорогие машины. У Кейт отвисает челюсть.

— А он щедрый, этот сногсшибательный ублюдок.

Я киваю.

— Я хотела отказаться, но, честно говоря, его не переспоришь.

Кейт поджимает губы.

— Неудивительно, что ты как будто сама не своя. Я заметила, он остался на ночь.

— Ага. — Я мечтательно улыбаюсь.

— Ну что, закончим сборы?

Киваю и захожу за ней в дом. Проверяю почту. Там е-мейл от Кристиана.

От: Кристиан Грей
Тема: Воскресенье
Дата: 27.05.2011, 13:40
Кому: Анастейша Стил

Увидимся в воскресенье в час дня. В 13:30 приедет доктор, чтобы тебя осмотреть.

Я уезжаю в Сиэтл.

Надеюсь, что переезд пройдет нормально, и с нетерпением жду воскресенья.

Кристиан Грей,
Генеральный директор холдинга «Грей энтерпрайзес»

Господи, он словно погоду обсуждает! Решаю позвонить ему, как только мы закончим паковать вещи. Удивительно, порой он такой забавный, а через некоторое время жутко официальный и серьезный. Очень трудно успевать за его сменами настроения. Нет, правда, е-мейл как от начальника. Я демонстративно закатываю глаза и иду к Кейт собирать вещи.

Мы с Кейт возимся на кухне, когда в дверь стучат. На крыльце стоит Тейлор. Он в строгом костюме и безукоризненно выглядит. Стрижка «ежиком», подтянутая фигура и холодный взгляд выдают его армейское прошлое.

— Мисс Стил, я приехал за вашей машиной, — говорит он.

— Ах да, конечно. Заходите, я принесу ключи.

Наверняка это не входит в служебные обязанности Тейлора. Все-таки интересно, чем он занимается? Вручаю ему
ключи, и мы идем в неловком — для меня! — молчании к
светло-голубому «жуку». Открываю дверцу и вытаскиваю
из бардачка фонарик. Вот и все. Здесь больше нет моих вещей. «Прощай, Ванда. Спасибо». Я ласково глажу крышу
автомобиля и закрываю дверь.

— Вы давно работаете у мистера Грея?

— Четыре года.

Внезапно мне хочется засыпать его вопросами. Должно
быть, ему есть что рассказать о Кристиане, обо всех его се-
кретах. Впрочем, Тейлор наверняка подписал соглашение
о неразглашении конфиденциальной информации. Бросаю
на него встревоженный взгляд. С виду он такой же немно-
гословный, как Рэй, и у меня теплеет на душе.

— Он хороший человек, мисс Стил, — говорит Тейлор и
слегка улыбается.

Он кивает мне, садится в мою машину и уезжает.

Наша квартира, «жук», «Клейтонс» — все это в прошлом. Трясу головой и вхожу в дом. А самое большое изме-
нение в моей жизни — Кристиан Грей. Тейлор считает его
хорошим человеком. Можно ли верить Тейлору?

* * *

В восемь часов вечера заявляется Хосе с китайской едой.
Мы закончили сборы. Все упаковано, можно ехать. Хосе
принес несколько бутылок пива. Мы с Кейт устраиваемся
на диване, а он сидит между нами на полу, скрестив ноги.
Мы смотрим дурацкие телепрограммы, пьем пиво и под
его действием громко предаемся воспоминаниям. Хорошие
были эти четыре года.

Мы с Хосе снова в добрых приятельских отношениях,
неудачный поцелуй забыт. Вернее, заметен под ковер, на
котором возлежит моя внутренняя богиня, которая ест ви-
ноград, барабанит пальцами и с нетерпением ждет, когда
наступит воскресенье. В дверь стучат, и мое сердце подскакивает к горлу. А вдруг это…

Кейт открывает, и Элиот едва не сбивает ее с ног. Он в
лучших голливудских традициях страстно ее целует, и они
сливаются в объятиях, которые сделали бы честь европей-

скому артхаусному кино. Нет, ну никакого стыда! Мы с Хосе переглядываемся. Я потрясена до глубины души.

— Может, пойдем в бар? — предлагаю я Хосе, и он энергично кивает.

Нам обоим неловко находиться там, где так несдержанно проявляют сексуальное влечение. Кейт, покраснев, смотрит на меня блестящими глазами.

— Мы с Хосе идем выпить.

Я закатываю глаза. Ха! Я еще могу закатывать глаза, когда кое-кого нет поблизости.

— Хорошо, — улыбается Кейт.

— Привет, Элиот, пока Элиот.

Он подмигивает мне, и мы с Хосе спешим к двери, хихикая, как подростки.

Мы шагаем к бару, и я беру Хосе под руку. Господи, какой же он простой, раньше я этого не ценила.

— Так ты приедешь на открытие моей выставки?

— Конечно, Хосе. Когда?

— Девятого июня.

— Какой это день недели?

Неожиданно впадаю в панику.

— Четверг.

— Да, думаю, получится. А ты приедешь к нам в Сиэтл?

— А то как же! — ухмыляется Хосе.

Уже поздно, когда я возвращаюсь из бара. Кейт и Элиота нигде не видно, но зато как их слышно! Вот черт. Надеюсь, я не такая шумная. Вот Кристиан точно не шумит. При мысли о нем я вспыхиваю и сбегаю к себе в комнату. Мы с Хосе коротко обнялись на прощанье — слава богу, без тени неловкости, — и он ушел. Не знаю, когда снова его увижу, возможно, только на выставке. Меня охватывает радость при мысли о том, что наконец-то у него будет выставка. Я буду скучать по Хосе и его мальчишескому очарованию. У меня не хватило духу сказать ему о машине. Он наверняка разозлится, узнав о ее продаже, а мне хватает и одного злобного мужчины. У себя в комнате я включаю чертову штуковину и — кто бы сомневался? — вижу е-мейл от Кристиана.

От: Кристиан Грей
Тема: Где ты?
Дата: 27.05.2011, 22:14
Кому: Анастейша Стил

«Я работаю. Напишу, когда вернусь домой».

Ты все еще на работе или упаковала мобильник, «блэкберри» и ноутбук?

Позвони мне, или я буду вынужден позвонить Элиоту.

Кристиан Грей,
Генеральный директор холдинга «Грей энтерпрайзес»

Черт… Хосе… вот дерьмо!

Хватаю мобильник. Пять пропущенных звонков и одно голосовое сообщение. С опаской прослушиваю сообщение. Это Кристиан.

Думаю, тебе необходимо научиться соответствовать моим ожиданиям. Я не самый терпеливый человек. Если ты говоришь, что свяжешься со мной после работы, то, будь добра, выполняй обещание. Иначе я буду беспокоиться, а беспокойство — непривычное для меня чувство, и я его плохо переношу. Позвони мне.

Дерьмо в квадрате. Неужели он все время будет на меня давить? Мрачно смотрю на телефон. Кристиан буквально душит меня! Содрогаясь от страха, я отыскиваю его номер и нажимаю на кнопку. Жду ответа и чувствую, что сердце вот-вот выскочит. Возможно, он изобьет меня до синяков семи разных оттенков. Удручающая мысль.

— Привет, — тихо говорит Кристиан.

С трудом удерживаю равновесие — я ожидала, что он будет злиться, но в его голосе звучит облегчение.

— Привет, — шепчу я.

— Я беспокоился о тебе.

— Я знаю. Извини, что не отвечала, но у меня все в порядке.

Какое-то время он молчит, затем спрашивает с ледяной вежливостью:

— Хорошо провела вечер?

— Да, мы с Кейт закончили собираться, а потом ели китайскую еду с Хосе.

Я закрываю глаза, когда произношу имя Хосе. Кристиан ничего не говорит.

— А ты? — спрашиваю я, чтобы заполнить оглушающую паузу.

Он не заставит меня чувствовать вину из-за Хосе. Наконец Кристиан вздыхает.

— Я был на смертельно скучном ужине по сбору средств на благотворительность и ушел оттуда, как только смог.

Он говорит так печально и смиренно, что у меня сжимается сердце. Я представляю, как все эти ночи назад он сидел за роялем в своей огромной гостиной и играл мелодию, исполненную невыносимой горько-сладкой грусти.

— Я хочу, чтобы ты был со мной, — шепчу я.

Мне хочется его обнять и утешить. Даже если он не позволит. Хочу, чтобы он был рядом.

— Правда? — ласково произносит он.

Вот это да! Не похоже на Кристиана, и я чувствую, как кожу на голове покалывает от предвкушения.

— Да, — выдыхаю я.

Проходит целая вечность, и он тяжело вздыхает.

— Увидимся в воскресенье?

— Да, в воскресенье, — бормочу я, по моему телу проходит дрожь.

— Спокойной ночи.

— Спокойной ночи, господин.

Судя по резкому вдоху, Кристиан не ждал, что я его так назову.

— Удачного переезда, Анастейша, — мягко говорит он.

Мы, как подростки, висим на телефоне, и никто не хочет первым повесить трубку.

— Клади трубку, — шепчу я и наконец чувствую его улыбку.

— Нет, ты первая.

Я знаю, что он ухмыляется.

— Я не хочу.

— И я не хочу.

— Ты сильно сердился?

— Да.

— А сейчас сердишься?

— Нет.

— Значит, ты меня не накажешь?

— Нет. Я человек настроения.

— Я заметила.

— Можете повесить трубку, мисс Стил.

— Вы действительно этого хотите, господин?

— Иди спать, Анастейша.

— Слушаюсь, господин.

Мы оба остаемся на линии.

— Интересно, ты когда-нибудь будешь делать то, что тебе велят?

В голосе Кристиана звучит веселое изумление, смешанное с недовольством.

— Возможно, увидим после воскресенья, — говорю я и нажимаю кнопку «Отбой».

Элиот стоит и любуется своей работой. Он только что подключил телевизор к спутниковой антенне в нашей квартире на Пайк-Плейс-маркет. Мы с Кейт плюхаемся на диван и хихикаем, впечатленные тем, как ловко Элиот управляется с дрелью. Плоский экран странно смотрится на кирпичной стене бывшего склада, переделанного в квартиры, но, думаю, я привыкну.

— Видишь, детка, раз плюнуть.

У Элиота широкая, белозубая улыбка, от которой Кейт буквально растекается по дивану. Я смотрю на эту парочку и закатываю глаза.

— Детка, так хочу остаться, но моя сестра вернулась из Парижа. У нас сегодня семейный ужин, и я должен присутствовать.

— Может, заедешь после ужина? — робко спрашивает Кейт совершенно несвойственным ей мягким голосом.

Я встаю и под предлогом того, что нужно распаковать ящик, бреду на кухню. Похоже, они сейчас начнут нежничать.

— Посмотрим, может, удастся сбежать, — обещает Элиот.

— Я тебя провожу, — с улыбкой говорит Кейт.

— До встречи, Ана.

— Пока, Элиот. Передай привет Кристиану.

— Только привет? — Элиот двусмысленно ухмыляется и поднимает брови.

— Да.

Я смущенно краснею. Он подмигивает и следом за Кейт выходит из квартиры, а я багровею.

Элиот — душка и совсем не похож на Кристиана. Он теплый, открытый и не выпускает Кейт из рук. Эту парочку водой не разольешь. Честно говоря, я смущаюсь, когда вижу, как они обнимаются, и умираю от зависти.

Минут через двадцать возвращается Кейт с пиццей, и мы сидим среди ящиков в нашей новой квартире и едим прямо из коробки. Отец Кейт для нас постарался. Квартира не очень большая, но места хватает: три спальни и просторная гостиная, окна которой выходят на Пайк-Плейс-маркет. Деревянные полы, кирпичные стены, кухонные столешницы из полированного бетона — все очень практично и современно. Нам с Кейт очень нравится, что мы будем жить в самом сердце города.

В восемь часов звонит домофон. Кейт вскакивает на ноги, а мое сердце подскакивает к горлу.

— Мисс Стил, мисс Кавана, вам посылка.

Чувствую, как по венам разливается неожиданное разочарование. Это не Кристиан.

— Второй этаж, квартира два.

Кейт впускает рассыльного, у которого при виде ее отвисает челюсть: обтягивающие джинсы и футболка, из высокой прически выбиваются отдельные пряди. Кейт всегда так действует на мужчин. Он держит бутылку шампанского с привязанным к ней воздушным шаром в виде вертолета. Ослепительно улыбнувшись, Кейт выпроваживает курьера и читает карточку вслух.

Дамы, желаю счастья вашему новому дому.

Кристиан Грей.

Кейт неодобрительно качает головой.

— А написать просто «От Кристиана» он не мог? И что это за странный шар-вертолет?

— Чарли Танго.

— Что?

— Мы с Кристианом прилетали в Сиэтл на его вертолете.

Я пожимаю плечами. Кейт смотрит на меня, открыв рот. Должна сказать, обожаю подобные ситуации — Кейт Кавана обескураженно молчит, — жаль, что они так редки. Пользуюсь случаем и наслаждаюсь моментом.

— Да, у него есть вертолет, и Кристиан сам его водит, — гордо говорю я.

— Конечно, у такого неприлично богатого ублюдка должен быть вертолет. Почему ты мне не сказала?

Кейт бросает на меня осуждающий взгляд, но улыбается и качает головой, словно не веря своим ушам.

— В последнее время у меня столько всего на уме.

Она хмурится.

— Справишься, пока меня не будет?

— Конечно, — уверяю я Кейт, при этом уныло думаю: «Новый город, никакой работы... бойфренд со странностями».

— Это ты дала ему наш адрес?

— Нет, но выслеживание — одна из его специальностей, — деловито сообщаю я.

Кейт еще сильнее сдвигает брови.

— Почему-то я совсем не удивлена. Он тревожит меня, Ана. Ладно, по крайней мере, шампанское хорошее и охлаждено.

Конечно, только Кристиан мог прислать холодное шампанское, ну, или поручил своей секретарше... а, может, Тейлору. Мы открываем бутылку и находим чайные чашки — их мы упаковали в последнюю очередь.

«Боланже Гранд Анне Розе» тысяча девятьсот девяносто девятого года, превосходный купаж.

Я улыбаюсь Кейт, и мы чокаемся чашками.

В воскресенье я, на удивление хорошо выспавшись, открываю глаза ранним серым утром и лежу, уставившись на коробки. «Пора бы уже распаковывать вещи», — сварливо замечает подсознание и поджимает губы. Нет... только не сегодня. Моя внутренняя богиня просто вне себя и прыгает с ноги на ногу. Тяжелое, зловещее предчувствие висит над моей головой темной грозовой тучей. В животе словно порхают бабочки, а когда я пытаюсь представить, что Кристиан со мной сделает, глубоко внутри рождается тяжелое, плотское, всепоглощающее желание. Еще ведь придется подписать этот чертов контракт или нет? Из мерзкого ноутбука, который стоит на полу у моей кровати, доносится негромкий щелчок — пришло электронное сообщение.

От: Кристиан Грей
Тема: Моя жизнь в числах
Дата: 29.05.2011, 08:04
Кому: Анастейша Стил

Если поедешь на своей машине, то тебе нужен код от подземного гаража в Эскала: 146963.

Пятый парковочный отсек, это один из моих.

Код лифта:1880

Кристиан Грей,
Генеральный директор холдинга «Грей энтерпрайзес»

От: Анастейша Стил
Тема: Превосходный купаж
Дата: 29.05.2011, 08:08
Кому: Кристиан Грей

Да, сэр, все понятно.

Спасибо за шампанское и надувного Чарли Танго, который сейчас привязан к моей кровати.

Ана

От: Кристиан Грей
Тема: Моя жизнь в числах
Дата: 29.05.2011, 08:04
Кому: Анастейша Стил

Всегда пожалуйста.

Не опаздывай.

Везунчик Чарли Танго.

Кристиан Грей,
Генеральный директор холдинга «Грей энтерпрайзес»

Возмущенно закатываю глаза — вот ведь командир! — но, прочитав последнюю строчку, не могу сдержать улыбку. Иду в ванную, задаваясь вопросом, вернулся ли вчера Элиот, и изо всех сил пытаюсь справиться с волнением.

Ура, я могу вести «Ауди», не снимая туфли на шпильках! Ровно без пяти двенадцать я въезжаю в гараж в Эскала и паркуюсь в пятом отсеке. Интересно, сколько их у Кристиана? В отсеке стоит большой черный внедорожник «R-8» и два внедорожника поменьше — все машины марки «Ауди». Хм… Проверяю, не потекла ли столь редко используемая мною тушь, — смотрюсь в подсвеченное зеркальце на солнцезащитном козырьке. В «жуке» таких роскошеств не было.

Ну, давай, девочка! Моя внутренняя богиня держит помпоны — у нее чирлидерское настроение. В бесконечных зеркалах лифта смотрю на свое сливовое платье, вернее, сливовое платье Кейт. В прошлый раз Кристиан хотел вытащить меня из него. От этой мысли у меня внутри все сжимается. Ох, ничего себе, чувство такое острое, что у меня перехватывает дыхание. На мне белье, которое купил Тейлор. Я представляю, как он со своей стрижкой «ежиком» деловито обходит «Агент Провокатор» или какой-нибудь другой магазин дорогого белья, и краснею. Дверь лифта открывается, и я оказываюсь перед квартирой номер один.

Тейлор стоит у двустворчатой двери и смотрит, как я выхожу из лифта.

— Добрый день, мисс Стил.

— О, пожалуйста, зовите меня Ана.

— Ана, — улыбается Тейлор. — Мистер Грей вас ждет.

Кто бы сомневался.

Кристиан сидит на диване в гостиной и читает воскресные газеты. Он поднимает голову, когда Тейлор заводит меня в комнату. Она точно такая, какой я ее запомнила. Прошло около недели с тех пор, как я была здесь, но кажется, что гораздо больше. Кристиан выглядит невозмутимым и спокойным, — честно говоря, он выглядит божественно. На нем просторная льняная рубашка и джинсы, и он босиком. Его волосы небрежно взлохмачены, серые глаза озорно блестят. Он поднимается и идет ко мне, на красивых, скульптурно очерченных губах играет изумленная оценивающая улыбка.

Я неподвижно стою в дверях, парализованная его красотой и сладким предвкушением. Между нами вновь пробегает знакомый электрический разряд, я чувствую, как меня тянет к Кристиану и в животе медленно разгорается желание.

— М-м-м... это платье, — одобрительно бормочет Кристиан, разглядывая меня. — С возвращением, мисс Стил, — шепчет он и, взяв меня за подбородок, нежно целует в губы.

От прикосновения его губ по моему телу пробегает дрожь. Дыхание учащается.

— Привет, — шепчу я и краснею.

— Ты вовремя. Мне нравится пунктуальность. Идем. — Он берет меня за руку и ведет к дивану. — Хочу тебе кое-что показать.

Мы садимся, и он вручает мне «Сиэтл таймс». На восьмой странице наша фотография с выпускной церемонии. Вот это да! Я в газете. Читаю подпись.

Кристиан Грей с подругой на выпускной церемонии в Вашингтонском университете, Ванкувер.

Я смеюсь.

— Значит, теперь я твоя подруга.

— Похоже на то. Об этом напечатали в газете, значит, это правда. — Он подмигивает.

Кристиан сидит, поджав одну ногу и повернувшись ко мне всем телом. Он наклоняется ко мне и длинным указательным пальцем убирает мои волосы за ухо. От его прикосновения мое тело оживает и нетерпеливо ждет продолжения.

— Анастейша, с тех пор, как ты была здесь в последний раз, тебе стало известно гораздо больше о том, что я собой представляю.

— Да.

Куда он клонит?

— И ты все равно вернулась.

Я застенчиво киваю, и его серые глаза вспыхивают. Кристиан слегка покачивает головой, как будто борется с навязчивой мыслью.

— Ты ела? — вдруг ни с того ни с сего спрашивает он.

Вот дерьмо.

— Нет.

— Ты голодна? — спрашивает он, старательно скрывая недовольство.

— Да, но мне нужна не еда, — шепчу я, и его ноздри слегка раздуваются.

Кристиан наклоняется ко мне и шепчет на ухо:

— Вы, как всегда, нетерпеливы, мисс Стил. Открою маленький секрет — я тоже голоден. Но скоро приедет доктор Грин.

Он садится прямо.

— Тебе нужно было поесть, — негромко ворчит он.

Моя разгоряченная кровь остывает. Черт подери — доктор. Я совсем забыла.

— Расскажи мне об этом докторе, — прошу я, чтобы отвлечь нас обоих.

— Она — лучший акушер-гинеколог в Сиэтле. Что еще рассказать? — Он пожимает плечами.

— Я думала, что меня будет осматривать твой врач. Только не говори, что на самом деле ты женщина, я все равно не поверю.

Он бросает на меня взгляд, в котором ясно читается: «Не глупи!»

— Я считаю, что будет правильней, если ты проконсультируешься со специалистом. Как ты думаешь? — мягко говорит он.

Я киваю. Ничего себе, лучший акушер-гинеколог в Сиэтле, и Кристиан договорился, чтобы она осмотрела меня в воскресенье, да еще в обеденное время! Даже не представляю, во сколько это обошлось. Кристиан хмурится, как будто вспомнив что-то неприятное.

— Анастейша, моя мать приглашает тебя сегодня к нам на ужин. Думаю, Элиот будет с Кейт. Не знаю, как ты к этому отнесешься. Лично мне странно представлять тебя своей семье.

Странно? Почему?

— Ты меня стыдишься? — спрашиваю я с плохо скрытой обидой в голосе.

— Конечно, нет.

Он закатывает глаза.

— Почему странно?

— Я раньше никогда этого не делал.

— А почему тебе можно закатывать глаза, а мне нет?

Кристиан растерянно моргает.

— Я не заметил, как закатил глаза.

— Я тоже обычно не замечаю, — сердито говорю я.

Кристиан молча смотрит на меня. Похоже, он потерял дар речи. В дверях появляется Тейлор.

— Сэр, приехала доктор Грин.

— Проводи ее наверх, в комнату мисс Стил.

«Комнату мисс Стил!»

— Готова заняться вопросом контрацепции? — спрашивает Кристиан, вставая и протягивая мне руку.

— Ты что, тоже там будешь? — ошеломленно говорю я. Он смеется.

— Поверь, Анастейша, я бы дорого заплатил, чтобы присутствовать при осмотре, но, боюсь, доктор не одобрит.

Я беру его ладонь, он притягивает меня к себе, застав врасплох, и крепко целует. От удивления я вцепляюсь в него. Он запускает руку мне в волосы и, удерживая мою голову, прижимается своим лбом к моему.

— Я так рад, что ты здесь, — шепчет Кристиан. — Не могу дождаться, когда тебя раздену.

Глава 18

Доктор Грин — высокая светловолосая женщина с безупречной внешностью, одетая в темно-синий костюм. Я вспоминаю сотрудниц в компании Кристиана. Она очень на них похожа — еще одна степфордская блондинка. Белокурые волосы уложены в элегантный узел. Должно быть, ей слегка за сорок.

— Мистер Грей. — Она пожимает Кристиану руку.

— Спасибо, что согласились незамедлительно приехать, — говорит Кристиан.

— Спасибо, что благодаря вам этот визит стоит затраченного мной времени.

Мы с ней обмениваемся рукопожатием, и я понимаю, что передо мной одна из тех женщин, что не выносят глупых людей. Совсем как Кейт. Доктор Грин мне нравится. Она пристально смотрит на Кристиана, и после неловкой паузы он понимает намек.

— Я буду внизу, — бормочет он и выходит из моей будущей комнаты.

— Итак, мисс Стил, мистер Грей заплатил целое состояние, чтобы я вас проконсультировала. Чем могу помочь?

После тщательного осмотра и долгого разговора мы с доктором Грин решаем остановиться на мини-пили. Она выписывает мне рецепт и велит забрать противозачаточные пилюли завтра. Мне нравится ее деловой подход — она чуть ли не до посинения объясняет мне, как важно принимать пилюли в одно и то же время. И я больше чем уверена, что ей ужасно хочется узнать о наших так называемых отношениях с Кристианом. Я не посвящаю ее в подробности. Почему-то мне кажется, что она не будет столь спокойной и собранной, если увидит его Красную комнату боли. Я вспыхиваю, когда мы проходим мимо закрытой двери и спускаемся в картинную галерею, которая зовется гостиной Кристиана.

Кристиан сидит на диване и читает. Комнату наполняет необыкновенно проникновенная ария, прекрасная музыка словно обвивает Кристиана, и на какой-то миг он выглядит умиротворенным и безмятежным. Он поворачивается, смотрит на нас и тепло улыбается.

— Закончили? — спрашивает он, как будто ему на самом деле интересно.

Кристиан направляет пульт дистанционного управления на элегантную белую коробочку под камином, в которой стоит его айпод, изумительная мелодия затихает, но продолжает звучать на заднем фоне. Кристиан встает и идет к нам.

— Да, мистер Грей. Позаботьтесь о мисс Стил: она красивая и умная молодая женщина.

Ее слова застают Кристиана врасплох, да и меня тоже. Что за неподобающее для врача замечание! Может, она не слишком завуалированно его предупреждает? Кристиан приходит в себя.

— Непременно, — смущенно бормочет он.

Растерянно смотрю на него и пожимаю плечами.

— Я пришлю вам счет, — сухо говорит доктор Грин, обмениваясь рукопожатием с Кристианом.

— До свидания, Ана, и удачи вам.

Она пожимает мне руку, улыбается, в уголках ее глаз появляются морщинки.

Ниоткуда возникает Тейлор и провожает ее через двустворчатые двери к лифту. Вот как он это делает? Где он прячется?

— Ну что? — спрашивает Кристиан.

— Все хорошо, спасибо. Она сказала, чтобы я четыре недели воздерживалась от любых сексуальных контактов.

Кристиан ошеломленно открывает рот, я не могу больше сохранять серьезное выражение лица и улыбаюсь, как идиотка.

— Попался!

Он прищуривает глаза, и я сразу же прекращаю смех. Вообще-то, у Кристиана довольно грозный вид. Вот дерьмо! Мое подсознание забивается в угол, когда я представляю, как Кристиан вновь уложит меня поперек колен, и бледнею.

— Попалась! — говорит Кристиан и довольно улыбается. Он хватает меня за талию и притягивает к себе. — Мисс Стил, вы неисправимы.

Кристиан смотрит мне в глаза, зарывается пальцами в мои волосы, не давая пошевелиться. Он грубо целует меня, я цепляюсь за его мускулистые руки, чтобы не упасть.

— Как бы мне ни хотелось взять тебя здесь и сейчас, ты должна поесть, и я тоже. Не хочу, чтобы позже ты отключилась прямо на мне, — негромко говорит он в мои губы.

— Значит, тебе нужно только мое тело? — шепчу я.

— Конечно, и еще твой дерзкий рот, — выдыхает Кристиан.

Он еще раз страстно меня целует, затем резко выпускает из объятий, берет за руку и ведет на кухню. Меня всю трясет. Надо же, только что мы шутили, а потом… Обмахиваю разгоряченное лицо. Он просто ходячий секс, а мне теперь нужно восстановить равновесие и поесть. В гостиной все еще звучит приглушенная ария.

— Что это за музыка?

— Вилла-Лобос, ария из «Бразильских бахиан»[1]. Правда, хороша?

---

[1] Эйтор Вилла-Лобос (1887—1959) — бразильский композитор, возможно, самый известный представитель классической музыки из уроженцев Латинской Америки. Автор множества произведений для оркестра, камерного, инструментального и вокального исполнения. «Бразильские бахианы» (1944) — цикл из девяти сюит для различных составов инструментов. Ария из «Бразильской бахианы № 5» — одно из самых известных произведений композитора.

Я полностью с ним согласна.

На барной стойке накрыт завтрак на двоих. Кристиан достает из холодильника миску с салатом.

— Будешь «Цезарь» с курицей?

Слава богу, ничего тяжелого.

— Да, спасибо.

Я смотрю, как Кристиан грациозно перемещается по кухне. Похоже, он живет в полном согласии со своим телом, но, с другой стороны, ему не нравится, когда его трогают... так что, возможно, до согласия далеко. «Нет человека, который был бы как остров, сам по себе[1], — размышляю я, — за исключением, наверное, Кристиана Грея».

— О чем задумалась? — спрашивает Кристиан, вырывая меня из размышлений.

Я краснею.

— Просто смотрела, как ты движешься.

Он удивленно поднимает бровь и сухо спрашивает:

— И что?

Краснею еще сильнее.

— Ты очень грациозный.

— Благодарю за комплимент, мисс Стил, — говорит он и усаживается рядом со мной, держа бутылку вина. — Шабли?

— Да, пожалуйста.

— Ешь салат, — негромко предлагает он. — Так какой способ вы выбрали?

Я ошеломленно замираю, потом до меня доходит, что он говорит о визите доктора Грин.

— Мини-пили.

Он хмурится.

— И ты будешь принимать их ежедневно в одно и то же время?

Господи... конечно, буду. А он-то откуда знает? Наверное, от одной из пятнадцати, думаю я, заливаясь краской.

— Ты мне напомнишь, — сухо отвечаю я.

Кристиан смотрит на меня с удивленной снисходительностью.

---

[1] Цитата из стихотворения «По ком звонит колокол» английского поэта Джона Донна (1572—1631).

— Установлю звуковой сигнал на свой календарь, — ухмыляется он. — Ешь.

Салат восхитителен. К своему удивлению, обнаруживаю, что сильно проголодалась, и впервые со дня нашей встречи я заканчиваю еду раньше Кристиана. Вино свежее, легкое, с фруктовым ароматом.

— Вам, как всегда, не терпится, мисс Стил? — улыбается Кристиан, глядя на мою пустую тарелку.

Я смотрю на него из-под опущенных ресниц и шепчу:

— Да.

Его дыхание учащается. Он пристально смотрит на меня, и я чувствую, как атмосфера вокруг нас медленно меняется, словно электризуется. Темный взгляд Кристиана загорается, он как будто уносит меня куда-то вдаль. Кристиан встает и стаскивает меня с высокого табурета в свои объятия.

— Хочешь попробовать? — выдыхает он, глядя мне глаза.

— Я еще ничего не подписывала.

— Знаю. Но в последнее время я часто нарушаю правила.

— Ты будешь меня бить?

— Да, но не для того, чтобы причинить тебе боль. Сейчас я не хочу тебя наказывать. Вот если бы ты попалась мне вчера вечером, это была бы совсем другая история.

Вот черт. Он хочет, чтобы я испытывала боль... ну и что мне делать? Я не могу скрыть своего ужаса.

— Не позволяй никому себя переубедить, Анастейша. Одна из причин, почему люди вроде меня делают это, кроется в том, что мы любим делать больно или когда больно делают нам. Все просто. Тебе это не нравится, и я вчера долго над этим думал.

Он притягивает меня к себе, и я чувствую, как напряженный член вжимается в мой живот. Надо бы бежать, но я не могу. Меня тянет к Кристиану на глубоком, первобытном уровне, чего я совершенно не понимаю.

— Ты что-нибудь решил? — шепчу я.

— Нет, а прямо сейчас я хочу тебя связать и оттрахать до потери пульса. Ты готова?

— Да, — выдыхаю я, чувствуя, как напрягается все тело... ох.

— Отлично. Пошли.

Он берет меня за руку, и мы, оставив грязную посуду на стойке, поднимаемся наверх.

Мое сердце колотится. Вот оно. Я готова. Моя внутренняя богиня кружится, как балерина экстра-класса, выписывая пируэт за пируэтом. Кристиан открывает дверь в свою игровую комнату, пропускает меня вперед, и вот я снова в Красной комнате боли.

Там все по-прежнему, запах кожи и цитрусовых, полированное красное дерево, очень чувственная обстановка. Кровь бежит по венам, разнося по моему телу жар и страх — адреналин, смешанный с похотью и желанием. Опьяняющая смесь. Поведение Кристиана неуловимо изменилось, он как будто стал жестче. Он смотрит на меня, и его глаза пылают от похоти… завораживают.

— Здесь ты полностью принадлежишь мне, — выдыхает он, медленно и четко выговаривая каждое слово. — И ты будешь делать все, что я захочу. Понятно?

Его взгляд такой настойчивый. Я киваю, во рту пересохло, а сердце вот-вот выскочит из груди.

— Разуйся, — тихо приказывает Кристиан.

Я сглатываю и неуклюже снимаю туфли. Кристиан поднимает их и аккуратно ставит у двери.

— Хорошо. Не медли, когда я велю тебе что-то сделать. А теперь я вытащу тебя из этого платья. Помнится, я хотел этого еще несколько дней назад. Я хочу, Анастейша, чтобы ты не стеснялась своего тела. Оно прекрасно, и я люблю на него смотреть. Для меня это большая радость. Честно говоря, я бы мог любоваться тобой целый день, и ты не должна смущаться или стыдиться своей наготы. Понятно?

— Да.

— Что — «да»? — Он бросает на меня сердитый взгляд.

— Да, господин.

— Ты говоришь искренне? — сурово спрашивает он.

— Да, господин.

— Хорошо. Подними руки над головой.

Я делаю то, что велено. Кристиан наклоняется и хватает подол моего платья. Очень медленно он тянет платье вверх, по моим бедрам, животу, груди, плечам и снимает его через голову. Делает шаг назад, чтобы оценить полученный результат, и рассеянно складывает платье, не сводя с меня глаз. Он кладет платье на большой комод у двери и, вытянув руку, дергает меня за подбородок. Прикосновение обжигает меня.

— Ты кусаешь губу, — выдыхает Кристиан и мрачно добавляет: — А ты знаешь, как это на меня действует. Повернись.

Я послушно поворачиваюсь. Он расстегивает мой бюстгальтер и медленно стаскивает обе лямки, тянет их вниз по рукам, касаясь кожи ногтями и кончиками пальцев. От его прикосновений у меня вдоль позвоночника бегают мурашки и просыпаются все нервные окончания. Он стоит сзади так близко, что я чувствую тепло его тела, и меня тоже бросает в жар. Кристиан убирает мои волосы назад, за спину, потом хватает их в кулак и тянет, заставляя склонить голову набок. Он ведет носом вниз по моей обнаженной шее, вдыхая запах, потом возвращается к уху. От чувственного желания у меня сводит мышцы внутри живота. Ох, Кристиан едва коснулся меня, а я его уже хочу.

— Ты всегда божественно пахнешь, Анастейша, — шепчет он и нежно целует меня за ухом.

Я не могу сдержать стон.

— Тише, — выдыхает Кристиан. — Ни звука.

Забрав мои волосы назад, он, к моему удивлению, заплетает их в косу ловкими, проворными пальцами. Закончив, он стягивает косу резинкой для волос и резко дергает, подтаскивая меня к себе.

— Здесь мне нравится, когда твои волосы заплетены, — шепчет он.

Хм… почему?

Кристиан отпускает мои волосы.

— Повернись, — командует он.

Я делаю, что велено. Дыхание сбивается, страх и желание смешались в опьяняющий коктейль.

— Когда я приказываю тебе прийти сюда, ты должна раздеться до трусов. Понятно?

— Да.

— Что «да»? — Он сердито смотрит на меня.

— Да, господин.

Уголок его рта кривится в улыбке.

— Хорошая девочка. — Он пристально смотрит мне в глаза. — Когда я приказываю тебе прийти сюда, я хочу чтобы ты стояла на коленях вот здесь. — Он показывает на пол возле двери. — Давай, вставай.

Я растерянно мигаю, переваривая приказ, потом неуклюже опускаюсь на колени.

— Ты можешь сесть на пятки.

Я сажусь на пятки.

— Положи ладони и предплечья на бедра. Хорошо. Теперь раздвинь колени. Шире. Еще шире. Отлично. Смотри вниз, на пол.

Кристиан подходит ко мне, я вижу только его лодыжки и ступни. Босые ступни. Надо бы записывать его слова, если уж он хочет, чтобы я все запомнила. Он вновь хватает меня за косу и с силой оттягивает мою голову назад. Ощущение на грани боли. Я смотрю на Кристиана.

— Ты запомнишь эту позу, Анастейша?

— Да, господин.

— Хорошо. Жди здесь, не двигайся.

Он выходит из комнаты.

Я стою на коленях и жду. Куда он ушел? Что он будет со мной делать? Время идет. Не знаю, надолго ли он меня оставил… на пять минут, десять? Дыхание становится прерывистым, ожидание сжигает меня изнутри.

Внезапно Кристиан возвращается, и я сразу успокаиваюсь, но вместе с тем возбуждаюсь еще сильнее. Куда уж сильнее? Я вижу его ноги. Он надел другие джинсы. Эти явно старее, потертые и рваные. Вот черт! Очень сексуально. Кристиан закрывает дверь и что-то на нее вешает.

— Хорошая девочка, Анастейша. Ты замечательно выглядишь в такой позе. Молодец. А теперь встань.

Я встаю, но не поднимаю лица.

— Можешь посмотреть на меня.

Робко гляжу на него. Кристиан смотрит на меня оценивающим взглядом, но глаза уже не такие строгие. Он без рубашки. Ох… как же я хочу к нему прикоснуться! Верхняя пуговица на его джинсах расстегнута.

— Сейчас я надену на тебя наручники, Анастейша. Дай мне правую руку.

Я протягиваю руку. Он поворачивает ее ладонью вверх и едва уловимым движением ударяет прямо посредине стеком, который я не заметила раньше. Все происходит так быстро, что я не успеваю удивиться. Поразительно, но я не чувствую боли, так, легкое жжение.

— Как ощущения? — спрашивает Кристиан.

Я смущенно моргаю.

— Отвечай.

— Все нормально. — Я хмурюсь.

— Не хмурься.

Мигаю и пытаюсь придать лицу безучастное выражение. У меня получается.

— Было больно?

— Нет.

— И не будет. Поняла?

— Да, — неуверенно отвечаю я.

Неужели и вправду не будет?

— Я говорю серьезно.

Черт, мне не хватает дыхания. Откуда Кристиан знает, что я думаю? Он показывает мне стек. Он из коричневой плетеной кожи. Я вскидываю взгляд на Кристиана, и вижу, что его глаза горят от удовольствия.

— Наша цель — угодить клиенту, мисс Стил, — произносит он. — Пойдем.

Он берет меня за локоть, ведет под решетку и опускает с нее цепи с черными кожаными наручниками.

— Эта решетка сконструирована так, чтобы по ней могли двигаться цепи.

Я смотрю вверх. Ох, ни фига себе — она похожа на схему метро.

— Начнем здесь, но я хочу трахнуть тебя стоя. Так что мы закончим вон у той стены.

Он показывает на большой деревянный крест в виде буквы Х.

— Подними руки над головой.

Я повинуюсь. У меня такое ощущение, что я покинула свое тело и наблюдаю за происходящим со стороны. Это за гранью восторга, за гранью эротичности. Я никогда не делала ничего страшнее и восхитительнее одновременно — полностью доверилась человеку, который, по его собственным словам, испытал пятьдесят оттенков зла. Подавляю приступ паники — Кейт и Элиот знают, что я здесь.

Кристиан встает рядом со мной, чтобы застегнуть наручники. Я смотрю на его грудь. Его близость божественна.

Он пахнет гелем для душа и самим собой, одурманивающий запах, который возвращает меня к реальности. Я хочу уткнуться носом в грудь Кристиана, провести языком дорожку сквозь поросль волос. Если чуть податься вперед...

Он делает шаг назад и смотрит на меня из-под полуопущенных век с нескрываемой похотью и вожделением. Со связанными руками я совершенно беспомощна, но от одного-единственного взгляда на его красивое лицо чувствую, как влажнеет у меня между ног. Кристиан медленно обходит вокруг меня.

— Вы прекрасны со скованными руками, мисс Стил. И ваш дерзкий рот молчит. Мне это нравится.

Он встает передо мной, подцепляет пальцами мои трусики и неторопливо стягивает их вниз по моим ногам, невыносимо медленно обнажает меня полностью и наконец опускается на колени рядом со мной. Не сводя с меня глаз, он комкает мои трусики, подносит к носу и глубоко вдыхает. Твою ж мать! Неужели он это сделал? С озорной усмешкой Кристиан запихивает мои трусы в карман джинсов.

Грациозно и лениво, как большой дикий кот, Кристиан поднимается на ноги, касается кончиком стека моего пупка, медленно обводит его — дразнит меня. От прикосновения кожи я вздрагиваю и хватаю ртом воздух. Кристиан снова обходит вокруг меня, ведя стеком по моему телу. На втором круге он неожиданно взмахивает стеком, хлестнув меня сзади снизу... прямо между ног. Я кричу от неожиданности, нервные окончания словно оголены. Удар отзывается странным сладчайшим и изысканным ощущением. Дергаюсь, натягивая цепи.

— Тише! — шепчет Кристиан и снова обходит вокруг меня, ведя стеком чуть выше.

В этот раз я уже готова к хлесткому удару... ох. Тело содрогается от сладкой жгучей боли.

Еще один круг, в этот раз удар обжигает сосок, и я откидываю голову назад, мои нервы звенят. Стек задевает второй сосок... кратчайшая сладостная пытка. Мои соски набухают и твердеют под ударами, издав громкий стон, я повисаю на кожаных наручниках.

— Тебе приятно? — выдыхает Кристиан.

— Да.

Он ударяет меня по ягодицам. В этот раз стек больно жалит кожу.

— Что — да?

— Да, господин, — скулю я.

Кристиан останавливается, но я его не вижу. С закрытыми глазами я пытаюсь справиться с мириадами ощущений, которые проносятся по моему телу. Очень медленно Кристиан осыпает легкими жалящими ударами мой живот, спускаясь ниже и ниже. Я знаю, куда он направляется, собираюсь с силами, но не выдерживаю и громко кричу, когда стек обжигает клитор.

— О-о-о… пожалуйста!

— Тише! — приказывает он и снова ударяет меня по заду.

Не знала, что все будет вот так… я словно потерялась. Потерялась в море ощущений. Неожиданно Кристиан ведет стеком у меня между ног, через волосы на лобке ко входу в вагину.

— Посмотри, какая ты влажная, Анастейша. Открой глаза и рот.

Я завороженно выполняю приказ. Он засовывает кончик стека мне в рот, совсем как в моем сне. Вот это да!

— Попробуй, какая ты на вкус. Соси. Соси сильнее, детка.

Встречаюсь с ним взглядом и обхватываю стек губами. К яркому вкусу кожи примешивается соленый привкус моего возбуждения. Глаза Кристиана горят, он в своей стихии.

Он вытаскивает стек из моего рта, хватает меня и страстно целует, его язык проникает в мой рот. Кристиан прижимает меня к себе, его грудь упирается в мою. Мне безумно хочется его потрогать, но не могу — руки скованы над головой.

— О, Анастейша, ты восхитительна на вкус! — выдыхает Кристиан. — Хочешь кончить?

— Пожалуйста! — умоляю я.

Стек обжигает ягодицы. Ой!

— Что, пожалуйста?

— Пожалуйста, господин, — хныкаю я.

Он торжествующе улыбается.

— При помощи вот этого? — Он поднимает стек.

— Да, господин.

— Ты уверена? — Кристиан смотрит на меня строгим взглядом.

— Да, пожалуйста, господин.

— Закрой глаза.

Я повинуюсь, и все исчезает — комната, Кристиан... стек. Кристиан вновь начинает осыпать мой живот легкими жалящими ударами. Он спускается вниз, стек задевает мой клитор — раз, другой, третий, снова и снова, и наконец вот оно — я не выдерживаю, кончаю с громким восторженным криком и бессильно повисаю на цепях. Ноги словно ватные, и Кристиан подхватывает меня. Я растворяюсь в его объятиях, кладу голову ему на грудь и только слабо поскуливаю, пока внутри пульсируют отголоски оргазма. Кристиан поднимает меня и несет, мои руки по-прежнему скованы над головой. Спиной чувствую прохладное прикосновение полированного деревянного креста. Кристиан отпускает меня на несколько секунд, пока расстегивает пуговицы на джинсах и надевает презерватив, потом вновь поднимает, взяв за бедра.

— Обхвати меня ногами, детка.

У меня не осталось сил, но я выполняю его просьбу. Резким толчком Кристиан проникает в меня, я громко кричу, а он сдавленно стонет в мое ухо. Мои руки лежат на его плечах, пока он толчками проникает еще дальше. Ох, как же глубоко! Кристиан вбивается в меня, уткнувшись лицом в мою шею, я чувствую его хриплое дыхание у своего горла. Внутри нарастает знакомая тяжесть. Господи, нет... только не сейчас... Мое тело не выдержит еще одного потрясения. Но выбора нет, и с неизбежностью, которая уже стала привычной, я взрываюсь ярким, мучительно сладостным оргазмом. Все, других чувств не осталось. Кристиан кончает вслед за мной, рычит, стиснув зубы, и крепко прижимает меня к себе.

Он осторожно отстраняется и, поддерживая меня своим телом, прислоняет к кресту. Расстегнув наручники, освобождает мои руки, и мы оба опускаемся на пол. Он притягивает меня к себе, обнимает, я кладу голову ему на грудь. Будь у меня силы, я бы его потрогала, но не могу пошевелиться. Запоздало осознаю, что он по-прежнему в джинсах.

— Отлично, детка, — шепчет Кристиан. — Было больно?

— Нет, — выдыхаю я.

У меня слипаются глаза. Почему я так устала?

— А ты ждала боли? — шепчет он, прижимая меня к себе и убирая с моего лица выбившиеся прядки волос.

— Да.

— Вот видишь, Анастейша, страх в основном у тебя в голове. — Он замолкает, а потом спрашивает: — Ты хотела бы это повторить?

На мгновенье задумываюсь, усталость туманит мозг... Повторить?

— Да, — тихо говорю я.

Кристиан крепко обнимает меня.

— Хорошо. И я тоже, — тихо произносит он и нежно целует меня в макушку. — Но мы с тобой еще не закончили.

Еще не закончили! Ох, ни фига себе! Мне-то уж точно хватит. Я совершенно вымотана и борюсь со сном, но, похоже, безуспешно. Лежу на груди Кристиана, глаза закрыты, он обнимает меня руками и ногами, и я чувствую себя... в безопасности и очень уютно. Может, он даст мне поспать или хотя бы вздремнуть? Ага, разбежалась. Кривлю губы от этой глупой мысли, поворачиваюсь и утыкаюсь носом в грудь Кристиана, вдыхаю его неповторимый аромат, но Кристиан сразу же напрягается... вот черт. Открываю глаза. Он пристально смотрит на меня.

— Не нужно, — предостерегающе выдыхает он.

Я краснею и перевожу взгляд на его грудь. Как же хочется провести языком по коже под порослью волос, поцеловать его! Внезапно я замечаю на его груди несколько маленьких круглых шрамов. «Ветрянка? Корь?» — рассеянно думаю я.

— Встань на колени у двери, — командует он и садится, отпустив меня и сложив руки на коленях. В его голосе больше нет теплоты, температура упала на несколько градусов.

Неуклюже поднимаюсь, бреду к двери и сажусь, как велено. Меня трясет, я очень, очень устала и в полном замешательстве. Кто бы мог подумать, что в этой комнате я испытаю небывалое наслаждение? И кому бы пришло в голову, что это так утомительно? Удовлетворенное тело восхитительно тяжелеет. Моя внутренняя богиня повесила на дверях своей комнаты табличку «Не беспокоить!».

Кристиан где-то за пределами моего поля зрения. У меня слипаются глаза.

— Я навожу на вас скуку, мисс Грей?

Очнувшись, резко поднимаю голову и вижу Кристиана, который стоит передо мной, скрестив руки, и сверлит меня гневным взглядом. Вот дерьмо, он заметил, как я дремала! Что теперь будет? Испуганно смотрю на него, и его глаза теплеют.

— Встань! — приказывает Кристиан.

Я с опаской встаю. Он глядит на меня, насмешливо скривив губы.

— Похоже, ты обессилела.

Застенчиво киваю и краснею.

— Выносливость, мисс Стил. — Он прищуривает глаза. — Я еще не отделал тебя по полной программе. Сложи руки перед собой, как будто молишься.

Я растерянно моргаю. Как будто молишься! Молюсь, чтобы ты был со мной помягче. Выполняю приказ. Кристиан связывает мои запястья кабельной стяжкой. Вот черт! Вскидываю взгляд на Кристиана.

—Узнаешь? — спрашивает он, не скрывая улыбки.

Ох, ни фига себе! Пластиковые кабельные стяжки из «Клейтонс». Теперь все понятно. Открыв рот, пялюсь на Кристиана, чувствуя, как тело покалывает от избытка адреналина. Что ж, он добился, чего хотел, — я полностью проснулась.

— Вот ножницы, — говорит Кристиан и показывает их мне. — Я могу освободить тебя в любую минуту.

Пытаюсь развести руки, проверяя путы на прочность, но пластик больно врезается в кожу, впрочем, когда я расслабляю запястья, терпеть можно.

— Идем.

Кристиан за руки ведет меня к кровати с четырьмя колоннами. Я замечаю, что простыни на ней темно-красного цвета, а в углах закреплены оковы.

— Я хочу больше, намного больше, — шепчет Кристиан мне в ухо.

Мое сердце снова бешено колотится. О боже.

— Обещаю, что все будет очень быстро. Ты устала. Возьмись за колонну.

Хмурю брови. Значит, не на кровати? Оказывается, я могу развести ладони. Послушно хватаюсь за резную деревянную колонну.

— Ниже! — командует Кристиан. — Хорошо. Не отпускай. Если отпустишь, я тебя отшлепаю. Понятно?

— Да, господин.

— Хорошо.

Он встает сзади, хватает меня за бедра и слегка приподняв, двигает назад, так что я наклоняюсь вперед, держась за колонну.

— Не разжимай руки, Анастейша, — предостерегает Кристиан. — Я возьму тебя сзади, очень жестко. Опирайся на колонну, чтобы удержаться на ногах. Поняла?

— Да.

Он шлепает меня по заду. Ой... больно!

— Да, господин, — торопливо бормочу я.

— Раздвинь ноги.

Кристиан встает сзади и, удерживая меня за бедра, отодвигает мою правую ногу.

— Вот так-то лучше. Потом я разрешу тебе поспать.

Какой еще сон? Я тяжело дышу и не думаю ни о каком сне. Кристиан нежно гладит меня по спине.

— У тебя такая красивая кожа, Анастейша, — выдыхает он и целует меня, оставляет дорожку легких, как перышко, поцелуев вдоль позвоночника.

Его ладони обхватывают мою грудь, он зажимает пальцами соски и осторожно тянет. Я не могу сдержать сдавленный стон, все мое тело отзывается, оживает в ответ на его ласку.

Кристиан нежно покусывает и посасывает мою кожу на пояснице, тянет за соски, и я крепче вцепляюсь в колонну с изысканной резьбой. Вдруг он убирает руки, я слышу знакомый шелест фольги и вижу, как Кристиан отбрасывает ногой джинсы.

— У тебя такая очаровательная, сексуальная попка, Анастейша Стил. Я столько всего хочу с ней сделать!

Кристиан ласкает мои ягодицы, потом его руки скользят вниз, и он проникает в меня двумя пальцами.

— Как здесь влажно! Вы не разочаровываете меня, мисс Стил! — шепчет он, и в его голосе слышится удивление. — Держись крепче, детка, это будет недолго.

Он берет меня за бедра, встает между моих ног, и я готовлюсь к резкому толчку, но Кристиан наклоняется и наматывает мою косу на руку, крепко удерживая мою голову. Очень медленно он входит в меня и одновременно тянет за волосы... о-о-о, какая наполненность! Все так же медленно он выходит из меня, стискивает бедро другой рукой, а потом резкий толчок сотрясает мое тело, и я едва не заваливаюсь вперед.

— Держись, Анастейша! — рычит он сквозь стиснутые зубы.

Я крепче вцепляюсь в колонну, подмахиваю ему, пока он безжалостно вбивается в меня снова и снова, больно впиваясь в бедро пальцами. Руки ноют, ноги подкашиваются, кожа на голове саднит от того, что Кристиан тянет меня за волосы... но я чувствую, как изнутри поднимается знакомое ощущение. О, нет... впервые я боюсь оргазма... если я кончу... то потеряю сознание. Кристиан движется резкими, грубыми точками на мне, во мне, хрипло дышит, стонет и мычит что-то нечленораздельное. Мое тело отзывается... что? Я чувствую себя на грани. Неожиданно Кристиан вбивается очень глубоко и замирает.

— Давай, Ана, для меня! — выдыхает он.

Услышав свое имя, я не могу больше сдерживаться, тело наполняет сладостное ощущение, которое словно затягивает меня в водоворот, я взрываюсь, и реальность исчезает.

Постепенно прихожу в себя и понимаю, что отключилась прямо на Кристиане. Он распростерт на полу, я в восхитительной посткоитальной истоме лежу сверху, спиной к нему, и смотрю в потолок. «Ой... карабины», — думаю я рассеянно, о них я забыла. Кристиан утыкается носом в мое ухо.

— Подними руки, — тихо говорит он.

Мои руки словно из свинца, но я послушно вытягиваю их вперед. Кристиан взмахивает ножницами и цепляет кабельную стяжку.

— Я объявляю эту Ану открытой, — провозглашает он и перерезает пластик.

Хихикаю и растираю запястья. Чувствую, как улыбается Кристиан.

— Какой прекрасный звук, — задумчиво говорит он.

Внезапно он садится, не выпуская меня из рук, и я оказываюсь у него на коленях.

— Это я виноват, — говорит он, разворачивая меня так, чтобы ему было удобно растереть мои затекшие руки и плечи. Он нежно их массирует, постепенно возвращая к жизни.

О чем это он?

Я поворачиваюсь к Кристиану, пытаясь понять, что он имеет в виду.

— Что ты так редко смеешься.

— Я вообще мало смеюсь, — сонно бормочу я.

— Да, мисс Стил, но от вашего смеха душа наполняется радостью.

— Какой изысканный комплимент, мистер Грей, — говорю я, с трудом разлепляя глаза.

Его взгляд теплеет, и он улыбается.

— Я бы сказал, что ты оттрахана по полной программе, и теперь тебе нужно поспать.

— А вот это совсем не комплимент, — шутливо ворчу я.

Кристиан ухмыляется, бережно снимает меня с колен и встает, великолепный в своей наготе. Я сразу же жалею, что почти засыпаю и не могу вволю им полюбоваться. Он натягивает джинсы прямо на голое тело.

— Не хочу напугать Тейлора или миссис Джонс, — бормочет он.

Хм... они наверняка знают, что он за извращенный ублюдок. Меня очень занимает эта мысль.

Кристиан помогает мне встать на ноги, ведет к двери, на которой висит серый вафельный халат, и терпеливо одевает меня, словно маленького ребенка. Я не могу поднять руки. Когда я одета и пристойно выгляжу, Кристиан нежно целует меня в губы и кривит рот в улыбке.

— А теперь в кровать, — говорит он.

Ой, нет... только не это...

— Чтобы спать, — успокаивает Кристиан, заметив мое выражение лица.

Внезапно он подхватывает меня и, прижав к груди, несет по коридору в комнату, где чуть раньше меня осматривала доктор Грин. Мое сердце стучит у его груди. Я совершенно без сил. Даже не помню, когда я так уставала. Кристиан откидывает одеяло, укладывает меня на кровать и, к моему удивлению, ложится рядом и прижимается ко мне.

— Спи, моя красавица, — шепчет он и целует мои волосы.

Я не успеваю отпустить ехидное замечание потому, что
проваливаюсь в сон.

Глава 19

Мягкие губы касаются моего виска, оставляя цепочку
легких, нежных поцелуев, и какая-то часть меня желает
повернуться и ответить, но в основном мне хочется спать
дальше. Со стоном зарываюсь в подушку.

— Анастейша, проснись! — мягко уговаривает меня
Кристиан.

— Нет, — буркаю я.

— Через полчаса нужно выходить, чтобы не опоздать на
ужин у моих родителей.

Похоже, ему весело. Неохотно открываю глаза. За окном смеркается. Кристиан склонился надо мной и пристально смотрит.

— Давай, соня, поднимайся! — Он снова целует меня.

— Я принес тебе попить. Жду внизу. И только посмей
уснуть, тебе тогда не поздоровится, — угрожает он беззлоб-
ным голосом.

Кристиан коротко целует меня и уходит, а я, сонно моргая, остаюсь в прохладной, почти пустой комнате.

Я неплохо отдохнула, но отчего-то нервничаю. Вот черт,
у меня же встреча с его родственниками! Он только что от-
ходил меня стеком и связал кабельной стяжкой, которую
я же ему и продала, а теперь мне предстоит встретиться с
его родителями. Кейт тоже впервые их увидит, — что ж, по
крайней мере, она меня поддержит. Вращаю плечами. Они
затекли. Сейчас требование Кристиана насчет личного тренера вовсе не кажется нелепым, наоборот, выглядит вполне
разумным, если я собираюсь быть на уровне.

Медленно вылезаю из постели и вижу, что мое платье
висит на шкафу, а лифчик — на стуле. Где же трусики? Заглядываю под стул. Ничего. Вдруг я вспоминаю, что Кристиан спрятал их в карман своих джинсов. Краснею при

воспоминании — мне стыдно даже думать об этом! — о его непристойном поступке. Хмурю брови. Почему Кристиан не вернул мне трусики?

Украдкой пробираюсь в ванную, сгорая от стыда из-за того, что на мне нет белья. Вытираюсь после приятного, но такого недолгого душа, и вдруг меня осеняет: Кристиан сделал это нарочно! Хочет, чтобы я смутилась и попросила свои трусы обратно, а уж он решит, вернуть мне их или нет. Моя внутренняя богиня ухмыляется. К чертям собачьим… в эту игру могут играть двое. Решаю, что не буду просить Кристиана, не дождется. Следовательно, придется идти на встречу с его родителями без исподнего. Анастейша Стил! Мое подсознание осыпает меня упреками, но я его не слушаю потому, что страшно довольна собой — вот Кристиан взбесится!

Вернувшись в комнату, я надеваю бюстгальтер, влезаю в платье и обуваю туфли. Расплетаю косу, торопливо причесываюсь и только потом смотрю, что за напиток мне оставили. Он бледно-розового цвета. Что это? Клюква и газированная вода. М-м-м… восхитительный вкус и прекрасно утоляет жажду.

Торопливо бегу в ванную и смотрюсь в зеркало: глаза горят, щеки разрумянились, вид слегка самодовольный из-за выходки с трусами. Спускаюсь вниз. Я уложилась за пятнадцать минут. Неплохо, Ана.

Кристиан стоит у панорамного окна, одетый в серые фланелевые брюки, которые я обожаю: они так сексуально висят на его бедрах. Само собой, на нем белая рубашка. Интересно, у него есть одежда другого цвета? Из динамиков льется негромкий голос Фрэнка Синатры.

Кристиан поворачивается ко мне и улыбается. Он выжидающе смотрит на меня.

— Привет, — тихо говорю я, на моем лице играет загадочная улыбка.

— Привет, — отвечает он. — Как ты себя чувствуешь? Его глаза радостно блестят.

— Хорошо, спасибо. А ты?

— Великолепно, мисс Стил.

Он так и ждет, что я продолжу разговор.

— Фрэнк. Вот уж не думала, что ты поклонник Синатры.

— У меня эклектичный вкус, мисс Стил, — негромко говорит Кристиан, идет ко мне грациозной походкой леопарда, и от его пристального взгляда у меня перехватывает дыханье.

Фрэнк проникновенно поет старую песню, одну из рэевских любимых — «Колдовство». Кристиан медленно проводит по моей щеке кончиками пальцев, и его прикосновение отдается у меня глубоко внутри.

— Потанцуй со мной, — предлагает он хриплым голосом.

Вытащив из кармана пульт, он делает музыку громче и протягивает мне руку, веселый взгляд его серых глаз полон обещания и страсти. Кристиан совершенно обворожителен, и я поддаюсь его чарам. Протягиваю ему руку. Он лениво улыбается, прижимает меня к себе и, положив руку мне на талию, начинает слегка покачиваться.

Кладу другую руку ему на плечо и улыбаюсь, заразившись его игривым настроением. Кристиан ведет меня в танце. Господи, как же хорошо он танцует! Мы движемся от окна до кухни, потом назад, кружась и поворачиваясь в такт музыке. Кристиан превосходно ведет, и я успеваю за ним без малейшего труда.

Мы скользим вокруг обеденного стола, к роялю и туда-сюда вдоль стеклянной стены, за которой, словно темная и волшебная декорация к нашему танцу, сияет огнями Сиэтл, и я не могу сдержать счастливого смеха. Кристиан улыбается мне с последним аккордом музыки.

— Нет милее колдуньи, чем ты, — повторяет он слова песни и нежно меня целует. — Ну, мисс Стил, ваши щеки немного порозовели. Спасибо за танец. Вы готовы ехать к моим родителям?

— Всегда пожалуйста, и да, я с нетерпением жду встречи с ними, — отвечаю я, задыхаясь.

— У вас есть все, что вам нужно?

— О да, — отвечаю я сладким голосом.

— Вы уверены?

Собираю всю свою решимость под его пристальным удивленным взглядом и беспечно киваю. Лицо Кристиана расплывается в широкой ухмылке, и он качает головой.

— Хорошо. Раз уж вы так решили, мисс Стил.

Он хватает меня за руку, берет с барного табурета пиджак и ведет меня через вестибюль к лифту. Многоликий Кристиан Грей. Пойму ли я когда-нибудь этого переменчивого человека?

В лифте я украдкой поглядываю на Кристиана. На его красивых губах играет легкая улыбка, похоже, он втайне посмеивается. Боюсь, что надо мной. О чем только я думала? Собираюсь встретиться с его родителями — и не надела трусов! Мое подсознание злорадно ухмыляется: «А я ведь говорило!» В относительной безопасности квартиры эта идея казалась забавной и соблазнительной, а теперь я почти на улице и БЕЗ ТРУСОВ! Кристиан смотрит на меня, и между нами снова пробегает разряд. Веселое выражение сползает с лица Кристиана, он хмурится, глаза темнеют... вот черт.

Внизу двери лифта открываются. Кристиан трясет головой, словно отгоняя непрошеные мысли, и жестом истинного джентльмена приглашает меня выйти первой. Кого он обманывает? Никакой он не джентльмен. У него мои трусики.

В большом внедорожнике «Ауди» подъезжает Тейлор. Кристиан распахивает передо мной заднюю дверь, и я забираюсь в машину со всей элегантностью, которую только позволяет фривольное отсутствие белья. Слава богу, платье Кейт доходит до колен и плотно облегает тело.

Машина несется по трассе I-5, мы с Кристианом молчим, нас сдерживает спокойное присутствие Тейлора. Настроение Кристиана почти осязаемо, оно меняется и постепенно мрачнеет, пока мы катим на север. Кристиан о чем-то размышляет, глядя в окно, и я чувствую, как он отдаляется от меня. О чем он думает? Не могу спросить. О чем можно говорить, когда с нами Тейлор?

— Где ты научился танцевать? — робко спрашиваю я.

Он поворачивается ко мне, выражение его глаз невозможно прочитать в мелькающем свете фонарей.

— Ты уверена, что хочешь знать? — тихо отвечает он.

— Да, — выдавливаю я.

— Миссис Робинсон любила танцевать.

Мои худшие опасения подтвердились. Она хорошо его выучила, и эта мысль меня удручает — я-то ничему не могу научить. У меня нет особенных умений.

— Должно быть, она хорошая учительница.

— Хорошая, — тихо говорит Кристиан.

Мне кажется, что по голове бегают мурашки. Неужели ей досталось все самое лучшее? Пока Кристиан не стал таким закрытым? Или она помогла ему раскрыться? Он может быть таким забавным и милым. Я невольно улыбаюсь, вспомнив, как он держал меня в объятиях и мы кружили по гостиной, так неожиданно. И еще у него мои трусики.

Да, и Красная комната боли. Я машинально растираю запястья — вот что делают с девушками тонкие пластиковые полоски. Этому тоже она научила Кристиана или испортила его, зависит от точки зрения. Хотя он вполне мог оказаться в Теме и без миссис Робинсон. Я вдруг понимаю, что ненавижу ее. Надеюсь, мы никогда не встретимся, иначе я не отвечаю за свои действия. Такой сильной ненависти я еще не испытывала, тем более к человеку, которого ни разу в жизни не видела. Я смотрю в окно невидящим взглядом и упиваюсь своей иррациональной злобой и ревностью.

Мысленно возвращаюсь к сегодняшнему дню. Учитывая, что мне известны предпочтения Кристиана, думаю, он обошелся со мной мягко. Хочу ли я это повторить? Не могу даже притвориться, что нет. Конечно, хочу, если он попросит, — при условии, что будет не очень больно, и это единственный способ остаться с ним.

В этом-то вся суть. Я хочу остаться с Кристианом. Моя внутренняя богиня облегченно вздыхает. Я прихожу к мнению, что она в основном думает не мозгом, а другой важной частью своего тела, которая выставлена напоказ.

— Не нужно, — бормочет Кристиан.

Нахмурившись, я поворачиваюсь к нему.

— Что не нужно?

Я к нему не прикасалась.

— Не нужно слишком много думать, Анастейша. — Он берет мою руку, подносит к губам и нежно целует костяшки пальцев. — Чудесный был день. Спасибо.

Он снова со мной. Я растерянно моргаю и смущенно улыбаюсь. Кристиан такой противоречивый. Я задаю вопрос, который давно меня мучает:

— Почему ты использовал кабельную стяжку?

Он ухмыляется.

— Просто, удобно, и ты испытала новые ощущения. Кабельные стяжки — довольно жесткое приспособление для фиксации, а мне это нравится. — Он слегка улыбается. — Очень действенный способ удерживать тебя там, где твое место.

Я краснею и бросаю встревоженный взгляд на Тейлора, который невозмутимо ведет машину, не сводя глаз с дороги. Ну и что мне на это ответить? Кристиан с невинным видом пожимает плечами.

— Все это часть моего мира, Анастейша.

Он стискивает мою ладонь, затем отпускает и вновь отворачивается к окну.

Ах да, его мир, и я хочу туда войти, но не на его же условиях? Не знаю. Он не упомянул этот чертов контракт. Размышления не придают мне бодрости. Выглядываю в окно и вижу, что пейзаж за стеклом изменился. Мы переезжаем через мост, вокруг — чернильный мрак. Темная ночь отражает мое внутреннее состояние, она словно обволакивает меня и душит.

Смотрю на Кристиана, и наши взгляды встречаются.

— О чем призадумалась? — спрашивает он.

Я хмуро вздыхаю.

— Неужели все так плохо?

— Хотела бы я знать, что у тебя на уме.

Кристиан довольно ухмыляется.

— А я — что у тебя, — тихо говорит он и замолкает, пока Тейлор гонит машину сквозь ночь к городку Белвью.

* * *

Уже почти восемь, когда «Ауди» выруливает на подъездную дорожку к особняку в колониальном стиле. Дом с вьющимися розами над дверью великолепен. Он как будто сошел с картинки.

— Ты готова? — спрашивает Кристиан, когда Тейлор останавливается у внушительной парадной двери.

Я киваю, и Кристиан одобряюще сжимает мою ладонь.

— Для меня это тоже впервые, — шепчет он, затем лукаво улыбается. — Держу пари, ты жалеешь, что на тебе нет трусов.

Я краснею. Совсем про них забыла. К счастью, Тейлор выходит, чтобы открыть мне дверь, так что наш разговор ему не слышен. Хмуро смотрю на Кристиана, а он широко ухмыляется в ответ. Отворачиваюсь и вылезаю из машины.

Доктор Грейс Тревельян-Грей стоит на крыльце, ждет нас. Она выглядит элегантно-утонченной в бледно-голубом шелковом платье; рядом с ней, полагаю, мистер Грей — высокий, светловолосый и, как Кристиан, по-своему красивый.

— Анастейша, ты уже знакома с моей матерью Грейс. А это мой отец, Кэррик.

— Мистер Грей, рада с вами познакомиться.

Я улыбаюсь и пожимаю ему руку.

— Я тоже рад, Анастейша.

— Для вас Ана.

У него добрые голубые глаза.

— Ана, как приятно снова встретиться с вами! — Грейс приветливо обнимает меня. — Заходите скорей.

— Она здесь?

Из дома доносится визгливый крик. Я бросаю на Кристиана встревоженный взгляд.

— Это, должно быть, Миа, моя младшая сестренка, — говорит он почти сердито, но не совсем.

За словами Кристиана таится глубокая привязанность, это заметно по тому, как смягчается его голос и щурятся глаза, когда он произносит ее имя. Похоже, он ее обожает. Для меня это откровение. В ту же минуту Миа собственной персоной врывается в холл. Она примерно моего возраста, высокая, фигуристая, с черными как смоль волосами.

— Анастейша! Я столько про тебя слышала! — Она бросается мне на шею.

Вот это да! Я невольно улыбаюсь, покоренная ее безграничным энтузиазмом.

— Зовите меня Ана, — бормочу я, когда она тащит меня в огромный вестибюль с полами из темного дерева, старинными коврами и широкой изогнутой лестницей на второй этаж.

— Он никогда не приводил домой девушек, — сообщает Миа, ее глаза оживленно блестят.

Я вижу, как Кристиан закатывает глаза, и вопросительно поднимаю бровь. Он недовольно прищуривается.

— Миа, успокойся, — мягко увещевает Грейс. — Здравствуй, милый.

Она целует Кристиана в обе щеки. Он смотрит на нее с теплой улыбкой, затем обменивается рукопожатием с отцом.

Мы все идем в гостиную. Миа по-прежнему держит меня за руку. Комната просторная, со вкусом обставлена мебелью в кремовых, коричневых и светло-голубых тонах, очень уютная и стильная. Кейт с Элиотом устроились на диване, держат бокалы с шампанским. Кейт соскакивает, чтобы меня обнять, и Миа наконец отпускает мою ладонь.

— Привет, Ана! — расцветает Кейт радостной улыбкой, потом церемонно кивает Кристиану. — Кристиан.

— Кейт. — Он держится с ней так же официально.

Я хмурюсь, глядя на них. Элиот хватает меня в охапку. У нас что, неделя «обними Ану»? Я не привыкла к столь бурным проявлениям симпатии. Кристиан встает рядом и обнимает меня — кладет ладонь мне на бедро и притягивает к себе. Остальные не сводят с нас глаз. Честно говоря, это меня нервирует.

— Выпьете что-нибудь? — Похоже, мистер Грей пришел в себя. — Просекко?

— Да, пожалуйста, — в один голос отвечаем мы с Кристианом.

Ох... до чего же странно получилось. Миа хлопает в ладоши.

— Они даже говорят одно и то же! Я принесу.

Она выбегает из комнаты. Я густо краснею, потом смотрю на Кейт с Элиотом, и до меня вдруг доходит, что Кристиан пригласил меня только из-за Кейт. Наверняка Элиот пригласил ее домой легко и охотно, а Кристиан оказался в ловушке — я бы все узнала от самой Кейт. Я хмурюсь. Кристиана вынудили позвать меня. Неприятное и угнетающее открытие. Мое подсознание глубокомысленно кивает, на его лице написано: «Наконец-то ты догадалась, дурочка!»

— Ужин почти готов, — сообщает Грейс и выходит вслед за Мией.

Кристиан смотрит на меня и хмурится.

— Садись, — приказывает он, показывая на плюшевый диван.

Я послушно выполняю приказ, аккуратно скрестив ноги. Кристиан садится рядом, не касаясь меня.

— Мы разговаривали о нашем отпуске, Ана, — дружелюбно произносит мистер Грей. — Элиот решил на недельку слетать с Кейт и ее семьей на Барбадос.

Смотрю на Кейт, и она улыбается мне, широко распахнув глаза. Она просто светится от восторга. Кэтрин Кавана, где ваше достоинство?

— А вы собираетесь отдохнуть после университета? — спрашивает мистер Грей.

— Я подумываю о том, чтобы съездить в Джорджию, — отвечаю я.

Кристиан бросает на меня изумленный взгляд, пару раз мигает, затем его лицо вновь приобретает бесстрастное выражение. Вот дерьмо! Я же ничего ему не сказала.

— В Джорджию? — переспрашивает он.

— Там живет моя мама, мы с ней давно не виделись.

— И когда ты туда собираешься? — негромко осведомляется он.

— Завтра поздно вечером.

Миа неторопливо входит в гостиную и вручает нам бокалы с бледно-розовым просекко.

— За ваше здоровье! — мистер Грей поднимает бокал.

Весьма уместный тост для человека, жена которого работает врачом. Я улыбаюсь.

— Надолго? — не отстает Кристиан, его голос обманчиво мягок.

Вот черт... похоже, он в ярости.

— Еще не знаю. Зависит от того, как пройдут завтрашние собеседования.

Он стискивает челюсти, и на лице Кейт появляется выражение, свидетельствующее о том, что она вот-вот вмешается в разговор. Она сладко улыбается.

— Ана заслужила отдых, — многозначительно говорит она Кристиану.

Почему Кейт так враждебно к нему настроена? В чем дело?

— У вас завтра собеседования? — спрашивает мистер Грей.

— Да, в двух издательствах, по поводу стажировки.

— Желаю удачи.

— Ужин на столе, — объявляет Грейс.

Мы встаем. Кейт и Элиот выходят за мистером Греем и Мией. Я хочу последовать за ними, но Кристиан останавливает меня, резко схватив за локоть.

— И когда ты собиралась мне сказать, что уезжаешь? — спрашивает он.

Кристиан говорит спокойно, хотя явно сдерживает гнев.

— Я не уезжаю, а собираюсь повидаться с матерью, и я только подумываю об этом.

— А как насчет нашего соглашения?

— Между нами еще нет никакого соглашения.

Кристиан сердито прищуривает глаза, потом, похоже, приходит в себя. Он отпускает мой локоть, берет меня под руку и выводит из комнаты.

— Этот разговор еще не закончен, — шипит он с угрозой, когда мы входим в столовую.

Бред собачий. Было бы из-за чего из трусов выпрыгивать... лучше бы мои вернул. Я смотрю на него свирепым взглядом.

Столовая напоминает мне об обеде с Кристианом в отеле «Хитман». Над столом из темного дерева висит хрустальная люстра, на стене — зеркало в тяжелой резной раме. Стол накрыт белоснежной льняной скатертью и полностью сервирован, посредине стоит ваза с бледно-розовыми пионами. Потрясающее зрелище.

Мы занимаем свои места. Мистер Грей сидит во главе стола, я — справа от него, а Кристиан усаживается рядом со мной. Мистер Грей берет открытую бутылку красного вина и предлагает Кейт. Миа садится рядом с Кристианом и крепко стискивает его ладонь. Он ласково улыбается.

— Где ты познакомился с Аной? — спрашивает Миа.

— Она брала у меня интервью для студенческого журнала.

— Который редактирует Кейт, — вставляю я в надежде увести разговор от себя.

Миа улыбается Кейт, которая сидит напротив, рядом с Элиотом, и они начинают болтать о студенческом журнале.

— Вина? — предлагает мне мистер Грей.

— Да, пожалуйста, — улыбаюсь я.

Мистер Грей встает, чтобы наполнить остальные бокалы. Украдкой гляжу на Кристиана, он поворачивается и смотрит на меня, склонив голову набок.

— Что? — спрашивает он.

— Пожалуйста, не злись на меня, — шепчу я.

— Я не злюсь.

Я не отвожу взгляд. Кристиан вздыхает.

— Ну хорошо, злюсь.

Он на миг закрывает глаза.

— Так, что руки чешутся? — встревоженно спрашиваю я.

— О чем это вы шепчетесь? — интересуется Кейт.

Я краснею, а Кристиан бросает на нее взгляд из серии «Не суйся не в свое дело, Кавана!». Кейт неловко ежится.

— О моей поездке в Джорджию, — спокойно отвечаю я, надеясь сгладить их взаимную враждебность.

— Как вел себя Хосе, когда вы были с ним в баре в пятницу?

Твою ж мать, Кейт! Я округляю глаза. Что она творит? Кейт тоже округляет глаза, и я вдруг понимаю, что она хочет, чтобы Кристиан меня ревновал. Как мало она знает! А я-то думала, что все обойдется.

— Прекрасно, — бормочу я.

Кристиан наклоняется ко мне.

— Злюсь так, что руки чешутся, — шепчет он. — Особенно сейчас.

Его голос убийственно холоден.

О нет! Я неловко ерзаю.

Грейс вносит два блюда, за ней входит хорошенькая девушка со светлыми косичками, одетая в аккуратное бледно-голубое платье. Она несет стопку тарелок. Найдя взглядом Кристиана, она вспыхивает и смотрит на него из-под густо накрашенных ресниц. Это еще что такое?

Где-то в недрах дома звонит телефон.

Мистер Грей извиняется и выходит из столовой. Грейс хмурится.

— Спасибо, Гретхен, — вежливо благодарит она. — Поставьте поднос на столик.

Гретхен кивает и уходит, бросив исподтишка взгляд на Кристиана.

Значит, у Греев есть прислуга, и эта самая прислуга без-
застенчиво пялится на моего потенциального доминанта.
Замечательный вечер, лучше не бывает. Хмуро смотрю на
свои руки, сложенные на коленях.

Возвращается мистер Грей.

— Милая, это тебя. Из больницы, — говорит он Грейс.

— Начинайте без меня, — улыбается Грейс, передает
мне тарелку и выходит.

Еда изумительно пахнет — чоризо и гребешки с жареным
красным перцем и луком-шалот, посыпанные петрушкой.
Несмотря на то что желудок сводит из-за скрытых угроз
Кристиана, потаенных взглядов хорошенькой мисс Белокурые Косички и отсутствия нижнего белья, я очень голодна.
До меня вдруг доходит, что этот голод вызван послеобеден-
ной физической нагрузкой, и я смущенно краснею.

Через несколько минут возвращается Грейс, она хмурит
брови. Мистер Грей наклоняет голову набок... совсем как
Кристиан.

— Что-то случилось?

— Еще один случай кори, — вздыхает Грейс.

— Неужели?

— Да, и опять ребенок. Четвертый случай за месяц. Если
бы только родители делали детям прививки! — Она печально качает головой, затем улыбается. — Я так рада, что наши
дети почти не болели. Слава богу, у них не было ничего тя-
желее ветрянки. Бедняга Элиот.

Она садится на свое место и ласково смотрит на Элиота.
Тот увлеченно жует, но морщится под ее взглядом и неловко ерзает.

— Кристиану и Мие повезло. У них ветрянка была в легкой форме, обошлись парой пузырьков.

Миа хихикает, а Кристиан закатывает глаза.

— Пап, так ты видел игру «Сиэтл Маринерс»?

Похоже, Элиот жаждет перевести разговор на другую
тему.

Закуски восхитительны, и я сосредотачиваюсь на еде,
пока Элиот, мистер Грей и Кристиан обсуждают бейсбол.
В кругу семьи Кристиан кажется таким спокойным и урав-
новешенным. Мой мозг лихорадочно работает. Чертова
Кейт, какую игру она затеяла? Неужели он меня накажет?
Я мысленно содрогаюсь. Я еще не подписала этот контракт.

А, может, и не подпишу. Останусь в Джорджии, там Кристиан меня не достанет.

— Как вы устроились в новой квартире? — спрашивает Грейс.

Ее вопрос отвлекает меня от противоречивых мыслей, чему я страшно рада. Рассказываю о нашем переезде.

Когда с закусками покончено, появляется Гретхен, и я вновь жалею, что не могу прикоснуться к Кристиану, пусть бы увидела: хотя в нем и пятьдесят оттенков зла, он мой и только мой. Она убирает со стола и все время трется около Кристиана, что мне весьма не нравится. К счастью, он не обращает на нее внимания, но моя внутренняя богиня буквально пылает, и не в хорошем смысле.

Кейт и Миа поют дифирамбы Парижу.

— Ана, ты была в Париже? — спрашивает Миа невинным голосом, вырывая меня из ревнивых фантазий.

— Нет, но очень бы хотела там побывать.

Ну да, из всех людей за этим столом только я не выезжала за пределы Штатов.

— Мы провели медовый месяц в Париже.

Грейс улыбается мистеру Грею, который отвечает ей улыбкой. Я почти смущена. Они явно без ума друг от друга, и я на миг задумываюсь: как это расти, когда оба родителя рядом?

— Прекрасный город, — соглашается Миа, — если не считать парижан. Кристиан, ты должен свозить Ану в Париж.

— Думаю, она предпочитает Лондон, — мягко говорит Кристиан.

Ой... он помнит. Кристиан кладет руку мне на колено, его пальцы поднимаются вверх по моему бедру. Мое тело сразу же отзывается. Нет... только не здесь и не сейчас. Я вспыхиваю и стараюсь отодвинуться от него. Его рука сжимается на моем колене, удерживая меня на месте. В отчаянии беру бокал с вином.

На горячее — говядина «Веллингтон», так, по-моему, это называется. Возвращается крошка мисс Белокурые Косички, стреляет глазками и виляет бедрами. К счастью, она расставляет посуду и уходит, хотя, вручая тарелку Кристиану, явно задерживается рядом с ним. Он вопросительно смотрит на меня, когда я провожаю Гретхен взглядом.

— Что там с парижанами? — спрашивает сестру Элиот. — Неужели они не поддались твоим чарам?

— Нет. А уж мсье Флобер, чудовище, на которое я работала! Настоящий тиран, обожает доминировать.

Я давлюсь вином.

— Анастейша, все в порядке? — вежливо спрашивает Кристиан и убирает руку с моей ноги.

Он снова говорит с юмором. Слава богу. Я киваю, он осторожно стучит меня по спине и не убирает руку, пока я не прихожу в себя.

Мясо восхитительно. К нему подали сладкий картофель, морковь, пастернак и зеленую фасоль. Еда еще вкуснее от того, что Кристиан сохраняет хорошее настроение до конца ужина. Подозреваю, что его радует мой аппетит. Греи обмениваются дружелюбными репликами, тепло и беззлобно поддразнивают друг друга. За десертом — лимонным силлабабом — Миа забавляет нас рассказами о своих приключениях в Париже и в какой-то момент переходит на французский язык. Мы озадаченно пялимся на нее, а она на нас, пока Кристиан на таком же беглом французском не объясняет ей, что случилось. Миа весело смеется. У нее заразительный смех, и вскоре мы все весело хохочем.

Элиот разглагольствует о своем последнем строительном проекте — новом экологичном жилом комплексе к северу от Сиэтла. Бросаю взгляд на Кейт. Она внимает каждому слову Элиота, ее глаза светятся любовью или вожделением. Я еще не разобрала, чем именно. Он улыбается ей, между ними проносится молчаливое обещание. Элиот словно говорит: «Позже, детка», и это очень сексуально. Я бы сказала, чертовски сексуально, один взгляд на эту парочку вгоняет меня в краску.

Вздыхаю и украдкой смотрю на Пятьдесят Оттенков. Он такой красивый, я бы могла любоваться на него часами. У него на подбородке легкая щетина, и у меня сводит пальцы от желания прикоснуться к ней, почувствовать на своем лице, груди… между ног. Я смущенно вспыхиваю. Кристиан смотрит на меня и берет за подбородок.

— Не кусай губу, — хрипло говорит он. — Я сам хочу ее укусить.

Грейс и Миа собирают бокалы из-под десерта и уходят на кухню, а мистер Грей, Кейт и Элиот обсуждают преимущества использования солнечных панелей в штате Вашингтон. Кристиан, притворяясь, что увлечен беседой, вновь кладет руку мне на колено, его пальцы скользят по моему бедру вверх. У меня перехватывает дыхание, и я сжимаю ноги, пытаясь остановить его руку. Кристиан самодовольно ухмыляется.

— Давай я покажу тебе окрестности, — предлагает он в открытую.

Знаю, что должна согласиться, но я ему не доверяю. Прежде чем я успеваю ответить, он встает и протягивает мне руку. Беру ее и чувствую, как глубоко внутри сжимаются мышцы в ответ на жадный взгляд потемневших серых глаз.

— Извините, — говорю я мистеру Грею и вслед за Кристианом выхожу из гостиной.

Кристиан ведет меня по коридору в кухню, где Миа и Грейс складывают тарелки в посудомоечную машину. Мисс Белокурые Косички нигде не видно.

— Я хочу показать Анастейше задний двор, — невинным голосом сообщает Кристиан матери.

Та с улыбкой машет нам рукой, в то время как Миа возвращается в столовую.

Мы выходим во внутренний двор, вымощенный серыми каменными плитами, которые подсвечиваются вмонтированными в них светильниками. Там стоят серые каменные кадки с растениями, в углу — шикарный металлический стол и несколько стульев. Кристиан ведет меня через двор и вверх по ступеням на лужайку, которая спускается к заливу. О боже... до чего красиво! На горизонте сияет огнями Сиэтл, холодная и яркая майская луна прочертила на воде серебристую дорожку к молу, где пришвартованы две лодки. Возле мола — эллинг для лодок. Необыкновенно живописный и умиротворяющий вид. Я любуюсь им, открыв рот.

Кристиан тянет меня за руку, мои каблуки увязают в мягкой траве.

— Постой, пожалуйста, — прошу я, с трудом ковыляя за ним.

Он останавливается и с непроницаемым выражением лица смотрит на меня.

— Мои каблуки. Мне нужно снять туфли.

— Обойдешься, — говорит он, подхватывает меня и взваливает на плечи.

Я громко верещу от неожиданности и получаю увесистый шлепок по заду.

— Не ори! — рычит Кристиан.

О нет... похоже, все плохо. Мое подсознание упало на колени и дрожит. Кристиан в ярости — возможно, из-за Хосе, Джорджии, моей голой задницы или из-за того, что я кусала губу. Господи, его так легко разозлить!

— Куда мы идем? — выдыхаю я.

— В эллинг, — резко отвечает он.

Я повисла вниз головой, почти касаясь его бедер, а он целеустремленно шагает через лужайку, залитую лунным светом.

— Зачем? — Я едва дышу, подпрыгивая на его плече.

— Мне нужно побыть с тобой наедине.

— Для чего?

— Хочу отшлепать тебя, а потом оттрахать.

— Почему? — хнычу я.

— Знаешь почему, — шипит он.

— Я думала, ты человек настроения, — умоляюще выдыхаю я.

— Анастейша, ты даже не представляешь, какое у меня сейчас настроение!

Твою ж мать!

Глава 20

Кристиан врывается в деревянную дверь эллинга и останавливается, чтобы включить свет. Одна за другой щелкают флуоресцентные лампы, негромко гудят, и яркий, резкий свет заливает большое деревянное строение. Из своего перевернутого положения я вижу внушительных размеров моторный катер, который тихо покачивается на темной воде, но не успеваю его рассмотреть — Кристиан уносит меня по деревянной лестнице наверх.

Он останавливается в дверях, щелкает выключателем — на этот раз загораются галогенные лампы с регулятором яркости, свет не такой резкий, — и я вижу, что мы в мансарде со скошенным потолком. Она отделана в новоанглийском морском стиле: темно-синий и кремовый цвет с капелькой красного. Мебели почти нет, только пара диванов.

Кристиан ставит меня на деревянный пол. У меня нет времени осматриваться — не могу отвести взгляд от Кристиана. Я словно заворожена… слежу за ним, как за редким и хищным зверем, жду, когда он нападет. Кристиан хрипло дышит, что не удивительно: он только что перенес меня через лужайку и затащил на второй этаж. Серые глаза пылают от ярости, вожделения и неприкрытой похоти.

Вот черт. Я могла бы сгореть от одного его взгляда.

— Пожалуйста, не бей меня, — умоляюще шепчу я.

Он хмурит брови, распахивает глаза, пару раз моргает.

— Я не хочу, чтобы ты меня шлепал, только не здесь и не сейчас. Пожалуйста, не надо.

Кристиан удивленно приоткрывает рот, и я с отчаянной храбростью осторожно веду пальцами по его щеке к колючему подбородку. Кристиан медленно закрывает глаза, подставляет лицо под мои прикосновения, и его дыхание учащается. Другой рукой я ерошу его волосы. Я люблю его волосы. Кристиан еле слышно стонет, открывает глаза, смотрит настороженно — он словно не понимает, что я делаю.

Встав почти вплотную к Кристиану, я осторожно тяну его за волосы, чтобы он наклонил голову, а потом впиваюсь в его губы поцелуем, просовываю ему в рот свой язык. Кристиан стонет, обнимает меня и прижимает к себе. Его руки вцепляются в мои волосы, и он грубо и властно отвечает на поцелуй. Наши языки соприкасаются, пробуют друг друга. У Кристиана божественный вкус.

Неожиданно он отступает назад, наше дыхание смешалось, мы оба задыхаемся. Я опускаю руки ему на плечи, а он гневно смотрит на меня.

— Что ты со мной делаешь? — шепчет он почти растерянно.

— Целую.

— Ты мне отказала.

— Что?

О чем это он?

— За столом, своими ногами.

А… вот оно что.

— Мы же сидели за столом с твоими родителями!

Я ошеломленно смотрю на него.

— Мне никто никогда не отказывал. И это так... заводит.

Его зрачки слегка расширяются, в глазах плещутся удивление и похоть. Пьянящая смесь. Я непроизвольно сглатываю. Руки Кристиана опускаются к моей заднице, он грубо притягивает меня к себе, и я чувствую его эрекцию.

Вот это да...

— Значит, ты злишься и возбужден потому, что я тебе отказала? — изумленно выдыхаю я.

— Я злюсь потому, что ты ничего не сказала мне про Джорджию. И еще потому, что ты пошла в бар с парнем, который пытался тебя соблазнить, когда ты была пьяна, и бросил в беспомощном состоянии с совершенно посторонним человеком. Разве друзья так поступают? Да, я злюсь и возбужден потому, что ты сдвинула ноги.

Его глаза опасно блестят, он медленно задирает подол моего платья.

— Я хочу тебя, прямо сейчас. Если не разрешишь себя отшлепать — а ты заслужила хорошую взбучку! — я трахну тебя на диване, быстро и только для своего удовольствия, не для твоего.

Платье едва прикрывает мой голый зад. Стремительным движением Кристиан просовывает руку между моих ног, его палец медленно входит в меня. Другой рукой он крепко удерживает меня за талию. Я едва сдерживаю стон.

— Это мое! — агрессивно шепчет он. — Только мое! Поняла?

Он вытаскивает палец и вновь засовывает его в мою вагину, пристально смотрит на меня, следит за моей реакцией горящими глазами.

— Да, твое, — выдыхаю я, чувствуя, как нарастает желание, горячее и тяжелое, несется по венам... и все во мне отзывается. Нервы звенят, дыхание учащается, сердце бешено колотится, пытаясь вырваться из груди, кровь грохочет в ушах.

Кристиан резко отстраняется и делает несколько вещей одновременно: убирает руку, оставляя меня с моим желанием, расстегивает ширинку, толкает меня на диван и наваливается сверху.

— Руки на голову! — приказывает он сквозь стиснутые зубы.

Он встает на колени, с силой раздвигает мои ноги и лезет во внутренний карман пиджака за презервативом, буравя меня мрачным взглядом. Дернув плечами, стряхивает пиджак на пол и раскатывает презерватив по своему внушительному члену.

Послушно поднимаю руки, понимая, что Кристиан не хочет, чтобы я его трогала. Я возбуждена. Мои бедра непроизвольно дергаются вверх, навстречу ему. Хочу, чтобы он вошел в меня вот так, грубо и жестко. О… сладкое предвкушение.

— У нас мало времени. Это будет быстро и только для моего удовольствия, не для твоего. Поняла? Не смей кончить, иначе я тебя накажу, — говорит Кристиан сквозь стиснутые зубы.

Ох, ни фига себе… как же я остановлюсь?

Он входит в меня одним быстрым толчком. У меня вырывается громкий гортанный стон, я наслаждаюсь тем, что полностью принадлежу ему. Кристиан кладет свои ладони на мои, локтями прижимает мои руки, его ноги крепко удерживают мои, не давая пошевелиться. Я словно в западне. Он везде, подавляет меня, почти душит, но мне хорошо. Чувствую свою силу — ведь это я так на него влияю! — и меня переполняет гедонистическое ощущение триумфа. Кристиан движется быстро и яростно, хрипло дышит мне в ухо, мое тело отвечает и словно тает под ним. Мне нельзя кончить. Нет. Но я двигаюсь с ним в одном ритме, толчок за толчком. Внезапно — слишком рано! — он вбивается в меня мощным ударом и с хриплым выдохом замирает, достигнув разрядки. Он сразу расслабляется, и я чувствую восхитительную тяжесть его тела. Я не готова его выпустить, мое тело жаждет оргазма, но Кристиан такой тяжелый, что я не могу пошевелиться. Внезапно он вытаскивает член, и я, неудовлетворенная, остаюсь ни с чем. Кристиан свирепо смотрит на меня.

— Не смей себя трогать. Хочу, чтобы ты помучилась. Из-за того, что не рассказала и отказала в том, что принадлежит мне.

Его глаза пылают, он снова злится.

Я киваю, тяжело дыша. Кристиан встает, снимает презерватив, завязывает узлом и кладет в карман брюк. Я пялюсь на него, пытаясь восстановить дыхание, и непроизвольно стискиваю бедра, чтобы получить хоть какое-то удовлетворение. Кристиан застегивает ширинку, рукой приглаживает волосы и наклоняется за пиджаком. Когда он вновь смотрит на меня, его взгляд теплеет.

— Нам нужно вернуться в дом.

Неуверенно сажусь, меня слегка потряхивает.

— Вот, можешь надеть.

Из внутреннего кармана пиджака он достает мои трусики. Беру их с серьезным лицом, но в глубине души знаю — хотя меня и трахнули в наказание, я одержала маленькую победу. Моя внутренняя богиня согласно кивает, на ее лице довольная усмешка: «Тебе не пришлось просить».

— Кристиан! — зовет с первого этажа Миа.

Он поворачивается и поднимает брови.

— Как раз вовремя. Господи, порой она такая назойливая!

Бросаю на него угрюмый взгляд, торопливо возвращаю трусы на их законное место и встаю со всем достоинством, которое только возможно после того, как тебя только что оттрахали. Быстро привожу в порядок волосы — насколько это возможно после того, как тебя только что оттрахали.

— Миа, мы наверху! — кричит Кристиан, поворачивается ко мне и тихо произносит: — Ну что же, мисс Стил, я чувствую себя гораздо лучше, но все равно хочу вас отшлепать.

— Думаю, я этого не заслужила, мистер Грей, особенно после того, как подверглась неспровоцированному нападению.

— Неспровоцированному? Ты меня поцеловала!

Кристиан изо всех сил старается принять оскорбленный вид. Я поджимаю губы.

— Исключительно с целью защитить себя.

— От кого?

— От тебя и твоей чешущейся ладони.

Он склоняет голову набок и улыбается. Слышно, как Миа, стуча каблуками, поднимается по лестнице.

— Но ты же вытерпела? — тихо спрашивает Кристиан.

Я краснею.

— С трудом, — шепчу я, но не могу скрыть самодовольной усмешки.

— А, вот вы где! — Миа широко улыбается.

— Я показывал Анастейше окрестности.

Кристиан подает мне руку, серые глаза смотрят серьезно. Я беру его руку, и он слегка сжимает мою ладонь.

— Кейт и Элиот уже уходят. Как вам эти двое? Оторваться друг от друга не могут. — Миа вздыхает с притворным осуждением и смотрит на нас с Кристианом. — А вы тут чем занимались?

Вот нахалка! Я заливаюсь густой краской.

— Я показывал Анастейше свои награды в гребле, — не моргнув глазом, отвечает Кристиан. Его лицо непроницаемо. — Пойдем, попрощаемся с Кейт и Элиотом.

Какие еще награды в гребле? Кристиан осторожно притягивает меня к себе и, когда Миа поворачивается к лестнице, шлепает по заду. Я ахаю от неожиданности.

— Я повторю это, Анастейша, и очень скоро, — тихо угрожает он в мое ухо, потом обнимает меня сзади и целует мои волосы.

Мы возвращаемся в дом, когда Кейт и Элиот прощаются с Грейс и мистером Греем. Кейт крепко меня обнимает.

— Нам нужно поговорить о Кристиане. Зачем ты его подначиваешь? — шиплю я в ее ухо.

— Чтобы ты увидела, что он собой представляет. Осторожнее, Ана, он так любит командовать! — шепчет она. — Увидимся позже.

«Я ЗНАЮ, ЧТО ОН СОБОЙ ПРЕДСТАВЛЯЕТ, А ТЫ — НЕТ!» — мысленно кричу я.

Понимаю, что поступки Кейт продиктованы добрыми побуждениями, но порой она переходит всякие границы, вот как сегодня — она практически уже в другом штате. Хмуро смотрю на нее, она показывает мне язык, и я невольно улыбаюсь. Игривая Кейт — это что-то новенькое, должно быть, влияние Элиота. Мы машем им на прощание, и Кристиан поворачивается ко мне.

— Нам тоже пора, у тебя завтра собеседования.

Прощаемся, и Миа дружески меня обнимает.

— Мы думали, он никогда никого не найдет! — вырывается у нее.

Я краснею, а Кристиан вновь закатывает глаза. Поджимаю губы. Почему это ему можно, а мне нет? Хочу тоже округлить глаза, но не осмеливаюсь, вспомнив его угрозу в эллинге.

— Ана, милая, береги себя, — ласково говорит Грейс.

Кристиан, смущенный или раздосадованный заботливым вниманием, которое оказывают мне оставшиеся члены его семейства, хватает меня за руку и притягивает к себе.

— Вы ее напугаете или избалуете своими нежностями, — ворчит он.

— Кристиан, перестань дурачиться, — снисходительно выговаривает ему Грейс, ее глаза светятся любовью к сыну.

Я почему-то уверена, что он не дурачится. Исподтишка наблюдаю за ними. Очевидно, что Грейс его обожает, любит безусловной любовью матери. Кристиан наклоняется и сдержанно ее целует.

— Мама, — говорит он, его голос скрывает какое-то чувство, может, благоговение?

Когда прощание закончено, Кристиан ведет меня к машине, где ждет Тейлор. Неужели он прождал все это время? Тейлор открывает мне дверь, и я проскальзываю на заднее сиденье «Ауди».

Чувствую, как напряжение понемногу отступает. Ох, ну и денек! Я вымотана физически и морально. После короткого разговора с Тейлором Кристиан садится рядом со мной и поворачивается ко мне.

— Похоже, моей семье ты тоже понравилась, — бормочет он.

«Тоже?» В моем мозгу вновь возникает удручающая мысль о том, как меня пригласили. Тейлор заводит мотор и выезжает из круга света на подъездной дорожке в темноту шоссе. Пристально смотрю на Кристиана, он глядит на меня.

— В чем дело? — тихо спрашивает он.

Я сразу теряюсь. Нет, нужно ему сказать. Он вечно жалуется, что я с ним не разговариваю.

— Думаю, тебе ничего не оставалось, как пригласить меня к твоим родителям, — тихо и нерешительно говорю я. — Если бы Элиот не позвал Кейт, ты бы не позвал меня.

В темноте не видно его лица, но он изумленно наклоняет голову.

— Анастейша, я рад, что ты познакомилась с моими родителями! Откуда в тебе столько неуверенности? Меня это поражает. Ты — сильная, самодостаточная молодая женщина, но, похоже, не в ладу с собой. Если бы я не захотел, чтобы ты с ними встретилась, тебя бы здесь не было. Так, значит, все это время ты сомневалась?

Вот это да! Кристиан хотел, чтобы я поехала с ним! Судя по всему, он говорит искренне и ничего не скрывает. Кажется, он действительно рад, что я здесь... Я чувствую, как по венам разливается приятное тепло. Кристиан качает головой и берет мою руку. Я нервно смотрю на Тейлора.

— Забудь про Тейлора. Поговори со мной.

Я пожимаю плечами.

— Да, сомневалась. И еще — я сказала про Джорджию потому, что Кейт говорила о Барбадосе. На самом деле я еще не решила.

— Так ты хочешь повидаться с мамой?

— Да.

Кристиан странно смотрит на меня и молчит, как будто борется с самим собой.

— Можно мне поехать с тобой? — спрашивает он наконец.

Что?!

— Э-э-э... Не думаю, что это хорошая идея.

— Почему?

— Я надеялась, что отдохну от... этой настойчивости, и спокойно обо всем подумаю.

Он ошеломленно смотрит на меня.

— По-твоему, я слишком настойчив?

Я не могу удержаться от смеха.

— Это еще мягко сказано!

В свете проносящихся мимо фонарей вижу, что у Кристиана кривятся губы.

— Вы смеетесь надо мной, мисс Стил?

— Я бы не посмела, мистер Грей, — отвечаю я с притворной серьезностью.

— А мне кажется, что посмели. Вы смеетесь надо мной, причем часто.

— Вы довольно забавный.

— Забавный?

— О да.

— Забавный в смысле смешной или в смысле с приветом?

— О... и то и другое, причем чего-то намного больше.

— Чего именно?

— Догадайся сам.

— Боюсь, в отношении тебя ни одна догадка не будет верной, Анастейша, — язвительно замечает Кристиан, а потом тихо добавляет: — О чем ты хочешь подумать в Джорджии?

— О нас, — шепчу я.

Он бесстрастно смотрит на меня, потом говорит:

— Ты сказала, что попробуешь.

— Я знаю.

— Ты передумала?

— Возможно.

Кристиан ерзает, словно ему неудобно сидеть.

— Почему?

Вот дерьмо. Как случилось, что этот разговор вдруг стал таким серьезным и важным? Совершенно неожиданно, как экзамен, к которому я не готова. Что ему сказать? Кажется, я тебя люблю, а ты видишь во мне только игрушку? Потому что не могу к тебе прикасаться и боюсь проявлять чувства — ты или закроешься, или отругаешь меня, или еще хуже — ударишь? Что сказать?

Отворачиваюсь к окну. Машина переезжает через мост. Мы с Кристианом погружены во тьму, которая скрывает наши мысли и чувства, хотя для этого нам не нужна ночь.

— Почему, Анастейша? — настаивает Кристиан.

Я пожимаю плечами. Своим вопросом он загнал меня в угол. Не хочу его терять, несмотря на все его требования, потребность все контролировать, пугающие наклонности. Я никогда не чувствовала себя такой живой, как сейчас. Мне нравится сидеть рядом с ним. Он такой непредсказуемый, сексуальный, умный и забавный. Вот только его причуды... да, и он хочет причинять мне боль. Он говорит, что учтет мои возражения, но я все равно боюсь. Что сказать? В глубине души я просто хочу большего, больше привязанности, больше веселого и игривого Кристиана... больше любви.

Он сжимает мою ладонь.

— Говори со мной, Анастейша. Я не хочу тебя потерять. Эта неделя... — Он замолкает.

Мы подъезжаем к концу моста, дорогу вновь заливает неоновый свет уличных фонарей, и лицо Кристиана то освещается, то исчезает во тьме. Подходящая к случаю метафора. Этот человек, которого я когда-то считала романтическим героем, одновременно и храбрый белый рыцарь в сияющих доспехах, и, по его собственным словам, темный рыцарь. Кристиан — не герой, а человек с серьезными эмоциональными расстройствами, который тащит меня во тьму. Смогу ли я вывести его к свету?

— Я по-прежнему хочу большего, — шепчу я.

— Знаю. Я попытаюсь.

Моргая, смотрю на него, он отпускает мою ладонь и осторожно тянет меня за подбородок, освобождая закушенную губу.

— Я попытаюсь, Анастейша, для тебя.

Он говорит так искренне, что я не выдерживаю. Расстегиваю ремень безопасности и забираюсь на колени к Кристиану, застав его врасплох. Обнимаю его за голову, крепко целую, и через какую-то долю секунды он отвечает на мой поцелуй.

— Останься со мной сегодня, — выдыхает он. — Если ты уедешь, мы целую неделю не увидимся. Пожалуйста.

— Хорошо, — уступаю я. — И я тоже попытаюсь. Я подпишу твой контракт.

Это спонтанное решение. Кристиан смотрит на меня.

— Подпишешь после Джорджии. Хорошенько все обдумай, детка.

— Обязательно.

Милю или две мы сидим молча.

— Тебе надо бы пристегнуться, — неодобрительно шепчет Кристиан в мои волосы, но не пытается снять меня со своих колен.

Я с закрытыми глазами прижимаюсь к нему, кладу голову ему на плечо и утыкаюсь носом в шею. Вдыхаю сексуальный аромат его тела, смешанный с пряным мускусным запахом геля для душа, и даю волю фантазии, представив, что Кристиан меня любит. Почти осязаемое ощущение и настолько реальное, что какая-то часть моего злобного подсознания ведет себя в несвойственной ему манере и робко надеется. Даже не пытаюсь прикоснуться к груди Кристиана, зато уютно сворачиваюсь в его объятиях.

Вскоре меня вырывают из моих грез.

— Мы дома, — шепчет Кристиан.

Какая волнующая фраза, в ней таится столько возможностей!

Дома, с Кристианом. Правда, у него не дом, а картинная галерея.

Тейлор открывает дверь машины, и я застенчиво благодарю, понимая, что он слышал весь наш разговор, но он лишь невозмутимо улыбается. Выйдя из машины, Кристиан окидывает меня недовольным взглядом. О нет... а сейчас-то я что сделала?

— Почему ты без жакета? — сердито спрашивает он, снимает пиджак и накидывает мне на плечи.

Я облегченно вздыхаю.

— Он остался в моей новой машине, — сонно отвечаю я и зеваю.

Кристиан смотрит на меня с самодовольной усмешкой.

— Устали, мисс Стил?

— Конечно, мистер Грей. — Смущаюсь под его испытующим взглядом, но не упускаю возможности съязвить: — Сегодня меня подавляли самыми немыслимыми способами.

— Хм, если тебе не повезет, я, может, подавлю тебя еще разок, — обещает он, берет меня за руку и ведет в здание.

Ох, ничего себе... Еще?!

В лифте я не свожу глаз с Кристиана. Сначала я думаю, что он хочет, чтобы я спала с ним, но затем вспоминаю, что он всегда спит один, хотя несколько раз спал со мной. Я хмурюсь, и взгляд Кристиана сразу темнеет. Он берет меня за подбородок и высвобождает мою губу из зубов.

— Когда-нибудь, Анастейша, я трахну тебя в лифте, но сегодня ты устала, так что ограничимся кроватью.

Кристиан наклоняется ко мне, смыкает зубы вокруг моей нижней губы и осторожно тянет. У меня перехватывает дыхание, ноги подкашиваются, я чувствую, как глубоко внутри стремительно нарастает желание. Я отвечаю Кристиану — смыкаю зубы на его верхней губе, дразню его, он стонет. Лифт открывается, и Кристиан за руку тащит меня через фойе, к двустворчатым дверям и в холл.

— Хочешь выпить или еще чего-нибудь?

— Нет.

— Хорошо. Тогда пойдем в кровать.

Я удивленно поднимаю бровь.

— Ты согласишься на непритязательную старомодную ваниль?

Он склоняет голову набок.

— Не говори так. У ванили очень интригующий вкус, — выдыхает он.

— С каких это пор?

— С прошлой субботы. В чем дело? Ты рассчитывала на нечто более экзотическое?

Моя внутренняя богиня радостно поднимает голову.

— О нет. На сегодня с меня хватит экзотики.

Моя внутренняя богиня обиженно надувает губы и не скрывает разочарования.

— Уверена? У нас богатый выбор — по крайней мере, тридцать один вкус. — Кристиан похотливо улыбается.

— Оно и видно, — сухо говорю я.

Кристиан качает головой.

— Да ладно вам, мисс Стил, завтра у вас серьезный день. Чем быстрее вы окажетесь в постели, тем быстрее я вас трахну, и можете спать.

— Мистер Грей, вы прирожденный романтик.

— Дерзите, мисс Стил. Видимо, придется принять меры. Идем.

Он ведет меня по коридору в свою спальню, пинком закрывает дверь и командует:

— Руки вверх!

Я послушно поднимаю руки, Кристиан берется за мое платье и стаскивает его с меня через голову одним легким, почти незаметным движением, словно волшебник.

— Та-дам! — весело восклицает он.

Я смеюсь и вежливо хлопаю. Он улыбается с грациозным поклоном. Как можно перед ним устоять, когда он в таком настроении? Кристиан вешает платье на одинокий стул у комода.

— А какие еще фокусы ты знаешь? — дразню я его.

— О моя дорогая мисс Стил, — рычит он, — залезайте в мою постель, и я покажу.

— Может, мне стоит хоть раз побыть недотрогой? — кокетничаю я.

Его глаза удивленно округляются и блестят от радостного возбуждения.

— Ну... дверь закрыта. Не думаю, что вам удастся от меня сбежать, — ехидно замечает он. — Считайте, что дело сделано.

— Но я умею торговаться.

— Я тоже.

Он пристально смотрит на меня, и выражение его лица меняется, становится растерянным, и я чувствую, как между нами пробегает холодок.

— Ты не хочешь трахаться? — спрашивает Кристиан.

— Нет, — выдыхаю я.

Он хмурит брови.

Эх, была не была... Я делаю глубокий вдох и выпаливаю:

— Я хочу, чтобы мы занялись любовью.

Кристиан замирает и беспомощно глядит на меня. Его лицо темнеет. Вот черт, похоже, все плохо. «Не торопи его!» — сердито рявкает мое подсознание.

— Ана, я...

Он ерошит волосы обеими руками. Ого, да он на самом деле растерялся!

— По-моему, мы уже занимались, — немного помолчав, говорит он.

— Я хочу тебя потрогать.

Кристиан невольно отступает, на его лице мелькает испуг, но сразу же исчезает.

— Пожалуйста, — прошу я.

Он приходит в себя.

— О нет, мисс Стил. На сегодня достаточно признаний. И я говорю «нет».

— Нет?

— Нет.

Хм... с этим не поспоришь... или поспоришь?

— Послушай, ты устала, я устал, давай просто ляжем спать, — говорит Кристиан и внимательно смотрит на меня.

— Значит, прикосновения относятся к недопустимым действиям?

— Да. Тоже мне новость.

— Пожалуйста, расскажи почему.

— Анастейша, хватит! — сердито бормочет он.

— Это важно для меня.

Кристиан снова ерошит волосы обеими руками и приглушенно ругается. Резко повернувшись, он подходит к комоду, вытаскивает оттуда футболку и швыряет мне. Я ошеломленно ловлю ее на лету.

— Надевай и ложись спать, — сердито бросает Кристиан.

Я хмурюсь, но решаю его развеселить. Поворачиваюсь к нему спиной, снимаю лифчик и торопливо натягиваю футболку, чтобы скрыть наготу. Трусы не снимаю, я и так провела без них большую часть вечера.

— Мне нужно в ванную, — еле слышно шепчу я.

Кристиан удивленно сдвигает брови.

— Ты спрашиваешь разрешения?

— Э-э-э... нет.

— Анастейша, ты знаешь, где ванная. Сегодня, на этом этапе наших странных отношений, тебе не нужно разрешение, чтобы ею воспользоваться.

Кристиан не скрывает раздражения. Он сбрасывает рубашку, а я сбегаю в ванную.

Пялюсь на себя в огромное зеркало и удивляюсь, что выгляжу как прежде. После всех сегодняшних потрясений из зеркала на меня глядит все та же обычная девушка. «А чего ты ожидала? Что у тебя вырастут рожки и хвостик? — язвит мое подсознание. — И что ты творишь? Знаешь же, как он ненавидит прикосновения! Не спеши, идиотка, пусть сперва научится ходить, а потом уже бегать!» Мое подсознание в ярости и напоминает горгону Медузу: волосы развеваются, руки прижаты к лицу, как на картине «Крик» Эдварда Мунка. Я не обращаю на него внимания, но оно не хочет возвращаться в свой ящик. «Ты злишь его — вспомни, что он тебе говорил, все его признания». Хмуро смотрю на свое отражение. Нужно показать Кристиану, что он мне дорог. Может, тогда он ответит взаимностью.

Трясу головой и беру зубную щетку Кристиана. Конечно, мое подсознание право. Я слишком тороплю события. Кристиан еще не готов, и я тоже. Мы словно балансируем на качелях наших странных отношений — неуверенно стоим на разных концах, и нас бросает то вверх, то вниз. Нам обоим нужно приблизиться к середине. Надеюсь, никто не свалится в процессе. Все происходит слишком быстро. Похоже, мне действительно нужно на время уехать. Джорджия манит еще сильнее, чем раньше. Я начинаю чистить зубы, когда в дверь стучит Кристиан.

— Заходи, — шепелявлю я с полным ртом зубной пасты.

Кристиан останавливается в дверях, пижамные штаны свисают с его бедер, и я привычно чувствую, как оживает каждая клеточка моего тела. Он обнажен по пояс, и я упиваюсь этим зрелищем, словно умираю от жажды, а он — прохладный горный родник. Кристиан невозмутимо смотрит на меня, затем ухмыляется и шагает ко мне. Наши взгляды встречаются в зеркале, серый с голубым. Я заканчиваю чистить зубы, споласкиваю щетку и протягиваю Кристиану, ни на миг не отводя глаз. Он молча берет ее и засовывает в рот. Я довольно улыбаюсь, и его глаза смеются мне в ответ.

— Не стесняйтесь, пользуйтесь моей зубной щеткой, — слегка насмешливо говорит Кристиан.

— Спасибо, господин.

Я сладко улыбаюсь, выхожу из ванной и направляюсь в спальню. Спустя несколько минут ко мне присоединяется Кристиан.

— Знаешь, не так я представлял сегодняшний вечер, — недовольно ворчит он.

— А если бы я запретила себя трогать?

Он садится на кровать, скрестив ноги.

— Анастейша, я же тебе говорил. Пятьдесят оттенков. У меня было тяжелое детство. Зачем тебе забивать голову этим дерьмом?

— Хочу тебя лучше узнать.

— Ты уже хорошо меня знаешь.

— Как ты можешь так говорить?

Сажусь на колени лицом к нему. Он недовольно закатывает глаза.

— Ты опять закатываешь глаза. В последний раз, когда я так сделала, ты меня отшлепал.

— Я бы и сейчас не отказался.

На меня находит вдохновение.

— Расскажи и отшлепаешь.

— Что?

— Что слышал.

— Ты торгуешься со мной?

В его голосе звучит удивленное недоверие. Я киваю. Да... а что еще делать?

— Веду переговоры.

— Анастейша, это совсем не то.

— Хорошо. Расскажи, и я закачу глаза.

Он хохочет, и я получаю редкую возможность полюбоваться беззаботным Кристианом. Давненько я его таким не видела. Он замолкает.

— Как всегда, поразительная настойчивость в сборе информации, — говорит он.

Его серые глаза заинтересованно блестят. Мгновенье спустя Кристиан грациозно спрыгивает с кровати.

— Никуда не уходи! — приказывает он и выходит из комнаты.

Меня охватывает тревога, и я обхватываю себя за плечи. Что он делает? Вдруг у него какой-то коварный план? Вот дерьмо. А если он вернется с розгами или какой-нибудь мерзкой секс-игрушкой? Черт, что тогда делать? Когда Кристиан возвращается, он держит в руке что-то маленькое. Не могу понять, что именно, и сгораю от любопытства.

— Когда у тебя первое собеседование? — тихо спрашивает он.

— В два.

Его лицо медленно расплывается в порочной ухмылке.

— Отлично.

Кристиан меняется у меня на глазах — теперь он жестче, упрямее… И это очень сексуально. Доминант Кристиан.

— Слезь с кровати и встань вот сюда.

Я торопливо встаю рядом с кроватью. Кристиан пристально смотрит на меня, в его глазах светится обещание.

— Доверяешь мне? — негромко говорит он.

Я киваю. Кристиан протягивает руку, на его ладони лежат два круглых блестящих шарика, соединенные толстой черной нитью.

— Они новые, — многозначительно замечает он.

Бросаю на него вопросительный взгляд.

— Я засуну их в тебя, а потом тебя отшлепаю, но не в наказание, а ради нашего с тобой удовольствия. — Он замолкает, следя за моей реакцией.

В меня! Я удивленно открываю рот, чувствую, как глубоко внутри сжимаются мышцы. Моя внутренняя богиня танцует танец семи покрывал.

— Потом мы трахнемся, и, если ты к тому времени не заснешь, я расскажу о ранних годах своей жизни. Согласна?

Он спрашивает моего разрешения! Я киваю, задыхаясь. У меня пропал дар речи.

— Хорошая девочка. Открой рот.

Рот?

— Шире.

Кристиан осторожно кладет шарики мне в рот.

— Их нужно увлажнить. Соси, — приказывает он тихим голосом.

Шарики холодные, гладкие, на удивление тяжелые и с отчетливым металлическим вкусом. Исследую их языком, и мой пересохший рот наполняется слюной. Кристиан не отводит взгляда от моих глаз. Вот черт, это так заводит. Я слегка дергаюсь.

— Стой смирно, Анастейша! — предупреждает Кристиан. — Хватит.

Он вытаскивает шарики из моего рта, поворачивается к кровати, откидывает одеяло и садится.

— Иди сюда.

Я встаю перед ним.

— Повернись, наклонись вперед и обхвати руками лодыжки.

Растерянно моргаю, и его лицо суровеет.

— Не медли, — тихо предостерегает Кристиан с угрозой в голосе и засовывает шарики себе в рот.

Ох, черт, это еще сексуальнее, чем зубная щетка! Выполняю приказ. Неужели я могу дотянуться до лодыжек? Могу, и легко. Футболка задирается мне на спину, открывая зад. Слава богу, я в трусах, хотя, подозреваю, ненадолго.

Кристиан бережно кладет ладонь на мою задницу и ласково гладит. У меня открыты глаза, но я вижу только его ноги. Я зажмуриваюсь, когда он осторожно сдвигает мои трусики в сторону и медленно водит пальцем вверх-вниз. Мое тело напрягается от исступленного ожидания и возбуждения. Пьянящая смесь. Кристиан вводит в меня палец и восхитительно медленно вращает им внутри. До чего же приятно! Я не могу сдержать стон.

Кристиан прерывисто дышит, еще раз шевелит пальцем и сдавленно стонет. Он убирает руку и восхитительно медленно вводит в меня шарики, сначала один, потом другой.

О-о-о... Они теплые на ощупь, согретые нашими ртами. Странное ощущение. Когда шарики проникают внутрь, я их не чувствую, но знаю — они там.

Кристиан поправляет мои трусики, наклоняется и нежно целует мои ягодицы.

— Вставай, — приказывает он.

Я с трудом выпрямляюсь. Ох! Вот теперь я их чувствую... кажется. Кристиан подхватывает меня за бедра и держит, пока я не восстанавливаю равновесие.

— Все в порядке? — спрашивает он строгим голосом.

— Да, — еле слышно шепчу я.

— Повернись.

Я поворачиваюсь лицом к нему. Шарики тянут вниз, и я непроизвольно сжимаю мышцы. Неожиданное ощущение, но приятное.

— Как тебе? — спрашивает Кристиан.

— Странно.

— Странно в смысле хорошо или в смысле плохо?

— Хорошо, — признаюсь я, покраснев.

— Отлично, — говорит Кристиан. В его глазах прыгают смешинки.

— Я хочу воды. Принеси мне стакан воды, Анастейша.

Ох.

— А потом я уложу тебя поперек своих коленей. Думай об этом, Анастейша.

Вода? Зачем ему вода?

Не успеваю выйти из спальни, как более чем отчетливо понимаю, зачем Кристиан заставил меня ходить — от каждого движения шарики перекатываются, массируя меня изнутри. Очень странное ощущение, и нельзя сказать, что неприятное. Мое дыхание учащается, когда я тянусь, чтобы взять стакан из кухонного шкафа, и я непроизвольно ахаю. Вот это да... пожалуй, оставлю их себе. От них мне хочется секса.

Кристиан внимательно следит, как я возвращаюсь в спальню.

— Спасибо, — говорит он и берет у меня стакан.

Кристиан медленно отпивает воду и ставит стакан на тумбочку со своей стороны. Там уже лежит пакетик из фольги, ждет, совсем как я. Знаю, что Кристиан делает это специально, нагнетает напряжение. У меня учащается пульс. Кристиан перехватывает мой взгляд.

— Иди сюда. Встань рядом со мной, как в тот раз.

Подхожу к нему, чувствуя, как кровь быстрее бежит по телу, и в этот раз... Я возбуждена и жду.

— Попроси, — тихо говорит Кристиан.

Я хмурюсь. О чем попросить?

— Попроси, — повторяет он, уже жестче.

Что? Воды? Чего он от меня хочет?

— Проси, Анастейша, в последний раз говорю.

В его голосе звучит неприкрытая угроза, и вдруг меня осеняет. Кристиан хочет, чтобы я попросила отшлепать меня.

Вот черт. Он выжидающе смотрит на меня холодным взглядом. Вот дерьмо.

— Пожалуйста, отшлепайте меня... господин, — шепчу я.

Кристиан на миг закрывает глаза, смакует мои слова. Потом хватает меня за левую руку и рывком тянет к себе. Я падаю, он подхватывает меня, и укладывает на свои колени. Чувствую, как сердце подскакивает к горлу. Он ласково гладит мой зад. Я снова перекинута через его колени так, что верхняя часть моего тела лежит на кровати. В этот раз Кристиан не перекидывает свою ногу через мои, а осторожно убирает волосы с моего лица за ухо. Потом наматывает их на руку, удерживая меня на месте, и тянет, чтобы я запрокинула голову.

— Хочу видеть твое лицо, Анастейша, когда буду тебя шлепать, — бормочет он, не переставая гладить мой зад.

Его рука раздвигает ягодицы, спускается ниже, толкает, и ощущение наполненности такое... Я издаю громкий стон. Необыкновенное ощущение.

— Это ради удовольствия, Анастейша, твоего и моего, — шепчет Кристиан.

Он поднимает руку и с громким шлепком опускает на мои ягодицы, туда, где они переходят в бедра, задев чувствительное местечко между ног. Шарики внутри меня резко перекатываются вперед, и я тону в пучине ощущений. Жжение в ягодицах, тяжелая наполненность от шаров внутри и крепкая хватка Кристиана. Я морщу лицо, пытаясь освоиться с непривычным чувственным опытом. Мысленно отмечаю, что Кристиан ударил меня не так сильно, как в тот раз. Он снова гладит мой зад, водит ладонью по коже через белье.

Почему он не снял с меня трусики? Кристиан поднимает ладонь и снова шлепает меня по ягодицам. Я издаю стон от переизбытка ощущений. Ладонь движется по определенной схеме — слева направо и вниз. Шлепки снизу самые приятные — все внутри меня толчком движется вперед... Между шлепками он ласково гладит и разминает мой зад. Потрясающее эротичное ощущение — меня массируют изнутри и снаружи. Почему-то сейчас я не возражаю против боли, возможно, потому, что все происходит на моих условиях. Мне почти совсем не больно — хотя нет, больно, но терпимо. Я могу перенести эту боль, и она даже приятна. Я снова издаю стон. Да, это я вытерплю.

Кристиан перестает меня шлепать и медленно стягивает с меня трусы. Я извиваюсь у него на коленях, но не потому, что хочу вырваться. Я хочу... чего-то большего, разрядки. От прикосновений к ставшей сверхчувствительной коже по всему телу пробегает сладкая дрожь. Это потрясающе. Кристиан продолжает меня шлепать. Несколько легких шлепков, потом ладонь ударяет сильнее, слева направо и вниз. О-о, эти шлепки снизу... Я снова издаю стон.

— Хорошая девочка, Анастейша, — стонет Кристиан, тяжело дыша.

Он шлепает меня еще два раза, потом тянет за нить, соединяющую шары, и выдергивает их из меня. Я едва не кончаю — неземное ощущение. Кристиан осторожно переворачивает меня. Слышу треск разрываемой фольги, и Кристиан ложится рядом со мной. Он берет мои руки, закидывает мне за голову, медленно опускается на меня, и входит внутрь, заполняя то место, где были серебряные шарики. Я отвечаю громким стоном.

— О, детка, — шепчет Кристиан и движется вперед-назад в медленном, чувственном темпе, чувствуя меня, наслаждаясь мной.

Он еще никогда не был таким нежным, и я почти сразу достигаю пика, взрываюсь восхитительным, яростным, всепоглощающим оргазмом. Я сжимаю Кристиана, и он кончает, выкрикнув мое имя:

— Ана!

Какое-то время он лежит на мне, тяжело дышит, по-прежнему удерживая мои руки своими. Наконец он отстраняется и смотрит мне в глаза.

— Мне очень понравилось, — шепчет он и ласково меня целует.

На этом нежности заканчиваются — Кристиан встает, укрывает меня одеялом и уходит в ванную. Он возвращается с бутылочкой белого лосьона и садится на кровать рядом со мной.

— Повернись, — командует он, и я послушно перекатываюсь на живот.

К чему вся эта суета? Безумно хочется спать.

— Твоя задница восхитительного цвета, — одобрительно говорит Кристиан и осторожно втирает охлаждающий лосьон в мои порозовевшие ягодицы.

— Давай, Грей, колись, — зеваю я.

— Мисс Стил, вы умеете испортить момент.

— Мы договорились.

— Как ты себя чувствуешь?

— Как будто меня обсчитали.

Кристиан вздыхает, ложится рядом и притягивает меня к себе, стараясь не задевать мой саднящий зад. Мы лежим, тесно прижавшись друг к другу, и он нежно целует меня возле уха.

— Женщина, которая произвела меня на свет, была шлюхой и сидела на крэке. А теперь спи.

Твою ж мать… что это значит?

— Была?

— Она умерла.

— Давно?

Кристиан снова вздыхает.

— Она умерла, когда мне было четыре года. Я ее толком не помню. Помню только определенные вещи. Кое-какие подробности мне сообщил Кэррик. Пожалуйста, засыпай.

— Спокойной ночи, Кристиан.

— Спокойной ночи, Ана.

Я проваливаюсь в тяжелый сон, и мне снится четырехлетний сероглазый мальчик, которого бросили в отвратительном, темном, страшном месте.

Глава 21

Свет повсюду, яркий, теплый. Я хочу укрыться, поспать еще чуть-чуть! Но свет слепит глаза, и я нехотя воскресаю ото сна. Меня встречает восхитительное утро — солнечные лучи бьют в окна до пола. Почему вчера мы их не зашторили? Я лежу в огромной постели Кристиана Грея. Не хватает только самого Кристиана.

Я снова падаю на подушки, любуясь величественной панорамой Сиэтла. *Жизнь в облаках — иллюзия. Замок, висящий в воздухе, подальше от суровой прозы жизни: ненужности, голода, матери-шлюхи, сидящей на крэке.* Я вздрагиваю, понимая, через что Кристиану пришлось пройти в детстве и почему теперь он живет здесь один, в окружении произведений искусства, как можно дальше от мест, откуда он родом... что ж, он не скрывает своих мотивов. Я хмурюсь — все это не объясняет, почему мне нельзя к нему прикасаться.

Ирония в том, что в его роскошной башне я сама ощущаю подъем. Словно парю над землей. *Лежу в фантастически-прекрасных покоях, занимаюсь фантастическим сексом с фантастическим бойфрендом.* Тогда как суровая проза жизни такова: Кристиан хочет заключить контракт, хоть и обещал, что постарается дать мне больше. Насколько больше? Мне важно знать, по-прежнему ли мы далеки друг от друга, словно на разных концах качелей, или стали чуть ближе?

Я выбираюсь из постели, мышцы не слушаются. Я чувствую себя, за неимением лучшего выражения, дряхлой развалиной. Вот что бывает с теми, кто не знает меры в сексе. Подсознание недовольно поджимает губы. Мысленно я закатываю глаза — благо этот психованный деспот сейчас не со мной — и решаю расспросить о персональном инструкторе. Разумеется, если я подпишу контракт. Внутренняя богиня бросает на меня отчаянный взгляд: «Не сомневайся, подпишешь». Делая вид, будто не замечаю их гримас, и мимоходом заглянув в ванную, я отправляюсь на поиски Кристиана.

В галерее его нет, изящная женщина средних лет хлопочет на кухне. Ее внешность заставляет меня затормозить на полпути. Коротко стриженная голубоглазая блондинка; простая белая блузка хорошего покроя и узкая темно-синяя юбка. Заметив меня, незнакомка широко улыбается.

— Доброе утро, мисс Стил. Будете завтракать?

Тон дружелюбный и деловой. Я теряюсь. Что делает эта привлекательная блондинка на кухне Кристиана? На мне лишь его футболка.

— Боюсь, вы застали меня врасплох, — говорю я тихо, не в силах скрыть смущения.

— Простите, пожалуйста. Я миссис Джонс, домработница.

Ах, вот оно что.

— Доброе утро, миссис Джонс.

— Будете завтракать, мэм?

«Мэм»! Только этого не хватало!

— Пожалуй, выпью чаю, благодарю вас. Вы не знаете, где мистер Грей?

— В кабинете.

— Спасибо.

Нахмурившись, я быстро шагаю к его кабинету. Что за мода нанимать красивых блондинок? Неужели все они его бывшие сабы? Мысль вовсе не кажется мне забавной.

Я осторожно заглядываю в кабинет. Кристиан разговаривает по телефону, любуясь видом из окна. На нем черные брюки и белая рубашка. Волосы еще не просохли после душа — от его вида все сомнения и страхи разом вылетают у меня из головы.

— Рос, если компания не увеличит прибыль, я выхожу из игры. Нам ни к чему мертвый груз, и потом, мне надоели отговорки... Пусть Марко позвонит, хватит топтаться на месте... Кстати, передай Барни, что опытный образец выглядит отлично, хотя насчет интерфейса я не уверен... Нет, чего-то не хватает... Я хочу встретиться с ним и его командой сегодня, пора устроить мозговой штурм. Ладно, переключи меня на Андреа...

Он ждет, господин своей вселенной, разглядывая крошечные фигурки людей у подножия башни.

— Андреа...

Кристиан поднимает глаза и видит меня. Губы растягивает сладкая улыбка, и я таю под его взглядом, не могу вымолвить ни слова. Он самый красивый мужчина на свете, слишком хорош для людей у подножия башни, слишком хорош для меня. Нет. Это моя внутренняя богиня хмурится, нет, не для тебя. Разве он в некотором роде не принадлежит тебе? От этой мысли дрожь пронзает тело, прогоняя сомнения.

Кристиан говорит по телефону, но не сводит с меня глаз.

— Сегодня утром я занят для всех, кроме Билла, пусть позвонит мне. Я буду в два. Встречаюсь с Марко, это займет около получаса... Запиши Барни с командой после Марко или на завтра и выбери время на неделе для встречи с Клодом... Пусть подождет... Вот как... Нет, публичность в Дарфуре нам не нужна. Пусть Сэм этим займется. Нет... Какое событие? В следующую субботу? Подожди.

— Когда ты возвращаешься из Джорджии?

— В пятницу.

Снова в трубку:

— Нужен еще один билет, со мной будет девушка. Да, Андреа, ты не ослышалась. Девушка. Мисс Анастейша Стил... Это все.

Он заканчивает разговор.

— Доброе утро, мисс Стил.

— Мистер Грей, — смущенно улыбаюсь я.

Грациозным движением он огибает стол и останавливается напротив меня. Он пахнет восхитительно: чистотой, свежестью, Кристианом. Нежно проводит по моей щеке тыльной стороной ладони.

— Не хотел тебя будить, ты так крепко спала. Выспалась?

— Я прекрасно отдохнула, спасибо. Зашла поздороваться, прежде чем принять душ.

Я не свожу с него глаз, упиваюсь им. Кристиан наклоняется, нежно целует меня — и я не выдерживаю, обнимаю его за шею и запускаю пальцы во влажные волосы. Прильнув к нему, я возвращаю поцелуй. Я хочу его. Мой натиск застает Кристиана врасплох, мгновенное замешательство — и он откликается стоном. Его ладони соскальзывают с моих волос на обнаженные ягодицы, язык проникает мне в рот. Затем Кристиан отпускает меня, щурит глаза.

— Сон пошел тебе на пользу, — выдыхает он. — Иди в душ, если не хочешь, чтобы я поимел тебя прямо на столе.

— Я выбираю стол, — шепчу я бесстрашно. Страсть, словно адреналин, затопляет меня, сметая все на своем пути.

Миллисекунду он изумленно разглядывает меня.

— Кажется, вы распробовали блюдо. Вошли во вкус, мисс Стил, не так ли? И откуда только в вас столько ненасытности... — шепчет он.

— Я распробовала только тебя, — откликаюсь я.

Его глаза расширяются и темнеют, а руки скользят по моим ягодицам.

— Да, черт возьми! — рычит Кристиан и неуловимым движением сбрасывает бумаги на пол, резко поднимает меня и укладывает вдоль стола — так, что голова почти свисает с противоположного края.

— Ты этого хотела, детка, теперь пеняй на себя, — шепчет он, извлекая из кармана пакетик из фольги и дергая молнию на брюках. О мой бойскаут! Надев презерватив на эрегированный член, он опускает глаза.

— Надеюсь, ты готова меня принять?

На лице Кристиана играет похотливая улыбка.

Мгновение — и он во мне, мои запястья прижаты к бокам, а Кристиан толчком проникает глубоко внутрь.

Я издаю стон... о да.

— Господи, Ана, я мог бы не спрашивать, — восхищенно шепчет он.

Обхватив его бедра ногами, я удерживаю его, а он не сводит с меня серых глаз, сияющих и властных. Кристиан начинает двигаться. Это не похоже на занятия любовью, Кристиан трахает меня — и мне это нравится. Нравится необузданность, чувственность, распутство. Я отдаюсь его страсти, его похоть утоляет мою.

Он двигается легко, блаженствуя и наслаждаясь мною, губы разжимаются, дыхание учащается. Кристиан качает бедрами из стороны в сторону, даря мне неземное удовольствие.

Боже правый. Я закрываю глаза, чувствуя, как медленно и постепенно нарастает блаженство, как я поднимаюсь выше и выше, к башне в небе. О да... толчки все мощнее, я издаю громкий стон, отдаюсь ощущениям без остатка, растворяюсь в Кристиане. Я парю в вышине, наслаждаясь каждым движением. Он все быстрее — и мое тело движется в его ритме, мышцы ног затвердевают, тело пронзает сладкая судорога.

— Давай, детка, сделай это для меня, — выдыхает Кристиан сквозь зубы — и страстная мольба в его голосе переполняет чашу.

Я кричу — бессловесный, неистовый вопль — когда касаюсь Солнца и жара, делаю оборот и, бездыханная, падаю вниз. Кристиан дергается и резко останавливается, достигнув оргазма. Затем сжимает мои запястья и безмолвно опускается на меня сверху.

О... такого я не ожидала. Я медленно материализуюсь на Земле.

— Что, черт подери, ты со мной делаешь? — шепчет Кристиан, тычась носом мне в шею. — Ты околдовала меня, Ана.

Он освобождает мои запястья, и я запускаю пальцы в его волосы, потихоньку теряя высоту, но все еще удерживаю его ногами.

— Нет, это ты меня околдовал, — шепчу я.

Кристиан поднимает глаза, он смущен, почти испуган. Ладонями обхватывает мою голову.

— Ты... моя, только... моя, — восклицает он отрывисто. — Понимаешь?

Он так ревностен, так взволнован — настоящий фанатик. Его порыв внезапен и сокрушителен. Да что с ним?

— Твоя, я твоя, — шепчу я, захваченная его пылом.

— Тебе обязательно лететь в Джорджию?

Я лениво киваю. И внезапно выражение его лица меняется, словно захлопнули ставни. Кристиан резко встает, заставляя меня поморщиться.

— Больно? — Он склоняется надо мною.

— Чуть-чуть, — признаюсь я.

— Это хорошо, что тебе больно. — Его глаза вспыхивают. — Не дает забывать о том, где был я, я один.

Кристиан поднимает мой подбородок и жадно целует в губы, затем встает и потягивает мне руку. Я замечаю на полу пакетик из фольги.

— «Бойскаут всегда готов», — вполголоса говорю я.

Он озадаченно смотрит на меня. Я поднимаю пакетик с пола.

— Мужчина должен надеяться, Анастейша, мечтать, и когда-нибудь мечта станет явью.

Его глаза пылают. Я его не понимаю. Моя эйфория потихоньку сходит на нет. Что его гложет?

— Значит, это то, о чем ты мечтал? — сухо спрашиваю я, пытаясь разрядить атмосферу.

Кристиан загадочно улыбается — а глаза печальны, — и я понимаю, что ему это не впервой. Не слишком приятное открытие. Эйфории и след простыл.

— Пойду приму душ. — Я встаю и иду к двери.

Кристиан хмурит брови и проводит рукой по волосам.

— Пара звонков — и я присоединюсь к тебе за завтраком. Миссис Джонс выстирала твою одежду и повесила в шкафу.

Что? Когда она успела? Вот дьявол! Неужели она нас слышала?

— Спасибо, — бормочу я, краснея.

— На здоровье, — отвечает он машинально, но голос резок.

Я не сказала спасибо за то, что он меня трахнул. Хотя это было...

— Что не так? — спрашивает он.

Видимо, я снова хмурюсь.

— То есть?

— Что с тобой?

— Сегодня ты вел себя еще страннее, чем обычно.

— Ты находишь меня странным? — Кристиан пытается подавить улыбку.

Я заливаюсь краской.

— Иногда.

Мгновение он с любопытством разглядывает меня.

— Скажем так, наслаждение застало меня врасплох.

— Наша цель — угодить клиенту, мистер Грей. — Повторяя его слова, я склоняю голову набок, как делает он.

— И вам удалось, — кивает Кристиан, но видно, что он смущен. — Кажется, кто-то собирался в душ?

Понятно, в моих услугах больше не нуждаются.

— Да-да... увидимся. — Я выбегаю из кабинета в растрепанных чувствах.

Кристиан кажется сбитым с толку. Почему? Физически — полное удовлетворение, а вот эмоционально... тут хвастать нечем, питательно, как сахарная вата.

Миссис Джонс по-прежнему на кухне.

— Чай, мисс Стил?

— Сначала приму душ, — бормочу я, пряча пылающее лицо.

В ванной я пытаюсь понять, что происходит с Кристианом. Он — самый непредсказуемый из всех, кого я знаю, и я никак не привыкну к изменчивости его настроений. Когда я зашла в кабинет, он казался вполне довольным жизнью. Затем мы занимались любовью... а потом его словно подменили. Подсознание знай себе посвистывает да прячет глаза, а внутренняя богиня все еще пребывает в эйфории после секса. Что ж, похоже, нам эта задачка не по зубам.

Просушив волосы полотенцем, я расчесываю их единственной имеющейся в наличии расческой и затягиваю в конский хвост. Выглаженное фиолетовое платье Кейт висит в шкафу рядом с бюстгальтером и трусиками. Миссис Джонс настоящая волшебница. Скользнув в туфли Кейт, я расправляю складки на платье, делаю глубокий вдох и возвращаюсь в комнату.

Кристиан еще не вернулся, а миссис Джонс возится в кладовке.

— Чай, мисс Стил? — спрашивает она.

— Да, спасибо, — улыбаюсь я. В платье и туфлях я чувствую себя куда уверенней.

— Есть будете?

— Нет, спасибо.

— Конечно, будет. — Кристиан сияет, его тон не допускает возражений. — Она любит оладьи и яичницу с беконом, миссис Джонс.

— Хорошо, мистер Грей. А вы что будете?

— Омлет, пожалуйста, и фрукты.

Кристиан не сводит с меня глаз, их выражение невозможно разгадать.

— Сядь, — приказывает он, показывая на барный стул.

Я повинуюсь, и он устраивается напротив, пока миссис Джонс готовит завтрак. Черт, мне не по себе, что наш разговор слышит чужой человек.

— Ты купила билет?

— Нет еще, закажу по Интернету из дома.

Опершись на локоть, он задумчиво чешет подбородок.

— Денег хватит?

Только этого не хватало!

— Более чем, — отвечаю я насмешливо, словно разговариваю с ребенком.

Кристиан хмурится. Вот привязался.

— Хватит, спасибо, — поправляюсь я.

— У меня есть самолет. В ближайшие три дня он в твоем распоряжении.

Я открываю рот. Ну разумеется, иначе и быть не могло, но я едва сдерживаюсь, чтобы не округлить глаза. Меня так и подмывает расхохотаться, однако я не могу угадать его настроение и пересиливаю себя.

— Мы уже и так злоупотребили авиацией твоей компании.

— Это моя компания, мой самолет. — Кристиан выглядит обиженным. Ох уж эти мальчишки, никогда не наиграются!

— Спасибо за предложение, но мне удобнее лететь обычным рейсом.

Кажется, он хочет поспорить, но решает уступить.

— Твое дело, — вздыхает он. — Тебе нужно готовиться к собеседованию?

— Нет.

— Хорошо. По-прежнему не хочешь сказать, в какое издательство устраиваешься?

— Нет.

Его губы нехотя складываются в улыбку.

— У меня есть свои возможности, мисс Стил.

— Ничуть не сомневаюсь, мистер Грей. Собираетесь отследить мои звонки? — наивно спрашиваю я.

— Вообще-то сегодня после обеда я занят, но у меня есть кому поручить это дело.

Кристиан ухмыляется.

Он что, всерьез?

— Вашим служащим определенно нечем заняться, советую вам пересмотреть штаты.

— Надо будет написать моему заместителю по кадрам, пусть посчитает по головам.

Он морщит губы, чтобы не рассмеяться.

Слава богу, чувство юмора осталось при нем.

Миссис Джонс подает завтрак, и на некоторое время мы замолкаем. Покончив с кастрюлями, она тактично отходит в дальний конец комнаты.

Я украдкой бросаю взгляд на Кристиана.

— Что такое, Анастейша?

— Ты никогда не говорил мне, почему не любишь чужих прикосновений.

Он бледнеет, и я жалею, что спросила.

— Я рассказал тебе больше, чем любому другому человеку на свете, — ровно отвечает он, невозмутимо встречая мой взгляд.

Он никому не доверяет. Есть ли у него близкие друзья? Возможно, он рассказал миссис Робинсон? Я хочу спросить, но боюсь показаться назойливой. Я качаю головой. Он и впрямь — остров.

— В Джорджии ты обещаешь подумать о нашем договоре?

— Обещаю.

— Ты будешь скучать обо мне?

Ему удается застать меня врасплох.

— Буду, — отвечаю я честно.

Как он умудрился стать так дорог мне за короткое время? Влезть в душу… фигурально выражаясь.

Кристиан улыбается, глаза сияют.

— Я тоже буду скучать. Сильнее, чем ты думаешь.

От его слов на сердце теплеет. Возможно, он и впрямь готов дать мне больше? Кристиан гладит меня по щеке, наклоняется и нежно целует.

Вечером я нервно верчусь на стуле в ожидании мистера Дж. Хайда из «Сиэтл Индепендент Паблишн». Это второе собеседование на сегодня, самое ответственное. Первое прошло отлично, но речь идет об издательском конгломерате с представительствами по всей территории США, и мне предстоит стать одной из множества помощниц редактора. Я воображаю, как громадная корпорация сначала поглотит, а потом с легкостью выплюнет меня. Нет уж, лучше СИП. Маленькое независимое издательство, специализирующееся на местных авторах, работающее с интересными и необычными клиентами.

Мебели немного, но, похоже, это не бедность, а дизайнерский изыск. Я сижу на одном из двух огромных темно-зеленых кожаных диванов, весьма похожих на те, что стоят в игровой комнате Кристиана. Поглаживая кожу, я гадаю, чем он занимается на этих диванах. Тут открывается простор для размышлений, но я одергиваю себя — я здесь не для этого. Секретарша — молодая афроамериканка с большими серебряными серьгами и длинными выпрямленными волосами. Вид у нее богемный, с такими я легко нахожу общий язык. Время от времени она отрывается от монитора и дружески улыбается. Я смущенно улыбаюсь в ответ.

Я заказала билет на самолет — мама на седьмом небе от счастья — и уже собрала вещи, а Кейт согласилась отвезти меня в аэропорт. Кристиан велел взять с собой «мак» и «блэкберри». При воспоминании о его властном тоне я закатываю глаза, но уже не удивляюсь. Ему важно контролировать все вокруг, включая меня. Хотя порой он бывает так уступчив. Кристиан умеет быть нежным, добродушным, даже сентиментальным. И тогда его еще труднее понять. Настоял на том, чтобы проводить меня до гаража. Словно я улетаю не на пару дней, а на несколько недель. Он постоянно держит меня в напряжении, не дает расслабиться.

— Ана Стил?

Женщина с длинными черными, прерафаэлитскими волосами у стола возвращает меня на землю. У нее такой же богемный, артистический облик, как у секретарши. На вид ей под сорок, возможно, больше. Мне трудно дается общение с женщинами старше меня.

— Да.

Я неловко вскакиваю.

Она вежливо улыбается, холодные карие глаза смотрят оценивающе. На мне черное платье-сарафан Кейт и белая блузка, на ногах — мои черные лодочки на каблуке. В самый раз для собеседования. Волосы затянуты в хвост, непослушная прядь выбилась наружу...

Женщина протягивает руку.

— Приятно познакомиться, Ана. Меня зовут Элизабет Морган, я руковожу кадровым отделом СИП.

— Добрый вечер. — Я жму протянутую руку.

Она не похожа на главу компании, вид слишком нефор-
мальный.

— Прошу за мной.

Миновав двойные двери, мы оказываемся в большом
офисе с перегородками, откуда попадаем в комнату для переговоров. На бледно-зеленых стенах висят увеличенные
книжные обложки в рамах. Во главе длинного стола сидит молодой мужчина с рыжими волосами, затянутыми в
хвост. В ушах блестят серебряные серьги-колечки. На нем
бледно-голубая рубашка и серые брюки свободного покроя.
Галстука нет.

Я подхожу к столу, он встает. Глаза у него глубокие,
темно-синие.

— Я Джек Хайд, главный редактор. Приятно познакомиться.

Мы жмем друг другу руки. На его хмуром лице непроницаемое выражение, впрочем, он кажется вполне друже-
любным.

— Долго добирались? — любезно интересуется он.

— Нет, я недавно переехала в район Пайк-стрит-мар-
кет.

— И впрямь рукой подать. Прошу, садитесь.

Я сажусь, Элизабет занимает место рядом.

— Итак, Ана, почему вы хотите стажироваться в нашей
компании?

Он мягко произносит мое имя, слегка кланя голову набок, как другой, хорошо знакомый мне мужчина — это
мешает сосредоточиться. Взяв себя в руки, я приступаю к
изложению тщательно подготовленной речи, чувствуя, как
горят щеки. Я вспоминаю курс успешного прохождения
собеседований от Кэтрин Кавана: «Главное, смотри им в
глаза, Ана!» Черт подери, откуда у этой девушки началь-
ственные замашки?

Джек и Элизабет внимательно слушают.

— У вас весьма высокий средний балл. Чем еще, помимо
учебы, вы баловались в университете?

Баловалась? Я моргаю. Странный выбор слов. Я рассказываю о работе в библиотеке кампуса и интервью для
студенческого журнала, которое взяла у одного непристой-
но богатого тирана, забывая сообщить, что саму статью в

итоге писала не я. Перечисляю литературные общества, членом которых являлась. Упоминаю, что благодаря работе у Клейтонов приобрела кучу бесполезных знаний относительно железяк.

Они смеются — на это я и рассчитывала. Постепенно я расслабляюсь и становлюсь собой.

Джек Хайд задает умные, точные вопросы. Надеюсь, мне удается не ударить в грязь лицом, а когда мы заговариваем о любимых писателях, приходится отстаивать свое мнение. Джек отдает предпочтение послевоенной американской литературе. Никакой классики: ни Генри Джеймса, ни Эптона Синклера, ни Ф.С. Фицджеральда. Элизабет молча делает пометки в записной книжке. Джек, хоть и любит поспорить, весьма обаятелен, на свой лад. Чем дольше мы общаемся, тем занимательней становится беседа.

— Кем вы видите себя через пять лет? — спрашивает он.

Через пять лет я хочу быть с Кристианом Греем. Я хмурюсь, прогоняя навязчивые мысли.

— Редактором, литературным агентом. Не знаю, я не боюсь пробовать.

Джек улыбается.

— Хорошо, Ана, у меня больше нет вопросов. А у вас? — обращается он ко мне.

— Когда стажер должен приступить?

— Как можно скорее, — вступает в разговор Элизабет. — Когда вы сможете?

— Со следующей недели.

— Вот и славно, — говорит Джек.

— Если мы все обговорили, — Элизабет переводит глаза с меня на Джека, — то собеседование закончено.

— Был рад познакомиться, — тихо говорит Джек, сжимая мою руку. Я удивленно моргаю и прощаюсь.

По пути к машине я ощущаю странную неловкость. Кажется, все прошло удачно, хотя кто знает. На собеседованиях все притворяются, пытаясь скрыть свою истинную сущность за профессиональным фасадом. Подошла ли я им? Увидим.

Я сажусь в свою «Ауди А3» и еду домой, хотя это отнимает немало времени. У меня поздний рейс с пересадкой в Атланте, но раньше десяти двадцати пяти самолет все равно не взлетит, поэтому я не спешу.

На кухне Кейт разбирает коробки.

— Как прошло? — набрасывается она на меня. И как ей удается выглядеть сногсшибательно в мешковатой футболке, потертых джинсах и темно-синей бандане?

— Хорошо, спасибо, Кейт. Боюсь, правда, стиль придется сменить.

— Сменить?

— Думаю сразить их богемным шиком.

Кейт поднимает бровь.

— Ты и богемный шик?

Она задумчиво склоняет голову набок. Ну почему, почему все на свете напоминает мне о нем?

— А знаешь, Ана, пожалуй, тебе пойдет.

Я усмехаюсь.

— Второе издательство мне очень понравилось. Я хотела бы работать именно в таком месте. Правда, парень, который со мной беседовал, не давал мне спуску, но... — Я запинаюсь.

Ты что, решила провести Кэтрин Кавана? Заткнись, Ана!

— Да?

Когда Кэтрин включает свой радар для поиска сенсаций, спасения нет. Причем обычно это случается в самое неподходящее время. Да, кстати...

— Кстати, перестань цепляться к Кристиану. Твоя болтовня про Хосе за обедом была верхом нахальства. Кристиан ревнив. Ничего хорошего из этого не выйдет.

— Знаешь, если бы он не был братом Элиота, я бы еще не то ему сказала! Твой Кристиан одержим желанием командовать. Удивляюсь, как ты это выносишь? Я хотела заставить его ревновать, раз уж он так боится заводить серьезные отношения.

Защищаясь, Кэтрин выставляет руки вперед.

— Но если ты против, я больше ни слова не скажу! — добавляет она поспешно, заметив мою недовольную гримаску.

— Хорошо. Поверь мне, с Кристианом и так непросто уживаться.

Боже правый, я говорю, как он.

— Ана, — Кейт запинается, пристально смотрит на меня, — у тебя все хорошо? Ты летишь к матери не потому, что хочешь убежать?

Я вспыхиваю.

— Нет, Кейт. Ты сама сказала, что мне нужно сменить декорации.

Она подходит и берет меня за руку. Так непохоже на Кейт. Нет, только не это… ни за что не расплачусь.

— Ты… не знаю, как сказать… ты изменилась. Надеюсь, у тебя все хорошо, но, как бы ни складывалось с мистером Толстосумом, ты всегда можешь поделиться со мной. Обещаю не дразнить его больше, хотя вывести его из себя проще простого. Ана, если что-то пойдет не так, не скрывай от меня, я не стану тебя осуждать, обещаю, что постараюсь понять!

Я всхлипываю и обнимаю ее.

— О, Кейт, кажется, я совсем потеряла голову.

— Как будто я не вижу! И он по тебе с ума сходит. Глаз с тебя не спускает.

Я неуверенно усмехаюсь.

— Правда?

— Разве он тебе не говорил?

— Он немногословен.

— А ты?

— И я.

Я виновато пожимаю плечами.

— Ана, кто-то должен сделать первый шаг, иначе у вас ничего не получится.

Но как… как рассказать ему о том, что я чувствую?

— Я боюсь оттолкнуть его, испугать.

— Возможно, он тоже?

— Кристиан? Боится испугать меня? Мне кажется, он ничего не боится.

Не успеваю я договорить, как тут же воображаю Кристиана запуганным ребенком. Сердце сжимается.

Кейт смотрит на меня, поджав губы и сузив глаза — ни дать ни взять мое подсознание, не хватает только очков.

— Вам давно пора поговорить по душам.

— В последнее время мы мало разговариваем.

Я вспыхиваю. Глупости, невербальное общение ничем не хуже долгих разговоров. Даже лучше.

Кейт ухмыляется.

— Так я и знала. Что ж, если в постели вам хорошо, считай, что битва выиграна. Ладно, пойду куплю китайской еды навынос. Ты готова к отлету?

— Почти, у нас есть пара часов.

— Хорошо, я вернусь через двадцать минут.

Кейт хватает куртку и уходит, забыв закрыть дверь. Я запираю за ней и медленно иду к себе, по пути обдумывая ее слова.

А если Кристиан и впрямь боится своих чувств? Если, конечно, он и впрямь их испытывает. Видно, что он сильно увлечен, но что, если это всего лишь часть его имиджа властного и всемогущего доминанта? Я не успокоюсь, пока не прокручу в голове наши последние разговоры. Возможно, я что-то упустила.

Я тоже буду скучать. Сильнее, чем ты думаешь.

Ты меня околдовала, Ана.

Я трясу головой. Не стану думать об этом сейчас. Мой «блэкберри» лежит на зарядке. Я с опаской подхожу к нему. Ни одного сообщения. Включаю чертову штуковину, все равно пусто. Е-мейл тот же, Ана— подсознание закатывает глаза, и я понимаю, почему, когда я делаю так же, Кристиану хочется меня отшлепать.

Ладно, пусть будет е-мейл.

От кого: Анастейша Стил
Тема: Собеседования
Дата: 30 мая 2011 18:49
Кому: Кристиан Грей

Уважаемый сэр, собеседования прошли успешно. На случай, если Вам интересно. А как прошел Ваш день?

Ана

Я сижу и смотрю на экран. Обычно Кристиан отвечает сразу же. Я жду. Наконец раздается сигнал.

От кого: Кристиан Грей
Тема: Мой день
Дата: 30 мая 2011 19:03
Кому: Анастейша Стил

Дорогая мисс Стил!

Все, чем Вы занимаетесь, вызывает мой живой интерес. Вы самая необыкновенная женщина на свете.

Рад, что Ваши собеседования прошли успешно. Мое утро было незабываемым. В сравнении с ним вечер выдался довольно унылым.

Кристиан Грей, генеральный директор
«Грей энтерпрайзес»

От кого: Анастейша Стил
Тема: Незабываемое утро
Дата: 30 мая 2011 19:05
Кому: Кристиан Грей

Уважаемый сэр!

Мое утро также оставило самые приятные воспоминания, несмотря на Ваши экстравагантности после несравненного секса на столе. Не думайте, что я не обратила внимания.

Спасибо за вкусный завтрак. Передайте мою благодарность миссис Джонс.

Хочу спросить Вас о ней — и не вздумайте снова меня дурачить.

Ана

Палец зависает над клавишей «Отправить». Я убеждаю себя, что бояться нечего, ведь завтра вечером я буду на другом конце континента.

От кого: Кристиан Грей
Тема: Издательский бизнес
Дата: 30 мая 2011 19:10
Кому: Анастейша Стил

Анастейша, если Вы собираетесь всерьез заняться издательским бизнесом, не советую Вам употреблять слов вроде «экстравагантность» во множественном числе. Несравненного? Вам есть с чем сравнивать? И что Вы хотите узнать о миссис Джонс? Я заинтригован.

Кристиан Грей, генеральный директор
«Грей энтерпрайзес»

От кого: Анастейша Стил
Тема: Вы и миссис Джонс
Дата: 30 мая 2011 19:17
Кому: Кристиан Грей

Уважаемый сэр!

Язык — живое существо, и он постоянно развивается. Его нельзя запереть в башне из слоновой кости, увешанной шедеврами живописи, с вертолетной площадкой на крыше, откуда видно пол-Сиэтла.

Несравненный — если вспомнить наши предыдущие опыты... к тому же это Ваше слово.. да-да, ваше... черт. Секс и впрямь был несравненным, и точка. По моему скромному мнению, ибо в этом вопросе у меня мало опыта.

Миссис Джонс — Ваша бывшая саба?

Ана

Палец снова медлит над клавишей. Жму.

От кого: Кристиан Грей
Тема: Думай, что говоришь!
Дата: 30 мая 2011 19:22
Кому: Анастейша Стил

Анастейша!

Я ценю миссис Джонс как незаменимого работника, однако никогда не вступал с ней ни в какие иные отношения, кроме деловых. Я никогда не нанимаю тех, с кем занимался сексом. И я шокирован Вашим вопросом. Единственным исключением из этих правил могли бы стать Вы, ибо до Вас я не встречал столь блестящей юной особы, обладающей к тому же выдающимися способностями в сфере заключения контрактов.

Впрочем, если Вы будете и дальше позволять себе подобные выражения, я изменю свое мнение. Меня радует Ваша неопытность в вопросах секса. Надеюсь, в дальнейшем все ваши познания в данном вопросе будут связаны только со мной.

Согласен принять Ваши слова о несравненном сексе в качестве комплимента, хотя, когда дело касается Вас, я не уверен, говорите Вы серьезно или, как обычно, иронизируете.

Кристиан Грей, генеральный директор
«Грей энтерпрайзес»
Башня из слоновой кости

От кого: Анастейша Стил
Тема: Ни за что на свете!
Дата: 30 мая 2011 19:27
Кому: Кристиан Грей

Дорогой мистер Грей!

Кажется, я уже приводила свои доводы относительно Вашего предложения. С тех пор мое мнение не изменилось и не изменится никогда. А теперь я должна оставить Вас, потому что Кейт принесла еду. Мы с моей иронией кланяемся Вам и желаем спокойной ночи.

Напишу из Джорджии.

Ана

От кого: Кристиан Грей
Тема: Так уж и ни за что на свете!
Дата: 30 мая 2011 19:29
Кому: Анастейша Стил

До свидания, Анастейша!

Надеюсь, Вы с Вашей иронией получите удовольствие от перелета.

Кристан Грей, генеральный директор «Грей энтерпрайзес»

Мы останавливаемся у секции сдачи багажа международного аэропорта Сиэтл-Такома. Кейт обнимает меня.

— Хорошенько отдохни на Барбадосе, Кейт.

— Увидимся после моего возвращения. Не позволяй старине толстосуму взять над собой верх.

— Не позволю.

Мы снова обнимаемся, и я остаюсь одна. Я иду к стойке регистрации и становлюсь в очередь с ручной кладью. У меня нет чемодана, только модный рюкзак, который Рэй подарил мне на прошлый день рождения.

— Ваш билет. — Равнодушный служащий, не глядя на меня, протягивает ладонь.

Я с таким же безразличным видом подаю билет и водительские права, надеясь на место у окна.

— Вы переведены в бизнес-класс, мисс Стил.

— Что?

— Можете пройти в зал для пассажиров бизнес-класса и подождать там, мэм.

Служащий, еще недавно клевавший носом, сияет, словно я Дед Мороз и Снегурочка в одном лице.

— А вы не ошиблись?

— Нет, нет. — Он сверяется с монитором. — Анастейша Стил, первый класс.

Ох, ни фига себе. Я сужаю глаза. Служащий подает мне посадочный талон, и я иду в зал для пассажиров бизнес-класса, бормоча себе под нос. Чертов Кристиан Грей, деспот и тиран.

Глава 22

Маникюр, массаж и два бокала шампанского. Кажется, скоро я войду во вкус. С каждым глотком «Моэта» я все больше готова простить непрошеное вмешательство Кристиана. Открываю «мак», собираясь проверить теорию о его работоспособности в любом уголке планеты.

От кого: Анастейша Стил
Тема: О чрезмерной расточительности
Дата: 30 мая 2011 21:53
Кому: Кристиан Грей

Дорогой мистер Грей!

Что меня действительно беспокоит в этой истории, так это то, как Вы узнали, каким рейсом я лечу. Ваша одержимость слежкой не знает границ. Надеюсь, доктор Флинн скоро вернется из отпуска. Маникюр, массаж спины, два бокала шампанского — неплохое начало каникул.

Спасибо.

Ана

От кого: Кристиан Грей
Тема: Всегда пожалуйста
Дата: 30 мая 2011 21:59
Кому: Анастейша Стил

Дорогая мисс Стил!

Доктор Флинн вернулся, я записан на этой неделе.

Кто делал Вам массаж?

Кристиан Грей
«Грей энтерпрайзес» с партнерами
в нужном месте в нужное время

Ну, держись, теперь я с тобой поквитаюсь. Объявляют мой рейс, отвечу из самолета. Так безопаснее. Меня переполняет ехидство.

В бизнес-классе как-то чересчур просторно. С шампанским в руке я откидываюсь в роскошном кожаном кресле у окна, а салон медленно заполняется. Звоню Рэю, быстро сообщаю — он ложится рано, — куда лечу.

— Пока, пап!

— Пока, Ана. Передавай привет матери. Спокойной ночи.

Рэй держится молодцом. Я смотрю на «мак», хочется проказничать. Открываю крышку, запускаю почтовую программу.

От кого: Анастейша Стил
Тема: Сильные умелые руки
Дата: 30 мая 2011 22:22
Кому: Кристиан Грей

Уважаемый сэр!

Мою спину массировал один очень милый юноша. Да-да, весьма милый. Если бы не Ваша щедрость, я никогда бы не познакомилась с Жан-Полем, поэтому еще раз спасибо. Не уверена, что тут можно посылать письма во время полета, к тому же до полуночи мне нужно выспаться — прошлую ночь я не сомкнула глаз.

Приятных сновидений, мистер Грей... Вы всегда в моих мыслях.

Ана

О, представляю, как он взбеленится — а я в небе, меня не достать. Будет знать. Если бы не бизнес-класс, Жан-Поль не дотронулся бы до моей спины. Славный мальчик, блондин, с отличным загаром. Это в Сиэтле-то? Наверняка гей, но я не собираюсь делиться своими подозрениями с Кристианом. Я смотрю на готовое к отправке письмо. Кейт права. Нет ничего проще, чем вывести его из себя. Подсознание ухмыляется — ты и впрямь хочешь подразнить Кристиана? Не слишком усердствуй. Он заботился о тебе, хотел, чтобы ты путешествовала с комфортом. Но мог бы предупредить! И я не вела бы себя у стойки регистрации как полная идиотка. Я нажимаю на клавишу, ощущая себя плохой девчонкой.

— Мисс Стил, вам придется выключить ваш ноутбук, — вежливо обращается ко мне сильно накрашенная стюардесса. Застигнутая врасплох, я подпрыгиваю, чувствуя себя виноватой.

— Простите.

Вот дерьмо. Теперь я не узнаю, ответил ли он. Стюардесса протягивает мне мягкое одеяло и подушку, демонстрируя белоснежные зубы. Я укрываю ноги одеялом. Приятно, когда о тебе заботятся.

Салон полон, за исключением места рядом со мной. Не может быть... Неужели это место для Кристиана? О черт. Нет, он не станет. Не станет? Но я ведь сказала ему, что хочу лететь одна. Я с тревогой смотрю на часы, бесплотный голос из кабины пилотов объявляет:

— Просим пассажиров пристегнуть ремни.

Что это значит? Я сижу как на иголках. Место рядом со мной — последнее незанятое в салоне на шестнадцать пассажиров. Самолет трогается с места, и я облегченно вздыхаю. Впрочем, сказать по правде, я слегка разочарована. Четыре дня без Кристиана. Я украдкой бросаю взгляд на свой «мак».

От кого: Кристиан Грей
Тема: Наслаждайся, пока есть время
Дата: 30 мая 2011 22:25
Кому: Анастейша Стил

Дорогая мисс Стил!

Я вижу Вас насквозь, и поверьте, Ваш план удался в полной мере. В следующий раз полетите в деревянном ящике, связанная по рукам и ногам, с кляпом во рту. Поверьте, это доставит мне куда больше удовольствия, чем отправить Вас бизнес-классом. Жду не дождусь Вашего возвращения.

Кристиан Грей, генеральный директор «Грей энтерпрайзес», на грани нервного срыва

Вот дерьмо! С Кристианом никогда не разберешь: шутит он или серьезно. Кажется, на этот раз не шутит. Тайком от стюардессы печатаю ответ под одеялом.

От кого: Анастейша Стил
Тема: Это шутка?
Дата: 30 мая 2011 22:30
Кому: Кристиан Грей

Не знаю, шутишь ты или нет — если нет, пожалуй, останусь в Джорджии. Деревянный ящик — это слишком. Прости, если рассердила тебя. Скажи, что прощаешь меня.

Ана

От кого: Кристиан Грей
Тема: Шутка
Дата: 30 мая 2011 22:31
Кому: Анастейша Стил

Зачем ты пишешь из самолета? Ты подвергаешь опасности жизни всех на борту, включая собственную. К тому же это запрещено правилами.

Кристиан Грей, генеральный директор «Грей энтерпрайзес», за гранью

За гранью! Я убираю «блэкберри», откидываюсь на спинку кресла и, пока мы разгоняемся, погружаюсь в потрепанный томик «Тэсс» — немного легкого чтения на дорогу. Когда самолет взлетает, я опускаю спинку и засыпаю.

Стюардесса будит меня, когда самолет снижается над Атлантой. Местное время 5:45, я спала часа четыре. Меня шатает со сна, и я благодарна стюардессе за стакан апельсинового сока. С беспокойством смотрю на экран «блэкберри»: от Кристиана ничего. В Сиэтле около трех ночи, и, вероятно, он не хочет, чтобы я мешала работе электронного оборудования или чему там мешают мобильные телефоны в полете.

В Атланте ждать час, и снова я успеваю ощутить всю прелесть полетов бизнес-классом: плюшевые диваны манят свернуться калачиком, мягко прогибаются под весом тела, но я не хочу перебивать сон и, чтобы не задремать, пишу длинное послание **Кристиану**.

От кого: Анастейша Стил
Тема: Тебе нравится меня пугать?
Дата: 31 мая 2011 06:52 по восточному поясному времени
Кому: Кристиан Грей

Ты знаешь, я не люблю, когда ты тратишься на меня. Да, ты очень богат, но я всегда испытываю неловкость, словно ты платишь за секс. Впрочем, должна признаться, мне понравилось путешествовать первым классом. Еще раз спасибо. Я действительно получила удовольствие от массажа. Жан-Поль такой милый, хоть и гей. Я не упомянула об этом раньше, хотела подразнить тебя, потому что ты меня разозлил. Прости.

Однако ты, как обычно, принял все слишком близко к сердцу. Зачем ты написал, что свяжешь меня и запрешь в деревянном ящике? (Ты ведь пошутил, правда?) Но я испугалась... ты испугал меня. Я с ума по тебе схожу, я пытаюсь свыкнуться с новым образом жизни, о котором до прошлой субботы не имела понятия, а после твоего письма мне хочется бежать от тебя куда глаза глядят.

Разумеется, никуда я не убегу — я слишком к тебе привязана. С тобой я готова на все, но меня пугает власть, которую ты надо мной приобрел, и темные тропы, куда ты пытаешься меня заманить. Мне нравится экспериментировать в сексе, только я боюсь, что ты причинишь мне боль — физическую и душевную. Если через три месяца ты меня бросишь, что со мной будет? Любые отношения могут кончиться разрывом, но я никогда не думала, что мой первый опыт будет таким. Ты заставил меня многое переосмыслить.

Ты говоришь, я не рождена сабой. Это правда, и все же я хочу быть с тобой, и ради этого готова на все. Я опасаюсь только, что втянусь, и кончится синяками, а этого я не выдержу.

Я счастлива, что ты стараешься дать мне больше. Но насколько далеко ты готов зайти? Готова ли я? Мне нужно все обдумать, поэтому я должна побыть одна. В твоем присутствии я теряю голову и неспособна соображать. Объявляют мой рейс, пора идти.

Не прощаюсь.

Твоя Ана

Я отправляю письмо и сонно плетусь к самолету. В бизнес-классе всего шесть мест, и, когда мы взлетаем, я сворачиваюсь под мягким одеялом и засыпаю.

Не успеваю я сомкнуть глаз, а стюардесса уже будит меня, предлагая очередной стакан апельсинового сока, а мы подлетаем к аэропорту Саванны. Я пью сок медленными глотками и уговариваю себя не волноваться. Я не виделась с мамой полгода. Скосив глаза на «блэкберри», вспоминаю, что отправила Кристиану длинное бессвязное письмо. Ответа нет. В Сиэтле пять утра — надеюсь, он спит, а не наигрывает грустные мелодии на пианино.

Прелесть путешествий налегке состоит в том, что тебе не нужно бесконечно ждать багажа. Закинь рюкзак за плечо — и ты свободна. Прелесть путешествий бизнес-классом заключается в том, что из самолета тебя выпускают в числе первых.

Мама и Боб уже ждут меня. Я очень рада их видеть. Не знаю, виной тому переутомление, долгий перелет или переживания, связанные с Кристианом, но, когда я обнимаю маму, на глазах выступают слезы.

— Ах, Ана, девочка моя, ты устала? — Она тревожно переглядывается с Бобом.

— Нет, мам, я так соскучилась! — Я крепко обнимаю ее.

От мамы веет любовью и домом. Я неохотно отпускаю ее, и Боб неловко обнимает меня одной рукой. Он стоит неуверенно, и я вспоминаю о его ноге.

— С возвращением, Ана. Почему ты плачешь? — спрашивает Боб.

— Просто рада видеть тебя, Боб.

У него приятное лицо, квадратный подбородок, живые голубые глаза, которые с теплотой смотрят на меня. Этот твой муж мне по душе, мам, береги его.

Боб берет мой рюкзак.

— Боже, Ана, кирпичи там, что ли?

В рюкзаке мой «мак». Мы, обнявшись, идем к стоянке.

Всегда забываю, как жарко в Саванне. Выйдя из кондиционированного здания аэропорта, мы окунаемся в зной Джорджии. О, какая парилка! Я снимаю толстовку, радуясь, что взяла с собой шорты. Иногда я скучаю по горячему сухому воздуху Вегаса, где мы с мамой и Бобом жили, когда мне было семнадцать, но к этому влажному зною — на часах половина девятого! — нужно привыкнуть. Пока мы добираемся до Бобова внедорожника «Тахо» с кондиционером, я успеваю взмокнуть, а волосы начинают курчавиться от влаги. На заднем сиденье джипа я отправляю эсэмэски Рэю, Кейт и Кристиану: «Долетела благополучно. Привет из Саванны. А:)»

Мысли возвращаются к Хосе, и я вспоминаю, что его шоу — на следующей неделе. Должна ли я пригласить Кристиана? Захочет ли Кристиан со мной знаться после моего последнего письма? Я вздрагиваю и прогоняю эту мысль. Разберусь с этим позже, а сейчас я намерена получать удовольствие.

— Девочка моя, ты устала, может быть, хочешь поспать?

— Нет, мам, хочу на пляж.

Я в голубом танкини на бретельке потягиваю диетическую колу, глядя на Атлантический океан и вспоминая, что еще вчера разглядывала Тихий. Мама сидит рядом в огромной шляпе с мягкими широкими полями и в круглых черных очках. Мы на пляже Тайби-айлэнд-бич в трех кварталах от дома. Мама держит меня за руку. Солнце как рукой сняло усталость, и теперь мне тепло, легко и комфортно. Впервые за долгое время напряжение отпускает.

— А теперь расскажи мне о парне, из-за которого ты сама не своя.

«Сама не своя!» Откуда она знает? И что я могу рассказать? Меня сдерживает поправка о неразглашении, но и без нее я не решусь поведать ей подробности наших отношений с Кристианом. Я бледнею.

— Ну? — Она сжимает мою руку.

— Его зовут Кристиан. Он невероятно красив и богат, слишком богат. А еще он очень сложный человек и очень непостоянный.

Я невероятно горжусь собой, что сумела так кратно и точно описать Кристиана. Поворачиваюсь к маме и встречаю пристальный взгляд ее ясных голубых глаз.

— Сложный и непостоянный — тут неплохо бы поподробнее.

О нет…

— Я не успеваю уследить за сменой его настроений. В детстве ему досталось, поэтому он очень закрытый человек.

— Он тебе нравится?

— Больше, чем нравится.

— Правда?

— Да, мам.

— Мужчины не такие уж сложные создания, милая. Они просты и предсказуемы. Обычно говорят то, что думают, а мы тратим часы, чтобы проникнуть в тайный смысл их слов. На твоем месте я воспринимала бы его проще.

Я удивленно смотрю на нее. А совет неплох! Не возносить Кристиана на пьедестал, воспринимать его таким, как есть. Я вспоминаю его слова:

Я не хочу тебя потерять…
Ты околдовала меня…
Ты владеешь мною…
Я тоже буду скучать… сильнее, чем ты думаешь…

Я смотрю на маму. Четвертый брак. Возможно, к ее мнению о мужчинах и впрямь стоит прислушаться.

— Большинство мужчин легко выходят из себя. Взять, к примеру, твоего отца…

Ее глаза теплеют, в них мелькает грусть. Мой настоящий отец, которого я не знала, — морской пехотинец, погибший на учениях. Возможно, всю жизнь мама искала мужчину, похожего на него? Возможно, она, наконец, обрела его в Бобе? Увы, не в Рэе.

— Я привыкла думать, что у него был сложный характер, но, оглядываясь назад, понимаю, что он был просто слишком увлечен службой и тем, чтобы обеспечить нам достойную жизнь. — Она вздыхает. — Он был таким молодым, мы оба. Может быть, в этом все дело.

Хм… Кристиан уже не юноша. Я широко улыбаюсь ей. Вспоминая об отце, она всегда становится сентиментальной, но, кажется, не осуждает Кристиана.

— Боб приглашает нас на ужин. В гольф-клуб.

— Не может быть! Боб уже играет? — недоверчиво усмехаюсь я.

— И не говори, — вздыхает мама, закатывая глаза.

После легкого ленча мы возвращаемся домой, я распаковываю рюкзак. Мама удаляется, чтобы отлить пару свечей, или как там она их изготавливает, Боб на работе, и у меня

есть время подремать. Я открываю «мак». В Джорджии
два часа дня, одиннадцать — в Сиэтле. Интересно, Кристиан ответил на мое письмо? Я нервно запускаю почтовую
программу.

От кого: Кристиан Грей
Тема: Наконец-то!
Дата: 31 мая 2011 07:30
Кому: Анастейша Стил

Анастейша! Меня злит, что ты открываешься, только когда мы далеко друг от друга. Что мешает тебе быть такой же прямодушной и
искренней, когда ты рядом со мной? Да, я богат. Привыкай. Почему
я не могу на тебя тратиться? Ради бога, мы признались твоему отцу,
что я — твой бойфренд! Разве бойфренды ведут себя иначе? Как
доминант, я жду, что ты безропотно примешь все, что я тебе дам.
Кстати, не забудь рассказать про меня своей матери.

Я обескуражен твоим замечанием, что ты чувствуешь себя прости-
туткой. И пусть ты не пишешь об этом прямо, я понял намек. Не
знаю, что я должен сделать или сказать, чтобы разубедить тебя.
Я хочу, чтобы у тебя было все самое лучшее. Я тружусь не покладая
рук и имею право распоряжаться своими деньгами, как мне вздума-
ется. Я могу исполнить все твои сокровенные желания, Анастейша,
и я хочу их исполнить. Назови это справедливым перераспределе-
нием богатства. Знай, мне в голову не приходит считать тебя про-
ституткой, а твое самоуничижение невыносимо. Для такой яркой,
умной и красивой молодой женщины у тебя удивительно низкая
самооценка, и я подумываю о том, чтобы записать тебя на прием к
доктору Флинну.

Прости, что испугал тебя. Я сам себе отвратителен. Ты и впрямь решила, что полетишь в грузовом отсеке? Бога ради, я ведь предложил
тебе свой личный самолет! Прости, шутка не удалась. Впрочем, не
стану скрывать, мысль о тебе, связанной и с кляпом во рту, невероятно возбуждает меня (и это не шутка). Обойдемся без ящика, он
мне не нужен. Я знаю, тебя пугает удушье, мы уже обсуждали это, и я
никогда не стану прибегать к нему без твоего разрешения. Ты не понимаешь главного — в отношениях доминанта и сабы именно саба
обладает властью. Повторяю, именно ты обладаешь всей полнотой
власти, не я. В сарае для лодок ты сказала «нет». Если ты говоришь
«нет», я не могу к тебе прикоснуться — именно поэтому мы заклю-
чаем контракт. Если какая-то из наших игр придется тебе не по нра-
ву, мы пересмотрим его. Это зависит только от тебя. И если тебе не
нравится связывание и удушение — так тому и быть.

Я хочу разделить с тобой свой мир. Хочу, как никогда не хотел. Я восхищаюсь тобой. Мне кажется невероятным, что такая неискушенная девушка не боится экспериментов. Ты не представляешь, как это важно для меня. Я много раз повторял, ты околдовала меня. Я не хочу тебя потерять. Меня волнует, что ты готова преодолеть три тысячи миль, потому что в моем присутствии ты лишаешься воли. Со мной происходит то же самое. Когда ты рядом, я теряю голову.

Я понимаю твои страхи и постараюсь держаться от тебя подальше, сколько смогу. Если бы я знал, как ты неопытна, ни за что не стал бы преследовать — и все же только тебе удалось укротить меня. Взять, к примеру, твое письмо: я читал и перечитывал его, пытаясь понять твои чувства. Тебя смущает срок в три месяца? Хочешь продлить его до полугода, года? Тебе решать. Какой срок тебя устроит? Только скажи.

Я понимаю, тебе трудно мне доверять. Мне лишь предстоит завоевать твое доверие, но ты не должна закрываться, ты должна помочь мне. Ты держалась независимо, однако твое письмо показало, что твоя уверенность — напускная. Нам предстоит еще многое узнать друг о друге, и без твоей помощи я не сумею понять тебя. Будь со мною честной, Анастейша, и вместе мы преодолеем все трудности.

Ты беспокоишься, что не рождена сабой. Наверное, ты права, а значит, ты будешь играть эту роль лишь в игровой комнате. Только там тебе придется подчиняться моей власти и делать то, что я велю. Назовем это особыми условиями. И о каких синяках ты говоришь? Я — за нежную розоватость. За пределами игровой комнаты ты вольна вести себя дерзко. Это ново и необычно, и пусть так остается.

Итак, требуй! Я намерен отнестись к твоим желаниям с пониманием и, пока ты в Джорджии, не стану давить на тебя. С нетерпением жду ответного письма, развлекайся, но недолго.

Кристиан Грей, генеральный директор
«Грей энтерпрайзес»

О черт! Он накатал настоящее сочинение, вроде тех, что мы писали в школе — и местами весьма удачное. С «маком» в обнимку я лежу на кровати и перечитываю его послание. Сердце отчаянно стучит. Соглашение на год? Я победила! Боже, неужели я готова уступить? Принимай его таким, как есть. Возможно, к словам мамы следует прислушаться? Он не хочет меня потерять, сам сказал! Готов с пониманием отнестись к моим желаниям. И я, Кристиан, я тоже готова прислушиваться к твоим!.. Постарается держаться подальше сколько сможет! Выходит, он себе не доверяет? Неожиданно меня захлестывает желание его увидеть. Мы расстались меньше суток назад, и, вспомнив, что не увижу Кристиана еще четыре дня, я понимаю, как соскучилась. И как люблю его.

— Ана, милая! — Мамин голос полон любви и сладких воспоминаний об ушедших временах.

Нежная рука гладит меня по щеке. Я лежу в кровати, обняв ноутбук.

— Ана, девочка моя, — продолжает мелодичный голос, пока я моргаю со сна в бледно-розовом закатном солнце.

— Привет, мам.

Я потягиваюсь и улыбаюсь.

— Мы уходим через полчаса. Ты не передумала? — спрашивает она мягко.

— Нет-нет, я с вами. — Я тщетно пытаюсь подавить зевок.

— Впечатляющее устройство. — Она показывает на мой ноутбук.

О, черт.

— А, это… — откликаюсь я нарочито беспечно.

Заметила? С тех пор как у меня появился бойфренд, от нее ничего не скроешь.

— Кристиан одолжил. С ним можно в космос лететь, а пока отправляю почту и выхожу в Интернет.

Ну что здесь такого? Подозрительно глядя на меня, мама садится на кровать и заправляет выбившуюся прядь мне за ухо.

— Он пишет тебе?

О, черт, черт!

— Да.

От моего беспечного вида не остается и следа, я покрываюсь румянцем.

— Скучает, наверное?

— Надеюсь, мам.

— О чем он пишет?

О, черт, черт, черт!

Я лихорадочно соображаю, какие фразы из письма Кристиана можно зачитать вслух. Вряд ли маме придутся по душе рассуждения о доминантах, связываниях и удушениях, и потом есть еще поправка о неразглашении.

— Велел мне хорошенько развлечься, но не слишком долго.

— В его рассуждениях есть здравый смысл. Что ж, я пойду, собирайся.

Мама наклоняется и целует меня в лоб.

— Я рада, что ты прилетела, Ана. Я очень соскучилась.

Хм, Кристиан и здравый смысл... до сих пор я считала, что это понятия взаимоисключающие, но после его письма готова дать Кристиану шанс. Я трясу головой. Мне нужно время, чтобы переварить его рассуждения. Отвечу после ужина. Я натягиваю шорты, футболку и — в душ.

Я взяла с собой серое платье Кейт на бретелях, которое надевала на выпускной. Единственное настоящее платье в моем гардеробе. Чем хорош влажный жаркий климат, так это тем, что складки разглаживаются сами собой. Для гольф-клуба сойдет. Одеваясь, я включаю ноутбук. Писем нет. Мне становится грустно, и я отправляю сообщение.

От кого: Анастейша Стил
Тема: Много букв
Дата: 31 мая 2011 19:08 ВПВ
Кому: Кристиан Грей

Сэр, Вы необычайно многословны. Я собираюсь на ужин в гольф-клуб Боба и от этой мысли округляю глаза. Однако Вы с вашим нервным срывом далеко, поэтому моя задница в безопасности. Я в восторге от Вашего письма. Отвечу, как только смогу. Уже скучаю.

Приятного вечера.

Ваша Ана

От кого: Кристиан Грей
Тема: Ваша задница
Дата: 31 мая 2011 16:10
Кому: Анастейша Стил

Дорогая мисс Стил, меня расстроил заголовок Вашего письма. Излишне напоминать, что сейчас Вы в безопасности. До поры до времени. Приятного ужина, я тоже скучаю, особенно по вашей заднице и дерзкому рту. Вечер не обещает мне ничего увлекательного, остается утешаться воспоминаниями о Вас и Ваших округлившихсяся глазах. Кажется, именно Вы некогда заметили, как сильно я сам подвержен этой отвратительной привычке.

Кристиан Грей, генеральный директор
и главный вращатель глазами в «Грей энтерпрайзес»

От кого: Анастейша Стил
Тема: Вращение глазами
Дата: 31 мая 2011 19:14 ВПВ
Кому: Кристиан Грей

Уважаемый мистер Грей, прекратите писать мне! Я опаздываю на ужин. Даже на другом конце континента Вы умудряетесь меня смущать. И кстати, кто шлепает Вас, когда Вы закатываете глаза?

Ваша Ана

Я отправляю письмо и немедленно представляю себе эту злобную ведьму, миссис Робинсон. Кристиана шлепает женщина, которая годится мне в матери!.. Дайте мне куклу, и я истыкаю ее иголками!

От кого: Кристиан Грей
Тема: Ваша задница
Дата: 31 мая 2011 16:18
Кому: Анастейша Грей

Дорогая мисс Стил, по многим причинам я решил не отказываться от старого заголовка. Мне повезло, что я сам себе господин и никто не подвергает мои поступки критике. За исключением матери и доктора Флинна. И Вас.

Кристиан Грей, генеральный директор
«Грей Энтрепрайзес»

От кого: Анастейша Стил
Тема: Критикую... я?
Дата: 31 мая 2011 19:22 ВПВ
Кому: Кристиан Грей

Уважаемый сэр!

Когда это у меня хватало духу осуждать вас, мистер Грей? Мне кажется, Вы меня с кем-то спутали... и это весьма тревожно. Но я и впрямь опаздываю.

Ваша Ана

От кого: Кристиан Грей
Тема: Ваша задница
Дата: 31 мая 2011 16:25
Кому: Анастейша Стил

Дорогая мисс Стил, в своих письмах Вы только и делаете, что критикуете меня. Позвольте мне застегнуть Вам платье?

Кристиан Грей, генеральный директор
«Грей энтерпрайзес»

Не знаю, как это у него получается, но меня бросает в дрожь. О… он хочет поиграть.

От кого: Анастейша Стил
Тема: Детям до шестнадцати
Дата: 31 мая 2011 19:28 ВПВ
Кому: Кристиан Грей

Лучше расстегните его.

От кого: Кристиан Грей
Тема: Пеняйте на себя…
Дата: 31 мая 2011 16:31
Кому: Анастейша Стил

И РАССТЕГНУ…

Кристиан Грей, генеральный директор
«Грей энтерпрайзес»

От кого: Анастейша Стил
Тема: Сбивчиво
Дата: 31 мая 2011 19:33 ВПВ
Кому: Кристиан Грей

Медленнее…

От кого: Кристиан Грей
Тема: Едва сдерживая стон
Дата: 31 мая 2011 16:35
Кому: Анастейша Стил

Ну почему я не рядом с тобой?

Кристиан Грей, генеральный директор
«Грей энтерпрайзес»

От кого: Анастейша Стил
Тема: В слезах
Дата: 30 мая 2011 22:30
Кому: Кристиан Грей

ПОЧЕМУ Я ДАЛЕКО ОТ ТЕБЯ?

— Ана! — Голос мамы заставляет меня подпрыгнуть. Вот черт. Меня мучает чувство вины.

— Иду, мам!

От кого: Анастейша Стил
Тема: Плача
Дата: 30 мая 2011 22:30
Кому: Кристиан Грей

Мне пора.

Пока, детка.

Я выбегаю в холл, где ждут мама с Бобом. Мама с тревогой хмурит брови.

— Дорогая, ты раскраснелась. Не заболела?

— Нет, все хорошо. Это платье Кейт. Тебе оно нравится? Мама хмурится еще сильнее.

— Почему ты носишь ее вещи?

Я… нет.

— Мне оно нравится, а Кейт не очень, — сочиняю я на ходу.

Боб виновато мнется у двери, съедая нас голодным взглядом.

— Завтра пройдемся по магазинам, — говорит мама.

— Не надо, мам, у меня полно одежды.

— Разве я не могу сделать подарок собственной дочери? Пошли, Боб умирает от голода.

— Давно пора, — стонет Боб, поглаживая живот и делая кислую мину.

Я прыскаю, и мы выходим на улицу.

Позднее, пытаясь охладиться под едва теплым душем, я размышляю, как изменилась мама. За ужином она в своей тарелке, шутит и флиртует с друзьями по гольф-клубу, а Боб внимателен и заботлив. Они созданы друг для друга. Я очень рада за маму. Мне больше не нужно беспокоиться и задним числом анализировать ее поступки. Похоже, суровые времена ее третьего замужества остались позади. Ей нужно держаться за Боба. А еще она дала мне ценный совет. Когда начались эти перемены? С тех пор, как я встретила Кристиана. Почему так случилось?

Я вытираюсь, спеша вернуться к нему. Меня ждет письмо, отправленное сразу после моего ухода, два часа назад.

От кого: Кристиан Грей
Тема: Плагиат
Дата: 31 мая 2011 16:41
Кому: Анастейша Стил

Вы украли мою реплику.

И оставили меня в подвешенном состоянии.

Приятного аппетита.

Кристиан Грей, генеральный директор
«Грей энтерпрайзес»

От кого: Анастейша Стил
Тема: Кто бы говорил!
Дата: 31 мая 2011 22:18 ВПВ
Кому: Кристиан Грей

Сэр, на самом деле это была строчка из Элиота.

В каком положении я Вас подвесила?

Ваша Ана

От кого: Кристиан Грей
Тема: Незавершенное дело
Дата: 31 мая 2011 19:22
Кому: Анастейша Стил

Мисс Стил, Вы вернулись. Вы оставили меня так внезапно, в самый неподходящий момент. Ваш Элиот не слишком оригинален. Наверняка он украл эту строчку у кого-то еще. Как прошел ужин?

Кристиан Грей, генеральный директор
«Грей энтерпрайзес»

От кого: Анастейша Стил
Тема: Незавершенное?
Дата: 31 мая 2011 22:26 ВПВ
Кому: Кристиан Грей

Ужин был весьма сытным. Вы обрадуетесь, узнав, что я объелась. Что значит в самый неподходящий момент?

От кого: Кристиан Грей
Тема: Вот именно
Дата: 31 мая 2011 19:30
Кому: Анастейша Стил

Нарочно прикидываетесь дурочкой? Мне показалось, Вы попросили меня расстегнуть Вам платье. Я ждал продолжения. Рад слышать, что хотя бы иногда Вы что-то едите.

Кристиан Грей, генеральный директор
«Грей энтерпрайзес»

От кого: Анастейша Стил
Тема: На то есть выходные
Дата: 31 мая 2011 22:36 ВПВ
Кому: Кристиан Грей

Разумеется, ем! Только неловкость, которую я испытываю в Вашем присутствии, заставляет меня отказываться от пищи. И я никогда не прикидываюсь дурочкой нарочно, мистер Грей. Надеюсь, теперь Вы это уяснили ;)

От кого: Кристиан Грей
Тема: Не могу дождаться
Дата: 31 мая 2011 19:40
Кому: Анастейша Стил

Уяснил, мисс Стил, и не сомневайтесь, в дальнейшем сумею воспользоваться этим знанием. Грустно слышать, что мое присутствие заставляет Вас отказываться от пищи. Я думал, что вызываю в Вас иные, более любострастные чувства. Жду не дождусь встречи.

Кристиан Грей, генеральный директор
«Грей энтерпрайзес»

От кого: Анастейша Стил
Тема: Любострастные?
Дата: 31 мая 2011 22:36 ВПВ

Кому: Кристиан Грей

Снова копались в толковом словаре?

От кого: Кристиан Грей
Тема: Вне себя
Дата: 31 мая 2011 19:40
Кому: Анастейша Стил

Вы очень хорошо меня изучили, мисс Стил.

А сейчас я собираюсь поужинать со старым другом.

Пока, детка (с)

Кристиан Грей, генеральный директор
«Грей энтерпрайзес»

Что еще за старый друг? Я не знала, что у Кристиана остались друзья, кроме… *нее*. Неприятно. Неужели он до сих пор с ней встречается? Меня захлестывает обжигающая зеленая волна ревности. Хочется кого-нибудь ударить, лучше всего миссис Робинсон. В сердцах хлопнув крышкой ноутбука, я забираюсь под одеяло.

Надо ответить на его длинное утреннее письмо, но я слишком рассержена. Неужели он не понимает, что эта женщина — растлительница малолетних? Я выключаю свет и, кипя от ярости, всматриваюсь в темноту. Как она посмела издеваться над ранимым подростком? Неужели она до сих пор этим промышляет? Почему они перестали встречаться? Неужели ему мало? Почему он до сих пор с ней общается? А она? Замужем? Разведена? Господи, а дети? Есть ли у нее дети? Дети от Кристиана? Мое подсознание поднимает голову, злобно усмехаясь. К горлу подкатывает тошнота. Знает ли об этой женщине доктор Флинн?

Я вскакиваю с кровати и снова включаю чертову машинку. Пальцы раздраженно барабанят по крышке, пока компьютер загружается. Я ввожу «Кристиан Грей» в поисковой строке Гугла. Экран заполоняют фотографии Кристиана: в бабочке, вечернем костюме… Боже мой, это же снимок Хосе из отеля «Хитман»! Кристиан в белой рубашке и брюках. Как они оказались в Интернете? Господи, до чего он хорош!

Я быстро листаю фотографии: некоторые с коллегами по бизнесу, одна другой краше. Все-таки Кристиан — самый фотогеничный мужчина на свете. Мужчина, которого я знаю близко. Близко? А если я заблуждаюсь? Я знаю только, каков он в постели, и хочу знать больше. Кристиан переменчив, нелюдим, остроумен, холоден, страстен… ходящее скопище противоречий.

Следующая страница. Он везде один, и я вспоминаю, как Кейт, не найдя в сети ни одного снимка Кристиана с подружкой, решила, что он гей. На третьей странице рядом с Кристианом появляюсь я, это мой выпускной. Единственная фотография, где он с женщиной, и эта женщина — я.

Ничего себе! Я в Гугле! Я рассматриваю снимок, где мы вместе. Фотограф застал меня врасплох, я смущена и взволнована. Сейчас я скажу Кристиану, что готова попробовать. Кристиан, напротив, собран и невероятно хорош собой. На нем тот самый галстук. Я рассматриваю его прекрасное лицо, которое сейчас, в эту самую минуту видит перед собой чертова миссис Робинсон! Сохранив фотографию, пролистываю остальные восемнадцать страниц. Миссис Робинсон нет в Гугле. Но я должна знать, с кем он ужинает! Печатаю Кристиану короткое послание.

От кого: Анастейша Стил
Тема: Хорошая компания для ужина
Дата: 31 мая 2011 23:58 ВПВ
Кому: Кристиан Грей

Надеюсь, Вы с другом хорошо поужинали.

Ана

PS: Это миссис Робинсон?

Отправив письмо, я забираюсь под одеяло, дав себе слово выведать у Кристиана правду о его отношениях с этой женщиной. Часть меня хочет знать все без утайки, другая желала бы навеки забыть то, что он мне рассказал. Начинаются месячные, утром нужно выпить таблетку. Я ставлю галочку в календаре «блэкберри». Положив телефон на тумбочку, откидываюсь на подушку и забываюсь беспокойным сном, мечтая, чтобы Кристиан был рядом, а не на расстоянии в две с половиной тысячи миль.

После утреннего похода по магазинам с послеобеденным заходом на пляж мама приглашает меня выпить. Оставив Боба перед телевизором, мы сидим в роскошном баре лучшей гостиницы в Саванне. Я потягиваю второй «Космополитен», мама принимается за третий. Она продолжает исследовать хрупкое мужское эго. Я в замешательстве.

— Понимаешь, Ана, мужчины считают так: все, что изрекает женщина, есть проблема, которую необходимо решать. Не безобидная болтовня, а руководство к действию.

— Мам, зачем ты мне об этом говоришь? — спрашиваю я, не выдержав. Она весь день твердит об одном.

— Милая, ты несколько… растерянна. Ты никогда не приводила в дом мальчиков. И в Вегасе у тебя никогда не было бойфренда. Я думала, у вас что-нибудь получится с Хосе…

— Мам, Хосе просто друг.

— Знаю, милая. Я же вижу, с тобой что-то происходит, но ты скрытничаешь.

Она с любовью и тревогой всматривается в мое лицо.

— Мне нужно было побыть на расстоянии от Кристиана, чтобы привести мысли в порядок… вот и все. Он перевернул мой мир.

— Перевернул твой мир?

— Да, без него я сама не своя.

Весь день от Кристиана нет вестей. Ни письма, ничего. Я сгораю от желания позвонить ему, узнать, не случилось ли чего. Больше всего я боюсь автомобильной катастрофы, затем — что миссис Робинсон снова запустила в него свои когти. Я понимаю, что накручиваюсь на пустом месте, но когда дело касается этой женщины, я окончательно теряю разум.

— Дорогая, я отлучусь, мне нужно припудрить носик.

Оставшись в одиночестве, я в который раз за день проверяю почту. Наконец-то!

От кого: Кристиан Грей
Тема: С кем я ужинал
Дата: 1 июня 2011 21:40 ВПВ
Кому: Анастейша Стил

Да, я ужинал с миссис Робинсон. Она мой старый друг, Анастейша, не больше. Жду не дождусь нашей встречи. Скучаю по тебе.

Кристиан Грей, генеральный директор
«Грей энтерпрайзес»

Итак, он обедал с ней. Во мне бушуют адреналин и бессильная ярость. Все мои страхи становятся явью. Да как он мог? Меня не было каких-то два дня, а он удрал к этой чертовой стерве.

От кого: Анастейша Стил
Тема: СТАРЫЙ друг
Дата: 1 июня 2011 21:42 ВПВ
Кому: Кристиан Грей

Эта женщина больше, чем старый друг.

Она уже нашла себе новую жертву?

Ты уже староват для нее?

Так вот почему вы расстались?

Я отправляю письмо. Возвращается мама.
— Ты очень бледная, Ана. Что случилось?
Я трясу головой.
— Ничего. Выпьем еще?
Мама хмурится, но подзывает официанта, показывая на наши бокалы. Он кивает, прекрасно понимая универсальный язык, на котором ее жест означает «повторить». Я украдкой бросаю взгляд на экран телефона.

От кого: Кристиан Грей
Тема: Полегче
Дата: 1 июня 2011 21:45 ВПВ
Кому: Анастейша Стил

Я не собираюсь обсуждать эту тему по почте.

Не многовато ли «Космополитенов» на сегодня?

Кристиан Грей, генеральный директор
«Грей энтерпрайзес»

Вот черт, он здесь!

Глава 23

Я нервно оглядываю бар. Его нигде нет.

— Ана, что случилось? Ты словно увидела призрак.

— Кристиан, он здесь.

— Что?

Мама тоже начинает озираться.

Мне не хочется рассказывать ей об одержимости Кристиана слежкой.

Я вижу его. Пока он идет к нам, сердце буквально выскакивает из груди. Он здесь — из-за меня. Моя внутренняя богиня с радостными воплями вскакивает с кушетки. Кристиан пробирается сквозь толпу, в свете галогеновых ламп его волосы отливают красноватой полированной медью. Яркие серые глаза сверкают... гневом? Губы сжаты, нижняя челюсть напряжена. Боже правый... Только что я готова была убить его, и вот он здесь. Как я буду ссориться с ним на глазах у мамы?

Кристиан подходит к столику, с опаской заглядывает мне в глаза. На нем простая льняная рубашка и джинсы.

— Привет, — пищу я, не в силах скрыть потрясения и восторга.

— Привет, — отвечает он, наклоняется и неожиданно целует меня в щеку.

— Кристиан, это моя мама, Карла, — говорю я. Воспитание берет верх.

Он оборачивается.

— Миссис Адамс, рад познакомиться.

Откуда он узнал ее фамилию? Кристиан одаривает Карлу своей фирменной обезоруживающей улыбкой, устоять перед которой невозможно. Она и не пытается. Мамина нижняя челюсть едва не стукается о столешницу. О господи, мам, возьми себя в руки! Она молча жмет его протянутую ладонь. Неужели терять дар речи в минуты потрясения — наше семейное?

— Кристиан, — наконец выдыхает она.

Он понимающе улыбается ей, в серых глазах пляшут искорки. Я хмурюсь, разглядывая их обоих.

— Что ты здесь делаешь?

Возможно, я спрашиваю резче, чем намеревалась, и его улыбка гаснет, а на лице появляется тревожное выражение. Сердце ликует, но я потрясена, а при воспоминании о миссис Робинсон кровь вскипает. Я не знаю, чего мне хочется больше: накричать на него или заключить в объятия, и не представляю, чего хочется Кристиану. Интересно, кстати, как долго он за нами наблюдает? А еще меня беспокоит мое последнее письмо.

— Решил с тобой поздороваться, — безмятежно сообщает Кристиан. О чем он только думает? — Я живу в этой гостинице.

— В гостинице? — Я блею, словно второкурсник на амфетаминах.

— Вчера ты написала, что хочешь меня видеть. — Он замолкает, оценивая произведенное впечатление. — Наша цель — угодить клиенту, мисс Стил.

В его спокойном голосе нет и тени иронии.

Он что, совсем чокнулся? Возможно, мне не стоило так высказываться о миссис Робинсон? Или все дело в моем третьем (а на подходе четвертый) «Космо»?

Мама смотрит на нас с беспокойством.

— Выпьете с нами, Кристиан? — Она машет официанту, который через наносекунду возникает у столика.

— Джин-тоник, — говорит Кристиан. — «Хендрикс», а если нет, то «Бомбейский сапфир». В первом случае с огурцом, во втором — с лаймом.

Вот черт... он умудряется устроить шоу, просто заказывая коктейль.

— И еще два «Космо», — добавляю я, украдкой взглянув на Кристиана. Неужели я не имею права выпить с собственной матерью?

— Садитесь, Кристиан.

— Спасибо, миссис Адамс.

Он изящным движением подтягивает кресло и садится рядом со мной.

— Итак, ты случайно оказался в баре той гостиницы, куда мы зашли? — Я изо всех сил изображаю безмятежность.

— Нет, это вы случайно зашли в бар той гостиницы, где я живу, — не моргнув глазом, отвечает Кристиан. — Я только что пообедал, сошел вниз, а тут вы. Бывают же совпадения! — Он склоняет голову набок, и я замечаю в его глазах тень улыбки. Слава богу, возможно, еще не все потеряно.

— Сегодня утром мы ходили по магазинам, после обеда загорали на пляже, а вечером решили зайти в бар, — бормочу я, понимая, что со стороны может показаться, будто я оправдываюсь.

— Этот топ вы тоже купили утром? — Он кивает на новую фирменную блузку из зеленого шелка. — Цвет тебе к лицу. И ты успела загореть. Выглядишь потрясающе.

Я вспыхиваю, не зная, как ответить на комплимент.

Кристиан берет мою ладонь, мягко сжимает и проводит туда-сюда большим пальцем. Я ощущаю знакомое стеснение. Электрический разряд проникает под кожу, воспламеняет кровь, которая разносит жар во все уголки тела. Мы не виделись больше двух дней. О боже… я хочу его. Дыхание учащается. Я моргаю, смущенно улыбаюсь Кристиану и вижу, как его безупречные скульптурные губы раздвигаются в улыбке.

— Я-то думал, что удивлю тебя, Анастейша, но, как обычно, это ты удивила меня, оказавшись здесь.

Скосив глаза на маму, я замечаю, что она не сводит взгляда с Кристиана. Хватит, мам! Кристиан не экзотическая зверушка. Я понимаю, у меня никогда не было бойфренда, а назвать Кристиана бойфрендом можно лишь условно — но неужели так трудно осознать, что я сумела привлечь такого мужчину? «Этого мужчину? Еще бы не трудно, ты только посмотри на него», — огрызается подсознание. Заткнись, тебя не спрашивают!

— Не хочу вам мешать. Сейчас допью и убегаю. У меня дела, — твердо заявляет Кристиан.

— Кристиан, я очень рада, что мы познакомились, — обретает голос мама. — Ана говорила о вас с такой любовью.

— Правда?

Кристиан поднимает бровь, на лице довольное выражение, а я снова заливаюсь краской.

Подходит официант с напитками.

— «Хендрикс», сэр, — провозглашает он с нажимом.

— Спасибо, — бросает Кристиан.

Я нервно прихлебываю «Космо».

— Как давно вы в Джорджии? — спрашивает мама.

— С пятницы, миссис Адамс.

— Хотите поужинать с нами завтра? И, пожалуйста, зовите меня Карла.

— С удовольствием, Карла.

— Вот и хорошо. Простите, я отлучусь ненадолго, нужно попудрить нос.

Мама, ты же только что оттуда! Я с отчаянием смотрю ей вслед.

— Итак, ты злишься, что я поужинал со старым другом. — Кристиан обращает ко мне горящий взгляд, берет мою руку и нежно целует каждый пальчик.

Боже, не здесь!

— Да, злюсь, — шепчу я, а кровь грохочет в висках.

— Наши с ней близкие отношения в далеком прошлом, Анастейша, — говорит он тихо. — Мне нужна только ты. Когда ты это поймешь?

Я моргаю.

— Она растлительница. — В ожидании его ответа я перестаю дышать.

Кристиан бледнеет.

— Ты слишком субъективна, на самом деле все не так, — шепчет он, выпуская мою руку.

Это я субъективна?

— Тогда объясни. — «Космо» придает мне храбрости.

Он сдвигает брови.

Я продолжаю:

— Она затащила в постель пятнадцатилетнего подростка. Если бы ты был невинной девочкой, а она — взрослым мужчиной, который вовлек бы тебя в садомазохистские игры, как бы ты на это посмотрел? Если бы на твоем месте оказалась Миа?

Кристиан хмурится.

— Ана, все не так.

Я пристально смотрю на него.

— Пойми, для меня все было иначе, — спокойно говорит он. — В наших отношениях не было насилия.

— Не понимаю. — Приходит мой черед удивляться.

— Анастейша, твоя мать сейчас вернется. Вряд ли стоит обсуждать эту тему при ней. Возможно, потом. Если хочешь, чтобы я ушел, я уйду, мой самолет ждет на Хилтон-Хед.

Он разозлился… о, нет!

— Не уходи, пожалуйста! Я так счастлива, что ты прилетел. Пойми, я злюсь, что ты ужинаешь с ней, когда меня нет рядом. Вспомни, как ты выходишь из себя, когда на горизонте появляется Хосе! А ведь он всего лишь друг, и мы никогда не были любовниками, тогда как вы с ней… — Я умолкаю, не желая развивать эту мысль дальше.

— Ты ревнуешь? — Он изумленно смотрит на меня, глаза теплеют.

— Да, и ненавижу ее за то, что она с тобой сделала.

— Анастейша, она помогла мне, больше я ничего не скажу. А что касается ревности, встань на мое место. Последние семь лет я никому не позволял обсуждать свои поступки. Никому на свете. Я привык поступать так, как считаю нужным. Я ценю свою независимость. Я пригласил миссис Робинсон на ужин не для того, чтобы расстроить тебя. Время от времени мы ужинаем вместе. Она мой друг и деловой партнер.

Деловой партнер? Это что-то новенькое.

Кристиан наблюдает, какое впечатление произвели на меня его слова.

— Да, деловой партнер. Наши близкие отношения в прошлом.

— Почему вы расстались?

Кристиан поджимает губы, глаза сверкают.

— Ее муж узнал.

Вот черт!

— Давай обсудим это в другое время, в более подходящем месте, — раздраженно бросает он.

— Вряд ли тебе удастся убедить меня, что она не склонна к педофилии.

— Я не считаю и никогда не считал ее извращенкой. И хватит об этом! — рявкает Кристиан.

— Ты любил ее?

— Соскучились?

Приход мамы застает нас врасплох.

Мы оба вымученно улыбаемся, и я резко откидываюсь на спинку кресла. Я чувствую себя виноватой.

Мама пристально смотрит на меня.

— Да, мам.

Кристиан молча потягивает коктейль, не сводя с меня глаз. Выражение лица тревожное. О чем он думает? Любил ли он ее? Если любил, я этого не вынесу.

— Что ж, дамы, мне пора. Приятного вечера.

Нет… нет… ты не оставишь меня в подвешенном состоянии!

— Пожалуйста, запишите напитки на мой счет, номер шестьсот двенадцать. Я позвоню утром, Анастейша. До завтра, Карла.

— Как приятно, когда тебя называют полным именем.

— Прекрасное имя для прекрасной дамы, — тихо говорит Кристиан, пожимая ее протянутую руку, и она расплывается от удовольствия.

Ах, мама, и ты, Брут?

Я встаю, взглядом умоляя его ответить на мой вопрос. Кристиан чмокает меня в щечку.

— Пока, детка, — шепчет он и уходит.

Вот негодяй! Привык всеми командовать! Плюхнувшись в кресло, я поворачиваюсь к маме.

— Что ж, должна признать, он сразил меня наповал, Ана. Вот это партия! Однако мне показалось, вы ссорились. Не пора ли вам обсудить разногласия? Вас обоих распирает от желания, того и гляди сама воспламенишься ненароком. — Она начинает картинно обмахиваться.

— МАМ!

— Ступай к нему.

— Не могу. Я прилетела, чтобы побыть с тобой.

— Ана, ты прилетела, потому что запуталась, пыталась убежать от себя! Я же вижу, вы без ума друг от друга. Поговори с ним. Бог мой, он пролетел три тысячи миль, чтобы с тобой увидеться! Ты забыла, как тяжело тебе дался перелет?

Я краснею. Она ничего не знает про его личный самолет.

— Ну что там еще?

— У него свой самолет, — смущенно бормочу я, — и не три, а две с половиной.

Почему я смущаюсь?

Ее брови взлетают.

— Ничего себе! — шепчет Карла. — Послушай, Ана, с тех пор как ты прилетела, я пытаюсь понять, что вы не поделили. И единственный способ разобраться с трудностями — обсудить их вместе. Про себя можешь думать что угодно, но пока ты не выскажешь ему своих сомнений, ты так и будешь топтаться на месте.

Я смотрю на нее исподлобья.

— Ана, милая, ты слишком любишь копаться в себе. Прислушайся к своему сердцу. Что ты чувствуешь?

Я рассматриваю ладони.

— Мне кажется, я люблю его, — отвечаю я тихо.

— Я знаю, милая. И он тебя любит.

— Нет!

— А я говорю, любит! Чего тебе нужно? Чтобы он написал это на лбу неоновыми буквами?

Я изумленно смотрю на нее, от слез щиплет глаза.

— Ана, милая, не плачь.

— Я не верю, что он любит меня.

— Не всякий способен бросить все и перелететь через континент, чтобы заглянуть на чай. Ступай к нему! Вам не найти лучшего места. Сплошная романтика, и к тому же нейтральная территория.

Под ее взглядом я робею. Я хочу пойти к нему — и не хочу.

— Милая, тебе необязательно возвращаться со мной. Будь счастлива! И ключ от твоего счастья в шестьсот двенадцатом номере. А ключ от дома — если вернешься поздно — под юккой во внутреннем дворике. А если не вернешься… что ж, ты уже большая девочка.

Я вспыхиваю до корней волос. О господи, мама!

— Только сначала допьем коктейли.

— Узнаю свою дочурку, — усмехается она.

Я робко стучусь в дверь шестьсот двенадцатого номера. На пороге Кристиан, говорит по телефону. Удивленно моргая, он широко распахивает створки и машет мне, чтобы я входила.

— Включая компенсации? А издержки? — Кристиан свистит сквозь зубы. — Да уж, эта ошибка дорого обойдется. А что Лукас?

Я осматриваюсь. Кристиан живет в люксе из нескольких комнат, похожем на номер в «Хитмане». Новехонькая ультрасовременная мебель, все в приглушенной темно-фиолетовой с золотом гамме, стены с бронзовыми узорами. Кристиан подходит к ящику темного дерева и открывает дверцу мини-бара. Он знаками велит мне налить себе чего-нибудь, а сам удаляется в спальню. Наверное, не хочет, чтобы я слышала его разговор. Я пожимаю плечами. В тот раз, когда я вошла в кабинет, он тоже не прервал звонка. Я слышу шум воды, он наполняет ванну. Наливаю себе апельсиновый сок.

Кристиан возвращается.

— Пусть Андреа пришлет мне эскиз. Барни уверяет, что решил проблему... — Он смеется. — Нет, пятница... Есть участок земли, который меня заинтересовал... Да, пусть Билл перезвонит... нет, завтра... Посмотрим, что предложит нам Джорджия, если мы будем настойчивы. — Кристиан не отрывает от меня глаз. Протянув стакан, он показывает на ведерко со льдом.

— Если их мотивы нас устроят... мы подумаем, хотя эта чертова жара... У Детройта свои преимущества, и там гораздо прохладнее... — Внезапно его лицо мрачнеет. Что случилось? — Пусть Билл перезвонит. Завтра, только не слишком рано.

Итак, моя очередь.

— Ты не ответил на мой вопрос, — бормочу я.

— Нет, — произносит он ровно, в серых глазах настороженность.

— Твое «нет» означает, что не ответил или не любил?

Кристиан скрещивает руки и облокачивается на стену.

— Зачем ты пришла, Анастейша?

— Я уже сказала.

Он глубоко вздыхает.

— «Нет» означает, что не любил.

Кристиан хмуро смотрит на меня, но, кажется, приятно удивлен моей настойчивостью.

Странно, что я все еще дышу. Когда наконец я выпускаю воздух из груди, то оседаю, словно старый мешок. Слава богу. Что бы со мной было, если бы он сказал, что любил эту ведьму?

— Ты и в самом деле богиня, зеленоглазая богиня, Анастейша.

— Вы смеетесь надо мной, мистер Грей?

— Я не смею.

Он торжественно качает головой, но в глазах играют озорные искорки.

— Смеете. И нередко.

Кристиан ухмыляется, когда я повторяю его собственные слова. Серые глаза темнеют.

— Хватит кусать губы. Ты в моем номере, тебя не было со мной три дня, и я проделал долгий путь, чтобы тебя увидеть.

Голос Кристиана смягчается.

Его «блэкберри» гудит, однако он выключает его, не взглянув на экран. Мое дыхание учащается. Я вижу, к чему он клонит… но ведь мы собирались поговорить! Кристиан делает шаг ко мне, взгляд хищный и чувственный.

— Я хочу тебя, Анастейша. И ты меня хочешь. Поэтому ты здесь.

— Мне действительно хотелось знать правду, — шепчу я, защищаясь.

— Теперь, когда ты ее знаешь, останешься? Или уйдешь? Он подходит ко мне вплотную, и я вспыхиваю.

— Останусь, — шепчу я, поднимая глаза.

— О, хотелось бы верить, — произносит Кристиан, глядя на меня сверху вниз. — Признайся, ты страшно разозлилась на меня.

— Да.

— Не помню, чтобы кто-нибудь, кроме родных, на меня злился. Мне это нравится.

Подушечками пальцев он проводит вниз по моей щеке. О боже, его близость, его волнующий запах! Мы собирались поговорить, но сердце стучит как бешеное, кровь вскипает, страстное желание охватывает все тело. Кристиан наклоняется и проводит кончиком носа от плеча к уху, а его пальцы зарываются в мои волосы.

— Мы собирались поговорить, — шепчу я.

— Позже.

— Мне так много нужно сказать тебе.

— И мне.

Он нежно целует мою мочку. Потянув за волосы, запрокидывает голову назад, открывая доступ губам к моему горлу. Нежно покусывая кожу, Кристиан впивается в горло поцелуем.

— Я хочу тебя, — шепчет он.

Застонав, я сжимаю его в объятиях.

— У тебя месячные? — спрашивает Кристиан, не прерывая поцелуя.

О черт. Он видит меня насквозь!

— Да, — смущенно отвечаю я.

— Болезненные?

— Нет. — Я краснею. «Боже…»

Он отрывается от моих губ и смотрит на меня сверху вниз.

— Ты пьешь таблетки?

— Да.

Почему я чувствую себя так униженно?

— Идем, примем ванну.

О нет…

Кристиан берет меня за руку и ведет в спальню, большую часть которой занимает огромная кровать с изысканными драпировками, но мы проходим дальше. Ванная комната — мрамор и аквамарин — состоит из двух помещений. Во втором ванна с каменными ступенями, в которой легко поместились бы четверо. Пар поднимается над пеной, вокруг установлены каменные сиденья. Мерцают свечи. Ох… выходит, он зажег их, пока разговаривал по телефону.

— У тебя есть заколка?

Я недоуменно смотрю на него, шарю в кармане джинсов и вынимаю оттуда резинку для волос.

— Подними волосы, — говорит он мягко.

Я повинуюсь.

От тепла и влаги блузка липнет к телу. Кристиан наклоняется и закрывает вентиль, затем ведет меня в первое помещение и ставит перед зеркалом в пол напротив раковин, а сам становится за спиной.

— Подними руки, — шепчет он сзади. Я послушно поднимаю руки, и он стягивает блузку через голову, оставляя меня обнаженной до пояса. Не отрывая от меня глаз, Кристиан расстегивает пуговицу моих джинсов и дергает молнию.

— Я собираюсь трахнуть тебя в ванной, Анастейша.

Он целует меня в шею. Я склоняю голову набок, чтобы дать ему больший простор. Присев, Кристиан медленно стягивает с моих ног джинсы и трусики.

— Подними ногу, теперь другую.

Вцепившись в край раковины, я делаю, как он велит. Теперь я полностью обнажена, а он стоит на коленях позади меня, целуя и слегка покусывая мои ягодицы. Дыхание перехватывает.

Затем Кристиан встает и смотрит на меня в зеркало. Мне очень хочется прикрыться, но я преодолеваю искушение. Он накрывает мой живот своей ладонью.

— Не отводи глаз. Ты прекрасна… А теперь смотри, как ты чувственна.

Он берет мои ладони в свои, продевает пальцы, и кладет обе ладони на живот.

— Ощути, какая нежная кожа.

Голос низкий и мягкий. Кристиан медленно гладит моими ладонями живот, затем поднимается к груди.

— Смотри, какая пышная грудь.

Он накрывает груди моими ладонями, а его большие пальцы нежно теребят соски.

Со стоном я выгибаю спину. Кристиан сжимает и нежно тянет соски, заставляя их набухнуть. Я с изумлением наблюдаю в зеркале за охваченной вожделением распутницей. О, как хорошо! Со стоном закрываю глаза, не в силах смотреть, как похотливая женщина передо мной изнемогает от страсти, возбуждая себя своими ладонями… его ладонями. Я глажу свою кожу, словно я — это он, теряя разум от его прикосновений и тихих, мягких приказов.

— Хорошо, детка, — шепчет Кристиан.

Он опускает мои руки ниже, от пояса к бедрам и лобку. Раздвинув сзади бедра коленом, он гладит моими пальцами мою киску, то одной ладонью, то другой, выдерживая ритм. Я едва сдерживаюсь, марионетка в руках опытного кукловода.

— Посмотри, как ты светишься, Анастейша, — шепчет он, целуя и покусывая мои плечи. Я издаю стон.

Внезапно он отпускает мои руки.

— Теперь сама, — командует Кристиан, делая шаг назад.

Я пытаюсь продолжать, но, увы, это невозможно сравнить с прежними ощущениями. Мне нужен он, только он! Без него я погибаю.

Кристиан через голову снимает рубашку, быстро стягивает джинсы.

— Что, я справляюсь лучше?

Его глаза в зеркале сжигают меня огнем.

— Да, о, да, прошу тебя, — выдыхаю я.

Он снова накрывает мои руки своими и продолжает ласкать мой клитор. Спиной я ощущаю жесткие волосы у него на груди и его возбужденный член. Скорее, ну пожалуйста. Кристиан покусывает мой затылок, я закрываю глаза, испытывая бесчисленное количество ощущений: на шее, в паху, сзади.

Внезапно Кристиан останавливается и резко поворачивает меня к себе лицом. Одной рукой он перехватывает мои запястья и заводит руки за спину. Другой тянет меня за волосы, собранные в хвост, запрокидывая голову назад, а губами страстно, яростно впивается в мои губы.

Его прерывистое дыхание сливается с моим.

— Когда у тебя начались месячные, Анастейша?

Вопрос застает меня врасплох.

— Э… вчера.

— Хорошо.

Кристиан отпускает меня и снова поворачивает спиной к себе.

— Упрись в раковину, — командует он и тянет на себя мои бедра, заставляя меня согнуться, как уже делал в игровой комнате.

Просунув руку у меня между ног, он дергает за синюю нитку… О нет! Кристиан аккуратно извлекает тампон и швыряет в ближайший унитаз. О матерь божья… И вот он уже во мне!.. Кожа к коже… поначалу он двигается медленно, без усилия… прислушиваясь к моим реакциям… о! Я упираюсь в край раковины, тяжело дыша, выгнув спину, ощущая Кристиана внутри. О, сладкая мука… его руки сжимают мои бедра. Движения становятся резкими, темп ускоряется, Кристиан наклоняется и рукой ласкает мой клитор… О боже. Я близка к оргазму.

— Так-так, детка, хорошо, — хрипло бормочет он, бешено вращая бедрами, не щадя меня — и в это мгновение земля уходит из-под ног.

О!.. я громко кричу, отчаянно цепляясь за раковину. Меня сотрясает оргазм, внутри все сжимается и разжимается. Кристиан не отстает. Припав ко мне, на последнем издыхании он выкрикивает мое имя, словно молитву.

— О Ана! — Его хриплое дыхание вторит моему. — О детка, тобой невозможно пресытиться!

Неужели так будет всегда? Так восхитительно, страстно, так сокрушительно, так волшебно. Слова рвутся с губ, но я слишком ошеломлена и могу думать лишь об одном: неужели когда-нибудь я испытаю пресыщение?

Мы опускаемся на пол, и руки Кристиана заключают меня в ласковый плен. Я прячу лицо у него на груди. Смакуя, вдыхаю его неповторимый запах. Не прижимайся. Я повторяю эту фразу, словно мантру. Мне хочется водить пальцами по его груди, рисуя узоры, но я одергиваю себя, зная, что он ненавидит прикосновения. Мы лежим тихо, уйдя в себя. Я растворяюсь в Кристиане, растворяюсь без остатка.

— У меня идет кровь, — шепчу я, вспомнив про месячные.

— Мне все равно, — бормочет он.

— Я вижу, — замечаю я суховато.

— Тебя это беспокоит?

Беспокоит ли это меня? Наверное, должно, но мне нет дела. Я откидываюсь на спину и смотрю снизу вверх в дымчато-серые глаза.

— Ни капельки.

Кристиан усмехается.

— Давай примем ванну.

Он разжимает объятия, намереваясь встать с пола. Внезапно я замечаю маленькие круглые шрамы у него на груди. Это не ветрянка, машинально думаю я. Грейс сказала, он не болел. О черт… шрамы похожи на ожоги. Но от чего? Неожиданная догадка заставляет меня побледнеть от ужаса и отвращения. Сигареты. Но кто это сделал: миссис Робинсон, его настоящая мать, кто? Возможно, есть другое объяснение, а я надумала лишнего — в груди вспыхивает безумная надежда.

— Что случилось? — Кристиан смотрит с тревогой.

— Твои шрамы, это ведь не ветрянка?

В одно мгновение Кристиан замыкается, уходит в себя: спокойствие и безмятежность сменяет настороженность, даже злость. Лицо мрачнеет, губы сжимаются в тонкую непреклонную линию.

— Нет, не ветрянка, — отрывисто бросает он, очевидно, не собираясь углубляться в предмет, затем встает, протягивает руку и поднимает меня с пола.

— И нечего так смотреть на меня, — сварливо добавляет он, убирая руки.

Я вспыхиваю и опускаю глаза, но теперь я уверена, совершенно уверена, что кто-то тушил сигареты о Кристиана. Мне становится дурно.

— Это она? — спрашиваю я, не успев подумать о последствиях.

Кристиан молчит. Я поднимаю глаза, наталкиваясь на сердитый взгляд.

— Она? Миссис Робинсон? Нет! Незачем делать из нее чудовище, Анастейша. Не понимаю, тебе что, нравится обвинять ее во всех грехах?

Кристиан стоит передо мной, ослепительный в своей наготе, на нем моя кровь, и мы наконец-то добрались до разговора. Я тоже обнажена, нам обоим нечем прикрыться, разве что спрятаться под водой. Глубоко вдохнув, я так и делаю, забираюсь в восхитительно теплую жидкость. Уже сидя в глубокой ванне и тая в ароматной пене, я осмеливаюсь поднять глаза на Кристиана.

— Я просто подумала, каким бы ты был, если бы не встретил ее. Если бы она не приобщила тебя к своему... своему образу жизни.

Кристиан вздыхает, забирается в ванну с другой стороны, стараясь не касаться меня под водой. Челюсти сжаты, в глазах — лютый холод. Черт, неужели он так рассвирепел от моих слов?

Его взгляд невозмутим, по лицу невозможно прочесть, о чем он думает. Молчание вновь разделяет нас, но я усвоила мамин совет. Твоя очередь, Грей, на этот раз я не стану допытываться. Мое подсознание нервно грызет ногти — неизвестно, чем все закончится. Мы с Кристианом пожираем друг друга глазами, но я не намерена уступать. Проходит вечность... наконец он качает головой и усмехается:

— Если бы не миссис Робинсон, возможно, я пошел бы по стопам матери.

Я потрясенно моргаю. Стал бы наркоманом? Занялся проституцией? Совмещал бы оба занятия?

— Меня устраивали ее любовные причуды.

Что, черт подери, он имеет в виду?

— Что значит устраивали?

— Она не позволила мне свернуть на кривую дорожку. — Кристиан твердо смотрит на меня. — Трудно расти в идеальной семье, если ты не идеален.

О нет. У меня пересыхает во рту. Он не отрывает от меня глаз, на лице загадочное выражение, однако он явно не намерен делиться со мной своими секретами. Мои надежды обмануты, меня бьет дрожь. Кристиана переполняет ненависть к самому себе. Выходит, когда-то миссис Робинсон любила его. Вот черт… неужели любит до сих пор? Я судорожно вздыхаю, словно в живот заехали ногой.

— Она все еще любит тебя?

— Вряд ли. — Кристиан хмурится, словно никогда об этом не задумывался. — Сколько можно повторять, это было давно. Я не могу изменить прошлое, даже если захочу. А я не хочу. Она спасла меня от меня самого. — Он раздраженно проводит мокрой рукой по волосам. — Я ни с кем этого не обсуждал. За исключением доктора Флинна. И единственная причина, по которой я рассказал это тебе: я хочу, чтобы ты мне верила.

— Я верю, но хочу знать больше! Всякий раз, когда я пытаюсь разговорить тебя, ты меня отталкиваешь.

— О, бога ради, Анастейша, что ты хочешь знать? Что я должен сделать? — Его глаза горят, и, хотя он не повышает голоса, я вижу, что Кристиан с трудом сдерживает гнев.

Я быстро опускаю глаза на свои руки под водой — пузырьки начинают лопаться.

— Я просто пытаюсь понять тебя, ты для меня — загадка. И я счастлива, что ты отвечаешь на мои вопросы.

Возможно, виноват «Космополитен», толкающий меня на безрассудства, но внезапно расстояние между нами кажется мне невыносимым. Я придвигаюсь нему и припадаю к груди, кожа к коже. Кристиан подбирается и с тревогой смотрит на меня, словно я собираюсь его укусить. Вот, так гораздо лучше! Моя внутренняя богиня разглядывает Кристиана со спокойным любопытством.

— Пожалуйста, не злись на меня, — шепчу я.

— Я не злюсь, Анастейша. Просто я не привык к таким допросам. До сих пор только доктор Флинн и… — Он запинается и хмурит брови.

— Миссис Робинсон? Только с ней ты бываешь откровенен? — Теперь я пытаюсь унять гнев.

— Да.

— О чем вы говорите?

Расплескивая воду на пол, Кристиан приподнимается, обнимает меня за плечи и опирается о бортик ванны.

— Никак не уймешься? — бормочет он раздраженно. — О жизни, тайнах вселенной, бизнесе. Мы с миссис Робинсон знакомы сто лет, нам есть о чем поболтать.

— Например, обо мне?

— И о тебе.

Серые глаза внимательно наблюдают.

Я закусываю нижнюю губу, пытаясь не поддаться эмоциям.

— Почему вы говорите обо мне?

Мне не нравится ныть и капризничать, но я ничего не могу с собой поделать. Давно пора остановиться, я слишком давлю на него. Мое подсознание снова корчит физиономию в духе Эдварда Мунка.

— Я никогда не встречал никого на тебя похожего, Анастейша.

— То есть? Все прочие с ходу подписывали контракт, не задав ни единого вопроса?

Кристиан качает головой.

— Я нуждался в совете.

— И миссис Педофилка дала тебе хороший совет?

Оказывается, я совсем не умею управлять собственным темпераментом.

— Анастейша, прекрати.

Я очертя голову несусь по тонкому льду навстречу опасности.

— Или я выпорю тебя. Нас с миссис Робинсон не связывают ни любовные, ни сексуальные отношения. Она старый добрый друг и деловой партнер. У нас есть общее прошлое, которое я необычайно ценю, хотя наша связь и разрушила ее брак, но все давно позади.

Как так? Ведь она по-прежнему замужем. И как им удавалось так долго выходить сухими из воды?

— А твои родители? Они не знали?

— Нет, — рычит он, — сколько можно повторять?

Пожалуй, я и впрямь зашла слишком далеко. Больше из него и слова не вытянешь.

— Ты закончила?

— На сегодня.

Кристиан делает глубокий вдох, словно с плеч упала огромная тяжесть.

— Хорошо, теперь моя очередь, — тихо говорит он, взгляд твердеет. — Ты не ответила на мое письмо.

Я вспыхиваю. Ненавижу расспросы. К тому же всякий раз, когда мы решаем что-то обсудить, Кристиан выходит из себя. Я мотаю головой. Наверняка мое любопытство вызывает у него такие же чувства — Кристиан не привык оправдываться. Эта мысль лишает меня покоя, рождает чувство вины.

— Я собиралась, но ты прилетел так внезапно.

— Ты расстроилась? — спрашивает он бесстрастно.

— Нет, обрадовалась, — шепчу я.

— Хорошо. — Кристиан расплывается в улыбке. — И я рад, что прилетел. Несмотря на твои допросы с пристрастием. Думаешь отделаться легким испугом только потому, что я примчался сюда ради тебя? И не надейтесь, мисс Стил. Я желаю знать больше.

О нет…

— Я же говорю, что обрадовалась. И благодарна тебе, — бормочу я.

— Не стоит благодарности, мисс Стил.

Его глаза сияют. Кристиан наклоняется и целует меня. Я мгновенно возгораюсь. Над водой еще поднимается пар. Он отстраняется и смотрит на меня сверху вниз.

— Нет, сначала я хочу кое-что узнать, ну а потом надеюсь на большее.

«На большее?» — опять это слово. Но что его интересует? В моем прошлом нет тайн, трудное детство — это не про меня. Что ему нужно знать обо мне, чего он еще не знает?

Я покорно вздыхаю.

— Что ты хочешь знать?

— Для начала скажи, что ты думаешь о нашем контракте?

Я моргаю. Правда или фант? Подсознание и внутренняя богиня нервно переглядываются. «Черт, пусть будет правда».

— Не уверена, что сумею долго притворяться. Играть роль на протяжении выходных.

Я вспыхиваю и опускаю глаза.

Кристиан поднимает мой подбородок и довольно улыбается.

— Я тоже не думаю, что ты справишься.

Я чувствую себя слегка задетой.

— Ты надо мной смеешься?

— Смеюсь, но по-доброму.

Затем наклоняется и коротко целует меня.

— Плохая из тебя саба, — шепчет он, держа меня за подбородок, а глаза хитрые.

Я изумленно смотрю на него, затем начинаю смеяться. Кристиан смеется вместе со мной.

— Возможно, у меня был плохой учитель.

— Возможно, — фыркает он. — Мне следовало не давать тебе спуску.

Кристиан с коварной ухмылкой склоняет голову набок.

Я нервно сглатываю. О боже, нет. И в то же мгновение мышцы внутри сладко сжимаются. Это его способ выразить свои чувства. Возможно, единственный ему доступный, внезапно понимаю я. Кристиан наблюдает за моей реакцией.

— Было ужасно, когда я в первый раз тебя отшлепал?

Я моргаю и пристально смотрю на него. Ужасно? Я вспоминаю, смущенная собственной реакцией. Было больно, но теперь боль не кажется нестерпимой. Кристиан все время повторял, что главное происходит в голове. А во второй раз… скорее, сладко.

— Нет, не ужасно, — шепотом отвечаю я.

— Главное в голове? — настаивает он.

— Пожалуй. Испытать наслаждение, когда не ждешь.

— Со мной было так же. Некоторые вещи понимаешь не сразу.

Вот черт. С ним это произошло, когда он был ребенком.

— Есть особые стоп-слова, не забывай о них, Анастейша. Если ты готова следовать правилам, отражающим мою потребность контролировать и защищать тебя, у нас все получится.

— Тебе необходимо меня контролировать?

— Я не мог удовлетворить эту потребность в юности.

— А сейчас это своего рода терапия?

— Можно сказать и так.

Это я могу понять, это мне поможет.

— Есть одно противоречие: ты велишь мне не сопротивляться, а потом говоришь, что тебе нравится моя непокорность. Слишком узкая грань для меня.

Мгновение он смотрит на меня, затем хмурится.

— Я понимаю, но до сих пор ты справлялась.

— Но чего мне это стоило? Я все время как на иголках!

— На иголках? А что, хорошая мысль, — ухмыляется он.

— Я не это имела в виду! — В сердцах я ударяю по воде, обрызгивая его.

— Ты специально меня обрызгала?

— Нет.

О черт... не смотри так!

— Мисс Стил, — Кристиан подтягивает меня к себе, расплескивая воду, — вам не кажется, что мы заболтались?

Он берет мое лицо в ладони и с силой овладевает моим ртом. Запрокидывает голову назад. Я издаю сдавленный стон. Кристиан полностью контролирует ситуацию, это он умеет. Внутри вспыхивает пламя, я запускаю пальцы в его волосы и отвечаю на поцелуй. Застонав, Кристиан поднимает меня и сажает верхом. Я ощущаю под собой его возбужденный член. Отпрянув, он окидывает меня похотливым взглядом. Я опускаю руки, собираясь упереться в края ванны, но он перехватывает мои запястья и заводит руки за спину, удерживая их одной ладонью.

— А теперь я возьму тебя, — шепчет он, поднимая меня высоко над собой. — Готова?

— Да, — шепчу я, и тогда он опускает меня на свой член, медленно, нарочито медленно, смакуя каждое мгновение.

Я со стоном закрываю глаза и наслаждаюсь длящимся ощущением. Кристиан выгибается, я судорожно вздыхаю, подаюсь вперед и лбом упираюсь в его лоб.

— Пожалуйста, разреши мне дотронуться до тебя, — шепчу я.

— Нет, не смей ко мне прикасаться! — умоляет он и, отпустив мои запястья, кладет ладони на бедра.

Вцепившись в бортики ванны, я медленно двигаюсь, не сводя с него глаз. Кристиан наблюдает за мной. Его рот полуоткрыт, он дышит прерывисто и шумно, язык блестит между зубами. Кристиан выглядит таким... чувственным. Наши влажные тела скользят. Я наклоняюсь и целую его. Он закрывает глаза. Тогда я запускаю руку ему в волосы и тяну, запрокидывая голову назад, но не отнимая губ. Это разрешено, нам обоим это по душе. Мы движемся вместе. Мой поцелуй все глубже, я скачу во весь опор, убыстряя ритм. Кристиан приподнимает меня, быстрее, еще быстрее. Влажные рты, спутанные волосы, мокрые бедра. Я близка к оргазму... я уже начинаю узнавать это сладкое сжатие. И вода, вода плещется вокруг, воронка затягивает нас внутрь, наши движения становятся яростнее и неистовее, брызги летят во все стороны, и такой же водоворот бушует внутри меня... и мне все равно, что будет дальше.

Я люблю его! За чувства, которые в нем возбуждаю, за его страсть и горячность. Люблю за то, что он прилетел ко мне с другого конца континента. За то, что он любит меня. Это так неожиданно, так ошеломляюще. Он — мой, а я принадлежу ему.

— Давай же, — шепчет Кристиан.

И я взрываюсь, оргазм сотрясает меня, бурный, неистовый, сокрушающий. Неожиданно Кристиан стискивает меня в объятиях — и кончает вслед за мной.

— Ана, детка! — восклицает он, и его страстный возглас проникает в самые глубины моей души.

Мы лежим на животе, укрытые простынями. На громадной кровати, обнимая подушки, глаза в глаза, серые в голубые. Мы обнажены, но не касаемся друг друга.

— Хочешь спать? — мягко спрашивает Кристиан. Он невероятно красив, белые египетские простыни оттеняют цвет волос и выразительные серые глаза. Кристиан кажется задумчивым.

— Нет, я не устала.

Я ощущаю прилив сил. Это так здорово — просто разговаривать, что я не могу остановиться.

— Чего тебе хочется? — спрашивает он.

— Болтать.

Он улыбается.

— О чем?

— О пустяках.

— Пустяках?

— О тебе.

— Обо мне?

— Какой твой любимый фильм?

Он усмехается.

— Сейчас «Пианино».

Его улыбка заразительна.

— Ну конечно, я должна была догадаться! Печальная, волнующая мелодия, которую ты наверняка умеешь играть. Ваши достижения неисчислимы, мистер Грей.

— И лучшее из них — вы, мисс Стил.

— Значит, мой номер семнадцать.

Он хмурится, не понимая.

— Семнадцать?

— Я о женщинах, с которыми вы... занимались сексом.

Кристиан кривит губы, скептически ухмыляясь.

— Не совсем так.

— Ты сказал, их было пятнадцать!

Мое смущение очевидно.

— Я имел в виду тех, кого приводил в игровую комнату. Я неправильно тебя понял. Ты не спрашивала, сколько всего женщин у меня было.

— А...

Вот черт... больше... насколько больше?

— Ты говоришь про ванильный секс?

— Нет, ванильный секс у меня был только с тобой. — Он качает головой, все еще улыбаясь.

Ему смешно? И почему я, идиотка такая, улыбаюсь в ответ?

— Не знаю, сколько их было, у меня нет привычки делать зарубки на столбике кровати.

— Я о порядке цифр. Десятки? Сотни?.. Тысячи?

С каждым вопросом мои глаза расширяются.

— Господи помилуй! Десятки, остановимся на десятках.

— Все сабы?

— Да.

— Хватит ухмыляться, — говорю я грозно, безуспешно пытаясь нахмуриться.

— Не могу, ты такая странная.

— Странная означает особенная? Или с придурью?

— И то, и другое.

Он повторяет мои слова.

— Кажется, вы мне дерзите.

Кристиан целует меня в кончик носа.

— Приготовься, Анастейша. То, что я скажу, потрясет тебя. Готова?

Я киваю, сохраняя на лице глуповатое выражение.

— Все сабы профессионалки. В Сиэтле и окрестностях есть места, где этому учат.

Что?

— Ой.

— Увы, я платил за секс, Анастейша.

— Нашли чем гордиться, — бормочу я надменно. — Вы были правы, я потрясена. И злюсь, что мне нечем потрясти вас в отместку.

— Ты надевала мое белье.

— Неужели это вас шокировало?

— Да.

Моя внутренняя богиня в прыжке с шестом берет отметку в пятнадцать футов.

— А знакомиться с моими родителями пришла без трусов.

— Чем привела вас в шок?

— Да.

О боже, отметка повышается до шестнадцати футов.

— Выходит, все мои достижения в этой области связаны с нижним бельем.

— Но самый большой шок я пережил, когда ты призналась, что девственница.

— Да уж, на вашу физиономию в этот момент стоило посмотреть, — хихикаю я.

— Ты позволила мне отходить тебя стеком.

— Как, и это было шоком?

— Да.

Я усмехаюсь.

— Можем повторить.

— Я очень на это надеюсь, мисс Стил. Как насчет ближайших выходных?

— Хорошо, — смущенно соглашаюсь я.

— Правда?

— Да, я снова войду в Красную комнату.

— Ты называешь меня по имени.

— Шокирует?

— Шокирует то, что мне это нравится.

— Кристиан.

Он усмехается.

— На завтра у меня кое-какие планы.

Его глаза возбужденно горят.

— Какие планы?

— Пусть это будет сюрпризом, — мягко говорит он.

Я поднимаю брови и одновременно зеваю.

— Я утомил вас, мисс Стил? — насмешливо интересует-ся Кристиан.

— Ничего подобного.

Кристиан наклоняется надо мной и нежно целует в губы.

— Спи, — приказывает он и выключает свет.

Я закрываю глаза, усталая и пресыщенная, ощущая себя в самом центре циклона. Однако, несмотря на все, что он сказал и что утаил, я никогда еще не была так счастлива.

Глава 24

Кристиан в облегающих рваных джинсах стоит в желез-ной клетке и смотрит на меня. Он бос и обнажен до пояса. На прекрасном лице дразнящая усмешка, серые глаза си-яют. В руках у него миска с клубникой. С грацией атлета Кристиан подходит к решетке и протягивает сквозь прутья спелую сочную ягоду.

— Тебе, — говорит Кристиан, его язык ласкает небо на первом звуке.

Я хочу шагнуть к нему, но невидимая сила удерживает руки. Пустите меня!

— Ешь, это тебе, — улыбается он маняще.

Я тянусь к ягоде, но тщетно… пустите же! Хочу кричать, но из горла не вырывается ни звука. Кристиан протягивает руку, подносит ягоду к моим губам и произносит, смакуя каждый звук моего имени:

— Ешь, Анастейша.

Я открываю рот и кусаю, клетка исчезает, мои запястья свободны. Я тянусь к нему, пальцы слегка касаются волос на груди.

— Анастейша.

«Нет!» Я издаю стон.

— Проснись, детка.

«Нет, я хочу тебя коснуться!»

— Вставай.

«Нет, пожалуйста!»

Я с трудом разлепляю глаза. Кто-то тычется носом мне в ухо.

— Вставай, детка, — шепчет нежный голос, растекаясь по жилам, словно расплавленная карамель.

Это Кристиан. За окном темно, образы из сна не отпускают меня, дразня и смущая.

— Нет...

Я хочу назад, в мой удивительный сон, хочу прижаться к его обнаженной груди. Зачем он будит меня посреди ночи? Вот черт. Неужели ради секса?

— Пора вставать, детка. Сейчас я включу лампу, — тихо говорит Кристиан.

— Нет!

— Мы встретим с тобой рассвет, — говорит он, целуя мои веки, кончик носа и губы.

Я открываю глаза.

— Доброе утро, красавица, — шепчет Кристиан.

Я издаю жалобный стон, а он лукаво улыбается.

— Я гляжу, ты не ранняя пташка.

Кристиан склоняется надо мной. Довольный. Не сердится. И он одет! С головы до ног в черном.

— Я решила, ты разбудил меня ради секса, — бормочу я.

— Анастейша, я всегда не прочь заняться с тобой сексом. И меня трогает, что ты разделяешь мои желания, — сухо говорит он.

Постепенно глаза привыкают к свету. Кристиан выглядит довольным... слава богу.

— И я не прочь, только не так поздно.

— Сейчас не поздно, а рано. Вставай, нам пора. Секс переносится на потом.

— Какой сон мне снился... — капризно тяну я.

— И что тебе снилось?

Кристиан само терпение.

— Ты.

Я вспыхиваю.

— И чем я занимался в твоем сне на этот раз?

— Кормил меня клубникой.

Его губы кривятся.

— Доктор Флинн целый день ломал бы над этим голову. А ну-ка, вставай и одевайся. И никакого душа — мы примем его после.

«Мы!»

Я сажусь на кровати, простыня съезжает с обнаженного тела. Кристиан встает, чтобы освободить мне пространство, его глаза темнеют.

— Который час?

— Половина шестого.

— А кажется, часа три ночи.

— У нас мало времени. Я и так не будил тебя до последней минуты. Вставай.

— Мне точно нельзя принять душ?

Кристиан вздыхает.

— Если ты пойдешь в душ, мне захочется пойти с тобой, и — день потерян.

Кристиан взволнован и, словно мальчишка, рвется в бой. Его воодушевление заставляет меня улыбнуться.

— И что мы будем делать?

— Сюрприз, разве ты забыла?

Я не могу сдержать усмешку.

— Ладно.

Я встаю. Разумеется, моя одежда аккуратно разложена на кресле у кровати. Там же лежат его трусы-шорты из джерси, Ральф Лорен, не иначе. Я натягиваю их, и Кристиан усмехается. Еще один трофей в мою коллекцию, белье от Кристиана Грея, в дополнение к машине, «блэкберри», «маку», черной куртке и первому изданию Томаса Харди. Он так щедр. Я трясу головой и хмурюсь, вспоминая знаменитую сцену с клубникой из «Тэсс». Так вот откуда взялся мой сон! К черту доктора Флинна — Фрейду придется попотеть, анализируя Пятьдесят Оттенков.

— Раз уж ты встала, не буду тебе мешать, — Кристиан уходит, а я бреду в ванную. Мне нужно в туалет и умыться. Спустя семь минут я присоединяюсь к Кристиану в гостиной умытая и причесанная. На мне джинсы, блузка и его нижнее белье.

Кристиан сидит за столиком для завтрака. Завтрак! В такое время!

— Ешь, — говорит он.

Вот дьявол... мой сон. Я стою, открыв рот, думая о его языке, ласкающем небо. О его искусном языке.

— Анастейша, — строго говорит он, отвлекая меня от мечтаний.

Нет, слишком рано для меня. Я просто не смогу ничего в себя впихнуть.

— Я выпью чаю, а круассан съем потом, ладно?

Кристиан смотрит на меня с недоверием, и я расплываюсь в улыбке.

— Не порти мне праздник, Анастейша, — мягко предупреждает он.

— Я поем позже, когда проснется мой желудок. В половине восьмого, идет?

— Идет, — соглашается он, но взгляд по-прежнему строгий.

Правда-правда. Я с трудом сдерживаюсь, чтобы не скорчить рожицу.

— Мне хочется закатить глаза.

— Не стесняйся. Нашла чем испугать, — произносит он сурово.

Я щурюсь в потолок.

— Думаю, хорошая порка — отличное средство, чтобы проснуться.

Я задумчиво морщу губы.

У Кристиана отпадает челюсть.

— С другой стороны, ты войдешь в раж, вспотеешь — то еще удовольствие в здешнем климате. — Я с невинным видом пожимаю плечами.

Кристиан закрывает рот и тщетно пытается нахмуриться. Я вижу, как в глубине его глаз мелькают веселые искорки.

— Ваша дерзость не знает пределов, мисс Стил. Лучше пейте свой чай.

На столе «Твайнингс», мое сердце поет. «Вот видишь, он не забыл», — изрекает подсознание. Я сажусь напротив Кристиана, упиваясь его красотой. Смогу ли я когда-нибудь насытиться этим мужчиной?

У двери гостиной Кристиан подает мне толстовку.

— Пригодится.

Я удивленно смотрю на него.

— Бери, не пожалеешь, — усмехается Кристиан, чмокает меня в щеку и, взяв за руку, выводит на улицу.

Предрассветный воздух встречает нас прохладой. Го-
стиничный служащий протягивает Кристиану ключи от
шикарной спортивной машины с откидным верхом. Я вопросительно смотрю на него — он усмехается.

— Иногда приятно быть мною, — говорит Кристиан с
хитрой и самодовольной улыбкой, описать которую я не в
силах. Когда ему приходит охота быть беспечным и игривым, Кристиан неотразим. Он с преувеличенно низким поклоном открывает для меня дверцу, и я забираюсь внутрь.
Кристиан в прекрасном расположении духа.

— Куда мы едем?

— Увидишь, — усмехается он, запуская мотор и выезжая
на Саванна-парквей. Запустив GPS-навигатор, он нажимает кнопку на приборной панели, и классическая музыка
заполняет салон.

Нас берут в плен нежные звуки сотен скрипок.

— Что это?

— «Травиата». Опера Верди.

Господи, как красиво.

— Травиата? Знакомое слово, не помню, где я его слышала. Что оно означает?

— Буквально падшая женщина. Опера написана на сю-
жет «Дамы с камелиями» Александра Дюма-сына.

— Ах, да, я читала.

— Не сомневался.

— Обреченная куртизанка. — Я ерзаю на роскошном
кожаном сиденье. Он пытается что-то сказать мне? — Какая грустная история.

— Слишком тоскливо? Хочешь сама выбрать музыку?
С моего айпода. — На лице Кристиана уже знакомая мне
ухмылка.

Я нигде не вижу его айпода. Кристиан пальцами касается панели, и на ней возникает плей-лист.

— Выбирай.

Его губы хитро кривятся, и я понимаю, он меня испытывает.

Наконец-то я добралась до его айпода! Я пробегаю глазами по списку, выбираю отличную песню и нажимаю на воспроизведение. Никогда бы не подумала, что он фанат Бритни. Клубный микс и техно оглушают, Кристиан делает звук тише. Возможно, слишком рано для Бритни с ее взрывным темпераментом.

— Это «Toxic», нет? — морщится Кристиан.

— Не понимаю, о чем ты.

Я делаю невинное лицо.

Кристиан еще уменьшает громкость, и мысленно я ликую. Моя внутренняя богиня с гордым видом стоит на верхней ступеньке пьедестала. Кристиан сделал звук тише. Победа!

— Я не записывал эту песню, — замечает он небрежно и давит на педаль газа, заставляя меня вжаться в сиденье.

Что? Вот негодяй, он сделал это нарочно! Если не он, то кто? А Бритни никак не допоет. Если не он, кто тогда?

Наконец песня заканчивается, вступает печальный Дэмиен Райс. Так кто же? Я смотрю в окно, внутри все переворачивается. Кто?

— Это Лейла, — отвечает он на мой невысказанный вопрос. Как ему это удается?

— Лейла?

— Моя бывшая загрузила эту песню на айпод.

Дэмиен уходит на задний план, я сижу оглушенная. Его бывшая саба? Бывшая…

— Одна из пятнадцати?

— Да.

— Что с ней случилось?

— Мы расстались.

— Почему?

О господи. Слишком рано, чтобы выяснять отношения. Впрочем, Кристиан выглядит спокойным, даже счастливым и, что важнее, разговорчивым.

— Она захотела большего, — говорит он тихо и задумчиво.

Его слова повисают между нами. Снова это выражение: «хотеть большего».

— А ты нет? — выпаливаю я. Черт, хочу ли я знать ответ? Кристиан качает головой.

— До тебя мне никогда не хотелось большего.

У меня перехватывает дыхание, голова идет кругом. О боже. Неужели это правда? Выходит, и он, он тоже хочет большего! Моя внутренняя богиня делает обратное сальто и колесом проходит по стадиону.

— А что случилось с остальными четырнадцатью?

«В кои-то веки он разговорился — воспользуйся этим!» — нашептывает подсознание.

— Тебе нужен список? Развод, голова с плеч, умерла?

— Ты не Генрих Восьмой.

— Ладно, если коротко, у меня были серьезные отношения с четырьмя женщинами, кроме Елены.

— Елены?

— Для тебя — миссис Робинсон. — Он снова загадочно улыбается.

Елена! Вот дьявол! У зла есть имя, отчетливо иностранное. Образ бледнокожей черноволосой женщины-вамп с алыми губами встает перед мысленным взором. «Сейчас же выбрось ее из головы!» — слышу я внутренний голос.

— Так что случилось с остальными? — спрашиваю я, чтобы не думать о Елене.

— От вас ничего не укроется, мисс Стил, — в шутку бранится Кристиан.

— Неужели, мистер Когда-у-тебя-месячные?

— Анастейша, мужчине важно это знать.

— Важно?

— Мне — да.

— Почему?

— Я не хочу, чтобы ты забеременела.

— И я не хочу. По крайней мере, в ближайшие несколько лет.

Кристиан удивленно моргает, затем вздыхает с облегчением. Значит, детей он не хочет. Сейчас или вообще? От его внезапной искренности у меня кружится голова. Возможно, все дело в том, что мы встали раньше обычного? Или в воздухе Джорджии разлито что-то, располагающее к откровенности? Что бы еще у него выпросить? Carpe Diem[1].

— Так что с четырьмя прочими?

---

[1] Букв. «лови день» (*лат.*), т.е. «не упускай мгновение».

— Одна встретила другого, три захотели большего. Однако это не входило в мои планы.

— А остальные?

Кристиан косится на меня и качает головой.

— Так не пойдет.

Кажется, я перегнула палку. Я отворачиваюсь к окну и вижу, как в небе ширится розово-аквамариновая полоса. Рассвет гонится за нами.

— Куда мы едем? — спрашиваю я, с тревогой всматриваясь в шоссе I-95. Пока ясно одно — мы движемся на юг.

— На аэродром.

— Мы возвращаемся в Сиэтл? — восклицаю я. А ведь я не попрощалась с мамой! Боже, она ждет нас на ужин!

Кристиан смеется.

— Нет, Анастейша, мы собираемся уделить время моей второй страсти.

— Второй?

Я хмурюсь.

— Именно. О первой я упоминал утром.

Разглядывая его точеный профиль, я пытаюсь сообразить.

— Вы, мисс Стил, вы моя главная одержимость. И я намерен предаваться ей всегда и везде.

Ах, вот как...

— Должна признаться, в списке моих пороков и странностей и вы тоже котируетесь весьма высоко, — бормочу я, вспыхнув.

— Рад слышать, — сухо замечает он.

— А что мы будем делать на аэродроме?

Кристиан усмехается.

— Займемся планеризмом.

Планеризмом? Я не впервые слышу от него это слово.

— Мы догоним рассвет, Анастейша. — Кристиан с улыбкой оборачивается ко мне, а навигатор велит ему свернуть направо к промышленного вида ангару. Кристиан останавливается у большого белого здания с вывеской: «Брансвикское общество планеристов».

Парить! Мы будем парить в небе!

Кристиан выключает мотор.

— Согласна?

— А ты полетишь?

— Да.

— Тогда я с тобой! — выпаливаю я.

Кристиан наклоняется и целует меня.

— И снова впервые, мисс Стил, — замечает он, вылезая из машины.

Впервые? О чем он? Первый раз в небе? Вот черт! Нет, он же не новичок в планеризме! Я с облегчением вздыхаю. Кристиан обходит машину и открывает мне дверь. Редкие облачка висят на разгорающемся бледно-опаловом небе. Рассвет ждет нас.

Он берет меня за руку, и мы идем к огромной бетонной площадке, где стоят самолеты. У кромки поля нас ждет незнакомец с бритой головой и безумным взглядом. Рядом с ним стоит Тейлор.

Тейлор! Кристиан без него как без рук. Я широко улыбаюсь Тейлору, он сияет в ответ.

— Мистер Грей, пилот буксировщика мистер Марк Бенсон, — говорит Тейлор. Кристиан и Бенсон жмут друг другу руки и углубляются в разговор о скорости ветра, направлении и прочих тонкостях.

— Привет, Тейлор, — тихо говорю я.

— Мисс Стил, — кивает он.

Я хмурюсь.

— Ана, — поправляется Тейлор и заговорщически подмигивает. — В последнее время с ним никакого сладу. Хорошо, что мы здесь.

Никакого сладу? Вот это да! Я тут точно ни при чем! Просто какой-то день откровений! Что-то не так с местной водой? С какой стати сегодня всех тянет излить душу?

— Анастейша, — подает мне руку Кристиан, — пошли.

— До скорого! — улыбаюсь я Тейлору, и он, коротко отсалютовав мне, удаляется к стоянке.

— Мистер Бенсон, это моя девушка Анастейша Стил.

Мы обмениваемся рукопожатиями.

— Приятно познакомиться, — бормочу я.

Бенсон ослепительно улыбается.

— Взаимно, — отвечает он. Акцент выдает англичанина.

Я беру Кристиана за руку, и внутри все переворачивается. Парить в небе! Невероятно! Вслед за Марком Бенсоном мы по бетонной площадке направляемся к взлетно-посадочной полосе. Они с Кристианом обсуждают предстоящий полет. Я успеваю схватить суть. Мы полетим на «Бланик L-23», эта модель не идет ни в какое сравнение с L-13, хотя тут можно спорить. Бенсон будет на «Пайпер Пауни», который уже пять лет буксирует планеры. Все эти подробности ничего не значат для меня, но Кристиан в своей стихии, и наблюдать за ним — истинное удовольствие.

На вытянутом белом боку планера нарисованы оранжевые полосы. В крошечной кабине два сиденья, одно позади другого. Белый трос соединяет планер с обычным одномоторным самолетом. Бенсон откидывает плексигласовый купол кабины, приглашая нас внутрь.

— Сначала нужно пристегнуть парашют.

«Парашют!»

— Я сам. — Кристиан забирает ремни у Бенсона.

— А я пока схожу за балластом, — говорит он, широко улыбаясь, и уходит к самолету.

— Вижу, тебе нравится стягивать меня ремнями, — замечаю я сухо.

— Мисс Стил, не болтайте глупостей. Шагните сюда.

Подчиняясь приказу, я кладу руки на плечи Кристиану и чувствую, как его мышцы напрягаются, но он не двигается с места. Я ставлю ноги в петли, Кристиан подтягивает парашют, а я продеваю руки в стропы. Ловко защелкнув крепления, он проверяет ремни.

— Ну вот, готово, — говорит Кристиан спокойно, но в серых глазах горит опасный огонек. — Есть резинка для волос?

Я киваю.

— Поднять вверх?

— Да.

Я делаю, как велено.

— Залезай внутрь, — приказывает Кристиан.

В его тоне столько спокойной властности!

Я хочу сесть назад, но Кристиан останавливает меня.

— Нет, спереди. Сзади сидит пилот.

— Но ты ничего не увидишь!

— Мне хватит, — усмехается он.

Я никогда еще не видела Кристиана таким счастливым. Властным, но все равно счастливым. Я забираюсь внутрь кабины, кожаное сиденье на удивление мягкое. Кристиан склоняется надо мною, фиксирует плечи, затем, вытащив между ног ремень, защелкивает карабин на животе и проверяет стропы.

— Хм, дважды за утро, везунчик, — бормочет он и чмокает меня в щеку. — Мы будем в воздухе минут двадцать-тридцать. Утром не так жарко, а по ощущениям полет на рассвете ни с чем не сравнится. Волнуешься?

— Предвкушаю! — широко улыбаюсь я.

Чему я радуюсь? На самом деле какая-то часть меня трепещет от страха. Моя внутренняя богиня залезла под диван, с головой закутавшись в одеяло.

— Хорошо. — Кристиан с улыбкой скрывается из виду.

Я слышу, как он забирается в кабину. Кристиан так сильно затянул ремни, что обернуться я не могу. Я не удивлена. Передо мной циферблат, рычаги и какая-то торчащая штуковина. Что ж, могло быть и хуже.

С улыбкой на губах возникает Марк Бенсон, подтягивает мои стропы, затем просовывается в кабину и проверяет пол. Наверное, что-то делает с балластом.

— Все нормально. Первый раз?

— Да.

— Вам понравится.

— Спасибо, мистер Бенсон.

— Зовите меня Марк. — Он оборачивается к Кристиану. — Порядок?

— Да.

Хорошо, что я не позавтракала. Меня переполняют эмоции. Вряд ли мой желудок справился бы с отрывом от земли. Я снова отдаюсь в умелые руки этого невероятного мужчины. Марк закрывает крышу кабины, идет к своему самолету и скрывается в кабине.

Мотор самолета начинает тарахтеть, мой чувствительный желудок подкатывает к горлу. Боже... неужели это происходит со мной? Марк медленно едет вдоль полосы, трос натягивается, толчок — и планер срывается с места. Бормочет радио. Вероятно, Марк говорит с диспетчером, но слов не разобрать. Планер набирает скорость, нас ощутимо потряхивает. Господи, когда же мы взлетим? Желудок ухает вниз — и мы отрываемся от земли.

— Летим, детка! — кричит Кристиан. Мы парим в нашем собственном пузыре, одном на двоих. Слышен только свист ветра и далекий шум мотора буксировщика.

Я так крепко цепляюсь за край сиденья, что костяшки пальцев побелели. Мы забираем к западу, поднимаясь все выше, скользим над полями, лесами, домами, пересекаем шоссе I-95. Боже милосердный. Над нами лишь небо, лишь рассеянный и мягкий солнечный свет. Я вспоминаю слова Хосе о предрассветном часе фотографов... и парю в этом волшебном свете вместе с Кристианом.

Кстати, я совсем забыла о выставке Хосе. Нужно будет сказать Кристиану. Интересно, что он ответит? Впрочем, сейчас я могу думать только о полете. Уши закладывает, мы набираем высоту, все выше поднимаясь над землей. Наверху стоит тишина. Кажется, я начинаю понимать Кристиана. Парить в высоте, подальше от неумолкающего «блэкберри» и повседневных забот.

Радио просыпается к жизни, Марк сообщает, что мы достигли высоты в три тысячи футов. Ничего себе! Я опускаю глаза — под нами пустота.

— Отпускай, — говорит Кристиан по радио, и внезапно самолет пропадает из виду, а ощущение, что нас тянут вперед, исчезает. Мы парим над Джорджией в свободном полете.

О черт — это восхитительно! Повинуясь порывам ветра, планер медленно теряет высоту, тихо скользя по воздуху. Икар, теперь я поняла! Я лечу прямо к солнцу, но со мной Кристиан, он ведет и направляет меня, и мы кружим и кружим в утреннем свете.

— Держись крепче! — кричит Кристиан, и мы снова ныряем. Неожиданно я оказываюсь вниз головой, глядя на землю сквозь прозрачную крышу кабины.

С громким визгом я упираюсь руками в плексиглас и слышу смех Кристиана. Вот негодяй! Но его веселье так заразительно, что, когда он выравнивает планер, я смеюсь вместе с ним.

— Хорошо, что я не позавтракала! — кричу я.

— Возможно. Потому что я собираюсь повторить.

Он снова переворачивает планер, но теперь я начеку. Я вишу на ремнях вниз головой, глупо хихикая. Кристиан возвращает планер в исходное положение.

— Ну как? — кричит он.

— С ума сойти!

Мы падаем вниз в лучах утреннего солнца, слушая ветер и молчание. Можно ли желать большего?

— Видишь перед собой рычаг? — кричит Кристиан.

Я смотрю на штуковину, которая слегка покачивается у меня между ног. О нет, что он задумал?

— Возьмись за него.

Вот дьявол! Он хочет, чтобы я управляла планером? Ни за что!

— Давай же, Анастейша! — в сердцах восклицает Кристиан.

Я с опаской берусь за рычаг и чувствую качание лопастей, или что там держит эту штуковину в воздухе.

— Крепче держи… ровнее. Видишь циферблат? Следи, чтобы стрелка стояла ровно посередине.

Сердце выпрыгивает у меня из груди. Вот черт! Я управляю планером… я лечу!

— Умница! — одобряет мой маневр Кристиан.

— Неужели ты позволил мне верховодить?

— Вы еще удивитесь, мисс Стил, что я намерен вам позволить. Теперь я.

Рычаг дергается, я отпускаю его, планер падает еще на несколько футов, уши снова закладывает. Земля все ближе. Мне кажется, мы вот-вот в нее врежемся. О нет!

— Брансвик, это Би-Джи-Эн Пи-3-Эй, захожу слева по ветру на седьмую полосу, Брансвик, прием.

Кристиан снова становится собой: властным деспотом. Башня отвечает, но из-за треска я не могу разобрать слов. Закладывая широкие круги, мы медленно опускаемся. Я вижу аэродром, взлетно-посадочные полосы, мы снова перелетаем шоссе.

— Держись, детка, сейчас будет трясти.

Последний круг, сильный короткий толчок, и мы стремительно несемся по траве, клацая зубами от тряски. Наконец планер останавливается и, качнувшись, заваливается на правый бок. Я облегченно вдыхаю полной грудью. Кристиан поднимает крышу, вылезает из кабины и потягивается.

— Понравилось? — спрашивает он, а в серых глазах мелькают серебристые искорки. Кристиан наклоняется, отстегивает мои стропы.

— Еще бы, спасибо, — выдыхаю я.

— Сегодня я дал тебе больше? — с надеждой спрашивает он.

— Даже хватил через край, — шепчу я, и он улыбается.

— Иди сюда.

Кристиан подает мне руку, и я вылезаю из кабины.

Не успеваю я спрыгнуть на землю, как он заключает меня в объятия. Одна рука тянет мои волосы назад, запрокидывая голову, другая опускается по спине. Кристиан целует меня, долго и страстно, его язык проникает в мой рот, дыхание становится хриплым… Боже правый, у него эрекция… мы же стоим посреди поля! Впрочем, мне все равно. Мои руки зарываются в его волосы, притягивая Кристиана ближе. Я хочу его, здесь, сейчас, на земле. Он отрывается от меня, в потемневших от страсти глазах — упрямое желание. У меня перехватывает дух.

— Завтрак, — шепчет он страстно.

В его устах яичница с беконом покажутся запретным плодом. Как ему это удается? Кристиан поворачивается, хватает меня за руку и быстро шагает к машине.

— А планер?

— О нем позаботятся, — коротко бросает он. — Нам нужно поесть.

Еда! О какой еде он говорит, когда я умираю от желания?

— Пошли же, — улыбается Кристиан.

Я никогда еще не видела его таким, на это стоит посмотреть. Мы шагаем рядом, рука в руке, на моем лице застыла глупая улыбка. Я вспоминаю день, проведенный в Диснейленде вместе с Рэем. Тогда мне было десять. Кажется, сегодняшний не хуже.

Мы возвращаемся в Саванну. Мой телефон издает сигнал. Ах да, таблетка.

— Что это? — Кристиан с любопытством косится на меня.

Я роюсь в косметичке.

— Сигнал принять таблетку, — бормочу я с красными щеками.

— Умница. Ненавижу презервативы.

Я краснею еще больше. Какая заботливость!

— Мне понравилось, что ты представил меня Марку как свою девушку, — тихо говорю я.

— А разве ты не моя девушка?

Кристиан поднимает бровь.

— Девушка? Мне казалось, ты хотел сабу.

— Хотел, Анастейша, и хочу. Но я уже говорил, с тобой мне нужно больше.

О боже. Неужели он меняется? Меня переполняет надежда, и я задыхаюсь от радости.

— Если это правда, я счастлива, — шепчу я.

— Наша цель — угодить клиенту, мисс Стил.

Кристиан с хитрой гримасой останавливает машину у «Международного дома оладий».

— Оладьи, — ухмыляюсь я. Вот так дела! Никогда бы не подумала! Кристиан Грей в закусочной!

На часах 8.30 утра, но в зале малолюдно. Пахнет тестом, жареным маслом и дезинфицирующим средством. Хм… аромат не слишком заманчивый. Кристиан ведет меня в кабинку.

— Не знала, что ты тут завсегдатай, — замечаю я.

— Отец втайне водил меня сюда, когда мама уезжала на медицинские конференции.

Кристиан улыбается, искорки пляшут в серых глазах. Изучая меню, он проводит рукой по непослушным волосам.

О, как бы мне хотелось взлохматить его шевелюру! Взяв меню, я понимаю, как сильно проголодалась.

— Я знаю, чего хочу, — хрипло произносит Кристиан.

Я поднимаю глаза, и от его взгляда мышцы внизу живота сводит, а дыхание перехватывает. Вот черт! Кровь грохочет по жилам, отвечая на его призыв.

— Я хочу того, чего хочешь ты, — шепотом отвечаю я.

Он сглатывает.

— Здесь? — С двусмысленной улыбкой Кристиан поднимает бровь и проводит кончиком языка по зубам.

О боже… секс в закусочной.

Неожиданно Кристиан хмурится.

— Перестань кусать губу, — бросает он. — Сейчас не время.

Его взгляд твердеет, и на миг Кристиан кажется таким восхитительно опасным!

— Раз я не могу трахнуть тебя прямо здесь, лучше не искушай меня.

— Привет, меня зовут Леандра. Что я... э... могу вам... э... предложить... ребята?

Леандра поднимает глаза от записной книжки на мистера Совершенство и вспыхивает. Малая толика сочувствия к бедной запинающейся девушке вмиг улетучивается — ровно так же Кристиан действует на меня! Хорошо хоть, ее вмешательство дает мне возможность укрыться от его похотливого взгляда.

— Анастейша? — спрашивает он, не глядя на официантку. Как ему удается втиснуть столько чувственности в мое имя?

Я нервно сглатываю, надеясь, что щеки у меня не такие же пунцовые, как у бедняжки Леандры.

— Я сказала, что хочу того, чего хочешь ты, — бормочу я хрипло.

Кристиан пожирает меня голодным взглядом. О боже, моя внутренняя богиня падает без чувств. Нет, эти игры не по мне!

Леандра переводит взгляд с меня на Кристиана и обратно. Щеки приобретают оттенок ее ярко-рыжих волос.

— Еще не решили?

— Нет, мы знаем, чего хотим. — Губы Кристиана складываются в чувственную улыбку. — Две порции оладий с кленовым сиропом и беконом, два апельсиновых сока, черный кофе с молоком и английский чай, если есть, — говорит он, не спуская с меня глаз.

— Спасибо за заказ, сэр. Это все? — Леандра старательно смотрит в сторону. Мы одновременно поднимаем глаза, официантка багровеет и поспешно удаляется.

— Знаешь, это нечестно. — Я пальцем обвожу узоры на пластике столешницы, стараясь держаться невозмутимо.

— Нечестно?

— Нечестно так очаровывать людей. Женщин. Меня.

— Я тебя очаровываю?

Я хмыкаю.

— Постоянно.

— Это только видимость, Анастейша, — говорит он мягко.

— Нет, Кристиан, не только видимость.

Он хмурит бровь.

— Это вы очаровали меня, мисс Стил. Окончательно и бесповоротно. Очаровали вашей неискушенностью. Остальное не важно.

— Поэтому ты передумал?

— Передумал?

— Ну, насчет нас...

Кристиан задумчиво гладит подбородок длинными ловкими пальцами.

— Нет, не передумал. Мы просто должны расставить акценты, если ты хочешь. У нас получится, я уверен. Ты будешь моей сабой в игровой комнате. Я буду наказывать тебя, если ты нарушишь правила. Что же до остального... я готов прислушаться к твоим доводам. Таковы мои условия, мисс Стил. Согласны?

— Значит, я могу спать с тобой? В твоей кровати?

— Ты этого хочешь?

— Да.

— Ладно. Рядом с тобой я отлично высыпаюсь, сам не знаю почему. — Кристиан хмурит бровь и замолкает.

— Я боюсь, что ты бросишь меня, если я не приму твоих условий, — говорю я тихо.

— Никуда я от тебя не денусь, Анастейша. К тому же... — Кристиан запинается и после недолгого раздумья добавляет: — ...это твое определение: компромисс. Ты написала так в письме. Мне оно подходит.

— Я счастлива, что ты готов дать мне больше, — застенчиво бормочу я.

— Знаю.

— Знаешь? Откуда?

— Просто знаю, — усмехается Кристиан. Он что-то скрывает. Но что?

Появляется Леандра с заказом, и на время мы умолкаем. Желудок урчит от голода. Кристиан с одобрением смотрит, как я с жадностью опустошаю тарелку.

— Могу я угостить тебя? — спрашиваю я.

— Угостить?

— Заплатить за еду.

— Еще чего, — усмехается он.

— Пожалуйста!

Кристиан хмурится.

— Хочешь окончательно сделать из меня подкаблуч-
ника?

— Просто это единственное место, где я могу позволить
себе заплатить за двоих.

— Анастейша, я ценю твой порыв, но вынужден отка-
зать.

Я поджимаю губы.

— А ну-ка перестань хмуриться, — одергивает он меня.

Кристиан не спрашивает, куда ехать. Его одержимость
слежкой не знает границ. Когда он останавливает машину у
дома моей матери, я оставляю этот факт без комментариев.
Все и так понятно.

— Зайдешь? — несмело спрашиваю я.

— У меня дела, но вечером я загляну. Когда?

Я пытаюсь совладать с разочарованием. Ну почему я ни
минуты не могу прожить без этого сексуального тирана? Ах
да, я влюбилась в него по уши. А еще он умеет летать.

— Спасибо… что даешь мне больше.

— Не стоит благодарности, Анастейша.

Он целует меня, и я снова вдыхаю его сногсшибательный
запах.

— Возвращайся поскорее.

— Только попробуй меня остановить, — шепчет он.

На прощание я машу ему рукой, и Кристиан скрывается
в сиянии дня. На мне его толстовка и шорты, и я изнемогаю
от жары.

На кухне царит паника. Не каждый день мама ждет к
ужину мультимиллионера. Она совершенно выбита из колеи.

— Как дела, дорогая? — спрашивает мама, и я вспыхиваю, ведь ей прекрасно известно, чем я занималась этой
ночью.

— Хорошо. Мы с Кристианом летали на планере.

— На планере? Это такой самолетик без мотора?

Я киваю.

— Ничего себе!

Мама теряет дар речи — вообще-то ей это несвойствен-
но. Придя в себя, она продолжает допрос:

— А ночью? Вы поговорили?

Вот черт! Я пунцовею.

— Поговорили, ночью и днем. Кажется, кое в чем разобрались.

— Вот и славно.

Мама возвращается к четырем поваренным книгам, разложенным на кухонном столе.

— Мам, если хочешь, я сама приготовлю ужин.

— Нет, детка, ты очень добра, но я хочу попробовать сама.

— Хорошо, — вздыхаю я.

Мне слишком хорошо известно мамино обыкновение чередовать кулинарные шедевры с полным фиаско. Хотя кто знает? Возможно, после переезда в Саванну она улучшила свои поварские навыки. Бывали времена, когда я врагу бы не пожелала отведать ее стряпни. Впрочем, если только миссис Робинсон… Елене. Вот кого мне ни капельки не жалко! Доведется ли мне увидеть когда-нибудь эту злодейку?

Я решаю поблагодарить Кристиана письмом.

От кого: Анастейша Стил
Тема: Парить или пороть?
Дата: 2 июня 2011 10:20 по восточному поясному времени
Кому: Кристиан Грей

А ты умеешь развлечь девушку.

Спасибо

Ана

чмоки

От кого: Кристиан Грей
Тема: Парить или пороть?
Дата: 2 июня 2011 10:24 по восточному поясному времени
Кому: Анастейша Стил

Парить или пороть — какая разница, все лучше, чем твой храп. Я тоже отлично провел время. Впрочем, что тут удивительного, ведь я провел его с тобой.

Кристиан Грей, генеральный директор
«Грей энтерпрайзес»

От кого: Анастейша Стил
Тема: ХРАП?
Дата: 2 июня 2011 10:26 по восточному поясному времени
Кому: Кристиан Грей

Я НЕ ХРАПЛЮ! А если даже и храплю, невежливо сообщать мне об этом. Вы не джентльмен, мистер Грей! И не забывайте, Вы на Юге!

Ана

От кого: Кристиан Грей
Тема: Сомнилоквия
Дата: 2 июня 2011 10:28 по восточному поясному времени
Кому: Анастейша Стил

Разве я когда-нибудь претендовал на звание джентльмена? Мои поступки служат тому доказательством. Зря стараетесь: Ваши УЖАСНЫЕ прописные буквы ничуть меня не испугали. Признаюсь — и это будет ложь во спасение — Вы не храпите, Вы разговариваете во сне. И это прекрасно!

Куда делся мой поцелуй?

Кристиан Грей, генеральный директор
«Грей энтерпрайзес»

Вот дьявол! Я знаю, что разговариваю во сне, спросите хоть Кейт. Но что, черт подери, я ему наговорила? О нет!

От кого: Анастейша Стил
Тема: Раскройте секрет
Дата: 2 июня 2011 10:32 по восточному поясному времени
Кому: Кристиан Грей

Вы грубиян и негодяй и уж точно не джентльмен. Немедленно отвечайте: что я сказала во сне? И больше никаких чмоков, пока не ответите.

От кого: Кристиан Грей
Тема: Болтливая спящая красавица
Дата: 2 июня 2011 10:35 по восточному поясному времени
Кому: Анастейша Стил

С моей стороны было бы невежливо повторять то, что Вы сказали во сне, к тому же я снова рискую нарваться на грубости. Впрочем, если Вы будете вести себя прилично, я, возможно, признаюсь Вам вечером. А сейчас мне пора на деловую встречу.

Пока, детка.

Кристиан Грей, генеральный директор, грубиян и негодяй, «Грей энтерпрайзес»

Ну хорошо же! Вечером буду молчать как рыба. Я киплю от злости. Неужели во сне я призналась, что ненавижу его? Или люблю, что еще хуже? Надеюсь, что нет. Я не готова признаваться в любви Кристиану. Не думаю, что он готов услышать мое признание, даже если бы захотел. Я хмурюсь, глядя на экран, и решаю: обязательно испеку хлеб.

Мама решает подать суп гаспачо и стейк на гриле, замаринованный в оливковом масле, чесноке и лимоне. Кристиан любит мясо, да и рецепт проще не бывает. Боб вызвался организовать барбекю. Размышляя о мужчинах и их любви к огню, я качу тележку по супермаркету вслед за мамой.

Мы выбираем мясо, и тут раздается звонок. Я хватаю телефон — а вдруг это Кристиан? Номер мне не знаком.

— Слушаю.

— Анастейша Стил?

— Да.

— Это Элизабет Морган из СИП.

— Ах да, здравствуйте!

— Мы предлагаем вам место помощника мистера Джека Хайда. Готовы приступить в понедельник?

— Готова! Спасибо!

— Вы знаете, сколько мы платим?

— Да, да… мне… то есть я согласна.

— Прекрасно. Ждем вас в понедельник, в половине девятого утра.

— До свидания. И спасибо.

Сияя, я оборачиваюсь к маме.

— Получила работу?

Я радостно киваю, она визжит и бросается мне на шею прямо посреди супермаркета «Пабликс».

— Поздравляю, дорогая! Нужно купить шампанское!

Мама прыгает и хлопает в ладоши. Можно подумать, ей не сорок два, а двенадцать!

Я опускаю глаза на экран. Пропущенный вызов от Кристиана. Я хмурюсь. Он никогда еще не звонил мне. Недолго думая, я набираю номер.

— Анастейша, — отвечает он немедленно.

— Привет, — смущенно бормочу я.

— Мне придется вернуться в Сиэтл. Я еду на Хилтон-Хед. Извинись за меня перед своей мамой.

Тон деловой и строгий.

— Надеюсь, ничего серьезного?

— Возникли кое-какие проблемы. Увидимся в пятницу. Если не смогу встретить тебя в аэропорту, пришлю Тейлора.

Голос у Кристиана неприветливый, почти рассерженный, но впервые я не связываю его настроение со своими промахами.

— Надеюсь, все пройдет удачно. Счастливого полета!

— И тебе, детка, — выдыхает он, и я снова слышу моего Кристиана. Затем он отключается.

Ах нет. Последней его проблемой была моя девственность. О боже, надеюсь, на сей раз ничего похожего. Я смотрю на маму. Ее воодушевление сменяется тревогой.

— Это Кристиан, ему пришлось вернуться в Сиэтл. Извиняется, что пропустит ужин.

— Ах, какая досада, дорогая! Но мы не отменим барбекю, а отметим твою новую работу. Я желаю знать подробности.

Вечером мы с мамой лежим у бассейна. Теперь, когда ей не грозит ужин с мистером Мегабаксом, она позволяет себе расслабиться, буквально до горизонтального положения. Я пытаюсь поймать хоть немного солнца и размышляю о прошлом вечере и сегодняшнем утре. Я думаю о Кристиане, и губы невольно складываются в улыбку. Я вспоминаю наши разговоры и то, что мы делали… что он делал, и улыбка становится шире.

Кристиан очень изменился, хотя отрицает это, признавая лишь, что готов дать мне больше. Когда это произошло? Кристиан, писавший то длинное письмо, и Кристиан вчерашний — разные люди. Чем он занимался без меня? Я резко сажусь, едва не расплескав «Доктор Пеппер». Он обедал… с *ней*. С Еленой.

Вот дьявол!

Меня пронзает дрожь. Что она сказала ему? Ну почему я не муха и не могу подслушать их разговор, сидя на стене? А потом спланировать прямиком в суп или бокал с вином и заставить Елену подавиться!

— Что с тобой, Ана, дорогая? — спрашивает мама, пробуждаясь к жизни.

— Ничего, просто схожу с ума. Который час, мам?

— Около половины седьмого, дорогая.

Хм… еще не приземлился. Спросить его? Возможно, дело не в Елене. Я отчаянно надеюсь на это. Что я наговорила во сне? Черт… держу пари, сболтнула несколько необдуманных слов. И все же, надеюсь, изменения происходят в душе Кристиана и не имеют отношения к *ней*.

Я изнемогаю от жары. Нужно окунуться.

От кого: Анастейша Стил
Тема: Удачно приземлились?
Дата: 2 июня 2011 22:32 по восточному поясному времени
Кому: Кристиан Грей

Уважаемый сэр, пожалуйста, дайте мне знать, что приземлились удачно. Я начинаю волноваться.

Вы всегда в моих мыслях.

Ваша Ана

чмоки

Три минуты спустя раздается звуковой сигнал.

От кого: Кристиан Грей
Тема: Виноват
Дата: 2 июня 2011 19:36
Кому: Анастейша Стил

Дорогая мисс Стил, я приземлился удачно. Примите мои извинения, что не сообщил Вам раньше. Не хотел тревожить Вас попусту, но поверьте, меня тронула Ваша забота. Вы тоже всегда в моих мыслях, надеюсь, завтра увидимся.

Кристиан Грей, генеральный директор
«Грей энтерпрайзес»

Я вздыхаю. Снова этот формальный тон.

От кого: Анастейша Стил
Тема: Проблема
Дата: 2 июня 2011 22:40 по восточному поясному времени
Кому: Кристиан Грей

Уважаемый мистер Грей, неужели Вы сомневались в моей преданности? Надеюсь, ваша проблема разрешилась.

Ваша Ана

чмоки

PS: Так Вы собираетесь открыть мне, что я там наболтала во сне?

От кого: Кристиан Грей
Тема: Пятая поправка к Конституции
Дата: 2 июня 2011 19:46
Кому: Анастейша Стил

Дорогая мисс Стил, я весьма ценю Вашу заботу. Проблема еще не разрешилась. Что касается постскриптума, то ответ «нет».

Кристиан Грей, генеральный директор
«Грей энтерпрайзес»

От кого: Анастейша Стил
Тема: Поправка на невменяемость
Дата: 2 июня 2011 22:48 по восточному поясному времени
Кому: Кристиан Грей

Не сомневаюсь, что кажусь Вам смешной. Неужели трудно понять, что я говорила в беспамятстве? А скорее всего, Вы просто ослышались. В Вашем возрасте легкая глуховатость простительна.

От кого: Кристиан Грей
Тема: Виноват
Дата: 2 июня 2011 19:52
Кому: Анастейша Стил

Дорогая мисс Стил, простите, не могли бы Вы говорить погромче? Я Вас не слышу.

Кристиан Грей, генеральный директор
«Грей энтерпрайзес»

От кого: Анастейша Стил
Тема: Снова поправка на невменяемость
Дата: 2 июня 2011 22:54 по восточному поясному времени
Кому: Кристиан Грей

Вы сводите меня с ума.

От кого: Кристиан Грей
Тема: Надеюсь, что так...
Дата: 2 июня 2011 19:59
Кому: Анастейша Стил

Дорогая мисс Стил, именно это я и намереваюсь сделать в пятницу. Не могу дождаться вечера ;)

Кристиан Грей, генеральный директор
«Грей энтерпрайзес»

От кого: Анастейша Стил
Тема: Р-р-р-р-р
Дата: 2 июня 2011 23:02 по восточному поясному времени
Кому: Кристиан Грей

С меня довольно. Вы окончательно вывели меня из себя.

Спокойной ночи.

Мисс Закаленная Сталь

От кого: Кристиан Грей
Тема: Дикая кошка
Дата: 2 июня 2011 20:05
Кому: Анастейша Стил

Вы осмеливаетесь рычать на меня, мисс Стил?

Напрасно, для этого у меня есть домашняя кошка.

Кристиан Грей, генеральный директор
«Грей энтерпрайзес»

Кошка? Что-то не припомню у него никакой кошки. Нет, не стану ему отвечать. Порой Кристиан совершенно несносен. Пятьдесят несносных оттенков. Я забираюсь в кровать и смотрю в потолок, пока глаза не привыкают к темноте. Слышу сигнал входящей почты. Не стану смотреть. Ни за что. Даже не собираюсь. Нет, ну что я за раз-мазня! Чары Кристиана неодолимы.

От кого: Кристиан Грей
Тема: Что ты сказала во сне
Дата: 2 июня 2011 20:20
Кому: Анастейша Стил

Анастейша, мне хотелось бы наяву услышать слова, которые ты произнесла во сне, поэтому я ничего не скажу. Лучше иди спать. С учетом того, чем нам предстоит заняться завтра вечером, тебе лучше выспаться.

Кристиан Грей, генеральный директор
«Грей энтерпрайзес»

О нет... Что я сказала? Неужели все так плохо, как я думаю?

Глава 25

Мама крепко обнимает меня.

— Прислушивайся к зову сердца, дорогая, и прекрати копаться в себе. Расслабься и получай удовольствие. Ты так молода, солнышко. Тебе столько предстоит узнать! Чему быть, того не миновать. Ты заслуживаешь самого лучшего.

Ее искренние слова трогают душу. Она целует мои волосы.

— Мамочка. — Непрошеные слезы щиплют глаза, и я бросаюсь в ее объятия.

— Знаешь, как говорят: иногда приходится перецеловать немало лягушек, прежде чем встретишь принца.

Я криво усмехаюсь.

— Кажется, я уже встретила своего принца, мам. Надеюсь, он не обратится в лягушку.

Она улыбается мне преданной и всепрощающей материнской улыбкой. Как же я ее люблю!

— Ана, твой рейс, — с тревогой говорит Боб.

— Ты приедешь ко мне, мам?

— Конечно, дорогая, скоро. Я люблю тебя.

— И я тебя люблю.

У мамы глаза на мокром месте. Ненавижу уезжать от нее. Я обнимаю Боба, отворачиваюсь и иду прямо к воротам. Не стану оглядываться, твержу я про себя, но не выдерживаю. Боб обнимает маму, по ее лицу катятся слезы. Нужно спешить, я опускаю голову и уныло бреду по коридору, а сияющий белый пол расплывается перед глазами.

В самолете, в комфорте и роскоши бизнес-класса, я пытаюсь успокоиться. Всякий раз мое сердце разрывается на части, когда приходится расставаться с мамой, с моей чокнутой, бесшабашной, в последнее время ставшей такой проницательной мамой. Она любит меня. Бескорыстная любовь — дар, который получают от родителей все дети.

Что Кристиан знает о любви? В детстве он был лишен той родительской ласки, которой заслуживает каждый ребенок. Сердце сжимается, и до меня, словно легкий ветерок, долетают слова мамы: «Хочешь, чтобы он написал о своей любви неоновыми буквами на лбу?» Она уверена в любви Кристиана ко мне, но она моя мать, может ли она думать иначе? Мама считает, что я заслуживаю самого лучшего. Я хмурюсь. И внезапно отчетливо понимаю, что все очень просто. Я хочу любви Кристиана Грея. В самой глубине моей души живет потребность в любви и заботе, поэтому я не спешу афишировать наши странные отношения.

Именно Пятьдесят оттенков заставляет меня проявлять сдержанность. Между искренним чувством и БДСМ-отношениями лежит пропасть. Я обожаю заниматься с ним сексом, Кристиан богат и красив, но это неважно, если он меня не любит. Больше всего я боюсь, что он неспособен любить. Даже себя. Я вспоминаю о его ненависти к себе, о *ней* — единственной женщине, отношения с которой его устраивали. Она порола его, била — и он решил, что не заслуживает любви. Почему он вбил себе это в голову? Как мог до такого додуматься? Слова Кристиана не дают мне покоя: «Трудно расти в идеальной семье, если ты не идеален».

Я закрываю глаза, воображая его боль, и не могу даже представить, что он должен чувствовать. Я вздрагиваю. Не слишком ли я раскрыла свою душу? Какие тайны выболтала во сне?

Я смотрю на «блэкберри» в смутной надежде получить ответы. Увы, телефон не торопится делиться со мной секретами Кристиана. Пока мы на земле, я решаю написать моим Пятидесяти оттенкам.

От кого: Анастейша Стил
Тема: Домой
Дата: 3 июня 2011 12:53 по восточному поясному времени
Кому: Кристиан Грей

Дорогой мистер Грей!

И снова я наслаждаюсь удобствами бизнес-класса. Спасибо. Считаю минуты до вечера, когда я попытаюсь выбить из Вас всю правду о моих ночных откровениях.

Ваша Ана

чмоки

От кого: Кристиан Грей
Тема: Домой
Дата: 3 июня 2011 09:58
Кому: Анастейша Стил

Анастейша, надеюсь на скорую встречу.

Кристиан Грей, генеральный директор
«Грей энтерпрайзес»

Я хмурюсь. Как сухо и официально, совсем не похоже на его обычный остроумный и лаконичный стиль.

От кого: Анастейша Стил
Тема: Домой
Дата: 3 июня 2011 13:01 по восточному поясному времени
Кому: Кристиан Грей

Дражайший мистер Грей, надеюсь, Ваша проблема разрешилась. Меня насторожил тон Вашего письма.

Ана

чмоки

От кого: Кристиан Грей
Тема: Домой
Дата: 3 июня 2011 10:04
Кому: Анастейша Стил

Анастейша, увы, проблема далека от разрешения. Ты уже в воздухе? Прекрати писать. Ты рискуешь собой и грубо нарушаешь правила личной безопасности. Я не шутил, говоря о наказании.

Кристиан Грей, генеральный директор
«Грей энтерпрайзес»

Вот черт. Что его гложет? Нерешенная проблема? Проиграл на бирже пару миллионов? Или Тейлор удрал в самовольную отлучку?

От кого: Анастейша Стил
Тема: Это уж чересчур!
Дата: 3 июня 2011 13:06 по восточному поясному времени
Кому: Кристиан Грей

Дорогой мистер Ворчун!

Самолет еще не взлетел. Задержка на десять минут. Моя безопасность, а равно безопасность прочих пассажиров не вызывает опасений. Так что нервный срыв вам не грозит.

Мисс Стил

От кого: Кристиан Грей
Тема: Мои извинения — до нервного срыва не дошло
Дата: 3 июня 2011 10:08
Кому: Анастейша Стил

Я скучаю по Вам и Вашему дерзкому рту, мисс Стил.

Поскорей возвращайтесь домой.

Кристиан Грей, генеральный директор «Грей энтерпрайзес»

От кого: Анастейша Стил
Тема: Извинения принимаются
Дата: 3 июня 2011 13:10 по восточному поясному времени
Кому: Кристиан Грей

Они задраили люки. Обещаю, что больше не пискну, впрочем, ты, учитывая твою глуховатость, все равно не услышал бы.

До встречи.

Ана

чмоки

Я выключаю «блэкберри». Мне не по себе. Кристиан что-то недоговаривает. Проблема вышла из-под контроля? Я откидываюсь на спинку кресла. Передо мной отсек, где стоят мои вещи. Утром мы с мамой выбрали Кристиану подарок в благодарность за бизнес-класс и полет на планере. При воспоминании о полете губы невольно растягивает улыбка. Я до сих пор не уверена, что решусь вручить Кристиану мой глупый сувенир. Он сочтет это детской выходкой. Впрочем, если он будет в одном из своих странных настроений, возможно, обойдется. Возвращение домой и предвкушение того, что ждет меня там, одинаково волнуют. Гадая, что за проблема гложет Кристиана, я замечаю, что место рядом со мной снова не занято. Я качаю головой. Неужели Кристиан способен купить оба места только ради того, чтобы в дороге я ни с кем не общалась? Я отметаю эту мысль — невозможно быть таким ревнивым и подозрительным. Самолет едет по взлетной полосе, и я закрываю глаза.

Спустя восемь часов Тейлор встречает меня в зале прилета аэропорта Сиэтл-Такома. В руках у него табличка с моим именем. Подумать только! Впрочем, я рада ему.

— Привет, Тейлор.

— Мисс Стил, — сдержанно здоровается он, но в острых карих глазах играет улыбка. Как обычно, одет Тейлор безупречно: угольно-черный пиджак и галстук, белоснежная рубашка.

— Я помню, как ты выглядишь, Тейлор, так что с табличкой ты погорячился. И сколько можно говорить, что для тебя я просто Ана?

— Ана. Могу я взять вещи?

— Нет, я сама. Благодарю.

Тейлор сурово поджимает губы.

— Хорошо, если тебе так удобнее, бери, — уступаю я.

— Спасибо.

Он берет мой рюкзак и новенький чемодан на колесиках. В нем обновки — мамины подарки.

— Сюда, мэм.

Я вздыхаю. Надо же, какой вежливый. Не могу забыть, что когда-то Тейлор покупал мне белье. Сказать по правде, он единственный мужчина на свете, который это проделывал. Даже Рэй ни разу не отваживался на подобную авантюру. Мы идем к черному джипу «Ауди», и Тейлор открывает передо мной дверцу. Я забираюсь внутрь, размышляя, не прогадала ли с юбкой. В Джорджии короткая юбка смотрелась клево, в Сиэтле я кажусь себе голой. Тейлор загружает мои вещи в багажник, и мы едем к Эскала.

Мы медленно движемся в потоке машин. Тейлор не сводит глаз с дороги. Молчун — это еще мало сказано. Наконец я не выдерживаю:

— Как там Кристиан, Тейлор?

— Мистер Грей очень занят, мисс Стил.

Должно быть, та самая нерешенная проблема. От меня так легко не отделаться.

— Очень занят?

— Да, мэм.

Я хмурюсь, Тейлор смотрит на меня в зеркало, наши глаза встречаются. Да уж, в умении держать рот на замке Тейлор не уступит этому психованному деспоту, своему хозяину.

— Он здоров?

— Надеюсь, мэм.

— Тебе удобнее обращаться ко мне на «вы»?

— Да, мэм.

— Хорошо.

Это признание на долгое время заставляет меня замолчать. Я начинаю думать, что слова Тейлора на аэродроме о том, что последние дни с Кристианом нет сладу, мне почудились. Возможно, он жалеет, что тогда разоткровенничался, считает это нечестным по отношению к боссу. Молчание становится невыносимым.

— Как насчет музыки?

— Разумеется, мэм. Что вы предпочитаете?

— Что-нибудь успокаивающее.

Наши глаза снова встречаются, и я вижу, что на губах Тейлора играет улыбка.

— Хорошо, мэм.

Он нажимает клавиши на панели, и тихий распев канона Пахельбеля заполняет пространство между нами. О да... именно то, что надо.

— Благодарю. — Я откидываюсь на сиденье, а Тейлор медленно ведет машину по шоссе I-5 к Сиэтлу.

Спустя двадцать пять минут он высаживает меня у впечатляющего фасада Эскалы.

— Заходите внутрь, мэм. — Тейлор открывает дверцу. — Я позабочусь о багаже. — На лице мягкая, теплая улыбка. Надо же, добрый дядюшка Тейлор.

— Спасибо, что встретили меня.

— Был рад помочь, мисс Стил.

Тейлор с улыбкой идет к входу. Швейцар кивает и машет рукой.

Пока я поднимаюсь на тридцатый этаж, в животе порхают тысячи бабочек. Отчего я так нервничаю? Я не знаю, в каком настроении застану Кристиана на этот раз. Внутренняя богиня надеется на лучшее, подсознание нервно ломает руки.

Дверь лифта открывается, я в фойе. Странно не встретить здесь Тейлора, но он внизу, паркует машину. Кристиан тихо разговаривает по «блэкберри», глядя через стекло на ранние сумерки, опускающиеся над Сиэтлом. На нем серый костюм, пиджак расстегнут, и да, его ладонь ерошит волосы. Он чем-то взволнован, почти возбужден. Что случилось? Взволнованный или спокойный, Кристиан прекрасен, от его красоты захватывает дух. Как ему это удается? Я упиваюсь им.

— Ничего… хорошо… ладно.

Кристиан оборачивается, видит меня, и внезапно с ним происходит разительная перемена. Сначала на лице проступает облегчение, затем серые глаза вспыхивают, а наполненный страстью, чувственный взгляд обращается к моей внутренней богине.

Во рту становится сухо, желание затопляет меня… ох.

— Будь на связи, — коротко бросает он, выключает телефон и стремительно шагает ко мне. Я замираю. Вот черт… и впрямь с ним что-то не так: челюсть напряжена, в глазах тревога. По дороге он скидывает пиджак и развязывает галстук, оставляя их на ковре, а подойдя ко мне вплотную, хватает меня в объятья, поднимает над полом, оттягивает волосы, собранные в хвост, задирает подбородок и впивается в губы с такой страстью, словно от этого зависит его жизнь. Что за черт? Волосам больно, но мне нет дела. Лишь жаркий, отчаянный натиск его губ имеет значение. Я нужна ему, нужна сейчас, и я никогда еще не чувствовала себя такой желанной. Его порыв захватывает и одновременно пугает меня. Я пылко откликаюсь на поцелуй, зарываясь пальцами в его волосы. Наши языки встречаются, страсть захлестывает нас. Его вкус жарок и волнующ, а перед запахом его тела невозможно устоять. Внезапно Кристиан отстраняется и смотрит на меня сверху вниз. Я не могу представить, какие чувства его обуревают.

— Что случилось? — выдыхаю я.

— Как хорошо, что ты вернулась. Примем душ — прямо сейчас.

Знать бы, это просьба или приказ.

— Хорошо, — шепчу я. Кристиан берет меня за руку и ведет в ванную.

Там он включает воду в громадной кабине, медленно оборачивается и оценивающе оглядывает меня.

— Мне нравится твоя юбка. Очень короткая, — говорит он хрипло. — У тебя потрясающие ноги.

Он снимает туфли, стягивает носки, по-прежнему не отрывая от меня глаз. Его страждущий, голодный взгляд лишает меня дара речи. О нет... быть объектом желания этого греческого бога! Я повторяю его движения, снимая свои туфли без каблуков. Внезапно Кристиан хватает меня, прижимает к стене и покрывает поцелуями мое лицо, шею, губы, а его руки ерошат мои волосы. От Кристиана исходит жар, а спиной я чувствую холод плитки. Я осторожно опускаю руки ему на плечи и легко надавливаю. Он издает стон.

— Я хочу тебя, сейчас же, — шепчет он, а руки задирают мою юбку. — Месячные кончились?

— Да, — вспыхиваю я.

— Хорошо.

Он сдергивает с моих бедер белые трусики, быстро опускается на колени и стягивает их с ног. Юбка задрана до пояса, ниже пояса я обнажена и жду, задыхаясь от желания. Прижав мои бедра к стене, Кристиан целует меня в лобок и разводит ноги. Почувствовав его язык, круговыми движениями ласкающий мой клитор, я издаю громкий стон. О Боже! Запрокинув голову, я пальцами зарываюсь в его волосы.

Его язык не знает пощады, настойчивый и властный. Он движется по кругу, снова и снова, без остановки. Наслаждение граничит с болью. Мое тело содрогается, но внезапно Кристиан отстраняется. Что случилось? О нет! Я задыхаюсь, не сводя с него молящего взгляда. Он заключает мое лицо в ладони и впивается в губы, давая мне почувствовать вкус моих соков. Расстегнув ширинку, Кристиан подхватывает меня под ягодицы и поднимает вверх.

— Закинь ноги мне за плечи, детка, — хрипло командует он.

Я делаю, как он велел, и стремительным сильным движением Кристиан входит в меня. Я издаю стон. Поддерживая меня под ягодицы — пальцы впиваются в нежную кожу, — он начинает двигаться, поначалу медленно и методично, но вскоре хладнокровие изменяет ему, и Кристиан ускоряет темп. Ах! Запрокинув голову, я наслаждаюсь неземным ощущением и наконец, не выдержав сладкой муки, взрываюсь в сокрушающем оргазме. Кристиан издает низкий рычащий возглас и носом зарывается мне в шею, одновременно кончая в меня с громким бессвязным стоном.

Дыхание с шумом вырывается из его груди, но Кристиан нежно целует меня, а я потрясенно моргаю, пытаясь сфокусировать на нем невидящий взгляд. Наконец зрение приходит в норму, и Кристиан отпускает меня, бережно поддерживая, пока я не касаюсь ступнями пола. Ванную заволокло паром. Хочется снять одежду.

— Вижу, ты рад моему приезду, — смущенно улыбаюсь я.

Кристиан морщит губы.

— Да уж, мисс Стил, в отношении моих чувств трудно ошибиться. А теперь позвольте мне отвести вас в душ.

Он освобождает три последние пуговицы рубашки, отстегивает запонки, стягивает рубашку и бросает ее на пол. Затем снимает брюки и трусы, отпихивает их в сторону и принимается за пуговицы моей блузки. Я изнемогаю от желания дотронуться до его груди, но сдерживаюсь.

— Как прошел полет? — спрашивает он мягко. После секса Кристиан становится спокойнее, его взвинченность уходит.

— Прекрасно, — бормочу я, все еще задыхаясь. — Еще раз спасибо за бизнес-класс. Не сравнить с обычным полетом. У меня есть новости, — добавляю я нервно.

— Новости? — переспрашивает он.

Справившись с последней пуговицей, он стягивает с меня блузку и швыряет ее поверх кучи собственной одежды.

— Я нашла работу.

Он останавливается, улыбается, глаза теплеют.

— Поздравляю, мисс Стил. Хоть теперь вы признаетесь? — дразнится он.

— Будто вы не знаете?

Нахмурившись, он качает головой.

— Откуда?

— С вашими возможностями, мне казалось... — Я запинаюсь, видя, как вытягивается его лицо.

— Анастейша, я не собираюсь вмешиваться в твою карьеру, если, конечно, ты сама меня не попросишь.

Кристиан выглядит обиженным.

— Так, стало быть, ты не знаешь?

— Нет. В Сиэтле четыре издательства, полагаю, в одно из четырех.

— В СИП.

— О, маленькое издательство, одобряю. — Он наклоняется и целует меня в лоб. — Умница. Когда начнешь?

— С понедельника.

— Так скоро? Придется извлечь все возможное из твоего визита. Повернись направо.

Та легкость, с которой он раздает указания, выбивает меня из колеи, но я не сопротивляюсь. Кристиан расстегивает лифчик, опускает юбку, поглаживая мой зад и целуя плечи. Затем носом зарывается мне в волосы и глубоко вдыхает, сжимая ягодицы.

— Вы сводите меня с ума, мисс Стил, и в то же время успокаиваете. Головокружительная комбинация. — Он целует мои волосы и, взяв за руку, тянет под душ.

— Ой! — взвизгиваю я. Кристиан улыбается, а горячая вода льется на него сверху.

— Всего лишь немного кипятка.

Он прав — это божественно. Горячая вода смывает липкое утро в Джорджии и пот от занятий любовью.

— Повернись спиной, — командует он.

Я разворачиваюсь лицом к стене.

— Я хочу помыть тебя, — бормочет он, тянется за флаконом и выдавливает гель на ладонь.

— Я еще не все тебе рассказала, — шепчу я, пока он массирует мои плечи.

— Не все? — переспрашивает он.

Я делаю глубокий вдох.

— Фотовыставка моего друга Хосе открывается в четверг в Портленде.

Рука Кристиана замирает на моей груди. Я намеренно подчеркнула слово «друг».

— И что? — спрашивает он строго.

— Я обещала прийти. Ты пойдешь со мной?

Довольно долго — мне кажется, прошли века — он молчит, затем снова принимается за мою спину.

— Во сколько?

— Открытие в половине восьмого.

Кристиан целует меня в ухо.

— Хорошо.

Подсознание со вздохом облегчения валится в старое потертое кресло.

— Ты волновалась, когда спрашивала?

— Да. Как ты понял?

— Анастейша, все мышцы твоего тела вмиг расслабились, — замечает он сухо.

— Я боялась… твоей… м-м-м… ревности.

— Правильно боялась, — говорит он мрачно. — Советую тебе и впредь помнить о ней. Но спасибо, что позвала. Мы возьмем Чарли Танго.

Кого? Ах да, его вертолет. Снова в полет! Отлично!

— Можно мне тебя намылить?

— Не думаю, — бормочет он и нежно целует меня в шею, чтобы смягчить отказ. Я надуваю губки и хмурюсь в стену.

— Неужели ты никогда не позволишь мне дотронуться до тебя? — храбро спрашиваю я.

Его рука замирает на моей попе.

— Положи руки на стену, Анастейша. Я возьму тебя прямо сейчас, — шепчет Кристиан мне в ухо, кладя руки на бедра, и я понимаю, что разговорам конец.

Позднее мы сидим за барной стойкой в купальных халатах, поглощая великолепные спагетти алле вонголе, приготовленные миссис Джонс.

— Еще вина? — спрашивает Кристиан, его глаза сияют.

— Немного.

Вкус «Санкерре» резкий и сладкий. Кристиан наливает вино мне и себе.

— Как твоя.... м-м-м... проблема? — осторожно спрашиваю я.

Он хмурит брови.

— Вышла из-под контроля, — говорит он тихо. — Но тебе не о чем беспокоиться, Анастейша. Сегодня вечером я кое-что для тебя приготовил.

— Приготовил?

— Я хочу, чтобы ты ждала меня в игровой комнате через пятнадцать минут.

Кристиан встает и смотрит на меня сверху вниз.

— Можешь подготовиться в своей комнате. Кстати, в шкафу ты найдешь много новой одежды. И не вздумай спорить.

Он сужает глаза, ожидая отпора. Не дождавшись, выходит в кабинет.

Спорить? Я? С вами, Пятьдесят оттенков? Мне еще дорога моя задница. Сидя на барном стуле, я пытаюсь переварить то, что он сказал.

Кристиан купил мне одежду. Я вращаю глазами, зная, что он меня не видит. Машина, телефон, ноутбук, на очереди квартира, и я окончательно превращусь в его содержанку.

Полегче! Мое подсознание кривится. Я игнорирую его гримасы, встаю и иду в мою комнату. Мою? Он ведь согласился спать со мной в одной постели. Кристиан не привык никого пускать в свое личное пространство. Но и я не привыкла. Я утешаюсь мыслью, что, по крайней мере, мне есть где укрыться.

В двери врезан замок, но ключа нет. Интересно, запасной у миссис Джонс при себе? Надо будет спросить. Я открываю дверцу шкафа и быстро закрываю. Ни фига себе! Он потратил целое состояние! Я вспоминаю Кейт с ее аккуратными рядами вешалок и твердо знаю, что примерка не потребуется — все вещи точно по размеру. Но у меня нет времени, чтобы поразмыслить над этим — я должна стоять на коленях в комнате боли… или комнате наслаждения — надеюсь.

Я стою на коленях у двери, на мне лишь трусики, сердце ушло в пятки. Боже, неужели ему мало? Кристиан ненасытен, но, возможно, все мужчины одинаковы? Мне не с кем сравнивать. Закрыв глаза, я пытаюсь успокоиться, установить контакт с подсознанием. Оно где-то здесь, прячется за внутренней богиней.

Предвкушение, словно пузырьки газа, бурлит в жилах. Что он задумал? Я делаю глубокий вдох, но не могу унять возбуждения, между ног становится влажно. Все это так... неправильно, нет, неправильно — плохое слово. Это правильно для Кристиана. Это то, чего хочет Кристиан, и после всего, что он для меня сделал, я готова уступить любой его просьбе, любому желанию.

Я вспоминаю о взгляде, которым он встретил меня, о его изменившемся лице, о том, как он бросился мне навстречу, словно путник к оазису в пустыне. Я все отдам, чтобы снова увидеть на его лице этот страстный взгляд. Я невольно сжимаю бедра, тут же вспомнив, что мне велели широко раздвинуть ноги. Я подчиняюсь. Скорей бы! Ожидание наполняет меня мучительным желанием. Я мельком оглядываю слабо освещенную комнату: крест, стол, диван, скамья... кровать. Громадная, застеленная алыми атласными простынями. Интересно, какие предметы он использует сегодня?

Дверь открывается, Кристиан входит, не взглянув на меня. Я быстро опускаю глаза на руки, лежащие на бедрах. Оставив что-то на большом комоде у двери, Кристиан подходит к кровати. Я не выдерживаю, украдкой бросаю на него взгляд — и сердце едва не выпрыгивает из груди. На Кристиане только рваные джинсы, верхняя пуговица небрежно расстегнута. О боже, каким возбужденным он выглядит! Подсознание начинает лихорадочно обмахиваться, а внутренняя богиня, изнемогая, раскачивается в древнем чувственном ритме. Я облизываю губы. Густая кровь грохочет по венам. Что он собирается со мной делать?

Кристиан возвращается к комоду. Выдвинув ящик, он вынимает и раскладывает на комоде какие-то предметы. Меня сжигает любопытство, но усилием воли я заставляю себя не смотреть. Закончив с приготовлениями, Кристиан подходит и становится напротив меня. Я вижу его босые ноги. Как бы я хотела покрыть поцелуями каждый дюйм его ступней, провести языком по стопе, обсосать каждый пальчик! О черт.

— Ты отлично выглядишь, — говорит Кристиан.

Я смотрю в пол, сознавая, что на мне нет ничего, кроме трусиков. Краска бросается мне в лицо. Кристиан наклоняется и поднимает мой подбородок, принуждая встретить его прямой взгляд.

— Ты самая прекрасная женщина на свете, Анастейша. И ты принадлежишь только мне, — тихо говорит он. — Встань.

В его голосе столько мягкости, столько страсти.

Шатаясь, я встаю на ноги.

— Посмотри на меня.

Я поднимаю глаза и вижу тлеющий огонь в его серых глазах. Это взгляд доминанта — тяжелый, холодный, невыносимо чувственный, семь оттенков греха в одном соблазняющем взоре. Во рту становится сухо, и я понимаю, что сделаю все, что он мне велит. На его губах играет почти жестокая улыбка.

— Мы не подписали контракт, Анастейша, но обговорили рамки. Главное, помни о стоп-словах.

Вот дьявол... Что он задумал?

— Повтори их, — властно произносит он.

Я еле заметно хмурюсь, и его лицо тут же мрачнеет.

— Повтори эти слова, Анастейша, — говорит Кристиан медленно и отчетливо.

— Желтый, — бормочу я.

— И? — Его рот сжат в тонкую линию.

— Красный, — выдыхаю я.

— Не забудь.

Это уж слишком! Я готова отпустить язвительное замечание, напомнив ему о своем весьма высоком среднем балле, но ледяной блеск в его серых глазах заставляет меня отказаться от этого намерения.

— Если вы не закроете свой дерзкий рот, мисс Стил, боюсь, мне придется трахнуть вас прямо на коленях. Вам ясно?

Ладно, так и быть. Я нервно сглатываю и покорно закрываю глаза, усмиренная скорее его тоном, чем угрозой.

— Ясно?

— Да, господин, — поспешно бормочу я.

— Умница.

Мгновение Кристиан молча смотрит на меня.

— Стоп-слова нужны не потому, что я хочу сделать тебе больно. Но я собираюсь довести тебя до предела, и тебе придется меня направлять. Ты поняла?

Не совсем. До предела? Ох.

— Я буду прикасаться к тебе, Анастейша, но ты не сможешь видеть и слышать меня. Главное, ты будешь меня чувствовать.

Я хмурюсь. Что значит — «не слышать»? Какой в этом смысл?

Кристиан оборачивается, и я замечаю на комоде черный матовый ящичек. Кристиан подносит к нему руку — и ящичек раскалывается надвое. Дверцы разъезжаются, открывая CD-плеер и панель с кнопками. Кристиан последовательно нажимает их. Ничего не происходит, но, судя по его виду, все идет, как задумано. Я теряюсь в догадках. Когда Кристиан снова оборачивается ко мне, на его губах играет таинственная улыбка.

— Я хочу приковать тебя к кровати, Анастейша, но сперва завяжу глаза, — говорит он, извлекая айпод, — и, кроме того, ты не будешь меня слышать. Только музыку.

Ладно. Музыкальная интерлюдия, хотя я ожидала иного. Впрочем, стоит ли удивляться, непредсказуемость — конек Кристиана Грея. Боже, только бы не рэп!

— Идем. — Он ведет меня к старинной кровати на четырех столбиках. К каждому столбику прикреплены наручники: блестящая металлическая цепочка и кожаные браслеты на фоне алого атласа.

О господи, сердце готово выпрыгнуть из груди, внутри все тает, тело ломит от желания. Никогда еще я не была так возбуждена.

— Стань здесь.

Я стою лицом к кровати. Кристиан наклоняется и шепчет мне в ухо:

— Смотри перед собой. Представляй, что лежишь здесь привязанная, полностью в моей власти.

О боже!

Все мои чувства обнажены до предела. Я слышу, как он отходит к двери и вынимает что-то из подставки для хлыстов и тростей. Ну и дела! Что он задумал?

Я чувствую Кристиана за спиной. Он берет мои волосы, затягивает в конский хвост и начинает заплетать косу.

— Мне нравятся твои хвостики, Анастейша, но я слишком спешу, так что придется самому, — говорит он мягко.

Время от времени его проворные пальцы ненароком касаются спины, и всякий раз меня словно пронзает ток. Наконец Кристиан завязывает волосы узлом и легонько тянет косу на себя. Я подаюсь назад и упираюсь в него. Он тянет вбок и тычется носом мне в шею. Тихо мурлыча, проводит по коже языком и зубами, от корней волос — к плечу. Звуки, которые он издает, заставляют все мое тело вибрировать. Ниже, еще ниже, сюда, внутрь. У меня вырывается легкий стон.

— Ш-ш-ш, — выдыхает он мне в шею и протягивает руки вперед. В правой зажат флоггер. С прошлого раза я запомнила название.

— Коснись его, — шепчет Кристиан, обольстительный, словно дьявол. Моя кровь загорается. Я протягиваю руку и осторожно глажу мягкие длинные пряди. На концах замшевых волокон — маленькие бусины.

— Больно не будет, кровь лишь прильет к коже, усиливая чувствительность.

Не будет? Хорошо, если так.

— Повтори стоп-слова, Анастейша.

— Э… желтый и красный, сэр, — шепчу я.

— Умница. Помни, большинство твоих страхов — в голове.

Кристиан бросает флоггер на кровать и кладет руки мне на пояс.

— Это тебе не понадобится, — тихо говорит он, стягивая с меня трусики. Держась за резной столбик кровати, я поднимаю ноги.

— Стой прямо, — приказывает он, целует и дважды щиплет меня за ягодицу. — А теперь ложись на спину, — добавляет он и смачно шлепает меня. От неожиданности я подпрыгиваю и быстро забираюсь на жесткий негнущийся матрас. Мягкий атлас холодит кожу. Кристиан кажется невозмутимым, лишь глаза горят еле сдерживаемым возбуждением.

— Руки за голову, — командует он, и я подчиняюсь.

О боже, мое тело жаждет его!

На миг он исчезает из поля зрения. Уголком глаза я вижу, как он снова подходит к комоду, возвращаясь с айподом и маской, похожей на ту, что я надевала в самолете. Я хочу улыбнуться, но губы не слушаются. Мышцы лица словно окаменели, глаза расширены, и я не свожу их с Кристиана.

Присев на край кровати, он протягивает мне айпод с какой-то странной антенной и наушниками. Я хмурюсь. Что это?

— Эта штука передает музыку с айпода внешней стереосистеме, — отвечает он на мой незаданный вопрос. — Я буду слышать то же, что и ты, у меня есть пульт. — Кристиан ухмыляется и поднимает маленький плоский предмет, похожий на стильный калькулятор. Наклонившись ко мне, он вставляет наушники в уши и кладет айпод на кровать за моей головой.

— Подними голову, — говорит он, и я, не прекословя, исполняю приказ.

Кристиан медленно заводит резинку за голову, и я слепну. Одновременно резинка удерживает наушники. Кристиан встает с кровати. Я все еще могу слышать его, но меня оглушает собственное дыхание — частое, прерывистое, выдающее мое возбуждение.

Кристиан берет меня за левое запястье и аккуратно пристегивает его к столбику кровати. Длинные пальцы проводят линию по всей длине руки. Ах! Его прикосновение рождает во мне сладкую дрожь. Я слышу, как он заходит с другой стороны и пристегивает правое запястье. И снова его пальцы гладят мою кожу. Боже правый… Я готова взорваться. Ну почему это так эротично?

Став в ногах кровати, Кристиан берет меня за обе лодыжки.

— Подними голову, — снова говорит он.

Я подчиняюсь, и он рывком подтягивает меня к себе. Теперь наручники удерживают мои руки на весу. Вот черт, я не могу пошевелить ими. Трепет предвкушения и мучительный восторг сотрясают тело. Я чувствую влагу между ног. Разведя их в стороны, Кристиан поочередно пристегивает мои лодыжки к столбикам. Я лежу, распятая на кровати, полностью в его власти. Меня пугает, что я не вижу Кристиана, и вся обращаюсь в слух, но слышу лишь, как глухо колотится сердце.

Неожиданно с тихим щелчком просыпается к жизни ай-под. Одинокий ангельский голос заводит нежный мотив, его подхватывает другой, еще один, и вскоре небесный хор выпевает внутри моей головы древний, древний гимн. Но что это? Никогда раньше я не слышала такой музыки.

Что-то непередаваемо нежное касается моей шеи, спускается к горлу, мягко скользит вдоль грудной клетки, лаская грудь, обводя соски. Это же мех! Меховая перчатка?

Рука Кристиана неспешно опускается ниже, обводит пупок, гладит бедра. Я предвкушаю продолжение… и эта музыка… эта небесная музыка в моей голове… мех скользит вдоль лобка… вот он уже между ног… вниз, вдоль бедер… мне почти щекотно… вступают еще голоса… каждый ведет свою партию… они сливаются в блаженную гармонию, подобную которой трудно вообразить. Я успеваю уловить слово «deus»[1], значит, поют по-латыни. А меховая перчатка движется вдоль рук, возвращаясь к груди. Соски твердеют под нежными прикосновениями. Я задыхаюсь, ожидая, что мех сменят пальцы Кристиана.

Неожиданно мех уступает место замшевым волокнам. Флоггер повторяет путь меховой перчатки, и я снова разрываюсь между ласковым поглаживанием и пением. Сотни голосов у меня в голове свивают небесный гобелен из золотых и серебряных нитей, замша ласкает кожу… О боже… внезапно все обрывается. Резкий удар обжигает живот.

— Ааааа! — кричу я.

По-настоящему мне не больно, немного щиплет, но меня застали врасплох. Следующий удар сильнее.

— Ааааа!

Мне хочется закрыться руками, вскочить, убежать… или остаться, предвкушая боль. Я ни в чем не уверена, ощущения слишком новы. Я не могу двинуть ни рукой, ни ногой. Еще удар. На этот раз поперек груди. Я снова кричу. Кричу от наслаждения, боль терпима, даже приятна, нет-нет, довольно! Кожа поет в унисон с музыкой, я с каждым ударом все глубже погружаюсь в тайники души, где дремлют самые отчаянные фантазии. И мне это нравится.

Удары вдоль бедер, короткие хлесткие удары по лобку, по ногам, и снова по туловищу, снова вдоль бедер. Удары

[1] Бог (лат.).

не прекращаются, пока музыка не достигает кульминации. Неожиданно она обрывается. Замирает и плетка. Музыка вступает снова... и на меня обрушивается град ударов, заставляя стонать и корчиться от сладкой муки. И снова тишина... лишь мое прерывистое дыхание и неутоленная страсть. Что со мной? Что он со мной делает? Я не могу совладать с возбуждением. Я там, где правят порок и похоть.

Кровать прогибается под весом его тела, и музыка вступает вновь. Вероятно, он поставил запись на повтор. Теперь путем, который прочертил мех, следуют нос и губы Кристиана... шея, горло... он целует, посасывает кожу, опускаясь ниже, к груди. Ах! Его язык терзает мои соски, пока рот занят одним, пальцы теребят другой. Вероятно, мои стоны заглушают музыку, но я их не слышу. Я забываю себя, без остатка растворяясь в Кристиане... растворяясь в небесных голосах... в ощущениях, которые сильнее меня. Я полностью отдаюсь на милость его искусных рук и губ.

Кристиан опускается ниже, его язык обводит мой пупок... вслед за мехом и плеткой. Я стону. Он целует, посасывает, покусывает мою кожу... двигаясь все ниже и ниже. И вот его язык добирается туда. Туда, где сходятся мои бедра. Я запрокидываю голову назад и кричу, я зависаю на самом краю — и тут Кристиан останавливается.

Нет! Он опускается на колени между моих ног и освобождает одну лодыжку. Я вытягиваю ногу... закидываю ее на Кристиана. Он освобождает вторую лодыжку. Его руки массируют и растирают мои затекшие конечности. Затем Кристиан сжимает мои бедра и приподнимает меня вверх. Я выгибаю спину, плечами упираясь в кровать. И вот, стоя на коленях, одним мощным движением он входит в меня... о черт... я снова кричу. Я уже ощущаю содрогание оргазма, но внезапно Кристиан замирает. О нет! Сколько еще продлится эта мука?

— Пожалуйста! — умоляю я.

Он стискивает меня сильнее... предупреждая? Его пальцы впиваются в мои ягодицы... я задыхаюсь... выходит, он это нарочно? Очень медленно Кристиан начинает двигать бедрами... мучительно медленно. О черт, когда это закончится? В хор вплетаются новые голоса... и его движения убыстряются, еле заметно, он полностью контролирует себя… двигаясь в согласии с музыкой. Но я уже не в силах терпеть эту муку.

— Пожалуйста, — умоляю я на последнем издыхании. Кристиан резко опускает меня на кровать и сам опускается сверху, удерживая свой вес на руках, и с силой входит в меня. Музыка достигает кульминации, и меня накрывает сокрушающий оргазм, самый сильный из всех, мною испытанных. Кристиан кончает вслед за мной. Три мощных толчка, на миг он замирает и опускается на меня сверху.

Сознание — где бы оно ни плутало — возвращается. Кристиан отодвигается от меня, музыка доиграла. Он вытягивается на кровати, освобождая мое правое запястье. Я издаю стон. Кристиан быстро отстегивает левый наручник, сдергивает маску с моего лица, вынимает наушники из ушей. Щурясь в приглушенном мягком свете, я встречаю его пристальный взгляд.

— Привет, — тихо произносит он.

— И тебе привет, — смущенно бормочу я.

Губы Кристиана трогает улыбка, он наклоняется и нежно целует меня.

— Ты справилась, — шепчет он. — Повернись.

Черт! Что он собирается делать?

Глаза Кристиана теплеют.

— Хочу растереть тебе плечи.

— А… тогда ладно.

Я перекатываюсь на живот. Я смертельно устала. Кристиан начинает мять и поглаживать мои плечи. Я издаю громкий стон — у него такие сильные, такие умелые пальцы. Кристиан целует меня в макушку.

— Что это была за музыка? — бессвязно бормочу я.

— Spem in alium, мотет для сорока голосов Томаса Таллиса.

— Грандиозно…

— Я всегда хотел трахаться под эту музыку.

— Так для вас это впервые, мистер Грей?

— А вы как думали, мисс Стил?

Я снова издаю стон — его пальцы и впрямь творят чудеса.

— И для меня это в первый раз, — сонно бормочу я.

— Хм… у нас с вами многое впервые, — сухо замечает Кристиан.

— Так о чем я болтала во сне, Кри… господин?

На миг его руки замирают.

— Много о чем, Анастейша. О клетках и клубнике… о том, что хотите большего… о том, что скучаете обо мне.

Слава богу.

— И все? — с явным облегчением спрашиваю я.

Кристиан вытягивается рядом, лежит, подперев голову локтем, и строго смотрит на меня.

— А вы чего боялись?

Вот дьявол!

— А вдруг я обозвала вас во сне самовлюбленным болваном и заявила, что в постели вы безнадежны?

Кристиан сводит брови на переносице.

— Для меня это не новость, однако вы меня заинтриговали. Что вы скрываете, мисс Стил?

Я с невинным видом хлопаю ресницами.

— Ничего.

— Анастейша, вы безнадежны, когда дело доходит до вранья.

— Я думала, после секса вы решили меня рассмешить, но это не смешно.

— Я не умею смешить.

— Мистер Грей! Неужели на свете есть что-то, чего вы не умеете? — восклицаю я.

Он улыбается в ответ.

— Увы, в этом смысле я совершенно безнадежен.

В его голосе столько гордости, что я прыскаю от смеха.

— И я.

— Приятно слышать, — тихо говорит он, наклоняется и целует меня. — Но ты точно что-то скрываешь, Анастейша. Скоро я займусь тобой всерьез.

Глава 26

Я просыпаюсь, словно от толчка, и рывком сажусь на кровати. Во сне я падала с лестницы. В комнате темно, Кристиана нет. Что-то разбудило меня, какая-то тревожная мысль. На будильнике пять утра, но я выспалась. Странно. Ах, да, часовые пояса, в Джорджии сейчас восемь. Вот черт… не забыть про таблетку. Я скатываюсь с постели. Что бы ни разбудило меня, я благодарна неизвестному благодетелю. Слышны тихие звуки рояля. Кристиан играет. Я должна это видеть. Люблю смотреть, как он музицирует. Схватив с кресла халат, я крадучись выскальзываю в коридор, на ходу запахивая полы и прислушиваясь к печальным звукам, доносящимся из гостиной.

Окруженный со всех сторон темнотой, Кристиан сидит в луче света, его волосы отливают медью. Он выглядит голым, хотя на нем пижамные штаны. Кристиан играет самозабвенно, захваченный печальной мелодией. Я наблюдаю за ним из темноты, не спеша выйти на свет. Мне хочется обнять его. Кристиан кажется потерянным, грустным и очень одиноким, но, возможно, все дело в музыке, исполненной глубокой скорби.

Доиграв пьесу до конца, он на мгновение замирает и начинает снова. Я подхожу ближе, словно бабочка, привлеченная светом… сравнение заставляет меня улыбнуться. Кристиан поднимает глаза, хмурится и снова опускает взгляд на клавиши.

Вот черт, неужели он злится, что я помешала ему?

— Почему ты не спишь? — с мягким упреком говорит Кристиан.

Что-то тревожит его, я чувствую.

— А ты?

Он снова поднимает глаза, на губах играет улыбка.

— Вы меня браните, мисс Стил?

— Совершенно верно, мистер Грей.

— Не спится. — Он хмурится, на лице мелькают гнев и раздражение.

Игнорируя его гримасы, я смело сажусь на крутящийся стул, кладу голову на обнаженное плечо Кристиана, любуясь тем, как его ловкие, умелые пальцы ласкают клавиши. Запнувшись лишь на миг, он доигрывает пьесу до конца.

— Что это? — спрашиваю я тихо.

— Шопен. Опус двадцать восемь, прелюдия ми минор номер четыре, если хочешь знать.

— Я хочу знать все, чем ты занимаешься.

Он прижимается губами к моим волосам.

— Я не хотел тебя будить.

— Ты не виноват. Сыграй другую.

— Другую?

— Ту пьесу Баха, которую играл, когда я впервые у тебя осталась.

— А, Марчелло.

Кристиан начинает, неторопливо и старательно. Его плечо ходит под моей головой, и я закрываю глаза. Груст-ная проникновенная мелодия окружает нас, отдаваясь эхом от стен. Она пронзительно печальна, печальней Шопена, и я растворяюсь в ее трагической красоте. Отчасти мелодия отражает мои чувства. Мое страстное желание узнать этого невероятного мужчину, понять, что гнетет его душу. Пьеса заканчивается слишком быстро.

— Почему ты играешь только печальную музыку?

Я поднимаю голову и заглядываю Кристиану в глаза. В них — тревога. Он пожимает плечами.

— Тебе было шесть, когда ты начал играть? — не отсту-паю я.

Кристиан кивает, его смущение все явственнее.

После паузы он говорит:

— Я начал заниматься, чтобы порадовать приемную мать.

— Боялся ударить в грязь лицом перед идеальным се-мейством?

— Можно сказать и так, — уклончиво отвечает он. — Почему ты встала? Не хочешь отоспаться после вчераш-него?

— На моих внутренних часах восемь утра. Время при-нимать таблетку.

Он удивленно поднимает брови.

— Хорошая память, — тихо замечает он. Кажется, мне удалось произвести на него впечатление. Губы Кристиана кривятся в улыбке. — Только не забывай, что теперь ты в другом часовом поясе. Сегодня выпей таблетку на полчаса позже, завтра — добавь еще полчаса. Постепенно войдешь в график.

— Хороший план, — бормочу я. — А чем мы займемся в эти полчаса? — Я невинно хлопаю глазами.

— Есть несколько вариантов, — усмехается он, серые глаза сияют. Я отвечаю ему страстным взглядом, внутри все сжимается и тает.

— Можем поговорить, — предлагаю я тихо.

Кристиан поднимает брови.

— Есть идея получше.

Он тянет меня к себе.

— Разговорам ты всегда предпочитаешь секс, — смеюсь я, усаживаясь у него на коленях.

— Особенно с тобой. — Кристиан зарывается носом в мои волосы и поцелуями прочерчивает дорожку от уха к горлу. — Скажем, на рояле, — шепчет он.

О боже! При мысли о сексе на рояле тело охватывает возбуждение. На рояле!

— Кое-что я хочу выяснить прямо сейчас, — шепчу я, хотя пульс уже начинает ускоряться. Внутренняя богиня закатывает глаза, тая под его поцелуями.

— Вам только дай волю, мисс Стил. И что же вам не терпится выяснить? — шепчет Кристиан, зарывшись носом в мой затылок и продолжая целовать меня.

— Кое-что о нас, — тихо говорю я, закрывая глаза.

— Хм, что именно? — Он прерывает поцелуи, дойдя до плеча.

— Кое-что о нашем контракте.

Кристиан поднимает голову, вздыхает и пальцем проводит по моей щеке.

— Контракт подлежит обсуждению, — хрипло произносит он.

— Подлежит обсуждению?

— Вот именно, — улыбается он.

Я недоуменно смотрю на него.

— Но ты был так непреклонен!

— Это было давно. В любом случае, правила обсуждению не подлежат.

Его лицо суровеет.

— Давно? Что это значит?

— До того, — он запинается, в глазах появляется тревога, — как мне захотелось большего.

— Вот как...

— Кроме того, ты уже дважды была в игровой комнате, но до сих пор не бросилась бежать от меня со всех ног.

— А ты ждал, что побегу?

— Чего бы я ни ждал от тебя, Анасейша, ты никогда не оправдываешь ожиданий, — замечает он сухо.

— Давай уж выясним все до конца. Ты хочешь, чтобы я подчинялась правилам, но только им?

— За исключением игровой комнаты. Я хочу, чтобы там ты следовала духу контракта, а во все остальное время лишь подчинялась правилам. Тогда я буду уверен в твоей безопасности и смогу быть с тобой, когда захочу.

— А если я нарушу правила?

— Тогда я накажу тебя.

— А как насчет моего разрешения?

— Я в нем не нуждаюсь.

— А если я скажу «нет»?

Мгновение Кристиан смотрит на меня озадаченно.

— Нет так нет. Я найду способ тебя убедить.

Я встаю с его колен. Кристиан хмурится, в глазах удивление и тревога.

— Значит, наказание остается.

— Только если ты нарушишь правила.

— Я хочу перечитать контракт, — говорю я, пытаясь вспомнить детали.

— Сейчас принесу.

Внезапно его тон становится сухим и деловитым.

Он встает и изящной походкой удаляется в кабинет. Ну вот, сама напросилась. Мне бы не помешала чашечка чаю. Обсуждать будущее наших отношений в половине шестого утра, когда у Кристиана что-то не ладится в бизнесе — ну не глупо ли? Я иду на темную кухню. Где выключатель? Зажигаю свет и наливаю в чайник воды. Таблетка! Порывшись в косметичке, которую забыла на стойке, я быстро глотаю таблетку.

Кристиан ждет меня, сидя на барном стуле и пристально всматриваясь мне в лицо.

— Вот. — Он протягивает лист бумаги, и я замечаю, что некоторые строчки зачеркнуты.

ПРАВИЛА

Повиновение:

Сабмиссив незамедлительно и безоговорочно подчиняется всем приказам Доминанта. Сабмиссив соглашается на любые действия сексуального характера, приемлемые для Доминанта и доставляющие ему удовольствие, кроме тех, что обозначены как недопустимые (Приложение 2), и с воодушевлением в них участвует.

Сон:

Сабмиссив должен спать минимум восемь часов в сутки, когда не проводит время с Доминантом.

Еда:

В целях сохранения здоровья и хорошего самочувствия Сабмиссив должен питаться регулярно и согласно перечню рекомендованных продуктов (Приложение 4). Запрещается перекусывать между приемами пищи чем-либо, кроме фруктов.

Одежда:

Во время срока действия настоящего Контракта Сабмиссив обязуется носить только ту одежду, что одобрена Доминантом. Доминант предоставляет Сабмиссиву определенную сумму денег, которую он обязуется потратить на одежду. Доминант вправе присутствовать при покупке одежды. В период действия Контракта Сабмиссив соглашается носить украшения и аксессуары, выбранные Доминантом, в его присутствии, а также в любое указанное им время.

Физические упражнения:

Четыре раза в неделю Доминант предоставляет Сабмиссиву персонального тренера для часовых тренировок, время которых тренер и Сабмиссив определяют по взаимному согласию. Тренер отчитывается перед Доминантом об успехах Сабмиссива.

Личная гигиена/Красота:

Сабмиссив обязуется содержать тело в чистоте и регулярно проводить эпиляцию бритвой и/или воском. Сабмиссив посещает салон красоты по выбору Доминанта в назначенное им время и проходит процедуры, которые он сочтет необходимыми. Все расходы несет Доминант.

Личная безопасность:

Сабмиссив обязуется не злоупотреблять спиртными напитками, не курить, не принимать наркотики и не подвергать себя неоправданному риску.

Личные качества:

Сабмиссиву запрещается вступать в сексуальные контакты с кем-либо, кроме Доминанта. Сабмиссив обязуется при любых обстоятельствах вести себя скромно и почтительно. Она должна осознавать, что ее поведение напрямую отражается на Доминанте. Сабмиссив несет ответственность за все свои проступки, злоупотребления и нарушения дисциплины, совершенные в отсутствие Доминанта.

Нарушение вышеперечисленных требований влечет за собой немедленное наказание, характер которого определяется Доминантом.

— Значит, повиновение остается?

— Да.

Я изумленно трясу головой и непроизвольно таращу глаза.

— Ты закатила глаза, Анастейша? — шепчет Кристиан.

О черт!

— И что ты намерен делать?

— То же, что и всегда. — Кристиан качает головой, глаза горят возбуждением. Я сглатываю, по телу проходит дрожь.

— Ты хочешь сказать…

Вот дьявол! Я спятила?

— Да? — Он облизывает нижнюю губу.

— Ты хочешь меня отшлепать?

— Хочу. И отшлепаю.

— Вы уверены, мистер Грей? — усмехаюсь я. Это игра для двоих.

— Думаете, вы сможете мне помешать?

— Для начала вам придется меня поймать.

Глаза Кристиана расширяются, он с улыбкой встает со стула.

— Поймать, мисс Стил?

К счастью, между нами — барная стойка.

— А теперь вы закусили губу, — шепчет Кристиан, медленно двигаясь налево. Я отступаю в другую сторону.

— Ничего у вас не выйдет, — дразнюсь я. — И вы сами закатываете глаза. — Я пытаюсь урезонить Кристиана. Он обходит столик слева, я отступаю.

— Да, но своей игрой вы еще больше меня возбуждаете.

Глаза Кристиана сверкают, он излучает нетерпение.

— Я быстро бегаю, — небрежно замечаю я.

— Я тоже.

Он собирается преследовать меня в собственной кухне?

— Может быть, прислушаетесь к здравому смыслу?

— Когда это я к нему прислушивалась?

— Мисс Стил, вы играете с огнем, — ухмыляется он. — Будет хуже, если я вас поймаю.

— Если догонишь, а я так легко не дамся.

— Анастейша, ты можешь упасть и пораниться, а это прямое нарушение правила номер семь.

— С тех пор как мы познакомились, мистер Грей, я не ощущаю себя в безопасности, и правила тут ни при чем.

— С этим трудно спорить. — Кристиан замолкает и слегка хмурит бровь.

Внезапно он кидается вперед, заставляя меня взвизгнуть и броситься к обеденному столу, за которым я надеюсь укрыться. Сердце выскакивает из груди, адреналин разливается по телу... Господи, это так волнующе! Я снова ощущаю себя ребенком, хотя давно перестала им быть. Кристиан шагает ко мне — и снова я успеваю отскочить.

— А вы умеете отвлечь мужчину, Анастейша.

— Рада стараться, мистер Грей. От чего отвлечь?

— От жизни. Вселенной. — Он неопределенно взмахивает рукой.

— За роялем вы казались сосредоточенным.

Он останавливается и складывает руки, на лице довольная улыбка.

— Мы можем развлекаться подобным образом день напролет, но в конце концов я поймаю тебя, детка, и тогда тебе не поздоровится.

— Нет, не поймаешь.

Не переоценивай себя. Я повторяю эти слова как мантру. Подсознание, натянув кроссовки «Найк», готовится к старту.

— Можно подумать, ты не хочешь, чтобы я тебя поймал.

— Именно не хочу. Наказание для меня — все равно что для тебя чужие прикосновения.

Его поведение мгновенно, в наносекунду, меняется. Игривый Кристиан исчезает. Смертельно бледный Кристиан стоит передо мной с таким видом, словно я его ударила.

— Ты действительно так чувствуешь? — тихо спрашивает он.

С каждым словом его голос набирает силу. О нет. Эти четыре слова так много говорят мне о нем, о его страхах и ненависти. Я хмурюсь. Конечно, я так не чувствую, не до такой степени. Или нет?

— Не настолько сильно, но теперь ты меня понимаешь.

— Да.

Вот дерьмо! Он выглядит смущенным и потерянным.

Глубоко вдохнув, я огибаю стол и подхожу к Кристиану, смело заглядывая в его полные страха глаза.

— Ты так сильно боишься наказания? — спрашивает он еле слышно.

— Я... нет. — Господи, неужели он до такой степени ненавидит чужие прикосновения? — Нет, я испытываю двойственные чувства. Я не хочу, чтобы меня наказывали, но во мне нет ненависти.

— Однако вчера, в игровой комнате... — Кристиан запинается.

— Я согласилась, потому что ты в этом нуждался. Я — нет. Вчера мне не было больно. В той обстановке это казалось чем-то неестественным, и я доверяла тебе. Если ты захочешь меня наказать, ты сделаешь мне по-настоящему больно.

В его серых глазах мечется буря. Время успевает расшириться и утечь, прежде чем он тихо говорит:

— Я хочу сделать тебе больно, но не больнее, чем ты сможешь вытерпеть.

Черт!

— Почему?

Он проводит рукой по волосам и пожимает плечами.

— Мне это нужно. — Кристиан замолкает, глядя на меня с мукой во взоре, закрывает глаза и качает головой. — Я не могу сказать.

— Не можешь или не скажешь?

— Не скажу.

— Значит, ты знаешь причину.

— Знаю.

— Но мне не скажешь.

— Если скажу, ты убежишь от меня, не чуя ног. — Его взгляд наполняется тревогой. — Я не могу так рисковать, Анастейша.

— Ты хочешь, чтобы я осталась.

— Больше, чем ты думаешь. Я не вынесу твоего ухода.

Господи.

Внезапно Кристиан прижимает меня к себе и покрывает страстными поцелуями. Он застает меня врасплох, и за его пылкостью я ощущаю страх и отчаяние.

— Не уходи. Во сне ты сказала, что не оставишь меня, и умоляла не оставлять тебя, — шепчет он.

Наконец-то! Так вот оно что!

— Я не хочу уходить.

Мое сердце сжимается.

Ему нужна помощь. Страх Кристиана так очевиден! Очевидно и то, что он блуждает в собственных потемках. В расширенных серых глазах застыла мука. Но я могу утешить его. Последовать за ним в его тьму и вывести к свету.

— Покажи мне.

— Показать?

— Покажи мне, что значит «больно».

— Что?

— Накажи меня. Я хочу знать, каково это.

Кристиан отступает назад, совершенно сбитый с толку.

— Ты хочешь попробовать?

— Хочу.

Втайне я надеюсь, что, если я уступлю ему, он позволит мне дотронуться до себя.

Кристиан удивленно моргает.

— Ана, ты запутала меня.

— Я и сама запуталась. Я хочу попробовать. Зато мы узнаем, сколько я способна вытерпеть. И если я выдержу, возможно, ты... — Я запинаюсь.

Глаза Кристиана снова расширяются. Он прекрасно понимает, что я имею в виду. После секундной растерянности он берет себя в руки и смотрит на меня с любопытством, словно прикидывает варианты.

Неожиданно он хватает меня за руку и ведет по лестнице в игровую комнату. Удовольствие и боль, награда и наказание — его слова эхом отдаются в голове.

— Я покажу тебе, каково это, и ты во всем разберешься сама. — У двери он останавливается. — Ты готова?

Я киваю, полная решимости. У меня слегка кружится голова, словно вся кровь отхлынула от лица.

Не отпуская моей руки, Кристиан открывает дверь, снимает с крючка у входа ремень и ведет меня к скамье, обитой красной кожей, в дальнем углу комнаты.

— Перегнись над скамейкой.

Ладно, это несложно. Я склоняюсь над гладкой мягкой кожей. Странно, что он не стал раздевать меня. О черт, наверное, и впрямь будет больно. Подсознание падает без чувств, внутренняя богиня храбрится из последних сил.

— Мы здесь, потому что ты сама этого захотела, Анастейша. И ты убегала от меня. Я намерен ударить тебя шесть раз, и ты будешь считать вместе со мной.

К чему все эти церемонии? Зная, что Кристиан меня не видит, я округляю глаза.

Он поднимает край халата. Оказывается, это гораздо эротичнее, чем если бы он сдернул его целиком. Теплая рука Кристиана нежно гладит мои ягодицы.

— Я выпорю тебя, чтобы ты не вздумала убежать, и, как бы трудно тебе ни дался этот опыт, я не хочу, чтобы ты от меня убегала.

Какая ирония. Если я и захочу убежать, то от наказания. Когда Кристиан раскроет объятия, я побегу к нему, а не от него.

— И ты закатывала глаза. Ты знаешь, как я к этому отношусь.

Внезапно его голос обретает силу, страх и тревога уходят; возвращается былой Кристиан. Я чувствую это по тону, по тому, как он кладет руку мне на спину, — и атмосфера в комнате сразу меняется.

Я закрываю глаза, готовясь принять удар. И Кристиан бьет. Удар оправдывает мои худшие опасения. Я кричу, задохнувшись от боли.

— Считай, Анастейша, — командует он.

— Один! — выкрикиваю я, словно ругательство.

Он снова бьет меня, и жгучая боль отдается по всей длине ремня. О черт, как больно!

— Два! — выкрикиваю я. Крик приносит облегчение.

Я слышу его хриплое, отрывистое дыхание. Сама же я едва дышу, отчаянно пытаясь найти душевные силы, чтобы выдержать испытание. Ремень снова впивается в мою плоть.

— Три! — Слезы брызжут из глаз. Черт, это больнее, чем я думала, куда больнее шлепков.

— Четыре! — визжу я. Слезы градом катятся по лицу. Я не хочу плакать и злюсь на себя, что не могу сдержаться.

Еще удар.

— Пять. — Из горла вырывается сдавленное рыдание, и в это мгновение я ненавижу Кристиана. Еще один, я должна вытерпеть еще один. Задница горит огнем.

— Шесть, — шепчу я сквозь слепящую боль. Кристиан отбрасывает ремень и прижимает меня к себе, задыхающийся и полный сострадания… но я не желаю его знать.

— Оставь меня… нет… — Я вырываюсь из объятий. — Не прикасайся ко мне! — шиплю я, выпрямляясь, с яростью глядя на него и встречая в ответ его изумленный взгляд.

— Это то, чего ты хотел? Меня? Такую? — рукавом халата я вытираю нос.

Кристиан смотрит на меня с тревогой.

— Чертов сукин сын.

— Ана, — потрясенно мямлит он.

— Не смей называть меня Ана! Сначала разберись со своим дерьмом, Грей! — Я резко отворачиваюсь от него и выхожу, аккуратно закрыв за собой дверь.

В коридоре я хватаюсь за ручку и на миг приваливаюсь к двери. Куда идти? Что делать? Бежать? Остаться? Я вне себя от ярости, по щекам текут жгучие слезы, и я со злостью вытираю их ладонью. Хочется забиться в угол, свернуться калачиком и забыться. Мне нужно исцелить расшатанную веру. Как я могла быть такой глупой?

Я пытаюсь осторожно потереть горящие огнем ягодицы. Как больно! Куда мне идти? В мою комнату — в комнату, которая станет моею или была когда-то моею. Так вот почему Кристиан хотел, чтобы у меня появилось свое пространство в его доме. Словно знал, что мне понадобится уединение.

Я твердо направляюсь туда, сознавая, что Кристиан может пойти следом. В комнате темно, рассвет только занимается. Я неуклюже, стараясь не задеть больные места, забираюсь в кровать, запахиваю халат, сворачиваюсь калачиком и здесь даю себе волю, громко рыдая в подушку.

О чем я только думала? Почему позволила ему так с собой поступить? Я хотела последовать за ним во тьму, однако тьма оказалась слишком непроглядной. Эта жизнь не для меня.

Какое запоздалое прозрение! Нужно отдать Кристиану должное — он предупреждал меня, и не раз. Разве я виновата, что он ненормальный? Я не могу дать ему то, в чем он нуждается. Теперь я понимаю. И я больше не позволю ему так с собой поступать. Раньше он мог ударить меня, но никогда не бил так сильно. Надеюсь, сегодня он остался доволен. Я всхлипываю в подушку. Мне придется уйти. Он не останется со мной, если я не дам ему того, чего он хочет. Почему, ну почему меня угораздило влюбиться в Пятьдесят оттенков? Почему я не влюбилась в Хосе, Пола Клейтона, кого угодно — в такого же, как я?

О, этот потерянный взгляд Кристиана, когда я вышла из комнаты! Я была так сурова с ним, так потрясена его жестокостью… сможет ли он простить меня… смогу ли я его простить? Мысли путаются. Подсознание печально качает головой, внутренней богини не видать. Мне хочется к маме. Я вспоминаю ее прощальные слова в аэропорту: «Прислушивайся к зову сердца, дорогая, и прекрати копаться в себе. Расслабься и получай удовольствие. Ты так молода, солнышко. Тебе столько еще предстоит узнать! Чему быть, того не миновать. Ты заслуживаешь самого лучшего».

Я прислушалась к зову сердца — и что получила? Горящую от боли задницу и сломленный дух. Я должна уйти, оставить его. Он не подходит мне, а я — ему. У нас ничего не выйдет. От мысли, что я больше никогда не увижу Кристиана, я задыхаюсь… о, мои Пятьдесят оттенков.

Щелкает дверной замок. Нет! Кристиан кладет что-то на тумбочку, затем кровать прогибается под его весом.

— Ш-ш-ш, — шепчет он.

Я хочу отодвинуться от него, но лежу как мертвая, не в силах пошевелиться.

— Не сердись на меня, Ана, пожалуйста, — шепчет Кристиан, зарываясь носом в мои волосы. — Не гони меня, — мягко выдыхает он мне в шею, его голос полон печали.

Мое сердце сжимается, молча обливаясь слезами. Кристиан целует меня ласково и трепетно, но я остаюсь холодна.

Мы лежим так целую вечность. Кристиан просто прижимает меня к себе, и постепенно мои слезы высыхают. Рассвет приходит и уходит, солнечные лучи пробиваются в окно, а мы по-прежнему молча лежим на кровати.

— Я принес тебе адвил и крем с арникой, — произносит Кристиан спустя долгое время.

Я медленно оборачиваюсь. В его серых глазах застыла тревога.

Прекрасное лицо. Кристиан не сводит с меня глаз, почти не моргая. За короткое время он стал удивительно мне дорог. Я протягиваю руку и кончиками пальцев пробегаю по его отросшей щетине. Он закрывает глаза и легонько вздыхает.

— Прости меня, — шепчу я.

Он открывает глаза и с удивлением смотрит на меня.

— За что?

— За то, что я сказала.

— Я не услышал ничего нового. Это ты прости меня за то, что причинил тебе боль.

Я пожимаю плечами.

— Я сама тебя попросила.

Зато теперь я знаю. Я судорожно сглатываю. Смелее, я должна ему сказать.

— Кажется, я не та женщина, которая тебе нужна.

В глазах Кристиана снова мелькает страх.

— Ты — все, что мне нужно.

Что он имеет в виду?

— Я не понимаю. Покорность — не мой конек, и будь я проклята, если еще раз позволю тебе проделать со мной то, что ты сделал сегодня. А ты сам признался, что тебе это необходимо.

Кристиан снова закрывает глаза, на лице мелькают мириады чувств. Когда он открывает глаза, в них — уныние и пустота. О нет!

— Ты права, я должен отпустить тебя. Я тебя недостоин.

Все волоски на моем теле становятся дыбом, земля уходит из-под ног, оставляя зияющую пустоту.

— Я не хочу уходить, — шепчу я. Черт возьми. Плати или играй. На глаза снова набегают слезы.

— Я тоже не хочу, чтобы ты уходила, — хрипло произносит Кристиан, большим пальцем вытирая слезинку с моей щеки. — С тех пор как я тебя встретил, я словно заново родился. — Его палец обводит мою нижнюю губу.

— И я... я люблю тебя, Кристиан Грей.

Его глаза снова расширяются, но сейчас в них застыл ужас.

— Нет, — выдыхает он, словно своим признанием я вышибла из него дух.

О, только не это!

— Ты не можешь любить меня, Ана... Это неправильно.

— Неправильно? Почему?

— Посмотри на себя! Разве я способен дать тебе счастье? — Кристиана душит гнев.

— Но ты уже дал мне счастье, — хмурюсь я.

— Не сейчас, не тем, что я сделал, не тем, что мне хочется делать.

О черт. Так значит, правда. Несовместимость, вот в чем причина наших разногласий. Я вспоминаю всех несчастных девушек, бывших его сабами.

— Нам никогда не преодолеть этого? — шепотом говорю я, сжавшись от страха.

Кристиан горестно качает головой. Я закрываю глаза.

— Что ж, пожалуй, мне пора. — Морщась, я сажусь на кровати.

— Нет, не уходи, — молит Кристиан в отчаянии.

— Оставаться нет смысла.

Внезапно на меня наваливается смертельная усталость, и я хочу одного — поскорее уйти. Я встаю с постели.

— Мне нужно одеться, и я хочу побыть одна, — говорю я без выражения и выхожу, оставив Кристиана в одиночестве.

Спускаясь вниз, я заглядываю в гостиную, вспоминая, что всего несколько часов назад Кристиан играл на рояле, а моя голова покоилась у него на плече. С тех пор столько всего случилось. У меня открылись глаза, я увидела его порочность, поняла, что он неспособен любить — ни принимать любовь, ни отдавать ее. Осуществились мои худшие страхи. Как ни странно, я ощущаю освобождение.

Боль так сильна, что я отказываюсь ее признать. Все мои чувства онемели. Я словно наблюдаю со стороны за драмой, совершающейся не со мной. Встаю под душ, тщательно моюсь. Выжимаю жидкое мыло на руку, ставлю флакон на полку, тру мочалкой лицо, плечи... снова и снова, и простые, механические движения рождают простые механические мысли.

Выйдя из душа, я быстро вытираюсь — голову я не мыла. Вытягиваю из сумки джинсы и футболку. Кожа под джинсами саднит, но я не жалуюсь — физическая боль отвлекает от разбитого вдребезги сердца.

Я наклоняюсь, чтобы застегнуть сумку, и замечаю подарок, который купила Кристиану: модель планера «Бланик L-23». На глаза набегают слезы. О нет... добрые старые времена, когда в моем сердце еще жила надежда. Я вытягиваю коробку из сумки, понимая, что должна вручить подарок. Вырвав листок из записной книжки, торопливо пишу:

Это напоминало мне о счастливых временах. Спасибо. Ана.

Я поднимаю глаза. Из зеркала на меня смотрит бледный призрак. Стягиваю волосы в хвост, не обращая внимания на опухшие от слез веки. Подсознание одобрительно кивает — ему не до попреков. Трудно смириться с тем, что твой мир обратился бесплодным пеплом, а надежды и мечты безжалостно растоптаны. Нет, я не стану сейчас об этом думать. Глубоко вдохнув, я поднимаю сумку и, оставив подарок и записку на подушке Кристиана, иду в большую гостиную.

Кристиан разговаривает по телефону. На нем черные джинсы и футболка, ноги босые.

— Что-что он сказал? — кричит Кристиан в трубку, заставляя меня подпрыгнуть. — Что ж, он может говорить чертову правду. Мне нужен его номер, я должен с ним переговорить... Уэлч, это полный провал. — Кристиан поднимает глаза и впивается в меня задумчивым мрачным взглядом. — Найди ее, — коротко бросает он в трубку и отключается.

Я подхожу к дивану, чтобы взять рюкзак, старательно делая вид, что не замечаю Кристиана. Вытащив «мак», отношу его на кухню и аккуратно ставлю на стол, рядом с «блэкберри» и ключами от машины. Когда я оборачиваюсь, Кристиан смотрит на меня с нескрываемым ужасом.

— Мне нужны деньги, который Тейлор выручил за «жука», — говорю я тихо и спокойно... Невероятно, я сама себя не узнаю.

— Ана, прекрати, эти вещи принадлежат тебе, — говорит он изумленно. — Пожалуйста, забери их.

— Нет, Кристиан, я взяла их на определенных условиях. Больше я в них не нуждаюсь.

— Ана, будь благоразумна. — Он строг, даже теперь.

— Не хочу, чтобы они напоминали мне о тебе. Просто отдай деньги, которые Тейлор выручил за моего «жука», — говорю я.

Кристиан судорожно вздыхает.

— Ты хочешь сделать мне больно?

— Нет.

Я хмуро смотрю на него. Конечно же, нет, ведь я люблю тебя.

— Нет, не хочу. Я просто защищаю свой покой, — говорю я еле слышно. Потому что я не нужна тебе так, как нужен мне ты.

— Пожалуйста, Ана, возьми их.

— Кристиан, не будем ссориться, просто отдай мне деньги.

Он прищуривается, но теперь ему меня не испугать. Ну разве что чуть-чуть. Я спокойно смотрю на него, не собираясь сдаваться.

— Чек подойдет? — бросает он раздраженно.

— Да, полагаю, я могу тебе доверять.

Не улыбнувшись, он поворачивается и шагает в кабинет. Я бросаю последний взгляд на картины — абстрактные, безмятежные, холодноватые... да просто холодные, в самый раз для него. Глаза обращаются к роялю. Боже, если бы тогда я промолчала, мы занялись бы любовью прямо на нем. Нет, не любовью, мы бы трахнулись, всего лишь трахнулись. А мне бы хотелось заниматься любовью. Кристиан никогда не занимался со мной любовью. Только сексом.

Он возвращается и протягивает мне конверт.

— Тейлор выручил за «жука» неплохую сумму. Что ты хочешь, вечная классика. Можешь сама у него спросить. Он отвезет тебя домой.

Кристиан кивает в сторону двери, я оборачиваюсь и вижу Тейлора в неизменном, как всегда безупречном костюме.

— Спасибо, сама доберусь.

Я оборачиваюсь к Кристиану и замечаю в его глазах еле сдерживаемую ярость.

— Ты решила во всем мне перечить?

— Так быстро я привычек не меняю. — Я примирительно пожимаю плечами.

Кристиан в отчаянии закрывает глаза и проводит рукой по волосам.

— Пожалуйста, Ана, позволь Тейлору отвезти тебя домой.

— Я подгоню машину, мисс Стил, — с нажимом говорит Тейлор, Кристиан кивает ему, и, когда я оборачиваюсь, Тейлора и след простыл.

Я смотрю на Кристиана. Нас разделяют четыре фута. Он шагает ко мне, я инстинктивно отступаю назад. Он останавливается, боль в его серых глазах почти осязаема.

— Я не хочу, чтобы ты уходила. — Тихий голос полон мольбы.

— Я не могу остаться. Я знаю, что мне нужно, но ты не можешь мне этого дать, а я не в состоянии дать то, что нужно тебе.

Кристиан снова шагает ко мне.

— Не надо, прошу тебя. — Я отстраняюсь.

Я не вынесу его прикосновения, я просто умру, если он ко мне прикоснется.

Схватив рюкзак и сумку, я выхожу в вестибюль. Кристиан следует за мной на безопасном расстоянии. Он нажимает кнопку лифта, двери открываются. Я шагаю внутрь.

— Прощай, Кристиан.

— Ана, до свидания, — мягко отвечает он. Кристиан выглядит совершенно убитым, человек, преодолевающий мучительную боль, — и такие же чувства раздирают меня изнутри. Я отвожу глаза, преодолевая искушение утешить его.

Дверь лифта закрывается, увозя меня во внутренности цокольного этажа и в мой персональный ад.

Тейлор открывает дверцу, я забираюсь на заднее сиденье и старательно прячу глаза. Меня душит стыд. Я потерпела полное поражение. Надеялась вывести мои Пятьдесят оттенков к свету, но задача оказалась мне не по силам.

Отчаянно пытаюсь не разреветься. Мы движемся к Сороковой авеню, невидящими глазами я таращусь в окно, и постепенно до меня начинает доходить абсурдность того, что я сделала. Черт, я ушла от него. От единственного мужчины, которого любила. Единственного мужчины, бывшего моим любовником. Я всхлипываю, и дамбу прорывает.

Слезы катятся по щекам, я лихорадочно пытаюсь вытереть их рукой, роясь в сумке в поисках солнечных очков. На светофоре Тейлор, не оборачиваясь, подает мне платок. Я благодарна ему за сдержанность.

— Спасибо, — бормочу я.

Это маленькое проявление сочувствия становится последней каплей. Я откидываюсь на спинку роскошного сиденья и даю волю слезам.

Квартира кажется чужой и неуютной. Я прожила здесь слишком мало, чтобы она стала домом. Я иду прямиком в спальню и вижу печальный сдутый шарик с вертолета. Чарли Танго выглядит ничуть не лучше меня. Я со злостью сдергиваю его с перильца и прижимаю к себе. Господи, что я наделала?

Не сняв обуви, падаю на кровать и вою от боли. Боль невыносима, физическая, душевная, метафизическая, она везде, она проникает в костный мозг. Это настоящая скорбь, и я сама навлекла ее на себя. Глубоко изнутри приходит гаденькая мысль, подсказанная внутренней богиней: боль от ударов ремнем ничто по сравнению с этой безмерной скорбью. Свернувшись калачиком, сжимая в руках шарик и носовой платок Тейлора, я предаюсь своему горю.

Конец первой части

Оглавление

Литературно-художественное издание

Э. Л. Джеймс

ПЯТЬДЕСЯТ ОТТЕНКОВ СЕРОГО

Ответственный редактор *Ю. Раутборт*
Редактор *О. Кутуев*
Младший редактор *А. Черташ*
Художественные редакторы *Д. Сазонов* (МП), *А. Стариков* (КПМ)
Технический редактор *Г. Романова*
Компьютерная верстка *Г. Ражикова*
Корректор *В. Авдеева*

ООО «Издательство «Эксмо»
123308, Москва, ул. Зорге, д. 1. Тел. 8 (495) 411-68-86, 8 (495) 956-39-21.
Home page: **www.eksmo.ru** E-mail: **info@eksmo.ru**

Өндіруші: «ЭКСМО» АҚБ Баспасы, 123308, Мәскеу, Ресей, Зорге көшесі, 1 үй.
Тел. 8 (495) 411-68-86, 8 (495) 956-39-21
Home page: www.eksmo.ru E-mail: info@eksmo.ru.
Тауар белгісі: «Эксмо»
Қазақстан Республикасында дистрибьютор және өнім бойынша
арыз-талаптарды қабылдаушының
өкілі «РДЦ-Алматы» ЖШС, Алматы қ., Домбровский көш., 3«а», литер Б, офис 1.
Тел.: 8 (727) 2 51 59 89,90,91,92, факс: 8 (727) 251 58 12 вн. 107; E-mail: RDC-Almaty@eksmo.kz
Өнімнің жарамдылық мерзімі шектелмеген.
Сертификация туралы ақпарат сайтта: www.eksmo.ru/certification

Сведения о подтверждении соответствия издания
согласно законодательству РФ о техническом регулировании
можно получить по адресу: http://eksmo.ru/certification/

Өндірген мемлекет: Ресей
Сертификация қарастырылмаған

Подписано в печать 02.03.2015. Формат 84×108 $^1/_{32}$.
Гарнитура «Светлана». Печать офсетная. Усл. печ. л. 25,2.
Доп. тираж 50 000 (20 000 КПМ + 30 000 МП) экз.
Заказ 1765, 1767.

Отпечатано с готовых файлов заказчика
в ОАО «Первая Образцовая типография»,
филиал «УЛЬЯНОВСКИЙ ДОМ ПЕЧАТИ»
432980, г. Ульяновск, ул. Гончарова, 14